UNA MALDICIÓN DE PLATA Y HUESOS

UNA
MALDICIÓN
DE PLATA
Y HUESOS

ALEXANDRA BRACKEN

LIBRO 1

Traducción de Mia Postigo

Argentina – Chile – Colombia – España
Estados Unidos – México – Perú – Uruguay

Título original: *Silver in the Bone*
Editor original: Alfred A. Knopf, an imprint of Random House Children's Books, a division of Penguin Random House LLC, New York
Traducción: Mia Postigo

1.ª edición: mayo 2023

O como diría el Consejo de la Sororidad:
Aquel que este libro ose robar con algo añadido tendrá que cargar.
La maldición de las letras despertará
y su amor por la lectura perecerá.
Que cada página le sea tan blanca como la nieve
y un sufrimiento eterno se lleve.

Text copyright © 2023 by Alexandra Bracken
Map art copyright © 2023 by Virginia Allyn
All Rights Reserved
© de la traducción 2023 *by* Mia Postigo
© 2023 *by* Ediciones Urano, S.A.U.
Plaza de los Reyes Magos, 8, piso 1.º C y D – 28007 Madrid
www.mundopuck.com

ISBN: 978-84-19252-22-7
E-ISBN: 978-84-19497-52-9
Depósito legal: B-4.451-2023

Fotocomposición: Ediciones Urano, S.A.U.

Impreso por: Rodesa, S.A. – Polígono Industrial San Miguel
Parcelas E7-E8 – 31132 Villatuerta (Navarra)

Impreso en España – *Printed in Spain*

Para mi hermana Stephanie.

LA TUMBA DE ARTURO

LA CABAÑA DE BEDIVERE

LOS CUBILES DE LAS HADAS

LA CABAÑA DEL CUIDADOR DE LOS VERGELES

EL TÚMULO FUNERARIO

EL BOSQUE DE LOS ANCESTROS

LA ARBOLEDA DE LA NIEBLA

EL RÍO DE LA HIJA

HACE SIETE AÑOS LANCASHIRE, INGLATERRA

Lo primero que se aprende como Saqueador es a no confiar en lo que ven tus ojos.

Nash tenía una forma distinta de decirlo, claro: «La mitad de la magia es siempre una ilusión». Por desgracia, la otra mitad era un horror bañado en sangre.

Claro que lo que tenía en aquel momento no era miedo; estaba más cabreada que una mona.

Me habían dejado atrás. Otra vez.

Apoyé las manos a ambos lados del marco de la puerta del cobertizo del jardín y me acerqué tanto como pude al portal encantado sin llegar a entrar. Los Saqueadores llamaban «Venas» a aquel tipo de túneles oscuros porque estos te conducían de un lugar a otro en un instante. En aquel caso, a la bóveda de una hechicera que llevaba muerta muchísimo tiempo y que contenía sus posesiones más preciadas.

Vi la hora en la pantalla rajada del antiquísimo móvil de Nash. Habían transcurrido cuarenta y ocho minutos desde que los había visto desaparecer dentro de la Vena. No había llegado a alcanzarlos a pesar de haber corrido, y, si ellos habían oído mis gritos, no me habían hecho nada de caso.

La pantalla del teléfono parpadeó y se puso negra cuando la batería se agotó finalmente.

—¿Hola? —llamé, jugueteando con la llave que habían dejado en la cerradura (uno de los huesos de los dedos de la hechicera, manchado con un poquito de su sangre)—. No pienso volver al campamento, así que ya os vale decirme cuándo puedo entrar sin peligro. ¿Me oís?

La única respuesta que recibí provino del pasaje, el cual soltaba espirales de nieve. Genial. La hechicera Edda había escogido dejar su colección de reliquias en algún lugar donde hacía incluso más frío que en Inglaterra en pleno invierno.

El hecho de que ni Cabell ni Nash me contestaran hacía que se me revolvieran las tripas. No obstante, a Nash nunca lo había parado la promesa del peligro, y estaba a punto de descubrir que a mí no me paraba nadie, mucho menos el cabrón de mi tutor.

—¿Cabell? —volví a llamar, aquella vez más fuerte. El frío envolvió mis palabras y dejó rastros blancos en el aire. Me recorrió un escalofrío—. ¿Va todo bien? Voy a entrar, lo queráis o no.

Por supuesto, Nash se había llevado a Cabell con él, porque él sí le era útil. Solo que, si yo no estuviera allí, no habría nadie que se asegurara de que mi hermano no saliera herido o algo peor.

El sol se ocultaba con timidez detrás de las nubes plateadas. A mis espaldas, una cabaña de piedra abandonada se erguía sobre los campos cercanos. El ambiente estaba en silencio, lo que me ponía aún más de los nervios. Contuve el aliento y agucé el oído. No oía el ruido del tráfico ni el zumbido de los aviones al pasar por lo alto, ni siquiera el canto de algún pajarillo. Era como si todo el mundo supiese que no debía ir a aquel lugar maldito y Nash fuese el único palurdo demasiado tonto y ambicioso como para arriesgarse a hacerlo.

Un segundo después, una nueva ráfaga cargada de nieve me llevó la voz de Cabell.

—¿Tamsin? —Al menos sonaba entusiasmado—. ¡Agacha la cabeza cuando entres!

Me adentré en la oscuridad desorientadora de la Vena. El frío que había notado en el exterior no se podía comparar con el que me envolvió al entrar y penetró en mi piel hasta que casi no pude respirar.

Tras haber dado dos pasos, el portal redondo que se encontraba al otro lado de la Vena apareció como de la nada. A los tres pasos, se convirtió en una vívida pared de luz fantasmagórica de color azul, casi como…

Les eché un vistazo a los trozos de hielo roto que había desperdigados alrededor de la entrada y a los ondeantes sellos de maldiciones que había tallados en ellos. Cuando me giré para buscar a Cabell, alguien me atrapó con la mano y me obligó a detenerme.

—Te he dicho que te quedaras en el campamento. —Al tener su linterna frontal encendida, el rostro de Nash quedaba ensombrecido, pero aun así podía notar el enfado que irradiaba de él como la calidez de su piel—. Ya hablaremos, Tamsin.

—¿Qué vas a hacer? ¿Castigarme? —le pregunté, envalentonada por mi victoria.

—A lo mejor sí, petarda —contestó—. Nunca hagas nada sin saber lo que te va a costar.

La luz de su linterna frontal alumbró algún lugar sobre mi cabeza y luego se dirigió hacia arriba. La seguí con la vista.

Unos témpanos de hielo colgaban del techo. Cientos de ellos, y todos terminaban en puntas afiladas como cuchillas que parecía que iban a caer en cualquier momento. Las paredes, el suelo, el techo... todo estaba hecho de hielo.

Incluso en la oscuridad, no me fue difícil encontrar a Cabell gracias a su raído cortavientos amarillo. El alivio me inundó por completo mientras me dirigía hacia él, para luego agacharme a su lado y ayudarlo a recoger los cristales que no había usado. Había empleado las piedras para absorber la magia de las maldiciones que rodeaban los portales. Y, una vez que las maldiciones habían quedado anuladas, Nash se había puesto a trabajar en los sellos con su hacha.

Todos los Saqueadores podían llevar a cabo una versión de lo que Cabell estaba haciendo, solo que ellos únicamente eran capaces de anular maldiciones con las herramientas que les habían comprado a otras hechiceras.

Cabell era especial, incluso entre los Saqueadores que tenían magia especial. Era el primer Trasvasador de maldiciones en siglos, alguien capaz de redirigir la magia de una maldición de una fuente a otra y desviar hechizos de nuestro camino.

La única maldición que Cabell no parecía poder romper era la suya.

—¿Qué maldición era esta, Tamsin? —me preguntó Nash, señalando con la punta de acero de su bota hacia un trozo de hielo marcado con un sello—. Decías que querías aprender —añadió, al ver la mirada que le dediqué.

Los sellos eran símbolos que usaban las hechiceras para darle forma a la magia y vincularla a un lugar o a un objeto. Nash se había inventado unos nombres estúpidos para todos los distintivos de las maldiciones.

—Espectro Sombrío —dije, poniendo los ojos en blanco—. Un espíritu nos habría seguido por la bóveda para torturarnos y arrancarnos la piel.

—¿Y este otro? —insistió Nash, dándole un golpecito con el pie a una piedra tallada para mandarla en mi dirección.

—Ojos Blancos —dije—. Para que quien sea que cruce la entrada se quede ciego y se pierda en la bóveda hasta morir de frío.

—Lo más probable es que hubieran muerto empalados antes de congelarse —comentó Cabell con alegría, mientras señalaba un sello diferente. Tenía su piel pálida sonrojada por el frío o la emoción y no parecía notar los copos de hielo que salpicaban su pelo oscuro.

—Tienes razón, bien dicho —lo felicitó Nash, y mi hermano sonrió, encantado.

Las paredes exhalaban un aire frío a nuestro alrededor. Una canción sobrenatural parecía recorrer el hielo, con sus crujidos y sus golpeteos como un árbol viejo que jugaba a las marionetas en el viento. Solo había un camino que seguir: el angosto pasadizo que se abría paso a nuestra derecha.

—¿Podemos buscar tu estúpida daga e irnos ya? —pedí, tiritando y frotándome los brazos.

Cabell metió una mano en su mochila y sacó cristales nuevos para las maldiciones que adornaban el pasillo. Mantuve los ojos fijos en él y seguí cada uno de sus movimientos, pero la mano de Nash, envuelta en un guante, se posó en mi hombro cuando intenté ir tras mi hermano.

—Ah, ah, ah. ¿No te olvidas de algo? —me preguntó, de forma intencionada.

Me aparté un mechón de cabello rubio con un resoplido, fastidiada.

—No lo necesito.

—Y yo no necesito que una princesita se me ponga chula, pero aquí estamos —contestó él, metiendo una mano en mi mochila para sacar algo envuelto en una seda lila. Lo desvolvió y me entregó la Mano de la Gloria.

No contaba con la Visión Única, algo que Cabell y Nash no dudaban en recordarme cada vez que podían. A diferencia de ellos, yo no tenía magia propia. Una Mano de la Gloria podía abrir todas las puertas, incluso aquellas protegidas por un pomo esqueleto, aunque su propósito más importante, al menos para mí, era que iluminaba la magia que quedaba escondida a los ojos humanos.

Lo odiaba. Odiaba ser diferente. Era un problema que Nash tenía que resolver.

—Uf, se está poniendo un poco sucia, ¿no crees? —preguntó Nash, mientras iba encendiendo la mecha de cada uno de los dedos.

—Te toca a ti darle un baño —le dije. Lo último que quería era pasar otra noche masajeando una capa fresca de grasa humana en la mano izquierda de un prolífico asesino del siglo dieciocho al que habían condenado a la horca por haber aniquilado a cuatro familias.

—Despierta, Ignatius —le ordené. Por mucho que Nash lo hubiera puesto en la base de un candelero de hierro, eso no hacía que sujetarlo fuese más agradable.

Giré la Mano de la Gloria para que la palma estuviera frente a mí. El ojo azul brillante que había acomodado en la piel cetrina parpadeó al abrirse y luego se entrecerró, decepcionado.

—Ajá, sigo con vida —le dije.

El ojo se puso en blanco.

—Lo mismo digo, pedazo de carne impertinente —murmuré, mientras ajustaba los dedos tiesos y retorcidos hasta que estos volvieron a su posición correcta con un crujido.

—Buenas tardes, guapetón —canturreó Nash—. ¿Sabes, Tamsy? Se puede más con miel que con hiel.

Lo fulminé con la mirada.

—Fuiste tú quien se empeñó en venir con nosotros —dijo—. Piensa más en lo que te va a costar para la próxima, ¿vale?

El olor a pelo quemado me llegó a la nariz. Cambié a Ignatius a mi mano izquierda, y todo lo que había a mi alrededor parpadeó cuando su luz se extendió por la superficie del hielo y lo iluminó con un brillo sobrenatural. Me quedé sin respiración.

Los sellos de las maldiciones estaban por todos lados: en el suelo, en las paredes, en el techo; todos se entremezclaban los unos con los otros.

Cabell estaba arrodillado en la entrada del pasadizo, y unas perlas de sudor cubrían su frente mientras se esforzaba por redirigir las maldiciones hacia los cristales que iba poniendo, poco a poco, frente a él.

—Cab tiene que descansar un poco —le dije a Nash.

—Puede con ello —dijo él.

Cabell asintió, cuadrando los hombros.

—Estoy bien, puedo seguir trabajando.

Una gota de grasa ardiente me quemó el pulgar. Le gruñí a Ignatius y le devolví su mirada entornada y resentida con una similar.

—No —le dije con firmeza. No iba a dejarlo cerca de Cabell, como sabía que quería que hiciera. En primer lugar, porque no tenía que obedecer las órdenes de una mano cortada y… A decir verdad, no necesitaba mayor razón que esa.

Solo para atormentar a la mano impertinente, sostuve a Ignatius contra la pared a mi derecha, de modo que el ojo expuesto quedara más y más cerca de la superficie congelada. No era tan buena persona como para sentirme culpable cuando vi el escalofrío que recorrió las tiesas articulaciones.

El color de sus llamas atravesó la gruesa capa de escarcha que había en la pared, y, mientras las gotas de agua serpenteaban hacia abajo, una figura oscura quedó al descubierto al otro lado.

Contuve un grito. El talón de mi deportiva se atascó con el hielo cuando retrocedí y, antes de que pudiera darme cuenta de lo que estaba sucediendo, me estaba cayendo.

Nash salió disparado hacia delante con un resoplido sorprendido y me sujetó del brazo en un agarre férreo. La fría pared que había detrás me rozó la coronilla.

El corazón aún me latía desbocado y los pulmones me seguían doliendo mientras intentaba recuperar el aliento cuando Nash me ayudó a incorporarme. Cabell se apresuró a llegar a mi lado, sujetarme de los hombros y asegurarse de que no me hubiese hecho daño. Me di cuenta del momento en que se percató de lo que yo había visto a través del hielo, pues su rostro ya pálido de por sí perdió cualquier atisbo de color. Sus dedos se pusieron rígidos por el miedo.

Había un hombre en el hielo, y la muerte lo había vuelto monstruoso. La presión del hielo le había roto la mandíbula, la cual se había quedado abierta en un último grito silencioso de aspecto antinatural. Su cabello blanco contrastaba con sus mejillas quemadas por el hielo. Tenía la columna torcida en ángulos tortuosos.

—Ah, Woodrow. Ya me estaba preguntando a dónde habría ido a parar —dijo Nash, dando un paso hacia delante para examinar el cadáver—. Qué mala pata.

Cabell me agarró de la muñeca y dirigió la luz de Ignatius hacia el túnel que teníamos frente a nosotros. Las sombras oscuras manchaban el hielo reluciente como si fuesen moretones. Era una siniestra galería de cadáveres.

Perdí la cuenta cuando llegué a los trece.

—Son… son tantos… —Mi hermano temblaba tan fuerte que sus dientes castañeaban, y sus ojos oscuros se encontraron con los míos, azules.

Lo rodeé con los brazos.

—Tranquilo, no pasa nada…

Sin embargo, el miedo se había apoderado de él y había despertado su maldición. Un pelaje oscuro empezó a brotarle del cuello y la espalda, y los huesos de su rostro se desplazaron con crujidos espantosos para adquirir la forma de un sabueso aterrador.

—Cabell —lo llamó Nash, en un tono suave y calmado—, ¿dónde se forjó la daga del rey Arturo?

—En… —La voz de Cabell sonaba extraña al rozar con sus dientes cada vez más largos—. Fue en…

—¿Dónde, Cabell? —lo presionó Nash.

—Pero ¿qué…? —empecé a decir, hasta que Nash me silenció con una mirada. El hielo gemía a nuestro alrededor. Apreté más a Cabell entre mis brazos y noté cómo su columna se curvaba.

—La forjaron en… —Los ojos de Cabell se entornaron al concentrarse en Nash— en Ávalon.

—Exacto. Junto a Excalibur. —Nash se arrodilló frente a nosotros, y el cuerpo de Cabell se quedó quieto. El pelaje que había surgido a través de su piel empezó a ocultarse, tras lo cual solo dejó marcas como de sarpullido—. ¿Recuerdas el otro nombre con el que los avalonianos llaman a su isla?

El rostro de Cabell comenzó a cambiar otra vez, y él hizo una mueca de dolor. Sus ojos, sin embargo, nunca se apartaron del rostro de Nash.

—Ynys… Ynys Afallach.

—Y te has acordado a la primera, muy bien —lo felicitó Nash, mientras se volvía a poner de pie. Apoyó una mano en mi hombro y en el de mi hermano—. Ya has despejado la mayoría de las maldiciones, chico. Puedes esperar aquí con Tamsin hasta que vuelva.

—No —dijo Cabell, pasándose una manga por los ojos—. Quiero ir contigo.

Y yo no pensaba dejarlo marchar sin mí.

Nash asintió y comenzó a avanzar por el túnel. Le pasó la lámpara a Cabell y ajustó su linterna frontal para enfocar la fila de cadáveres.

—Esto me recuerda a una historia…

—¿Y qué no lo hace? —murmuré por lo bajo. ¿No se daba cuenta de que Cabell seguía afectado? Solo pretendía ser valiente, pero fingir siempre había sido suficiente para Nash.

—Hace muchos muchos años, en un reino perdido en el tiempo, un rey llamado Arturo gobernó al pueblo de los humanos y al de las hadas por igual —empezó Nash, mientras avanzaba con cuidado por entre los cristales. Mientras caminaba, fue arañando los sellos de las maldiciones con la punta de su hacha—. Pero no me centraré en él en esta ocasión, sino en Ávalon, la isla de las hadas. Un lugar en el que crecen manzanas que pueden curar cualquier aflicción y donde las sacerdotisas sanan a aquellos que viven en sus bosques divinos. Durante un tiempo, la propia hermanastra de Arturo, Morgana, perteneció a su congregación. Le sirvió como una consejera sabia y justa, a pesar de cómo escogieron recordarla todos esos embusteros de la época victoriana.

Ya nos había contado aquella historia antes. Más de cien veces, en torno a cien hogueras distintas y humeantes. Como si Arturo y sus caballeros nos estuvieran acompañando en todos nuestros trabajos… Aun así, era algo familiar en el buen sentido.

Me concentré en el sonido cálido y grave de la voz de Nash, en lugar de en los horripilantes rostros que nos rodeaban. En la sangre congelada en aureolas a su alrededor.

—Las sacerdotisas honran a la diosa que creó la tierra en la que Arturo gobernó, y hay quien dice que la hizo de su propio corazón.

—Qué tontería —susurré, y mi voz tembló solo un poquito. Cabell estiró una mano hacia mí y envolvió la mía con fuerza.

Nash soltó un resoplido.

—Quizá para ti, niña, pero para ellos sus historias son tan reales como lo somos tú y yo. Esa isla fue parte de nuestro mundo en algún momento, donde Glastonbury Tor se alza con orgullo en la actualidad, solo que, hace cientos de años, cuando empezaron a surgir nuevas religiones y los hombres comenzaron a temer y a odiar la magia, se separó y se convirtió en una de las Tierras Alternas. Allí, las sacerdotisas, los druidas y el pueblo de las hadas escaparon de los peligros del mundo mortal y vivieron en paz…

—Hasta que las hechiceras se rebelaron —dijo Cabell, animándose a echar un vistazo a su alrededor. Su voz ya sonaba más fuerte.

—Hasta que las hechiceras se rebelaron —asintió Nash—. Las hechiceras que conocemos hoy en día son descendientes de aquellas que fueron desterradas de Ávalon por haberse decantado por la magia oscura…

Me concentré en la sensación de la mano de Cabell, en sus dedos que me apretaban con fuerza mientras pasábamos al lado del último cadáver y cruzábamos bajo un arco de piedra. Más allá, el camino de hielo serpenteaba hacia las profundidades. Nos detuvimos de nuevo cuando Cabell sintió —incluso antes de poder ver— un sello de maldición bajo sus pies.

—¿Y por qué estás tan desesperado por encontrar la dichosa daga? —pregunté, rodeándome con los brazos para tratar de conservar algo de calor.

Nash se había pasado el último año buscando aquella daga y había rechazado trabajos remunerados y búsquedas más sencillas. Y, al final, había sido *yo* quien había encontrado la pista para llegar hasta aquella bóveda… aunque Nash nunca fuese a reconocer toda la investigación que había llevado a cabo.

—¿No te parece que encontrar una reliquia legendaria es razón suficiente? —me preguntó, limpiándose su nariz de punta colorada—. Cuando quieres algo, tienes que pelear por ello con uñas y dientes; de lo contrario no tiene sentido.

—El camino está despejado —dijo Cabell, poniéndose de pie una vez más—. Ya podemos seguir.

Nash lideró la marcha.

—Recordad, mis pequeños duendecillos, que la hechicera Edda era conocida por su amor por las artimañas. No todo será lo que parece.

Solo nos llevó un par de pasos entender a qué se refería.

Todo empezó con una lámpara de queroseno, la cual se encontraba al lado de uno de los cadáveres sobre el hielo, sin más, como si el cazador la hubiese dejado en el suelo, se hubiese inclinado sobre la superficie congelada y esta lo hubiese engullido.

La pasamos sin perturbarnos.

Lo siguiente fue una escalera, la cual ofrecía una vía segura para el largo camino que nos separaba del nivel inferior.

Decidimos usar nuestras sogas.

Luego, justo cuando la temperatura descendió a un frío mortal, apareció un abrigo de piel blanco e impecable. Era de lo más suave y cálido, precisamente el tipo de abrigo que una hechicera despistada podría dejarse por ahí tirado, sobre una caja de frascos de comida igual de tentadores.

«Cómeme», susurraban. «Úsame».

Y paga su precio con sangre.

La luz de Ignatius reveló la verdad: las cuchillas y los clavos oxidados que estaban ocultos en el interior del abrigo, las arañas que esperaban dentro de los frascos de comida, el peldaño faltante de la escalera. Incluso la lámpara había estado llena de Madre Sofocante, un vapor que apretaba los pulmones hasta que respirar se volvía imposible, fabricado con la sangre de una madre que había matado a sus hijos. Quienquiera que abriera el cristal para encender la vela moriría en un instante.

Dejamos todo eso atrás, y Cabell redirigió la magia oscura de las maldiciones que había dispuestas entre cada trampa. Finalmente, tras lo que parecieron horas, llegamos a la cámara interna de la bóveda.

La cámara redonda brillaba con la misma luz pálida del hielo. En el centro había un altar, y allí, sobre un almohadón de terciopelo, descansaba una daga con una empuñadura blanca como el hueso.

Nash, a quien nunca le faltaban las palabras, se quedó en silencio. No estaba feliz, como había esperado. No daba saltitos sobre las puntas de sus pies por la emoción mientras Cabell rompía la última de las maldiciones que la protegía.

—¿Y a ti qué te pasa? —exigí saber—. No me digas que no es la daga correcta.

—No, no. Sí que lo es —contestó él, pero su voz tenía un tono extraño.

Cabell bajó del altar y dejó que Nash se acercara.

—Bueno —suspiró Nash, y permitió que su mano flotara un segundo por encima de la empuñadura antes de sostenerla—. Hola.

—¿Y ahora qué hacemos? —preguntó Cabell, observando la daga.

Una pregunta más adecuada sería a quién se la iba a vender. Quizá podríamos permitirnos un lugar decente para vivir y comida por una vez.

—Ahora… —empezó Nash, en voz baja, mientras sostenía la daga contra la brillante luz— iremos a Tintagel y recuperaremos el verdadero tesoro.

Viajamos hasta Cornualles en tren y llegamos justo cuando una feroz tormenta empezó a arreciar sobre los acantilados y envolvió las oscuras ruinas del castillo de Tintagel entre sus salvajes y atronadoras profundidades. Tras batallar un poco para montar nuestra tienda bajo los azotes de la lluvia y el viento, me quedé dormida como un tronco. Los cadáveres que habíamos visto en el hielo me esperaban en sueños, solo que habían dejado de ser Saqueadores para pasar a ser el rey Arturo y sus caballeros.

Nash estaba frente a ellos y me daba la espalda mientras observaba cómo la superficie del hielo ondeaba como si se tratara de agua líquida. Abrí la boca para decir algo, pero nada salió de ella. Ni siquiera un grito cuando vi que Nash daba un paso hacia delante y se adentraba en el hielo, como si quisiera reunirse con los cadáveres.

Me desperté de un sobresalto y me retorcí y pataleé contra el saco de dormir para liberarme. El primer rayo de luz de la mañana le otorgaba a la tela roja de nuestra tienda un brillo apenas visible.

Un brillo suficiente para ver que estaba sola.

Se han ido.

La estática me llenó los oídos y convirtió mi cuerpo en un nido de agujas. Tenía los dedos demasiado adormecidos como para manipular la cremallera de la abertura de la tienda.

Se han ido.

No podía respirar. *Lo sabía. Lo sabía. Lo sabía. Lo sabía.* Me habían vuelto a dejar.

Con un grito frustrado, rompí la cremallera y arranqué la solapa de la tienda para poder salir a trompicones hacia el barro frío.

La lluvia caía de forma torrencial, me agitaba el pelo y me golpeaba los pies descalzos mientras examinaba los alrededores. Una densa niebla se desplazaba a mi alrededor y cubría las colinas. Me tenía atrapada allí, sola.

—¿Cabell? —lo llamé—. ¿Cabell, dónde estás?

Corrí hacia la niebla, y las rocas, los brezos y los cardos me mordieron los dedos de los pies, pero no noté nada. Lo único que notaba era el grito que se estaba formando en el interior de mi pecho, que quemaba y quemaba.

—¡Cabell! —grité—. ¡Nash!

Se me atascó el pie con algo y caí, para luego rodar por el suelo hasta que volví a chocar con una piedra y todo el aire me abandonó de golpe. No conseguía volver a respirar. Me dolía todo.

Entonces el grito escapó de mí y se convirtió en algo más.

—Cabell —sollocé. Las lágrimas se deslizaban cálidas por mi rostro y se mezclaban con la lluvia incesante.

¿De qué nos vas a servir?

—Por favor —supliqué, haciéndome un ovillo. El mar rugió en respuesta mientras azotaba la costa rocosa—. Por favor, puedo ser de ayuda... puedo...

No me dejéis aquí.

—¿Tam... sin...?

Al principio, me pareció que me lo había imaginado.

—¿Tamsin? —Su voz era baja, pues la tormenta parecía tragársela entera.

Me impulsé hacia arriba y peleé contra la hierba y el barro que se aferraban a mí mientras lo buscaba.

Durante un instante, la niebla se despejó en la cima de la colina, y allí estaba, pálido como un fantasma y con su cabello azabache aplastado contra el cráneo. Sus ojos, casi negros, estaban desenfocados.

Me resbalé y subí la colina a trompicones, aferrándome a las rocas y la hierba con las uñas hasta alcanzarlo.

—¿Estás bien? Cab, ¿estás bien? ¿Qué ha pasado? ¿Dónde estabas? —le pregunté, envolviéndolo entre mis brazos.

—Se ha ido. —La voz de Cabell era fina como una aguja. Su piel parecía un bloque de hielo, y pude ver un ligero tono azul que le teñía los labios—. Me he despertado y no estaba. Ha dejado sus cosas... Lo he buscado, pero...

Se ha ido.

Pero Cabell estaba allí. Lo abracé con más fuerza, y noté cómo me devolvía el abrazo. Cómo sus lágrimas caían como la lluvia sobre mi hombro. Nunca había odiado más a Nash por ser todo lo que siempre había creído que era.

Un cobarde. Un ladrón. Un mentiroso.

—Va... va a volver, ¿verdad? —susurró Cabell—. Quizá... Quizá se le ha olvidado decirnos a... a dónde iba.

No quería mentirle a Cabell, así que no le contesté.

—De… deberíamos volver y… y esperar…

Estaríamos esperando durante toda la eternidad. Podía sentir la verdad en los huesos. Nash por fin se había deshecho de sus cargas. No iba a volver nunca. Lo único bueno era que no se había llevado a Cabell con él.

—No pasa nada —le susurré—. No pasa nada. Nos tenemos el uno al otro, y eso es todo lo que necesitamos. No pasa nada…

Nash decía que algunos hechizos tenían que pronunciarse tres veces para que surtieran efecto, pero yo no era tan idiota como para creerme eso tampoco. Yo no era una de las chicas de las páginas doradas de los libros de cuentos. Yo no tenía magia.

Lo único que tenía era a Cabell.

El pelaje oscuro estaba empezando a recorrer su piel una vez más, y pude notar cómo los huesos de su columna se desplazaban y amenazaban con realinearse. Lo abracé con más fuerza. El miedo hacía que el estómago se me revolviera. Nash siempre había sido quien se aseguraba de que Cabell volviera a ser él mismo, incluso cuando ya había cambiado del todo.

Sin embargo, en aquel momento, Cabell solo me tenía a mí.

Tragué en seco, lo protegí de la lluvia y el viento que arreciaban, y entonces empecé a hablar:

— Hace muchos muchos años, en un reino perdido en el tiempo, un rey llamado Arturo gobernó al pueblo de los humanos y al de las hadas por igual…

PARTE I

DOS DE ESPADAS

1

Sin importar lo que digan o cuánto se mientan a ellos mismos, nadie quiere saber la verdad nunca.

Quieren la historia que ya vive dentro de ellos, tan enterrada en su interior como su propia médula ósea. Esa es la esperanza que tienen escrita en el rostro en un idioma sutil que pocos saben leer.

Por suerte para mí, yo sí que sé.

El truco estaba, claro, en hacerles creer que yo no había visto nada en absoluto. Que no podía adivinar quién sufría mal de amores por algún amante perdido, quién estaba desesperado por que le lloviera dinero del cielo o quién quería librarse de una enfermedad que jamás le daría respiro. Se trataba del deseo sin más, tan predecible como inherentemente humano: oír su deseo en voz alta pronunciado por alguien más, como si eso, de algún modo, tuviese el poder de volverlo realidad.

Magia.

Sin embargo, los deseos no eran más que aliento desperdiciado que desaparecía en el aire, y la magia siempre exigía más de lo que otorgaba.

Nadie quería saber la verdad, y eso a mí no me importaba. Las mentiras me hacían ganar más; las verdades crudas, como había dicho una vez mi jefa Myrtle —la maestra mística de la tienda de tarot Maestra Mística—, solo me daban malas críticas en internet.

Me froté los brazos bajo el mantón de punto de Myrtle y le eché un vistazo al contador digital que había a mi derecha: 0:30… 0:29… 0:28…

—Percibo… Sí, percibo que tienes otra pregunta, Franklin —dije, presionando un par de dedos contra mi frente—. Una que es la verdadera razón por la que estás aquí.

El reluciente difusor de aceites esenciales borboteó ruidoso a mis espaldas. Su flujo constante con aroma a pachuli y romero no podía combatir contra el olor a calamares rebozados que surgía desde abajo por los viejos tablones de madera del suelo y la peste rancia de los contenedores de basura que había en la parte de atrás del edificio. La sala apretujada y oscura pareció cernirse sobre mí mientras continuaba respirando por la boca.

Maestra Mística había ocupado aquella sala en el piso superior del Mercado Faneuil Hall en Boston durante décadas y había sido testigo de la fila de restaurantes cutres de marisco que habían entrado y salido del piso de abajo del edificio. Aquello incluía, en términos más recientes, al Lobster Larry y su particular mal olor.

—Pues… —empezó a decir mi cliente, mientras le echaba un vistazo al empapelado floral que se caía un poco a pedazos, las estatuillas de Buda e Isis y luego a las cartas que yo había dispuesto en la mesa frente a nosotros—. Bueno…

—¿Nada? —intenté de nuevo—. ¿Cómo te irá en los exámenes finales? ¿En el trabajo en el futuro? ¿La temporada de huracanes? ¿Si tu piso está embrujado?

Mi teléfono terminó de reproducir la lista de tonos de lluvia armoniosa y campanas de viento. Estiré una mano hacia abajo para que empezara de nuevo. En el silencio que siguió, las polvorientas velas que funcionaban con pilas titilaron en las estanterías a nuestro alrededor. La oscuridad que proporcionaba su falta de luz conseguía esconder lo sórdida que era aquella sala.

Venga, pensé, empezando a desesperarme.

Habían sido seis largas horas de escuchar cánticos de monjes y de ordenar cristales de forma automática en las estanterías para pasar el tiempo entre que atendía a los pocos clientes que nos habían visitado. Cabell seguro que ya tenía la llave, y, tras terminar con aquella lectura, podría marcharme para encargarme de mi trabajo de verdad.

—Es solo que no entiendo qué ve en él —empezó Franklin, pero el pitido de mi contador digital lo interrumpió.

Antes de que pudiera reaccionar, la puerta se abrió de golpe, y una chica entró hecha un bólido.

—¡Ya era hora! —dijo, apartando la cortina de cuentas baratas con un movimiento dramático de sus manos—. Me toca.

Franklin se giró para mirarla embobado, y su expresión cambió cuando la evaluó con un claro interés: la chica prácticamente vibraba de energía y hacía muy complicada la tarea de mirar a cualquier otro lado que no fuese ella. Su piel de un tono moreno oscuro tenía un ligero brillo, producto de alguna crema que se hubiese puesto, lo más seguro, la cual olía a miel y vainilla. Se había recogido las trenzas en un par de moños en lo alto de la cabeza y llevaba los labios pintados de un púrpura intenso.

Tras dedicarle una mirada rápida a Franklin como respuesta a su indiscreción, la chica hizo un mohín en mi dirección. En la mano llevaba su característico reproductor de CD y unos cascos con almohadilla de espuma, reliquias de unos tiempos tecnológicos mucho más simples. Como alguien incapaz de tirar nada a la basura, me resultaban de lo más encantadores, muy a mi pesar.

Solo que el encanto desapareció en cuanto la chica se giró el cinturón y metió ambos objetos en lo que resultó ser una riñonera rosa. Una que tenía gatitos fluorescentes y la frase «Soy MIAUGNÍFICA» estampada en ella en letras verdes que brillaban en la oscuridad.

—Neve. —Intenté no suspirar—. No recordaba que tuviésemos cita para hoy.

—«No se necesita cita» —leyó con una enorme y encantadora sonrisa el mensaje que había pintado en la puerta.

—Iba a preguntar cuándo vamos a volver a salir juntos Olivia y yo… —se quejó Franklin.

—Tenemos que guardar algo para la próxima, ¿no te parece? —pregunté con dulzura.

Él recogió su mochila con una mirada dudosa.

—No… No le vas a contar a nadie que he venido, ¿verdad?

Hice un ademán hacia el cartel que había detrás de mi hombro derecho, TODAS LAS LECTURAS SON CONFIDENCIALES, y luego al que había justo debajo de ese: NO NOS HACEMOS RESPONSABLES POR NINGUNA DECISIÓN QUE SE TOME BASADA EN LAS LECTURAS, el cual había sido añadido demasiado tarde, tras tres demandas menores.

—Hasta la próxima —le dije, despidiéndome con la mano en lo que esperaba que no fuese un gesto tan amenazador como pretendía.

Neve se dejó caer en el asiento disponible, acomodó los codos sobre la mesa y apoyó la barbilla sobre su palma con una mirada expectante.

—Y bueno… —empezó—. ¿Qué tal todo? ¿Algún trabajito interesante? ¿Alguna maldición de lo más perveeersa que hayáis desenmarañado?

Miré espantada hacia la puerta, pero Franklin ya se encontraba demasiado lejos como para oír las palabras de Neve.

—¿Qué te gustaría preguntarles a las cartas hoy? —la interrogué con intención.

Hacía dos semanas me había dejado los guantes de trabajo —hechos de un cuero de aspecto muy reptiliano llamado «dracoescama»— fuera de la bandolera en un descuido, y Neve los había reconocido y había hecho la desafortunada conexión hasta mi trabajo real. El que estuviese enterada sobre los Saqueadores y la magia quería decir que era probable que perteneciera a los Sagaces, el término comodín para aquellos que poseían el don de la magia. Aun así, no la había visto nunca por los sitios de siempre.

Metió la mano en el bolsillo de su peludo abrigo de piel negro y dejó un arrugado billete de veinte dólares sobre la mesa entre ambas. Suficiente para quince minutos.

Podía quedarme otros quince minutos.

—Tu vida es tan emocionante... —suspiró Neve, contenta, como si se estuviera imaginando a sí misma en mi lugar—. El otro día estaba leyendo sobre la hechicera Hilde... ¿De verdad se afiló los dientes como los de un gato? Parece doloroso. ¿Cómo comes sin morderte el interior de la boca todo el tiempo?

Traté de no exasperarme mientras me reclinaba en la silla y ponía el contador. Quince minutos. Solo quince minutos.

—¿Y tu pregunta es...? —insistí, arrebujándome un poco más en el mantón tejido de Myrtle.

La verdad era que ser una Saqueadora era noventa y ocho por ciento investigaciones aburridas y dos por ciento desventuras mortíferas al tratar de abrir las bóvedas de las hechiceras. El que fuera simplificado a un cotilleo pretencioso hacía que se me pusieran los nervios de punta.

Neve se estiró la camiseta negra que llevaba, y la imagen de las costillas rosa que la cubría se distorsionó. Sus tejanos estaban rasgados en algunos lugares y dejaban ver el contraste de las mallas lilas que tenía debajo.

—No te gusta hablar mucho, ¿verdad, Tamsin Lark? Bueno, vale. Tengo la misma pregunta de siempre: ¿voy a encontrar lo que estoy buscando?

Fulminé las cartas con la mirada mientras las barajaba y me obligué a concentrarme en cómo las sentía al revolotear entre mis dedos y no en la intensidad de la mirada de Neve. Pese a su andar saltarín y sus palabras siempre alegres, sus ojos eran unos pozos oscuros que amenazaban con atraerte hacia sus profundidades con sus detalles dorados. Me recordaban a los cristales de ojo de tigre de mi hermano y me hacían preguntarme si estarían de algún modo conectados al don de su magia, aunque jamás me tomaría la molestia de preguntarlo, claro.

Tras barajar las cartas siete veces, empecé a sacar la primera, pero su mano atrapó la mía al vuelo.

—¿Puedo escogerlas yo hoy? —preguntó.

—Pues... si quieres —contesté, disponiéndolas bocabajo sobre la mesa—. Escoge tres.

Se tomó su tiempo para escogerlas, mientras tarareaba por lo bajo una canción que no reconocí.

—¿Qué crees que haría la gente si se enterara de la existencia de las hechiceras?

—Lo que siempre hacen cuando sospechan de brujería —dije, sin emoción alguna.

—Yo tengo una teoría. —Neve dejó los dedos suspendidos sobre las cartas de su elección, una después de la otra—. Creo que intentarían usar su poder para su propio beneficio. Las hechiceras tienen encantamientos para predecir el futuro de forma más exacta que el tarot, ¿a que sí? Y encuentran cosas...

Y tienen maldiciones que matan cosas, pensé para mis adentros, echándole un vistazo al contador. Se removió una parte de mí, la que sospechaba que todas aquellas visitas que me hacía podían ser un ardid para estudiarme para un posible encargo de recuperación. La mayoría del trabajo que Cabell y yo hacíamos como Saqueadores era por encargo: nos adentrábamos en bóvedas y buscábamos reliquias familiares perdidas o robadas o cosas así.

Neve dispuso dos filas de tres cartas cada una sobre la mesa y luego se reclinó en su silla, asintiendo satisfecha.

—Solo necesito una fila —me quejé, antes de interrumpirme. No tenía importancia. Daba igual cómo matara los diez minutos restantes. Recogí las cartas que quedaban en una pila ordenada—. Dales la vuelta.

Neve les dio la vuelta a las cartas de la fila de abajo. La rueda de la fortuna al revés, el cinco de bastos y el tres de espadas. Hizo un mohín de disgusto.

—Interpreto las tres posiciones como situación, acción y resultado —le expliqué, a pesar de que tenía la impresión de que ella ya lo sabía—. En esta, la rueda de la fortuna al revés está diciendo que te han llevado a una situación que está fuera de tu control, así que tendrás que esforzarte más para encontrar lo que buscas. El cinco de bastos te aconseja que esperes a que se desarrollen las cosas y que no te precipites si no tienes que hacerlo. Y el resultado, el tres de espadas, suele ser una decepción, por lo que me decanto por que no encontrarás lo que sea que estés buscando, aunque no será culpa tuya en absoluto.

Le di la vuelta a la pila de cartas que tenía en la mano.

—La que está al final de la baraja, la raíz de la situación, es la sota de bastos al revés.

Contuve una carcajada. Era la carta que siempre salía en sus lecturas, la cual indicaba impaciencia e ingenuidad. Si de verdad creyese en toda esa tontería, quedaría bastante claro que el universo le estaba intentando decir algo.

—Bueno, eso es solo lo que opinan las cartas —repuso Neve—. No significa que sea cierto. Además, la vida no sería ni la mitad de divertida si no pudiésemos demostrarles a los demás que se equivocan.

—Claro —asentí. Tenía la pregunta en la punta de la lengua. *¿Qué es lo que estás buscando exactamente?*

—Y ahora tú —dijo Neve, dándole la vuelta a la segunda fila de cartas—. Veamos la respuesta a lo que sea que te esté dando vueltas por la cabeza.

—No, no —protesté—. De verdad, no es…

Sin embargo, Neve ya estaba disponiendo las cartas: el loco, la torre y el siete de espadas.

—Uhhh —empezó y me sujetó una mano entre las suyas de un modo muy dramático—. Un suceso imprevisto te dejará libre para que recorras un nuevo camino, pero ¡debes andarte con cuidado porque alguien intentará traicionarte! ¿Qué les has preguntado, eh?

—Nada —dije, quitando la mano de su agarre—. Salvo qué cenaré.

Neve se echó a reír y arrastró su silla hacia atrás. Le eché un vistazo al contador.

—Todavía te quedan cinco minutos —le dije.

—No pasa nada, ya tengo lo que quería. —Sacó su reproductor de CD de su horrenda riñonera y se pasó los cascos por el cuello—. Oye, ¿tienes planes para mañana?

El dinero era lo único que importaba. Resignada, estiré una mano hacia la libreta con cubierta de cuero que tenía al lado.

—Te apuntaré para mañana. ¿A qué hora?

—No, quería decir para quedar. —Al ver que me había quedado en blanco, Neve añadió—: Para *quedar*, término que se suele usar para sugerirle a alguien ir a comer algo o ver una peli o vaya, hacer cualquier cosa que involucre pasarlo bien.

Me quedé de piedra. Quizás había entendido la situación completamente mal. Cuando al fin conseguí decir algo, mis palabras fueron tan torpes como forzadas:

—Eh... verás, es que no me van las chicas, lo siento.

La carcajada de Neve fue como una serie de campanillas.

—Pues tú te lo pierdes. Pero no eres mi tipo. Digo salir como amigas.

Cerré los puños bajo el mantel de terciopelo.

—No puedo tener relación con los clientes fuera del trabajo.

Su sonrisa desapareció por unos instantes, y supe que no había tenido ningún problema para reconocer la mentira en mis palabras.

—Vale, no pasa nada.

Se puso sus viejos cascos con almohadillas sobre las orejas y se giró para marcharse. Estos no hicieron nada para ocultar el bajo reverberante y el quejido distorsionado de guitarras melancólicas que escapó de ellos. Un llanto femenino y cósmico inundó la habitación, respaldado por el estruendo de una batería escalofriante que me puso de los nervios solo de oírlo.

—¿Pero qué carajos estás escuchando a ese volumen? —le pregunté, sin poder contenerme.

—Cocteau Twins —contestó ella, quitándose los cascos. Sus ojos brillaron de emoción—. ¿Los conoces? Son *increíbles*, todas sus canciones son como un sueño.

—No pueden ser tan increíbles si nunca había oído de ellos —repuse—. Deberías bajar un poco el volumen si no quieres quedarte sorda.

Me ignoró por completo.

—Sus canciones son como mundos distintos. —Neve envolvió el cable de sus cascos alrededor de su muy engorroso reproductor—. Sé que parece tonto, pero, cuando escucho su música, es como si nada más existiera. Nada importa. No tienes que sentir nada más que la música. Perdona, seguro que no te importa lo que estoy diciendo.

Pues no, solo que la culpa me carcomía un poco. Neve se dirigió hacia la puerta justo cuando Cabell la estaba abriendo. Mi hermano parpadeó al verla cuando ella pasó a su lado.

—Bueno, ¡me voy! —dijo Neve, mientras bajaba por las escaleras con rapidez—. ¡Hasta la próxima, oráculo!

—¿Otra clienta satisfecha? —preguntó Cabell, quedándose al lado de la puerta y alzando una ceja mientras se pasaba una mano por su cabello oscuro que le caía hasta los hombros.

—Por supuesto —dije, quitándome el mantón de Myrtle. Tras recogerme el pelo enredado en una coleta, junté las cartas para dejarlas en una pila ordenada. Estiré una mano hacia la bolsita de terciopelo que usaba para guardarlas, aunque me detuve al ver lo que había en la parte de arriba de la baraja.

Nunca me había gustado la carta de la luna. No era algo que pudiese explicar, y, por tanto, eso solo hacía que la odiara aún más. Cada vez que la miraba, era como si intentara sacar a rastras un recuerdo que se hundía hasta la parte frontal de mi mente, la cual nunca antes había olvidado algo.

Me acerqué la carta para estudiar su imagen. Era imposible determinar si la cara iluminada de la luna estaba durmiendo o si solo contemplaba el largo camino que tenía debajo. A lo lejos, unas colinas azules y cubiertas de niebla esperaban, resguardadas por dos torres de piedra, como silenciosos centinelas que protegían cualquier verdad que se ocultara más allá del horizonte.

Un lobo y un sabueso, ambos presos del miedo, uno salvaje y el otro domado, aullaban al orbe que se alzaba en el cielo. Cerca de sus patas, un cangrejo se arrastraba desde el borde de un estanque.

Mi mirada se clavó en el sabueso oscuro una vez más, y se me formó un nudo en el estómago.

—¿Qué tal ha ido el día? —preguntó Cabell, lo que hizo que devolviera mi atención hacia él.

Tras apartar mi parte del dinero del día y guardar el resto en la caja fuerte, alcé un par de billetes de cien dólares.

—¡Anda! Mira quién va a pagar por la cena esta noche —dijo—. Tengo muchas ganas de probar la famosa torre de mariscos sin fin de Lobster Larry.

Mi hermano era alto, desgarbado y más bien flacucho, pero parecía bastante cómodo en lo que había llegado a creer que era el uniforme estándar de los Saqueadores: pantalones marrones sueltos, atados con un cinturón lleno de todas las herramientas necesarias para el oficio, las cuales incluían un hacha pequeña, cristales y algunos viales de venenos de actuación rápida y antídotos.

Se necesitaba todo ello si se pretendía vaciar la bóveda de una hechicera de todos los tesoros que hubiese coleccionado a lo largo de los siglos y luego vivir para contarlo.

—¿Y si mejor comemos directo del contenedor de basura que hay afuera? —dije—. Comerás igual de bien.

—Eso quiere decir que quieres pasarte por la biblioteca y tratar de conseguir algún cliente nuevo antes de que pidamos una pizza por décima noche consecutiva —repuso él.

—¿Y la llave para el encargo de la hechicera Gaia? —le pregunté, mientras iba a por el bolso—. ¿Has encontrado algo que se corresponda en la colección de la biblioteca o al final has tenido que ir con el Cortahuesos?

Para poder abrir una Vena sellada, uno de los pasadizos mágicos que las hechiceras creaban ellas mismas, necesitábamos huesos y sangre de aquella que lo había creado o de algún familiar suyo. El Cortahuesos solía conseguirlos y comerciar con ellos.

—He tenido que pedírsela al Cortahuesos —me dijo, pasándome la llave para que la examinara. Parecían dos huesos de dedo soldados con una veta dorada—. Ya lo tenemos todo para abrir la tumba este fin de semana.

—Por los clavos del Señor —murmuré por lo bajo—. ¿Y cuánto nos ha costado esta llave?

—Lo de siempre —dijo Cabell, encogiéndose de hombros—. Un favor.

—Tenemos que dejar de intercambiar cosas por favores —dije, tensa, mientras terminaba de apagar la música y las velas a pilas.

—¿Por qué? —preguntó, apoyándose contra el marco de la puerta.

Aquel movimiento tan imperceptible y el tono despreocupado de su voz me hicieron detenerme en seco. Nunca me había recordado más a Nash, aquel malhechor que nos había criado a regañadientes y nos había enseñado su profesión solo para abandonarnos sin más antes de que ninguno de los dos hubiera superado la década de vida.

Cabell le echó un vistazo rápido al local de Maestra Mística.

—Tendrás que deshacerte de este curro de mierda si quieres pagarle al Cortahuesos con dinero de verdad la próxima vez.

De algún modo nos las habíamos ingeniado para llegar una vez más a mi tema de conversación menos favorito.

—Este «curro de mierda» nos permite hacer la compra y pagar por un techo. Tú podrías pedir más horas en el estudio de tatuajes.

—Sabes que no es eso lo que quiero decir —soltó Cabell, fastidiado—. Si tan solo fuésemos a por una reliquia legendaria…

—Si tan solo encontrásemos un unicornio —lo interrumpí—. Si tan solo encontrásemos una colección de tesoros de un pirata. Si tan solo las gotas de lluvia fueran de caramelo…

—Vale, vale —dijo Cabell, dejando de sonreír—. Ya está. Me ha quedado claro.

No éramos como los demás Saqueadores ni como Nash, quienes perseguían sueños e ilusiones. Si bien vender un objeto legendario en el mercado negro nos podría hacer ganar miles, por no decir millones, aquello significaba pasar años investigando por unas reliquias que eran cada vez más escasas. Los magos del resto del mundo habían guardado sus tesoros a buen recaudo, lo que nos dejaba disponibles solo los que se encontraban en Europa. Y, además, no contábamos con los recursos necesarios para un golpe así de grande.

—El dinero de verdad proviene de trabajos de verdad —le recordé. Y, me gustara o no, en Maestra Mística tenía un trabajo de verdad, uno con un horario flexible y un sueldo justo que se me pagaba amablemente en negro. Lo necesitábamos para complementar los trabajos por encargo que aceptábamos del tablón de anuncios de la biblioteca de la cofradía, sobre todo debido a que cada vez había menos encargos y a que los clientes pagaban cada vez menos.

Era posible que Maestra Mística fuese una trampa para atrapar turistas hecha a base de inciensos y tonterías con olor a palitos de pescado, pero nos había dado aquello que nunca habíamos tenido: estabilidad.

Nash nunca nos había matriculado en el colegio. Nunca nos había preparado ninguna documentación falsa para ninguno de los dos, el par de huérfanos que había recogido de distintos lados del mundo como si fuésemos uno de sus cachivaches inservibles. Lo que teníamos era aquel mundo de hechiceras y Saqueadores, desconocido e invisible para casi todos los demás. Nos habían criado en el regazo de los celos, la mano de la envidia nos había dado de comer y habíamos vivido bajo el techo de la ambición.

La verdad era que Nash no solo nos había obligado a entrar en aquel mundo, sino que nos había atrapado en él.

Me agradaba la vida que nos habíamos labrado nosotros mismos, además de la pequeña dosis de estabilidad que nos había costado tanto y que habíamos conseguido al hacernos mayores y valernos por nuestra propia cuenta.

Por desgracia, Cabell quería lo que Nash tenía: el potencial, la gloria, la emoción de un hallazgo.

Mi hermano apretó los labios y se rascó la muñeca.

—Nash solía decir que…

—Ni se te ocurra citarme a Nash —le advertí.

Cabell me miró, sorprendido, y por una vez, no me importó.

—¿Por qué siempre haces eso? —preguntó—. No quieres ni oír que lo mencione…

—Porque no se merece ni siquiera el aliento que demanda decir su nombre —sentencié.

Tras colgarme la bandolera de cuero en el hombro, me obligué a sonreír.

—Venga, vayamos a echarle un vistazo al tablón de anuncios de la biblioteca y luego pasaremos por donde la hechicera Madrigal para entregarle el broche.

Cabell se estremeció ante el nombre de la hechicera, y yo le di una palmadita en el hombro. Para ser justa, la mujer se había obsesionado con él durante nuestra consulta con semejante intensidad que nos había alarmado a los dos, y eso antes de que decidiera lamer una gota de sudor que caía por la mejilla de mi hermano.

Cerré la tienda y seguí a Cabell por la chirriante escalera antes de salir a la bulliciosa noche. Había montones de turistas a nuestro alrededor, todos contentos y de mejillas sonrojadas por el aire frío de inicios de otoño.

Apenas me las arreglé para no chocarme con varios de ellos mientras estiraban el cuello para observar con la boca abierta el edificio del Quincy Market. Inclinarse para hacerse una foto frente a restaurantes, comer dónuts de manzana y empujar carritos con bebés dormidos por la acera adoquinada en dirección a sus hoteles era todo un modo de vida.

Uno que nunca había conocido ni llegaría a conocer.

2

El eco de unas risas nos dio la bienvenida cuando entramos al atrio de la biblioteca de nuestra cofradía, y el sonido hizo que mi piel se volviera tan fría como las paredes de mármol.

Nada solía terminar bien después de una fiesta de Saqueadores, en especial tan cerca de la medianoche, cuando las maldiciones estaban por todos lados y el buen juicio de la gente se consumía al mismo ritmo que el alcohol.

En aquel momento deseé haber ido primero a por algo de cenar en lugar de ir directo a Beacon Hill, donde la biblioteca ocupaba una casa señorial de lo más normalita.

—Arg —me quejé—. Pero qué oportunos.

—Sí que se te da bien encontrarte con la gente que no quieres ver —dijo Cabell—. Casi parece que la biblioteca intenta decirte algo.

—¿Que tengo que hallar un modo de robarles a todos las llaves para que ya no puedan entrar?

Cabell meneó la cabeza.

—¿Cuándo te vas a dar cuenta de que apartar a la gente solo hará que termines más sola que la una?

—¿Quieres decir «feliz para siempre»? —repuse, tras asegurarme de haber cerrado la puerta a cal y canto a mis espaldas.

Habían obtenido la Omnipuerta de la bóveda de una poderosa hechicera hacía más de un siglo, cuando habían fundado nuestra cofradía de Saqueadores. A diferencia de los pomos esqueleto de las hechiceras, los cuales se usaban para anclar un extremo determinado de una Vena al otro, la Omnipuerta era capaz de abrir un número infinito de portales temporales. Podía llevar a una persona a cualquier lugar que esta pudiera reproducir de forma clara en su mente, siempre y cuando se tuviese una copia de la llave de latón de la puerta.

Cabell y yo habíamos heredado nuestra llave de miembros de Nash, quien la había recibido tras haber sido aceptado a regañadientes en la cofradía. La donación que había tenido que hacer —el escudo de Eneas— había sido una reliquia lo bastante notable como para que otros miembros de la cofradía estuvieran dispuestos a hacer la vista gorda en cuanto a su reputación de rufián.

Lo malo de la Omnipuerta era que la biblioteca se había convertido en un lugar por el que se tenía que pasar sin importar a dónde se dirigiera uno. Si bien podíamos llegar andando a la biblioteca y esperar a que Bibliotecario se percatara de nuestra presencia y abriera la puerta secreta, el modo más fácil de llegar a ella y el que usaba la mayoría de los Saqueadores era la Omnipuerta. Lo único que había que hacer era meter la llave que nos daban como miembros en cualquier cerradura vieja que hubiese cerca y abrir la puerta, tras lo cual estaríamos en la biblioteca en segundos. Lo que nosotros solíamos usar era la puerta del armario de ropa de cama que teníamos en nuestro piso en North End. Una vez en la biblioteca, podíamos usar nuestra llave nuevamente en el pomo de la Omnipuerta para continuar hacia donde fuera que nos condujese nuestro siguiente destino.

Tendríamos que usarla también al volver, y la idea de tener que soportar múltiples dosis de aquella reunión fue suficiente para que se me revolviera el estómago.

La expresión tensa de Cabell se relajó un poco cuando se echó hacia atrás y dirigió la mirada hacia el largo y lustroso vestíbulo que conducía a la cámara central de la biblioteca. El cálido brillo de las velas era una invitación y hacía que las motitas blancas del suelo de piedra se iluminaran como un camino de estrellas.

—No es viernes, ¿no? —pregunté. Las exposiciones de los viernes por la noche estaban llenas de Saqueadores que bebían y se pavoneaban sobre las muchas reliquias que habían encontrado y las bóvedas a las que habían sobrevivido. Cualquier esperanza que hubiese tenido de saludar rápidamente a Bibliotecario antes de escabullirnos se deshizo tan rápido como un puñado de arena.

—Es martes. Pero parece que Endymion Dye y su grupito han vuelto de la expedición en la que han estado —comentó Cabell.

Si bien me odié a mí misma por mi curiosidad autodestructiva, le eché un rápido vistazo al vestíbulo. Y, por supuesto, allí estaba Endymion Dye en una de las mesas de trabajo, rodeado de miembros de la cofradía que canturreaban y revoloteaban a su alrededor en su afán por alabar a su excelencia. Su cabello completamente blanco todavía me sorprendía, por muchas veces que lo hubiera visto ya. Había sido el regalo de despedida de una hechicera hacía tres años.

Apreté la mandíbula. Había algo en él que me molestaba más allá de sus riquezas obscenas, del hecho de que había sido su familia la que había fundado aquella cofradía y por ende había sido él quien había dispuesto las reglas, más allá incluso de aquellos ojos grises e intensos que parecía que podían ver a través de cualquier persona. Tenía un aire esquivo, como si ninguno de nosotros mereciese el privilegio de conocer sus verdaderos sentimientos o intenciones.

Incluso Nash, el hombre que se abría paso entre el caos a base de sonrisas, había guardado sus distancias con Endymion. «Ese anda en cosas turbias, Tamsy», me había dicho una vez mientras pasábamos por su lado de camino a la única reunión de la cofradía a la que Nash se había dignado a asistir. «Será mejor que no te acerques mucho a él, ¿de acuerdo?».

En las pocas ocasiones en las que lo había visto, Endymion siempre había guardado una compostura perfecta, por lo que me pareció casi irreal verlo en aquel momento salpicado del polvo y la suciedad de su reciente expedición.

Aun así, no era ni de cerca igual de inaguantable que su hijo, Emrys. El Dye más joven, cuando no se estaba gastando la herencia que ningún chico de diecisiete años merecía o presumiendo sobre cualquier reliquia que él o su padre hubiesen encontrado, parecía existir exclusivamente para poner a prueba los límites de mi paciencia.

—No ves a Niño Bien por ahí, ¿verdad? —pregunté.

Cabell se volvió a asomar hacia el vestíbulo.

—No. Pero...

—Pero ¿qué? —le dije.

—Me parece raro que su padre no lo haya llevado con él —dijo Cabell—. Aunque hace semanas que no lo veo por la biblioteca. ¿Quizás esté asistiendo a algún nuevo internado para niños ricos?

—Ay, ojalá. —Solo que no había modo de que Emrys fuese a dejar el negocio de buscar reliquias, ni siquiera durante un tiempo.

Endymion hizo caso omiso del parloteo de los Saqueadores, y su mirada quedó escondida por el reflejo de la luz de la hoguera en sus gafas de marco delgado.

Cabell me puso una mano sobre la cabeza en un gesto de consuelo.

—Quédate aquí. Iré a ver el tablón de anuncios, así no tienes que lidiar con ellos.

Le quité la mochila con materiales que se había colgado al hombro y sentí que el alivio me inundaba por completo.

—Gracias. Me he quedado sin respuestas ingeniosas por hoy.

Me apoyé sobre la fría pared de piedra y oí cómo los otros Saqueadores saludaban a Cabell con bombos y platillos como si fuese el hijo pródigo. Tras superar su exterior tatuado, tenso y solitario, lo habían aceptado entre los suyos. Su risa profunda y aquel apasionado arte para contar historias que había aprendido de Nash *casi* eran suficientes para contrarrestar su desafortunada asociación con la familia Lark.

Solo que, cada vez que se preparaba para una exposición o para ir a beber con uno de ellos, tenía que morderme la lengua para no recordarle que aún nos llamaban *los Largados* a nuestras espaldas.

Lo que podría haberme ofendido, si hubiese tenido algún sentido.

No lo respetaban, y estaba segura de que tampoco les importaba un rábano si vivía o moría. Nunca les había importado. Cuando éramos pequeños y habíamos necesitado su ayuda, la supuesta unidad de la cofradía había brillado por su ausencia.

Aquella fue la primera lección que Nash me había inculcado: en la vida, cada uno solo se preocupa por sí mismo, y, si quería sobrevivir, tenía que hacer lo mismo. Al menos las hechiceras eran más honestas al respecto y no pretendían que les importara nadie más que ellas mismas.

Cabell regresó adonde me encontraba a paso rápido con tres anuncios de encargos, todos escritos en la tinta verde esmeralda de Bibliotecario.

—Creo que hay un par que valen la pena.

Tomé los tres y busqué los nombres de quienes solicitaban encargos de recuperación. La mayoría parecían ser Sagaces. Mejor así, necesitábamos un descanso de tratar con hechiceras.

Una nueva oleada de vítores entusiasmados me hizo volver la vista hacia el vestíbulo una vez más.

Endymion le estaba quitando, con toda la paciencia del mundo, el envoltorio protector a uno de los objetos que habían encontrado. Y entonces, con el tipo de florituras exageradas que aquellas personas no podían resistir, incluso si significaba maltratar artefactos carísimos, dejó caer la reliquia de vuelta a la mesa. El estruendo del impacto se oyó por toda la biblioteca.

El enorme libro estaba encuadernado, y su cubierta de cuero estaba ajada por los años y el calor. La gruesa pila de páginas, de bordes plateados, parecía como si hubiese pasado los últimos siglos tratando de escapar. Lo único que lo mantenía todo junto era un pesado cierre de metal con el símbolo del árbol de Ávalon.

Una punzada de envidia, una que resentí desde lo más hondo, me invadió.

—La Inmortalidad de Callwen... —dije. Una colección de los recuerdos de la hechicera escritos con su sangre tras su muerte. Si bien aquella era una práctica común para las hechiceras de la actualidad, se rumoreaba que aquel era el primer libro de ese tipo.

Los gatos de la biblioteca, escondidos en las repisas superiores de las estanterías, sisearon ante la presencia de las maldiciones entretejidas en aquel tomo. El sonido fue como el de la lluvia evaporándose contra un tejado hirviendo.

Los demás Saqueadores golpearon la mesa con los puños. Mientras me situaba frente a la Omnipuerta, mi pulso iba más rápido que aquellos golpes escandalosos.

—Pero bueno —dije, al tiempo que deslizaba la llave dentro de la cerradura—. ¿A dónde vamos primero?

Tras horas de ir y venir entre Boston, Savannah, Salem y San Agustín, no habíamos tenido suerte con ninguno de los encargos. Dos ya habían sido completados por algún Saqueador de otra cofradía o, en el último, la clienta había pretendido pagarnos con su vasta colección de botones.

Lo único que nos quedaba pendiente era culminar el encargo que habíamos llevado a cabo para la hechicera Madrigal.

—Yo solo digo que esos botones de perlas parecían bastante interesantes —siguió Cabell, mientras esquivaba al gentío que salía a cenar en el Barrio Francés de Nueva Orleans.

—Tenían forma de estrellitas —le dije, haciendo una mueca.

—Tienes razón, retiro lo dicho —dijo él—. No eran interesantes, eran *encantadores*. Creo que te quedarían la mar de bien...

Lo golpeé en el hombro con el mío y puse los ojos en blanco.

—Ya sé qué regalarte por Navidad.

—Ajá —dijo Cabell, distraído con las vistas de los balcones de hierro que había sobre nuestras cabezas. Una delgada luna iluminaba toda la gloria llena de color de Nueva Orleans y parecía asomarse desde una altura más baja de lo normal.

—¿Por qué no vivimos aquí? —suspiró él, con añoranza.

Podría haber nombrado una decena de razones, aunque solo una importaba: Boston era nuestro hogar. Era el único que habíamos tenido en la vida.

Ambos ralentizamos la marcha por instinto al acercarnos a una calle secundaria de lo más normalita. Una mansión negra recubierta de hiedra nos esperaba al final del callejón, más allá del último charco de luz ámbar de una farola.

La verja negra de Casa Grajo rechinó al abrirse ante nosotros, sin haber llamado. Unas bayas de espino blanco salpicaban el suelo por todo el camino enrevesado que daba al porche frontal. Contuve el aliento, pero su peste podrida me llegó de todos modos, se adentró en mis fosas nasales y se quedó allí.

El modo en que el corazón me retumbaba contra las costillas despertó el recuerdo de haber esperado en el exterior de otras mansiones como aquella, aferrada a la pequeña mano de Cabell mientras rezaba por que Nash no muriera mientras negociaba con la hechicera en su interior.

—¿Estás segura de que tienes el broche? —preguntó Cabell, a pesar de saber que lo tenía.

—No me va a pasar nada —lo tranquilicé.

—Puedo ir contigo, de verdad —me dijo, tras dedicarle una mirada nerviosa a la casa, la cual no era algo para nada característico en él.

Saqué una libreta encuadernada en cuero negro de mi bolso y le apreté su desgastada cubierta contra el pecho.

—Ve probando algunas palabras clave mientras esperas.

El diario de Nash, una de las pocas posesiones que había dejado atrás al marcharse, era un caos de historias y apuntes sobre reliquias, leyendas y magos con los que se había cruzado a lo largo de los años. Al saber que lo más probable era que sus jóvenes y cotillas protegidos intentaran leerlo, había escrito algunas entradas en un lenguaje cifrado con palabras clave. Si bien habíamos conseguido adivinar la palabra clave para descifrar la mayoría de las entradas, la última, la que había escrito justo antes de desaparecer, aún nos eludía.

Cabell aceptó el diario, pero permaneció intranquilo.

—Me toca a mí —le dije. Cuando teníamos que entregar nuestros hallazgos a hechiceras, uno de los dos siempre esperaba fuera, por si el otro se quedaba atrapado en el interior con un cliente que se negaba a pagar. Le di un apretón tranquilizador en el brazo—. No tardaré, lo prometo. Te quiero.

—No te mueras —respondió él, tras soltar un suspiro y apoyarse contra la valla.

El hogar de la hechicera Madrigal parecía temblar por su propio frío. Los cristales de las ventanas castañeaban como dientes en sus marcos, y los huesos de mármol resquebrajado y de la carpintería metálica gemían con la brisa.

Alcé la vista para contemplar la desgastada fachada de la mansión mientras avanzaba hacia el porche que parecía hundirse en algunas partes.

—Vale —me susurré a mí misma, cuadrando los hombros—. Es solo una entrega. Recibiré el dinero y me largaré.

Siempre me aseguraba de investigar quiénes eran nuestros clientes antes de encontrarnos con ellos, lo que aumentaba de manera significativa nuestras oportunidades de que nos dieran el trabajo y de salir con vida tras las reuniones con ellos. Pese a ello, no había encontrado casi nada de información sobre Madrigal en la biblioteca de nuestra cofradía, y ni siquiera el diario de Nash había servido de mucho.

Madrigal: taumaturga, maestra de todas las afinidades elementales. Sin familiares conocidos. No aceptar nunca una invitación a cenar.

Su encargo se había quedado en el tablón de anuncios de la cofradía durante meses sin que nadie se lo llevara, antes de que me envalentonara lo suficiente como para hacerlo yo misma.

Cerré el puño en torno al broche que descansaba en un bolsito de terciopelo. Negociar aquel encargo casi había acabado con mis nervios, y estos aún se sentían bastante vulnerables mientras me esforzaba por recordar todos los planes de contingencia en caso de que algo saliera mal. La cruda realidad era que lo que podíamos hacer si Madrigal se negaba a honrar el contrato que habíamos firmado y a pagarnos era prácticamente nada. Aquellos eran los gajes del oficio de hacer tratos con un ser más poderoso: su voluntad era tan caprichosa como el fuego, y siempre teníamos que andar con cuidado para no quemarnos.

La puerta se abrió antes de que tuviese oportunidad de alzar la mano para llamar al timbre.

—Buenas noches, señorita.

El acompañante de la hechicera un poco más y llenaba la puerta entera con su enorme altura y sus hombros tan anchos como los de un toro. Ella lo llamaba Querido, y si aquel era su nombre de verdad o un apelativo cariñoso, imaginé que lo más seguro sería no preguntar.

Me hizo una reverencia cuando me acerqué, y, del mismo modo que la primera vez que había acudido a aquel lugar, sus facciones me resultaron imposibles de distinguir. Una máscara de cuero le cubría la parte superior del rostro como la caperuza de un halcón y le ocultaba los ojos. El resto de su enorme cuerpo estaba apretujado en un elegante y anticuado uniforme de mayordomo.

—Haga el favor de seguirme, señorita. —El acento del hombre era raro, melodioso de un modo que no parecía humano y que probablemente no lo fuese. A pesar de que era una práctica poco común en el mundo actual, las hechiceras solían hacer que criaturas mágicas las sirvieran durante sus largas vidas.

El acompañante de la hechicera dio un paso hacia atrás dentro de las sombras que lo esperaban a sus espaldas. El olor a cera caliente y humo de velas me inundó la nariz conforme pasaba por su lado. El broche dorado que tenía en la solapa —una pieza de ajedrez con una medialuna sobre ella— parpadeó con el reflejo de la luz de un candelabro que había cerca. Se trataba de la marca de la hechicera Madrigal.

Los lamentos de un saxofón batallaban con las notas relucientes de un piano en algún lugar en las profundidades de la casa y aumentaban su ritmo poco a poco hasta alcanzar una velocidad frenética.

Venga ya, me dije, y noté que los bordes del broche se me clavaban en la palma de la mano.

—¿Tu señora se encuentra en casa? —pregunté.

—Sí, señorita —respondió el acompañante—. Tiene visita.

El estómago me dio un vuelco.

—¿Debería volver otro día?

—No, señorita —me dijo—. Eso la haría enfadar.

Y, como cualquier acompañante de hechicera, él sabía bien que uno jamás debía arriesgarse a que algo así sucediera.

—Vale —me las arreglé para decir, y esperé un segundo para dejar que me mostrara por dónde ir. Había estado tan nerviosa durante mi primera visita a Casa Grajo que esta no había sido nada más que un borrón de incienso y terciopelo. Sin embargo, en aquel momento pude apreciarla mejor.

Al igual que unas flores que llevaban una semana en un jarrón, los elegantes muebles, cuadros y cachivaches dorados habían perdido el color con el paso de los años. Esa decrepitud era tan impactante como las húmedas y sucias alfombras y la peste abrumadora a moho y podredumbre.

Una seda roja y decadente cubría las paredes. Una mesa con incrustaciones de hueso estaba apoyada contra una de ellas y en el centro tenía un jarrón con la forma de unas manos ahuecadas, unos prismáticos de teatro y una copa a medio beber de lo que podría haber sido vino tinto, pero que también habría pasado por sangre sin mayor problema.

Lo que dominaba todo el vestíbulo y brillaba a la luz de las velas era el retrato de un joven de mirada cauta vestido con un uniforme antiguo. El cuadro tenía la marca de un beso hecho con un pintalabios rojo y brillante y, donde el corazón tendría que haber estado, también se veía que el lienzo había sido rasgado con un cuchillo.

El miedo empezó a acumularse en mi piel y la recorrió como si se tratara de un nido de ciempiés. Seguimos la música hasta que la moqueta dio paso a un suelo a cuadros de baldosas negras y blancas. Aunque las velas se iban encendiendo conforme avanzábamos, su luz no era suficiente para tranquilizar la sensación de pesadumbre que se estaba apoderando de mí.

El vestíbulo daba al atrio redondeado en el centro de la casa. Una cúpula de vitrales se alzaba sobre la impresionante escalera y mostraba un lujoso jardín lleno de árboles y florecillas trepadoras bajo una brillante luna creciente. El vitral hacía que la moqueta roja y el mármol de la gran escalera se tornaran de un color como podrido.

En lugar de ir hacia el piso de arriba, nos dirigimos hacia unas puertas dobles de color escarlata, ambas talladas con la marca de la hechicera. La música disminuyó de volumen, solo lo suficiente para que pudiera oír el murmullo de voces en el interior de la sala. Cerré los ojos al tiempo que el acompañante alzaba la mano para llamar a la puerta.

Las puertas se abrieron, y la música se derramó de la sala como la sangre al abrir una garganta.

Cuadré los hombros tanto como pude y alcé la barbilla antes de seguir al acompañante de Madrigal hacia el interior de la sala. Allí, una chica me devolvió la mirada. Rostro redondeado, ojos demasiado grandes, cabello que no era rubio ni castaño y tan pálida como el hueso.

Era *yo*.

La sala estaba cubierta de espejos, todos ellos tan altos que abarcaban desde el suelo hasta el techo. Los muebles parecían tallados de los propios suelos de piedra negra y brillante, como si alguien los hubiera estirado y retorcido en formas extrañas. Había velas que delineaban los suelos y los aparadores. Cientos de llamas se convertían en miles cuando sus reflejos se multiplicaban en los cristales plateados que nos rodeaban.

Y, en el centro de la sala, hacia donde caían las gotas de cera escarlata del candelabro que había en lo alto, había una mesa de banquete.

El estómago me dio un retortijón al ver las bandejas llenas de cortes de carne y pasteles. Unos cuervos de chocolate siguieron mis movimientos con sus ojos de gominolas desde sus puestos en lo alto de unas torres de dulces y tartas.

Una mujer se encontraba sentada en un extremo de la mesa, y su figura estaba envuelta en lo que parecía una nube de tormenta de tul negro. Unas profundas líneas de colorete le delineaban el rostro. Una cascada de cabello pelirrojo le caía por la espalda, pero la hechicera —o algún pobre sirviente— había recogido dos secciones de cabello y lo había enroscado sobre sus orejas. Cuando alzó la vista hacia nosotros, su collar de perlas negras salpicadas con diamantes tintineó.

Tenía la apariencia que incontables leyendas habían intentado atribuirle a la tristemente célebre Morgana: seductora y siniestra.

—Señorita Lark, pero qué... puntual. —Se limpió los labios con una servilleta de encaje negro y alzó una mano.

El corazón me dio un vuelco cuando di el primer paso en su dirección. Mis botas de pronto me parecieron demasiado escandalosas y mi ropa demasiado desarreglada para encontrarme allí, ahogándome en medio de la intensa iridiscencia de la sala. Me volví a detener cuando vi que la hechicera no se encontraba sola en la mesa, sino que había... ¿varios hombres inmóviles? ¿Muñecos a tamaño real? Iban vestidos con trajes elegantes, y todos estaban atados a la silla con un lazo de terciopelo negro a la altura del pecho. A cada uno de ellos le cubría la cabeza un animal disecado como si de una capucha se tratase: un oso, un león, un ciervo y un jabalí.

—Acércate, te aseguro que mis invitados saben comportarse —dijo Madrigal—. Yo misma los he entrenado bien.

Ninguno pareció moverse, hasta que el invitado que estaba sentado a su izquierda se inclinó más allá del inmenso candelabro que lo había mantenido oculto a mi vista.

Emrys Dye.

3

A diferencia del resto, él no llevaba la cabeza de ningún animal, lo que significó que pude ver cómo se ponía completamente pálido y separaba los labios en una clara expresión de sorpresa.

Antes de aquel momento, me enorgullecía el hecho de que era poco probable que alguien me tomara desprevenida. Me había pasado años consumiendo dosis metódicas de sospecha, del mismo modo en que otros probaban gotas de veneno para desarrollar tolerancia. Cuando siempre te esperas lo peor, nada es capaz de hacer mella en ti y sorprenderte.

Sin embargo, fuera lo que fuere lo que había esperado, estaba más que claro que no era… *aquello*.

Como siempre, las facciones de Emrys eran perfectas como las de un estudiante de escuela rica: su apariencia había sido cultivada con dedicación a través de generaciones de matrimonios concertados entre gente rica y atractiva, todos con aquel indescriptible qué sé yo que los Sagaces parecían poseer, que los hacía ligeramente distintos de nosotros los mortales. Era algo que hacía que quisieras quedarte admirándolos durante un segundo más de la cuenta.

Aquel atractivo era difícil de resistir, incluso con Emrys, hasta que descubrías la repulsiva personalidad que se escondía detrás de la máscara.

Emrys vestía un traje negro y sedoso y llevaba la pajarita abierta alrededor del cuello. Su cabello castaño estaba desarreglado como siempre. Se pasó una mano en un gesto distraído por él mientras me observaba con sus ojos de distinto color. Uno parecía gris como la plata, mientras que el otro era de un verde tan brillante como la esmeralda del broche que había traído conmigo.

Parecía que mis pies habían olvidado cómo funcionar. Por desgracia, no ocurrió lo mismo con mi boca.

—Pero ¿qué haces tú aquí? —solté.

—Yo también me alegro de verte por estos lares, Tamsin —dijo Emrys, antes de rodear con fuerza el cuello de una botella de champán que tenía cerca. La sorpresa que había sentido antes se había evaporado, lo que había dado paso a su característico tono despreocupado—. ¿Estás de vuelta de otra emocionante travesía para recuperar basura perdida? Imagino que lo que sea que la señora Madrigal te haya encargado encontrar fue un bienvenido descanso de la bazofia con la que sueles dar.

—¿Y tú has vuelto de otra expedición para reafirmar tu frágil orgullo masculino? —repuse con dulzura. Con razón que no lo habíamos visto en la biblioteca.

Emrys se echó a reír mientras se llenaba su copa de champán hasta el borde.

—Bueno, ahí me has pescado, Avecilla.

Quise darle un buen mordisco. Si alguien era una avecilla, era él. Con el modo en que revoloteaba por todos lados, molestaba a todo el mundo y dejaba un desastre tras de sí para que otra persona recogiera los destrozos.

—Me parece a mí que estás bajo la absurda impresión de que tu predictibilidad es algo encantador en lugar de, de hecho, algo terriblemente aburrido —le dije.

—¿Aburrido? —Su sonrisa se ensanchó—. Me parece que nunca me habían llamado «aburrido».

—*Ejem*. —Un fuerte carraspeo que provino de la garganta de la hechicera me devolvió al presente de golpe.

Madrigal estiró una mano hacia una bandeja llena de comida que se encontraba en el centro de la mesa y empezó a clavar cortes de carne y cubitos de queso con sus largas uñas. Sus dedos se movían como cuchillos para deslizarse unos contra otros y soltar la comida sobre su plato. La observé de reojo, en busca de anillos que portaran sellos.

—*Él*, señorita Lark —enfatizó Madrigal—, es mi invitado.

Y yo no, siseó mi mente al recordármelo.

—Te pediría que te quedases, pero, como verás, apenas hay suficiente comida para los dos —añadió la hechicera, con un tono de falso remordimiento en su voz mientras acariciaba la nariz del cerdo asado.

—Por supuesto... —Hice un ademán con la cabeza en lo que intentó ser una especie de reverencia—. Por supuesto, señora hechicera. He completado su encargo y he venido a entregarle el broche que me pidió.

Me obligué a quedarme quieta mientras esperaba, pero Madrigal no dijo nada. Me arriesgué a echar un vistazo entre mis pestañas y vi que la hechicera se había limitado a devolver su atención a la comida que tenía frente a ella y que estaba pinchando trozos de fruta de una bandeja cercana. Durante varios segundos agonizantes, el único sonido que se oyó entre nosotros fue el rasgar de sus uñas y los crujidos de sus dientes.

Emrys se mordió el labio inferior, distraído, mientras miraba a la hechicera. Su otra mano estaba cerrada en un puño sobre la reluciente mesa.

Me obligué a apartar la mirada.

—No sabía que se conocieran —me oí decir.

Por los clavos del Señor, Tamsin, pensé. *¡Cierra el pico!*

—Y yo no sabía que llevaras la cuenta de la gente que conozco, señorita Lark —dijo Madrigal—. ¿Querido?

El aire se agitó hirviendo a mi espalda. La figura enorme de Querido empezó a retorcerse sobre sí misma. La presión aumentó como si se tratara de una tormenta que se avecinaba y llenó de electricidad incluso el aire de mis pulmones hasta que no pude respirar en absoluto. La luz se enroscó a su alrededor conforme su enorme cuerpo cambiaba a una nueva forma.

Un puca, mi mente me facilitó el término en medio de mi asombro lento e incipiente. Los cambiaformas del pueblo de las hadas que eran capaces de adquirir cualquier forma que desearan para llevar a cabo sus trucos y viajes. No poseía la Visión Única, por lo que solo pude verlo porque él así lo dispuso.

El halcón voló hacia delante y se posó en la parte alta de la silla de obsidiana de la hechicera mientras me observaba con una inmovilidad que me puso de los nervios. Madrigal llevó una mano hacia arriba y empezó a alimentar a su acompañante con una tira de carne poco hecha que había tenido en su plato.

—¿Dónde está Cabell? —preguntó Emrys, y su voz me sacó de mi ensimismamiento de golpe.

—¿Y a ti qué te importa? —contesté, dándome un tirón en la manga de mi chaqueta para bajarla.

—No me había enterado de que tenía prohibido preocuparme por los miembros de mi cofradía.

—¿*Tu* cofradía? —dije—. Querrás decir *nuestra* cofradía…

—Niños —nos interrumpió la hechicera—, ¿qué os ha hecho pensar, en este tiempo tan corto que llevamos juntos, que iba a permitir una escaramuza tan patética en la que ni siquiera puedo participar? —Se giró para observarme, y yo me mordí el interior del labio hasta que me hice sangre para evitar reaccionar—. No te recuerdo tan hosca en nuestra última reunión, ni tampoco maleducada.

El aire se llenó de una magia sin utilizar, con tanta fuerza que incluso una simple mortal como yo fue capaz de notarla cuando me dio pinchazos en la piel. Me mordí el labio con insistencia, nerviosa.

Su poder parecía diferente al de otras hechiceras con las que había tratado: era intenso y venía cargado de rayos. Ancestral. Debía ser porque era una taumaturga, el estatus más alto que podía obtener una hechicera. Su habilidad con la magia señalaba que tenía amplios conocimientos sobre hechizos y sellos de maldiciones. *Tan amplio*, pensé con amargura, *que quizá ni reconocería el que utilizara para matarme.*

—Me temo que Tamsin tiene una predisposición natural hacia la hosquedad —acotó Emrys, con un tono tan cálido y delicado como el *bourbon*—, pero todo es parte de su encanto tan singular. Además, ¿de qué sirve ser educado cuando uno puede ser interesante en su lugar?

Madrigal dejó escapar un sonidito pensativo, mientras consideraba sus palabras. La presión que se había estado concentrando a nuestro alrededor disminuyó, como si hubiese sido exhalada.

—No me criaron para ser una dama, si eso es lo que estaba preguntando —conseguí contestar—. No como a usted. No hay nadie en el mundo que se le compare. Ni en belleza, ni en poder.

—Nunca me ha gustado el exceso de azúcar, fierecilla —dijo Madrigal, con un suave tono de advertencia en su voz—. Pero, hablando de bocados sabrosos, ¿dónde está el encantador jovencito que vino contigo la última vez? Apenas pude echarle un vistazo y estaba esperando que nos presentaras como es debido.

—Eh… —Me devané los sesos por una explicación que no fuese a insultarla o a hacerla rabiar—. Es que tenía otros asuntos que atender esta noche.

—¿Asuntos más importantes que yo? —preguntó Madrigal.

—Mis disculpas. —Tenía el cuerpo tan tenso que parecía que iba a partirme por la mitad.

—Pero qué fastidio. —Madrigal fulminó con la mirada su copa de vino—. Explícame, señorita Lark, porque hay veces en las que no consigo entender los misterios de la mente mortal: ¿qué te impide arrancarle el corazón a tu hermano cuando te pone de los nervios?

—Fuerza de voluntad, más que nada —respondí, sin poder contenerme—. Y unas uñas debiluchas.

Emrys dejó escapar una risa ahogada. La hechicera Madrigal se quedó callada durante un instante, aunque luego echó la cabeza hacia atrás y soltó un aullido. El sonido pareció más animal que humano.

Di un paso hacia delante y luego otro más, hasta que estuve lo bastante cerca como para sacar el broche de su envoltorio protector y deslizarlo sobre la mesa, al lado de la hechicera.

—Supongo que debo pagarte ahora —dijo Madrigal, haciendo un puchero. Extendió la mano, con la palma hacia arriba, y un bolsito rojo como la sangre se materializó en ella. Vacilé un segundo, pero entonces lo tomé y me arriesgué a echarle un vistazo al interior para asegurarme de que la hechicera no lo hubiera llenado de piedras o centavos.

Para mi sorpresa, Madrigal dejó escapar otra carcajada escandalosa.

—Veo que tienes mucha experiencia trabajando con mi Sororidad, señorita Lark. Pero ambos podéis quedaros tranquilos; yo siempre pago lo que corresponde por un trabajo bien hecho.

Trabajo. Así que Emrys estaba en aquel lugar por trabajo. No para pedir un favor, que era algo que habría creído con mayor facilidad. Sabía que los Dye habían hecho tratos con hechiceras de vez en cuando para intercambiar información o vender sus hallazgos, solo que no se podían comparar con los peliagudos tratos que Cabell y yo entablábamos con ellas. A la mayor parte de nuestra cofradía le parecía patético que tuviésemos que aceptar encargos de aquel tipo solo para vivir.

—¿Has venido por un encargo? —pregunté, girándome para ver a Emrys.

—¿Y qué si es así? —me retó, y sus ojos relucieron por un segundo.

—¿Acaso papi te ha quitado la paga, Niño Bien? —insistí—. ¿O quizás es que te tiene con una correa más corta?

La expresión de Emrys se volvió más sombría.

—No veo por qué eso puede ser de tu incumbencia.

No. Por supuesto que no. No estaba dispuesta a que me quitara un buen encargo. Lo necesitaba de modos que él jamás comprendería.

—Señora hechicera —empecé, tratando de que la desesperación no se me notara en la voz—, si está satisfecha con mi trabajo de recuperación, sería un honor para mí asumir otro de sus encargos.

—¿Estás tan desesperada que tienes que robarme el trabajo? —soltó Emrys, con un tono nuevo y que no me resultaba para nada conocido—. No es que dude de su sabiduría, señora hechicera, pero Tamsin, quiero decir la señorita Lark, no cumple ni con los requisitos más básicos. No es una Sagaz y no posee la Visión Única.

Si bien sus palabras eran ciertas, algo en el modo tan práctico en el que las pronunció, el reconocer que era algo de lo que debía avergonzarme, hizo que me sintiera más que humillada.

—A diferencia de ti y de tu nepotismo intrínseco, yo no necesito la Visión Única para hacer bien mi trabajo —repuse.

—Lo que dice es cierto, fierecilla. No puedes negar que la señorita Lark ha tenido éxito, incluso con sus limitaciones —dijo Madrigal, alzando el broche y sosteniéndolo hacia la luz de la vela. Una lenta sonrisa se formó en su rostro—. Quizá nos vendría bien una pequeña competición, entonces. Me da mucha curiosidad saber quién de los dos es capaz de traerme primero el Premio del Sirviente.

El Premio del Sirviente. Las palabras resonaron con fuerza en mi memoria, conocidas, aunque imposibles de recordar. Sabía que me sonaba ese nombre…

Emrys apretó los labios al reclinarse en su silla. Una gota de sudor se deslizó por el lateral de su rostro y siguió el camino de una especie de marca o cicatriz. Me apoyé en la mesa, distraída durante un instante por aquella línea dentada de piel levantada. Se extendía hacia abajo y desaparecía bajo su chaqueta, pero, cuando se giró hacia la luz de las velas, la marca desapareció por completo, como si me la hubiera imaginado.

—Ella no puede asumir este tipo de trabajo, mi señora —dijo finalmente—. Además, ya habíamos llegado a un acuerdo.

—No le haga caso —interrumpí—. No soy como él ni como todos esos aficionados. Mi trabajo es mejor con la mitad de los recursos y por la mitad del precio que hayan acordado. Y, como sabe, yo busco objetos específicos para mis clientes. No le vendo reliquias a cualquiera que pueda pagarlas.

Madrigal hizo caso omiso de nuestras palabras y continuó estudiando la forma en la que el broche brillaba a la luz de las velas. Con un movimiento sutil de sus dedos, partió el adorno de plata en dos y dejó que la esmeralda cayera sobre su palma. Sin decir nada, sin siquiera inspirar un mínimo de aire, se la metió en la boca como si la joya fuese un caramelo y se la tragó entera.

Me quedé con la boca abierta por un instante.

—Eh...

Prefería no saberlo.

—Debo reconocer que la falta de la Visión Única por parte de la señorita Lark podría suponer un problema en esta búsqueda en particular —dijo la hechicera, tras lo cual apoyó una de sus manos sobre la de Emrys. Una sensación de calor me inundó el pecho. Las uñas de la hechicera acariciaron la piel de Emrys como si este fuese una granada que iba a partir en dos y devorar.

Mejor así. Son tal para cual, siseó una voz en mi oreja. *Deja que se lo coma vivo.*

Solo que el movimiento hizo que le prestara atención a algo que había pasado por alto y que me resultaba igual de curioso. Por primera vez desde que lo había conocido, Emrys Dye no llevaba puesto el anillo de rubí con el símbolo de su familia grabado.

—Pero, aun así, no me puedo resistir a un juego como este, en especial a uno con oponentes tan dignos —continuó la hechicera—. Señorita Lark, si me traes el Premio del Sirviente primero, te pagaré cien veces lo que has recibido esta noche.

El corazón me dio un vuelco de añoranza que me dio vergüenza.

—En ese caso seré yo quien se lo traiga.

Lo que sea que eso fuera. No tenía sentido que revelara aquel cachito de ignorancia, en especial si el nombre ya me había sonado de algo.

Uno de los otros invitados, el que llevaba la cabeza de oso, se acomodó en su asiento con un pequeño y suplicante sollozo. Se me revolvió el estómago.

—Perfecto, señorita Lark —dijo Madrigal—. Disfrutaré de esta competición más de lo que te imaginas, pero ha llegado el momento de que te retires. Querido, por favor, acompáñala a la puerta...

La silla de Emrys chirrió al arrastrarse hacia atrás. Su mano derecha aferró la izquierda, como si quisiera juguetear con el anillo que ya no adornaba su meñique izquierdo.

—Mi señora —empezó, y su sonrisa prácticamente brillaba de puro encanto—, concédame el honor de acompañar a la señorita Lark hasta la puerta.

—Pues... vale. Siempre estoy a favor de los buenos modales —dijo Madrigal, haciendo un ademán con los dedos para despedirnos—. Sobre todo cuando estos harán que vuelvas a acompañarme a la mesa.

Otro pinchazo de calor me invadió el pecho.

—Gracias —pronuncié entre dientes— por la oportunidad de servirla...

Emrys me sujetó del brazo y mantuvo la vista al frente y la expresión fría según me conducía con rapidez fuera del comedor y de vuelta al atrio. Solo cuando llegamos al vestíbulo ralentizó el paso lo suficiente como para que pudiera zafarme de su agarre.

—Como te atrevas a volver a tocarme así, un día te despertarás sin manos —siseé.

Traté de llevar una mano a la helada manija de la puerta, pero Emrys se me adelantó. Usó su estatura a su favor y mantuvo la puerta cerrada al estirarse por encima de mi hombro. Cuando me giré para darle un puñetazo en el pecho, él me sujetó la muñeca con la otra mano. Sin embargo, en aquella ocasión, me soltó en cuanto intenté liberarme.

—Escúchame bien, Avecilla —me dijo, en voz baja—, este encargo es *mío*. No querrás entrometerte.

El ambiente congelado de la casa solo consiguió que su aliento me pareciera más cálido al rozar mi mejilla. Emrys se inclinó hacia delante, dejando a la misma altura su mirada tempestuosa con la mía hasta que mi respuesta mordaz se me evaporó de la lengua.

Había visto cada faceta de Emrys Dye en el transcurso de los años: el principito hasta las trancas de vino, el escandaloso cuentacuentos a la luz de la chimenea de la biblioteca, el coqueto despreocupado, el lector ensimismado en silencio en su trabajo, el diligente y devoto hijo. Pero nunca lo había visto de ese modo, con una expresión tan lúgubre como el cristal congelado. Si lo hubiese apartado de un empujón en aquel momento, creo que se podría haber partido en mil pedazos.

—Creo que te refieres a *mi* encargo —lo corregí con frialdad—. ¿Has terminado?

—No —dijo—. Vi tu expresión cuando te hizo la propuesta. No tienes ni idea de lo que está hablando y mucho menos de lo que te espera.

Aunque acorté la distancia entre los dos, él no se apartó.

—Si no te gusta lo que ves, deja de mirarme.

—Tamsin —empezó a decir, con un tono de voz más suave—, venga…

Un estruendo metálico ahogó sus palabras. Ambos dimos un salto ante el sonido, y, cuando Emrys se giró, yo me deslicé bajo su brazo y abrí la puerta.

Al otro lado de la entrada, una pequeña y jorobada mujer que vestía un uniforme de sirvienta de color negro se puso de rodillas lentamente, gimiendo ante la bandeja de plata y los vidrios rotos que había a sus pies.

Emrys me olvidó en un instante y se apresuró hacia la sirvienta.

—No pasa nada. Lo prometo, no pasa nada —le aseguró en voz baja y tranquilizadora.

La mujer negó con la cabeza y balbuceó de forma incoherente por la aflicción. Emrys la levantó del suelo con infinito cuidado y la condujo a una silla que había cerca. Me quedé sin respiración. Ni siquiera las hebras de cabello grisáceo que caían sobre su rostro y cubrían gran parte de él podían ocultar las profundas líneas que se marcaban en su piel maltrecha, las venas hinchadas o el blanco del único ojo visible, donde el iris y la pupila debían de haber estado.

Una de las manos de la sirvienta se alzó sobre la muñeca de Emrys, sobre su brazo, por un instante. Su ojo se llenó de lágrimas que no derramó, y el dolor en su rostro fue tan insoportable que casi me hizo apartar la vista. El corte que tenía Emrys en la mandíbula se volvió más pronunciado cuando la apretó y trató de dominar la tormenta que se estaba formando en su interior.

El ambiente húmedo de la noche y la peste de las bayas de espino blanco me condujeron de vuelta al exterior, pero algo hizo que me volviera una última vez lo suficiente para ver, durante el instante antes de que se cerrara la puerta, que Emrys estaba de rodillas en el suelo y recogía de forma frenética los trozos de cristal que se habían desperdigado.

4

Los pies me condujeron sin demora por el camino para buscar la seguridad de las luces y el gentío de la calle Bourbon. Cabell alzó la mirada ante el sonido de mis pasos, preocupado. La verja se abrió de par en par frente a mí y me apresuré a cruzarla al tiempo que enganchaba un brazo en el de mi hermano y lo arrastraba en dirección al callejón.

—¿Qué pasa? —me preguntó.

Me di un tirón en el lóbulo derecho, nuestra señal para «Ahora no, que alguien podría estar escuchándonos».

No me detuve hasta que nos encontramos rodeados de cientos de personas que festejaban en las calles y entraban y salían a trompicones de distintos bares. Unas luces de arcoíris parpadearon a nuestro alrededor conforme zigzagueábamos entre la multitud para dirigirnos a la Vena que habíamos abierto con la Omnipuerta.

La música pulsó hasta que estuve segura de que podía percibir las notas del bajo palpitándome en la sangre. Al final, no pude aguantarme más y arrastré a Cabell hacia el interior de una tienda de regalos cutres para turistas y falsas velas de vudú.

Cabell me puso ambas manos en los hombros y me examinó el rostro y luego el resto del cuerpo.

—¿Estás bien? ¿Te ha hecho daño?

—¡Estoy bien! —le aseguré, alzando la voz para que me oyera por encima del ruido de la música—. Mira, Dye estaba allí y...

—¿Qué? —gritó, haciendo un gesto hacia sus orejas—. ¿Dye?

—Estaba aceptando un encargo, pero la hechicera también nos lo ha ofrecido a nosotros —le expliqué—. Si conseguimos llegar primero, ¡la recompensa es cien veces la de este encargo!

Hizo un ademán con la mano.

—Me ha parecido que has dicho cien veces la recompensa de este encargo…

—¡Eso he dicho! —Le eché un vistazo a una pareja que se bamboleaba al entrar a la tienda—. Tenemos que encontrar algo que se llama el Premio del Sirviente. Creo que deberíamos ir a la biblioteca esta noche y…

Aquella vez estaba segura de que me había oído. Su expresión se ensombreció y volvió a la calle para luego avanzar a grandes zancadas en dirección a la Vena que nos esperaba.

—¡Oye! —lo llamé—. Es una oportunidad excelente.

—Te equivocas —me dijo, con la expresión más seria que le había visto nunca. Tenía la piel bañada en sudor, y este estaba empezando a empaparle la camiseta. Se remangó, y el gesto le descubrió las bandas de tatuajes negros. Cada tatuaje representaba uno de los sellos de maldiciones que había roto en el transcurso de los años, como trofeos en su piel—. No vamos a asumir este encargo, Tams.

—¿Sabes lo que es el Premio del Sirviente? —pregunté, empezando a comprender de qué iba todo ello—. Me suena, pero no consigo recordarlo.

Su respiración empezó a volverse más y más laboriosa.

—No lo sé, no tengo ni puñetera idea de lo que es, pero no nos vamos a involucrar más con esa hechicera. Es imposible que lo consigamos antes que Dye con todos los recursos que tiene, no es una buena idea, no podemos… no podemos…

Me dio la espalda y estiró un brazo para mantenerme a distancia.

—¿Qué pasa? —le pregunté—. ¿Estás bien?

Cabell jadeó, y sus costillas se expandieron con cada respiración que forzaba en su interior, como si estas estuvieran intentando abrirse paso a través de su piel. El sudor le goteó desde la barbilla hasta el suelo conforme su cuerpo vibraba por un dolor del cual no se quejaba.

Los segundos parecieron convertirse en años. Empecé a oír un pitido en los oídos mientras veía cómo la tensión invadía el cuerpo de Cabell y los hombros se le ponían rígidos. Cayó hacia delante y consiguió apoyarse en la áspera pared de piedra que teníamos al lado.

Finalmente, negó con la cabeza.

—No pasa nada —le dije, con una voz más calmada de lo que en realidad me sentía—. Respira, escucha lo que te estoy diciendo y ya está. —Tragué en seco—. Hace muchos muchos años, en un reino perdido en el tiempo, un rey llamado Arturo gobernó al pueblo de los humanos y al de las hadas por igual…

—Tams… —consiguió decir con dificultad. El pánico me invadió. El distraerlo con una historia solía ser suficiente para evitar que cambiara, incluso cuando estaba enfadado o furioso—. Apa… Aparta.

Un fuerte crujido silenció sus siguientes palabras cuando sus huesos empezaron a desplazarse bajo su piel.

Los movimientos eran tan violentos que le daban tirones a su camiseta y rasgaron la tela a la altura de sus hombros y de su columna. Tropezó en sus intentos por dar conmigo, con una pared o lo que fuera que le pudiera ofrecer algo de apoyo.

Un solo y agudo pensamiento se abrió pasó en medio de mi turbación. *Aquí no.*

Aquello no podía pasar allí, con toda esa gente alrededor, cantando y haciéndose fotos, sin la menor idea del peligro en el que se encontraban.

Me puse manos a la obra, lo agarré de la muñeca y prácticamente lo arrastré las últimas manzanas que quedaban hasta llegar a la Vena en el interior de una tienda cerrada. Cabell se tropezó cuando sus pies se deslizaron de sus botas y gimió de dolor. Bajé el ritmo y envolví su brazo sobre mis hombros y el mío alrededor de su cintura antes de abrir la puerta principal de una patada y lanzarnos hacia el portal que nos esperaba.

La oscuridad nos rodeó, y la sala se volvió borrosa. Me pitaban los oídos según sus costillas se contraían bajo mi agarre y se encogían. La Omnipuerta se abrió de sopetón contra la pared y nos escupió contra el frío mármol. El sonido de herramientas que se caían reverberó por todo el atrio y superó incluso el sonido de las voces que provenían de la cámara interior de la biblioteca.

—¿He oído la puerta? —escuché que alguien preguntaba.

Cabell se hizo un ovillo, con las manos presionadas contra su rostro cambiante. Desesperada y jadeando, gateé de vuelta hasta la Omnipuerta y la cerré de un portazo. Las manos me temblaban tanto que casi no pude meter la llave de vuelta a la cerradura y mucho menos visualizar nuestro piso.

La Vena se abrió con un suspiro, y yo me detuve solo lo suficiente para recuperar la llave.

Cabell era un peso muerto en mis brazos y balbuceaba sin sentido por culpa del dolor cuando dimos un paso hacia el negro infinito del portal y la puerta se cerró con fuerza a nuestras espaldas.

Fue el olor del piso, endulzado por la ropa recién lavada de algún vecino, lo que nos indicó que habíamos llegado. Entonces cruzamos las puertas del armario de la ropa de cama y caímos sobre la andrajosa moqueta. El edificio entero pareció crujir ante el impacto.

Me apresuré a ponerme de rodillas, avanzar a gatas hasta la puerta del armario y volver a cerrarla de golpe de modo que nadie pudiera seguirnos.

—Cabell —lo llamé, con una voz que me sonaba lejana a mis propios oídos—. ¿Qué está pasando?

—No... —dijo él, rodeándose el pelo con un puño—. Tams, creo que...

Su rostro se volvió flojo de un modo aterrador, y entonces lo supe. Sabía perfectamente lo que estaba en camino en el instante en que sus hombros se encorvaron, antes de que el pelaje oscuro le cubriera los brazos, antes de que sus huesos comenzaran a adquirir la forma de algo que no era humano.

—Respira hondo —le dije—. Concéntrate... solo concéntrate en mi voz. No tienes que irte. De verdad que no. Tú lo controlas, no al revés...

Su hombro se encogió de mi agarre desesperado cuando Cabell cayó de rodillas.

—Voy a... —Me giré hacia la buhardilla del piso que usábamos como despacho y me devané los sesos por una idea, cualquier idea que me dijera qué hacer—. Voy a por más cristales. Voy a...

Un gruñido grave y estruendoso se alzó a mis espaldas.

Me giré.

El sabueso era inmenso, casi más lobo que perro. Su pelaje largo y negro brillaba como si de gasolina derramada se tratara y ondeaba con cada paso que daba. La ropa de Cabell colgaba hecha harapos de su cuerpo.

El sonido de las garras al golpear los desgastados tablones del suelo despertó en mí un terror primordial, uno tan antiguo como la vida misma. Unas tiras de baba colgaban entre sus largos y blancos colmillos. Me dio tal subidón de adrenalina que noté su regusto amargo en la boca y me martilleó en las venas.

No quedaba nada humano en aquellos ojos oscuros.

La transformación había amenazado con llegar mucho más seguido aquel último año, pero siempre había conseguido mantenerla a raya, hacer que Cabell volviera a ser él mismo. No había vuelto a transformarse por completo y sin ningún control desde que éramos niños, cuando no era más que un cachorro.

—¿Cabell? —lo llamé en un susurro.

El sabueso se detuvo y ladeó la cabeza un poco.

—Escucha… —le dije, tratando de que el temor no se me notara en la voz. Mi mente iba demasiado rápido y consultaba el extenso archivo de referencias e Inmortalidades que tenía grabado en mis recuerdos. Nunca olvidaba nada de lo que veía o leía, pero aquello… Nunca habíamos tenido la necesidad de encontrar algo que lo hiciera volver a su forma humana. Cabell siempre había sido capaz de hacerlo por sí mismo.

»Escúchame bien —le dije, alzando una mano en su dirección—. Eso. Así me gusta, Cab. Concéntrate en lo que estoy diciendo… Hace muchos muchos años, en un reino perdido en el tiempo, un rey llamado Arturo gobernó al pueblo de los humanos y al de las hadas por igual…

El sabueso soltó un quejido, pero permaneció en su lugar y se sacudió con fuerza. La presión que me apretaba el estómago cedió un poquito conforme daba otro paso hacia delante.

—Esta es la historia de su querido amigo y caballero Lancelot…

No hubo tiempo para correr. No hubo tiempo siquiera para respirar.

No antes de que se lanzara hacia mi garganta.

Lo único que consiguió salvarme fueron mis reflejos.

Alcé un brazo al ver que el sabueso se arrojaba sobre mí. Solté un grito cuando sus colmillos se hundieron en mi antebrazo y perforaron tanto la piel como el músculo hasta llegar al hueso.

El dolor me inundó por completo, pero lo que me hizo gritar de nuevo fue ver mi propia sangre manchar de rojo los colmillos del sabueso.

La saliva me goteó y me roció sobre la cara cuando el sabueso mordió el aire con la intención de llegar hasta mi cara. Aunque mi mente estaba vacía, mi cuerpo quería sobrevivir. Tenía que hacerlo. De algún modo me las arreglé para subir las rodillas lo suficiente y apartar al perro de una patada. Este se volvió a quejar cuando golpeó el suelo y rodó hasta ponerse de pie.

Me arrastré más y más hacia atrás con un solo brazo para tratar de poner distancia entre los dos, para tratar de ponerme de pie y llegar al despacho, donde teníamos tónicos y cristales y…

Las extremidades del sabueso se pusieron rígidas cuando este soltó un aullido ensordecedor y sobrenatural.

—¡Cabell! —conseguí decir—. ¡Reacciona, por favor!

El sabueso avanzó lentamente hacia delante, y los pelos de su pescuezo se alzaron sobre su columna como si fuesen agujas. Fue demasiado rápido: sus fauces se cerraron en torno a mi pie y me obligaron a darle una patada en el hocico y el cráneo y cualquier otra parte que pudiera alcanzar para liberarme.

Voy a morir, el pensamiento marcó mi mente a fuego de un modo agonizante. *Me va a matar.*

A menos que yo lo matara primero.

El sabueso se volvió a lanzar sobre mí, pero yo hice lo mismo y me abalancé sobre el abrecartas que había junto a la montaña de libros de investigación que tenía sobre el escritorio. Me giré y agité el abrecartas de forma salvaje en el aire para evitar que se acercara. Solo que, en lugar de retroceder, el sabueso dejó que lo cortara cuando volvió a avanzar en mi dirección. Tenía el cuerpo rígido con un único y desesperado impulso: el de supervivencia.

No puedo.

El abrecartas se me cayó de la mano y salió rodando por el suelo. Di un paso hacia atrás y luego otro, mientras el sabueso se distraía un segundo lamiéndose un corte profundo que tenía en una de las patas.

No puedo.

Aún era Cabell. Dentro, en algún lado, aquel sabueso era mi hermano.

Y mi hermano iba a matarme.

El perro avanzó hacia delante entre nuestros escritorios. Mi espalda chocó con la estantería que había cerca de la ventana, y fue así como me quedé sin ningún lugar al que escapar.

Alcé una mano hacia atrás y empecé a lanzarle un libro tras otro para liberar toda la furia y la desesperación que palpitaba en mi interior. El sabueso los intentó morder y soltó un par de quejidos y lloriqueos cuando algunos de ellos dieron en el blanco.

Respiré con dificultad cuando empezó a retroceder y alzó el hocico hacia el techo. Su aullido reverberó en nuestro pequeño piso como si estuviese llamando a otros para dar caza.

La caza.

La idea se abrió paso entre la niebla de dolor que había en mi mente. Me arriesgué a mirar hacia la izquierda, hacia nuestra mochila, la que usábamos solo cuando necesitábamos pasar la noche fuera antes de entrar a una bóveda. Estaba apoyada contra la pata del escritorio de Cabell, fuera de mi alcance.

—Escúchame, Cabell —le dije, avanzando poco a poco hacia la mochila. El sabueso se volvió hacia mí y sus orejas se aplanaron contra su cráneo mientras soltaba un gruñido.

Le di una patada a la mochila, y todo lo que contenía se desparramó sobre el suelo. La caja plateada de dardos tranquilizantes, pensados para osos y otros depredadores, fueran estos mágicos o mundanos, se deslizó entre el caos de libretas y herramientas.

Solo tendría un segundo...

O menos.

El sabueso saltó y yo también.

Mi cuerpo se estrelló contra el suelo con todo el peso de la furiosa criatura sobre mi espalda. El pelo se me quedó atrapado entre los colmillos del sabueso, y este me lo arrancó de cuajo. Alcé el brazo hacia atrás, incapaz de abrir la caja plateada con las manos tan temblorosas como las tenía y además bañadas en sangre. La estrellé contra el suelo y se abrió de sopetón, justo cuando el sabueso me clavaba los dientes en el hombro.

Me giré sobre mí misma con un sonido feral que escapó de mi propia garganta y clavé el dardo en el músculo hinchado del cuello de la criatura.

El perro gimoteó y dejó caer su peso sobre mí. Mantuve su cara alejada con una mano, sin soltar el dardo hasta que el animal empezó a temblar y, finalmente, se quedó quieto.

—No pasa nada —le dije, envolviendo un brazo alrededor de su espalda—. Ya pasó.

Dejó caer todo su peso sobre mí con un último resoplido y un quejido grave y lastimero.

Mi vecino golpeó la pared que compartíamos.

—¿Va todo bien?

—¡Sí, no pasa nada! —grité de vuelta, y pude percibir el temblor en mi voz—. ¡Lo sentimos!

Estábamos en la planta baja. Era increíble que nadie hubiese visto lo que había ocurrido a través de la ventana.

Abracé más al sabueso hasta que el pelaje comenzó a desaparecer. Lo sostuve hasta que sus huesos se empezaron a romper y a transformar, mientras Cabell soltaba gemidos de dolor y rasgaba el suelo con las uñas como un loco. La garganta me dolía al respirar, pero mantuve los ojos cerrados y me negué a dejar que las lágrimas cayeran.

Porque todas las maldiciones podían romperse.

Incluso la suya.

5

Me estaban vigilando.

La biblioteca de la cofradía estaba en silencio, salvo por el crepitar del fuego en la vieja hoguera de piedra y el susurro de los libros que se guardaban a sí mismos en las estanterías. Me había molestado encontrar a Phineas Primm, un viejo Saqueador que tenía más cicatrices en la cara que dedos restantes en las manos, leyendo en una de las cómodas butacas de cuero. Él había entrecerrado los ojos y me había seguido con la vista hasta que había llegado a la mesa de trabajo en la que solía sentarme.

No fue hasta una hora después, cuando alcé la vista de uno de los tantos libros de referencia que no tenía ningún registro del Premio del Sirviente, que me di cuenta de que otros dos Saqueadores habían llegado en silencio. Uno, Hector Leer, me observaba a través de las estanterías de viejos mapas en pergaminos. Septimus Yarrow estaba apoyado contra una estantería algunas filas más allá y pretendía leer una Inmortalidad. Reconocí el primer volumen de la Inmortalidad de la hechicera Ardith con su piel de serpiente plateada.

Había leído el set completo de aquella Inmortalidad al menos tres veces y había pasado por todos sus seiscientos años de recuerdos para intentar encontrar algún indicio de lo que podría ser la maldición de Cabell. Podía confirmar que lo más interesante que había hecho nunca la hechicera Ardith había sido morir.

Durante sus años de juventud, sus entradas eran un tanto más entretenidas, aunque más bien secas. Los últimos volúmenes, en especial durante las últimas décadas, cuando su hermana empezó el lento y metódico proceso de envenenar a Ardith para robarle su colección de venenos, se habían vuelto una serie de confusos momentos de conciencia.

No había nada en ellos que capturara al lector durante más de unos pocos minutos. Y, si bien estaba acostumbrada a que me observaran con sospecha, aquello era muy diferente. Porque esos hombres no solo parecían mirarme a mí, sino que también observaban con atención lo que estaba leyendo. Incluso parecía que Phineas estaba tomando apuntes.

Tras un rato, no pude aguantarme más.

—¿Hay algo en lo que pueda ayudaros, caballeros?

Hector y Phineas dieron un respingo y apartaron la mirada, pero Septimus se mostró tan tranquilo como la escarcha que se juntaba en las ventanas. No era ninguna sorpresa que él y Endymion Dye se llevaran tan bien. Ambos tenían esa forma de hablar tan refinada y cuidada, al igual que su apariencia, y la misma sonrisa llena de superioridad.

—No, gatita —contestó Septimus, al tiempo que se me acercaba—. Solo me preguntaba lo que una niñita como tú estaría haciendo tan tarde en la biblioteca. Y sola, para colmo.

—No vigilar a una adolescente como si fuese una especie de pervertido, desde luego —repuse.

Sonrió con frialdad al tiempo que se sentaba en el borde de mi mesa e invadía mi espacio de forma deliberada. Inclinó la cabeza para ver lo que estaba leyendo, y su negra coleta baja se le deslizó por el hombro.

—¿Los grandes reyes de Irlanda? ¿Alguna razón por la que hayas decidido explorar las historias de la mística Isla Esmeralda esta noche?

Su traje marrón de lana áspera era la parte menos sospechosa de él. Había viajado por el mundo y había descubierto varias reliquias legendarias, entre ellas la clava de Heracles. Se comportaba como si fuese un rey de guerreros y sus ojos oscuros e intensos siempre parecían estar buscando su siguiente batalla.

—Ya casi he terminado con él, por si quieres leer un poco sobre Balor el del Ojo Maldito. Es tu ancestro, ¿no?

Una sonrisa se deslizó por su rostro.

—Eres igualita a tu padre, ¿sabes? Llena de comentarios mordaces y manos rápidas.

—No es mi padre —lo corregí, seca. Bajé la vista al broche que Septimus llevaba en la solapa. Era idéntico al que su mejor amigo, Endymion, siempre llevaba: una mano que sostenía una rama plateada. Pero qué monos. La versión rica y pedante de un brazalete de la amistad.

Septimus pareció un poco confuso.

—Bueno, tu tutor. Me robó mi hacha y…

—No estoy segura de qué es lo que quieres que haga al respecto —le dije, manteniendo la voz baja—. Sabes tan bien como yo que, si se la llevó, lo hizo hasta su tumba.

—¿Estás segura? —preguntó él, apoyando una mano sobre la larga mesa de trabajo para acercar su rostro al mío. Luché por no apartarme de su escrutinio—. ¿Dónde fue que os dejó tirados a ti y a tu hermano?

Mis instintos cosquillearon. Era momento de acabar con esa treta.

—¡Bibliotecario! —llamé con dulzura—. El señor Yarrow está aburrido y necesita que lo ayudes a buscar algo interesante para leer.

Bibliotecario dejó escapar un sonidito para hacerme saber que me había oído y dejó el montón de libros que había estado ordenando, pues siempre estaba listo y dispuesto para prestar su ayuda sin límites, incluso si aquello significaba pasar horas recomendando distintos títulos.

Septimus soltó una carcajada carente de humor y se levantó de la mesa.

—No hace falta, Bibliotecario. —Con una última mirada en mi dirección, añadió—: Sí que está fea esa herida en tu brazo. Ten mucho cuidado, gatita. Odiaría ver que terminaras de una forma mucho peor.

El mordisco que tenía en el antebrazo me latió bajo el vendaje cuando le hice un ademán con los dedos para despedirlo. La había limpiado tan bien como había podido y había pegado los desgarros más profundos de mi piel, con la esperanza de que aquello fuera suficiente. La mayoría de los cortes menos profundos y moretones los cubría mi jersey, pero cada vez que cambiaba de posición en mi asiento se hacían notar.

Estiré una mano hacia una Inmortalidad en mi pila de libros.

Era uno de mis favoritos. A diferencia del resto de su Sororidad, quienes eran tan interesantes como una bolsa de papel vacía, la hechicera Hesperia era un diamante: de lo más afilada y brillante, con una personalidad digna de atención.

Cyrus de Roma fue esculpido por la mano de un dios generoso. Sus preciosos ojos azules observan cada uno de mis movimientos desde el otro lado de la habitación a oscuras...

Bebí un gran sorbo de mi café instantáneo.

Nadie sabía exactamente cómo se fabricaban las Inmortalidades. Solía imaginar que las palabras drenaban de la mente de una hechicera y que su sangre actuaba como tinta al gotear de sus orejas para acumularse en el suelo. Un río que se deslizaba hasta llegar al papel más cercano que pudiera encontrar, sin importar si era un pañuelo, un periódico o trozos de pergamino. Y, cuando hallaba lo que quería, los pensamientos empezaban a manchar las páginas, una letra a la vez, hasta que las letras formaban palabras, y las palabras formaban un recuerdo.

Uno tras otro, hasta que su vida entera terminaba escrita conforme su último aliento abandonaba su cuerpo.

No obstante, una hora más tarde, cerré aquel pesado tomo también e hice una mueca al notar su cubierta peluda. Unos suaves montoncitos de pelo blanco flotaron en el ambiente silencioso como dientes de león y me hicieron estornudar.

La frustración se convirtió en unos fuertes golpes contra mis costillas cuando me recliné en mi asiento y me envolví en mi jersey azul de lana. En el transcurso de las últimas cuatro horas había estudiado al menos dos docenas de compendios, diarios de Saqueadores de los archivos, apéndices, Inmortalidades y demás referencias antiguas. Y no había encontrado absolutamente nada.

Las hechiceras tenían sus poderes y los Sagaces tenían sus Talentos, pero yo siempre había contado con mi memoria. Una vez que leía o veía algo, nunca lo olvidaba. Había leído casi todos los libros de la biblioteca de la cofradía al menos una vez, y aquello era lo único que me solía hacer falta para que mi memoria se quedara con todo.

Solía, claro. Había visto aquella frase —el Premio del Sirviente— en algún lado, y era tan alarmante como exasperante el tener que buscarla de nuevo. Ni siquiera Bibliotecario podía dar con ella con sus vastos almacenes de conocimientos poco comunes.

Le di la vuelta a mi móvil para mirar la pantalla. No tenía mensajes. Ninguna respuesta para los cientos de llamadas y mensajes que le había enviado a Cabell para saber cómo estaba.

El Premio del Sirviente... El Premio del Sirviente...

Un «premio» podía ser cualquier cosa, algo que alguien hubiera ganado o simplemente un objeto recibido como un símbolo o una recompensa. Un arma, un adorno, una joya, un objeto de poder, incluso un mechón de pelo.

—Porras —murmuré.

Me froté los ojos secos y respiré hondo para calmarme. El olor dulzón y como a almizcle de los libros viejos y el cuero me inundó los pulmones y alisó los bordes afilados de mi frustración. La brisa que se colaba por la ventana de vitrales sopló a mis espaldas e hizo que las frías ráfagas del aire otoñal se deslizaran a mi alrededor para juguetear con las velas que había sobre la larga mesa de trabajo con manchas de tinta.

La biblioteca de nuestra cofradía era mi lugar favorito en el mundo. Su consistencia, los miles de vías de escape que proporcionaba cada libro, la sempiterna presencia de Bibliotecario haciendo ruido al caminar mientras trabajaba. Era una estrella que se podía apreciar en cada estación, que no se ocultaba tras las nubes o la distancia, y la única promesa en mi vida que no se había roto.

Una biblioteca era un hogar para aquellos que soñaban con un lugar mejor, y aquella no era ninguna excepción.

Hice rodar mi termo de café instantáneo sobre la mesa y dejé que mi mente divagara.

Al oír aquel sonido, algunos de los gatos de la biblioteca asomaron la cabecita de sus escondites entre los libros. Otros dormitaban en los charcos que proyectaba la luz de las velas y sus colas se balanceaban mientras soñaban. Y otros más cazaban cerca de los zócalos en busca de maldiciones escondidas y ratones sabrosos.

Los gatos de trabajo eran parte de la biblioteca tanto como los libros. El edificio, el cual había sido alguna vez la bóveda de una hechicera, había estado a rebosar de maldiciones ocultas, incluso antes de que los miembros de la cofradía empezaran a llevar Inmortalidades selladas y reliquias hechizadas. Varias generaciones de gatos habían deambulado por los pasillos desde aquellos momentos, y su habilidad preternatural para descubrir la presencia de magia sutil había sido más de una vez la última línea de defensa entre los Saqueadores y una muerte tan horrible como segura.

Ante un chirrido apenas perceptible, alcé la vista hacia las estanterías cerca de la chimenea y encontré a una de las gatas, Calabaza, dándole con la patita a la escalera rodante para quitarla del camino y poder frotarse a sí misma contra el borde familiar de los lomos de unos libros con cubiertas de cuero.

Si bien las estanterías más altas, aquellas que se encontraban casi en el techo, eran un cementerio de libros estropeados o desfasados, las de abajo estaban reservadas para los tomos que constituían la base de lo que los Saqueadores hacían: colecciones de folclore, cuentos de hadas y mitos.

Incluso Nash, aquel paradigma de tutela descuidada, se había asegurado de enseñarnos a Cabell y a mí sobre ellos: cómo categorizar las historias y, lo que era más importante, cómo usarlas para determinar si una reliquia podía ser algo real o no.

Quizás había estado abordando el término del modo incorrecto. Había asumido que habría otro nombre, quizás alguno más común, para el premio, pero ni siquiera se me había ocurrido preguntarme por el «sirviente» al que pertenecía.

Le eché un vistazo al montón de enciclopedias, diarios e Inmortalidades que tenía a mi lado, y luego de nuevo a la estantería.

Me dirigí a ella, consciente de las miradas que me seguían.

Saqué una selección de cuentos al azar —alemanes, rusos y noruegos—, además de los que sabía que necesitaba de verdad, y volví a mi mesa. Casi de inmediato, Calabaza saltó sobre la pila de libros y maulló fastidiada al haberla ignorado.

—Fuera de aquí, bichito adorable —le dije, haciendo que la gata bajara de la pila de libros para empezar a hojear la colección de cuentos alemanes. Los hermanos Grimm nunca me defraudaban.

Con un maullido que provenía de las profundidades del infierno, Calabaza salió disparada por encima de la mesa y saltó con tanta fuerza sobre los libros que los mandó volando hasta el otro extremo y hacia el suelo.

—¡Serás malvada! —solté en un susurro—. Con la de galletitas que te he traído a escondidas.

Calabaza se limitó a hacerse un ovillo sobre un tomo de leyendas japonesas y a lamerse una pata con satisfacción. La fulminé con la mirada y luego me incliné sobre mi silla para recuperar los libros que se habían caído. A la mayoría no le había pasado nada, pero la contracubierta de *Leyendas del páramo* había pasado a tener una nueva cicatriz, cortesía de una gata inestable, e *Historias de Camelot* había caído abierto hacia el suelo.

Hice una mueca al recogerlo. Las páginas, delicadas como huesos secos, se habían doblado en ángulos incorrectos o se habían soltado un poco.

Alisé las marcadas arrugas de las páginas y pasé los dedos con cuidado sobre la imagen, hecha con una plancha de madera de una mujer que llevaba un vestido elegante y cuyo cabello flotaba sobre sus hombros como rayos de sol. Un caballero estaba arrodillado ante ella y tenía una mano extendida. Bajo ellos, en una letra minúscula, decía:

La Dama del Lago, conocida como «La Dame du Lac» en manuscritos franceses, le otorga un anillo mágico a Lancelot en Ávalon.

Alguien, con una marca de tinta oscura, había añadido un apóstrofo entre la *ele* y la *a* de Lancelot. Una pequeña marca que reveló el origen del nombre y me susurró su significado.

Casi no sabía nada de francés, pero fue suficiente para tener una corazonada. Saqué mi teléfono, me obligué a que mi expresión permaneciera igual que siempre y busqué la confirmación de mi sospecha.

Ancelot. Sirviente. *L'ancelot*. El sirviente.

Apreté los labios en un esfuerzo por no reaccionar. Aquella historia la conocía. Había sido una de las últimas que nos había contado Nash antes de irse por la noche y nunca más volver.

La suma sacerdotisa de aquella época había adoptado a Lancelot de niño y lo había criado en Ávalon. Cuando este había crecido lo suficiente para enfrentarse a los peligros de la corte del rey Arturo, ella le había dado un anillo en nombre de su diosa. Uno que era más conocido como el Anillo Disipador o el Anillo de Disipación.

Se trataba de una reliquia capaz de romper cualquier maldición o encantamiento; el problema —porque siempre había un problema— era que, para portar el anillo, había que reclamarlo a muerte.

En otras palabras, había que matar a quien lo poseyera en aquel momento y pasar el resto de los días anticipando el mismo destino.

Será cabrón, pensé, apretándome el puente de la nariz.

Había mencionado el Anillo Disipador como una cura potencial para la maldición de Cabell hacía años, pero Nash, quien siempre había estado obsesionado con los tesoros, había insistido en que el anillo había sido destruido antes de que separaran a Ávalon de nuestro mundo.

No obstante, si Emrys Dye estaba buscando el anillo de Lancelot para Madrigal, no solo no había sido destruido, sino que la hechicera creía que podía ser hallado.

Lo que significaba que yo tenía una oportunidad —una oportunidad de verdad— para romper la maldición de Cabell de una vez por todas.

Había montones de referencias al anillo en las Inmortalidades de las hechiceras que provenían de la Tierra Alterna, aunque solo una de los últimos cien años. La Inmortalidad de la hechicera Rowenna.

Me forcé a hacer como que terminaba de leer los cuentos alemanes y luego hojeé el folclore ruso. Mientras tanto, mi mente estaba trabajando y rebuscaba entre mis recuerdos de la Inmortalidad de Rowenna hasta que conseguí evocar una imagen de la página que necesitaba.

Cuánto me apena haber perdido el Anillo Disipador en manos de Myfanwy, esa vieja bruja. Ahora no me queda nada de Ávalon...

Por desgracia, la biblioteca no tenía la Inmortalidad de Myfanwy, aunque cabía la posibilidad —una pequeñita, pero bueno— de que los Dye la tuvieran en la colección privada que guardaban en el sótano de la biblioteca.

Solo que primero había algo que tenía que confirmar.

Abrí una página cualquiera de *Leyendas del páramo* e hice una cuenta regresiva desde cien antes de cambiar de forma violenta a otra página y soltar un grito ahogado de fingida sorpresa. Entonces, tras recoger mis cosas con prisa, dejé los libros sobre la mesa y corrí hacia el atrio, gritando «¡Buenas noches, Bibliotecario!» antes de pretender abrir y cerrar la Omnipuerta.

Había otra puerta, aquella escondida, en el panel que estaba a la derecha de la Omnipuerta. Empujé en un trozo discreto de moldura, y la puerta se abrió para revelar las escaleras hacia el ático. Las subí en silencio, tratando de evitar los peldaños que sabía que iban a crujir. El polvoriento espacio del ático, lleno de cajas de suministros, me dio la bienvenida. No me molesté en encender la luz ni en echarle un vistazo a nuestros viejos sacos de dormir que estaban enrollados en un rincón. Me tumbé sobre el suelo para espiar a través de una rendija entre los tablones de madera, con el pulso desbocado.

Septimus y sus compinches estaban justo donde no podía verlos, aunque sí que podía oírlos con claridad según se dirigían hacia mi mesa de trabajo y alzaban *Leyendas del páramo*.

—¿ *...y cómo sabemos que de verdad lo está buscando?* —preguntó Hector en voz baja.

Contuve el aliento y traté de escuchar por encima del súbito ruido de mi sangre en los oídos.

—*Porque asumen encargos incluso de la escoria de las hechiceras más débiles. Y, si el Consejo lo quiere, el resto de las hechiceras también* —siseó Septimus en respuesta—. *La recompensa sería demasiado grande como para que la dejasen pasar.*

Diablillos, pensé.

Nada de ello podía ser coincidencia. Tenían que estar hablando del Anillo Disipador.

Ya era bastante malo que Emrys no fuese el único Saqueador que buscara el anillo; pero en aquel momento parecía que todo el Consejo de la Sororidad estaba involucrado, y ellas iban con ventaja. La idea me dejó un regusto amargo en la lengua.

—*Quizá debimos llevárnosla y ya* —dijo Phineas—. *No quiero ir dando tumbos por todos los páramos de Inglaterra para dar con su cadáver putrefacto. ¿Y si una de ellas lo encuentra antes que nosotros? Una vez que esté en las garras del Consejo, no podremos arrebatárselo y entonces tendremos que lidiar con la furia de Endymion...*

—*Chitón, pedazo de idiota* —soltó Septimus, antes de cerrar el pesado tomo y salir hecho una furia en dirección a la Omnipuerta—. *Ya basta. No podemos perder una hora más.*

Mi pulso se aceleró al compás del ruido de sus rápidos pasos. El miedo llegó más despacio, pero no por ello menos venenoso conforme sus últimas palabras resonaban contra los pulidos suelos de piedra que tenía debajo.

Rodé sobre mi espalda, y mis pensamientos se convirtieron en una tormenta furiosa de miedos y preocupaciones. Mientras permanecía allí tumbada, las palabras que Septimus había pronunciado se alzaron en el caos que era mi mente.

«¿Dónde fue que os dejó tirados a ti y a tu hermano?».

Me impulsé para levantarme del suelo y sentí como si me estuviese desplazando a través de agua fría y oscura conforme me dirigía de nuevo hacia el piso de abajo. Pasé bajo el arco de mármol de la biblioteca; el mensaje que había tallado en él rezaba:

AQUELLOS QUE LOS TESOROS DEL INTERIOR OSEN ROBAR, UN DESTINO OLVIDADO POR LA HISTORIA Y SUS SERES QUERIDOS PASARÁN A ENCONTRAR.

Los miembros fundadores de la cofradía habían intercambiado sus servicios con una hechicera para que conjurara la maldición y los sellos, los cuales estaban tallados en la pared y detrás de un panel de cristal sobre el escritorio de Bibliotecario, para evitar que los gatos hicieran de las suyas. Aun así, estos se reunían frente a ellos todos los días, para sisearles un poco, a la espera de que uno de nosotros, estúpidos humanos, se deshiciera de aquella magia oscura que llevaba tanto tiempo allí.

Solo que nadie lo haría. Era la única certeza que tenía la cofradía de que nadie se fuera a llevar las reliquias y los libros donados, ni siquiera aquellos Saqueadores que habían hecho las donaciones en primera instancia. Ya era bastante malo que se revocara la llave de la biblioteca y que se perdiera acceso a aquel templo de información. El ser condenado al olvido, que se le arrebataran a uno todos los derechos para presumir de sus hallazgos, había demostrado ser un puente que la mayoría de los Saqueadores no estaban dispuestos a cruzar, pues vivían gracias a su reputación.

—¿Bibliotecario? —lo llamé.

Unos pasos fuertes resonaron por todo el suelo a medida que Bibliotecario salía de la oficina de atrás, con unos trozos de papel y cinta de embalaje adheridos a su figura de metal. Sonreí al verlo y al oír el suave y familiar zumbido de sus engranajes interiores.

El autómata se movió como si lo hubieran fabricado el día anterior y no miles de años atrás en el taller de Dédalo (o quizá del propio Hefesto, depende de la leyenda que se quisiera creer). Para muchos, debía parecer una especie de androide extraño o una estatua de bronce que de pronto había cobrado vida y se había bajado de su pedestal.

El misterioso y antiquísimo mercurio que le daba vida flotaba entre los espacios de sus articulaciones metálicas y en los bordes de sus ojos. Su expresión metálica e inamovible era algo que me ponía de los nervios cuando era niña, pero que había pasado a valorar como una especie de consuelo que siempre estaba presente.

—¿Sí, joven Lark? —canturreó en griego antiguo.

En su vida pasada, cuando la biblioteca aún había sido la bóveda de una bruja, el autómata había protegido el tesoro que se encontraba dentro, a pesar de que él era el tesoro más valioso de aquella colección. La cofradía había conseguido reentrenarlo con éxito para que les sirviera como el nuevo cuidador de la biblioteca, así como siendo el encargado imparcial de que se cumplieran sus reglas. Sin embargo, si bien se le podía enseñar a un autómata a pasar la aspiradora, parecía que era imposible enseñarle un idioma moderno.

Cabell, chico maravilla como él solo, había aprendido los tres idiomas antiguos que usábamos con mayor frecuencia en nuestro campo de trabajo para cuando teníamos doce años, lo cual había sido de lo más frustrante. Incluso con mi memoria fotográfica, me había llevado meses memorizar griego antiguo, latín y galés tradicional, y aún se me daba fatal hablarlos.

—¿Sabes si los Dye tienen la Inmortalidad de la hechicera Myfanwy? —me oí preguntar—. ¿Quizás en el piso de abajo?

—No —me contestó Bibliotecario—. No la poseen.

Empecé a darme la vuelta para volver a mi mesa de trabajo cuando la extraña voz de Bibliotecario me hizo detenerme en seco.

—No la poseen porque se estropeó hace un día. El joven Dye me pidió que me deshiciera de ella.

—Se estropeó —repetí, apretando los dientes.

—Sí, por una gotera —dijo Bibliotecario, repitiendo la mentira que Emrys claramente le había contado—. Es una tragedia.

Bibliotecario no tenía idea de lo ciertas que eran sus palabras. Emrys se había llevado los recuerdos que la hechicera tenía sobre el Anillo Disipador para quedárselos él solito y asegurarse de que el resto no tuviésemos nunca la oportunidad de verlos.

Si bien aquello me confirmó que el Premio del Sirviente y el Anillo Disipador eran lo mismo, había algo más en todo ello: una sospecha que zumbaba en mi mente como si fuese una avispa.

Me volví a sentar a mi mesa. Mi piel estaba tan fría como las ventanas que tenía a mis espaldas cuando saqué el diario de Nash y pasé las páginas hasta la última entrada.

El mensaje en código estaba rodeado de las decenas de palabras que Cabell y yo habíamos tratado de usar para descifrar sus secretos. Tomé un trozo suelto de papel y añadí otra a la lista. *Lancelot.* Y luego otra. *Disipar.* Y otra más. *Anillo.*

Inspiré profundo y probé con una última palabra. *Myfanwy.*

Se trataba del nombre de una hechicera poco conocida con la que nunca nos habíamos visto involucrados, quien no había hecho prácticamente nada de valor con su magia y había estado destinada a convertirse en poco más que una nota al pie en la historia de alguien más.

Al usar *Myfanwy* como la clave, empecé a reordenar las letras del alfabeto y sustituirlas con las que Nash había escrito. Salió una palabra. Luego una oración. Hasta que, al final, la respuesta a la vaga pregunta que nos había atormentado durante casi siete años empezó a aparecer ante mí. Un fantasma del pasado que se materializaba en frente de mí.

No era un mensaje ni un recuerdo, sino una nota para sí mismo.

Debo ir solo y abandonar todas las armas antes de acercarme... La hechicera quiere pruebas de que se trata de la daga de Arturo antes de hacer el intercambio... ¿Cómo? Tintagel, quince minutos antes de la medianoche. Usar la frase «Tengo tu regalo» para identificarme.

Una extraña sensación de calma me inundó.

Tintagel.

El lugar en el que habíamos acampado tras haber pasado semanas buscando la daga Carnwennan de Arturo.

El lugar en el que Cabell y yo nos habíamos ido a dormir dentro de nuestra tienda solo para despertar y descubrir que nuestro tutor se había ido.

El lugar en el que Nash se había encontrado con una hechicera bajo la oscura capa de la noche para intercambiar la daga por el Anillo Disipador.

6

Tras haber vendado sus heridas lo mejor que había podido, había dejado a Cabell descansando en su habitación antes de marcharme a la biblioteca. Cuando salí a toda velocidad del armario de la ropa de cama, emocionadísima por mi descubrimiento, me detuve en seco al ver que la puerta de su habitación estaba abierta y la cama, vacía.

—¿Cab? —lo llamé. Había limpiado el desastre de la batalla que habíamos tenido, y el aroma intenso a limón del quitamanchas me llegó de pronto, pues los químicos estaban en medio de su arduo trabajo de absorber la sangre de las alfombras.

—Aquí estoy —respondió en voz baja.

Avancé por el corto pasillo hasta el salón que estaba a oscuras y luego me dirigí hacia la pequeña cocina, aunque entonces descubrí que la sombra que había sobre el sofá era mi hermano. Encendí las luces y sentí una presión en el pecho al pensar en todo el tiempo que podría haber estado sentado allí, solo.

Cabell hizo una mueca ante la luz repentina. Una botella abierta de cerveza se encontraba frente a él sobre la mesita, aún llena. Agachó la cabeza para observar sus brazos cruzados, pero su vista se posaba desenfocada en los sellos de maldiciones que tenía en ellos. Más allá de unos cortes y moretones, parecía estar entero. Solo que no parecía ser él mismo del todo.

Me senté en el suelo, al otro lado de la mesita. Sin pensarlo, me subí las mangas al inclinarme hacia delante.

—¿Yo te he hecho eso?

Cabell aún no me había mirado, y sus palabras salieron en una voz tan ronca como si hubiese tenido que rasparlas de su propia garganta.

No me gustaba mentirle a mi hermano, por lo que, en su lugar, pregunté:

—¿Qué es lo que recuerdas?

No había luz en sus ojos. No había nada en ellos.

—Lo suficiente —contestó, encorvándose aún más.

—¿Te importaría darme más detalles? —pregunté, tratando de mantener el tono ligero.

—Todo. Cada segundo. ¿Era eso lo que querías oír? —Tenía las uñas más oscuras y largas de lo que solía llevarlas, y todavía había un poco de pelaje oscuro en el dorso de una de sus manos. Clavé la vista en él, y la sangre me zumbó en los oídos.

No puede ser, pensé. Los efectos prolongados de la maldición nunca se habían manifestado durante tanto tiempo.

—Lo siento —añadió, tras un momento—. Estoy enfadado conmigo, no contigo.

Había algo oscuro en su expresión, como nubes de tormenta que se estaban arremolinando. El aire pareció moverse a nuestro alrededor, agitado con la fuerza de sus pensamientos. Tenía miedo de moverme, de respirar, y de desatar aquel primer latigazo de lluvia.

—No ha sido culpa tuya —le dije—. No pienses eso.

—¿Por qué no he podido parar esta vez? —preguntó—. ¿Qué pasa si ocurre de nuevo y no puedo volver a transformarme? ¿Qué pasa si...? —Las palabras se le quedaron atascadas en la garganta—. ¿Qué pasa si vuelve a suceder y te mato? ¿Crees que podría vivir tranquilo después de algo así?

—No tiene por qué volver a pasar —lo tranquilicé—. De eso quería hablarte.

Cabell dejó escapar un sonido desde el fondo de su garganta, pero no dijo nada.

—Quizá sí que haya un modo de encontrar el Anillo Disipador —dije a media voz.

—¿Y?

Durante un segundo, no pude articular palabra.

—¡¿Y?! —repetí—. ¿Has oído lo que he dicho?

—Claro —dijo él, sin afectarse.

—No es solo eso —le expliqué—. Madrigal ha contratado a Niño Bien para que lo encuentre, y esta noche he descubierto que hay otras hechiceras que también lo están buscando. Al igual que Septimus Yarrow y sus compinches. Por fin he descifrado la última entrada del diario, Cab. Nash iba a intercambiar la daga de Arturo por el anillo la noche que desapareció. Por eso nos llevó a Tintagel.

Un escalofrío me recorrió la columna al ver su expresión inamovible. La falta de sorpresa. La falta de todo, en realidad. Vi una oscuridad tan lúgubre que no había nada que pudiera escapar de ella.

—Sí —dijo—. Ya lo sabía.

El piso dejó de existir a mi alrededor. El atronador pulso en mi pecho, aquel que me latía dentro del cráneo también, devoró el escándalo que se producía en las calles.

Entonces, de pronto, el momento me cubrió entera como una ola de presión y horror que fue tan sofocante como dolorosa.

—¿Lo sabías? —exigí saber—. ¿Todo este tiempo?

—Me lo dijo esa noche después de que te quedaras dormida —explicó Cabell.

Aunque tenía la boca abierta, ningún sonido salió de mí.

—Me hizo prometer que no te diría nada —continuó, levantando un hombro en un gesto como para quitarle importancia.

Sabía que Nash le había estado contando cosas a Cabell, que le había estado enseñando de un modo en que jamás me habría enseñado a mí, una mortal, pero ese había sido *Nash*, no Cabell. Nos habían abandonado dos veces: primero nuestras familias y luego Nash. Lo único que habíamos tenido siempre era el uno al otro, y para sobrevivir por nuestra propia cuenta no podíamos tener secretos entre nosotros. Había entendido eso, y pensaba que Cabell también lo había hecho.

—Iba a encontrarse con una hechicera —le expliqué—. Ella sobrevivió a ese encuentro y luego murió y creó una Inmortalidad que Niño Bien ha destruido. Pero creo que, si volvemos a Tintagel, puede que descubramos algo que no vimos antes. Puede que Nash haya escondido algo para que lo encontremos.

—Para —dijo Cabell, cortante—. Para ya. ¿Acaso oyes lo que dices? Piensa un poco, Tamsin. Es obvio lo que sucedió. La hechicera aceptó la daga y luego lo mató. Por eso nunca volvió. Lo único que no sabemos es qué hizo con su cadáver. No te lo dije porque no quería que vivieras con el hecho de saber que podríamos haberlo salvado… Como he tenido que hacer yo todos estos años.

Tenía razón. Era la conclusión más obvia y más lógica. Solo que no estaba dispuesta a dejarme vencer por la lógica en aquella batalla.

—De todos modos, no es razón para no contármelo —repuse—. Y esa no es la única explicación. Podría haberle lanzado una maldición para que perdiera la memoria o para atraparlo en algún lado. Si existe la mínima posibilidad de que esté vivo, tenemos que encontrarlo a él y al anillo antes que los demás, de lo contrario alguien más lo matará para quedarse con el tesoro.

—Que está muerto —dijo Cabell—. Deja que te lo repita. Está. Muerto.

Las palabras apagaron la llama minúscula de la esperanza que había conseguido mantener con vida.

—Vale, está muerto. Eso no significa que el Anillo Disipador no esté en alguna parte. Podemos intentar volver sobre sus pasos y descifrar quién mató a la hechicera. —Cabell estaba meneando la cabeza, y al verlo sentí un nudo en la garganta y mi voz se alzó con desesperación—. Podríamos hallar el anillo y hacer un trato con Madrigal para que lo usase contigo.

—¿Hacer un trato con una hechicera? —resopló Cabell—. Crece de una vez, Tamsin. Esto no es un cuento de hadas. No hay reuniones familiares conmovedoras, héroes mágicos ni finales felices. Lo único que hay es *esto*.

Hizo un ademán hacia la mata de pelo sobre el dorso de su mano. Clavé la vista en él, y, conforme los segundos pasaban, un nudo empezó a formarse en mi estómago y a retorcerse.

Tras un rato, Cabell dejó escapar una risa sin pizca de humor.

—No lo entiendes. Ni siquiera tengo la opción de rendirme. Es obvio a dónde va todo esto. Lo ha sido durante años, solo que eres demasiado terca como para aceptarlo.

—¡No es obvio! —repliqué—. Sé que es difícil creer que exista una posibilidad, pero es la mejor que hemos tenido nunca.

—No te enteras de nada —me reprochó él—. Dime, Tamsin, ¿qué tiene esta vida de maravilloso que tengo que pelear para seguir viviéndola?

Contuve la respiración y me esforcé por conseguir que la sangre no me hirviera en las venas.

—Si has sabido lo del anillo todo este tiempo… Si te has sentido así durante años… ¿Por qué me has dejado investigar modos de acabar con la maldición? —exigí saber—. ¿Por qué me has dejado probar teoría tras teoría en ti?

—Nunca entendí por qué insistes en releer todos esos libros cuando tienes una memoria perfecta. —Se encogió de hombros, y aquel fue el gesto más cruel que le había visto hacer a mi hermano—. Pero te mantenía ocupada y parecía hacerte sentir mejor.

—¿A mí? —exclamé, echándome hacia atrás.

—¿Sabes cuál es tu problema? —dijo él, y pareció deleitarse en mi angustia mientras bebía un largo sorbo de su cerveza—. Crees que puedes controlarlo todo y que eso será suficiente para evitar que sucedan desgracias. Pero no es así como funciona el mundo, Tamsin. Eres igual de impotente que el resto de nosotros. De hecho, lo eres incluso más, lo que hace que todo esto sea más triste aún.

—Así que, solo para dejar las cosas claras, ¿no te importa si voy a buscar a Nash y el anillo? —pregunté—. ¿No te importa que los Saqueadores y las hechiceras vayan a empezar a buscarnos para dar con él? ¿No quieres involucrarte y no te importa en absoluto?

—No me importa, no —sentenció Cabell, poniéndose de pie para luego dirigirse hacia la puerta principal—, porque dudo de que vayas a llegar muy lejos, dado que no tienes la Visión Única. Pero venga, inténtalo. Prueba cuán lejos llegas con Ignatius. Vive tu vida como te venga en gana, porque ya va siendo hora de que yo haga lo mismo.

—Para ya —le dije, con dificultad para dejar salir las palabras—. Suenas como…

—¿Como quién? —soltó Cabell, mientras se ponía las botas—. ¿Como *Nash*?

Di un respingo.

—Al menos él murió haciendo lo que quería —añadió, estirando una mano hacia la chaqueta de cuero que había heredado de nuestro tutor—. Y, si no me queda mucho tiempo hasta que la maldición se apodere de mí, eso es exactamente lo que pienso hacer yo también. Estoy harto de perder el tiempo y de pretender que algo de esto importa solo porque a ti te da miedo quedarte sola.

Me mordí la lengua hasta que noté el sabor de la sangre.

—De verdad eres como él —le dije, poniéndome de pie. Si él iba a lastimarme, yo podía hacer lo mismo—. Te rindes al instante en que las cosas se ponen complicadas.

—Y, aun así, eres tú la que irá a buscarlo —interpuso él—. Con la excusa de que lo haces por mí. Por el anillo.

Me detuve en seco.

—Claro que esto no tiene *nada* que ver con que quieras encontrarlo —continuó—. Tampoco tiene *nada* que ver con que nos quedemos en Boston, a pesar de que según él es aquí donde te abandonaron. ¿Qué esperabas? ¿Que alguno de tus padres que no valen para nada te viera por la calle y te reconociera? ¿Que se arrepintiera de haberte dejado tirada como una...?

Una punzada hirviente se me clavó en el pecho.

—Ni se te ocurra terminar esa oración —le advertí.

Cabell estiró una mano hacia el pomo de la puerta, pero no se movió.

—Tú eres mi única familia —le dije—. Y voy a ir a buscar ese anillo tan pronto como la hechicera Grinda envíe a alguien para recoger el relicario que encontramos para ella. Ha dicho que sería esta noche.

Cabell no me hizo ni caso.

—Hay demasiadas personas detrás del anillo como para esperar... y demasiados que sospechan que Nash fue el último que lo tuvo en su poder —añadí—. Si no piensas ayudarme, al menos prepara una mochila y trata de desaparecer un tiempo hasta que todo esto acabe.

—Tengo una mejor idea: no regresaré y punto. —Abrió la puerta y salió. Tal vez su voz haya sido un susurro o un producto de mi imaginación, pero lo último que oí al verlo salir fue: «Te quiero».

—No te mueras —le dije de todos modos.

La puerta se cerró con un golpe.

Sentí las rodillas como si estuviesen hechas de arena. Me dejé caer sobre el borde de la mesita de madera y me bebí lo que quedaba de su cerveza.

Sabía que estaba sufriendo; veía los destellos de su sufrimiento todos los días, como la luz en un prisma. Se había comportado de un modo más imprudente de lo que solía hacer, pero había asumido que era porque se sentía frustrado e impaciente por hallar alguna solución.

No se me había ocurrido que pudiese estar intentando destruirse a sí mismo antes de que la maldición se encargara de ello.

Tendría que haber impedido que se marchara. Tendría que haber hecho que se quedara en casa y hablarlo hasta solucionarlo. Nunca era buena idea salir a deambular por las calles a aquellas horas de la noche, incluso con una navaja en el llavero y sal en los bolsillos.

«Crece de una vez, Tamsin. Esto no es un cuento de hadas».

Los cuentos de hadas —las historias originales, a diferencia de las nuevas y edulcoradas versiones— estaban llenas de espinas y miseria y se trataban de un reflejo más real de lo que era la humanidad que lo que cualquiera podía creer. Aun con todo, el que Cabell actuara como si fuese una niña perdida en mis ensoñaciones casi había sido más de lo que podía soportar.

El problema con los hermanos, decidí, era que nos pasábamos años juntando todos esos puñales de observación y aprendiendo exactamente dónde clavarlos para que dolieran más.

Y, de todos modos, era Cabell el que había querido buscar a Nash incluso bastante después de que nos quedara claro que nos había descartado como aquel último sorbo de café frío que nadie quiere. Era él quien se había aferrado a la idea de que Nash seguía en algún lado e intentaba volver con nosotros. Era él quien había llorado cada noche durante aquellos primeros meses cuando nos moríamos de hambre y de agotamiento y dormíamos al aire libre en el bosque en pleno invierno.

En Tintagel no habíamos detectado ningún rastro de ninguna pelea, de que se hubiese lanzado alguna maldición, ni siquiera huellas que hubieran indicado que Nash había dado tumbos borracho hasta el borde del precipicio que rodeaba las ruinas del castillo. El frío mar nunca había devuelto su cadáver a sus costas rocosas. Las únicas huellas que habíamos visto en el lodo y en la nieve se dirigían hacia el castillo y no había ninguna que saliera de él.

Pero, si estaba vivo, ¿por qué no había vuelto? ¿Por qué no había usado el anillo para romper la maldición de Cabell?

Cerré los ojos y meneé la cabeza con fuerza. Daba igual si Nash estaba vivo y no tenía el anillo, o si estaba muerto y enterrado con él. Lo único que necesitaba era su último paradero para poder seguir el rastro del anillo antes de que alguien más lo hiciera.

Solo que, para hacer algo así, iba a necesitar unas cuantas cosas. Entre ellas, pensé con un mohín, la Visión Única, tal como Cabell me acababa de señalar con tanta dulzura.

Y solo había un modo de obtener lo que necesitaba…

Me invadió la calma conforme empecé a delinear mentalmente los inicios de un plan. Al tiempo que cada paso tomaba forma, mi cuerpo se fue sintiendo sólido una vez más, y el mundo pareció dejar de girar a mi alrededor.

Me agaché y recogí el montón de cartas que había en el suelo y que antes había pasado por alto.

Desenrollé el periódico y le eché un vistazo a los titulares de la portada. El precio de la gasolina por las nubes. La Serie Mundial de Béisbol que se avecinaba. Una tormenta de hielo de lo más rara en Inglaterra.

Aquel último artículo me llamó la atención lo suficiente como para leer por encima los primeros párrafos:

> De la noche a la mañana, las carreteras en Inglaterra se han cubierto de hielo a pesar de la falta de nieve y de haber tenido una semana de temperaturas extremadamente altas...

Lo llevé todo a la cocina y lo solté sobre la encimera con un grito ahogado lleno de espanto.

—¡Ay, no! ¡Florence!

Alcé mi pequeña suculenta en su macetita de su lugar en el alféizar de la ventana. Al hacerlo, la planta dejó caer de forma dramática sus enfermizas hojas marrones y quedó solo el pobre tallo.

—¿Qué te ha pasado? —pregunté—. El otro día estabas bien. ¿Te di demasiada agua? ¿O ha sido el calor? Winston aún resiste, así que ¿qué te ha pasado a ti?

Winston era la planta de aloe que habían abandonado a su suerte en el contenedor de basura de mi vecino junto a Florence.

Un minúsculo movimiento me llamó la atención. Alcé la vista hacia la ventana que tenía enfrente y me encontré con un enorme sapo que me devolvía la mirada.

—¡Por los...! —solté, dando un respingo.

El sapo no parpadeó. En su lugar, dejó escapar un fuerte e irritado graznido. Y luego, cuando no me moví, otro más.

Me incliné sobre el fregadero y abrí la ventana. El sapo se había acomodado en la cajita de la ventana que usaba para criar hierbas, entre ellas un poquito de romero para evitar que cualquier espíritu errante con malas intenciones se colara en el piso.

—Estás aplastando mi menta —me quejé.

El sapo saltó hacia el alféizar y dejó que viera el pequeño trozo de cinta negra que tenía en la pata. La marca de la hechicera Grinda, unas llaves cruzadas, estaba labrada en plata.

Ya era hora, pensé.

Habíamos terminado con su encargo hacía semanas, pero no había querido que se lo llevara a su casa en algún lugar de Italia porque estaba fuera «lidiando con unos asuntos muy importantes relacionados con el Consejo de la Sororidad».

Había asumido que simplemente no quería que una mortal, y mucho menos una Saqueadora, supiese dónde estaba emplazada su residencia principal, pues la mayoría de las hechiceras no lo querían. Aunque había otras, como Madrigal, que eran demasiado poderosas como para temerle a nadie.

—Lo tengo —le dije a la criatura—. Dame un segundo.

Fui corriendo hacia el rinconcito que era nuestro despacho y bajé la velocidad cuando llegué a la mesa plegable que usaba como escritorio.

Si bien mi mitad del despacho era un caos de papeles, rollos de tela, revistas, libros y varias herramientas rotas que no me podía obligar a mí misma a tirar, la mitad de Cabell estaba limpia como una patena. La mayoría de sus cristales estaban ordenados con cuidado en contenedores de acrílico transparentes, mientras que otros los había dejado en el alféizar que había cerca para que se cargaran con la luz de la siguiente luna llena.

Recogí el relicario con incrustaciones de rubí que había dejado en la caja fuerte bajo el escritorio y le quité la seda que lo cubría para asegurarme de que todo estuviese correcto. Sus piedras relucieron para saludarme, y lo volví a cubrir con rapidez antes de que pudiera echarme cualquier maldición infernal que sin duda poseería.

—Listo —le dije al sapo, aunque entonces me detuve, pues no estaba segura de dónde poner el relicario.

El sapo abrió la boca, muy solícito, pero sostuve el relicario fuera de su alcance sobre su cabecita verrugosa.

—Es pago contra entrega —le dije—. Y solo aceptamos efectivo o el equivalente en oro o piedras preciosas…

El sapo croó e hizo un sonido como de arcada. Una, dos y tres esquirlas de zafiro cayeron sobre la tierra del macetero, envueltas en una gruesa capa de mocos. La boca del sapo permaneció abierta, y la membrana flexible de su saco vocal se extendió mientras volvía a croar, impaciente.

Me incliné sobre el fregadero, con cuidado, y muy muy despacio deposité el relicario dentro de la boca del expectante animal.

—No te vayas a asfixiar.

La criatura se dio la vuelta y saltó hacia la noche una vez más.

—Ya, también ha sido un placer hacer negocios contigo —dije por lo bajo, mientras sacaba las esquirlas de zafiro de la tierra para luego lavarlas bajo el chorro intermitente del grifo. No cerré la ventana, pues necesitaba el aire fresco.

El silencio de la casa me envolvió una vez más, y solo se interrumpió por el repentino escándalo de la tele del vecino que se oía a través de las paredes.

Me serví un vaso de agua y eché un poco en la maceta de Florence, aunque no fuera a servir de nada. Ver la planta de ese modo me entristecía de una manera que no me gustaba en absoluto. Parecía... acabada.

Las palabras de mi hermano volvieron a mi mente y se colaron en el silencio de la cocina con la fría brisa del otoño.

«¿Qué tiene esta vida de maravilloso que tengo que pelear para seguir viviéndola?».

Presioné el borde del vaso contra mis labios, y mi vista se volvió a dirigir hacia la puerta. Si era aquello lo que Cabell quería, dejar de pelear, entonces... ¿tenía derecho yo a interferir?

—Pues sí —susurré.

Antes de darme cuenta de lo que estaba haciendo, saqué la baraja de tarot de mi mochila y luego de su bolsito de terciopelo. No las barajé, sino que las dejé al lado de Florence y giré la carta que se encontraba en la parte superior del mazo.

En ella había una mujer con un vestido blanco y los ojos vendados. Estaba sentada y sostenía dos espadas cruzadas frente a ella. A sus espaldas, un mar agitado. Sobre su cabeza, una luna creciente. El vivo retrato del equilibrio. Una deliberación cuidadosa. Consejos. El dos de espadas.

Sopesa tus opciones. Tómate tu tiempo. Escucha a tu intuición.

—Pero ¿qué carajos estoy haciendo? —Solté la carta.

Los arbustos fuera de la ventana se sacudieron un poco, y vi un borrón de movimiento y de color que agitó las hojas al pasar. Me subí sobre la encimera e incliné parte del cuerpo sobre la ventana para ver qué —o quién— había sido aquello. Pero fuera no había nada más que unas pocas huellas que podrían haber sido de cualquier persona, en cualquier momento. Seguro que no había sido nada más que un gato callejero.

Aun así, cerré la ventana con fuerza y le puse el pestillo.

Mi mirada se volvió a dirigir a la carta de tarot.

Si no podía obligar a mi hermano a pelear contra su destino... a hacer que quisiera vivir..., al menos podía hacer que tuviese una decisión que tomar de verdad.

Junté lo que creí que necesitaba para viajar, puse los zafiros en un sobre para Cabell que dejé sobre su escritorio y luego le envié un último mensaje: *Abandona la ciudad tan pronto como puedas.*

Apagué el teléfono; así nadie lo podría usar para rastrearme. Y, con una última mirada al piso, introduje mi llave de la biblioteca en la puerta del armario justo cuando el cielo empezaba a aclarar con la luz de un amanecer que yo no iba a estar allí para ver.

7

—... Y aquí, Ricardo, el conde de Cornualles, uno de los hombres
más acaudalados de estas tierras, construyó el gran salón de
sus sueños, con la esperanza de sobrepasar incluso lo que las leyendas decían que Tintagel había llegado a ser. En siglos anteriores, aquel asentamiento había ostentado el comercio desde todos los lugares del Mediterráneo
y también había dado la bienvenida a reyes, quizás incluso fue el lugar de
alguna coronación...

Ya había escuchado a la guía turística recitar su discurso tres veces, y
esta había exudado la misma pasión hacía un rato, cuando los cielos habían
estado despejados, que en aquel momento en que las nubes de tormenta se
asomaban por el horizonte y en que los vientos amargos azotaban el mar en
un frenesí que advertía que lo peor aún estaba por llegar.

Era una mujer de Cornualles de verdad, de las que no se amedrentaban
ante la tormenta inminente que avanzaba con lentitud hacia la costa. Se había
limitado a plantarse con más firmeza sobre el suelo y a empezar a gritar. Durante los últimos minutos se había hecho más y más difícil oírla por encima
del rugido del viento y del estruendo del mar embravecido un poco más abajo.

Me arrebujé un poco más en la chaqueta de franela que me iba algo
grande y volví a mirar el oscuro y rugiente mar una última vez antes de
adentrarme más en las escarpadas ruinas de lo que una vez había sido el
castillo de Tintagel.

Una suave llovizna empezó a caer sobre las piedras planas. El cielo gris
hacía que el musgo y el liquen que estaban pegados a las paredes casi derruidas brillaran de forma misteriosa. La niebla se alzaba desde el suelo
como si fuesen espíritus que habían despertado y daba vueltas a nuestro alrededor en patrones imposibles de entrever. Me recorrió un escalofrío cuando esta me rodeó y me atrajo hacia sus profundidades brumosas.

—Pueden apreciar cómo se tuvieron que reconstruir las paredes del gran salón después de que las antiguas cayeran al mar...

Otra guía que iba vestida con un chubasquero amarillo se acercó al pequeño grupo a paso rápido.

—Disculpen las molestias, pero aquí se acaba el recorrido. Si el viento sopla con un poquito más de fuerza, saldrán volando de la isla.

Aquello se ganó unas cuantas risitas y miradas nerviosas de los turistas. Sin embargo, el comentario se había quedado corto. En cuestión de segundos, el traicionero vendaval azotaba a los pobres tontos que nos encontrábamos allí desde todas direcciones y casi mandó a una mujer mayor volando hacia el mar de verdad.

—Síganme —gritó la guía—. ¡Volvemos al puente!

Había llegado a las ruinas hacía horas para familiarizarme con el lugar tras haberlo visitado hacía casi una década. Las había recorrido y había respirado el aire húmedo y salado mientras absorbía los sonidos de los pájaros y las olas.

Y recordaba.

Habíamos visitado el castillo una o dos veces antes de la fatídica noche en la que Nash se había ido, en gran parte porque el hombre no se podía resistir a un paisaje de leyenda azotado por el viento más de lo que se podía resistir a alguna reliquia artúrica.

Al estar convencido de que Excalibur había sido devuelta a Ávalon antes de que los caminos que conducían a las Tierras Alternas fueran sellados, había depositado su atención en la reliquia de menor valor: la daga de Arturo. Había investigado las ruinas antes de que continuáramos la búsqueda en otras partes de Inglaterra.

El buscar la daga me había acercado tanto a la muerte que había aprendido que esta tenía un olorcillo particular, una claridad, como el cielo antes de que nevara.

Al estar de vuelta en aquel lugar... me había invadido la extraña sensación de que algo se estaba removiendo en mi interior, como si algo se hubiese desatado sin que me diera cuenta. Había tenido el estómago hecho un nudo durante las últimas horas, tanto que no había sido capaz de comer nada.

Me puse última en la fila de turistas conforme volvíamos hacia el moderno puente que unía las dos secciones de las ruinas. El angosto puente de tierra que había hecho que el castillo fuese casi imposible de capturar durante siglos pasados se había erosionado hacía muchísimo tiempo, lo que significaba que solo había dos opciones: el puente moderno que se encontraba arriba, hecho de acero, madera y losas planas, o el puente ancestral que se encontraba abajo, hecho de madera, donde el estrecho trozo de tierra había desaparecido bajo las olas.

Me aferré al pasamanos del puente moderno y empecé a abrirme paso por él mientras mantenía la vista fija en la mujer del brillante chubasquero amarillo que lideraba la comitiva. El viento me hizo ir más deprisa, pues me empujó desde atrás hasta que por fin conseguí llegar a un terreno que, si bien era sólido, también era muy muy resbaladizo.

Seguí a los demás por los serpenteantes escalones tallados sobre el abrupto suelo rocoso. El color natural de la piedra en medio de la hierba silvestre hacía que el sendero pareciera un montón de víboras que se deslizaban arriba y abajo por el campo.

Era un lugar precioso para que naciera una leyenda.

Según la *Historia Regum Britanniae* de Godofredo de Monmouth — a la que Nash se refería como «la mierda subidita de tono que fue todo un éxito entre los cultos de la Edad Media»—, el rey Arturo había sido concebido dentro de las paredes de aquel viejo castillo. A su padre, Uther Pendragon, le había hecho tilín Igraine, la mujer de Gorlois, el duque de Cornualles. Y, en un giro argumental que habría hecho que el igualmente cuestionable Zeus llorara de orgullo, Uther había logrado que Merlín, el poderoso druida que más adelante se había convertido en el gran consejero del rey Arturo, modificara su apariencia para que se pareciera a Gorlois. Aquello le había permitido entrar al castillo y acostarse con la mujer de otro hombre. Y el pobre Gorlois había terminado muriendo en una batalla, de forma muy conveniente, unos días después.

Si bien Godofredo de Monmouth no había escrito la verdad, sino una mezcla de historias que formaban parte del folclore oral y de una ficción de lo más desvergonzada, sí que había un ápice de verdad en lo que había creado, incluso si aquella verdad había sido sacada de proporciones hasta volverse casi irreconocible.

Aun con todo, era fácil ver por qué Tintagel y el pueblo cercano habían invadido la imaginación popular. Eran dramáticos e incontrolables; el tipo de lugar en el que uno se podría topar con una hechicera para hacer un intercambio.

Eché una mirada sobre mi hombro cuando la lluvia empezó a caer con violencia. Podía ver la silueta de las ruinas del castillo contra los cúmulos en movimiento de unas nubes furiosas.

Mientras procuraba alejarme de los turistas y marcar mis distancias poco a poco a medida que ellos se dirigían hacia el pueblo, salí a toda velocidad del camino principal para adentrarme en la hierba empapada, y un escalofrío me recorrió entera cuando la helada lluvia me caló en los tejanos y los calcetines.

—¿Dónde te has metido…? —murmuré por lo bajo, protegiéndome los ojos. Si el nudo se había soltado…

Encontré el lazo amarillo y empapado sufriendo contra el parche de brezo en el que lo había atado y suspiré, aliviada. Estiré una mano y tanteé para notar la fila de tablones de madera que rodeaban el campamento.

Los sellos del encantamiento entretejido en la guirnalda manipulaban el aire y la luz para esconder lo que yacía más allá de los ojos mortales.

Por desgracia, eso también incluía a mis ojos.

Aunque no por mucho tiempo, pensé, con el corazón latiéndome desbocado contra las costillas.

El área designada para el campamento de los visitantes estaba al norte de donde yo había establecido mi propio campamento. Si había acudido a Tintagel para descubrir dónde había ido Nash, tenía que volver sobre nuestros pasos. A Nash le había gustado aquel trozo plano de tierra. No ofrecía un buen refugio, pero sí una vista clara de las ruinas.

Con una mano estirada hacia delante, avancé con cuidado hasta que mis botas dieron con las rocas que había dejado para marcar la entrada. Lo normal era que Cabell fuese quien se encargara de aquel proceso, lo que no era ninguna sorpresa, y siempre nos guiaba de vuelta…

Sentí un pinchazo en la tripa mientras le daba la espalda a la lluvia inclemente. Tenía la cara en carne viva por el frío, pero tampoco podía sentir los dedos de las manos ni de los pies en absoluto, y no sabía cuál de las dos cosas era peor.

Antes de que pudiese desatar el nudo de la guirnalda, una guirnalda distinta se desató y otra tienda apareció ante mis ojos.

Era un monstruo enorme de nailon y poliéster, a la última moda y pensada para una familia entera, no para el adolescente con expresión presumida plantado a solas en su entrada.

—¡Buenas, vecina! —exclamó Emrys por encima de la lluvia—. ¿Has encontrado algo interesante en las ruinas?

—No —le dije—. Este es *mi* sitio. Yo he llegado primero.

Emrys ladeó la cabeza y me dedicó una mirada de pena fingida.

—¿Y cómo pretendes probar eso? Podría haber estado aquí desde el principio detrás de mis protecciones y tú no te habrías enterado. Es una lástima que no cuentes con la Visión Única.

Gruñí de frustración, mientras sentía cómo el viento me levantaba la chaqueta por detrás y arrancaba del suelo las estacas de mi tienda de campaña, para luego aferrarme al plástico rojo que se agitaba y amenazaba con salir volando.

—Venga, Avecilla, ¡no seas así! —gritó Emrys a mis espaldas.

Recogí mi saco de dormir aún enrollado, mi mochila de provisiones y mi bandolera de trabajo y avancé entre resbalones y grandes zancadas a un lugar más abajo por la colina. Me acomodé en un nuevo sitio tras un saliente de piedras grandes que al menos me mantendría oculta hasta que pudiera conseguir un lugar mejor cuando escampara la tormenta.

Mis botas pelearon contra el barro y la hierba muerta en su afán por encontrar dónde plantarse bien, mientras yo intentaba clavar las estacas de vuelta en terreno sólido. Una vez que logré montar la tienda de campaña, lancé mis pertenencias empapadas al interior y traté de sacar con las manos el agua que había encharcado el fondo de la viejísima tela.

Retrocedí para cerrar la cremallera de la tienda, pero me detuve en seco. Un grito se formó en la base de mi garganta.

La tienda de Emrys estaba al lado de la mía de nuevo, como si la hubiese doblado, se la hubiese guardado en el bolsillo y luego la hubiese vuelto a sacar. En aquella ocasión, estaba sentado en una silla plegable con un calentador mágico o a pilas a sus pies y un cuenco con algo caliente en sus manos.

—¿Quieres un poco de sopa? —me ofreció.

—Déjame en paz —le gruñí.

—Más quisieras —dijo él—. ¿De verdad crees que voy a dejarte fuera de mi vista? El que hayas venido hasta aquí prueba mi teoría de que fue Nash quien hizo un intercambio por el anillo. Fue él quien consiguió la daga de Arturo y…

Cerré mi tienda y dejé el resto de sus palabras en el exterior.

La tienda se sacudió sin control bajo la lluvia y los vendavales. Su material impermeable había dejado de surtir efecto hacía años y estaba lleno de parches que habíamos puesto para cubrir los agujeros, aunque estos ya se estaban despegando. Claro que aquello no importaba cuando todo lo que poseía ya estaba empapado de todos modos.

Tendría que haber usado el dinero del encargo de Madrigal para reservar una habitación en el pueblo que había cerca. Podría haber estado calentita y cómoda junto al fuego, oyendo cómo la lluvia golpeaba contra las ventanas. Pero le había dejado el dinero a Cabell, por si él necesitaba alquilar una habitación en algún otro lugar mientras la búsqueda llegaba a su fin.

Me impulsé hacia delante y puse una ollita bajo la peor de las goteras y mi taza metálica bajo otra.

—Perfecto… —Aquello duraría unos cinco minutos.

Solté un suspiro conforme me quitaba las botas y los calcetines mojados, y luego la chaqueta de franela empapada. Me froté los brazos con fuerza para tratar de hacer que la sangre circulara.

No hacía menos ruido dentro que fuera, pues la fuerte tormenta sacudía el plástico y amenazaba con arrancar las estacas del suelo. Pero había algo en el aroma a tierra mojada, el golpeteo de la lluvia, el aire fresco… Una sensación de familiaridad se acurrucó en mí como si se tratara de un gato y me llenó de una calidez que no había estado esperando. Aun con todo, entre Emrys y los recuerdos que Tintagel había traído de vuelta, estaba llegando al límite. Nada parecía calmar la sensación de que tenía algo arrastrándose bajo la piel.

Encendí mi linterna LED y desplegué mi saco de dormir en un intento por hacer que se secara. Me forcé a picotear unos cuantos trozos de carne deshidratada y unos frutos secos rancios que habían aparecido en el fondo de mi mochila de provisiones.

Mientras masticaba, clavé la mirada en la parte alta de la tienda y dejé que mi mente empezara a divagar. Me pregunté qué estaría haciendo Cabell, si me habría hecho caso y habría salido de la ciudad.

No quería venir, me recordé a mí misma. *No lo necesitas.*

Dejé a un lado el resto de la carne deshidratada, pues tenía el estómago hecho un nudo y no podía tragar ni un solo bocado más. La lluvia siguió golpeando la tienda e hizo que el plástico saltara y temblara. Sabía que tenía que encontrar un modo de lavarme los dientes y la cara, pero, una vez que había conseguido dejar el cuerpo quieto, no pude hacer que volviera a ponerse en acción.

En su lugar, cerré los ojos y rebusqué un recuerdo que me había asegurado de enterrar durante años.

Aquella noche había sido como muchas otras: había apagado el fuego y habíamos entrado en la tienda para beber un poco de sopa. Podía ver a Nash con tanta claridad como si hubiese estado sentado a mi lado en aquel momento: el tosco eco de un rostro que podría haber sido apuesto en algún momento, sonrojado por un exceso de sol y de bebida, el pelo rubio y los inicios de una barba que brillaba con tonos plateados, el puente accidentado de su nariz, la cual se había roto incontables veces. Había tenido los ojos de un niño, azul cielo y brillantes mientras contaba una historia tras otra.

—*Al sobre, Tamsy* —me había dicho, tras haber alzado la mirada de su diario donde había estado anotando cosas—. *Descansa un poco mientras puedas, nos iremos al amanecer.*

Nos iremos. Aquella fue la peor promesa que alguna vez rompió.

Había reproducido en mi cabeza ese recuerdo cientos de veces, desesperada por dar con algún pequeño detalle que se me hubiera escapado.

Abrí los ojos, me llevé las manos para que descansaran sobre el estómago y noté cómo este subía y bajaba con cada respiración. Incluso con el viento de fuera, el silencio del interior de la tienda me abrumaba. Tamborileé los dedos unos contra otros en un intento por calmar la sensación de un enjambre de moscas bajo la piel.

La soledad me envolvió. Fue el único modo que tuve de explicar lo que me poseyó para meter la mano en mi bolso de trabajo y buscar un bulto familiar.

—Ah, venga ya —murmuré—. Eres de lo más patética, Lark.

El ojo adormilado de Ignatius parpadeó al abrirse cuando lo dejé a un lado de mi saco de dormir y encendí sus mechas. El aire a nuestro alrededor centelleó conforme la magia se extendía gracias al calor de las diminutas llamas. El ojo pasó la mirada de mí hacia el techo de la tienda que goteaba y la piel a su alrededor se arrugó con desprecio. Tras hacer crujir los nudillos, Ignatius trató de doblar sus dedos torcidos hacia abajo, ya fuera para apagar las llamas o para salir corriendo como un cangrejo.

—Si se te ocurre escapar —le advertí—, quiero que recuerdes que solo necesitas tres dedos para funcionar, y si te atrapo, el primero que corte será el del medio.

Ignatius estiró los dedos, pero dejó caer un petulante pegote de cera sobre el saco de dormir, solo para tener la última palabra. Como ya había imaginado, un concurso de quién parpadea primero contra la mano y el ojo de un asesino psicótico no hizo nada para calmar la sensación de vacío que tenía en el estómago. No consiguió nada, en realidad, salvo hacer que de pronto me invadiera el miedo a que intentara prenderme fuego el pelo.

Había habido un momento —varios, en realidad— en el que casi lo había dejado atrás. Llevarlo de paseo por los terrenos de Tintagel para buscar rastros de magia a vista y paciencia de todos los turistas no había sido opción y, bueno, no había querido pensar que podría necesitarlo. No tras el trato al que había llegado con el Cortahuesos.

«Es una lástima que no cuentes con la Visión Única».

El hecho de que Emrys pudiera haber estado allí todo ese tiempo, observándome y riéndose de lo patéticos que eran mis materiales... Una nueva oleada de furia me inundó y carbonizó los últimos rastros de miedo y dudas.

Si quería un reto, yo se lo iba a dar.

Al fondo de mi bolso estaba el paquetito envuelto en una bolsa de papel que me habían dejado en la biblioteca. Me había despertado en el ático y había bajado las escaleras para ver que Bibliotecario me lo había dejado en el último escalón. El Cortahuesos solo había necesitado cuatro horas para buscar lo que le había pedido.

Dentro de la bolsa de papel arrugada había una cajita de madera, no más grande que una cajetilla de cigarros. El compartimento interior se deslizó hacia afuera con el más suave toque de mi pulgar y reveló el vial que tenía guardado. Tras desenrollar el largo trozo de pergamino que lo envolvía, lo dejé a un lado durante un segundo y levanté la botellita. Estaba hecha de cristal traslúcido, y la envolvían unos remolinos plateados decorativos y trenzados como vides. El gotero apenas rozaba la delgada capa de líquido escarlata que había dentro, la cual brillaba con malicia como un aceite iluminado por la luz reveladora de Ignatius.

Veneno de basilisco.

Respiré profundo por la nariz, con las manos temblando por el frío, los nervios o ambos. Había leído sobre la habilidad del veneno para otorgarle a un mortal la Visión Única hacía años, cuando me moría de envidia por la habilidad que Cabell tenía para la magia. No obstante, dado que aquellas criaturas se encontraban extintas, su veneno era algo muy peligroso y difícil de hallar.

Claro que lo más importante era que el veneno, al igual que cualquier otra supuesta solución que hubiera investigado, era peor que el problema en sí mismo.

Recogí la nota que había dejado a un lado y entrecerré un poco los ojos ante la elegante y violenta caligrafía escrita con tinta.

Estimada señorita Lark:

Qué maravilla por fin tener un encargo que no sea la llave para una Vena. He encontrado el veneno como me pidió y creo que debo recordarle sobre sus peligros. En caso de que sobreviva a la toxina que entrará a su cuerpo, las horas siguientes probablemente serán las más desagradables de su vida. He oído que aquellos que sufren la mordida de un basilisco padecen dolores insoportables, fiebre y alucinaciones, por lo que asumo que será lo mismo en su caso, así como también la posibilidad de que se quede ciega de forma permanente en lugar de solo de modo pasajero. Para los propósitos que me ha explicado, con una gota considerable en cada ojo bastará.

Que continúe con el proceso significa que reconoce que no soy responsable de su muerte, mente dañada o cualquier pérdida permanente de funciones, entre otros perjuicios. Como siempre, el pago a modo de favor quedará pendiente para cuando lo considere adecuado. Guardaré alguno especial para usted.

Atentamente,
Su humilde servidor

Más deudas, pero el peso que acumulaba en el alma valía la pena si aquello significaba salvar a Cabell.

En cuanto al veneno… estaba enterada del dolor, la fiebre, las alucinaciones y la ceguera y no le temía a nada de ello. Claro que todo eso solo en caso de que el veneno no me matara. Ni siquiera Nash había querido arriesgarse tanto.

«No hay nada malo en ser como eres, Tamsy», me había dicho cuando le había sugerido lo del veneno. «Si no has nacido con el don de la visión, así es como debe ser».

Sin embargo, estaba claro que sí que había algo que iba mal conmigo, de lo contrario no me habría abandonado una y otra vez.

—Nunca has sido cobarde —me dije, rodeando el vial con los dedos—. Y no vas a empezar a serlo ahora.

Levanté a Ignatius de su base de candelero y soplé sus mechas, para luego envolverlo en su trozo de seda.

—Hora de ir a dormir.

Con Ignatius a buen recaudo dentro de mi bolso y sus ataduras bien reforzadas, me volví a tumbar en el saco de dormir. Tan solo el desenroscar la botellita fue suficiente para que un olor maligno escapara de ella.

Al pensármelo mejor, estiré una mano hacia la gruesa tira de cuero de mi mochila de provisiones. La mordí y luego me llevé el gotero hacia el ojo derecho.

Una sola gotita de un líquido escarlata pendía del final del gotero y temblaba por culpa de mi mano.

Entonces cayó.

Solté un gruñido alrededor de la tira de la mochila, y mi mano libre se aferró a mi saco de dormir al tiempo que mi cuerpo se sacudía y se retorcía mientras absorbía el ardor agonizante del veneno.

No podía ponerme la gota en el otro ojo... Sabía que no podía...

Tienes que hacerlo, tienes que hacerlo, tienes que hacerlo, entonó mi mente. *Por Cabell*.

Volví a levantar el vial e introduje la última gota del veneno en el gotero. La voluntad y la valentía no eran suficientes. Tuve que sostener mi ojo izquierdo abierto para evitar que mi cuerpo parpadeara por instinto y evitara el veneno.

Di una patada, y mis dientes continuaron mordiendo la tira hasta romperla. El veneno se abrió paso a través de mi mente y oscureció las raíces de mis pensamientos antes de prenderlo todo en llamas.

El ambiente se volvió negro a mi alrededor. Me arañé la cara y me mordí el interior de las mejillas para contener un grito.

No veo nada, pensé con desesperación, incluso mientras una voz, baja y calmada, susurraba:

—Es un efecto secundario, ya pasará.

¿Había dicho yo eso en voz alta? ¿Había alguien más en mi tienda?

La sangre me hirvió en las venas y trajo cosas que no quería ver, pero que tampoco quería olvidar. Otros fuegos. Otros lugares, cerca y lejos y que ya no estaban en ninguna parte. Rostros que se habían ido.

Rostros de los muertos.

La voz de Nash vibró en mi mente, sin invitación previa.

—*Venga, Tamsy, que no es para tanto.*

Había algo más en aquel recuerdo que quería salir a la superficie. Una luz dorada. Arena. Pero entonces desapareció, perseguido por los monstruos de sombras que se estaban formando fuera de mi tienda. Traté de arrastrarme lejos mientras la entrada de la tienda se sacudía y la cremallera se abría lentamente. Unos ojos brillaron en la oscuridad, hambrientos e incandescentes, y entonces explotaron en una lluvia de chispas.

Respiraba al mismo ritmo que mi corazón desbocado, y aun así no conseguía suficiente oxígeno ni enfriar el fuego que tenía en el pecho. Tenía el rostro cubierto de sudor, y este me picaba en mis labios secos. Una vez que empecé a vomitar, no pude detenerme, ni siquiera cuando mi estómago se retorcía por la agonía. Me arañé los párpados, desesperada por sacar las esquirlas de cristal hirviendo que se me clavaban en los ojos y que querían vaciarme las cuencas. El calor irradiaba desde mi interior hasta que estuve segura de que la piel se me iba a llenar de ampollas por dentro.

No había sueño, no había despertar, lo único que había era aquello. Las horas transcurrieron en segundos, y los segundos, en horas. Las visiones llegaron en un prisma oscuro, y cada una tenía menos sentido que la anterior. Bóvedas. Sellos de maldiciones. Una espada que cortaba el hueso. Un sabueso que corría por el cielo. Una figura encapuchada que se adentraba en las desconocidas profundidades del agua oscura.

El torrente de imágenes se ralentizó y se convirtió en una sola. Me vi a mí misma en el borde del océano, con dos espadas cruzadas sobre la espalda y una mancha escarlata que se hacía cada vez más grande en el borde de mi vestido blanco conforme la marea tiraba más y más de él.

—¿Avecilla?

Giré la cabeza hacia la sombra que había en la entrada de mi tienda. Su silueta tembló cuando se movió hacia el pozo de luz de la única linterna del interior. Algo pesado y helado me presionó la frente, y yo me sacudí para alejarme.

—Pero ¿qué demonios te has metido? —Oí un ruido como de alguien rebuscando entre mis cosas y la sombra volvió a maldecir.

Ladrón, pensé. Era un ladrón. No, no era de verdad. Era una alucinación como todo lo que acababa de ver. Un recuerdo de algo que nunca pasaría.

El calor en mi interior me estaba sofocando, se movía a través de mis músculos como una cuchilla. Me retorcí, tratando de liberarme.

—Para... *para*...

La sombra desapareció, dejó entrar el aire frío y volvió a aparecer una vez más. Me resistí ante la sensación de unas manos en los hombros, de algo que me sujetaba para que me quedase quieta.

—No —supliqué—. Por favor...

—Tranquila, no pasa nada...

Mentiras. Todo era mentira... La oscuridad volvió de nuevo, pura y absoluta. Lo siguiente de lo que fui consciente fue de que me encontraba tumbada de espaldas sobre algo suave y esponjoso. El aire había adquirido un olor dulce y como a planta, y sentía la piel más fresca de lo que la había sentido en horas. Una ligera y húmeda presión me cubría los ojos.

No me dolía nada; noté la cabeza pesada cuando inhalé el leve olor a menta, pero lo único que hizo mi cuerpo fue relajarse sobre el suelo, como una semilla que trataba de conseguir un modo de internarse más en la oscuridad bajo la superficie.

¿Emrys?

Debí haber pronunciado su nombre en voz alta, porque respondió:

—Aquí.

La visión se me llenó de oscuridad una vez más, y no supe decir si tenía los ojos abiertos o cerrados. Lo único de lo que estaba segura era de que conocía esa voz.

—Estoy aquí.

8

Cuando volví a despertar, me encontraba tumbada bocabajo en mi saco de dormir y sentía el cuerpo tan pesado como una piedra.

Inhalé de pronto. Me dolía la cabeza, y parecía que esta iba a salir rodando lejos de mi cuello. Me incorporé sobre los codos y cerré los ojos hasta que la oleada de náuseas pasó.

Estoy viva, pensé.

El olor a menta, cera de abejas y otro aroma que no conseguí identificar —¿era incienso?— flotaba a mi alrededor. Alcé una mano para quitarme la tierra de los ojos, pero me detuve en seco cuando mi mente cayó en la cuenta de que podía ver de nuevo.

¿Ha funcionado? El pensamiento fue abrasador.

Sostuve las manos frente a mi rostro y las giré una y otra vez. Había una mancha de algo en el dorso de mi mano izquierda, una especie de ungüento salpicado con trocitos de fragantes hojas verdes. También me cubría el pecho y la cara, estaba frío al tacto y resultaba reconfortante con su aroma a menta. Los mordiscos que tenía en el brazo estaban cubiertos de un ungüento diferente y me habían cambiado la venda. Levanté la áspera tela y descubrí que la herida prácticamente había sanado.

Estiré una mano hacia la cantimplora que tenía junto al saco de dormir, desesperada por quitarme aquel sabor tan desagradable que tenía en la boca, pero estaba vacía.

Entonces lo recordé.

Me incorporé, primero sobre las rodillas y luego del todo, y, cuando el mundo dejó de dar vueltas, salí de la tienda dando tumbos hacia el cielo de color lavanda de la madrugada. Percibí el aroma del café en algún lugar cercano, pero fue el impacto frío del aire húmedo y limpio lo que terminó de aclararme la cabeza.

Emrys estaba sentado dándome la espalda y avivaba una hoguera en las inmediaciones de nuestras guirnaldas protectoras, pues había unido ambos campamentos. Alzó una tetera del fuego y removió su contenido antes de verter el líquido oscuro en dos tazas metálicas.

—He preparado las bolsitas de café que tenías en tu mochila —me dijo al girarse y extenderme una taza—. He imaginado que no te importaría.

Sentía el cuerpo entero completamente agotado, como si llevase semanas sin dormir, pero aquello no hizo nada por mitigar mi indignación.

—Pues sí que me importa. ¡No he traído muchas!

Emrys aún sostenía la taza, a la espera.

—Más razón aún para que te lo bebas, así no se desperdicia.

Me acerqué a desgana y me senté sobre el suelo húmedo con un resoplido de irritación. Emrys me alcanzó la taza y tomó la suya. Sopló un poco el vapor que se alzaba de ella antes de dar un largo sorbo.

—Virgen santísima —dijo, tosiendo y dándose golpecitos en el pecho—. ¿Acaso has cosechado esto de los campos del infierno?

—Si tanto te desagrada, dámelo. —Intenté quitarle la taza de la mano, pero él la apartó fuera de mi alcance.

—Es como si el propio Lucifer hubiese cagado en la taza —siguió, mientras la fulminaba con la mirada.

—Pero qué risa —dije, intentando alcanzar la taza de nuevo—. Aun así, no dejaré que lo desperdicies.

—No, no —dijo él, con una expresión de mártir—. Puedo envenenarme un poquito si es por la cafeína.

Bebió otro gran sorbo y contuvo una arcada.

—¿Satisfecho? —pregunté.

—¿Satisfecho? No. ¿Radiactivo? Eso seguro. —Emrys me dedicó una mirada de incredulidad—. ¿De verdad... disfrutas bebiendo esto?

—Sí —le aseguré—. Aunque lo bebo solo, sin una cucharadita de lloriqueos.

—No son lloriqueos —dijo—. Solo me pregunto de verdad cómo es que aún tienes los órganos intactos.

Puse los ojos en blanco mientras él bebía otro sorbo y lo invadía un escalofrío.

—Lamento que no esté a la altura de tus estándares —refunfuñé—. No todos tenemos un barista personal a nuestra disposición.

—No todos somos tan estúpidos como para usar veneno de basilisco para inducirnos la Visión Única —rebatió él—. En eso sí que me ganas.

—Lo que cuenta es que estoy viva —solté, entre dientes.

—Apenas —dijo—. Y de nada, por cierto. Ya he usado toda mi salvia de enfriamiento, y no me quedan plantas para hacer más.

Me quedé con la boca abierta.

Tras años de atormentarme con pistas y dobles sentidos y forzarme a depender de los rumores... había revelado su habilidad, la que le había sido concedida por medio de una larga ascendencia de ancestros Sagaces.

Emrys era un Verdimante.

—Ah, y por fin lo descubre —dijo él.

Dejé escapar una risa falsa.

—Tu querido papi debe haberse quedado tan decepcionado de que su único hijo haya resultado ser un encantador de flores... Ya entiendo por qué nadie en la cofradía lo sabe.

Tener la habilidad de comunicarse con las plantas y hacerlas crecer no era algo precisamente útil en nuestro campo de trabajo, al menos no si se lo comparaba con otros dones mágicos que tenía la gente.

Emrys endureció la expresión.

—Ya es una habilidad más de las que tienes tú.

Si hubiese tenido cualquier otra cosa que no fuese café instantáneo en mi taza, se lo habría lanzado a la cara.

—Ay, pero si la rosa tiene espinas. Me lo anoto.

—Tienes una forma extraña de mostrar gratitud, Avecilla —dijo él—. Bebe esto antes de que te desmayes, por favor. Estás muy deshidratada.

Acepté la botella de agua con todo el resentimiento que pude.

—No voy a darte las gracias —le dije entre sorbos—. No necesitaba tu ayuda y no te di permiso para que entraras en mi tienda.

—Perdóname por preocuparme cuando te oí gritar —repuso—. Tenías una fiebre de más de cuarenta grados. Tu cerebro estaba a punto de derretirse y lo habría hecho de no haber sido por mi ayuda. Se llama «empatía», deberías probarla alguna vez.

Me mordí el interior de la mejilla para evitar gruñirle de nuevo cuando lo único que estaba intentando hacer él era provocarme. En su lugar, me dispuse a observarlo con el rabillo del ojo, y mi amargura llegó a nuevos niveles cuando vi su equipamiento de primera, el cual incluía un hacha plegable.

Llevaba puesto un jersey de cuello alto de color azul oscuro y que parecía bastante caro, unos pantalones anchos, una gorra de béisbol y unas botas de cuero de senderismo bien lustradas. Quizá debido al frío, ya se había puesto sus gruesos guantes de Saqueador, hechos de la dracoescama de mayor calidad y heredados de generación en generación, sin duda. Estos estaban hechos para repeler maldiciones ligeras, no para hacer senderismo.

—Estaba bien —dije tras un rato, siendo muy consciente de lo terrible que debía ser mi apariencia en aquellos momentos: aún mojada y también cubierta de tierra y ungüentos.

—¿Al menos ha funcionado? —me preguntó, exasperado. Y ante mi expresión desconcertada, añadió—: No hay duendecillos ni ninguna otra criatura del pueblo de las hadas por aquí para probarla. Ve fuera de las protecciones. Ahora deberías poder ver todo lo que hay dentro.

Porras, debería haber pensado en eso.

Me levanté con dificultad y me aferré a mi taza de café instantáneo como apoyo moral.

—Date la vuelta —le dije.

—¿Qué? Ni lo sueñes.

—Que te des la vuelta —le ordené—. O al menos tápate los ojos.

—Madre mía, sí que eres pesada —murmuró, pero se cubrió los ojos con una mano—. Ya está. ¿Contenta? ¿O es que eres incapaz de sentir otra emoción que no sea resentimiento?

—Resentimiento y fastidio —lo corregí.

Me parecía incorrecto hacerlo frente a él. Algo así de importante, algo que podría resultar no ser nada. No quería que fuese testigo.

No quería que viera el modo en que me temblaban las manos al sostener la taza, solo un poquito, mientras pasaba por encima de nuestras protecciones. Tras respirar hondo una última vez, me di la vuelta hacia el campamento.

Contuve un grito. Podía ver dos tiendas, una azul y una roja. La hoguera. A Emrys con su mano cubriéndole los ojos y su postura cada vez más tensa. Podía verlo todo y más.

Unos hilos de magia iridiscentes y apenas visibles se entrelazaban sobre nuestras guirnaldas y pulsaban y brillaban. Era una demostración de magia de lo más minúscula, pero, aun así, al verla me inundó una corriente eléctrica. La emoción se llevó los últimos atisbos de enojo y me llenó de algo que no había experimentado desde hacía mucho tiempo.

Alegría.

Me revoloteó en el pecho, como el batir de unas suaves alas, y, por una vez, no lo contuve. No lo aparté antes de que se me escapara. Estiré un dedo hacia los hilillos de magia, y uno de ellos se estiró hacia mí y vibró al enredarse alrededor de mi dedo. Tiró de mí, como si estuviese intentando llevarme de vuelta al círculo protector.

Había pensado que entendía mucho sobre el mundo oculto de la magia y me había obligado a mí misma a quedarme satisfecha solo con el pequeño y patético atisbo de ella que podía percibir de vez en cuando. Pero la verdad era que había estado más marginada de lo que había creído, y tampoco me habían aceptado como una más de los suyos. No había tenido idea de nada.

Tragué con dificultad y volví dentro de las protecciones. Parecía como si unas chispas estuvieran danzando en mi sangre, y ni siquiera mi indeseable acompañante podría estropearme aquel momento. Nada que no fuese la muerte iba a poder quitarme la Visión Única.

—¿Y bien? —preguntó Emrys.

—Ha funcionado —le dije, intentando sonar casual y fallando de forma estrepitosa.

—Perfecto —dijo—. Serás capaz de pagarme por el favor que te he hecho, entonces.

Me quedé boquiabierta.

—¿Qué pasa con la «empatía»?

El código que habíamos aceptado al unirnos a nuestra cofradía consistía solo en tres grandes reglas: la primera persona que tocaba una reliquia era quien se quedaba con ella; nadie podía lastimar o matar de forma intencional a otro miembro de la cofradía; y un favor debía ser devuelto bajo los términos establecidos por quien había brindado dicho favor en primer lugar.

Emrys terminó lo que le quedaba de café y enjuagó la taza con algo de agua de su botella. Estiró la mano hacia mi taza, lo que me obligó a beberme el café restante de un solo trago, y la limpió del mismo modo.

—Debí haber sabido que rechazarías el código —dijo—. No es como si Nash lo hubiese respetado alguna vez.

Y así, los últimos vestigios de mi alegría desaparecieron.

—Yo no soy Nash. ¿Qué es lo que quieres?

—Cuando estabas delirando por la fiebre, has dicho que tenías que ir a las ruinas —me explicó—. Quiero acompañarte cuando vayas a por lo que sea que estés buscando allí.

—¿Cómo sabes que no seré más lista y te haré una jugarreta? —pregunté, con el tono más frío que tenía.

Emrys se limitó a sonreír.

—Descuida, Avecilla. Por muy lista que seas, yo siempre lo he sido más.

—Eres un bicho de lo más desagradable, ¿sabías? —le dije, quitándole su botella de agua.

Emrys esbozó una sonrisilla.

—Haz lo que tengas que hacer para adecentarte un poco y dejar de parecer un cadáver. Tenemos que estar en las ruinas antes de que las abran al público.

Esperé hasta encontrarme en el interior de mi tienda antes de soltar un enorme suspiro. Me puse la única camiseta y pantalones que había traído en mi equipaje y que estaban ligeramente más secos e hice una mueca ante el frío. Emrys estaba silbando mientras apagaba el fuego, como si quisiera recordarme que seguía allí, esperándome.

La fiebre sí que había desbloqueado algo en mi interior. Un recuerdo de un trágico encargo que habíamos tenido en Egipto. Sin importar lo mucho que hubiera caminado el día anterior, no había conseguido desenterrar aquel recuerdo porque no tenía ninguna razón para conectar aquellos dos lugares. Pero mi subconsciente me había empujado hasta recordar la costumbre de Nash de esconder cosas en las puertas.

Las silenciosas ruinas del castillo habían mantenido su secreto durante siete largos años. Había algo enterrado allí; podía sentirlo en lo más profundo de mi ser. Lo único que tenía que hacer era encontrarlo.

Esperamos a que el sol terminara de salir sobre el horizonte antes de recoger nuestros respectivos campamentos y aventurarnos hacia las ruinas. Aún no había visto ningún bus turístico llegar al pueblo, aunque sabía que no iban a tardar en hacerlo. Era probable que tuviéramos poco más de una hora antes de que los guías turísticos abrieran las ruinas al público.

Respiré el aire frío mientras avanzábamos por el camino, y nuestras botas hicieron ruido al marcar nuestros pasos. Si bien nos encontrábamos a inicios de octubre, los matorrales de aulaga y brezo seguían en flor y nos tentaban a que nos detuviéramos a admirarlos, a pesar de sus espinas escondidas. La hierba y los helechos habían vuelto a crecer y habían borrado todo rastro de los incontables viajeros que habían cruzado aquellos caminos. En distintos lugares, el paisaje parecía brillar y parpadear, lo que dejaba entrever que había restos de magia antigua escondidos entre las rocas y los zarzales.

Tras la tormenta de la noche anterior, se me recompensó con una de esas preciosas y doradas mañanas, del tipo que parecía prometer que aquel día se iba a grabar en la memoria como uno de los mejores.

Sin embargo, yo sabía lo rápido que las cosas podían salir mal y ya me estaba preparando para llevarme un chasco.

—¿Qué estamos buscando? —preguntó Emrys.

—Anoche recordé algo —le dije—. Algo en lo que no había pensado en años.

El encargo de Egipto.

Emrys se quedó callado y esperó a que continuara.

—De vez en cuando —empecé—, Nash escondía cosas en las puertas para mantenerlas a buen recaudo. Bajo baldosas y tablones de madera, siempre eran lugares al azar. No sé cómo se las apañaba para recordar qué había puesto en cada sitio.

El recuerdo de la explicación que Nash me había dado se coló en mi mente. «La gente suele buscar fuera y dentro, pero nunca en el medio. Allí es donde se esconde la verdad, donde a nadie se le ocurre buscar».

—¿Crees que dejó algo en alguna de las puertas de Tintagel? —Emrys me dedicó una mirada que me confirmó lo absurdo que era mi plan—. A la gente no le va a gustar que vayamos haciendo agujeros por las ruinas. ¿No puedes reducir un poco las posibilidades?

No para ti, pensé. Era muy injusto que él estuviera allí mientras llevaba a cabo mi búsqueda, pero el orgullo no me dejaba dar marcha atrás.

—A lo mejor.

—Me lo tomaré como un «no» —dijo él—. No crees que haya podido esconder algo en la Cueva de Merlín, ¿no? Se supone que allí llevó Merlín a Arturo cuando era pequeño para salvarlo.

Negué con la cabeza mientras echaba un vistazo al terreno abrupto. Las olas siseaban contra la costa debajo de nosotros.

—No, le habría preocupado que la marea desenterrara cualquier cosa que él hubiese guardado allí y se la llevara mar adentro. Y con razón. Creo que habría usado algún lugar o estructura que haya sido utilizado en los tiempos de Arturo. En los Años Oscuros.

—Y conociendo su vena dramática, imagino que habría escogido algún lugar de la sección interior —comentó, apoyándose las manos con guantes sobre las caderas.

La sección interior era la «isla» de las ruinas, la cual se encontraba separada de tierra firme por un desfiladero. Era allí donde habíamos pasado más tiempo durante nuestras antiguas visitas con Nash.

Entonces me di cuenta y casi me caigo de verdad por la sorpresa.

—Sabes dónde es —dijo Emrys—. Y ni te molestes en mentir, te lo veo en la cara.

Cambié de expresión y me mostré enfurruñada.

—Quizá.

Si Nash había dejado algo escondido, seguramente sería en el mismo lugar hacia el cual me había sentido atraída el día anterior. Me había quedado en el mismo sitio durante horas, mirando el mar como si fuese la viuda de un marinero. Había sentido un tirón que me había llevado hasta aquel lugar, uno que no podía achacar al veneno ni a ninguna otra alucinación.

Tras evitar las cámaras de seguridad, saltamos las vallas que resguardaban las ruinas. En lugar de ir por el puente moderno que era más visible —y seguro—, fuimos por el más viejo y peligroso y subimos las escaleras de caracol que conducían a la sección interior. El viento olía a sal y a plantas, aunque fue la humedad la que se coló a través de mi chaqueta de franela, más allá de la piel y los músculos, hasta calarme los huesos.

La entrada septentrional de la sección interior tenía una muralla de piedra lisa con una puerta en forma de arco que en aquellos momentos solo servía para enmarcar unas vistas al mar. Era una imagen espectacular, sin duda, pero fueron las ruinas del propio gran salón las que me robaron el aliento.

La emoción empezó como un cosquilleo en los dedos de los pies que no tardó en extenderse por toda mi columna hasta devorarme el corazón. Por primera vez, Tintagel se quitó aquella deprimente máscara de decadencia y me reveló un atisbo de su antiquísima y secreta cara.

Gracias a la Visión Única, las pocas paredes que quedaban de aquella estructura se encendieron de pronto con colores iridiscentes. Cuanto más tiempo miraba, con más claridad podía ver los murales encantados. A pesar de que la intensidad de los diseños se había descolorido como una pintura bajo el sol, aún podía ver escenas brillantes de dragones, dioses sin nombre y frondosos bosques.

Justo a la derecha de la puerta, un camino plateado se extendía más allá del borde del acantilado en dirección al mar, y era imposible determinar dónde acababa o si alguien podía cruzarlo para alcanzar el horizonte a lo lejos.

Mi asombro era el opuesto absoluto de la indiferencia de Emrys. Él ya había visto todo ello antes, y seguro que muchísimos escenarios más impresionantes aún. Traté de no ahogarme en mi cóctel de envidia y resentimiento mientras él recorría las ruinas.

Nos dirigimos hacia la puerta en forma de arco que se encontraba en la muralla. Me agaché para observar las baldosas de piedra lisa que habían colocado en aquel lugar.

—Cuchillo, por favor —le pedí, estirando una mano hacia atrás.

Me lo pasó y señaló con la barbilla una baldosa de piedra que había hacia la izquierda del arco, la cual estaba ligeramente más arriba que las otras.

—Esa parece un poquitín torcida, ¿no crees?

—Seguro que por las tormentas —le dije, tras dejar mis mochilas en el suelo.

—Uno puede tener algo de esperanza, ¿sabes? —me dijo—. No te va a matar.

Matarme no, pero, al igual que todos los buenos torturadores, la esperanza alargaba tu sufrimiento, se tomaba su tiempo para hacer que te emocionaras de modo que el inevitable golpe de la decepción pudiera llegar con el doble de fuerza y dolor.

—Tú estate atento al puente y al otro lado de las ruinas. Los guías no tardarán en llegar para abrir el lugar —le dije—. Cuidado con la rubia de pelo corto y ondulado, es rápida como un zorro y malvada como una avispa.

—¿Sois familia? —Enarcó una ceja.

Lo fulminé con la mirada y luego volví a lo mío, lo cual era serrar la tierra endurecida que había entre las piedras.

—Es un plan de lo más estúpido, ¿verdad? —murmuré por lo bajo.

—¿Qué planes no son estúpidos hasta que demuestran surtir efecto?

La respuesta murió en mis labios. La piedra se despegó de la tierra y el cemento con delicadeza.

No era la primera que la había despegado.

—Por los clavos del Señor —solté en un susurro. El corazón me dejó de latir, solo para retomar la marcha como loco.

Escondido en un agujero cavado a mano en la tierra dura había un bultito de cuero envuelto en un chubasquero infantil a cuadros para protegerlo de las inclemencias del clima.

Mi viejo chubasquero.

Emrys se arrodilló a mi lado y abrió mucho los ojos al ver cómo sacudía el bolsito de cuero para vaciar su contenido entre ambos, sobre las piedras húmedas.

Un trozo de papel y una moneda de plata que parecía que casi se había vuelto negra por el paso del tiempo, pero que en realidad estaba cubierta de sangre seca. El pulso me latía en las orejas, y tenía el cuerpo entero en tensión. Giré la moneda y le pasé el pulgar por encima.

Tenía una inscripción en la parte de atrás. Las palabras estaban grabadas en el borde, y las letras casi parecían sellos. No supe decir si estaba alucinando de nuevo o si se trataba de la Visión Única, pues aquellas mismas marcas empezaron a vibrar y a moverse. Desplazaron sus extrañas líneas hasta formar letras y luego palabras que pude reconocer.

—«Soy el sueño de los muertos» —leí en un susurro.

—¿Y qué demonios significa eso? —quiso saber Emrys.

Me giré hacia el trozo de pergamino que había caído del bolsito y lo levanté del suelo. Si se tenían en cuenta las condiciones del agujero en el que había permanecido escondido durante siete años y la letra como patas de araña de Nash, la pequeña nota era devastadora tanto en su claridad como en su brevedad.

EL ANILLO CONSEGUIRÁ EL FAVOR DE SU CORAZÓN. NO ME SIGÁIS. VOLVERÉ CUANDO HAYA ACABADO. SI NO REGRESO, ENTERRAD ESTA MONEDA COMO ESTÁ, ACOMPAÑADA DE CENIZAS Y HUESO.

Era una nota de lo más formal para haber sido escrita por Nash, por lo que me llevó un momento procesar sus palabras.

—¿Su corazón? —Emrys puso los ojos en blanco—. No me digas que tu tutor se tomó todas estas molestias para ligarse a alguna de sus amiguitas.

—Lo dices porque nunca viste cómo lo abofeteaban en cada antro de Saqueadores que visitábamos.

Volví a tomar la moneda para observarla un poco más.

—«No me sigáis» —repetí—. Vaya… entre su desaparición y este escondrijo de lo más rebuscado que lo vi usar una sola vez, Nash de verdad sobreestimó mi capacidad de atar cabos.

Aquello sí que era típico de Nash, pues, en ocasiones, él operaba en un plano de existencia completamente diferente al del resto de nosotros. Siempre estaba construyendo una gran búsqueda, un gran misterio, una historia increíble que lo involucrara, y orquestaba cada aspecto de ello hasta quedar satisfecho. Si el destino no le daba un papel lo bastante importante, él pensaba reescribir la obra entera.

«No me sigáis». Un subidón de ira hizo que la sangre me hirviera. Me ardían los ojos, pero solo debido al viento frío que me llegaba directo a ellos. Solo por eso.

El cabrón había esperado que encontrara aquella nota lo suficientemente rápido como para darle alcance. El rastrear sí que había sido una habilidad que nos había enseñado a conciencia, y estaba claro que había asumido que mi memoria sería la única pista que necesitaríamos. Solo que había convertido todo aquello en un juego demasiado complicado. ¿Por qué no se había limitado a dejarnos el bolsito de cuero en la tienda con nosotros? ¿Por qué depositar tanta fe en una niña de diez años cuya principal preocupación era mantener vivo a su hermano?

De algún modo, a pesar de la cantidad de tiempo y distancia que había entre ambos, aún estaba hallando nuevas formas para decepcionarlo.

Y todo por una mujer desconocida. ¿«Conseguirá el favor de su corazón»? ¿Se había convertido en poeta acaso? Su corazón, como si él fuera…

Todas las ideas me abandonaron, salvo por una.

Su corazón. No el corazón de cualquier persona, sino el de ella. El de la Diosa.

—Acabas de descifrar algo —dijo Emrys—. Y no me mientas, que te lo veo en la cara.

Una repentina ráfaga de viento me arrancó la nota de las manos y se la llevó volando por los aires. Contuve un grito e intenté atraparla, pero esta ya se había ido flotando en dirección al mar, alzando el vuelo sobre las olas como un ave pálida.

Volví a colocar la baldosa en su lugar y presioné ambos puños sobre ella hasta que el barro la volvió a encajar en su agarre.

—Eso es cosa mía —contesté, mientras metía la moneda en un bolsillo seguro de mi bandolera. Me crucé la tira sobre el pecho y estiré una mano hacia mi mochila—. Ya te he devuelto el favor, así que vamos, a tu casa.

Emrys me sujetó del brazo mientras me ponía de pie.

—¿Qué significa lo que hay en la nota?

Me solté de su agarre.

—Ya te gustaría saberlo.

Emrys dio un paso en mi dirección, con la expresión seria.

Tras él, una pequeña silueta se asomó detrás del borde de una pared medio derruida. Llevaba un bléiser grande de terciopelo negro cubierto de pines y una bufanda de colores tejida a mano que le cubría la parte de debajo de la cara. Aun con todo, no me costó reconocerla por mucho que no me lo creyera: piel oscura, las trenzas recogidas en dos moños en lo alto de su cabeza, aquellas gafas de sol enormes.

—¡Oye! —exclamé, empujando a Emrys para pasar por su lado.

La chica de la tienda de tarot salió disparada en cuanto empecé a correr en su dirección y, para cuando llegué al sitio en el que la había visto, no había ni rastro de ella. No había nadie en ninguno de los dos puentes. Era como si hubiese saltado hacia el mar o se hubiese escondido en algún resquicio del desfiladero. Di una vuelta completa, buscándola, pero solo encontré unas huellas pequeñitas.

—¿Qué ha sido eso? —me preguntó Emrys.

—Me ha parecido ver a… —Me detuve en seco cuando volví a posar la mirada sobre los puentes.

Incluso desde lejos, fui capaz de reconocerlo. Era aquel andar de lo más confiado y aquella melena larga y oscura. Septimus lideraba a un grupo de hombres por el puente moderno. Otros Saqueadores, asumí, algunos de nuestra propia cofradía.

—Venga ya —me quejé, retrocediendo—. Nos vemos, Niño Bien.

Tendría que ir por alguno de los senderos que serpenteaban por las ruinas y cruzar los dedos para no darme de bruces con ninguno de los secuaces de Septimus en el camino.

Empecé a marcharme, pero entonces me volví a detener cuando vi a Septimus hacerle una seña a alguien que se encontraba en tierra firme para indicarle que se dirigiera al pueblo.

En la entrada oficial de las ruinas, aparecieron más Saqueadores. Una figura alta y oscura se removía en sus intentos por deshacerse del agarre al que dos de los hombres más corpulentos lo tenían sometido. Uno de ellos le hizo un ademán a Septimus para indicarle que había entendido lo que me había parecido una orden.

Cabell. Noté una dolorosa presión en el pecho. Me alejé del puente en dirección al sendero que me llevaría hasta el puente de madera que había abajo. Si podía cruzarlo sin que nadie me viera y llegar hasta el pueblo…

Oí el sonido de otra mochila al moverse por detrás de mí.

—¿A dónde vas? —quiso saber Emrys.

—A ayudar a Cabell —respondí con brusquedad.

—Son demasiados —protestó—. No podrás liberarlo.

—¿Eso crees?

Emrys alargó sus zancadas para darme alcance y se mantuvo a mi lado.

—¿Y tú qué crees que estás haciendo? —le exigí.

—¿Crees que voy a dejar que te alejes de mi vista cuando eres la única que tiene todas las respuestas? —contestó, meneando la cabeza—. Ni loco, Avecilla.

9

El pueblo acababa de despertar ante el primero de una flota de buses turísticos cuando Septimus y los suyos salieron de la calle principal y se dirigieron hacia un viejo establo en las afueras del pueblo.

Los seguí de cerca e hice todo lo que pude por pasar por alto la presencia de Emrys mientras nos acercábamos al edificio decrépito y luego nos agazapábamos bajo una de sus ventanas rotas.

El cristal estaba cubierto de polvo, pero aun así pude ver algunas cosas: cajas de sidra y cerveza destinadas para el bar Excalibur, señales de autopista y conos de tráfico de sobra y lo que parecían ser varios conjuntos de armadura y la parte trasera de un disfraz de caballo. El olor terroso del heno y los animales que antes habían ocupado las casillas aún permanecía en las paredes y fue un recordatorio pasajero de una antigua vida en la que Nash, Cabell y yo habíamos dormido en cualquier refugio que hubiéramos podido encontrar.

No pude entender lo que decían mientras Septimus empujaba a Cabell hacia una de las casillas y otro Saqueador que no reconocía le ataba las manos con una brida.

Puse los ojos en blanco, y, un segundo después, vi que Cabell hacía lo mismo. Como si Nash no nos hubiese enseñado a liberarnos de una brida y a forzar la cerradura de unas esposas, con toda la experiencia que tenía con ambas.

Durante varios minutos, nadie se movió ni habló. Hice caso omiso de los sonidos impertinentes que provenían de mi lado.

—¿Y ahora qué hacemos? —susurró Emrys—. No me digas que se te han acabado las ideas para este rescate tan valiente.

—Cierra el pico o vete de aquí —le dije—. Estoy esperando a que se vayan algunos más antes de entrar.

—Ajá —dijo—. Bueno, ya que nos quedaremos aquí un rato…

Le dio la espalda a la pared del establo y sacó un cuchillo pequeño y un trozo de madera de uno de los bolsillos laterales de sus pantalones.

El movimiento de sus manos era algo casi hipnótico mientras trabajaba. No mucho después, una viruta en espiral cayó al suelo, luego otra, y así hasta que hubo tallado la capa superior de la corteza y redondeado los bordes afilados de la madera.

Habría pensado que tendría un pasatiempo más de ricos que tallar madera, como cazar zorros, coleccionar huevos de Fabergé o veranear en un yate enorme.

Aunque no era que pasara demasiado tiempo pensando en lo que hacía Emrys en su tiempo libre, claro.

—¿Cabell ha venido con retraso a darte alcance? —preguntó él—. ¿O es que los otros lo han traído hasta aquí?

Lo miré con suspicacia.

—¿Y por qué no me lo cuentas tú? ¿No es ese el amigo de tu papi?

Emrys detuvo el cuchillo en mitad de movimiento.

¿Qué era lo que Phineas había dicho en la biblioteca? «No podremos arrebatárselo al Consejo y entonces tendremos que lidiar con la furia de Endymion…».

—Si está buscando el anillo para dárselo a tu padre, ¿por qué estás trabajando para Madrigal? —insistí—. ¿Por qué no estás allí con Septimus y los demás?

—Eso no es de tu incumbencia —respondió por lo bajo, con la mirada fija en el trozo de madera que tenía en la mano.

—Tú has hecho que fuera de mi incumbencia —siseé en respuesta—. No me digas que…

Emrys alzó la cabeza de pronto y, antes de que pudiera pensar en reaccionar, había aferrado mi muñeca y nos había apartado a ambos de la pared.

—¡Mira!

Por la otra esquina, una chica salió de detrás de un edificio cercano. Tenía sus trenzas recogidas en dos moños en lo alto de la cabeza y seguía vistiendo aquella chaqueta de peluche que siempre llevaba, acompañada de su horrenda riñonera, por supuesto.

Me llevé una mano al rostro y solté un gruñido. No me la había imaginado antes.

Neve. De la tienda de tarot.

—Eh... —empezó a decir Emrys—. ¿Qué está haciendo?

Corrió directa hacia el establo, con una expresión llena de determinación. Se detuvo en seco a unos pasos del edificio y lanzó una lata vacía de aluminio hacia la pared. Había algo oscuro en ella, como si...

... hubiera trazado un sello de encantamiento en la lata.

—Mira tú —dijo Emrys.

Neve metió la mano en su riñonera y sacó un delgado y largo trozo de madera. En uno de sus finos extremos tenía una cuchilla de obsidiana, una especie de athame que se usaba para trazar sellos. El otro extremo tenía un borde de plata para canalizar magia.

El estómago me dio tal vuelco que parecía que se me iba a salir del cuerpo.

—Es una varita —murmuré, poniéndome de pie.

—Y ella es una hechicera —añadió Emrys, mientras aferraba su cuchillo de tallar en el puño.

—Dame eso —dije, tratando de quitarle el cuchillo.

Emrys lo apartó de mi alcance.

—¿Para que tengas la oportunidad de apuñalarme luego? No, gracias.

Me giré a tiempo para ver a Neve sonreír mientras apuntaba el borde plateado de su varita hacia la lata.

—¡Neve, no! —grité.

Pero las palabras murieron ante el estruendoso estallido de presión que irradió desde la lata, el cual nos lanzó a Emrys y a mí varios metros más allá. Me cubrí la cabeza cuando el hechizo hizo estallar la pared del establo y envió una lluvia de astillas diminutas sobre nosotros.

Solo que estas nunca me alcanzaron. Un gruñido me llegó desde arriba, y, un segundo después, comprendí que se trataba del peso y el calor que sentía a mi espalda. Con el rostro colorado, aparté de un empujón a Emrys y sus intentos por protegerme.

—¡Quita!

Una parte del techo se cayó al quedarse sin soporte y se estrelló contra el suelo con tanta fuerza que lo hizo temblar. La hechicera dio un salto hacia atrás con una expresión de sorpresa.

Los hombres que había en el interior del establo gritaron conforme el edificio se tambaleaba de forma violenta y amenazaba con derrumbarse.

Cabell, pensé, luchando por ponerme de pie. Me zumbaban las orejas mientras me dirigía hacia el establo dando tumbos, y entonces Cabell rompió la brida que lo ataba y usó su hombro para abrirse paso en medio de la pared de madera hecha pedazos que tenía a sus espaldas.

No obstante, para cuando di la vuelta a la esquina para interceptarlo, Cabell ya no estaba allí, sino que se dirigía, serpenteando, hacia el pueblo. Traté de seguir el camino que me parecía que había tomado y empujé a algunos lugareños y turistas curiosos que se habían acercado para ver de qué iba todo el meollo, pero entonces volví la vista hacia el establo y me encontré con la mirada de Septimus.

—¡Allí está! —gritó, señalándome con un brazo.

Escóndete, escóndete, escóndete, me repetí para mis adentros. Cabell encontraría algún lugar seguro en el cual esconderse hasta que pasara el peligro, y yo necesitaba hacer lo mismo. Sin embargo, lo único que veía eran casas y tiendas. Hasta que, más adelante, un bar cerrado con tablones, claramente bajo alguna especie de remodelación, me llamó como una especie de baliza.

Corrí hacia la parte de atrás del edificio, pero me di cuenta de que habían desmontado las paredes y que no tenía ningún lugar en el que esconderme.

El jardín estaba lleno de materiales de construcción, aunque no había ningún obrero cerca. Lo que sí había era un cobertizo desvencijado. Me quité una horquilla del cabello y empecé a forzar la cerradura, pero no tardé en darme cuenta de que estaba abierta.

Me metí a toda prisa, con los pulmones ardiendo y un lado adolorido, y cerré de un portazo a mis espaldas. Eché el pestillo y me dispuse a buscar algo con lo que bloquear la puerta.

Dentro del cobertizo no había nada más que unas pocas sillas de jardín rotas, cajas de almacenaje y Emrys Dye.

Se puso de pie de un salto desde su escondite detrás de unas cajas.

—No. Ni loco. Fuera de aquí.

—¿Lo dices en serio? —le pregunté.

—¡Yo he llegado primero! —protestó él—. ¡Busca otro sitio en el que esconderte!

El cobertizo crujió en sus intentos por acomodar sus viejos y cansados huesos. Nuestras botas levantaron olor a tierra y hierba muerta.

—¡Tú busca otro sitio en el que esconderte! —repuse—. Eres tú el que ha insistido en seguirme hasta aquí.

El aire frío y la luz del sol inundó el cobertizo cuando la puerta se abrió de golpe. Me lancé hacia delante para abrirme paso a empujones por el lado de quien fuera que nos hubiera encontrado. Cuando noté unas manos aferrándome los brazos, me revolví para tratar de liberarme.

—¡Tams! ¡Soy yo, soy yo!

El olor cálido de la chaqueta de cuero de Cabell me envolvió a la vez que lo hicieron sus brazos. Le devolví el abrazo y noté la intensa punzada de alivio en la garganta.

—¿Estás bien? —le pregunté.

—Sí —me aseguró.

Pero el alivio no me duró mucho. Tras él, Neve dio un paso para asomarse a la vista, con su varita aún firme en su puño.

—¡Tú! —siseé.

—¡Sí, yo! —contestó ella, emocionada—. ¿Ves? Al final sí que vamos a pasar el rato juntas.

Fui levemente consciente de la presencia de Emrys no demasiado lejos y de su mano suspendida sobre el hacha que llevaba en su mochila. No sé qué tipo de expresión debí haber tenido para que Cabell viera necesario apoyarme una mano tranquilizadora en el hombro.

—Tamsin, esta es la hechicera Neve —me la presentó—. Y tiene una propuesta que no vas a querer rechazar.

10

—Conque hechicera —repetí, dejando que el veneno envolviera esa última palabra—. Muy convincente la escenita que me montaste para pretender que eras una de los Sagaces.

—¿Os conocéis? —preguntó Emrys, finalmente relajando su postura.

—Sip, de toda la vida —contestó Neve.

—Una vida que empezó el mes pasado —la corregí.

—Hace más que eso. —Neve esbozó una sonrisa—. Y, por cierto, nunca te dije que fuese una Sagaz. Eso te lo inventaste tú solita, porque yo no quiero que me crezca la nariz…

La miré con los ojos entrecerrados.

—Explícate.

—Pues ya sabes lo que le pasó a Pinocho… —empezó Neve.

Cabell alzó una mano para interrumpirla con delicadeza.

—Lo que mi hermana quiere saber es cómo la encontraste en primer lugar.

—Bueno, a eso iba —dijo ella, cruzándose de brazos—, resulta que mi tía sí que es de los Sagaces, y su magia le permite hallar cosas que estaban perdidas.

Sin darse cuenta, se llevó una mano a algo que tenía oculto bajo la camiseta, a la altura de la clavícula. Una especie de colgante, quizás un relicario o un cristal de algún tipo.

—Nashbury Lark la buscó hace siete años para ver si ella podía encontrar a Carnwennan, la daga del rey Arturo —siguió Neve—. Mi tía no pudo dar con ella a través de su adivinación con cristales, ni siquiera por medio de sus paseos oníricos, lo que la frustró muchísimo, como estoy segura de que podréis comprender.

—Estamos muy familiarizados con los callejones sin salida debido a nuestro trabajo, sí —dije. Una sensación se coló en mi interior, intensa y veloz. Y entonces un recuerdo la siguió—. ¿La tienda en Charleston?

Neve se puso a aplaudir.

—¡Sí que te acuerdas! Se suponía que debía estar durmiendo, aunque en realidad estaba espiando desde las escaleras.

Escondida detrás de King Street y abierta solo después de medianoche, la tienda parecía más un piso que un negocio, pero yo recordaba el modo en el que la luz de la luna se había colado en medio de los muchos mapas en pergaminos que habían estado atados en pequeños montoncitos. Montañas de ellos, como pilas de huesos huecos a la espera de que les llegara el turno.

La tía de Neve, Linden Goode, no era difícil de recordar, pues tenía una voz cálida y llevaba un delantal que olía a menta dulce y limón cuando nos había dado la bienvenida y nos había invitado al interior de su tienda. A Cabell y a mí nos habían mandado a un rincón con un cuenco de estofado para esperar que ella y Nash terminaran de hacer sus negocios. Lo único que habíamos sido capaces de ver desde nuestra posición había sido a la mujer buscando mapas como por instinto. Su cristal selenita de zahorí había parecido una estrella a la luz de las velas en aquella habitación oscura.

Había cantado en una voz baja y grave, y el cristal había empezado a girar como loco en sus intentos fallidos por ubicar la daga que Nash anhelaba con tanta desesperación. Al final, había sido yo quien la había encontrado a través de la clásica investigación de toda la vida y buenas conjeturas.

—Para entonces ya habíamos seguido todas las pistas posibles —dije a media voz.

—Lo normal es que mi tía no quiera ayudar a Saqueadores a descubrir tesoros solo para que estos los vendan, pero él le dijo que lo necesitaba para uno de sus hijos, así que ella aceptó —explicó Neve—. Nashbury dio como dirección la biblioteca de vuestra cofradía, así que empecé a buscarte por ahí hasta que al final apareciste y permitiste que nuestros destinos se volvieran a cruzar.

—¿Y de qué iba todo lo que me dijiste en la tienda de tarot? —le pregunté—. ¿Solo estabas tomándome el pelo?

—Estaba intentando ver cómo eras —repuso ella, como si fuese lo más obvio del mundo—. Y surtió efecto. Y ahora estamos aquí, escondiéndonos en este cobertizo. Tú, confundida, y yo con una propuesta.

—Ya, hablando de eso… —empecé—. ¿Podrías al menos guardar la varita primero?

—Ah, sí, ¡claro! —Llevó la vista hacia abajo como si estuviera sorprendida de llevarla aún en la mano y luego abrió la cremallera de su riñonera y se las ingenió para guardarla allí dentro. Seguro que tenía algún encantamiento para guardar más cosas de las que se suponía que podían caber allí.

—Venga ya, ¿qué pasa con esa riñonera? —le pregunté cuando no pude soportar mirar ni un segundo más a sus aterradores gatos.

—Es de lo más mona, ¿a que sí? —dijo, entusiasmadísima—. Incluso vino con una gorra a juego que estoy segura de que te quedaría de maravilla, por si algún día quieres que te la preste para ir de incógnito.

Neve sacó un bultito oscuro de las profundidades de su riñonera y lo sacudió un poco para revelar una gorra de béisbol con dos orejitas de gato de bordes verdes pegadas en la parte de arriba y la frase «¡Truco o gato!» bordada entre ellas.

—Por supuesto que quiere que se la prestes —dijo Emrys, encantado.

—¿Y tu propuesta es…? —la animó Cabell. Noté que su mano pasó de estar apoyada en mi hombro a sujetar la parte de atrás de mi chaqueta, como si temiera que me fuera a lanzar encima de nuestro rival de sonrisita burlona.

—¡Eso! La propuesta —repitió Neve—. Pues eso, creo que deberíamos trabajar en esto juntos. —Le dedicó una mirada de reojo a Emrys—. Pero tú no, a ti no te conozco.

—Emrys Dye, a tus órdenes —se presentó él, con ironía.

Ella lo miró con desconfianza al oír su respuesta, y entonces me cayó un poquito mejor, solo un poquito, gracias a su absoluta falta de reacción ante el apellido de Emrys.

—Puedo usar mi magia para ayudaros a encontrar a vuestro padre, Nash, y vosotros podéis usar el anillo para romper cualquier maldición que queráis —siguió Neve—. Y luego puedo reclamarlo en nombre del Consejo de la Sororidad.

El nombre de la institución gobernante de las hechiceras siempre hacía que se me pusieran los pelos de punta.

—¿Sabes para qué lo quieren? —pregunté.

—No tengo ni idea. —Neve se encogió de hombros—. Solo sé que lo quieren y que seré yo quien se lo lleve. Es la única forma en la que me asignarán un tutor y así podré progresar con mi entrenamiento.

—¿No tienes tutor? —le pregunté. Aquello tenía sentido con el hecho de que una de los Sagaces la hubiese criado, en lugar de su madre o cualquier otra pariente hechicera—. Entonces, ¿cómo puedes lanzar hechizos?

—Pues qué pregunta —contestó ella, claramente fastidiada—. Soy autodidacta.

Intercambié una mirada con Cabell, quien se limitó a alzar las cejas como única respuesta. Nunca había oído hablar de una hechicera que no hubiese sido adiestrada por otra de su clase, normalmente otra hechicera de su familia.

—Ah, entonces no te aceptan entre las suyas porque no tienes un entrenamiento profesional —dijo Emrys—. Pero el único modo de que te acepten es que tengas entrenamiento profesional. Qué locura más absurda.

—Ya me caes un poquito mejor —le dijo Neve—. Puedes quedarte. Por el momento.

—Me alegro —contestó Emrys—, porque yo también tengo una propuesta.

—Ah, qué ganas de escucharla —murmuró Cabell por lo bajo.

—Todos queremos lo mismo y tenemos una pieza del rompecabezas que nos ayudará a obtenerlo —explicó Emrys—. Neve tiene sus poderes, claro. Tamsin sabe a dónde fue Nash. Y yo creo que sé cómo es que llegó hasta allí.

—¿Qué? —exclamé.

—¡¿Qué?! —repitió Cabell—. Tams, ¿sabes a dónde fue?

—Uh —canturreó Neve, mirando de uno a otro—. Esto se ha puesto interesante.

Le dediqué una significativa pero sutil mirada a mi hermano.

—¿Podemos hablar un segundo fuera?

Él aceptó y me siguió al exterior para luego cerrar la puerta a nuestras espaldas. Nos alejamos unos cuantos pasos del cobertizo.

—¿Qué se supone que estamos haciendo? —susurré.

—Lo de Praga —contestó él, sin más.

El encargo que había llevado a cabo en Praga había sido la primera y la última vez que Nash había aceptado de forma voluntaria trabajar con una hechicera, mucho antes de que nos adoptara a Cabell y a mí. La hechicera había sido novata, todavía se estaba familiarizando con su magia, y había contratado a Nash para que encontrara un supuesto vial de icor —la sangre divina de los dioses— en la tumba de uno de sus ancestros. Al final, Nash se había valido de la falta de experiencia de la hechicera para salirse con la suya. La tumba tenía una especie de maldición de rebote que hacía que quien fuera que rompiera la maldición de la entrada no pudiese salir de allí con vida. No había habido ningún icor dentro, y él no había tenido que preocuparse por que la hechicera fuera tras él.

Solté un resoplido por la nariz.

—No va a funcionar. Puede parecerte una novata, pero es bastante lista y tiene conocimientos de sobra sobre la magia como para no darse cuenta en algún momento. Y, como bien sabes, ocultar información solo funciona durante un tiempo limitado.

Cabell hizo una mueca ante mi tono y se pasó una mano por su pelo alborotado.

—Lo que te dije en casa… —empezó, mirándome con una expresión arrepentida.

—No importa —lo interrumpí.

—Claro que importa —insistió él, apoyándose en la roca que había a mi lado—. No debería haberte ocultado la información que tenía sobre el anillo y sobre Nash, es solo que se lo prometí.

—Cab, lo entiendo —le dije—. Yo debería disculparme por no haberme dado cuenta de lo mucho que estabas sufriendo con todo.

Se quedó callado durante un rato y movió la mandíbula de un lado a otro como si estuviese peleando con las palabras que en realidad quería decir. Tenía una expresión seria que jamás le había visto antes, una nueva pieza de armadura detrás de la cual podía esconder sus sentimientos.

—No debí haberme ido así —siguió, con voz ronca—. No debí dejarte hacer esto sola. De verdad fui un capullo con todo esto. Es solo que… tener esperanzas es difícil.

—Lo único que me importa de verdad es que estás aquí —le aseguré—. Pero sí que te has tomado tu tiempo para venir, capullo.

Cabell dejó escapar una risa arrepentida.

—Y mi castigo por eso ha sido que me atraparan algunos de los Saqueadores más idiotas de nuestra cofradía.

Traté de sonreír, pero no pude. Tras un rato, Cabell bajó la mirada y cruzó los brazos sobre su pecho. De cerca, tenía un aspecto terrible. Su piel pálida hacía que sus oscuras y grandes ojeras resultaran más visibles. Había perdido algo de peso en las últimas semanas, y eso había hecho que sus mejillas parecieran hundidas de una forma que no veía desde que éramos niños.

Tragué el nudo que notaba en la garganta. Aquello era lo que siempre hacíamos después de discutir: manteníamos los ánimos ligeros de modo que pudiésemos flotar sobre el polvo que se estaba asentando entre nosotros. Cuando solo se tenía a una persona en la vida, ninguna pelea valía tanto la pena como para arriesgar destrozar aquel lazo. Tendría que haber sido suficiente que hubiera cambiado de parecer y que hubiera venido; eso era una disculpa por sí mismo.

Solo que no lo era. Algo horrible había salido a la luz la última vez que habíamos estado juntos, como si hubiésemos cavado en un terreno virgen y hubiésemos descubierto gusanos y huesos enterrados. Dado que habíamos revelado aquella verdad, no sabía cómo dar vuelta atrás. Y aquello era lo que más me asustaba.

—Estamos juntos en esto, ¿verdad? —le pregunté, sintiendo que se me cerraba la garganta. Que aquella absoluta desesperación volvía a mi cuerpo. Tenía que ir bien. Teníamos que estar bien.

—Para siempre —dijo—. Quiero encontrar el anillo y también quiero saber qué le pasó a Nash. Además, no quiero que te maten por ir por ahí a ciegas sin la Visión Única.

—Ahora que lo dices… —empecé.

El rostro de Cabell se puso blanco. Se inclinó hacia mí y me observó a los ojos hasta que tuve que apartar la mirada.

—No. Dime que no lo has hecho.

Claro que había atado cabos. Había pasado casi un año entero rogándole a Nash que me buscara aquel veneno.

—Pues sí, y no me arrepiento, porque ha funcionado.

Cabell maldijo por lo bajo.

—¿Y de dónde sacaste el veneno de basilisco?

—¿De dónde crees?

—¿Cómo era eso de no pagar con más favores? —Cabell meneó la cabeza—. Juro por todos los dioses que hay en el cielo que, si vuelves a hacer algo así de estúpido, te mataré yo mismo.

—Me lo apunto —le dije, para luego devolvernos al asunto que teníamos entre manos—. ¿Estás seguro de que deberíamos colaborar con una hechicera?

—No sabe que el anillo debe reclamarse a muerte —me dijo en voz baja—. He tanteado el asunto varias veces mientras te estábamos buscando.

—Podría haber estado mintiendo —acoté—. Tratando de tomarnos por tontos.

—¿Como hizo contigo en Boston? —Alzó una ceja al ver mi ceño fruncido—. Ah, no te enfades. Podría pasarle a cualquiera. Como Nash solía decir…

Se interrumpió y clavó la mirada en el suelo.

—Los errores son como las avispas —terminé a media voz—. Seguirán picándote si los dejas.

Cabell soltó un ligero suspiro.

—Mira, puede que tengas razón y Neve termine atando cabos —dijo—. Pero sé que podemos dar con el anillo y con Nash antes de eso. Sé que podemos. Mantenerlos a ella y a Dye cerca es la mejor forma de estar un paso por delante de ambos.

—Vale —acepté, a regañadientes—. Haremos lo de Praga y lidiaremos con las consecuencias después.

Me apoyó una mano sobre la cabeza en un gesto reconfortante y me atrajo hacia él para darme un breve abrazo.

—Joder, después de todo este tiempo… No puedo creer que Nash pueda estar en Ávalon. Quizá se quedó atrapado. Eso explicaría por qué nunca volvió a casa.

La mención a Nash me recordó la otra cosa que habíamos encontrado escondida junto con su nota.

Sujeté a Cabell del brazo y lo guie de vuelta al cobertizo para mostrarles a él y a Neve la moneda oscurecida que saqué de mi bolso.

—¿Alguno de vosotros reconoce esto? ¿O lo que significa este grabado?

Cabell pasó el pulgar por las palabras.

—«Soy el sueño de los muertos» —leyó—. Nunca había visto algo así, pero tiene magia vinculada en él. También está fría al tacto. Neve, ¿tú sabes algo?

—Nada de nada —dijo ella, negando con la cabeza.

Emrys se había mantenido tan quieto y callado, apoyado contra una de las paredes del cobertizo, que casi había olvidado que estaba allí hasta que habló.

—No tiene por qué seguir siendo un misterio, ¿sabéis? La nota decía que lo enterrásemos con hueso y cenizas si no volvía.

Cabell parpadeó, sorprendido.

—¿Por casualidad alguien ha traído un hueso consigo?

Negué con la cabeza, y Neve dejó escapar un sonidito de felicidad.

—Estáis todos de suerte hoy...

La hechicera se puso a trabajar y sacó una selección de huesos pequeños y calaveras de su riñonera para luego dejarlos sobre el suelo. Cuando terminó, hizo un ademán con las manos para señalarlos, como si estuviese presentando su propio zoológico interactivo de animalitos muertos.

—¿No te da cosita coleccionar tantos huesos? —le pregunté.

—¿Por qué me iba a dar cosita? —preguntó ella—. La muerte es algo hermoso, y la gente solo le teme porque la ven como un final, no como el inicio que es. Además, creo que los más pequeñitos están muy monos. Es que míralos...

Escogió un cráneo de un pajarillo con su pico puntiagudo y, tras poner un tono muy agudo, dijo:

—Holiii, Tamsin. Escógeme para tu moneda supermisteriosa y seré tu sombrío acompañante en este oscuro viaje de descubrimiento.

Cabell se echó a reír. Yo no.

Neve dejó el cráneo de vuelta en el suelo y recogió el que había al lado, encerrado en una cajita de cristal con bordes dorados y con la forma de un pie con agujeros a la altura de las uñas, donde seguramente antes habría estado decorado con joyas.

—Quizás este sea una mejor opción —dijo Neve—. Es parte del pie de san Henwg.

—¿De quién? —pregunté.

—Eso mismo —contestó ella—. No es que sea fácil dar con los huesos de gente conocida. Se lo tomé prestado a mi tía. —Soltó un suspiro—. Bueno, vale. Se lo robé.

Algo que a las hechiceras les encantaba era vengarse, incluso si dicha venganza les tomaba siglos. Según lo que había leído, se regocijaban mucho cuando usaban los huesos de aquellos cuya incipiente religión había destrozado con violencia las creencias paganas antiguas.

—Y luego, por aquí tenemos a...

—Usemos el del santo y ya —la interrumpí y, con la ayuda de mi hacha plegable, hice un pequeño agujero en la tierra. Le dediqué una última mirada a la moneda y la solté en el interior. Neve abrió un pequeño compartimento en la planta del pie y un minúsculo y amarillento hueso del tamaño de un dedo cayó al lado de la moneda. Los cuatro nos inclinamos hacia él y lo observamos con atención.

—Vaya —dije.

Emrys le prendió fuego a una ramita con su mechero y luego me la pasó. Conforme esta se quemaba, las cenizas cayeron lentamente hacia el agujero.

—¿Creéis que eso será suficiente? —preguntó Cabell.

—Más nos vale —dije, y con el pie empujé un poco de tierra suelta de vuelta al agujero. Me agaché y la aplané bien con la mano, solo para asegurarme.

Esperamos, sin apartar la mirada. Y, aun así, no pasó nada.

Meneé la cabeza y solté un sonido de fastidio desde lo más hondo de mi garganta. La furia me daba vueltas en el estómago. Típico de Nash, siempre con sus jueguecitos estúpidos como aquel solo para parecer misterioso.

—¿A lo mejor es que tarda un ratito? —sugirió Neve, con una mirada esperanzada que odié de inmediato.

—Puedes esperar mil años y te juro que nada saldrá de esa tierra —le dije, sentándome al lado de mis mochilas para luego arrebujarme un poco más en mi chaqueta.

—Teníamos que intentarlo —dijo Cabell. La decepción estaba clara en su expresión y parecía pesarle sobre los hombros.

—En fin —dijo Emrys para romper el silencio que se había asentado—. Ahora que nos hemos quitado eso de encima, ¿estamos listos para trabajar juntos o necesitamos quedarnos aquí y discutirlo otros diez minutos?

Puse los ojos en blanco.

—¿Con qué era que contribuías tú? Además de con tu vanidad y tus poses de lo más dramáticas, claro.

—Muy graciosa, Avecilla.

—No se llama «Avecilla» —soltó Cabell.

—Tamsin cree que sabe a dónde fue Nash basándose en su nota —dijo Emrys—. Y, si lo que creo es correcto, no es en este mundo.

Por primera vez en lo que llevábamos reunidos, Neve pareció desanimarse un poco.

—¿No en este mundo? ¿Crees que fue a las Tierras Alternas?

Cabell se giró hacia mí y me dedicó una mirada alentadora.

—Cuéntanos, Tams.

—No hasta que le saquemos alguna especie de promesa a Dye de que todo esto no es una trampa —dije.

Emrys soltó un sonido de disgusto.

—Pero qué cabezona eres. Vale. Toma.

Se quitó la mochila, sacó una botellita del tamaño de la palma de la mano y, cuando no se la acepté de inmediato, la dejó en el suelo entre ambos.

—Me la dio Madrigal.

—¿Madrigal? —preguntó Neve, animándose de nuevo—. ¿Es cierto que convirtió a su último amante en un candelabro?

—No —contestó Emrys—. Pero gracias por esa espeluznante imagen mental. Creía que podría darse el caso de que el anillo hubiese cruzado hacia una Tierra Alterna y me dio esto para invocar a la Arpía de la Niebla. Solo ella y la Cacería Salvaje son capaces de manipular las nieblas que separan nuestro mundo de las Tierras Alternas. Podemos ahorrarnos los caminos originales sellados.

Neve frunció el ceño.

—¿Estás seguro de que deberíamos invocar a criaturas primordiales? ¿No te piden siempre algo a cambio de sus servicios?

—He ahí la ofrenda —señaló Emrys, haciendo un ademán hacia la botellita—. Para invocarla.

Me agaché para recogerla y la alcé para verla bajo la luz de uno de los rayos que se colaban por las paredes que nos rodeaban. Unas hojas que no reconocía, varios cuarzos y tres colmillos brillantes flotaban en una sangre oscura y espesa. El cristal transparente llevaba la marca de la hechicera: una pieza de ajedrez con una medialuna invertida sobre ella.

—Lo único que tenemos que hacer es encontrar un lugar de transición para invocarla —dijo Emrys—. Como un cruce.

—¿Qué tal una cueva? —propuso Cabell.

—También sirve —dijo Emrys—. La cueva de Merlín, entre la tierra y el mar.

Miré a Emrys con atención.

—Si estás tan seguro de que fue a una Tierra Alterna, ¿para qué nos necesitas?

—Pues, en primer lugar, porque parece bastante útil contar con la compañía de una hechicera —empezó él—. Y en segundo, porque creo que Nash fue a alguna de las dos Tierras Alternas que tienen relación con Arturo y sus caballeros. No estoy seguro de cuál y solo tengo una ofrenda para la arpía.

—¿Cuáles crees que pueden ser? —le preguntó Cabell.

—Ávalon, donde se creó el anillo —contestó Emrys—. O Lyonesse, donde se dice que se escondieron los tesoros más oscuros y peligrosos conocidos por la humanidad antes de que la separaran de nuestro mundo.

Me aseguré de que mi expresión no revelara nada. Los mortales creían que el reino de Lyonesse, una tierra contemporánea a Camelot, se había hundido bajo el mar en una tormenta monstruosa que la había borrado en gran parte de los recuerdos de todos.

—El que albergue un montón de tesoros es solo un rumor —dijo Cabell, meneando la cabeza—. Y, si es cierto, entonces la parte del espeluznante monstruo que los protege también lo es.

—Justo por eso estoy cruzando los dedos con todas mis fuerzas para que Tamsin nos diga que tenemos que ir a Ávalon —repuso Emrys.

La oscuridad se coló en el cobertizo tan despacio que no me di cuenta de que los otros estaban quedando ocultos a la vista hasta que prácticamente no pude verlos más. La poca luz solar que se había filtrado a través de las rendijas de la vieja madera se convirtió en completa negrura.

—Pero qué demonios… —Cabell chocó conmigo en sus intentos por abrir la puerta del cobertizo.

—Ábrela —le dije—. Está justo detrás de ti.

—Está abierta —dijo él, casi sin voz.

Neve contuvo un grito cuando siguió nuestras voces hasta afuera a tientas.

—¿Qué está pasando?

El mundo a nuestro alrededor se había sumergido en una oscuridad impenetrable. Conforme mis ojos se fueron ajustando, conseguí atisbar la forma de algunos edificios a mi alrededor.

—¿Es un eclipse? —pregunté.

—¿Uno que no hayan predicho? —Emrys soltó un resoplido, pero, tras un segundo, añadió—: No creéis que pueda ser la moneda, ¿verdad?

—Imposible —dije. No tenía sentido. Algo así de pequeño no podía contener suficiente magia como para producir un efecto semejante.

Otras voces se sumaron a las nuestras desde los edificios que había a nuestro alrededor. Hacían preguntas a gritos y llamaban a sus seres queridos.

Sin embargo, tan rápido como la oscuridad había llegado, empezó a marcharse y dio paso a un gris tétrico antes de que el azul del cielo se fuera asomando entre las tinieblas.

—Lo que sea que haya pasado no puede ser algo bueno —dijo Cabell—. Lo mejor será que nos marchemos ya.

—Ayudaría si supiéramos a dónde fue —señaló Emrys, girándose para mirarme. Me mordí el labio, tragándome el recelo que aún sentía.

«El anillo conseguirá el favor de su corazón».

Tras una última mirada a mi hermano, dije:

—Ávalon. Creo que Nash fue a Ávalon.

Una risa estruendosa interrumpió el silencio, y noté un pinchazo en el pecho ante el sonido, incluso antes de que los demás estallaran en carcajadas también.

Uno a uno, los Saqueadores salieron de detrás de las vallas y de los edificios que había cerca y nos empezaron a rodear. Neve se llevó una mano a su riñonera, pero se la sujeté con fuerza y la mantuve quieta justo cuando Septimus apareció, apoyado contra una de las paredes del bar.

—¿Oís eso, muchachos? —les dijo a sus esbirros—. Nos vamos a la isla de las hadas.

11

La sorpresa que nos atenazó la garganta solo nos duró un instante. En un visto y no visto, Cabell se lanzó en dirección al cobertizo, donde estaban todas nuestras cosas, pero uno de los hombres que lo había tomado prisionero lo atrapó.

—Nos encontramos de nuevo —se burló el Saqueador—. Creías que te habías escapado, ¿verdad?

Cabell le escupió a la cara. No vi el puñetazo que se dirigía a toda velocidad hacia la mía hasta que se estampó contra ella, y el mundo se partió en dos y terminé despatarrada en el suelo húmedo.

—¡Eh! —Cabell intentó lanzarse sobre quien fuera que me hubiera golpeado. Yo me quedé allí sentada, aturdida por unos segundos. Neve me envolvió con uno de sus brazos y me ayudó a ponerme de pie. No pude ver el rostro de Emrys, solo que este había mirado hacia donde yo estaba. Todo a mi alrededor se había tornado borroso.

—¿Qué estás haciendo tú aquí? —La voz de Septimus tenía un tono de sorpresa y de algo más. Si no me hubiesen golpeado la cabeza hacía un segundo, habría dicho que era miedo—. ¿Cómo…? ¿Cómo puede ser?

Conforme los puntos negros se desvanecían de mi visión, por fin pude ver lo que les había llamado la atención. O, mejor dicho, quién.

—He venido a buscar el anillo —le dijo Emrys—. Y gracias a los dioses que habéis llegado. Estos me atraparon mientras buscaba en las ruinas de Tintagel y he estado intentando escapar desde entonces.

Neve contuvo un grito por la indignación. Yo le habría dado un puñetazo a Emrys, de no haber sido porque él se abalanzó sobre mí primero y me inmovilizó al sujetarme con firmeza de la nuca. Cuanto más forcejeaba, más Saqueadores se reunían a nuestro alrededor para ayudarlo. Me obligué a dejar de sacudirme antes de que alguien peor se dispusiera a sujetarme.

—Pero tu padre... —empezó a decir Septimus, quien aún tenía dificultades para hilar una sola idea.

—Quiero darle una sorpresa —repuso Emrys— y volver con el anillo. ¿Nunca has intentado sorprender a tu viejo, Yarrow?

—Tienes que volver a casa —dijo Septimus—. Uno de mis hombres te llevará. Tu padre debe estar muerto de preocupación.

—Ahí es donde te equivocas —contrapuso Emrys, antes de soltar mi cuello con un último apretón de advertencia y dar un paso frente a nosotros. Su voz era tranquila y su sonrisa, confiada—. Necesitas que te diga cómo llegar hasta Ávalon, y los necesitamos a ellos para que rastreen a Lark por nosotros.

—Emrys... —empezó a decir Septimus, mientras meneaba la cabeza.

—Iré con vosotros. —La sonrisa de Emrys era forzada—. Por favor. Es mi última oportunidad para hacer algo así.

Septimus soltó un suspiro.

—De acuerdo. Pero quédate cerca de mí durante todo esto, ¿estamos? Preferiría que tu padre no me matase.

—Por supuesto —le aseguró Emrys.

¿Su última oportunidad para hacer algo así? ¿Por qué? ¿Estaban a punto de obligarlo a asistir a alguna universidad de superestirados? A lo mejor había aceptado el encargo de Madrigal para demostrar que no necesitaba ningún título universitario, pero aquello no tenía mucho sentido.

—¿Cómo llegaremos hasta Ávalon? —preguntó Septimus.

—Ni se te ocurra —le advertí a Emrys. Eso nos pasaba por confiar en él. Ya sabía yo que no debía hacerlo, y aun así lo había guiado hasta este lugar. Le había dado nuestra única pista para encontrar a Nash.

Y él ni siquiera tuvo la decencia de dedicarme una mirada cuando dijo:

—La Arpía de la Niebla.

—Pagarás por esto —siseó Neve—. Espero que te guste el sabor de las anguilas, porque haré que salgan de todos y cada uno de los orificios que tienes.

Septimus se giró de golpe hacia ella, como si se acabara de dar cuenta de su existencia. Neve era más alta que yo, pero la estampa de Septimus era tan grande que aquello significaba que podía imponerse sobre ambas y bloquear la luz del sol como si se tratara de un segundo eclipse.

—¿Y esta quién es?

Apreté la mandíbula y sentí que el pulso me latía como loco por el miedo. Algunos Saqueadores veían a las hechiceras como un medio para que los guiaran hacia sus fines llenos de tesoros y creían que solo eran peligrosas cuando se las provocaba, como las viudas negras. Sin embargo, muchos con los que me había cruzado odiaban a las hechiceras con una vehemencia absoluta, normalmente porque algún pariente o mentor había muerto en medio de un encargo debido a alguna maldición bien situada.

Si alguno de aquellos Saqueadores encajaba en aquella última categoría, Neve quizá tendría que defenderse ante algunas de las fantasías de venganza más retorcidas.

Como si me hubiera leído la mente, Neve cuadró los hombros y llevó una mano a su riñonera.

—Soy...

—Es de una de las cofradías pequeñas de Saqueadores que hay en la Costa Oeste —dijo Emrys, sin afectarse ni mirar a ninguna de las dos—. Se llama Neve y tiene un modo de rastrear a Nash una vez que lleguemos a Ávalon.

Su mentira me hizo desconfiar. La tensión que había en mi rostro se relajó un poquito conforme una pregunta se iba formando gracias a mis crecientes sospechas. ¿Qué te traes entre manos, Niño Bien?

Cabell forcejeó contra el agarre de los Saqueadores, y su resistencia se incrementó aún más cuando vio que los hombres de Septimus habían sacado nuestras mochilas del cobertizo y las habían añadido a su colección de provisiones.

—Deberíamos esperar a que las ruinas del castillo cerrasen por hoy —dijo Emrys, mirándome de reojo mientras se giraba para hablar con Septimus.

En aquella ocasión, sus ojos transmitían un mensaje: «Confía en mí».

Negué con la cabeza. «Nunca».

Emrys Dye estaba jugando un juego de lo más peligroso. La única pregunta era con quién.

La cueva de Merlín era más pequeña de lo que la recordaba, aunque claro, la última vez que había estado allí dentro yo misma había sido más pequeña.

La cueva en sí era en realidad un túnel, que se había formado gracias a las olas de hacía cientos de años o a alguna inmensa bestia enterrándose entre las montañosas y oscuras rocas. Para acceder a ella había que ir por un camino serpenteante que bajaba desde las ruinas y entrar por medio de una cala pequeñita y rocosa.

El mar contuvo sus dedos llenos de espuma mientras avanzábamos con dificultad por la arena y las rocas. La cascada que teníamos cerca hacía tanto ruido que era capaz de ahogar el sonido del latido de mi corazón en mis oídos.

Me detuve en la entrada de la cueva, pero Septimus me empujó hacia delante. El aire húmedo estaba cargado por la peste a salmuera y descomposición. La condensación había hecho que todo estuviera resbaloso y que nos costara seguir avanzando cuando la arena dio paso a un camino con rocas sueltas. Las paredes a nuestro alrededor eran afiladas y peligrosas; cada una de ellas una advertencia de que aquel lugar no estaba destinado a mortales.

Varios Saqueadores encendieron sus linternas y lideraron la marcha cuando la luna nueva demostró no ser suficiente luz.

Nash solía decir que los humanos no éramos más que chispas que caían hacia el fuego del tiempo, solo que yo no era ninguna chispa y no había nada de calor en aquel lugar. Lo único que había era un susurro helado, y sus labios fríos se movieron contra mi piel y me contaron secretos escondidos.

—Aquí —dijo Septimus, una vez que llegamos hasta el punto medio de la cueva—. Aquí estará bien.

Mi mirada se cruzó con la de Neve por un instante, y aquello fue suficiente para ver lo que pretendía hacer. Pelear. Huir. Aquellos idiotas no le habían quitado su riñonera, seguramente al creer que era demasiado pequeña como para que pudiera contener nada útil o peligroso. Incluso con las manos atadas, sería capaz de llegar a su varita.

Meneé la cabeza en respuesta. Nos sobrepasaban en número. Íbamos a tener que encontrar un modo de escapar una vez que llegáramos a Ávalon.

A Neve no le sentó nada bien la noticia, aunque pareció aceptarla.

—Deberías tener mucho cuidado cuando entremos —le dijo a Septimus, fulminándolo con la mirada, cuando este pasó por su lado—. He oído que las arpías prefieren el sabor de mentecatos pretenciosos al de los idiotas comunes y corrientes. Los cerebros suavecitos tienen más encanto.

Septimus alzó la mano como para darle una bofetada. Si bien tanto Cabell como yo nos abalanzamos sobre él para tratar de bloquear su mano, fue Emrys quien lo detuvo.

—Señor Yarrow —lo llamó, con un tono lleno de amabilidad mientras sostenía la botellita con la ofrenda—. Deberíamos continuar.

—Vale —refunfuñó Septimus.

Cabell trató de acercarse un poco a mi posición, pero un Saqueador se lo impidió.

Emrys se dirigió a la parte delantera del grupo y destapó el pesado corcho de la botellita antes de dejarla sobre la oscura piedra.

—*Arpía de la Niebla* —empezó, con voz ronca—. *Señora de las neblinas, nacida de la tierra de sombras antiguas. Sirviente de nadie y poseedora de todo, escucha a estas criaturas y responde a nuestra invocación.*

Los Saqueadores dieron un respingo, todos a la vez, cuando sus linternas y lámparas LED se apagaron como si de llamas extinguidas se tratase y dejaron la cueva sumida en una absoluta oscuridad.

Una risa traqueteante y similar a un silbido se alzó a nuestras espaldas.

Tenía la cabeza vacía una vez más, de ideas, sensaciones y cualquier otra cosa que no fuera el saber que una presencia se elevaba detrás de nosotros como una tormenta creciente.

—¿Aceptas…? ¿Aceptas esta ofrenda? —preguntó Emrys.

—*La acepto* —siseó la arpía, con una voz que parecían unas serpientes deslizándose una sobre otra—. *¿Qué es lo que deseáis?*

Se produjo un sonido como el batir de unas alas curtidas, y el aire cambió a mis espaldas.

—Queremos… —titubeó Emrys, para luego aclararse la garganta—. Buscamos que nos abras el camino. De ida y vuelta a Ávalon.

—*Ahhhhhh…* —suspiró la arpía—. *Así que buscáis aquello de lo que se os priva. La espada de la leyenda, el rey dormido, el gran torreón…*

—¿Qué pides a cambio? —La voz de Emrys resonó contra las piedras.

—¿A qué te refieres? —interrumpió Septimus—. Ya le has dado la ofrenda…

La criatura apestaba a una descomposición infernal y a una bilis rancia. Se me revolvió el estómago con violencia mientras notaba un calor inmenso en la espalda al ser consciente de su presencia. Por el rabillo del ojo pude ver que una mano vieja y pálida se extendía como si quisiera acunarme el rostro.

El cuerpo entero me tembló de terror mientras algo —un dedo, una garra— se deslizaba por mi cabello y por el borde de mi columna y deshacía los nudos que se encontraba en el camino, como una madre cepillándole el pelo a un niño.

—*Por un solo viaje hacia Ávalon para todo tu grupo y una forma de volver...* —continuó la arpía—. *Lo único que pido es un mechón de este cabello.*

Su mano y sus garras volvieron a acariciar mi cráneo y alzaron unos cuantos mechones de cabello hasta que tuve la sensación de que iba a vomitar o a ponerme a gritar.

—¿Para qué lo quieres? —le preguntó Emrys, cortante.

—¿Qué más da eso? —gruñó Septimus en respuesta.

—*Eso no es de tu incumbencia* —contestó la arpía. Un líquido viscoso cayó sobre mi mejilla y mi hombro—. *Quizá sea solo porque es tan bonito..., como la luz del sol que ya no puedo ver.*

El corazón me latía desbocado y amenazaba con salir corriendo de mi pecho. No sé cómo me las ingenié para decir:

—Vale.

Se produjo el movimiento más sutil en cuanto movió una de sus garras y cortó algunos cabellos de la parte de atrás de mi cabeza. Su piel tenía la misma textura que la de un pescado muerto.

La arpía se inclinó cerca de mi oreja y susurró:

—*Para ti, te ofrezco esto: un secreto que es tuyo para compartir. A ellos también les encanta la sangre y arden bajo la luz.*

Ladeé la cabeza y traté de comprender sus palabras. Mantuve los ojos cerrados hasta que la presión de su presencia se alejó.

—*Pero qué niña más interesante eres* —murmuró la arpía, y su voz me sonó cada vez más distante en los oídos.

Las linternas y las lámparas se volvieron a encender, y solo entonces comprendí que la Arpía de la Niebla se había marchado.

Solté el aire que había estado conteniendo y me doblé sobre mí misma, todavía temblando.

—¿Tamsin? —me llamó Cabell—. ¿Estás bien?

No podía hablar. Aún no.

Una ráfaga húmeda y fría soplaba más allá de mi rostro, y, cuando me obligué a abrir los ojos, encontré un vórtice de niebla que daba vueltas justo frente a nosotros. Su centro se oscurecía hasta alcanzar el negro más profundo.

—¿Qué es eso? ¿Una Vena? —preguntó uno de los Saqueadores.

—Solo hay un modo de averiguarlo —dijo Septimus.

Me aferró del cuello de la chaqueta y me dio un tirón hacia delante. La niebla que rodeaba la abertura comenzó a girar más deprisa, en un anillo frenético. Unos hilillos negros escaparon de la oscuridad de su centro y se colaron por el aire, más oscuros incluso que las sombras que me rodeaban.

Y aquello fue lo último que vi antes de que Septimus me empujara hacia su helado abismo.

12

No se comparaba en absoluto con una Vena.

Caí hacia delante a través de una oscuridad infinita, a lomos de un poderoso viento. Abrí la boca para respirar, pero me di cuenta de que no había aire que inhalar. Entonces, casi tan rápido como había empezado, llegó a su fin.

Salí del pasaje de sopetón y caí de rodillas sobre una tierra pastosa. Solo tuve un segundo para rodar hacia un lado antes de que Neve y Cabell me siguieran y cayeran por la misma abertura.

Septimus fue el siguiente, seguido de un Emrys más pálido de lo habitual, quien llevaba nuestras mochilas de trabajo. El resto de los Saqueadores llegó tras él y se disolvieron en las sombras cuando una neblina aterciopelada empezó a rodearnos.

—Haz que cada uno cargue con sus cosas —le dijo Septimus a Emrys. Luego nos apuntó con su hacha—. Intentad algo, dad siquiera un paso más del que os digo y veréis cómo os clavo esto en la nuca.

Emrys mantuvo la mirada gacha cuando me entregó mi bandolera, en un gesto que no era para nada cosa suya. Cuando se alejó hacia Septimus y los otros, Cabell aprovechó la oportunidad para acercarse a mí.

—¿Estás bien? —me preguntó, preocupado.

—Centrémonos en este… encargo de Praga —le dije, meneando la cabeza.

Entendió lo que le había querido decir. Nuestro único objetivo en aquel momento era encontrar una forma de escapar.

Neve se arrebujó más en su abrigo como de peluche.

—¿Por… por qué hace tanto frío?

A nuestras espaldas, varios de los Saqueadores, incluido Emrys, se habían colocado y habían encendido sus linternas frontales. Sus rayos iluminaron la gruesa cortina de niebla que nos rodeaba y se juntaron en dos sombras oscuras que había cerca.

Estábamos al lado de una especie de lago lleno de agua, si se le podía llamar «agua» a aquel líquido viscoso y lleno de grumos de barro oscuro y parecido al alquitrán. El pulso me empezó a latir como loco contra las sienes.

—¿Estamos en Ávalon? —preguntó Cabell con voz ronca.

Emrys apretó la mandíbula, y uno de los músculos de su barbilla se tensó cuando se acercó para estudiar el agua. Me dedicó una mirada furtiva y supe, sin que tuviera que decir nada, que sus pensamientos estaban en perfecta sintonía con los míos.

Algo no iba bien.

Las sombras oscuras que había en la niebla finalmente tomaron forma cuando dos barcazas planas separaron la blanca neblina y flotaron hacia nosotros. Las lámparas que tenían colgadas en sus extremos más alejados no estaban encendidas y rechinaron debido al bamboleo de las embarcaciones.

Por un segundo, nadie se atrevió a moverse. Un hilillo de sudor frío se me deslizó por la columna.

—Las damas primero —dijo Septimus, antes de atraer la barcaza más cercana.

Tenía el estómago hecho un nudo conforme pasaba por encima de la barandilla baja de la barcaza y pisaba las hojas mojadas que se habían juntado en el fondo de la embarcación.

Neve fue la siguiente en subir, con mucha dignidad, aunque también con cuidado para no resbalarse mientras nos dirigíamos hacia el extremo más alejado de la barcaza. Emrys tenía su hacha en la mano cuando le hizo un gesto a Cabell para que fuera el siguiente. El alivio que sentí al no tener que separarme de mi hermano y viajar en barcazas diferentes no me duró mucho, pues Emrys parecía empeñado en situarse justo a mis espaldas, tan cerca que podía notar el calor que emanaba de su cuerpo.

Los otros Saqueadores, los doce que eran, vacilaron antes de seguirnos, y parecía como si estuvieran pensando si debían continuar con aquel encargo o no.

—Venga, ¡moved el culo! —ladró Septimus—. ¡O no habrá paga!

A diferencia de los otros, Septimus parecía animado, hasta triunfante, incluso si estaba salpicado de aquel barro oscuro y su maltrecho pelo se soltaba de su coleta. Le dio una patada a la otra barcaza para que se adentrara en las aguas y luego dio un salto hacia la nuestra. La barcaza se meció ante el nuevo peso añadido y no necesitó que nadie la ayudara a apartarse de aquella extraña orilla. Me volví por última vez en un intento desesperado por grabar en mi memoria la ubicación del portal y el camino de vuelta.

En el agua estancada no había ninguna corriente que yo pudiera ver, pero, aun así, las barcazas avanzaron y flotaron sin vacilar hacia algún lugar desconocido.

Unos golpecitos extraños se alzaron a nuestro alrededor, y no supimos ubicarlos hasta que Neve se volvió a sentar con un sonido ahogado después de haberse asomado por el lado de la barcaza. Me incliné hacia delante mientras maldecía mi propia curiosidad.

En lugar de montones de musgo o de barro putrefacto, el agua estaba llena de cadáveres de aves y de las pálidas barrigas de peces podridos. La bilis me subió hasta la garganta.

Unos hilillos amarillentos se abrieron paso entre la neblina blanca, y, en unos pocos segundos, el aire se había tornado oscuro y amargo. El color putrefacto se volvió más intenso y se convirtió en una espesa niebla que apestaba como un infierno salobre.

Neve tosía con violencia, y yo apenas podía verla entre la niebla y las lágrimas que me caían de los ojos que me ardían. Varios de los Saqueadores empezaron a tener arcadas.

—¿A dónde nos ha traído la arpía? —exigió saber Septimus.

Pero nadie supo responderle.

Unos vapores tóxicos hervían a nuestro alrededor y se enroscaban entre ellos para luego separarse lo justo para atormentarnos con vistazos de la Tierra Alterna. Un cielo oscuro. Fragmentos de unas rocas enormes que sobresalían del agua como si fuesen dientes. Trozos desmembrados de lo que seguramente habría sido en algún momento la monumental estatua de una mujer.

Una mano de piedra al revés había juntado tanto agua podrida como suciedad y era casi del tamaño de la barcaza. No obstante, lo que me dejó temblando fue ver la cabeza de una mujer, medio sumergida en el agua. Una serpiente cubierta de barro se deslizó por la cuenca del ojo de la estatua y desapareció dentro del agua sucia.

Neve se presionó la garganta con una mano y pareció como si alguien le hubiese metido una mano dentro para arrancarle los pulmones.

—Por la Diosa. —Fue lo único que susurró.

Los haces de luz de las linternas frontales de los Saqueadores iluminaban la niebla y la atravesaban en algunos lugares. Los hombres se estaban comunicando entre ellos usando aquellas miradas sutiles y rápidas y los ceños fruncidos que prometían un motín.

Un suave roce en el brazo me sacó de mis pensamientos. Emrys me presionó contra la palma de la mano algo frío y duro: una navaja. Me mordí el labio cuando inclinó su larga figura por mi lado y estiró una mano hacia un poste torcido que se alzaba desde el agua.

Su expresión fue casi de desolación cuando el poste se redujo a un polvo mugriento ante el más mínimo roce de sus dedos enguantados.

No fue hasta que vi unas enormes raíces que se alzaban del agua como si fuesen serpientes asfixiándose entre ellas que comprendí lo que eran.

Árboles.

Ninguno de nosotros fue consciente de lo cerca que nos encontrábamos de la otra orilla hasta que la barcaza chocó con algo y casi nos lanzó hacia el líquido viscoso por el que navegaba.

Aquella vez Septimus fue el primero en bajar e hizo una mueca de asco al notar que sus botas se quedaban atascadas en el barro pegajoso. La niebla empezó a disiparse con nuestros movimientos cuando lo seguimos y avanzamos con dificultad.

Tendría que haber habido miles de árboles en aquel lugar, antaño titanes tanto de ancho como de alto. Sus restos se habían solidificado y vaciado o se habían tornado grises como la ceniza. Emrys no podía apartar la vista de ellos y los miraba con el ceño fruncido.

—¿Qué es todo esto? —preguntó en voz baja—. ¿Qué podría hacer que se pudrieran de este modo?

Las pocas hojas que les quedaban estaban marchitas. La sustancia viscosa de las plantas descompuestas cubría el suelo del bosque y en algunas zonas llegaba hasta una altura considerable. El lecho seco de un río se había convertido en poco más que un cementerio para un sinnúmero de criaturas muertas.

El grupo se dispersó conforme nos adentrábamos en el bosque.

Neve iba detrás de mí y sujetaba su varita con firmeza. Cabell se situó a mi lado y desató mi hacha del lugar en el que había estado en la mochila.

Me sentía muy consciente de cada paso que daba, no solo por el barro pegajoso que pisábamos, sino por el suave tintineo de mis pertenencias.

—Debería haber pueblos alrededor de la isla —susurró Neve.

—¿Algún otro punto de referencia que podamos buscar? —le pregunté a media voz.

—Hay un torreón en el centro de Ávalon —dijo ella—. Se supone que allí vive la congregación de sacerdotisas. Las nueve hermanas.

Cierto, cierto. Había visto que algunas Inmortalidades mencionaban aquello entre sus páginas, a pesar de que, con el transcurso de los años y el hecho de que las generaciones de hechiceras se hubiesen distanciado cada vez más de su hogar ancestral, los detalles sobre las sacerdotisas habían ido volviéndose más y más ficticios, al igual que la mayoría de los cuentos de hadas.

—Empiezo a creer que somos los únicos que estamos aquí —murmuró Cabell mientras se desplazaba hasta situarse delante de mí—. Al menos los únicos con vida.

El estómago se me iba retorciendo por el olor fétido a neblina que nos rodeaba, solo que no tenía nada dentro que vomitar. No vi a Cabell a través de la pálida cortina que era el aire hasta que casi me estrellé contra su espalda.

Estaba temblando.

—Tamsin —susurró, y sus labios apenas se movieron—. No te muevas.

Mi mirada se deslizó hacia la izquierda, hacia donde él también estaba mirando, y entonces la vi. Una sombra que se movía entre los árboles.

No había luz de luna que iluminara su silueta, pero mi visión se había adaptado a la oscuridad, y, a pesar de la distancia que nos separaba, no me fue difícil reconocer el frío salvajismo con el que la criatura estaba destrozando el cadáver de lo que en algún momento había sido un caballo.

La criatura parecía un poco a un humano, solo que estirado y retorcido, con unas articulaciones que se doblaban en ángulos imposibles y puntiagudos. Sus extremidades sin pelo eran extremadamente largas y delgaduchas, similares a las de una araña. Y, por un aterrador momento, no pude distinguir si estaba cubierto de harapos asquerosos o si era su propia piel maltrecha lo que colgaba de él.

¿Qué carajos *es eso*?

Emrys y Neve se acercaron por detrás de nosotros, con sus pasos lo más silenciosos que podían mientras se desplazaban sobre el liquen podrido y el suelo inestable. Extendí ambos brazos para detenerlos. Emrys me lanzó una mirada interrogativa, y yo me limité a señalar su linterna frontal.

Me di cuenta del momento en que vio a la criatura. Su cuerpo se volvió rígido y, conteniendo la respiración, alzó un brazo poquito a poco hasta apagar su linterna.

La criatura alzó la cabeza de pronto, con sangre y unas tiras de músculo resbalándose de sus fauces abiertas. El horror y el asco me inundaron, y cualquier instinto que tuviese en mi interior por correr, pelear o hacer cualquier cosa que no fuese quedarme allí de piedra desapareció en un instante.

El rostro de la criatura estaba hundido por la descomposición y dejaba ver un vacío de carne y color, a excepción del blanco de sus ojos brillantes y sus dientes bañados en sangre. Unos dientes que había usado para arrancar la carne, los músculos y las entrañas del caballo hasta reducirlo a nada más que un conjunto de huesos despellejados en medio de un charco de su propia sangre.

La criatura se alzó y dejó caer la pata que tenía en la boca. Sus extremidades se extendieron como las de un insecto, y aquello despertó una especie de miedo primordial enterrado en lo más profundo de mi ser. La neblina pasó por enfrente de nosotros, pero, cuando volvió a disiparse, la criatura había desaparecido.

—¿A dónde ha ido? —susurró Cabell, con la respiración entrecortada.

—¿Qué coño es eso? —gritó uno de los Saqueadores—. ¿Qué está haciendo…?

El estruendo de un ladrido llegó en respuesta, aunque no fue ni la mitad de aterrador que los que resonaron para contestar a aquel primero desde la oscuridad que nos rodeaba por todas partes.

Se produjo un grito que me heló la sangre. El rayo de luz de la linterna frontal de un Saqueador desapareció. Y luego otro.

Y otro más.

—¡Volved a las barcazas! —gritó Septimus—. ¡Ahora mismo!

Cabell y Neve salieron disparados primero, y sus pasos golpearon contra los charcos de agua y barro. Emrys permaneció en su sitio, quieto como una estatua, con la mirada clavada en el lugar en el que la criatura había estado. Estaba tan plantado en su sitio que tuve que aferrarlo del brazo y tirar con todas mis fuerzas para hacer que se moviera.

Otra linterna frontal desapareció. Y otra más.

La niebla nos envolvió en unos patrones caóticos según el grupo se apresuraba para volver a las barcazas. Me estrellé contra Neve, quien se había girado al llegar hasta la orilla. Estiré el cuello para ver sobre su hombro y seguir su mirada aterrorizada.

Una cabeza, calva y resbalosa por el líquido viscoso, se alzaba desde las profundidades putrefactas. Sus ojos emitieron un brillo plateado cuando la luz de una linterna frontal los iluminó.

Y entonces no era una, sino montones. El agua sucia empezó a burbujear a medida que aquellas cosas emergían de las oscuras profundidades y flotaban en nuestra dirección.

Cabell me sujetó del hombro y me atrajo hacia su lado, aun sosteniendo mi hacha.

—¿Qué hacemos?

Negué con la cabeza, incapaz de formular una respuesta. No había modo de volver a las barcazas. Ni tampoco de seguir caminando.

Solo se oía el ruido de la carne siendo arrancada de unos huesos y los gritos desesperados conforme las linternas frontales iban desapareciendo, una a una, hasta que la niebla nos devoró enteros.

13

Una mano larga y helada me sujetó el tobillo, y solté un grito.

Emrys se lanzó hacia delante con un rugido y cortó el brazo gris de un solo tajo de su hacha. La criatura aulló y chilló y se volvió a hundir en el agujero de la tierra del que había salido.

Le di una patada a la mano que aún se aferraba a mi pierna, temblando como una hoja. Entonces empezamos a correr, todos nosotros, a una velocidad que no sabía que mi cuerpo era capaz de alcanzar, ni siquiera motivado por el miedo.

El bosque se volvió borroso a nuestro alrededor, y los árboles vacíos parecían volcarse cuando las criaturas saltaban de uno a otro para tratar de alcanzarnos. Por el rabillo del ojo vi a Septimus serpentear en medio de los tallos y zarzas de hierba muerta. La sangre, tan oscura que parecía negra, salía disparada por el aire al tiempo que él golpeaba a las criaturas con su hacha. Los dos Saqueadores que tenía a cada lado desaparecieron cuando unas criaturas los derribaron y les arrancaron la piel a jirones, los cuales hicieron que la niebla se tornara de un color rosa nauseabundo.

—¿Qué son? —preguntó Cabell, sin aliento.

—¿Renacidos? —sugirió Emrys.

Por todos los dioses, esperaba que no. No se podía acabar con los muertos vivientes con armas mortales, pues estos se limitarían a alzarse de nuevo sin importar la cantidad de partes que les cortáramos.

Mi memoria rebuscó entre los miles de libros que había devorado, pero nada encajaba con la descripción de aquellas criaturas: ningún bosquejo, ningún breve pasaje en algún compendio o bestiario. Absolutamente nada.

Al desconocer lo que eran, no podíamos saber cómo matarlos. Y el hacerles daño con nuestras hachas solo los ralentizaba.

—¡Tenemos que dejar las mochilas! —gritó Cabell.

—¡Ni se te ocurra! —Las garras de las criaturas seguían aferrándose al cuero de mi bandolera, pero antes muerta y enterrada que perder nuestras últimas provisiones.

Tras sacar la pequeña navaja, empecé a dar tajos a ciegas en el aire conforme las criaturas saltaban de los árboles para intentar atraparnos bajo la jaula de su cuerpo.

—¡Tamsin, agáchate! —gritó Emrys. Cuando lo hice, él lanzó su hacha por encima de mi cabeza y esta se enterró en el suave lateral de la cabeza de una de las criaturas. Cabell nos guio en medio de los árboles muertos hacia las profundidades de la isla.

Fue entonces cuando di cuenta de que los gritos de los otros Saqueadores habían cesado.

Están todos muertos, me dijo mi mente en un susurro.

Los únicos que quedábamos éramos nosotros. Las criaturas, con hilillos de saliva cayendo de entre sus dientes, se giraron en nuestra dirección al darse cuenta de ello.

Dirigí la mirada hacia la hechicera, y la súplica debió haber sido evidente en mi expresión.

—No puedo conjurar mientras corro —me dijo Neve entre jadeos—. Tengo que tallar los sellos y…

Una criatura se lanzó hacia ella, tratando de aferrarla con sus dos garras delanteras, y yo aparté a Neve de un empujón. Emrys vino detrás con su hacha, tiró a la criatura al suelo y le cortó una de sus extremidades.

La otra se dirigió a su brazo y, con un zarpazo, le desgarró las capas de tela que lo cubrían y llegó hasta su piel. Emrys retrocedió, maldiciendo, y casi dejó caer su hacha. Me lancé hacia delante y clavé mi navaja en uno de los ojos sin párpados de la criatura.

—¡Vamos! —apuré a Emrys, aferrándolo del brazo.

—Mi heroína —se las ingenió para decir.

—¡No tengo tiempo para devolverte las pullitas! —solté, sin aliento—. Solo…

Tal como habían hecho con Neve, las criaturas se lanzaron, con sus hambrientas fauces por delante, hacia Emrys. Hacia la herida sangrante en su brazo.

Las palabras de la arpía volvieron a mi memoria como si de una pesadilla se tratase. «A ellos también les encanta la sangre y arden bajo la luz».

Arpía vieja y apestosa. Sabía perfectamente lo que nos esperaba en Ávalon.

Por los clavos del Señor, pensé. No importaba lo mucho que corriéramos ni si conseguíamos un lugar en el que escondernos. Serían capaces de encontrarnos.

—¡El torreón! —me gritó Neve. No hizo falta que terminara la oración para que entendiera a qué se refería.

—¡No podremos llegar! —le dije. Las criaturas nos iban a atrapar mucho antes de que lo halláramos en aquel laberinto tan confuso que era el bosque muerto.

Llegamos a un claro salpicado con las mismas rocas enormes y escarpadas que habíamos visto en el agua. La hierba muerta nos llegaba hasta la cintura, crujía bajo nuestros pasos y se atascaba en mi chaqueta de franela mientras me abría paso por ella.

Un poco más adelante, Cabell intentaba guiarnos por entre las rocas, pero se habían juntado demasiadas criaturas. Tuve que retroceder cuando nos rodearon cual hormigas y se arrastraron por los árboles y sobre las piedras. En un visto y no visto, me separaron del resto del grupo.

Emrys se giró, buscando algo. A mí. Cuando nuestras miradas se cruzaron a través del caos, su expresión se llenó de pánico.

—¡*Tamsin*!

Trató de correr hacia mí, pero las criaturas con forma de araña se colocaron entre nosotros.

—¡Odian la luz! —grité para que los demás me oyeran.

Neve recogió una piedra del barro y empezó a tallar un sello en ella. Cabell se situó frente a la hechicera para evitar que las criaturas se le acercaran y así ganarle más tiempo.

Los monstruos rugieron y devolvieron su atención a la entrada del claro, donde Septimus y otros dos Saqueadores estaban dando tumbos para salir del bosque y nos daban la espalda.

Septimus estaba bañado en la sangre oscura de las criaturas y les gritaba mientras blandía su hacha hacia cualquier extremidad que se acercara hacia él. Atraparon a uno de los Saqueadores que lo acompañaba y lo hicieron caer. Las criaturas descendieron sobre él con sus garras y dientes por delante y le abrieron la garganta de un zarpazo, con lo cual los otros consiguieron adentrarse más en el claro.

¿A dónde debería ir? El pensamiento me retorció el estómago. Blandí mi navaja hacia las criaturas que se me acercaban de un salto, pero cada movimiento parecía renovar su sed de sangre.

—¡Tamsin! —me volvió a llamar Emrys. Me giré y usé su voz para reorientarme hacia donde se encontraban los demás. Cuando se despejó un camino en aquella dirección, aproveché la oportunidad y salí corriendo. Unas nubes rancias se alzaron con cada paso que daba. Los huesos que traqueteaban, articulaciones que crujían y dientes que castañeaban me siguieron, y no tuve que volverme para saber que las criaturas me pisaban los talones.

Algo me agarró del cuello de la chaqueta y me dio un tirón hacia atrás. Grité con tanta fuerza que me quedé sin voz. La peste a muerte era inexorable mientras me revolvía y peleaba por liberarme. Me resbalé y empecé a caer, aunque no hacia las fauces abiertas de los monstruos.

—¿A dónde crees que vas, gatita? —La voz sonó justo detrás de mi oreja.

Septimus.

Estiró un brazo y me rodeó con él hasta situarme justo frente a su pecho. De algún modo, el hecho de que fuese él y no una de las criaturas hacía que todo fuese aún más escalofriante.

Me lanzó hacia la derecha, como un último escudo de carne y hueso para salvarse el pellejo. Una furia incontenible se apoderó de mí, y la oí también en las súplicas y los gritos de Emrys y Cabell.

—¡No, Septimus!

—¡Suéltala!

Traté de quitarme la chaqueta, de acuchillarlo con mi navaja, pero Septimus me apretó la mano con la que empuñaba el arma contra un costado y usó su otra mano para aferrarme la nuca. Una criatura chilló con entusiasmo cuando Septimus me presentó como si fuese un banquete especial.

—No es nada personal —se rio él a mis espaldas—. Es que ha llegado el momento de que justifiques tu existencia...

A pesar de que la peste a sangre casi me ahogaba, me inundó una sensación de calma, como cuando uno se rinde ante una poderosa corriente y usa su fuerza para trasladarse hacia cualquier destino que lo espere.

No iba a morir por él, y tampoco pensaba salvarlo.

Tenía la palma de la mano resbaladiza por el sudor, lo que me obligó a aferrarme a mi navaja con más fuerza mientras ajustaba su ángulo. El agarre que Septimus tenía en mi brazo se había relajado lo suficiente para permitirme hacer lo que tenía en mente.

—*Miau, gatito* —siseé y luego le clavé la navaja en la pierna, justo por encima de la rodilla.

Septimus soltó un alarido desde lo más profundo de su pecho. Un sonido de lo más animal. Y, mientras se estrellaba contra el suelo, incapaz de correr y perdiendo el agarre que había tenido sobre mí, lo supo. Supo qué iba a suceder a continuación.

El hacha se le escapó de la mano cuando uno de los monstruos se abalanzó sobre él y le clavó las garras en el pecho.

Me lancé sobre el arma bañada en sangre, y mi mente apenas registró el hecho de que su empuñadura seguía cálida por su agarre mientras la blandía para apartar a los monstruos que se me acercaban. Me giré y me estrellé contra Emrys. Su mirada era salvaje mientras me aferraba de los brazos con una expresión enloquecida.

—¿Estás bien? —me preguntó, y la voz le falló a media frase—. ¿Te han hecho daño?

Lo único que pude soltar en respuesta fue:

—¡*Corre*!

Y eso hicimos. Una criatura se atravesó a sí misma con mi arma y otra me atrapó el pelo en un mordisco, como si quisiera arrastrarme hacia el borde de los árboles donde más de ellas esperaban.

El grito de Neve explotó en el claro. Me giré de un salto, con el corazón latiéndome desbocado en el pecho, y los busqué a ella y a Cabell en medio de la oscuridad. Iba a empezar a correr de nuevo cuando las nubes de niebla se apartaron sobre mi cabeza como si fuesen cortinas y un haz de luz blanquiazul se abrió paso desde la hechicera.

Los monstruos chillaron en protesta y retrocedieron, aunque no lo suficientemente lejos como para salvarse cuando la luz se fracturó y cortó el aire como si de esquirlas de cristal se tratase. El aire silbó, y yo me agaché y me cubrí la cabeza conforme las criaturas quedaban mutiladas y reducidas a cachitos de vísceras. El calor de la luz las incendió desde dentro y creó un anillo de fuego.

—¡Tamsin!

Alcé la vista para ver que Cabell corría hacia mí, con el rostro lleno de terror mientras se deslizaba para acortar la distancia que nos separaba.

—¡Estoy bien! ¡Estoy bien! —le aseguré.

Cabell me ayudó a incorporarme antes de arrastrarme hacia donde se encontraban los demás. El haz de luz se expandió para alcanzarnos antes de que nosotros llegáramos hacia él e incineró a las criaturas, aunque en la piel solo me pareció una cálida caricia. Noté una especie de tirón en el centro de mi cuerpo, como si me estuviese atrayendo hacia sus profundidades protectoras.

Tras limpiarme el barro de la cara, me protegí los ojos con las manos.

Neve estaba de pie detrás de un muy aturdido Cabell y tenía los brazos estirados frente a ellos. La magia se extendía a su alrededor como si se tratara de una llama salvaje que casi nos cegaba con su intensidad. Sus trenzas se habían soltado de los moños que tenía en lo alto de la cabeza y en aquel momento flotaban a la altura de sus hombros gracias a la magia incandescente de su poder. La intensidad de su expresión y su rostro brillante por el sudor resultaban tan impresionantes como el modo en que su poder electrificaba el aire y convertía el claro en el corazón de una estrella.

Neve nos echó un vistazo rápido, y su expresión tenía el tipo de determinación que hacía que a uno le doliera verla. El puro potencial de su poder era algo increíble. Miré a mi alrededor para buscar el sello que había usado. Una piedra grande se encontraba a sus pies, pero el sello que invocaba un encantamiento protector no estaba terminado. Sin embargo, aquello no era posible. Aquel poder tendría que haber sido atraído y canalizado a través de las marcas.

—Neve… —la llamé.

—No podré resistir mucho más —me advirtió, y su voz crujió por la magia—. Es demasiado…

—¿Cómo estás haciendo todo esto? —le pregunté.

Ella meneó la cabeza, con los puños apretados.

—No lo sé. Pensaba… Pensaba que íbamos a morir y simplemente ha pasado…

La magia ardió con más fuerza y más calor. Los monstruos se retiraron hacia las sombras de los árboles.

—Imagino que nadie tiene algún plan medio decente para librarnos de esta —dijo Emrys en voz baja, mientras presionaba una mano sobre la herida de su brazo.

—A estas alturas, un plan descabellado me basta —repuso Cabell, con una expresión de lo más sombría. Seguía jadeando, pero el pelaje oscuro que se extendía cada vez más sobre el dorso de sus manos fue lo que me espantó.

—¿Estás bien? —le pregunté.

—Necesito un momento —dijo él. Y, por primera vez, no me mintió para tranquilizarme—. Tengo que ralentizar mi pulso.

Emrys volvió la mirada hacia donde estaba Cabell, con el rostro apretado contra sus sucias manos y respirando hondo. Negué con la cabeza de modo imperceptible ante su mirada interrogante.

—¿Qué probabilidades hay de que se aburran de ser destruidos y se vayan? —pregunté.

La barrera parpadeó. Por un instante, me pregunté si habría hecho enfadar a algún dios de la suerte en alguna otra vida.

—Chicos —empezó Neve, casi sin voz—. Lo siento, ya no puedo…

Me acerqué a ella y alcé mi hacha frente a mí. Tenía la espalda de Emrys contra mi lado mientras él enfrentaba la otra dirección, y la noté hirviendo en aquel aire helado. Cabell consiguió ponerse en pie una vez más, con el rostro ensombrecido mientras peleaba para mantener su agarre firme tanto en su cuerpo como en su mente.

Vamos a morir. Aquella extraña y profunda calma volvió, tan fría y resignada. *Vamos a morir.*

—Intentaremos llegar al torreón que Neve cree que está en el centro de la isla —empecé a decir—. Si conseguimos encontrar un lugar en el que escondernos…

Una luz abrasadora se abrió paso en el aire frente a nosotros y dejó atrás los árboles muertos hasta estrellarse contra la piel marchita de la criatura que tenía más cerca. Di un salto cuando la vi encenderse como si se tratara de una cerilla, entre chillidos que amenazaban con reventarme los tímpanos. Me giré para intentar ubicar la fuente de aquella luz, pero no fue necesario.

Una lluvia de flechas ardientes iluminó la oscuridad y voló por encima de nuestras cabezas. La magia de Neve nos protegía como un escudo contra el calor del mundo en llamas que ardía a nuestro alrededor, y supe que, en el instante en que esta cesara, el fuego nos iba a consumir a nosotros también.

—¿Son esos…? —empezó a decir Cabell, mientras se giraba.

Los caballos y sus jinetes cargaron hacia delante a toda prisa y enviaron al resto de los monstruos por donde habían venido como si se tratara de ratas de alcantarilla que buscaban el frío refugio de su agua estancada.

Las llamas iluminaron la armadura plateada de los caballeros cuando rodearon la barrera, con sus arcos listos. Los caballos pisotearon el suelo, inquietos por toda la energía que no habían gastado aún. Eran cinco en total.

—¡Detén tu magia, hechicera! —gritó uno de ellos.

Neve dio un respingo ante la vehemencia de la orden y no obedeció. Al contrario, su magia brilló con más fuerza de lo que había hecho antes.

El caballero que había hablado enfundó su espada con un sonido de furia contenida. Los otros esperaron y cortaron con sus espadas o dispararon flechas a las criaturas estúpidas que se atrevieran a acercarse. Cuando, aun así, Neve se negó a bajar su escudo de magia, el primer caballero se llevó una mano a su yelmo y se lo quitó.

Una trenza larga y plateada, tan brillante como la espada que tenía en la mano, se deslizó del yelmo. El rostro que nos miraba desde el lomo de su caballo negro era pálido, joven y con pecas. No le pertenecía al hombre canoso y lleno de cicatrices que me había imaginado, sino a una mujer.

—He dicho que detuvieras tu magia, hechicera —repitió la joven.

Emrys fue el primero en librarse del aturdimiento de todo ello.

—No es por ser malagradecidos, pero… ¿eso no hará que nos carbonicemos?

—Nuestro fuego no os hará daño —explicó otra joven, quitándose su propio yelmo. Tenía el pelo y los ojos oscuros, y sus rizos se agitaron alrededor de su rostro con la brisa apestosa. Su piel era morena salvo por el lugar en el que se alzaba una cicatriz rosa que le cruzaba una mejilla, y su expresión era fría pero reconfortante.

Las demás la imitaron. Todas ellas, jóvenes.

Y todas mujeres, al parecer.

—A menos que queráis morir con el resto de los viajeros, os sugiero que nos acompañéis —continuó la segunda mujer—. Os llevaremos a un lugar seguro.

—A la hechicera, no —replicó la mujer de pelo plateado—. A esa que se la coman los monstruos.

—Cait —la regañó otra de las mujeres.

—¿Quiénes sois? —me las arreglé para preguntar.

—Soy Caitriona de las Nueve —dijo la chica con el extraño pelo plateado—. Estas son mis hermanas. No sé cómo habéis llegado hasta aquí, pero puedo decirte que este no es un buen lugar para morir.

—¿Y dónde estamos exactamente? —preguntó Emrys, con educación.

Una parte de mí —un rincón pequeñito y odioso de mi corazón— se había aferrado a la moribunda esperanza de que todo se hubiese tratado de un terrible error. De que, de algún modo, hubiésemos acabado en otro reino, en otro sitio muy lejos de donde Nash había quedado atrapado con el anillo.

Aquella esperanza murió aplastada por el talón de la chica que tenía la mirada fija en nosotros, con el ceño fruncido por la sospecha. La magia de Neve desapareció como un huracán que daba paso a una ligera llovizna.

—¿Es que no la reconocéis? —preguntó con sarcasmo, antes de volver a enfundarse su yelmo—. Habéis llegado a la maravillosa isla de Ávalon.

PARTE II

LAS TIERRAS
BALDÍAS

14

Cabalgamos por la isla llena de niebla en una feroz tormenta de cascos galopantes y armadura estrepitosa. Nadie abrió la boca desde que salimos del claro, y ninguna de las otras mujeres se molestó en presentarse. Prácticamente podía percibir cómo sus miradas se dirigían una y otra vez hacia Neve y el odio descarado que irradiaba de ellas como nuestro aliento que convertía el aire en un vapor blanco.

Habíamos aceptado llevar las manos atadas, una vez más, como condición para que nos dejaran cabalgar con ellas, pues esa había sido la única opción posible más allá de quedarnos allí abandonados, a la espera de que nos devoraran.

A Neve la habían situado detrás de Caitriona de las Nueve. Todas las sacerdotisas montaban sus caballos con las espaldas rectas debido a sus corazas metálicas —una pechera que se extendía hasta cubrirles la espalda—, pero, en el caso de Caitriona, la armadura parecía acoplarse a su cuerpo en lugar de al revés.

Recorrimos un laberinto de oscura tierra salvaje y niebla. Tenía los muslos empapados debido al espumoso sudor del caballo y al esfuerzo de mantenerlos apretados para evitar salir disparada de la montura.

—Puedes sujetarte de mí —me dijo la sacerdotisa con la que iba en voz baja—. Preferiría no tener que parar y bajarme a recogerte si te caes y te partes la cabeza. Si no te molesta, claro.

Solté un resoplido.

—Ningún problema.

No me había atado las manos con mucha fuerza, por lo que me fue más sencillo aferrarme a la parte de abajo de la armadura que le cubría la espalda.

—¿Tienes nombre o solo eres «de las Nueve»? —le pregunté.

Fue su turno para soltar un resoplido.

—Soy Betrys. De las Nueve.

—Vale, Betrys —le dije, y algo de mi frustración desapareció—. Gracias, por cierto.

—No tienes que darlas —contestó ella, en una voz baja y muy digna—. Es nuestra responsabilidad proteger la isla y a aquellos que viven en ella.

—Eso… —Traté de pensar en un modo delicado de decirlo—. Eso parece bastante complicado. ¿Todo Ávalon es así?

Betrys volvió a sumirse en aquel silencio tenso y suavemente espoleó su caballo para ir más rápido.

Eché un vistazo hacia donde Cabell —cómo no— parecía ir perfectamente cómodo detrás de otra de las sacerdotisas, una chica pálida y de pelo corto del color de la madera. Iban hablando en voz baja, y, cuando Cabell se percató de que lo estaba mirando, me dedicó una sonrisa que me resultó más sombría que tranquilizadora.

Las Nueve. La congregación de sacerdotisas que llevaba a cabo los rituales de Ávalon y dirigía el culto hacia la Diosa creadora en la que creían.

Tal parecía que habían tenido todo un cambio de imagen en los últimos cientos de años, pues no recordaba haber leído que ellas se adentraran a todo galope en las tinieblas de la isla para combatir contra monstruos. Y Nash, quien era un siervo fiel de las hipérboles y un apasionado de las exageraciones, no se habría dejado semejantes detalles dramáticos cuando nos contaba sus historias alrededor de las fogatas de los campamentos.

Su nombre me hizo un tajo en el corazón como si se tratara de una cuchilla. *Nash*.

Hasta aquel momento, había estado tan consumida por las ansias de sobrevivir que no había sido capaz de pensar en nada más, incluida la razón por la que habíamos acudido a ese lugar.

Observé aquellas tierras oscuras y me pregunté cómo sería posible que Nash hubiese sobrevivido a un lugar así. Los árboles podridos, la tierra estéril que se había convertido en el camino para los caballos, los enjambres de insectos que no habían tardado en devorar la carne podrida que se aferraba a los huesos de una de las criaturas, unas cabañas de piedra sin nada de luz en su interior… ¿Qué podría sobrevivir en semejante sitio que no fuesen carroñeros y criaturas que solo vivían para saciar su hambre voraz?

No se podía escapar de la niebla, pues esta flotaba sobre la tierra como una fría manifestación de resentimiento: de amor y belleza perdidos, de lo que fuera que aquel lugar había sido en algún momento. Y sus húmedos dedos me trazaron patrones helados sobre la piel.

El torreón que Neve nos había descrito se tomó su tiempo en dejarse ver, como si necesitara vigilarnos primero desde lejos antes de decidirse si nos permitía acercarnos o no. Conforme llegábamos a sus inmediaciones, no pude apreciar el paisaje lo suficientemente rápido. El descomunal tamaño del torreón y las imponentes murallas que lo rodeaban me dejaron sin palabras.

Y aquello fue antes de que me percatara de que había sido construido dentro del tronco de un árbol colosal.

Unas ramas desnudas se alzaban más allá de las murallas y protegían el patio del torreón del cielo oscuro y sin estrellas. No se parecía a nada que hubiese visto con anterioridad. El árbol era muy antiguo y primitivo, el torreón, medieval, y revelaba el último contacto que aquella Tierra Alterna había tenido con nuestro mundo mortal.

Las Inmortalidades que había leído habían sido creadas mucho después de que la última hechicera fuese exiliada de Ávalon. Ninguna de ellas había visto aquel paisaje con sus propios ojos.

—¿Qué es ese árbol? —le pregunté a Betrys.

—Lo llamamos «la Madre» —me contó—. Fue lo primero que tuvo vida en esta isla. El primer regalo de la Diosa.

Si bien el agua que había en el profundo foso que rodeaba la estructura era turbia y solo alcanzaba unos cuantos centímetros de altura y el resto del foso estaba lleno de unos hierbajos enfermizos, resultaba imposible cruzarlo sin la ayuda de un puente. Me sentí aliviada al ver que unas antorchas iluminaban los muros y que las siluetas de hombres y mujeres se alzaban sobre nosotros.

—¡Abrid las puertas! —gritó la sacerdotisa de cabello plateado. Su montura marchó sobre las piedras del camino, tan ansiosa como todos nosotros por dirigirse al interior.

El viejo puente levadizo de madera bajó poco a poco y crujió por su propio peso. Casi no había tocado el suelo cuando la sacerdotisa empezó a cruzarlo a toda carrera. Una compuerta de rejas metálicas se alzó detrás de los muros y reveló el patio oscuro que había más allá.

Betrys y yo íbamos en la retaguardia del grupo, y, en cuanto cruzamos, la compuerta descendió y el puente se volvió a alzar.

Varios hombres que iban vestidos con placas de armadura, algunos de ellos armados con toscas espadas y otros con arcos bastante rudimentarios, se apresuraron a darnos alcance.

—Bendita sea la Madre —dijo uno conforme la joven de pelo plateado se bajaba de su caballo—. ¿Eran ellos...?

—¿La fuente de la luz? —terminó Betrys por él—. Sí. ¿Podéis encargaros de los caballos?

—Pero... —empezó otro hombre, mirándonos con una expresión entre la confusión y la fascinación—. ¿Quiénes son?

Betrys se bajó de su caballo y estiró las manos para ayudarme. No me había percatado de lo alta —o fuerte— que era hasta que prácticamente me bajó del caballo como si fuese una mocosa.

—Haced lo que Caitriona os diga —me dijo en voz baja—. No discutáis lo que sea que tenga planeado para vosotros. Lo resolveremos pronto, pero ella tiene un protocolo que prefiere seguir.

Nos condujo por el impresionante torreón, entre edificios burdos y estructuras de madera construidas con prisa y más allá de una pequeña arena de entrenamiento llena de blancos de arquería, postes maltrechos para practicar con la espada y muñecos de entrenamiento llenos de paja.

Caitriona nos hizo seguir avanzando y guio a Neve del hombro por una angosta escalera de caracol arrimada en la esquina más a la derecha de los muros. Sin embargo, en lugar de subir a las murallas, nos dirigimos hacia abajo.

Y más abajo.

Y más más abajo.

Cuando ralenticé un poco el paso, Betrys me dio un empujoncito para que siguiera andando. La peste a paja, excrementos de rata y humedad salió a nuestro encuentro en la entrada, como una reveladora advertencia de lo que encontraríamos dentro de aquella cámara.

Una vez que Caitriona entró y sacó un pesado llavero de un gancho en la pared, las velas que delineaban el angosto pasadizo se iluminaron de pronto. Eliminaron la fina capa de niebla que había quedado atrapada en aquella oscuridad, y, gracias al poco brillo que otorgaban, pude distinguir seis celdas con barrotes de hierro.

Caitriona abrió la que tenía más cerca y guio a una evidentemente exhausta Neve a su interior. La hechicera vio la forma en la que Caitriona aferraba su varita y pareció como si quisiera decir algo. Nos habían retirado las armas antes de que nos montáramos a los caballos, pero, tras llegar al calabozo, nos quitaron las ataduras para también quedarse con nuestras mochilas. El estómago se me hizo un nudo cuando noté que Betrys tiraba de mi bandolera.

—Cortaré la tira si me obligas —me advirtió—. Os lo devolveremos todo, lo juro.

La fulminé con la mirada, pero se la entregué y aproveché la oportunidad para colarme en la misma celda que Neve. Sería más fácil planear alguna especie de escape si no estábamos todos separados.

La puerta se cerró con fuerza detrás de nosotras y nos encerró con un sonido que pareció hacer reverberar hasta la parte de atrás de mis dientes. A Emrys y a Cabell los obligaron a compartir una celda justo frente a nosotras, al otro lado del pasillo.

Sin ninguna promesa de cuándo iban a volver, Caitriona y las demás se marcharon, y sus fuertes pasos se oyeron contra las escaleras antes de desaparecer del todo.

—¿En serio? —grité tras ellas, mientras golpeaba las barras de mi celda con las manos—. ¿Un calabozo? ¿De verdad?

—Tams —me llamó Cabell, con una voz que denotaba lo agotado que estaba—. Por favor. Gritar no funcionó en Guiza ni en Atenas, así que no funcionará aquí tampoco.

—¿En cuántos calabozos habéis estado vosotros dos exactamente? —nos preguntó Emrys.

El recuerdo de aquellos dos encargos con Nash fue suficiente para ponerme de un humor de perros. Solté un fuerte resoplido por la nariz, me crucé de brazos y apoyé un hombro contra el frío metal.

Neve se apoyó contra la parte de atrás de nuestra celda con un suspiro cansado.

—¿Estás bien? —le pregunté.

—Define *bien* —dijo ella, tras dedicarme una mirada exasperada.

—Quiero decir si estás herida —insistí—. ¿Qué ha sido ese hechizo que has lanzado?

—No sé —contestó ella, sus palabras llenas de cansancio—. He entrado en pánico y ha salido sin más.

Cabell y yo intercambiamos una silenciosa mirada de comprensión. Si su maldición podía activarse debido al estrés o a una emoción repentina, tenía sentido que el poder de una hechicera funcionara del mismo modo.

Algo en la parte trasera de la celda llamó la atención de Neve. Se acercó a ello y, tras arrodillarse en el suelo, encontró el lugar en que una raíz enrollada en forma de puño había atravesado la pared de piedra.

—No puede ser —susurró para sí misma—. ¡¿Copica escarlata y también cola de pavo?! Neve, te ha tocado la lotería.

—¿En serio? ¿Cola de pavo? —preguntó Emrys, enderezándose.

—Tranquilo, hueletierra —dije—. Son setas y ya, no un tesoro escondido.

Para cuando llegué a su lado, Neve ya había sacado con cuidado varias setas pequeñitas de la raíz.

—¿Alguna de esas es comestible? —preguntó Cabell—. Porque me vendría bien algo para picar.

—¿Cómo puedes pensar en comida después de lo que acabamos de ver? —preguntó Emrys, horrorizado.

—Su estómago es su fuente de motivación más poderosa —repuse.

—Lo dices como si tu fuente de motivación no fuese ese café instantáneo que derrite esófagos —contraatacó Cabell.

—¡Eso fue lo que dije! —se jactó Emrys—. Y no, no son comestibles. Al menos no sin cocinarlas primero. La cola de pavo se suele consumir en polvo y...

—A nadie le importa, Dye —lo corté—. Bueno, quizás a Neve, supongo.

—Las setas molan —dijo ella, casi sin aliento por la emoción a pesar de su evidente cansancio—. Molan mucho.

—Porque... ¿las puedes usar para envenenar a alguien? —pregunté, sin entender el motivo de su emoción.

—No, claro que no. —Neve me dedicó otra mirada exasperada—. Porque son los heraldos de la muerte.

—Ah, ya, claro —dije, casi sin voz.

—Neve —la llamó Cabell—. ¿No te ha dicho nadie que puedes ser un poquitín macabra?

—Lo que quiere decir es que ayudan a la descomposición. Hacen que un material orgánico muerto se descomponga y devuelven sus nutrientes a la tierra —explicó Emrys, con la vista clavada en la pared que tenía enfrente—. Para que algo más pueda nacer de esa muerte. El hecho de que estén allí no vaticina nada bueno para la salud del árbol.

—Ah, genial —murmuré.

—No les tengas miedo a las setas —me dijo Neve, alzando la mirada en mi dirección—. Hay mucha belleza en la putrefacción.

—Si tú lo dices…

—A Tamsin le encantaban las setas —comentó Cabell.

—Ni se te ocurra —le advertí, aferrándome a los barrotes de mi celda y fulminándolo con la mirada.

Cabell sonrió.

—Creía que a las hadas pequeñitas y silvestres les gustaba usarlas como casitas diminutas y paraguas.

—¡Seguro que sí! —asintió Neve, emocionada—. Verás, la seta es el fruto del hongo, pero la parte más importante de este se encuentra bajo tierra; los conductos de micelios pueden conectar bosques enteros. Incluso los árboles los usan para comunicarse entre ellos. Estoy segura de que el árbol de la Madre está conectado a los del manzanal sagrado, quizás incluso a todos los árboles de la isla.

—Así es. Toda la vida silvestre está conectada con ese árbol —dijo Emrys—. ¿Por qué, si no, pensáis que la isla entera está muriendo?

Devolví mi atención a las raíces, y el aire frío y húmedo pareció enroscarse alrededor de mi rostro, como si me estuviese estudiando él también.

Tardé mucho en volver a hablar. O quizá no tardé nada. El tiempo no parecía tener ningún sentido bajo aquella tenue luz. Empecé a desplazarme por la celda, solo para mantenerme despierta. Al ver unos arañazos superficiales en la pared, me acerqué y les quité la suciedad. Entonces las extrañas letras cambiaron, se desplazaron y se convirtieron en algo que reconocí.

Parpadeé y me froté los ojos.

—¿Acabo de imaginarlo o las palabras que hay en esta pared han decidido transformarse al inglés?

—La Visión Única va más allá de la vista —me explicó Cabell, desde su celda al otro lado del pasillo. Se había tumbado de espaldas y estaba usando su chaqueta de cuero como almohada—. Traducirá los idiomas que veas o escuches al tuyo y también lo que pronuncies para aquel que te escuche.

—¿Perdona? —exclamé—. ¿Me estás diciendo que soy la única de la cofradía que de verdad tuvo que aprender a hablar griego antiguo y latín?

—Caray, Avecilla, ¿de verdad aprendiste esos idiomas? —me preguntó Emrys, con los ojos bien abiertos por la sorpresa.

Cabell me dedicó una mirada de consuelo.

—¿Qué es lo que hay escrito en la pared?

—Espera —le dije, cada vez más fastidiada—. ¿Podemos volver a la parte en la que nadie se tomó la molestia de comentarme eso de los idiomas?

—No quería hacerte sentir peor de lo que ya te sentías —se justificó Cabell—. Y, la verdad, después de un tiempo, pensé que lo habrías descubierto.

—¿Por qué nadie lo menciona en ningún libro? —pregunté— O en alguna Inmortalidad.

—Quizá porque es algo básico entre los que sí tienen la Visión Única —sugirió Cabell—. Ya sabes cuántos detalles históricos se han perdido de ese modo. Imagino que por eso ninguna de las Inmortalidades menciona el árbol de la Madre tampoco.

Le dediqué otra mirada fulminante.

—¿Algún otro secreto olvidado que quieras comentarme?

—No, aunque sigo queriendo saber lo que dice allí —contestó él.

Me giré y lo leí en voz alta para ellos:

—Él es el camino. —Había otra frase arañada en la pared justo a la derecha de aquella—. Conoceréis nuestro dolor.

—Un poco retorcido —dijo Emrys—, pero interesante.

—Despertadme si las cosas se ponen más interesantes —añadió Cabell, haciendo un ademán con la mano.

Tras un rato, yo también me senté y me apoyé contra la pared opuesta a la que se encontraba Neve, quien se había hecho un ovillo y se había quedado dormida. Emrys me imitó en su celda desde el otro lado del pasillo.

Entorné los ojos bajo la tenue luz de las velas cuando lo vi llevarse una mano al interior de su bota y sacar una pequeña navaja y luego un trozo de madera del bolsillo de su chaqueta.

—¿Cómo carajos te las has ingeniado para que no te quitaran eso? —quise saber, pues nos habían cacheado a conciencia.

—¿Te crees que le voy a revelar mis secretos a mi única rival de verdad? —preguntó, dedicándome un guiño de lo más exasperante—. Aunque, si estás de humor para jugar un rato «dos verdades y una mentira»…

—Paso, gracias —lo interrumpí, poniendo los ojos en blanco. Si bien nos había ayudado antes, por mucho que hubiera sido a través de sus mentiras y su encanto característico, claro, aquello no significaba que tuviese que dejarme encandilar por él y sus tonterías excéntricas.

—Como veas. —Volvió a su tarea de tallar madera y se centró en ella con una intensidad de lo más sorprendente.

—¿Qué se supone que va a ser eso? —me oí preguntar.

Alzó la mirada, y fue entonces que me percaté de lo pálido que estaba y de la mancha oscura en la manga de su jersey: no se había vendado la herida.

—Ni idea —respondió—. Aún no se ha dejado ver del todo.

Tenía los tejanos rasgados a la altura de la rodilla, un tajo limpio que me había hecho una de las criaturas con sus garras, por lo que me fue más fácil rasgar un trozo de la tela. Emrys alzó la mirada ante el sonido.

—Toma. —Arrugué la tela en una bolita y la lancé hasta el otro lado del pasillo.

Esta cayó justo detrás de los barrotes de su celda, y Emrys se la quedó mirando.

—Sé que no está precisamente limpia, pero tienes que vendarte ese brazo —le dije—. Si te desangras y te mueres, no pienso arrastrar tu cadáver por todos esos escalones. Dado el tamaño de tu ego, solo tu cabeza debe pesar más de veinte kilos.

—Incluso con esto, todavía me debes una —insistió, antes de estirarse con cuidado entre los barrotes tanto como pudo hasta alcanzar la tela con los dedos.

—Tú y tus favores —me quejé—. Tal como lo veo, estamos en paz.

—Nos he traído hasta aquí, ¿a que sí? —dijo—. Tanto por la ofrenda como por convencer a Septimus de que todos vosotros teníais que venir.

Puse los ojos en blanco con tanta fuerza que me hice un poco de daño con el gesto.

—Y yo pensando que habías engañado a los secuaces de tu padre en un arrebato de decencia. Además, la botellita es cosa de Madrigal, así que no cuenta.

—Bueno, estamos en paz, entonces. —Se ató la tela sobre la herida de su brazo—. Gracias, de todos modos. ¿Cómo estás tú?

El corazón me dio un vuelco para nada bienvenido ante la forma en la que se puso a examinarme bajo la titilante luz de las velas.

—Estoy bien —le dije.

Pero los recuerdos estaban allí cuando cerraba los ojos. El miedo cuando las extremidades arácnidas de las criaturas se habían cernido sobre mí. La peste a muerte de su cálido aliento. La mirada de furia incontenible de Septimus.

—Estoy bien.

—Eso ya lo has dicho. —Emrys estiró una mano a través de los barrotes de nuevo, como si necesitara comprobar la distancia que había entre nosotros.

El crujido enfermizo de los huesos y los cartílagos. El sonido húmedo de la sangre al estrellarse contra el suelo cuando habían despedazado a Septimus. El modo en que su último aliento había sido un grito.

Pese a que las criaturas lo habían descuartizado, quien lo había matado había sido yo.

Me abracé las rodillas al pecho en un intento por concentrar algo de calor dentro de mi cuerpo. Era extraña la forma en la que había tardado tanto en asimilar aquel hecho, pero, dado que ya era consciente de él, era como si se hubiese materializado y fuese otro prisionero más dentro de nuestra celda, encadenado a mi conciencia.

—Se lo merecía, ¿verdad? —dije, casi sin voz.

—Sí —dijo Emrys, y la palabra pareció arder por su intensidad. Se giró más hacia mí y aferró los barrotes con la otra mano—. Mírame.

No sé por qué, pero lo hice.

—*Sí* —repitió—. Y en cualquier momento en que lo dudes, en cualquier momento en que empieces a preocuparte por haber hecho algo incorrecto, te lo diré. Incluso si estamos viejos y canosos y apenas puedo recordar mi propio nombre, esto sí que lo recordaré y seguiré diciéndote lo mismo.

Suspiré, despacio, y apoyé la cabeza contra las piedras húmedas. Habría sido tan fácil estirar mi propio brazo por entre los barrotes y comprobar cuán cerca estaban nuestros dedos... Habría sido muy fácil darle las gracias.

Solo que el modo en el que me estaba mirando... Sus palabras habían desatado algo en mi interior, y la tensión se había propagado hasta que el cuerpo entero se me había puesto insoportablemente tenso. Como si cualquier palabra, cualquier movimiento, pudiese retorcerlo un poquitín más hasta que terminara quebrándose, y entonces yo me vendría abajo. No sabía qué pasaría entonces. Y no quería saberlo, tampoco.

Así que corté aquel hilo.

—Qué discurso más conmovedor, Niño Bien —le dije, y él dio un respingo ante el mote—. Aunque preferiría que me contaras por qué has aceptado este encargo y por qué te preocupa tanto que Papi Querido se entere.

Emrys respiró hondo, pero no dijo nada. Volvió a meter su brazo por entre los barrotes de metal y lo acomodó sobre su regazo. Cualquier pizca de culpabilidad que hubiese sentido al alejarlo se evaporó ante su silencio. Seguía diciendo aquellas palabras —«confía en mí», «créeme»—, pero, cuando se trataba de él, eran tan insustanciales como el humo y las tinieblas. Como su actuación con Septimus y sus esbirros.

—Voy a encontrar ese anillo, Tamsin —me dijo.

—No —le prometí—. No lo harás.

Cabell se incorporó de pronto del suelo y acercó la oreja hacia las escaleras.

—¿Qué pasa? —le pregunté.

Alzó una mano para hacerme callar.

— *... hay reglas. Debemos seguir un proceso en estos casos.* —Las palabras resonaban por las piedras. Reconocí la voz nítida y grave de Caitriona, además de la arrogancia que salía disparada con cada palabra como si se tratara de una flecha con punta de acero.

—*Has hecho lo correcto. Nunca está de más ser precavida, en especial en tiempos como estos.* —Me puse de pie de un salto al oír la voz masculina y desconocida que le respondió.

—*Hay una diferencia entre la precaución y la crueldad* —dijo otra voz, también joven y femenina, con un tono ligeramente fastidiado—. *¿Por qué no fuisteis a buscarme para que curara sus heridas? ¿O estabais demasiado ocupadas al no preguntarles por qué han venido hasta aquí?*

La joven apareció un segundo después, bajando los escalones deprisa, con Caitriona pisándole los talones. Llevaba un sencillo vestido azul atado a la altura de la cintura, aunque el color se había desteñido hacía mucho tiempo, a la vez que la tela estaba desgastada. Su cabello se enroscaba de forma natural como ondas en el agua, y, mientras la iluminaba la luz de su lámpara, vi que era de color azul. Su piel del color del ámbar estaba sonrojada por el fastidio. Sus cejas eran gruesas y marcadas, su nariz, pronunciada, y sus labios esbozaban un mohín, pero sus pupilas, rodeadas por un inusual brillo azulado, eran unos pozos de expresión amable y llenos de sentimientos.

—Lo que me temía —dijo, apoyándose las manos en las caderas—. Qué pena que dais.

—Eso lo resume bastante bien —dijo Emrys, usando su brazo bueno para tomar impulso y ponerse de pie. Incapaz de resistirse a la tentación de coquetear un poco con la recién llegada. Típico.

La joven chasqueó la lengua al ver la venda improvisada que le había dado.

Los otros llegaron tras ella. Caitriona se había quitado su armadura y llevaba una túnica de lino suelta atada en la cintura y unos pantalones oscuros remetidos en botas de cuero. Alzó la barbilla para dedicarnos la misma mirada de sospecha que nos había lanzado en el bosque.

—Muy amable por tu parte acordarte de que existimos —murmuré—. ¿Quién es sir Protestón?

—¿Cómo te atreves a hablar de él con semejante desparpajo? —empezó a decir Caitriona, llevándose una mano a la daga que tenía atada al muslo.

El hombre alzó las manos en su dirección.

—Tranquila, Cait, no pasa nada.

Era de estatura media, y su cabello plateado solo dejaba ver unos cuantos mechones de su anterior tono rubio. Tenía una barba espesa, bien arreglada, y una cicatriz un tanto espléndida que lo marcaba desde el puente de la nariz hasta la mejilla derecha. Una de sus manos estaba cubierta por un guantelete de armadura, y me llevó varios y largos segundos comprender que no había una mano debajo de él.

En respuesta, él me estudió del mismo modo con sus serios ojos gris azulado y un ceño fruncido.

Caitriona se alejó hacia la escalera al oír sus palabras, enfurruñada. Mantuvo la vista en él y se quedó cerca, como si estuviese esperando alguna otra orden.

—Nuestra Cait es toda delicadeza —dijo la otra joven, antes de alzar una mano hacia ella y menear los dedos en su dirección, a la espera. Caitriona le dedicó una mirada de lo más fastidiada y le entregó el pesado llavero que llevaba en el cinturón.

»Soy Olwen —se presentó la chica, mientras se dirigía a abrir la celda de Emrys y Cabell primero—. Este de aquí es sir Bedivere, protector del torreón y de todos los que vivimos en su interior.

El caballero inclinó la cabeza en una pequeña reverencia ante la mención.

—O al menos lo intento con estos viejos huesos que tengo.

Cabell me buscó la mirada en cuanto salimos de nuestras celdas. Sabía a la perfección lo que estaba pensando porque Nash, en sus muchas historias, se había asegurado de que solo hubiese un pensamiento en nuestras mentes: ¿sería *el* Bedivere de los caballeros de Arturo?

Observé al hombre para tratar de evaluarlo por encima. Lo que recordaba de las efusivas historias de Nash era que Bedivere había sido el mariscal del rey Arturo y uno de sus compañeros más cercanos, por lo que había sacrificado una mano en batalla para proteger a su rey.

Había sobrevivido a la batalla final de Arturo y lo habían enviado a devolver la famosa espada Excalibur a la suma sacerdotisa de Ávalon. Bedivere lo había hecho a regañadientes, tanto que el rey moribundo lo había tenido que amonestar para que llevara a cabo su tarea. Tras ello se había recluido y había pasado al olvido al vivir como ermitaño.

O eso decían las historias.

Si aquel era el verdadero Bedivere, y si había algo de verdad en las muchas historias que se contaban sobre él, quizás hubiera acompañado al cuerpo de Arturo hasta Ávalon, hacia su lugar de descanso eterno. Al rey durmiente se le mantenía con vida gracias a la magia, hasta que llegara el día en que se le necesitara una vez más.

Pero aquello significaría que Bedivere tenía cientos de años, más de mil, de hecho. Sabía que las Tierras Alternas habían sido retiradas del reino mortal a través de un encantamiento que las había extraído del flujo natural del tiempo. Aunque había asumido que existían en un estado de suspensión, casi como un aliento contenido, algo similar al tiempo debía transcurrir en aquel lugar, incluso si era algo distinto al nuestro. De lo contrario, ¿cómo sería posible que cualquier persona creciera o envejeciera?

Claro que… las hechiceras vivían muchísimo tiempo. ¿Quién podía decir que la misma magia que se aplicaba a sus vidas no les ofrecía alguna especie de inmortalidad a la gente de aquel lugar?

—¿Y vosotros tenéis nombres? —preguntó Olwen.

—Ah, sí, cierto —se excusó Cabell, para luego presentarnos a todos.

Olwen rodeó a Neve, cuyo cansancio era más que evidente y prácticamente no podía mantenerse erguida.

—¿Tú debes ser la hechicera? Claro que sí. Vaya, una oye historias, pero no se pueden comparar. Eres del mundo mortal, ¿verdad? Tu forma de vestir es fascinante. —Se giró hacia Emrys y tocó con cuidado el vendaje de tela tejana que llevaba en el brazo—. ¿Qué tipo de tela es esta?

—Olwen —la llamó Caitriona, cortante—. Si tienes que curarlos, hazlo de una vez para que podamos descubrir cuál es su propósito al haber venido hasta aquí.

La otra sacerdotisa se balanceó sobre sus talones.

—Tendré que llevármelos a la enfermería, por supuesto.

—Por supuesto —repitió Caitriona, el vivo retrato de la exasperación.

—Todas mis herramientas y tónicos están allí —siguió Olwen, para luego hacer un ademán dramático hacia el brazo de Emrys—. ¿Dejarías que este pobre y exhausto viajero sufriera de podredumbre? ¿Debería afilar mis cuchillos y resignarme a cortarle el brazo antes de que se infectase?

Emrys dio un brinco, sobresaltado.

—¿Cómo dices?

—Vale —dijo Bedivere, conciliador—. Te hemos entendido, querida. —Se giró hacia nosotros y, con un gesto de la cabeza, añadió—: Por aquí.

15

La enfermería de Olwen se encontraba en el amplio patio fuera del torreón, justo al lado de la pequeña arena de pelea que había visto antes en lo que seguramente no era ninguna coincidencia. La estructura de piedra llevaba muchísimo tiempo allí, a juzgar por la inclinación de sus cimientos y los transitados surcos que se dirigían hasta la puerta.

Un aroma terroso a plantas se entremezclaba con uno animal que surgía de las velas hechas de grasa que había desperdigadas por toda la estancia. En un extremo había dos camillas, aunque la mayoría del espacio la ocupaba una mesa de trabajo llena de cacerolas y cuencos con hierbas molidas. Se trataba tanto de un apotecario como de un lugar de sanación.

La pared de atrás estaba delineada de estanterías que llegaban hasta el techo bajo y que estaban llenas de varias cestas y botes de cristal. Sus formas de flores y su tenue iridiscencia me hicieron preguntarme si no serían obra del pueblo de las hadas.

Pese a que el lugar era solo un poco más grande que el calabozo, de alguna forma, su espacio limitado lo hacía parecer más seguro. No había posibilidad de que nada ni nadie se ocultara allí.

Razón por la cual me sorprendí tanto cuando casi me tropecé con una pequeña figura agazapada detrás de la mesa de trabajo que rebuscaba entre las cestas que había en la estantería de abajo.

—¡Pulga! —exclamó Olwen, echándola—. Ya te has comido las últimas bayas secas que me quedaban. ¡Fuera de aquí!

—Tenías más, ¡yo las vi! —se quejó la niña. Por su apariencia, no podría tener más de diez años, con sus extremidades largas y delgaduchas como los huesecillos de un gorrión.

—Son bayas de saúco, so zopenca —dijo Olwen, agachándose para mirar a la niña a la cara—. Con que te comas una, hará que te pongas tan mala de la barriga, escúchame bien, que no te gustará cómo te sabe la cena cuando te vuelva a pasar por la lengua.

La niña hizo un mohín, y su carita pálida como la nieve estaba manchada con tierra y suciedad.

—Eres una borde de lo peor. ¿No tienes algo mejor que hacer? ¿Irte *pal* estanque a por un baño o así?

Olwen entornó los ojos, y los aros azulados y brillantes que rodeaban sus pupilas parecieron relucir en forma de advertencia. Pasé la mirada entre ella y la niña, sin entender nada.

—Esta de aquí es Fayne, mejor conocida como Pulga —dijo Caitriona, señalando con la mano a la niña. Pulga se puso de pie de un salto y se colocó a su lado, no sin antes fulminarnos a todos con la mirada.

—¿Y estos quiénes son? —preguntó, recelosa.

—Quiénes son *ellos* —la corrigió Caitriona con una amabilidad que me sorprendió. Le quitó la mano de la boca a la niña en cuanto empezó a morderse las uñas—. Y eso es lo que querría saber yo.

—Pero antes... —interrumpió Olwen—. ¿Quién es el que está sangrando más? —Cuando nadie le respondió de inmediato, se giró hacia Emrys—. Me temo que eres tú. Siéntate en la camilla y quítate la túnica, por favor.

Emrys vaciló y se retorció un poco sus manos enfundadas en guantes.

—Preferiría no hacerlo, si no te molesta.

Olwen se giró, confundida.

—No tienes por qué ser modesto conmigo, tranquilo.

—Oh, no. No es por ti que lo digo —dijo él, mientras se sentaba sobre la tensa superficie de la camilla. Tras desatarse el vendaje, se quitó la chaqueta cubierta de mugre y se apartó un poco la manga de su jersey y de la camiseta que llevaba abajo—. ¿Podrías cortarlos y ya?

—¿Perdiste una apuesta y te hiciste un tatuaje cutre o algo así? —preguntó Cabell, apoyándose contra una pared. Al estar cubierto de sangre y suciedad, Emrys ya no parecía un príncipe azul.

—Sabes que me encantan las apuestas, pero no. No todos podemos ser tan estoicos o varoniles como tú, Lark —repuso Emrys.

Si bien estaba sonriendo, su voz tenía un tono cortante que no me había visto venir. Uno cuyos límites quise tantear, solo para ver qué pasaba.

—¿Te puedes quitar los guantes al menos? —quise saber.

Neve se meció un poco sobre sus pies y se apoyó en mi hombro. La atrapé antes de que terminara en el suelo.

—¿Neve? ¿Estás bien? —le pregunté, y Cabell se acercó al otro lado para ayudarme a dejarla sobre la única silla que había en la enfermería.

—Mmm... bien —dijo ella, cabeceando un poco—. Pelín... cansada. —E intentó hacer un ademán para restarle importancia.

Olwen no tardó ni un segundo en acercarse.

—Te ha pegado fuerte haber usado toda esa magia de sopetón, ¿a que sí? Pulga, haz algo de provecho y enciende un fuego, ¿vale? ¿Recuerdas la mezcla para el tónico de calor?

—Una cucharada de canela, una cucharada de lengua de sapo... —empezó a enumerar la niña, a regañadientes.

—¡¿Cómo?! —preguntó Neve, abriendo los ojos de pronto.

—Está bromeando —aclaró Bedivere.

—Eso ha sido muy cruel —le dijo Olwen a Pulga—. Y tienes que demostrarme que has estado estudiando.

Pulga soltó un resoplido, pero se puso manos a la obra. Encendió un fuego y dispuso un pequeño caldero sobre él. Usó una jarra que había cerca para llenarlo con agua y, en una voz de lo más petulante que hizo que me cayera bien de inmediato, empezó a recitar:

—Una cucharada de canela y tres de manzana. Hervir durante quince minutos.

—Apenas nos quedan manzanas —se quejó Caitriona—. Los frutos con los que nos bendice el bosque sagrado no pueden ser malgastados con hechiceras...

—De verdad, no pasa nada —dijo Neve, con voz débil—. Solo necesito descansar.

—Sin una buena taza de tónico, necesitarás dormir quince días si pretendes recuperar las fuerzas —le explicó Olwen—. Hemos visto tu luz desde aquí. No ha sido poca cosa.

Caitriona soltó un resoplido burlón y pareció querer hacer un comentario mordaz en respuesta, pero Bedivere apoyó una mano en su hombro en un gesto tranquilizador.

—Empecemos con cómo han llegado hasta la isla, ¿os parece? —sugirió él—. Los caminos llevan sellados muchísimo tiempo.

—Están buscando a su padre —explicó Neve, medio dormida.

Me giré hacia ella, presa del espanto. Me devané los sesos para dar con alguna excusa, alguna especie de mentira que pudiese borrar lo que la hechicera acababa de soltar.

—No, no. Estábamos... Queríamos...

Con un solo comentario, Neve había expuesto nuestro plan y había echado a perder cualquier intento por inventarnos una tapadera.

—¿Lo que dice es cierto? —preguntó Bedivere. Para mi sorpresa, tanto él como las demás parecían intrigadas.

—Sí —contesté, tras unos segundos. Debía admitir, así fuese a regañadientes, que las mejores mentiras solían contener algo de verdad—. Creemos que se ha... desorientado entre la niebla. Quizás haya estado buscando una forma de llegar hasta aquí.

Pulga se puso de pie de un salto desde su lugar junto a la hoguera, y su rostro tenía un brillo que iba más allá del que le otorgaba el fuego cercano mientras dirigía su atención a Caitriona.

—¡Oh! Puede que sea...

—Chitón —la interrumpió Caitriona, cortante—. ¿No tienes tareas que atender, Pulga?

—*Pos* ya acabé —replicó la niña.

—¿Qué ibas a decir? —le insistí. Las palabras de la niña habían hecho que el corazón me diera un vuelco por la posibilidad, pero Pulga se limitó a fulminarme con la mirada antes de situarse frente a Caitriona.

El crepitar del fuego fue el único sonido que se oyó entre nosotros durante varios segundos.

—No quiero molestar, pero... —dijo Emrys, con voz débil—. No me habría quitado el vendaje si hubiese sabido que os ibais a poner a charlar primero.

—Ay, cielo, claro —exclamó Olwen.

Recogió un par de tijeras de su mesa de trabajo y se dispuso a cortar la manga de Emrys y a quitarle trocitos de tela de sus heridas abiertas. Emrys siseó de dolor cuando la chica le untó las heridas con algo que olía ligeramente dulce y para nada a alcohol.

—Asumo que, como habéis viajado con una hechicera —empezó Bedivere—, todos sois conscientes de la verdadera naturaleza de la magia y de las Tierras Alternas. Aun así, sin saber cuál había sido el destino de Ávalon, ¿por qué habría decidido aventurarse a buscar la isla?

—Eso es lo que queremos saber nosotros —repuse—. Era uno de los Sagaces, así que conocía las historias sobre la isla.

—¿Los Sagaces? —repitió Olwen—. No me suena ese término.

—Las personas que nacen en nuestro mundo con algún tipo de don para la magia —explicó Cabell.

—Ya veo —dijo ella—. ¿Es porque son descendientes de criaturas distintas? Por ejemplo, mi madre era una náyade, una ninfa del agua. Y nuestra hermana Mari es élfica. Nacimos con habilidades que nuestras hermanas no poseen.

—Nadie lo sabe con certeza —contestó Cabell—, pero puede ser.

No me había percatado de que las sacerdotisas de Ávalon pudieran ser algo que no fuese humanas, pero al menos aquello explicaba el cabello y los ojos poco comunes de Olwen.

—¿Qué tipo de dones para la magia? —quiso saber Pulga.

—Pues, por ejemplo —empezó a decir Emrys, mirando hacia el estante que tenía sobre la cabeza, donde unas hierbas se secaban—, puedo decirte que eso de ahí es marrubio y que se suele usar para aliviar la tos. ¿Verdad?

Si bien Pulga no pareció afectarse para nada, Olwen lo miró, encantada.

—Pero qué listo. ¿Cómo lo sabes?

—Porque me lo ha dicho. —Emrys se encogió de hombros—. También puedo contarte que la plantaste en una tierra prácticamente infértil, que sabía lo que era cuando salió de sus semillas y que peleó para abrirse paso por la tierra, pero que nunca consiguió ver el sol. Que conoce su propósito y tu cara y que no le queda mucha vida tras haberla cortado de sus raíces. Le queda cada vez menos conforme los manojos se secan, aunque no es algo doloroso.

Olwen se estiró hacia la estantería que tenía cerca y tomó una cajita de plata. Cuando la abrió, un aroma dulce como la miel se expandió por el ambiente. Tras recoger una cantidad considerable del ungüento amarillo con los dedos, aplicó una gruesa capa sobre las heridas de Emrys. Estas dejaron de sangrar del todo, para luego secarse y cicatrizarse.

—Tiene que ser magia. Eso o te has dado un buen coco en tu camino hacia aquí —dijo Olwen, a media voz—. Hablar con las plantas… vaya. Podemos sentir que tienen vida, por supuesto, pues la Diosa les otorgó un alma, pero ¿que puedan sentir y pensar?

—Claro que sí —asintió Emrys—. Y también tienen recuerdos.

—Como decía —los interrumpí—. A nuestro... eh... padre —me dolía decir aquella palabra— le encantaban las historias sobre la isla. Puede que haya encontrado un modo para llegar hasta aquí, algún desgarro en los límites entre nuestro mundo y el vuestro. O quizás haya caído por ahí por accidente.

—A mí me preocupa más el hecho de que la hechicera pudiera abrir el camino —dijo Caitriona—. Las protecciones antiguas todavía están en pie. ¿Qué clase de trampas has usado? ¿No es suficiente que las de tu calaña hayáis envenenado nuestras tierras con vuestras maldiciones?

—Espera, espera... —la interrumpí—. ¿Creéis que las hechiceras maldijeron Ávalon cuando las expulsaron? ¿Cuánto tiempo lleva la isla de este modo?

Caitriona hizo una mueca de disgusto.

—Es una maldición de larga duración. Ha ido alterando la tierra poco a poco con el transcurso de los siglos desde las sombras hasta que, hace dos años, se desató por completo.

—No puede ser —dijo Neve, con tono cortante—. Las hechiceras salvaron Ávalon. No tenían ninguna razón para destruir la isla.

Sus palabras fueron como si hubiese agarrado las tijeras de Olwen y hubiese apuñalado el corazón de Caitriona con ellas.

El rostro de la sacerdotisa se sonrojó por la furia contenida.

—¿Salvaron Ávalon? Tu especie traicionó a la Diosa, renunciaron a su fe y ahora solo servís a vuestros propios intereses.

—Las hechiceras aún creemos que la Diosa existe y que nos creó, solo que no creemos que tenga mucho que ver con nosotras en la actualidad, así que decidimos nuestros propios destinos —explicó Neve, atropellando un poco las palabras.

—Entonces no sabéis nada sobre la calidez de creer que una Madre amorosa se preocupa y vela por vosotras —dijo Caitriona—. Qué existencia más triste y oscura.

—No tienes ni idea de cómo es nuestra existencia —repuso Neve, con un tono más acalorado de lo que parecía posible dado que se notaba que estaba a punto de desmayarse—. La cuestión es que sin *mi especie*, como la llamas tú de forma tan grosera, *tu especie* habría dejado de existir hace mucho porque os negasteis a hacer lo que teníais que hacer. Así que: de nada.

Caitriona retrocedió como si fuese una serpiente a punto de atacar.

—¿De qué estáis hablando? —pregunté, alternando la mirada de una a la otra.

—Yo tampoco entiendo ni jota —comentó Cabell.

—Ni yo —dijo Emrys desde el fondo.

—Bendita sea la Madre... —suspiró Olwen—. ¿Tenemos que hablar del tema?

—Pues sí —contestó Caitriona, sin apartar la mirada de Neve—. Cuéntales tu historia llena de sangre y horrores y ni se te ocurra mentir.

—Encantada —repuso Neve, con frialdad—. Las hechiceras la llaman «la historia prohibida». La traición fue tan dolorosa que se maldijo el recuerdo de ella para que nunca pudiese ser registrada, ni siquiera en una Inmortalidad. No se puede leer, solo escuchar. Mi tía me la contó.

La historia prohibida. Había visto aquella frase miles de veces; las hechiceras la usaban para referirse a su exilio, pero sus recuerdos nunca contaban la historia en sí.

—¿Qué pasó? —pregunté—. ¿De qué traición habláis?

—Lo llamamos «la División»... —empezó Neve.

—El Abandono —la interrumpió Caitriona—. Nosotros lo conocemos como «el Abandono».

—Bueno, vale. El Abandono. Lo que importa es la historia, no el nombre. —Neve se sorbió un poco la nariz, y sus dedos se aferraron a la mesa—. Y la historia comienza con los druidas. Con lo que hicieron.

Me incliné hacia delante, atenta. Todos los Saqueadores sabíamos que al menos una orden de druidas había sobrevivido a la invasión romana en tierras celtas y que habían buscado refugio en Ávalon antes de que la Tierra Alterna fuese separada de nuestro mundo.

Más allá de eso, solo contábamos con los hechos más básicos sobre sus prácticas. Los druidas habían sido líderes, videntes y oradores. Si bien había habido algunas druidas mujeres en tiempos muy antiguos, cada vez hubo menos, hasta que los grupos estuvieron todos conformados por hombres. Varias Inmortalidades se burlaban de sus túnicas y tocados y de sus extraños métodos para predecir el futuro utilizando cucharas que goteaban. También había un dicho que a las hechiceras parecía encantarles: «Tan desanimado como un druida».

—En cuanto llegaron a Ávalon, los druidas, resentidos por su pérdida de posición, mostraron interés por una ambición más oscura. Buscaron al Señor de la Muerte, el amo de Annwn, el reino de los muertos retorcidos

—nos contó Neve—. Él les otorgó magia oscura para que pudieran superar el control de la suma sacerdotisa y pudieran gobernarse a sí mismos. Habrían convertido la isla en un lugar de devoción hacia su dios maligno, y no fue porque no lo intentaran.

—¿Lo intentaron cómo? —preguntó Cabell.

—Solía haber muchas sacerdotisas —explicó Olwen, para darle a Neve una oportunidad para recuperar el aliento—. Ávalon es…, mejor dicho, era un lugar pacífico. No tenían ningún motivo para temer a los druidas, con quienes habían trabajado codo a codo. Debido a ello, los druidas pudieron matar a muchísimas sacerdotisas, incluso a aquellas que aún no lo eran, mientras dormían. Y luego…

Olwen hizo una pausa y se tomó un momento para aclararse la garganta y calmarse un poco antes de continuar.

—Los druidas mataron a todas las jóvenes de la isla, como advertencia para quienes querían rebelarse ante su reinado, y lo hicieron mediante el poder del Señor de la Muerte, de modo que sus almas no pudiesen volver con la Diosa.

—Demonios. —Miré de reojo a Cabell, cuyo rostro parecía tan pálido como el mío debía estar.

—Las sacerdotisas que sobrevivieron, incluida la suma sacerdotisa, se refugiaron en los bosques, pero no se pusieron de acuerdo sobre lo que debían hacer a continuación —siguió Neve—. Veréis, debido a lo restrictivas que eran las reglas del culto de la Diosa…

—¡¿Cómo osas?! —la interrumpió Caitriona.

—Déjala hablar —dijo Olwen, alzando una mano para calmar a Caitriona.

—Como decía —retomó Neve—, hay ciertos… principios que se deben seguir para conservar el favor de la Diosa, entre ellos el hecho de que no se puede usar la magia por razones egoístas o para cobrar venganza.

—Ah —exclamó Emrys—. Vale, ya estoy entendiendo. Las sacerdotisas y las hechiceras utilizan la misma magia universal, la diferencia está en cómo la usan.

—Exactamente —dijo Caitriona—. Nosotras usamos nuestra magia para sanar, para cultivar nuestra isla y proteger a los que nos rodean.

—Lo cual es la razón por la que las nueve sacerdotisas, lideradas por la suma sacerdotisa Viviane, estaban dispuestas a entregarles su isla a los druidas para detener la matanza —dijo Neve, con intención—. Solo que otras siete, lideradas por Morgana, quien era la hermanastra del rey Arturo, como bien recordaréis, y con toda la razón del mundo —hizo una pausa para hacer énfasis en el comentario—, decidieron pelear y mataron a los druidas, y a las sacerdotisas que sobrevivieron se las exilió al mundo mortal por ello.

—Y esa es la razón por la que solo nueve sacerdotisas siguen al servicio de la Diosa —añadió Olwen—. Cuando una muere, se convoca a otra. Ha llevado un tiempo que nos convocasen a todas nosotras.

Neve se giró para mirar a Caitriona una vez más y, tras pelear contra el terrible cansancio que sentía, pronunció con voz firme:

—Morgana y las demás amaban Ávalon. Jamás le habrían lanzado una maldición a la isla.

—¿Cómo es posible que una maldición sea lo suficientemente fuerte como para convertir todo este lugar en unas tierras baldías? —pregunté.

Miré a Cabell y estudié su expresión para ver si captaba algo de lo que estaba pensando. Si fuese una maldición, él la habría notado. Mi hermano no me devolvió la mirada, aunque sí que se removió en su sitio y cambió su expresión a una neutra, lo que fue un indicativo suficiente. Se apoyó dos dedos contra la palma opuesta, nuestra señal para «después».

—¿Estás cuestionando mi honor? —dijo Caitriona, girándose hacia mí.

—Nadie ha hecho tal cosa —interpuso Bedivere, con su voz ronca y calmada—. No te olvides de que nuestro código también dice que todos los que se crucen en nuestro camino merecen verdad, amabilidad y buena disposición.

Cuando Caitriona volvió a hablar, se había calmado un poquito.

—Antes de que las exiliaran, las hechiceras plantaron las semillas de magia oscura de lo que consideran una maldición. Una de enfermedad y dolor que se mantiene hasta la fecha y que está pudriendo la isla.

—Si eso es cierto —dije—, ¿qué son esas criaturas? ¿De dónde han salido?

—Esas criaturas —empezó Caitriona, con una mirada fría— son nuestros muertos.

16

El silencio pareció romperse con distintas emociones que nadie pronunció en voz alta. Neve, con su evidente desolación. Caitriona, aún echando chispas de la furia que sentía. Olwen, con desaprobación. Bedivere, con incomodidad. Y Pulga, con su estupefacción de ojos muy abiertos mientras contemplaba a la primera hechicera que había visto en su vida.

El caldero olvidado siguió hirviendo sobre el fuego, y su contenido silbó y se derramó como si estuviese vivo. El sonido hizo que Olwen se pusiera de pie de un salto, y aquel pequeño movimiento fue suficiente para romper el silencio sofocante en el que las palabras de Caitriona habían sumergido a toda la sala.

El dulce aroma de las manzanas y la canela nos envolvió a todos mientras Olwen se mantenía ocupada sirviendo un poco del líquido caliente en una taza para Neve.

Neve sopló sobre la taza humeante antes de beber un sorbito. Su rostro cambió de inmediato, y su expresión se volvió suave por el asombro mientras observaba maravillada el contenido de su taza. Con un solo trago, ya tenía un mejor color y una expresión más alerta.

—Vuestros muertos… —empezó a decir Neve—. ¿Quieres decir que la maldición transforma a vuestros muertos?

—Exacto —contestó Caitriona, tajante—. Y de nuevo te pregunto, ¿cómo es que has llamado a la niebla y la has sometido a tu voluntad? ¿Cómo has atravesado las protecciones que tendrían que haberte repelido, hechicera?

—Me llamo Neve, no «hechicera» —dijo ella, antes de apretar una mano sobre el pequeño bultito que tenía escondido bajo su camiseta—. Y solo responderé ante la suma sacerdotisa de Ávalon.

—Qué lástima entonces, pues lleva muerta más de un año —repuso Caitriona, apretando la mandíbula—. La novena tiene ocho años.

A la niña, Pulga, se le subieron los colores y tragó en seco, incómoda. Aquel gesto fue suficiente para hacer que mi propio estómago se hiciera un nudo en un acto de simpatía. Sabía lo que era tener todos aquellos sentimientos enormes y no ser capaz de dejarlos salir nunca.

Pulga salió corriendo por el lado de Caitriona y Bedivere y se perdió en la noche.

Olwen se puso de pie tras atender el caldero y se llevó las manos a las caderas.

—¿Contenta? Mira lo que has hecho —dijo.

Caitriona echó la cabeza hacia atrás con un gruñido. Justo antes de salir hacia el patio, se giró por última vez y abrió la boca para decir algo más.

—No te preocupes, Cait —la interrumpió Bedivere antes de que la sacerdotisa pudiera decir nada—. Me quedaré con Olwen y me aseguraré de que nuestros visitantes lleguen a sus habitaciones sin ningún problema.

Caitriona se giró, con la espalda muy recta, hacia la puerta.

—Espera —la llamó Neve, con voz firme, antes de estirar una mano—. Mi varita, por favor.

Caitriona la apretó en su puño.

—Te la devolveré cuando decida que puedo confiar en ti.

—No la necesito para hacer magia —le dijo Neve, en un tono que pretendía ser ligero—. Y puedes sacudir tu melena brillante y plateada todo lo que quieras, pero no quiero ni necesito tu confianza. Y mucho menos tu aprobación.

Caitriona salió hacia la oscuridad hecha una furia y dando un portazo a sus espaldas que hizo que todas las botellas de las estanterías tintinearan.

—Qué maja —comenté, antes de rodearme con los brazos. Con las llamas luchando por seguir con vida tras haberlas empapado, la enfermería se había enfriado un poco.

Cuando pasó al lado de la hoguera, Olwen alzó una mano y susurró algo similar a un cántico, lo que avivó las llamas a pesar de la madera mojada. Neve observó el acto con ojos hambrientos, como si pudiese devorarlo con la mirada.

—Por favor, entendedla —dijo Olwen, devolviendo su atención a envolver el brazo de Emrys con un vendaje limpio—. Lo único que quiere Cait es proteger a los supervivientes. No quiero oír críticas.

La verdad era que ni Caitriona ni el resto de ellas me preocupaban. Habíamos llegado hasta allí por una razón, y aquello era lo único que me importaba.

—¿Tú también crees que lo que dice Caitriona es cierto sobre cómo se produjo la maldición de la isla? —le preguntó Emrys para liberar un poco la tensión que se había formado en el ambiente y alejar la conversación de cómo había llegado hasta allí.

—Creo que es una maldición, sí. Aunque estoy menos convencida de su origen. —Olwen apoyó la barbilla sobre su palma para pensar—. Ávalon alguna vez fue un lugar en el que las enfermedades no existían. Ni el hambre ni el sufrimiento. He leído sobre los males que azotan el mundo mortal y no puedo evitar ver los parecidos en cómo se ha expandido esta oscuridad.

¿Alguna especie de enfermedad o virus mágico? Era una idea aterradora, y no una que hubiese visto en ningún libro o Inmortalidad.

—¿Tu magia funciona con todas las plantas? —le preguntó Neve a Emrys. Cuando él asintió, le hizo otra pregunta—: ¿Y qué sentiste cuando estuvimos en el bosque? ¿Los árboles te dijeron algo?

—Nada de nada —dijo Emrys, conteniendo un escalofrío—. Fue horrible.

—Empezó hace dos años. —Olwen asintió, antes de respirar hondo—. La maldición vino a por los otros primero. Las hadas más pequeñas, las cuales no superan en tamaño a las flores, luego aquellos que cuidaban del bosque sagrado, los animales, incluso los árboles y sus dríades. Las náyades como yo.

Devolvió su atención a sus manos, para calmarse una vez más antes de continuar:

—Cualquier criatura que no buscase el refugio del torreón murió. Lo que quiere decir prácticamente todas. La magia oscura los puso enfermos y los mató, pero tuvo un efecto diferente en nuestros muertos. Hizo que... se alzaran de nuevo. Los transformó y corrompió sus mentes. Y ahora lo único que les importa es su hambre.

—Madre santa —susurró Neve.

—Los llamamos Hijos de la Noche porque cazan a esas horas —explicó Olwen—. Están vivos, y, aun así, ya no siento nada de la Diosa en ellos. No parecen soportar ningún tipo de luz, y solo el fuego los puede detener. Y, por suerte para ellos, los cielos han quedado cubiertos de sombras. Solo tenemos unas pocas horas de luz solar por las mañanas antes de que vuelva la oscuridad.

—Eso tiene que complicar muchísimo la tarea de cultivar cualquier cosa —dijo Emrys.

—Tenemos algunos encantamientos para replicar la luz solar, aunque, conforme la oscuridad se extendió, perdimos muchos bosques y campos por la plaga —repuso Olwen—. Como os podréis imaginar, Ávalon ahora sabe lo que es el hambre.

—Pero nos las arreglamos como podemos gracias a las Nueve —dijo Bedivere con amabilidad—. Nuestras reservas de comida nos durarán algunos meses más.

Olwen esbozó una pequeña sonrisa ante el halago.

—¿Y de verdad no tenéis ni idea de qué ha podido causar todo esto? —insistió Cabell.

—Caitriona tiene su teoría, como bien habéis oído —dijo Olwen—. Algunas de mis hermanas piensan lo mismo, mientras que otras creen que la tierra enfermó porque la Diosa nos dio la espalda tras la matanza.

—¿Y qué pasa con los druidas? —pregunté—. Decís que adoraban al Señor de la Muerte y que usaron la magia que él les otorgó, que masacraron hasta a niños. ¿Por qué no están más arriba en la lista de sospechosos?

—Puede que ellos sean la causa de todos nuestros males —repuso Olwen—. Pero nos criaron bajo la creencia de que la decisión de las hechiceras fue la peor de aquellas dos traiciones, porque vino de quienes nuestros ancestros querían más y en quienes más confiaban.

Solté un resoplido.

—Eso es absurdo.

—Puede ser, pero el dolor tiene muchas caras: enojo, sospecha, miedo… —dijo Olwen a media voz—. Cuando a mis hermanas y a mí nos convocó la Diosa, tuvimos que dejar a nuestras familias y nuestros hogares para venir al torreón y entrenar. La suma sacerdotisa Viviane se convirtió en una especie de segunda madre para nosotras. Nos enseñó todo lo que sabemos sobre la Diosa, la magia y los rituales. Pero su dolor por el Abandono también fue parte de esa herencia, y es difícil dejarlo de lado porque parece que la estamos dejando de lado a ella también.

—Un momento —dijo Cabell—. ¿Viviane? ¿Había más de una suma sacerdotisa con ese nombre?

—Solo una —confirmó Olwen con una sonrisa triste—. Y para responder lo que sospecho que será tu siguiente pregunta, sí, cuando murió tenía cientos de años. Probablemente casi mil, si midiésemos su vida por el paso del tiempo más rápido que hay en vuestro mundo.

—Incluso teniendo en cuenta las distintas líneas de tiempo —empecé, contenta por al menos haber confirmado aquel detalle—, ni siquiera las hechiceras viven tanto tiempo. ¿Cómo lo hizo?

—La magia del voto que le hizo a la Diosa, aquel que todas hacemos como sacerdotisas, la mantuvo con vida hasta que nueve sacerdotisas nuevas nacieron —explicó Olwen—. El Abandono fue una herida en el corazón de Viviane, y nunca perdonó a aquellas que lo causaron. Algunas de mis hermanas han heredado ese sentimiento, aunque ni de cerca de forma tan intensa.

—¿Y tú? —preguntó Neve.

—Si bien entiendo por qué las hechiceras hicieron lo que hicieron, no puedo excusarlo —contestó la sacerdotisa—. Y sé que sir Bedivere opina lo mismo.

—Así es. —El anciano caballero estaba apoyado contra el marco de la puerta y parecía pensativo—. La ambición de los druidas era tanta que parece posible que le desearan el mal a Ávalon solo por no poder gobernar sus tierras.

—¿Habría algún modo de comprobarlo? —preguntó Cabell—. ¿La magia de la muerte no daría una sensación distinta comparada con la que usamos nosotros?

—No sabría decirlo —repuso Olwen—. Solo tenemos una pista sobre el origen de la enfermedad.

La sacerdotisa se dirigió hacia las estanterías, y sus dedos resiguieron lomos de libros encuadernados y pergaminos hasta dar con un tomo pequeño cuyas gruesas páginas de papel rústico estaban atadas con una cuerda. La Visión Única entró en acción y emborronó los símbolos de la primera página hasta que estos formaron palabras que pude entender: *La sabiduría de la Madre*.

—Aquí está… —dijo Olwen, antes de aclararse la garganta y disponer su lupa frente a su ojo—. «Tres magias a las que temer: maldiciones que provienen de la ira de los dioses, venenos que convierten la tierra en cenizas y aquella que deja el corazón oscuro y plata en los huesos».

La sacerdotisa dejó el libro a un lado.

—No existe ningún registro de esa enfermedad, la plata en los huesos, en ningún otro lado. Estoy segura de que la sanadora del torreón lo habría anotado en sus propios registros, pues examinó a varias hechiceras y también a druidas que murieron en combate, pero…

Olwen se dirigió de vuelta a la mesa y sacó lo que parecían ser unas largas pinzas de un rollo de cuero repleto de herramientas. Luego, tras rebuscar entre algunos de los botes y las cestas cubiertas, encontró un bote que parecía bastante pesado y lo llevó desde la estantería hasta la mesa de trabajo.

Con un movimiento de muñeca, Olwen quitó la tela que lo cubría y me encontré a mí misma observando a una cabeza humana marchita.

—¡Ooooh! —exclamó Neve, maravillada.

—Puaj —dije yo, conteniendo una arcada.

Cuando Olwen le quitó la tapa al bote, este liberó una peste en el aire. Olía a muerte, pero mucho más fétida debido al líquido verde en el que se encontraba suspendida la cabeza.

Con ayuda de las pinzas, sacó la cabeza del bote y la dispuso sobre la mesa, sin darse cuenta de las miradas asqueadas que intercambiábamos los demás. Incluso Bedivere, el caballero curtido por la batalla, hizo una mueca de asco.

—Acercaos, por favor —nos llamó.

Cuando Neve fue la única que le hizo caso, Olwen alzó la mirada, confundida.

—No todos compartimos tu fascinación por este tipo de cosas, querida —le recordó Bedivere—. A lo mejor vendría bien una advertencia la próxima vez.

El anciano caballero hablaba de un modo muy paternal, con amabilidad en sus consejos y muy calmado a pesar de la tormenta de emociones. Quedaba claro que tanto Caitriona como Olwen lo querían como a un padre, tanto por la forma en la que lo miraban como por la manera en la que respondían a sus palabras.

—Lo haré rápido para ahorraros el disgusto —dijo Olwen.

Con la ayuda de una herramienta metálica diferente, la sacerdotisa levantó una solapa de piel de la parte trasera del cráneo. Bajo las arrugas de la putrefacta capa de carne se podía apreciar el brillo de la plata en su estado más puro, como si alguien hubiera sumergido el cráneo entero en un caldero lleno de plata líquida.

—Demonios —exclamó Cabell, sorprendido y agachándose un poco para observar mejor—. ¿Esto les pasó a todos?

—A todos, y en todos los huesos —contestó Olwen. Miró a Neve, quien estaba contemplando el cráneo con una fascinación de lo más obvia—. Neve, quizá tú podrías ayudarme con mi investigación. Mis conocimientos sobre cómo funcionan las maldiciones son bastante limitados, y no tenemos mucha información sobre ellas.

—Por supuesto —le aseguró Neve, abriendo mucho los ojos—. Estoy segura de que podremos descifrarlo entre las dos.

Alcé ambas cejas. Aquello sí que era una actitud optimista.

—Es muy extraño, ¿verdad? —le dijo Olwen a Neve—. Que hayamos nacido de esta misma isla y gracias a la misma Diosa, pero ahora usemos nuestra magia de formas tan distintas. Aun así, me alegro mucho de haberte conocido, Neve, y a pesar de que por ahora te tengan miedo, estoy segura de que mis hermanas también te estarán agradecidas.

—Se me ocurre al menos una que seguro que no lo estará —comentó Neve.

—Solo necesita un poco de tiempo —le prometió Olwen—. Si estoy convencida de algo es de que la Diosa os ha guiado hasta aquí. A todos vosotros.

Observé la reacción de Bedivere ante las palabras de Olwen. El anciano caballero estaba familiarizado con la muerte y la oscuridad, y su expresión pétrea delataba lo que estaba pensando. Reconocía la futilidad de aquella situación tan bien como yo.

—Y la verdad es que me alegro —siguió Olwen—. Ha habido muchos días en los que nos ha parecido que la Diosa nos había dado la espalda. Pero aquí estáis. El camino se ha abierto para vosotros.

Alguien llamó a la puerta con suavidad, y Betrys dio un paso hacia el interior, abrazando un bulto contra el pecho.

—Te has saltado la cena de nuevo.

—Bueno, estaba algo ocupada —se defendió Olwen.

—¿Y cuándo no lo estás? —la riñó Betrys con suavidad.

Betrys dejó el bulto que llevaba en los brazos sobre la mesa y abrió la tela para revelar un pequeño cacho de pan y lo que parecía un guiso frío y gris. Se me hizo la boca agua.

—Gracias, hermana —le dijo Olwen.

—No necesito que me des las gracias —repuso Betrys—. Necesito saber que estás cuidando de ti misma. Irás al estanque esta noche, ¿verdad? Cualquiera de nosotras estará encantada de acompañarte.

—Sí, sí —dijo Olwen, sin prestar atención.

Betrys nos dedicó a todos una mirada de reojo.

—Tengo órdenes de llevaros al manantial para que os lavéis. Se os dará una muda de ropa que los demás no encuentren tan extraña y luego os conduciremos a vuestras habitaciones para que descanséis un poco.

—¿Y nuestras cosas? —pregunté.

—Las encontrareis en vuestras habitaciones —me aseguró Betrys—. Sin embargo, ha habido unas cuantas preguntas sobre esto de aquí...

Llevó una mano a la mochila que tenía a su lado y sacó un bultito de seda lila que me parecía conocido. Cabell se puso a toser y me lanzó una mirada que decía: «¡Haz algo!».

Emrys se levantó de la camilla y se acercó, intrigado. Lo vi alzar las cejas poco a poco conforme Betrys desenvolvía a Ignatius y lo alzaba hacia la luz de las velas. Su ojo legañoso permaneció cerrado, gracias al cielo.

Porras. Me había olvidado por completo de Ignatius. ¿Cómo era que Septimus no lo había robado? ¿Cómo no se había perdido entre todo el caos de los últimos dos días?

Me llevé las manos a la espalda y tuve que hacer acopio de toda mi fuerza de voluntad para no reaccionar ante el silencio que se extendió sobre nosotros. Con el transcurso de los años había aprendido que si uno se defendía a la primera, parecía más culpable incluso.

—¡Oh! ¡Yo tengo una igual! —exclamó Olwen con entusiasmo. Se dirigió de vuelta a sus estanterías, alzó la tela de uno de sus botes cubiertos y nos mostró con mucho orgullo una mano putrefacta y suspendida en el mismo líquido verdoso de antes.

Olwen sonreía de oreja a oreja. A Betrys la recorrió un escalofrío.

—Lo haces a propósito, ¿a que sí? —preguntó Betrys a media voz.

—Cómo se te ocurre —contestó Olwen con inocencia, antes de volver a cubrir el bote.

Aquella breve distracción me había dado tiempo suficiente para pensar en una estrategia: interpretar el papel de víctima, no de sospechosa.

—No teníais derecho a husmear entre nuestras cosas —le dije.

—¿Ah, sí? —dijo Betrys—. Aparecen unos desconocidos en nuestras tierras y ¿no tenemos ningún derecho a asegurarnos de que no estén trayendo armas o magia oscura con ellos?

Bedivere se situó detrás de ella, en un acto silencioso para respaldar sus palabras. Le quitó la Mano de la Gloria, con cuidado de solo tocar su candelero de metal.

—¿Qué tipo de magia tiene esta... cosa? —preguntó, con una mueca de asco—. Puedo sentirla, pero no se revela a sí misma.

La mano permaneció quieta, y el ojo, cerrado. Era una verdadera demostración de lo tensa que era nuestra situación, y me llevé una pequeña alegría ante la lealtad de Ignatius.

—¿Es eso...? —empezó a decir Neve, acercándose un poquito.

—Siempre me he preguntado cómo te las ingeniabas para... —dijo Emrys.

—¿Para encontrar semejante... eh... antorcha tan singular? —lo interrumpí—. Parece muy real, ¿verdad?

—Mucho —contestó Betrys, entrecerrando los ojos—. ¿Y su magia?

—Sirve para hacer más brillante su luz —le aseguré.

—A mi hermana le gustan mucho las cosas desagradables y extrañas —añadió Cabell, con cariño.

—¡Me encantan! —le seguí la corriente, al instante—. Traedme todo lo macabro y lo prohibido y lo espantoso. Siempre y cuando no esté poseído por espíritus malignos, claro.

Emrys soltó un resoplido burlón.

—¿Por qué creéis que paso tanto tiempo con este engendro tan horrible? —comenté, señalándolo con un pulgar.

—Ja —dijo él—. Y yo que pensaba que era por mi repulsiva personalidad.

Si yo hubiese estado en el lugar de Betrys, me habría hecho encender sus mechas para demostrar mi ridícula historia de la antorcha. Sin embargo, ella se limitó a creerme y me devolvió a Ignatius.

—Pulga tiene una fascinación similar —me advirtió—. Además de la costumbre de coleccionar objetos extraños, así que yo me andaría con cuidado con eso si fuera tú.

Noté cómo Ignatius ponía su ojo en blanco mientras lo envolvía de nuevo y aproveché para cambiar de tema.

—¿Has dicho algo sobre que podríamos darnos un baño?

—Sí —confirmó Betrys—. ¿Venís conmigo?

—En realidad... —empezó Emrys—. Estoy agotado. ¿Sería posible que me mostréis el lugar en el que nos dejaréis dormir?

—Te acompañaré —le dijo Bedivere.

—Espera un segundo —dijo Olwen, apoyando una mano en el brazo de Emrys—. ¿Podrías echarle un vistazo a mi jardín y decirme si hay algo que las plantas necesiten para florecer a lo que no le haya prestado atención? Si no estás muy cansado, claro.

Miré con ojos entrecerrados el lugar en el que los dedos de la sacerdotisa se enroscaban en torno a la curva del codo de Emrys. ¿De verdad? ¿No podía esperar hasta el día siguiente?

Sentí un pinchazo en el pecho cuando lo vi asentir y me obligué a mí misma a devolver mi atención hacia el suelo. Emrys nunca había sido capaz de resistirse a una oportunidad para ser encantador, por lo que aquello no me sorprendía en absoluto.

Era solo que... habíamos llegado a aquel lugar todos juntos. Los cuatro. Parecía importante permanecer unidos hasta que estuviéramos seguros de la situación en la que nos encontrábamos.

Pero Cabell apoyó una mano en mi hombro y ya me estaba conduciendo hasta la puerta antes de que pudiese decir nada. La puerta se cerró a nuestras espaldas y ocultó la suave risa de Emrys y el tenue brillo que nos había ofrecido un breve refugio ante el frío y la oscuridad de aquella Tierra Alterna.

Y, si nos habíamos atrevido a olvidarlos, siquiera por un segundo, los incansables Hijos de la Noche no se habían olvidado de nosotros. Sus alaridos nos llegaron desde el otro lado de los muros de piedra e irrumpieron en la paz del patio mientras se deleitaban en la noche desprovista de estrellas.

17

Betrys nos condujo por el patio y hacia una puerta situada en los muros de la fortaleza. Un hombre vestido con armadura se asomó por encima de la muralla que se encontraba sobre nosotros, con curiosidad. Tras él, un brasero encendido alzaba sus llamas hacia el cielo, aunque no conseguía iluminarlo.

Ante el grito ahogado de Neve, me giré de improviso un segundo, y luego una vez más. Una figura monumental, de casi tres metros de alto, avanzaba con lentitud frente a la pared de piedra del torreón y se dirigía hacia el árbol que le servía como base y columna.

Su cuerpo era como un bosquejo del de un humano, solo que estaba hecho de unas cuantas ramas y raíces torcidas, con agujeros cerca de las articulaciones. Estas chirriaban y crujían con cada paso que daba la criatura y conducían hasta una puntiaguda corona de hojas y ramitas que se asentaba sobre su cabeza. Conforme se movía, los bordes de su cuerpo exhalaban una niebla que brillaba de un color verdoso en la oscuridad.

Cuando se giró para observarnos, la niebla iluminó las cuencas de sus ojos. No parecía tener boca ni ninguna expresión en el rostro.

—¡Caray! —soltó Cabell, en un susurro.

—Ese de ahí es Deri —dijo Betrys al percatarse de que no la estábamos siguiendo—. El hamadríade vinculado al árbol de la Madre. Todos los árboles de Ávalon solían tener su propio cuidador hamadríade, además de otras dríades no vinculadas que los ayudaban, pero… bueno, ya habéis visto lo que le ha pasado a este lugar.

Asentí, sin palabras, para mostrarle que la había oído. El hamadríade se agachó y raspó un poco de fango oscuro de la corteza del árbol con unos movimientos lentos y cuidadosos.

—Por aquí. —Betrys inclinó la cabeza en dirección a una puerta, y la seguimos. Al cruzarla nos topamos con otra escalera de caracol y, una vez más, descendimos.

Tras un rato, las escaleras se ensancharon un poco; el ruido del agua resonó por las paredes de piedra y el ambiente adquirió un sabor casi mineral, parecido al de la tierra justo antes de que lloviera. Cuanto más avanzábamos, más iluminado se volvía todo. Y poco después, los rostros que me rodeaban, mi piel, mi pelo, mi ropa y absolutamente todo estaba iluminado por una extraña luz cerúlea.

Dimos una última vuelta en las escaleras, y las termas se desplegaron a nuestros pies. Ralenticé mi andar, y Cabell intentó hacer que me moviera a base de empujoncitos, pero era incapaz de dar un solo paso.

La cueva era amplia, y su techo abovedado había sido tallado con decoraciones que representaban a mujeres jóvenes: la Diosa y sus sacerdotisas, o eso me pareció. La estructura estaba apoyada sobre los hombros de tres estatuas enormes. La primera era una joven que vestía una corona de flores y una túnica ondeante. La segunda, una mujer de apariencia maternal con expresión pacífica que llevaba un delantal y tenía una cesta y un telar tallados a sus pies. La tercera era una figura que parecía mayor, estaba encorvada y vestía una capa que se arremolinaba a su alrededor, decorada con estrellas y las fases de la luna. Aquellos eran los tres aspectos que asumía la Diosa: la doncella, la madre y la anciana.

A sus pies, un río de agua brillante fluía hacia el centro de la cámara y surgía de una gran raíz del árbol de la Madre, como si fuese savia. Varios afluentes se bifurcaban desde allí y llenaban unos estanques más pequeños y redondos. Una niebla o vapor se alzaba de la superficie de cada uno y prometía un alivio que mis músculos adoloridos y tensos necesitaban con desesperación.

La amargura batallaba contra el asombro en mi interior. ¿Cuántos lugares impresionantes, cuántos paisajes increíbles me había perdido todo aquel tiempo antes de que tuviera la Visión Única? Nada de lo que había en mi imaginación podía compararse con lo que había visto en aquel lugar, fuera por su belleza o su monstruosidad. La Tamsin de hacía una semana no habría encontrado nada en absoluto en aquel mismo lugar.

Unos montoncitos ordenados de ropa con unas prendas interiores sorprendentemente modernas esperaban apilados al lado de tres estanques individuales. Le di con el pie a la prenda superior, la cual era una delgada toalla para secarnos, y descubrí una túnica sencilla y unos pantalones marrón oscuro debajo.

—Es increíble —dijo Cabell, girándose para mirar en derredor—. ¿Qué hace que el agua brille así?

Una luz que parecía de otro mundo relucía desde las profundidades de cada estanque y creaba un ambiente relajante en lo que de otro modo podría haber sido un espacio cavernoso y lúgubre. Dejé al envuelto Ignatius en un escalón bien alejado de los estanques.

—Se dice que el agua son las lágrimas de la Diosa —explicó Betrys—, que fluyen desde su corazón, el cual se encuentra en el centro del árbol de la Madre.

Me entró repelús.

—Creo que me gustaban más antes de que mencionaras fluidos corporales.

Muy para mi sorpresa, Betrys se rio.

—Es revitalizante. Sana de un modo diferente a las habilidades de Olwen.

Neve respiró hondo, como si estuviera disfrutando del aroma a lluvia. Sus ojos grandes brillaron con asombro.

—Tengo que hacer mi hora de guardia —nos dijo Betrys—. Pero confío en que no os importe esperar aquí hasta que regrese y os muestre vuestras habitaciones.

—Lo más probable es que tengas que sacarnos a rastras de aquí —respondió Cabell.

Betrys se giró para darnos la espalda.

—Me llevaré vuestra ropa para que la laven si la dejáis allí al lado del estanque.

Nos desvestimos, incómodos y con cuidado de no mirarnos entre nosotros. Con el rostro colorado por la vergüenza de estar tan expuesta y mientras me cubría con los brazos, bajé hasta dar con el agua y sumergí con cuidado un pie.

Me recorrió un escalofrío de placer ante la calidez del agua. Cuanto más tiempo pasaba mirando la niebla que se arremolinaba sobre su superficie, menos podía soportar el aire frío a nuestro alrededor. Me adentré un poco más en el estanque y luego me sumergí del todo, tras lo cual no tardé en rozar su liso fondo con los dedos de los pies.

El agua tenía un peso que no me había esperado, como si estuviese espesa y llena de sal. El estanque tenía tallado una especie de muro a la altura perfecta para sentarme sobre él y dejar la cabeza y los hombros fuera de la superficie.

Días de sangre y suciedad se apartaron de mi piel. Sentí que el cuerpo entero se me relajaba y mi mente no tardó en seguirlo. Respiré hondo y luego sumergí la cabeza bajo el agua para restregarme el pelo y la cara con las manos.

Salí a la superficie casi sin aliento y me aparté el pelo de la cara. Cabell soltó un suspiro cuando se adentró del todo en el agua y se giró para mirarme antes de apoyar los brazos sobre el borde rocoso.

—Mucho mejor que las termas romanas de Argelia, ¿a que sí?

—Y ni siquiera hemos tenido que colarnos para usarlas —comenté—. Todo un nuevo concepto para nosotros.

No me había dado cuenta de que Betrys seguía ahí con nosotros hasta que la oí murmurar dos palabras:

—Esos símbolos…

Seguí su mirada hasta dar con los brazos y hombros tatuados de Cabell.

—¿Por qué te cubres el cuerpo con sellos de maldiciones? —preguntó Neve, alzándose un poco para observar desde su propio estanque. Se había recogido las trenzas en lo alto de la cabeza para evitar que se mojaran.

Para presumir de todas las maldiciones que ha roto, pensé. *Para parecer guay y misterioso ante las chicas que no tienen ni idea de lo que significan.*

—Para recordarme a mí mismo que las maldiciones solo son algo oscuro por el modo en el que se emplean —contestó Cabell.

Me dio la impresión de que Betrys iba a decir algo más, pero al final solo se giró y se alejó hacia las escaleras con nuestras cosas.

—Tienes que dejar de hacer eso —le susurré a Neve, acercándome al borde de mi propio estanque.

—¿Hacer qué?

—Contarles todo antes de que sepamos cómo van a reaccionar —dije—. Todo ese rollo de saltar al vacío no está dando resultados. Los necesitamos de nuestro lado si queremos tener alguna oportunidad para buscar a Nash.

—De verdad no confías en nadie, ¿no? —dijo Neve, meneando la cabeza.

—Confío en que una persona siempre muestra lo peor de sí misma cuando tiene miedo —contraataqué—. Y que hará cualquier cosa si está lo bastante desesperada.

Neve se volvió a sentar en su estanque con un suspiro lleno de alivio. La culpabilidad, mi emoción menos favorita, me dio un pinchazo.

—¿Estás bien? —le pregunté—. Las últimas horas han sido bastante duras para ti.

Y eso era decir poco. La verdad era que había visto bastante del mundo y me esperaba lo peor de él, pero me había sorprendido muchísimo ver tanta animadversión hacia ella.

—Sí —contestó, tan decidida como siempre—. Pero estaré mejor una vez que tenga mi varita de vuelta y que encontremos a Nash y al anillo.

Asentí.

La cuestión era que uno se pasaba tanto tiempo teniéndoles miedo a las hechiceras y a todas las formas en las que podían lastimarte que no siempre nos deteníamos a reflexionar sobre las maneras en las que el mundo las lastimaba a ellas. Sobre el modo en el que todos parecían castigarlas por sus poderes.

Había sido yo quien la había llevado a aquel lugar en el que las hechiceras eran repudiadas, donde tenía más enemigos que aliados y donde prácticamente se encontraba tan perdida como Cabell y yo. Un lugar lleno de monstruos.

Me sumergí un poco más y dejé que el agua me cubriera mis agrietados labios. El dolor que sentía en aquel lugar se desvaneció en un segundo, pero el arrepentimiento permaneció allí, sin afectarse.

—«Ávalon es un lugar precioso» —dijo Neve en voz baja. Tenía la vista clavada en la niebla que se formaba frente a ella y recitaba de memoria—. «La Tierra Alterna más hermosa de todas, pues nació del corazón de la Diosa, como un hijo adorado. Los bosques están llenos de secretos antiguos y montones de manzanas doradas...».

—¿Y no la peste putrefacta de una muerte inminente? —La broma me pareció mala hasta a mí.

—Después de todo lo que he leído sobre este lugar —empezó Neve de nuevo, dándonos la espalda—, he pasado años imaginándomelo. Me parecía tan sagrado como las historias que me contaba mi tía sobre mi madre. Ambos eran hermosos y distantes.

Incliné la cabeza sobre el borde de mi estanque, y el cabello se me derramó sobre el rostro y me rodeó la mejilla como una mano suave.

—¿A alguno de los dos os parece una maldición?

Antes de tener la Visión Única, había sido capaz de notar la magia del mismo modo que uno notaba el cambio de presión en el aire. Había sido algo sin forma y siempre cambiante. En ocasiones, con las maldiciones más antiguas, incluso podía percibir la furia o el rencor que irradiaba de los sellos. Al haber adquirido esa segunda visión, aquellos sentidos se habían aguzado, habían madurado, y seguían expandiéndose en modos que no conseguía comprender del todo.

—La verdad es que sí —confesó Cabell—, pero luego no. No sé muy bien cómo explicarlo.

Neve finalmente se giró hacia nosotros y se incorporó un poco. La imité y pude ver sus rostros bajo la luz cerúlea.

—Parece similar, algo helado y despiadado, pero al mismo tiempo más… ¿concentrado? —Neve soltó un gruñido—. Lo que digo no tiene sentido.

—Estoy de acuerdo —asintió Cabell—. Creo que fueron los druidas y la magia que les concedió el Señor de la Muerte. No parece la magia que invocamos de la fuente universal.

Era agradable volver a nuestro usual patrón de lluvia de ideas acerca de teorías. Si bien Cabell siempre había sido el miembro más valioso en nuestro equipo de trabajo, yo me había asegurado de retener toda la información posible.

—No sé mucho sobre el Señor de la Muerte —dijo Neve, frunciendo el ceño.

—Hay unas cuantas leyendas que van sobre él —le dije—. La que Nash nos contó decía que él era un poderoso encantador en los tiempos del rey Arturo y que en un momento dado incluso llegó a viajar con Arturo y sus caballeros. Solo que entonces rompió un juramento y tuvo que encargarse de Annwn como castigo, por lo que se convirtió tanto en el rey como en el carcelero de las almas que eran demasiado oscuras como para renacer.

—¿Qué juramento rompió? —preguntó Neve.

—Nash nunca nos lo contó; no estoy seguro de que lo supiera —contestó Cabell—. Tampoco he leído esa historia en ningún lado, así que quizá se la inventó. La mayoría conoce al Señor de la Muerte como el líder de la

Cacería Salvaje, quienes deambulan por los mundos para recolectar almas malvadas para Annwn. Sus poderes le permiten a él y a su séquito cruzar las nieblas que separan las Tierras Alternas.

—Qué horrible —dijo Neve, aunque quizá no precisamente asustada—. Ahora estoy incluso más convencida de que las hechiceras hicieron lo correcto. El Señor de la Muerte y los druidas habrían hecho cosas terribles si se hubieran quedado con el control de Ávalon.

—Bueno, si no nos equivocamos, se las ingeniaron para hacer cosas terribles de todos modos —dije—. Por ejemplo, casi nos devoran los no muertos.

Los tres nos sumimos en un pesado silencio ante la mención de la forma en la que habíamos cruzado para llegar a la isla. Cuando cerré los ojos, la oscura violencia que habíamos vivido aquella noche se agazapó a mis espaldas y me rodeó la garganta con sus dedos huesudos.

Y la cara de Septimus…

Como si pudiera adivinar lo que estaba pensando, Cabell acortó la distancia que nos separaba y apoyó una de sus manos sobre mi cabeza, en un gesto de consuelo.

—No nos pasará nada. Encontraremos a Nash y el anillo y luego conseguiremos llegar a salvo de vuelta al portal.

Sabía lo difícil que era para él decir eso, que íbamos a dejar en aquella isla al hombre que había idolatrado durante años.

—Exacto —dije, con una sonrisa, pues era lo mínimo que podía hacer.

Me giré un poco, dándoles la espalda, y respiré hondo el aire húmedo. El pelo mojado se me pegaba a la cara, pero dejé que se quedara allí.

—Creo que podría quedarme dormida aquí mismo —confesó Neve, cerrando los ojos—. Lo único que necesito es una taza de manzanilla calentita, una almohada hipoalergénica y un buen libro.

—¿Nada más? —bromeé.

—No tengo libros, pero sí que tengo historias —ofreció Cabell, ilusionado. El color había vuelto a sus mejillas, y su piel pálida había perdido el enfermizo tono de los huesos. Incluso sus ojeras parecían menos pronunciadas.

Tal vez Betrys tuviera razón y las termas sanaban algo más que el cuerpo. Tal vez curaban el espíritu y el alma.

—No —supliqué—. Nada de historias.

—Habla por ti —dijo Neve, emocionada—. Cuéntame una de tus favoritas.

—Tengo algo mejor —propuso Cabell, salpicándome con un poco de agua—. Te contaré una de las favoritas de Tamsin.

Sabía exactamente a cuál se refería.

—Esa no es mi favorita.

Cabell frunció el ceño, extrañado.

—Claro que sí. Solías suplicarle a Nash una y otra vez que…

—Bueno, vale —lo corté—. Cuéntala y ya.

Cabell cuadró los hombros, recorrió la superficie del agua con las manos y se aclaró la garganta.

— Hace muchos muchos años, en un reino perdido en el tiempo, un rey llamado Arturo gobernó al pueblo de los humanos y al de las hadas por igual, pero esta es una historia que sucedió antes de eso, cuando Arturo no era más que un niño.

Algo en mi interior dio una sacudida. La cadencia, el ritmo de las palabras… se parecía demasiado a como lo hacía Nash.

—Lo habían sacado a escondidas del castillo de Tintagel poco después de que naciera, nada más y nada menos que el sabio druida Merlín, quien sabía que la vida de Arturo corría peligro, pues había muchos que ansiaban la corona y el derecho a gobernar, incluido el propio padre de Arturo, Uther Pendragon. Llevó a Arturo con una familia de nobles, y estos lo criaron como si fuese uno de ellos. Un día, una gran piedra apareció en los terrenos, con una poderosa espada clavada en ella. La piedra contenía un extraño mensaje que rezaba: Quien consiga liberar la espada de la piedra será el verdadero rey de Inglaterra.

—¿Y quién puso la piedra allí? ¿Merlín? —preguntó Neve.

—Exacto —asintió Cabell, impaciente al haber sido interrumpido—. Fue así cómo se convocó un torneo, y los grandes señores y sus hijos participaron, incluido el hermano adoptivo de Arturo, el caballero sir Kay. Al darse cuenta de que no llevaba consigo su espada, Kay envió a su escudero, Arturo, a buscarle una. Y Arturo, al percatarse de que la espada más cercana era precisamente la que estaba clavada en la extraña piedra, fue a sacarla. Aferró su fría empuñadura y la extrajo sin problemas, para el asombro de todos quienes lo rodeaban. Y fue así cómo la verdadera identidad de Arturo y su destino fueron revelados.

Me sumergí de vuelta en el agua y dejé que la calidez se llevara aquel picor no bienvenido en mis ojos. Era una historia estúpida, con un final poco realista.

—¿Algo de eso es cierto? —preguntó Neve.

—¿Tiene que serlo? —preguntó Cabell en respuesta, encogiéndose de hombros.

Unas lucecitas brillantes y de color azul violáceo se alzaron de nuestros estanques y comenzaron a salpicarnos. Su energía y sus movimientos erráticos indicaban travesura en su estado más puro y sin ataduras. Las lucecitas se reunieron sobre un estanque y recogieron agua hasta que adquirieron la forma de un ave. Esta sobrevoló por encima de nuestras cabezas, goteando como si fuese lluvia, y a mitad de vuelo se transformó en un gato, el cual le dio un golpecito con su cola transparente a Neve en la mejilla y la hizo reír.

—Son nixes —dijo Cabell, observándolas.

Su luz me recordó una pregunta que me había visto obligada a apartar de mis pensamientos por cuestiones más importantes.

—Neve —la llamé—, ¿por qué Olwen ha tarareado su encantamiento para avivar el fuego en lugar de dibujar sellos?

Las hechiceras tenían un modo de invocar magia que era muy preciso y cuidadoso: extraían el poder de la fuente universal, pero su colección de sellos le indicaba a la magia qué tipo de tarea debía llevar a cabo.

—No sé —contestó Neve—. Hay muchos modos de usar la magia, solo tienes que ver a los Sagaces. Ellos tampoco usan sellos. Quizá los encantamientos orales sean más… instintivos para las sacerdotisas.

—A lo mejor fue por eso que pudiste invocar aquel encantamiento tan increíble, Neve —señaló Cabell.

—Se lo preguntaré a Olwen —dijo ella—. Creo que podemos aprender mucho la una de la otra.

Asentí y dejé que el suave chapoteo de las hadas del agua relajara la tensión que había entre nosotros.

Dirigí mi atención a la estatua que tenía más cerca, la doncella. Su expresión estaba llena de sabiduría mientras sus ojos de piedra nos observaban, y aquello me hizo pensar en lo que Caitriona había dicho antes sobre la seguridad de saber que había un ser más poderoso pendiente de los pasos que uno daba en su vida.

Solo que no conseguía imaginar qué dios podría quedar en aquella tierra oscurecida por la muerte.

18

Media hora más tarde, la voz de Betrys nos llegó desde las escaleras.
—¿Habéis terminado?

Salí del agua, me envolví en la toalla que me habían dejado y me situé detrás de los pies de la estatua de la doncella para vestirme. El cabello mojado me goteaba sobre los hombros, por lo que el frío parecía calar más hondo, y aquello fue antes de que me pusiera mis botas empapadas de barro.

No me había dado cuenta de que Neve me había seguido para vestirse ella también hasta que la oí contener un grito.

Tardé un segundo en comprender qué era lo que la había sorprendido tanto. Estiré una mano hacia mi túnica, pero Neve me sujetó del brazo y me giró hacia ella.

Traté de arrugarme como una hoja, mientras sentía que toda la sangre se me concentraba en el rostro por la vergüenza. Por primera vez desde que había sucedido, había conseguido olvidarme de aquella marca azul oscuro que tenía en la piel sobre mi corazón. Tenía la forma de una estrella horrible y siniestra.

—Tamsin… —susurró, con los ojos como platos antes de retroceder un poco—. Esa es una marca de muerte.

Me pasé la túnica por encima de la cabeza, con el pulso disparado por una especie de pánico.

—Claro que no.

—Te tocó un espíritu —dijo—. ¿Cómo sobreviviste?

—Que no lo es —insistí, antes de recoger mi chaqueta y ponérmela sobre los hombros. Un campo de nieve blanca e intensa apareció en mi mente, aquella mano incorpórea que se dirigía hacia mí, el dolor como una puñalada en el corazón…

—¿De qué tipo fue? ¿Un poltergeist? ¿Un espectro? —quiso saber Neve, mientras me seguía en mi camino hacia las escaleras, donde Cabell y Betrys nos estaban esperando.

Me giré hacia ella de sopetón, con el rostro y el cuerpo tan tensos que dolían.

—Que no es una marca de muerte. Eso son solo cuentos de viejas.

Neve alzó las manos.

—Vale, vale. No es una marca de muerte. Por la Madre, relájate un poquito, ¿quieres? No pretendía ofenderte. Las marcas de muerte no son nada de lo que uno deba avergonzarse. La mayoría de las personas ni siquiera sobreviven al toque.

El silencio que se asentó entre nosotras fue incómodo y doloroso mientras subíamos las escaleras. Cabell me miró con curiosidad, pero me negué a devolverle la mirada y dejé que el agotamiento se apoderara de mi mente. Dejé que la vaciara de cualquier otro pensamiento que no fuese imaginar cómo sería el pequeño trozo de suelo en el que podría tumbarme y dormir durante unas cuantas horas.

Betrys nos dio a cada uno un repaso de aquel modo tan intenso que tenía ella, y la cicatriz en su mejilla derecha se volvió más pronunciada de algún modo por su ceño fruncido. En lugar de conducirnos a uno de los edificios exteriores o hacia los muros de nuevo, nos llevó hacia el propio torreón.

Bajo la luz cubierta de sombras, me fue difícil distinguir los detalles de aquella primera planta. Parecía haber un gran salón en el que innumerables mesas habían sido colocadas juntas en dos largas filas.

El pasillo entre ellas conducía hacia otra estatua ornamentada, en aquella ocasión de la propia Diosa, siempre digna en su expresión y postura y de color blanco hueso. A sus pies tenía unos cuantos cuencos con tesoros que no era capaz de ver, además de manojos de trigo seco y unas flores moribundas como ofrendas. Había una vela titilando en una cámara que había sido tallada en el centro de su pecho, lo cual convertía las rendijas naturales de la piedra de su superficie en unas venas relucientes.

Las paredes estaban pintadas como si el artista hubiese querido llevar el bosque al interior de aquella sala. Algo en el modo en el que las velas titilaban y parpadeaban sobre las mesas y las paredes hacía que los árboles y arbustos bajo ellos parecieran vivos. Como si nos hubiesen ofrecido un vistazo al pasado de la isla.

Neve se situó a mi lado y seguí su mirada reverencial hacia los candelabros y las guirnaldas de plantas y flores secas que colgaban entre ellos.

El corazón me dio un vuelco involuntario entre las costillas. ¿Por qué le harían montones de ofrendas a la Diosa y decorarían con tanto cariño aquel salón cuando lo único que podía significar aquello era un recordatorio de todo lo que habían perdido y que nunca podrían recuperar?

—Por aquí —nos indicó Betrys, con amabilidad.

Hacia la izquierda apareció una gran escalera de caracol hecha de piedra, cuyas paredes habían sido talladas del propio tronco del árbol. Conforme subíamos, noté un suave golpeteo en los oídos y no supe descifrar si provenía de mi propio corazón o de algún lugar dentro del árbol.

Las plantas de más arriba eran una impresionante reunión de piedra y árbol, los cuales se entrelazaban de forma fluida como el humo y el vapor. En la segunda planta, ralenticé un poco el paso para asomarme a una enorme cámara abierta. Había montones de personas durmiendo sobre mantas y colchones de paja. Los estudié con la mirada rápidamente, con la esperanza de encontrar el careto de Nash, pero no hubo suerte.

Betrys nos llevó hasta la tercera planta, hasta un pasillo delineado por puertas sombrías. Abrió la primera y nos hizo un ademán a Neve y a mí.

—Espero que no os moleste compartir.

Dentro había una enorme y elegante cama con dosel lo suficientemente grande como para que una familia entera durmiera en ella. Un sencillo tapiz de un ciervo y unas aves estaba colgado en una pared, y alguien ya había encendido el fuego en la chimenea.

—Pero la gente que está durmiendo abajo… —empezó a decir Neve, dudosa—. ¿Cómo podemos aceptar algo así mientras ellos duermen en el suelo?

Habla por ti, pensé. Yo lo pensaba aceptar encantada de la vida.

—Ellos escogen dormir juntos en busca de consuelo y protección —le aseguró Betrys—. Estas habitaciones las suelen usar las sacerdotisas de Ávalon, pero mis hermanas y yo preferimos dormir con los demás en caso de que tengamos que defender el torreón durante la noche.

Caray. Me apoyé las manos sobre las caderas y eché la cabeza un poco hacia atrás. Ya habían hecho que me sintiera mal yo también.

—Muchas de nuestras personas mayores están descansando en las habitaciones contiguas, así que os pido que seáis tan silenciosos como podáis —siguió la sacerdotisa, dedicándome una mirada en particular—. Y que no os pongáis a merodear por los pasillos.

—¿Tendremos alguna oportunidad para conocer a la gente de la isla? —le pregunté. Si Nash estaba en aquel lugar, tendría que estar entre ellos.

Betrys se limitó a abrir una puerta para Cabell antes de marcharse sin decir más.

—Venga —dijo Neve, tirándome del brazo con suavidad—. Lo mejor será que busquemos a Nash tras dormir un poco.

Solté un suspiro y le dediqué a Cabell una mirada no muy convencida.

Él asintió y esbozó aquella sonrisa suya llena de esperanza.

—Mejor estar atentos y descansados, ¿verdad?

—Bueno —acepté.

Neve levantó la vela que había en la mesita de noche y la llevó hasta el tapiz para observarlo mejor antes de dirigirse al armario, el cual tenía pintada la imagen de un zorro persiguiendo a una liebre en una carrera sin fin sobre sus puertas. Al abrirlo, encontró nuestras mochilas y dos largos abrigos hechos a retales de distintas telas.

—¿Tu varita? —pregunté, aunque ya sabía la respuesta que me iba a dar a juzgar por su expresión.

Neve se dirigió a un lado de la cama y se sentó. Yo me senté en el otro, dándole la espalda. La habitación no tenía ninguna ventana ni abertura en las paredes, por lo que el calor del fuego se quedaba en el interior. Me llevó un momento darme cuenta de que no podía oler nada de humo, pues, en su lugar, cuatro piedras con unas espirales talladas en ellas estaban apretujadas en la hoguera, y las llamas surgían desde ellas hacia arriba.

—Son piedras de salamandra —explicó Neve a media voz—. He leído sobre ellas, aunque nunca pensé que las veía en persona.

—Algo que no deja de pasarnos en esta desventura en la que nos hemos embarcado —comenté, apartándome de la luz del fuego. Recorrí las paredes con las manos, en especial los bordes de la habitación, para asegurarme de que no hubiese ninguna entrada secreta ni ningún encantamiento. Por muy impresionantes que fuesen aquellas piedras tan grandes, su alegre brillo no conseguía disfrazar los aullidos de las bestias que había en el bosque destrozado que teníamos debajo.

—¿Cómo se supone que vamos a dormir con ese ruido? —preguntó Neve.

Me aparté un mechón de pelo de la cara de un soplido. Sin importar lo agotada que hubiese estado mientras nos dirigíamos a la habitación, en aquellos momentos me encontraba completamente despierta. Ni mi mente ni mi cuerpo parecían dispuestos a relajarse, por lo que me dirigí al armario para sacar mi mochila.

—Creo que tengo alguna pastilla o un tónico —murmuré, mientras rebuscaba entre mis cosas—. Solo esperemos que no se hayan quedado con nada...

Solté una maldición.

—¿Qué pasa? —preguntó Neve, girándose hacia mí.

—Me he dejado a Ignatius en las termas —dije, dejando caer la cabeza.

—¿Quién es Ignatius?

—La Mano de la Gloria —contesté.

—¡Sabía que eso era lo que era! —dijo ella, casi brillando de alegría—. ¿Dónde la encontraste? ¿Te la fabricó una hechicera? ¿De verdad abre puertas cerradas?

—Todo eso y más —le dije, para luego añadir, resignada—: Tengo que ir a buscarlo.

Tonta, tonta, tonta. De todas las burradas que había cometido en los últimos días, aquella era sin duda la más estúpida. Ignatius se había comportado hasta el momento, pero si alguna de las sacerdotisas o alguien de la isla lo hallaba y él decidía abrir el ojo para echar un vistazo por ahí...

No quería saber lo que podrían pensar de algo tan siniestro como una Mano de la Gloria.

—¿Quieres que te acompañe? —se ofreció Neve—. Está oscuro y hay que caminar bastante.

Dudé, sorprendida por lo difícil que era decirle que no.

—Me las arreglaré.

—Al menos llévate esto. —Neve me ofreció la vela y su candelero de hierro.

—Hay suficiente luz por el camino —protesté.

—Por favor —me insistió—. Me quedaré más tranquila así.

—Bueno, vale. —Solté un suspiro—. Pero solo para que no me insistas más.

—Ajá. —Neve dejó escapar un sonidito complacido. No tenía idea de por qué, pero no me gustó, ni tampoco la sonrisa que vino después. Tras sacar su reproductor de CD y sus cascos de su riñonera, se colocó los últimos sobre las orejas.

—Vete a dormir —le dije.

—Te veré cuando vuelvas —contestó ella, aún con el mismo tono. Apoyó la espalda en la fina almohada y el cabecero y estiró las piernas sobre la manta. Su música me siguió fuera de la habitación.

Seguí repitiendo aquel momento en mi cabeza mientras avanzaba por el torreón y me escabullía por delante del salón en el que dormían todas aquellas personas y soñaban lo que fuese que se soñara en aquel mundo de pesadillas.

Tras cubrir la débil llama con la mano, crucé el patio rápidamente echando vistazos hacia arriba para asegurarme de que nadie estuviera vigilando desde las murallas de la gran fortaleza. Para cuando llegué a las termas, me había quedado sin aliento.

Me obligué a seguir bajando por la última curva de las escaleras con el pecho ardiendo y las piernas que me pesaban como bolsas de arena. Jadeando, recogí a Ignatius, aún envuelto en su seda lila. Me volví a dirigir hacia las escaleras como una prisionera que se enfrentaba a la horca.

—Porras —solté por lo bajo, y decidí sentarme sobre los enormes pies de la estatua de la doncella. Tras alzar la vista hacia ella, añadí—: Perdona.

Supe que era un error en cuanto me apoyé contra la fría piedra de su tobillo. Mi cuerpo se sintió pesado cuando el último atisbo de impulso lo abandonó.

Podría haberme quedado allí tirada solo con una vela y una mano demoniaca dotada de conciencia como compañía si no hubiese oído el suave sonido de unos pasos sobre los escalones de piedra.

Me deslicé había abajo por un lado del pie y apagué la vela de un soplido antes de aterrizar de cuclillas en una posición para nada femenina. Seguro que se trataba de Olwen, pero en caso de que no lo fuera…

El pulso me latió como loco en los oídos mientras esperaba, y me arriesgué a dar un paso alrededor de la estatua. Luego otro cuando vi de quién se trataba.

Emrys estaba de pie en el borde de uno de los estanques y tenía la mirada perdida en sus relucientes profundidades. Su rostro se encontraba tan vacío de expresión que parecía como si su espíritu hubiese abandonado su cuerpo. Verlo de ese modo me produjo un pinchazo de dolor inesperado.

Entonces se quitó los guantes. Uno y luego otro aterrizaron sobre la piedra. Aunque me incliné hacia delante para intentar ver mejor, entre los varios metros que nos separaban y aquella incesante luz cerúlea, nada me pareció inusual.

No hasta que Emrys dirigió las manos al borde de su jersey y su camiseta interior. Los músculos de su espalda se tensaron cuando levantó ambas prendas por encima de su cabeza.

El candelero de hierro se me resbaló de la mano y produjo un estruendo al chocar con el suelo. Emrys se giró de sopetón, con los ojos muy abiertos por la sorpresa o el miedo o algo peor, pero era demasiado tarde. Ya las había visto.

—¿Qué demonios te hizo eso? —pregunté con voz ronca.

No había imaginado la cicatriz en su cara cuando habíamos estado en Casa Grajo. La cicatriz continuaba por su cuello hasta llegar a sus pectorales, y entonces aquella única cicatriz de bordes irregulares se ramificaba en decenas, y sus bordes eran brutales, rojos e hirientes. No pude abarcarlas todas con la mirada pues recorrían los tensos músculos de su pecho, brazos, espalda y más allá de la pronunciada uve de sus abdominales.

Parecía como una figura de cristal que hubiesen tirado al suelo. Hecho pedazos y vuelto a construir a toda prisa.

El rostro de Emrys estaba rígido cuando estiró la mano hacia su jersey y se lo volvió a poner sobre la cabeza, como si así pudiese olvidar lo que había visto. Yo me quedé allí, incapaz de moverme.

—¿Ahora también me sigues? —preguntó, fastidiado, al tiempo que recogía sus guantes y se giraba para subir las escaleras hecho una furia.

—¿Qué te hizo algo así? —le pregunté en un susurro. Siempre tantas capas de ropa, el negarse a quitarse los guantes... Ningún encantamiento de transfiguración podría haber escondido aquello de alguien que tuviese la Visión Única, por lo que no se había molestado.

—Déjalo estar, Tamsin —dijo, y su tono fue helado.

De algún modo, me las había ingeniado para cruzar la distancia entre los dos. De algún modo, había tomado su mano y la había girado para ver por dónde continuaban las cicatrices sobre los tendones y los músculos de su antebrazo.

—Pero ¿qué carajos? ¿Acaso esas criaturas…? —No, no podrían haber sido los Hijos de la Noche. Lo habría visto pasar—. ¿Madrigal te hizo esto?

Emrys quitó su mano con brusquedad de mi agarre, aunque no se giró lo suficientemente rápido como para ocultar la vergüenza agonizante que invadía su expresión.

—¡Emrys! —Se detuvo a algunos pasos de donde estaba, pero no se giró—. ¿Qué ha pasado?

—¿Acaso te importa? —preguntó, apretando los puños a ambos lados de su cuerpo.

No supe cuál de los dos se mostró más sorprendido cuando exclamé:

—¡Sí!

Nos quedamos en aquel lugar, con la mirada fija el uno en el otro y la respiración acelerada. Si bien la caminata me había quitado un poco el aliento, no era nada comparado con la pesadez que se me había formado en el pecho al ver lo pálido que se había puesto.

—¿Qué ha pasado? —susurré.

Tragó en seco antes de contestar.

—Cometí un error. ¿Contenta? Resulta que soy tan imbécil como siempre has creído.

—¿Te ha pasado eso durante un encargo? —pregunté—. ¿No fue Madrigal?

—No tuvo nada que ver con Madrigal —contestó—. Y no tiene nada que ver contigo tampoco.

Me dejó de pie en el fondo de las escaleras, y sus pasos resonaron como truenos dentro de mi cráneo. No era el cansancio lo que hacía que me quedara allí, mirando el lugar en el que Emrys había estado, sino el aturdimiento que aún me tenía aferrada y no me dejaba respirar.

Había varias maldiciones que podían reducir a un mortal a cachitos, arrancarle la piel de los músculos y los huesos. Todas eran agonizantes.

Y no se podía sobrevivir a ninguna de ellas.

Una nueva pregunta pareció formarse en mi mente con cada escalón que subía: ¿cuánto tiempo había tenido aquellas cicatrices?

Tenía la esperanza de verlo en el patio, y luego en la entrada del torreón, pero la única persona que me estaba esperando era una Caitriona con expresión de piedra.

Me quedé en mi sitio, congelada.

—Oye, me he olvidado esto y ya está… —empecé, sorprendiéndome al no tener que pensar en una excusa por una vez.

—He hablado con mis hermanas —me interrumpió. Aunque su rostro estaba iluminado por la luz de la antorcha que llevaba, su expresión era inescrutable—. Y hemos llegado al acuerdo de que os llevaré mañana a ver a vuestro padre.

Me quedé mirándola, con el corazón latiéndome desbocado en el pecho.

—¿De verdad?

Está vivo. Las palabras parecieron alzar vuelo en mi pecho. De alguna manera imposible, Nash, como las ratas más necias, había logrado sobrevivir a hechiceras, prestamistas y una maraña de monstruos salvajes.

—Sí —confirmó Caitriona, antes de girarse de pronto para dirigirse de vuelta al torreón—. Descansa un poco. Nos iremos al amanecer.

19

—¿*Esto* es la luz del día? La sonrisa de Cabell fue sombría cuando se apoyó sobre la sencilla valla que rodeaba la zona de entrenamiento del patio.

—Claro. Ha pasado de negro medianoche a gris oscuro.

—Qué alegría que aún consigas encontrarle una pizca de humor a todo esto —refunfuñé.

Se apartó de mi lado, con un temor fingido.

—Oh, no. No me digas que se te acabaron tus sobrecitos de café en Tintagel.

La sola mención del café instantáneo hizo que me pusiera de malas. Ya tenía una jaqueca espantosa por haber pasado tanto tiempo sin beber mi espeso elixir de vida.

—Menos mal que tienes el mejor hermano del mundo, entonces —dijo, metiendo la mano en su bandolera para sacar un termo pequeño.

Abrí los ojos como platos al verlo y se lo quité de las manos antes de desenroscar la tapa a toda prisa. El olor del café amargo y químico se alzó con un hilillo de vapor y me saludó como si de un viejo amigo se tratara. Volví a mirar a mi hermano.

—Creo que voy a llorar —le dije, abrazando el termo contra mi pecho.

—He hecho migas con la cocinera élfica, Dilwyn, y he conseguido algo de agua caliente —explicó Cabell—. Resulta que ni siquiera el pueblo de las hadas se puede resistir a una de mis encantadoras sonrisas.

—¿Seguro que no te la ha dado solo para que la dejaras en paz? —le pregunté, antes de beber un sorbo de mi dulce y exquisito barro.

—De nada —dijo Cabell.

—Eres el mejor hermano que existe —le dije, en un arrebato de sentimentalismo poco común en mí.

—Bah, solo trato de liberar a mi hermana del demonio que la posee antes de beber su café —se justificó él—. Y, de todos modos, no es como si hubieses podido decidir a qué hermano escoger.

—El destino nos hizo un favor —le dije—. Aunque solo fuera esa vez.

Cabell soltó un sonidito pensativo ante mi comentario.

—¿El destino o Nash?

—¿Conseguiste dormir algo anoche? —pregunté, para cambiar de tema—. Creo que me las arreglé para dormir una hora como mucho.

—Qué suertuda —dijo—. Creo que yo he dormido unos diez minutos gracias a la dulce melodía de los chillidos de las criaturas.

Estaba acostumbrada a dormir en lugares extraños, pues conseguía conciliar el sueño en cuanto apoyaba la cabeza en una superficie suave, ya fuera una almohada, mis manos o una camiseta hecha un ovillo. Sin embargo, la noche anterior, cada vez que había cerrado los ojos, mi memoria me había atacado a traición. Me había mostrado destellos de los monstruos del bosque, de la vida que había desaparecido del rostro de Septimus, de las cicatrices de Emrys y de las palabras de Caitriona. «Os llevaré a ver a vuestro padre».

Me abracé un poco para mantener algo de calor en el cuerpo bajo mi chaqueta de franela. Inspiré hondo el aire putrefacto, el cual olía aún peor debido a la intensa peste a excrementos y sudor animal que se alzaba del establo a unos pocos metros a nuestra izquierda.

Un poco más allá, Deri había trepado el árbol de la Madre para curar lo que parecían ser ampollas de madera con paja y musgo. Al hamadríade lo acompañaban decenas de figurillas verdes y diminutas que limpiaban la podredumbre del tronco del árbol y le quitaban trozos secos de corteza que iban comiendo. Los duendecillos no eran más grandes que mi mano y tenían el cuerpo similar a ramitas y la cabeza como un pimpollo de rosa verde pálido. Sus alitas eran traslúcidas y relucientes, casi como las de una libélula.

A nuestras espaldas, Betrys y otra de las Nueve, Arianwen, estaban practicando con la espada bajo la atenta mirada de Bedivere. Los golpeteos de sus ejercicios con las espadas de madera acentuaban más el silencio de la mañana e iban acompañados de algún «¡ja!» de tanto en tanto o de algún gruñido por el esfuerzo.

—Muy bien —dijo Bedivere—. Inclínate con el movimiento. Eso es, Ari. Muy bien.

Arianwen se había cortado su cabello castaño casi al ras, lo que conseguía resaltar más su rostro adorable. Se movía con una fluidez que me dio envidia, y su figura no tenía dificultades para desplazarse debido a la armadura de cuero que llevaba mientras movía su brazo de arriba abajo, trazaba un arco con su espada lentamente y luego a toda velocidad. *Zas, zas.*

Betrys desvío sus estocadas con una facilidad conseguida a base de experiencia. No parecía un combate justo en absoluto; Betrys le sacaba más de diez centímetros a la otra chica, lo que significaba que tenía un alcance más largo con su espada y que Arianwen debía moverse más rápido y dar estocadas más fuertes solo para contrarrestar aquella ventaja.

Pero claro, supuse que las peleas solo eran justas muy de vez en cuando.

—Sí que dijo al amanecer, ¿verdad? —preguntó Cabell, alzando la vista hacia el cielo. Le faltaba poco para ponerse a dar saltitos, al sentirse tan impaciente como yo para marcharnos de una buena vez.

—Sí —me quejé.

—Y… alto —dijo Bedivere, a nuestras espaldas.

Ambas chicas dejaron de combatir y devolvieron sus espadas de madera a un estante que tenían cerca. Betrys usó la manga de su túnica para secarse el sudor de la frente y luego apoyó un brazo sobre los hombros de la otra sacerdotisa para darle un apretón.

—Te dije que lo ibas a lograr en un periquete.

Arianwen le devolvió una sonrisa encantada y se apoyó contra ella. No supe decir si su rostro estaba rojo por el sol o por el calor del entrenamiento.

—¿Te vas para la cocina? —le preguntó.

—La cocinera está a la espera de mis habilidades con el cuchillo —le confirmó Betrys—. ¿Y tú?

—Mari necesita ayuda con la colada —respondió Arianwen—. ¿Vosotros dos estáis esperando a Cait?

Con el cerebro medio aturdido por la niebla, me llevó un momento darme cuenta de que nos estaba hablando a nosotros.

—Pues sí —contesté, con un tono un pelín más borde de lo que pretendía—. Y, salvo que tengamos conceptos diferentes de lo que es el amanecer, tendría que haber llegado hace un rato ya.

Arianwen alzó una ceja.

—Cait no suele llegar tarde. ¿Crees que necesite que alguien la acompañe?

—Yo iré también —le dijo Bedivere, con una pequeña y deliberada sonrisa.

—Sí, sí —siguió Arianwen—, ¿pero estáis absolutamente seguros de que…?

—Es la colada, Ari, no la guillotina —la cortó Betrys, meneando la cabeza.

—Fácil para ti decirlo, no te pasarás dos semanas oliendo a lejía —se quejó Arianwen.

—Ya, pero podrás usar la pala de lavar —dijo Betrys, mientras guiaba a la otra sacerdotisa hacia sus tareas—. Y sé lo mucho que disfrutas moliendo a palos las sábanas para quitarles la suciedad.

Arianwen hizo un puchero y su voz se alejó a la vez que sus pasos.

—Sí que me pone de buenas.

—Veré si puedo encontrar a Caitriona —nos dijo Bedivere, al tiempo que se rascaba su barba de puntas blancas—. Seguro que solo está haciendo su guardia matutina.

—Y yo que pensaba que se había caído en un pozo y nunca más sabríamos de ella —murmuré.

—Aquí estaremos —prometió Cabell, dándome un codazo en las costillas.

Me apoyé contra la valla, demasiado fastidiada como para responder. Paseé la mirada a nuestro alrededor, sin detenerme sobre las piedras ni sobre la gente que iba y venía.

Si bien la noche le había otorgado al torreón un aire de misterio encantado, la lúgubre luz del día había puesto fin a aquella careta.

En esos momentos, la estructura del torreón mostraba lo decrépita que era con tanta claridad como un cuerpo que se moría de hambre: algunas secciones de piedra se habían caído y revelaban unos intentos bastante desesperados por parchar aquellas zonas. La humedad, el óxido y la tierra cubrían cada centímetro de la superficie y daban la impresión de que todo se estaba hundiendo poco a poco en un abismo pantanoso.

Los estandartes con el símbolo de la Diosa, un entramado de tres corazones en el centro de un roble, colgaban sin vida ante la falta de viento.

Y lo que era peor, unas secciones del árbol de la Madre se estaban tornando de un color gris enfermizo salpicado por setas. No necesitaba a Neve para saber que los hongos probablemente se estaban comiendo toda la podredumbre que el árbol tenía dentro. Incluso Deri parecía más débil, y las partes de su cuerpo que eran de madera, más frágiles. También me percaté de que varios avalonianos estaban estudiando la putrefacción del árbol o ayudando a Deri a quitarla del tronco.

Solté un suspiro y continué observando el patio. Neve aún estaba saludando con alegría a los caballos que habían sido atados al exterior de los establos, que se encontraban al otro lado de los campos de entrenamiento. Junto con la enfermería, se encontraban detrás del torreón. Según Cabell, el edificio de piedra que había frente al torreón era la cocina, un lugar caluroso y apretujado que era gobernado por su cocinera, Dilwyn. Era élfica y del tamaño de un niño, pero compensaba su escasez de altura con su personalidad que no le aguantaba pulgas a nadie.

Suponía que la colada tendría que hacerse en los manantiales, salvo que quisieran que su ropa y sus sábanas volvieran con más manchas de sangre y menos gente para lavarlas.

El estar allí esperando también nos había otorgado nuestra primera oportunidad de verdad para ver y ser vistos por los supervivientes de Ávalon. La mayoría de ellos se mantuvo bastante lejos mientras ocupaban sus lugares en las murallas o cargaban agua desde los manantiales. Algunos nos observaban con evidente curiosidad, mientras que otros, con un recelo deliberado. Incluso había quienes nos miraban con miedo, soltaban sus cubos y herramientas y echaban a correr de vuelta al torreón.

No obstante, lo peor eran las caras que nos miraban sin revelar absolutamente nada, como si el horror de lo que se habían visto obligados a enfrentar los hubiera dejado desprovistos de su espíritu. Llevaban a cabo sus tareas sin levantar la mirada, como si fuesen espíritus inquietos atrapados en un circuito mecánico y sin fin que los hacía operar a base de su memoria muscular.

Aquellas personas sabían bien que estaban atrapadas. Solo que se habían rendido sin más a la idea.

Cabell siguió mi mirada con la suya.

—¿Cómo es posible que esto sea Ávalon? —preguntó, casi sin voz.

—Las historias siempre son más bonitas que la realidad —contesté—. Por eso Nash no conseguía obligarse a vivir en el mundo real.

Aunque quizás había terminado atrapado en aquel mundo. Las palabras que Caitriona me había dicho la noche anterior, «Os llevaré a ver a vuestro padre», implicaban que no estaba allí, dentro de los muros de la fortaleza, por mucho que una parte de mí hubiese esperado verlo entre las personas con las que nos habíamos cruzado aquella mañana. Quería disfrutar de su reacción de sorpresa, regocijarme en su incredulidad.

Había oído a Betrys y a Bedivere debatir sobre una especie de «puesto de vigilancia» situado en el bosque cuando se estaban preparando para su sesión de entrenamiento con Arianwen, por lo que era probable que aquel fuese el lugar al que nos dirigiríamos.

Cabell soltó un suspiro.

—Es muy raro pensar que está vivo después de todo este tiempo y que vamos a ir a verlo. Ni siquiera sé qué le voy a decir.

—Yo no pienso abrir la boca. —La esperanza que sentía estaba teñida de amargura, como si le hubiese dado un mordisco a una baya amarga—. Le voy a partir la cara de un puñetazo.

Mi hermano se echó a reír.

—Venga ya, ¿de verdad crees que se habría quedado aquí por su propia voluntad si hubiese tenido un modo de volver? El tiempo transcurre diferente en este mundo. Podría pensar que solo han pasado unos meses.

Dado lo mucho que habíamos cambiado en los últimos siete años, me parecía extraño pensar que Nash podría tener la misma apariencia que cuando había desaparecido. Incluso su vieja chaqueta —la que Cabell llevaba puesta en esos momentos— llevaba las marcas de todos nuestros viajes y penurias de todos esos años y se había readaptado para quedarle bien a su nuevo dueño.

La mayoría de los avalonianos llevaban puesta alguna versión de lo que nos habían dado a Neve, a Cabell y a mí: una túnica cosida a mano y unos pantalones que se pegaban un poco a las piernas. Algunas de las mujeres preferían llevar una tela que les cubriera la cabeza mientras que otras, como si estuvieran desafiando al mundo podrido que las rodeaba, se adornaban la frente con hilos plateados salpicados con piedras de colores.

Los vestidos que en algún momento habrían sido de colores brillantes como las joyas parecían más bien humildes por los muchos parches y manchas que ostentaban. Otros los habían partido por el centro y los habían transformado en los abrigos, chaquetas cortas y chalecos que todos llevaban puestos. Ninguna de las piezas de armadura, ya fueran de acero o de cuero, parecían quedarles bien a sus dueños, o bien era como si las hubiesen hecho con otra forma a propósito.

—*Hechicera* —siseó alguien. Para cuando me giré, me fue imposible identificar cuál de los hombres que pasaba por ahí era el que había hablado.

Por suerte, Neve estaba demasiado lejos como para haber oído el comentario, pero sabía por su postura inquieta que era consciente de todas las miradas que se clavaban en ella.

Aled, el encargado de los establos, encajaba con las descripciones que había leído sobre los élficos casi de forma exacta: cabello oscuro y liso, piel de color verde pálido, corpulento y con una afinidad por los animales. Neve no dejaba de mirarlo de reojo mientras él se situaba sobre un taburete y le mostraba cómo colocarles la montura a los caballos. De vez en cuando, Aled cambiaba su peso de su pierna izquierda al trozo de madera que había reemplazado la parte baja de su pierna derecha.

—¿Y a ti qué mosca te ha picado?

Pulga apareció detrás de nosotros, y estaba contorsionando su cuerpecito a través de la valla para sentarse sobre ella. Se había metido su enmarañado pelo rubio casi blanco en un gorro tejido y tenía el rostro cubierto de más mugre que la noche anterior.

—¿Y tú de dónde has salido? —le pregunté, divertida.

—Mi ma decía que la mismísima Diosa me envío en una cesta por el riachuelillo —dijo ella, encogiendo un hombro—. Como a *tos* los mocosos. Menos vosotros dos. Vuestra ma debía ser una cabra.

—Pero qué cría más horrible eres —le dije.

Pulga bajó de un salto de la valla y aterrizó en una perfecta pantomima de una reverencia fingida.

—*Pos* muchas gracias.

Caitriona y Bedivere se asomaron por un lado del torreón, ambos vestidos con una armadura más ligera que no involucraba sus yelmos y grebas de juntas tan rígidas.

Noté una suave presión contra mi bandolera a la altura de la cadera. Llevé la mano hasta el lugar en un movimiento rápido y atrapé la muñeca de Pulga cuando esta trataba de retirarse sutilmente con algo aferrado en su puño.

—¡Maldita sea tu estampa! —gruñó Pulga, sacudiéndose para liberarse de mi agarre. Le giré la mano y descubrí un pequeño cristal selenita. Cabell soltó un silbido.

—No está nada mal —le dije—. Muy inteligente por tu parte esperar a la distracción, pero la próxima vez no vayas a por lo obvio. —Levanté el fino brazalete de plata tejida que le había deslizado de su otra muñeca para demostrar lo que quería decir—. Aprovecha la oportunidad para ir a por el premio gordo.

La niña puso los ojos como platos y me quitó el brazalete.

—¡Eso es mío, so ladrona!

—¿Qué está pasando aquí? —nos llegó la voz ronca de Caitriona—. ¿Le estás robando a una niña?

Le dediqué una última mirada a Pulga antes de soltarla.

—Puedes quedarte con ese cristal.

—¿Estás segura de que deberías haberle dicho eso? —me preguntó Cabell en un susurro antes de que los demás llegaran donde nos encontrábamos.

—Solo aporto mi granito de arena en la educación de la siguiente generación de niñas de mala reputación —contesté, y luego añadí, más alto—: Le estaba mostrando a Pulga un truquito.

La niña me fulminó con la mirada y me dedicó un gesto de lo más grosero, sin importar en qué siglo o mundo se hiciera.

—¿Qué haces aquí, Pulga? —Caitriona le lanzó una mirada seria—. Rhona lleva toda la mañana buscándote. No puedes seguir escaqueándote de tus lecciones.

Conforme Caitriona se dirigía hacia nosotros, Emrys apareció de pronto a su espalda. Iba varios pasos por detrás de la sacerdotisa, con las manos en los bolsillos. A pesar de que se había quitado sus pantalones y su jersey asquerosos, se las había ingeniado para cubrir su cuerpo por completo con una túnica y unos pantalones largos, además de un chaleco rojo que se había abotonado hasta la garganta.

—Me llevaré a Pulga a la biblioteca —dijo Olwen, quien iba detrás de ambos—. ¿Quizá quieras acompañarnos, Neve? Puedo mostrarte nuestra colección.

No podía decir quien parecía más sorprendida por la propuesta, si Neve o Caitriona.

—Pero la biblioteca… —empezó a protestar la sacerdotisa de cabello plateado.

— … es un recurso valiosísimo para todos —terminó Olwen por ella, mientras le daba la mano a una Pulga refunfuñona—. ¿Vamos?

Neve intercambió una mirada entre la sacerdotisa y nosotros, insegura.

—Es que iba a acompañarlos...

—Ve con ella —le dije—. De verdad, no pasa nada.

No me agradaba la idea de separarnos, pero sí que confiaba —si bien un poco a regañadientes— en que Olwen la protegería. Y la verdad era que preguntarle a Nash por el Anillo Disipador sería mucho más sencillo si Neve no estaba por allí.

Neve asintió, y algo de la tensión que había en sus ojos desapareció.

—Será mejor que nos vayamos ya o nos quedaremos sin luz. —Bedivere miró de reojo a Emrys—. ¿Tú también vienes?

—Así es —contestó Emrys, en su tono de voz de siempre a pesar de que se negaba a mirarme—. Hace una mañana muy buena para salir a cabalgar, ¿verdad?

—Me temo que solo hay cuatro caballos lo bastante fuertes como para hacer este viaje. —Aled se puso un poco pálido—. No me había dado cuenta de que...

—Seguro que a Tamsin no le molesta que vaya con ella —lo interrumpió Emrys, antes de situarse a mi lado.

—¿Qué haces? —le pregunté en un susurro.

—Acompañarte a ver a tu padre, por supuesto —contestó, aún sin mirarme.

Puse los ojos en blanco. Claro que no pensaba dejarnos ir sin él, no cuando el Anillo Disipador podía estar en juego. Aún no le había contado a Cabell lo que había visto en las termas, pero la jugada de Emrys me hizo querer contárselo en aquel mismo instante.

Aled se apoyó en la valla con una mueca y descansó su peso sobre su pierna izquierda.

—¿Estás bien, Aled? —le preguntó Caitriona.

—Sí, sí —suspiró él, mientras se masajeaba el lugar en el que su rodilla daba con la madera.

La extremidad tallada se aferraba a su piel por medio de una serie de raíces entretejidas que se movían, con vida, para acomodarse a los masajes de su mano. Emrys se las quedó mirando, anonadado.

—Es solo la humedad haciendo de las suyas de nuevo —comentó Aled—. Duele un poco donde roza con la piel, ¿a que sí?

A Bedivere le llevó varios segundos percatarse de que la pregunta iba dirigida hacia él.

—Ah, sí —dijo, sujetándose el guantelete con la otra mano—. Siempre en días así.

Bedivere puso una expresión tensa en lo que podría haber sido una mueca de disgusto, pero esta desapareció en un instante.

—¿Nos vamos? —Se giró hacia Caitriona.

—Sí, claro. —La sacerdotisa nos dirigió una rápida mirada para evaluarnos—. ¿Alguno de vosotros sabe usar una espada?

Emrys alzó una mano. Tanto Cabell como yo nos giramos para mirarlo.

—Baja esa mano, colega —le dijo Cabell, cruzándose de brazos—. Hace dos semanas vi cómo casi te abrías la cabeza por estar haciendo el tonto con la fregona de Bibliotecario.

—Bueno, no puedes culparlo —dije—. Seguro que fue su primera vez cerca de una.

—Llevo practicando esgrima desde que tengo siete años —contestó Emrys, sin hacernos caso a ninguno de los dos—. Aunque allí usaba una espada más delgada, eso sí.

Puse los ojos en blanco. Típico.

—Será un peso y un equilibrio diferente al que estás acostumbrado —le advirtió Bedivere.

—Me las apañaré —dijo Emrys.

El viejo caballero fue a sacar una espada larga del estante y se la entregó a Emrys sujetándola de la vaina. Caitriona se la acomodó sobre el hombro de Emrys para que descansara sobre su espalda. De algún modo había olvidado que era zurdo hasta que llevó la mano hacia atrás para probar la distancia que había hasta la empuñadura.

—Yo tengo algo de experiencia clavando y aporreando cosas —comentó Cabell, y a él le dieron una maza.

Yo escogí una daga pequeñita y me quité la chaqueta para que Caitriona pudiera colocarme una fina cota de malla sobre mi túnica. Los chicos me imitaron.

Le eché un vistazo a mi caballo blanco y su impresionante silla de montar y traté de calmar a mi corazón antes de que pudiera salir galopando él también.

Emrys se inclinó para susurrarme a la oreja:

—¿Te aúpo?

Sabía que me estaba provocando. Lo único que tenía que hacer era decir que quería ir con Cabell. De hecho, mi hermano me estaba mirando como si estuviera esperando a que lo hiciera, con una ceja alzada que no dejaba de ir más y más arriba con cada segundo que pasaba y yo no decía nada.

Pero no pensaba dejar que Emrys encontrara el anillo, así como tampoco pensaba dejarlo ganar aquella minúscula batalla.

Con un resoplido jactancioso, me acomodé sobre la montura en un solo impulso. Emrys se subió con tanta facilidad que resultaba ser todo un incordio. Llevé los codos hacia atrás cuando recibí las riendas y traté de forzar algo de espacio entre los dos.

Solo que me arrepentí de inmediato. No podía escapar de él: de la presión de su pecho firme contra mi espalda, del modo en que sus muslos se apretaban contra los míos. Su aliento era suave cuando rozaba mi cabello y, a pesar de su calor y del que emanaba del caballo, un escalofrío me recorrió la columna y encendió chispas en todos aquellos lugares en los que su figura más grande encajaba con la mía.

—¿Quieres apostar cuánto tardaré en caerme de lomos de esta preciosidad? —susurró.

—No, porque entonces te empujaré yo misma —le dije.

Su pecho vibró contra mi espalda cuando se echó a reír. Una mano me rozó con delicadeza la cadera, en una pregunta silenciosa.

—Vale —me oí decir—. Pero no te hagas ilusiones.

Los músculos de mi estómago dieron un brinco y se tensaron bajo las capas de tela y de la fría cota de malla cuando sus largos dedos se posaron sobre él. Miré hacia abajo y observé el borde levantado de la cicatriz que iba desde su muñeca hasta el dorso de su mano.

Emrys se inclinó hacia delante hasta que pude notar su corazón latiendo contra mi espalda a un ritmo incluso más rápido que el mío. Su aroma me envolvió y disfrazó la putrefacción del mundo que nos rodeaba por un instante. El olor a pino y al aliento del mar me llenó los pulmones.

—Ni en sueños —me susurró al oído.

Cabalgamos en silencio y seguimos a Caitriona por un sendero fácil de transitar que serpenteaba en medio de los heridos troncos de los árboles.

La alfombra de podredumbre —hojas podridas, cadáveres de animales, musgo seco— humedeció el golpeteo de los cascos de los caballos. Mantuve la vista atenta en los árboles y las rocas puntiagudas. Había demasiados lugares en los que los Hijos de la Noche se podrían esconder: al doblar sus cuerpos arácnidos en grietas o al camuflarse en la oscuridad impenetrable de las cuevas creadas por la forma en la que la tierra árida subía y bajaba.

Alcé la vista y traté de ver el cielo a través de las enredadas ramas de los árboles muertos. Casi podía imaginarlo, la forma en la que Ávalon podía parecerse a Tintagel si hubiese tenido el brillo de la vida verde.

El cuerpo de Emrys se encontraba rígido tras el mío, y sus dedos se enroscaban sobre mi estómago de forma inconsciente mientras vigilaba la naturaleza destruida.

Había pasado menos de una hora desde que habíamos abandonado el torreón cuando entramos a una zona diferente del bosque. Los árboles estaban alineados de forma ordenada, y la niebla se enroscaba en sus ramas desnudas. El olor dulzón a fruta madura me llegó de pronto.

—¿El bosque sagrado? —supuse.

Noté el asentimiento de Emrys en lugar de verlo.

—Debe ser.

El brillo de una luz me llamó la atención, y giré mi caballo en aquella dirección. Había un fuego no demasiado lejos, en la cima de una angosta torre de vigilancia que sobresalía del suelo como un dedo torcido. En aquel ambiente oscuro, sus llamas eran la única baliza que guiaba el camino.

El corazón me latía desbocado cuando Caitriona ralentizó el paso y bajó de su caballo antes de observar con atención en derredor y atarlo a un poste. Uno a uno, fuimos haciendo lo mismo.

Caitriona levantó el pesado pestillo de la puerta de la torre. Entré, y Cabell me siguió de cerca.

El polvo flotaba a nuestro alrededor en una capa tan gruesa como la niebla más allá de las paredes de piedra. Una luz grisácea se colaba a través de una pequeña abertura en la pared e iluminaba de forma fantasmal el escenario que había dentro.

Un saco de dormir desgastado. Una lámpara apagada. Un envoltorio de chocolatina arrugado.

Los restos esqueléticos de un hombre que se hundían en la tierra.

20

Los demás desaparecieron en los bordes de mi visión y se convirtieron en sombras. El aliento que no había dejado escapar me quemó los pulmones. No podía soltarlo. No me atrevía a moverme para no perturbar el polvo que flotaba entre nosotros. No me atrevía a despertar de aquel sueño extraño que me tenía aferrada entre sus garras.

—Lo llamamos «el Desconocido» —me llegó la voz de Caitriona desde atrás—, porque nunca supimos su nombre ni vimos su rostro. No lo enterramos, con la esperanza de que su familia llegara algún día.

Algo pesado cayó al suelo. La forma oscura de Cabell se movió muy despacio hasta arrodillarse junto a los restos.

No apartes la mirada, me dije a mí misma, peleando contra el instinto que me decía que me girara. *Tienes que verlo.*

—¿ … bromear de esta forma tan cruel? —estaba diciendo Emrys. Su tono cortante vibró en el silencio de la torre de vigilancia—. ¿No pudisteis darles alguna advertencia? Quizá ni siquiera sea él, ¿cómo podéis estar seguros de que no es alguien de la isla?

Bedivere se arrodilló, y su armadura crujió cuando recogió el envoltorio de chocolatina del suelo. De la marca Baby Ruth.

La favorita de Nash.

—Ya había muerto cuando encendimos el fuego de esta torre el año pasado —explicó Caitriona—. Si hubiese llegado después de eso, habría podido usar este lugar como lo que se suponía que tenía que ser: un refugio para esconderse de los Hijos de la Noche.

Su voz sonó muy lejos cuando me concentré en la mano de Cabell que se acercaba hacia los restos.

Los huesos habían adquirido una coloración marrón bajo la ropa andrajosa, y probablemente habían perdido todo rastro de carne debido a los insectos o a las criaturas monstruosas. Unas tiras de lo que alguna vez había sido una camiseta blanca colgaban de unas costillas expuestas y se mecían por el viento cambiante. Los pantalones parecían modernos, aunque era difícil asegurarlo después de tanto tiempo.

Cabell empezó por allí y tanteó lo que quedaba de los bolsillos. Giró las botas. Pero incluso su toque delicado y experto hizo que el cuero se quebrara y se deshiciera.

—Puede que no sea él —repitió Emrys.

A pesar de que no se encontraba en el saco de dormir, tenía una postura tranquila, como si se hubiese limitado a quitarse las botas, se hubiese tumbado para irse a dormir y la muerte le hubiese arrebatado el espíritu del cuerpo. Tenía ambas manos a la vista y ningún anillo ni joya de ningún tipo.

—¿Qué haces? —preguntó Caitriona, al tiempo que se acercaba para detener a Cabell cuando este se arrodilló cerca de la cabeza de los restos—. Buscamos entre su ropa y no encontramos nada…

Cabell se apartó de su agarre y alzó con delicadeza la parte trasera del cráneo. En aquel lugar, protegida entre el hueso y la tierra fría, asomaba el cuello de la camiseta, el cual no se había descompuesto. Mi hermano giró la tela con cuidado en mi dirección.

Y allí, cosidas a mano con hilo amarillo por una niña pequeña, era posible ver cinco letras.

«N. LARK».

—Lo sabía —susurró Cabell—. Sabía que, si hubiese seguido con vida y hubiese tenido el anillo, lo habría usado para ayudar a Ávalon.

—¿El anillo? —preguntó Caitriona, con un tono extrañado.

Cabell soltó la tela y el cráneo y se dejó caer en el lugar en el que había estado agachado. Se rodeó las rodillas con los brazos y escondió la cabeza entre ellos. Sus hombros se agitaron por el llanto, y las lágrimas le cayeron de forma silenciosa sobre los tatuajes negros de sus antebrazos y sobre el suelo.

Al verlo tan desolado como si lo hubiesen partido en dos, el delgado hilo que apenas había conseguido que mi mente no se hiciera pedazos finalmente se rompió.

La ira y el dolor se alzaron en mi interior, insoportables como cuchillas blancas por el calor. Mi visión se tornó borrosa. Una intensa presión amenazó con abrirme el cráneo y revelar la ola de recuerdos y sentimientos que había peleado tanto por encerrar bajo siete llaves.

Lo odiaba. Lo odiaba con toda el alma.

Me dirigí a la maza antes de saber lo que estaba haciendo y levanté todo su exagerado peso sobre mi cabeza mientras me tambaleaba en dirección al esqueleto. Si bien Caitriona se lanzó en mi dirección para detenerme, fue un par diferente de brazos los que me rodearon la cintura y me alejaron del cadáver.

—No, Tamsin. —La voz de Emrys era tranquila, incluso mientras me sacudía entre sus brazos para apartarme, incluso cuando el grito escapó de mi garganta—. Lo sé, pero no puedes hacerlo…

No puedes. Las palabras vibraron dentro de mí. *No puedes*.

La maza se resbaló de mis dedos entumecidos cuando me dejé caer contra su pecho. Emrys me sujetó e impidió que me derrumbara incluso mientras la ira me quemaba por dentro y me dejaba el cuerpo vacío.

Quería destrozar lo que fuera que quedara de Nash. Quería destrozarlo como él había intentado hacer con nosotros.

Una vez que has oído el crujido de un hueso al cambiar de lugar y adquirir una nueva forma, aquel sonido se quedaba en tu memoria como si se hubiese aferrado a ella con un alambrado de púas. Lo oí en aquel momento, acompañado de una inhalación repentina. Cabell se dobló sobre sí mismo al lado del esqueleto, y su espalda se arqueó en un ángulo antinatural.

El dolor, la oleada de desolación que se había estampado contra él, era demasiado.

—¿Todo bien, chico? —le preguntó Bedivere desde un lado.

—No —solté, casi sin voz—. Cabell, no pasa nada. Respira…

Los huesos cambiaron de posición bajo la gruesa capa de cuero de la chaqueta de Cabell y se deslizaron como si fuesen serpientes arrastrándose bajo un manto de hojas. Se hincharon conforme se rompían y se volvían a consolidar en unas formas monstruosas y diferentes. Cada vértebra se alzó mientras su cuerpo se enroscaba sobre sí mismo como si fuese un viejo pergamino.

—¿Qué diablos…? —susurró Emrys.

Caitriona se llevó una mano a la espalda y aferró la empuñadura de su espada antes de dar un paso instintivo frente a Emrys y a mí. Tenía la mirada fija en la silueta de mi hermano que no dejaba de retorcerse, lista para matar.

—¡Cab! ¡Escúchame! —Me lancé hacia delante, pero Emrys tiró de mí de vuelta hacia atrás—. Escucha lo que te digo, concéntrate: hace muchos muchos años, en un reino perdido en el tiempo...

La frase tan familiar murió en mis labios cuando Cabell se puso rígido. Sus manos se dirigieron con tanta fuerza hacia unos mechones de su cabello oscuro hasta que estuve segura de que se los iba a arrancar de forma sangrienta. Bedivere no me había oído o había decidido no hacerme caso. Su agarre alrededor de los hombros de Cabell se afirmó conforme se arrodillaba a su lado y alzaba una mano en dirección a Caitriona para detener su avance.

—Chico —pronunció con suavidad—. Cabell, ¿verdad? Mírame. Mírame a los ojos.

Me retorcí y traté de lanzarme al suelo, pero el agarre de los brazos de Emrys era como un grillete de acero alrededor del centro de mi cuerpo. Su corazón latía tan rápido como el mío, y, cuando Cabell alzó la cabeza, se quedó sin respiración.

Aunque nos daba la espalda, la alargada forma de su cráneo y las orejas caninas que iban surgiendo de él eran obvias. Aparté la mirada y cerré los ojos con fuerza para no ver aquella imagen.

Ahora no, pensé con desesperación. *Pensarán que es uno de los Hijos de la Noche y lo matarán...*

—Eso es —dijo Bedivere, con su voz ronca en un tono bajo y tranquilizador—. Mírame a mí y a nadie más. ¿Eres el amo o el sirviente?

Cabell estiró una de sus manos que ya se estaban convirtiendo en garras hacia él, pero no para atacarlo, sino para aferrarse al brazo del caballero como si aquello fuese lo único que impedía que el río de oscuridad que rugía en su interior lo arrastrara.

—¿Eres el amo o el sirviente? —insistió Bedivere.

—El... amo —consiguió decir Cabell. Su cuerpo comenzó a cambiar una vez más, crujió y se retorció de formas horribles a medida que conseguía recuperar su forma humana.

—¿Cómo...? —empecé a decir.

El agarre que Emrys tenía a mi alrededor se soltó un poco cuando se acercó a mi oreja para decir:

—¿Un Persuasor?

—Dime cómo te llamas —dijo Bedivere.

Su tono envolvía una orden clara, que reverberó a nuestro alrededor como un suave eco. Mientras mi hermano hablaba, vi un tenue brillo en el aire, donde la mano del caballero había estado apoyada sobre el hombro hundido de Cabell.

Emrys tenía razón. Bedivere tenía una magia que al parecer funcionaba de forma similar a la de los Persuasores de los Sagaces y lo hacía capaz de calmar y conectar con las bestias.

—Dime cómo te llamas —repitió Bedivere.

—Cabell. —La voz de mi hermano fue clara y su forma, humana.

Emrys me soltó en aquel momento y me lancé en dirección a Cabell, para colocarme de rodillas a su lado. Él se dejó caer contra mí y me aferró como si necesitara recordarse a sí mismo lo que era real. Alzó la mirada hacia Bedivere, asombrado, y yo lo sujeté del brazo y lo ayudé a levantarse.

—¿Es una maldición? —preguntó el anciano.

Cabell asintió.

—La he tenido toda la vida.

Alguien soltó un siseo a nuestras espaldas, aunque no estaba segura de si había sido Emrys o Caitriona.

Y no llegué a saberlo, pues, fuera de la torre, nuestros caballos empezaron a relinchar y a golpear la tierra con sus cascos. Caitriona se acercó a la puerta, con la mano en la empuñadura de su espada, y echó un vistazo.

—Nos estamos quedando sin luz —nos informó—. Deberíamos habernos marchado ya.

—¿Tan pronto? —preguntó Emrys.

—Nuestros días no duran mucho —contestó la sacerdotisa—, pero te aseguro que mi paciencia para este tipo de contratiempos absurdos dura incluso menos.

—No podemos dejar su cadáver de este modo —dijo Cabell—. Tenemos que enterrarlo y…

—No. No tenemos que hacer nada —le dije—. Dejémoslo así. No vamos a morir por su culpa.

Los caballos estaban tan espantados que ni siquiera nuestra presencia pareció calmarlos. La velocidad a la que la luz estaba desapareciendo, retrocediendo en el cielo como si fuese una ola despidiéndose de la costa, hizo que se me helara la sangre.

Me volví a subir a mi montura y dejé que Emrys se acomodara a mis espaldas. No aparté la vista de mi hermano mientras él salía despacio de la torre de vigilancia. Aún quedaba algo de pelaje sobre sus brazos cuando se subió sobre su caballo con motas grises. Cuando Bedivere le hizo un ademán con la cabeza, mi hermano se lo devolvió.

—No voy a preguntarte si te encuentras bien —me dijo Emrys, en voz baja.

—Muy bien.

—Y tampoco me atrevería a decir que lamento mucho lo de Nash —añadió.

—Me alegro —contesté, aferrando las riendas con más fuerza—, porque sé que no lo dirías de corazón. Lo único que te importa es que no tenía el anillo.

A pesar de que mi voz apenas había sido más alta que un susurro, Caitriona me oyó de todos modos.

—Cierto, el anillo —dijo, haciendo que su caballo rodeara a los nuestros—. Espero con ansias llegar de vuelta al torreón y oír vuestras explicaciones sobre el dichoso anillo.

Apreté la mandíbula y mantuve la vista fija en el musgo muerto que caía de las ramas sobre el camino que teníamos delante.

—Y esta vez —añadió la sacerdotisa, antes de chasquear la lengua para hacer que su caballo empezara a moverse—, quizá seáis tan amables de contarnos la verdadera razón por la que habéis venido a Ávalon.

21

Cabalgamos de vuelta al torreón a un ritmo agotador que me dejó sin aliento y adolorida para cuando las puertas se cerraron detrás de nosotros.

—Venid conmigo —nos indicó Caitriona. Una orden sin lugar a reclamos.

Formamos una fila detrás de ella y subimos por el torreón, más allá del almacén y del vestíbulo en el que todos dormían. La sacerdotisa se detuvo cuando alcanzamos la tercera planta de dormitorios. Echó un vistazo por encima de su hombro y, tras intercambiar una mirada con Bedivere, asintió.

—Por aquí, chico —dijo Bedivere, conduciendo a Cabell más allá de las escaleras y hacia un pasillo en sombras. Cabell no dijo nada, y su cabello oscuro actuó como una cortina que ocultó las facciones de su rostro cabizbajo. Mi pulso dio un salto y aclaró la neblina que había cubierto mis pensamientos.

—Espera —dije, con voz ronca, antes de pasar como un rayo al lado de Emrys escaleras abajo—. No te lo lleves...

Bedivere alzó una mano para impedirme el paso. La mirada que me dedicó casi fue demasiado amable como para soportarla.

—No te preocupes, me encargaré de que no le pase nada.

El pánico me inundó el cuerpo. No podían separarnos. Cualquier cosa podía pasarle a mi hermano.

—Ven conmigo, Tamsin —me llamó Caitriona.

Emrys me rodeó el brazo con delicadeza y me instó a subir las escaleras.

—No pasa nada, jovencita —me dijo Bedivere—. Por una vez, deja que alguien más cuide de él.

No. Aquello no estaba bien. Yo tenía que proteger a Cabell. Así había sido desde que tenía memoria.

—Tamsin, ven aquí —ordenó la sacerdotisa.

— Estaré bien —susurró Cabell—. No pasa nada, Tams.

—Por favor, no le hagas daño —supliqué. Cabell se detuvo antes de cruzar la puerta, con una mano apoyada en la cerradura, pero no se giró—. No puede controlarlo.

—¿Por qué le iba a hacer daño? —preguntó Bedivere, con una mirada suave de sus ojos gris azulado—. Es un buen muchacho.

—Vamos —me insistió Emrys, dándome un ligero apretón en el codo—. No le pasará nada.

Cabell abrió la puerta de la habitación que compartía con Emrys y desapareció en su interior. Tras unos segundos, me rendí y me sacudí el agarre de Emrys antes de subir el último rellano de escaleras.

Caitriona nos condujo hasta la planta más alta del torreón. El olor a pergamino viejo, tinta y cuero nos recibió en el último escalón como si quisiera decir: *Habéis llegado, me habéis encontrado, estáis a salvo.*

La biblioteca.

El lugar estaba iluminado por la luz suave y cálida de unas velas. Cada llama estaba amplificada con maestría gracias a un orbe de cristal que la rodeaba y de ese modo alumbraba las mesas que se esparcían desde el centro de la sala. Unos grandes tapices ornamentados cubrían las paredes.

Aun con todo, lo más increíble eran las filas y filas de estanterías llenas de libros, las cuales estaban talladas para simular un bosque. Sus ramas estaban hechas de plata y sus hojas, de espejos, lo que hacía que reflejaran la luz y la distribuyeran de forma equitativa a nuestro alrededor.

Neve estaba sentada a una mesa cerca de la chimenea, con un gran libro abierto frente a ella. Olwen se paseaba por los estantes a su espalda y parecía estar buscando algo. Ambas alzaron la vista al ver nuestra entrada nada ceremoniosa.

—¿Qué ha pasado? —Neve se levantó de su silla, con una mano apoyada en el pecho. Odié su mirada llena de pena, pero odié más a mi traidor corazón por estrujarse un poquito al verla reconocer que algo había sucedido.

Olwen sacó dos sillas, para Emrys y para mí. Emrys se dirigió de forma voluntaria a la suya y se dejó caer sin más sobre ella antes de estirar las piernas frente a él. Yo aún tenía demasiada adrenalina susurrándome bajo la piel como para quedarme sentada.

Empecé a pasear de un lado a otro frente a las estanterías, mientras miraba de vez en cuando los lomos dorados de los libros y sus títulos varios —*Remedios para todas las enfermedades, Bestias de otros mundos, El Señor de la Muerte*—, antes de acercarme a toquetear los frágiles bordes de unos pergaminos apilados.

Cuando doblé una esquina para dirigirme hacia la siguiente fila de estanterías, una élfica, la hermana de la que Olwen nos había hablado, apareció en mi camino y se asustó como si fuese un cervatillo.

Del mismo modo que Aled y Dilwyn, era delgada y de piel verdosa como una fruta no del todo madura, solo que su larga y oscura melena estaba atravesada por un grueso mechón blanco. Comparada con los otros, parecía... no frágil exactamente. Tampoco era cuestión de su estatura. Parecía más como que, al mirarla, tenía la extraña sensación de que su cuerpo estaba con nosotros, aunque no su mente.

La élfica se giró para mirar a Caitriona.

—¿Los has llevado a ver al Desconocido? ¿Era el hombre al que estaban buscando?

—Sí, Mari. Era él —contestó Caitriona.

—Lo más adecuado sería decir que nos engañó para hacernos creer que seguía con vida y que ha terminado presentándonos a un cadáver —dijo Emrys con voz fría.

Neve miró a Caitriona, indignada.

—¿Cómo has podido hacerles algo así?

—Esto no se trata de mis engaños —empezó Caitriona—, sino de los vuestros.

—Cait —la regañó Olwen.

La otra sacerdotisa soltó un suspiro y bajó la cabeza.

—Me disculpo por haberos engañado, pero no puedo ni pienso disculparme por hacer lo que considero necesario para proteger la isla.

—Muy bien —dije—. Porque yo tampoco pienso disculparme por hacer lo que considero necesario para ayudar a mi hermano.

Si bien Caitriona me fulminó con una mirada intensa y sin misericordia, pude ver una chispa de algo en su expresión, un atisbo de entendimiento en nuestro voto por no rendirnos.

—¿Por qué no les dijiste que estaba muerto? —preguntó Olwen, horrorizada—. Nunca has sido una mentirosa.

—¡No mentí! —exclamó Caitriona, y las palabras escaparon de ella. Se cruzó de brazos y apartó la mirada—. Estaba siendo cuidadosa. No creía que su historia fuese cierta y necesitaba comprobar su reacción real al ver al Desconocido.

—Pues felicidades, ya has visto que no tenías razón —dijo Emrys—. Y, por cierto, ocultar información también es mentir.

El rostro lleno de pecas de Caitriona se sonrojó. Abrió la boca para decir algo, pero la volvió a cerrar.

—Sea como fuere, vosotros tampoco nos contasteis partes importantes de vuestra historia —dijo tras unos segundos, cuando hubo recuperado la compostura.

—Explicaos, por favor —pidió Olwen, mirándolos a ambos.

Fue extraño oír el recuento de lo que había sucedido por parte de Caitriona, con toda la distancia de alguien que no se había visto forzada a cerrar un libro viejo y sin final.

—¿Tu hermano está preso de una maldición que lo hace convertirse en sabueso? —preguntó Olwen, alzando las cejas—. ¿De verdad?

—Sí. —Sentí un peso en el estómago, pues odiaba tener que compartir aquella información con personas que casi no conocía. No me parecía correcto hablar del tema cuando Cabell no estaba presente—. Solía poder detener la transformación, pero cada vez está pasándole más seguido. Cualquier emoción extrema parece desatar su cambio.

Emrys dejó escapar un sonidito desde el fondo de su garganta.

—¿Cuánto tiempo lleva así?

—De hecho, creo que una pregunta más acertada sería cómo es que Cabell sufrió esa maldición —acotó Olwen, apoyando una de sus mejillas en la palma de su mano mientras reflexionaba—. ¿Nació con ella o se la echó alguien?

—No lo sabemos —contesté, aunque luego dudé—. Nuestro tutor lo encontró cuando era niño. Estaba deambulando solito en los páramos de nuestro mundo mortal y no recordaba nada que no fuese su nombre. Lo hemos intentado… todo. Absolutamente todo para liberarlo. Tónicos, sanadores de los Sagaces, incluso hechiceras. Sin saber quién le echó la maldición o por qué, no tenemos modo de saber cómo acabar con ella.

Neve se quedó mirándose las manos, sumida en sus pensamientos. Pese a que nadie parecía saber qué decir, prefería el silencio a unos comentarios cliché que nunca significaban nada más que aliento desperdiciado.

—Lamento mucho la pérdida de tu tutor —me dijo Mari—. Espero que permanezca en tus recuerdos incluso cuando la Diosa le otorgue una nueva vida a su alma.

—Oh, dile a tu Diosa que no se moleste —dije con amargura—. Seguro que puede encontrar algo mejor que hacer con su tiempo.

Tanto Caitriona como Olwen alzaron las cejas, sorprendidas. Mari se limitó a ladear la cabeza y a observarme de un modo que me puso un poco de los nervios.

—Si me permites —empezó Olwen—, no consigo comprender cómo a pesar de esto habéis venido hasta Ávalon para buscarlo...

—Es que no lo estaban buscando a él —dijo Caitriona, cruzándose de brazos—. Estaban buscando una especie de anillo que creían que él tenía en su poder. Un anillo que rompe maldiciones.

—Ah —exclamó Mari, y sus ojos pasaron a tener un súbito y sorpresivo enfoque—. ¿El Anillo Disipador?

Olwen se pasó una mano por su cabello azul oscuro.

—Que la Diosa te bendiga por leer absolutamente todos los libros que hay en este torreón, Mari. ¿Ese anillo es el que fabricó la suma sacerdotisa Viviane?

—Sí, para sir Lancelot, a quien crio en este mismo torreón para que acompañara a Arturo como miembro de su corte —dijo Mari—. Tras haber leído sobre el anillo en sus escritos, hablé con sir Bedivere, pues él presenció su poder en más de una ocasión.

Me dejé caer en la silla junto a Neve, sin saber muy bien cómo sentirme al haber confirmado mi teoría sobre Bedivere.

—Entonces estáis buscando este anillo para ayudar a Cabell —siguió Caitriona—. Un anillo que tu padre podría haber tenido bajo su poder en algún momento.

—¿Y por qué no nos contasteis eso desde el principio? —preguntó Olwen—. Nadie te juzgaría por querer ayudar a tu hermano. Nos habríamos ofrecido a ayudarte de cualquier forma que pudiésemos.

—Por la naturaleza del anillo —contestó Mari, con aquella voz distante y adormilada que tenía—. Y lo que se necesita para hacer uso de él.

Por los clavos del Señor, pensé.

—No es… —empecé a decir, y el pánico hizo que las palabras se me quedaran atascadas en la garganta. Me aferré a la oportunidad más diminuta para cambiar de tema—. Lo que pasa es que no sabía si podía confiar en que ninguna de vosotras quisiera ayudarnos. ¿Se suponía que debía contaros todo esto cuando nos arrojasteis al calabozo? Y, por cierto, si este es un lugar tan hermoso y pacífico, ¿por qué tenéis un calabozo?

—En realidad es allí donde solíamos guardar el vino y el hidromiel —explicó Olwen, de buena gana—. A algunas de las hadas más pequeñas les acabó gustando más de la cuenta, y cuando se acercaba la festividad de Beltane…

Se detuvo cuando Caitriona le apoyó una mano en el brazo.

—¿Qué es lo que se necesita para usar el anillo? —preguntó Neve.

—No es… No… —Me giré hacia ella, tratando de articular alguna excusa, aunque era demasiado tarde.

—El anillo fue creado para sir Lancelot por una sacerdotisa a la que se le daba muy bien la artesanía con plata, algo que no era muy común. Bendecía joyas y otros objetos con el poder de la Diosa —explicó Mari—. Y así les daba un propósito. Solo que en lugar de destruir las maldiciones y los encantamientos que le lanzaban a su dueño, el anillo empezó a absorberlos. Descubrió el sabor de la sangre y le gustó.

Mi pulso se aceleró.

—Pero… —traté de interrumpir.

—Déjala hablar —soltó Caitriona—. Si abres la boca otra vez, te mandaré de vuelta al «almacén». Continua, Mari.

Así que Mari continuó, y el último atisbo de control que había tenido sobre nuestra situación se me terminó de escapar.

—El Anillo Disipador solo obedecerá al amo que demuestre su valor al matar a su anterior dueño. Solo se puede reclamar con la muerte.

22

Sentí la mirada de Neve como si me estuviera quemando y abriéndome ampollas con su acusación en silencio.

No le debes absolutamente nada, me susurró una voz dentro de mi mente. *Si no investigó el anillo lo suficiente antes de decidir que quería buscarlo, allá ella.*

Pero aquello no pareció calmar el ardor de la bilis que me subía por la garganta.

—Si sabemos que este anillo es capaz de romper maldiciones y creemos que hay posibilidades de que haya vuelto a Ávalon, ¿por qué no hemos ido a buscarlo ya? —preguntó Olwen—. ¿No es este el milagro por el que hemos estado rezando?

—¿Y arriesgar innumerables vidas al buscar fuera de los muros de la fortaleza? —Caitriona meneó la cabeza y me miró—. Vuestra situación es clara: vuestro padre está muerto y el anillo, según parece, está perdido. ¿Qué pensáis hacer ahora?

—Lo mismo que deberías hacer todos vosotros —le dije—. Abandonar este cacho de mundo infernal y podrido y volver al mundo mortal.

Lo que más me sorprendió no fue que Caitriona retrocediera ante la sugerencia, sino el modo en que tanto Olwen como Mari apartaron la vista hacia las hojas espejo de las estanterías, como si las hubiese golpeado la culpa de oír sus propios pensamientos repetidos hacia ellas.

—La isla es nuestro hogar —dijo Caitriona—. Fue el orgullo de nuestros ancestros y el regalo de nuestra Diosa. Puede que tú no creas en el gran tapiz del destino, pero nosotras sí lo hacemos. Sé que tiene que haber un modo de devolver a la normalidad la tierra y a los Hijos de la Noche, y seguiré luchando cada día hasta que la encuentre.

—¿Y cómo piensas luchar? —le pregunté—. Han pasado dos años y no habéis conseguido detener esto. Ya habéis perdido. La pregunta es cuántas vidas más estáis dispuestas a sacrificar por ello.

El rostro de Caitriona estaba rojo por la ira que apenas conseguía contener. Ninguna de las otras dos sacerdotisas dijo ni una palabra. Al ver que mi sospecha anterior era cierta, mi sensación de victoria fue la peor posible: vacía y amarga hasta lo más hondo.

—Lo que sea que ha pasado aquí ha sido letal —continué—. Vosotras sois capaces de abrir el camino de vuelta al mundo mortal, ¿verdad? La isla está muerta, y la gente que vive aquí no tardará en morir también. ¿Cuánto tiempo queda hasta que la magia empiece a transformar también a los vivos? ¿Vais a pasar vuestros últimos días limpiando la sangre de las piedras hasta que ya no quede nadie con vida que lo haga por vosotras?

Mari se puso de pie, temblando y con el rostro pálido. Salió corriendo de la biblioteca apenas conteniendo un sollozo, y sus pasos resonaron cuando bajó las escaleras.

—Tamsin… —me llamó Emrys—. Quizá sea el momento de que le des un respiro al fatalismo desolador que tan bien se te da, ¿no crees?

Hice caso omiso de las miradas furiosas que me dedicaron las demás. No necesitaba clases de moralidad de parte de personas que se negaban a aceptar siquiera una mínima dosis de realidad en sus vidas.

Caitriona hizo un ademán de ir tras Mari, pero Olwen se puso de pie y la detuvo.

—Ya iré yo a buscarla cuando acabemos con esto.

—Mirad —empecé, aunque no pude obligarme a disculparme—. Sin el anillo, lo único que me queda es tratar de encontrar la siguiente reliquia o encantamiento o hechicera que pueda ser capaz de ayudar a Cabell.

—¿Y no te parece que *quizá* la respuesta la puedas encontrar aquí? —propuso Neve, abarcando la biblioteca con un gesto.

—Aún no nos habéis contado cómo llegasteis a la isla —dijo Caitriona—. Así que ¿cómo pensáis volver?

Hablé antes de que a Neve se le ocurriera contar la verdad.

—Neve abrió un camino. Seguro que puede hacerlo de nuevo.

—Eso solo si decido volver con vosotros —acotó ella, con el tipo de resentimiento que bien me merecía y que solo hacía que me agradara aún más.

—Entonces alguna de las sacerdotisas podrá enviarnos de vuelta por donde hemos venido —contraataqué.

—No —intervino Caitriona—. A pesar de tus mentiras, es imposible que una hechicera abra un camino tras el Abandono, y ninguna sacerdotisa lo hará por vosotros. No hay suficiente luz del día para llegar hasta allí y no pienso arriesgar la vida de ninguna de mis hermanas por vosotros otra vez.

La furia y la indignación se alzaron en mi interior.

—Tiene que haber otro modo de…

Una campana empezó a sonar con fuerza, y sus intensos *talán, talán, talán* eran una llamada desesperada. El pulso se me aceleró hasta acompañar su ritmo.

—¿Qué pasa ahora? —pregunté.

La armadura de Caitriona traqueteó cuando pasó por mi lado a toda prisa hacia uno de los tapices de la pared y lo apartó para revelar una fila de ventanas arqueadas. Nos reunimos detrás de ella y buscamos en la oscuridad que se veía más allá de las murallas del torreón.

Caitriona se aferró al alféizar medio derruido y contuvo la respiración.

Debajo de nuestra posición, el foso seco era un infierno de fuego en ese momento. Las llamas iluminaban de forma siniestra los cientos —no, los miles— de Hijos de la Noche que se habían acumulado en sus bordes.

Algunos se arrojaban sobre las llamas para probar si podían cruzar el foso. Uno se lanzó desde un árbol cercano, y gracias a sus manos como garras fue capaz de aferrarse al muro de la fortaleza, aunque no tardó en deslizarse hacia abajo y ser devorado por el intenso calor. Otro consiguió subir un poco más antes de que un arquero lo derribara para que dejara de escalar la cortina de muros.

Oímos el estruendo de unos pasos en las escaleras. Betrys entró corriendo un segundo después, con la frente cubierta de un sudor brillante.

—¿Qué ha pasado? —preguntó Caitriona, dirigiéndose a su lado.

—Han… —Betrys respiró hondo para intentar hablar—. Han venido todos a la vez. Nos han rodeado por completo. He encendido el foso, pero no los ha hecho huir como las demás veces. ¿Cómo han conseguido superar las protecciones que hay en el bosque?

Un atisbo de miedo cruzó el rostro de Caitriona antes de que consiguiera controlar su expresión y volver a ponerse su típica máscara de calma.

—Su magia ha fallado, como temíamos. Solo será cuestión de tiempo que la de las murallas falle también. Has hecho bien en encender el foso.

—¿A qué te refieres con que su magia ha «fallado»? —quise saber—. ¿Cómo es eso posible?

—La magia oscura corrompe —explicó Caitriona—. La presencia de los Hijos de la Noche debilita los encantamientos más fuertes y más antiguos de la isla.

Intercambié una mirada con Emrys.

—¿Deberíamos encender los fuegos secundarios de la parte alta de las murallas? —preguntó Betrys.

Caitriona negó con la cabeza y sujetó a su hermana del brazo.

—Despierta al resto de los guardias del torreón, tendremos que buscar en los niveles inferiores y en los estanques para asegurarnos de que ninguna criatura haya conseguido entrar... —Sus voces fueron disminuyendo conforme salían de la estancia.

Una imagen de los voraces Hijos de la Noche se quedó en mi mente mucho después de que Caitriona y Betrys se marcharan.

—¿Cuántas plantas y leña tenéis para mantener los fuegos encendidos? —pregunté.

—Arden gracias a la magia —explicó Olwen. Sus palabras tenían la intención de ser tranquilizadoras, pero el modo en que sus labios parecían temblar incluso mientras sonreía no generaba mucha confianza—. Las Nueve iremos por turnos a asegurarnos de que permanezcan encendidos hasta el amanecer, cuando las criaturas se retiren.

—¿Y si no se van? —le pregunté.

Olwen no se atrevió a responder, pero no hacía falta.

Nos quedaríamos atrapados con ellos dentro.

Y cuando la última magia protectora se apagara y las garras tocaran las frías piedras, también moriríamos con ellos.

Sin haberlo acordado antes, ni mucho menos haber discutido al respecto, los demás me siguieron hasta la habitación que Emrys y Cabell compartían. La pesada puerta de roble estaba entreabierta, como si mi hermano hubiese estado esperando nuestra llegada o al menos se hubiese preguntado a qué se debían las campanas que aún sonaban.

Estaba sentado en la cama, con las rodillas pegadas al pecho y los brazos rodeándolas. Su cabello oscuro que le llegaba a la altura de los hombros le cubría el rostro mientras tenía la mirada fija en la pared frente a él. No alzó la mirada cuando entramos a la habitación y Emrys cerró la puerta tras nosotros.

—¿Se lo has contado? —preguntó Cabell, con voz ronca.

—He tenido que hacerlo —le dije.

Mi hermano encogió un hombro.

—Podrías haber esperado a que estuviera en la misma habitación, al menos.

—Lo sé. —Y porque era lo único que podía decir, añadí—: Lo siento.

Cabell asintió y luego se levantó para dirigirse a la mesa que había frente al fuego y sentarse allí. El fuego de las piedras de salamandra parpadeó con el aire cambiante. En los bordes de mi visión, tanto Neve como Emrys dieron un paso inconsciente hacia atrás cuando Cabell se acercó.

La sensación de entumecimiento que aumentaba cada vez más en mi interior se transformó de inmediato en una furia incontrolable.

—No muerdo —les dijo Cabell, y mi corazón se rompió un poquito más al verlo forzarse a sí mismo a usar un tono ligero, casi bromista. Sus dientes blancos brillaron por la luz de la chimenea—. Al menos no en forma humana.

—Qué mala pata con lo de tu maldición, Lark —dijo Emrys, con su voz petulante de siempre—. Supongo que eso explica por qué tu padre estaba buscando el anillo en primer lugar.

Se sentó en el asiento directamente frente a Cabell. Era una mesa redonda, no muy diferente a la de Arturo, en la que todos teníamos la misma posición y la misma capacidad para observarnos el uno al otro con sospechas. Sonreí sin una sola pizca de diversión.

—¿Qué ha pasado fuera? —preguntó Cabell, girándose para mirarme.

—Los Hijos de la Noche han rodeado el torreón —le conté—. Las Nueve los están manteniendo a raya con fuego.

—¿Y eso será suficiente? —preguntó él, frunciendo el ceño.

—Olwen me contó que el fuego es la única forma de matarlos de verdad —nos explicó Neve, mientras pasaba uno de sus dedos por una veta de la madera—. Las criaturas le temen y odian la luz.

—Lo más importante aquí es que nos están bloqueando el camino de vuelta al portal —dije—. Tenemos que encontrar otro camino al mundo mortal, de lo contrario no seremos más que un festín para los no muertos.

—¿De verdad quieres marcharte? —preguntó Neve, sin poder creérselo—. ¿Ni siquiera quieres tratar de ayudarlas?

—¿Qué se supone que puedo hacer yo para ayudar aquí? —le pregunté. Neve me dedicó una mirada fría.

—No puedo creer que seas tan desalmada.

Me estaba empezando a poner de los nervios.

—¿Quizás eso sea por el hecho de que apenas me conoces?

—Podemos hacer *algo* —lo intentó Neve una vez más—. Este no puede ser el fin de Ávalon.

Sabía que no estaba enfadada conmigo solo por ser realista con respecto a nuestra situación. También había al menos un pelín de enfado que no había dejado salir antes por no haberle contado la verdad sobre el anillo, pues Neve era alguien que claramente estaba orgullosa de ser autodidacta y muy culta. Así que bueno, vale. Discutir estaba bien. Me ayudaría a dejar salir un poco de la presión dolorosa que se había ido juntando en mi interior desde que habíamos entrado a aquella torre de vigilancia.

—He venido hasta aquí por el Anillo Disipador, y ahora su rastro no solo está frío, sino que ha dejado de existir —le dije, sin molestarme en usar un tono más suave—. No pienso arriesgar mi vida ni la de Cabell recorriendo esos bosques en busca de una reliquia que quizá ni siquiera siga aquí. Prefiero volver a nuestro mundo y encontrar otra solución. Y te sugiero que hagas lo mismo.

—Esto ya no se trata del anillo —protestó Neve. Su rostro era el vivo retrato de la compasión noble que había conseguido que muchas personas heroicas terminaran muertas durante miles de años. Si había algún momento para que empezara a ser egoísta, para confiar en las probabilidades imposibles, era aquel que estábamos viviendo.

—¿Ya te has olvidado de la razón por la que querías el anillo? —le pregunté—. ¿Qué te hace pensar que el Consejo de la Soraridad te va a aceptar por haber salvado el lugar del cual las desterraron?

Neve agachó la cabeza, con expresión tensa. Estaba claro que aquello era lo que había estado pensando.

—No… no se trata solo de eso.

—¿Quieres tener acceso a los libros de las sacerdotisas para poder aprender más sobre la magia? —sugerí—. ¿Incluido ese encantamiento de luz que usaste?

—¿El que os salvó la vida? —La expresión tan aguerrida con la que me devolvió la mirada me hizo retroceder un poco en mi silla. El fuego parecía rugir a mis espaldas, como si fuera un eco de la intensidad de sus palabras.

—Tamsin tiene razón… —empezó a decir Emrys.

Me giré para verlo, con las cejas alzadas.

—Sí, por una vez estoy de acuerdo contigo, Avecilla…

—Deja de llamarla así —lo interrumpió Cabell.

Emrys siguió hablando, sin hacerle caso.

—Todavía tenemos el portal esperándonos. Si vamos de día, es probable que consigamos sobrevivir el tiempo suficiente para usar el viaje de regreso que nos prometió la arpía.

—Ya, y esperemos que no lo encuentre alguno de los Hijos de la Noche antes e intente usarlo para colarse en nuestro mundo —murmuré.

Los tres me miraron con distintos grados de horror en su expresión.

—¿Puedes pedirle a ese diablillo del caos que tienes dentro de la cabeza que cierre el pico? —me pidió Cabell, atormentado.

—Solo digo que tenemos el tiempo en contra —dije.

—Tienes razón —sentenció Neve, empujando su silla hacia atrás—. Y es por eso que no pienso quedarme aquí sentada dejándome llevar más y más por el pánico. Iré a la biblioteca a buscar alguna solución.

Meneé la cabeza y miré de reojo a mi hermano, pero su rostro tenía una expresión incluso más preocupada.

Cuando Neve llegó a la puerta, se detuvo y no se molestó en girarse antes de decir:

—Lamento mucho lo de Nash.

Y entonces se marchó.

—Ya que estamos… —dijo Emrys, estirando los brazos y el cuello un poco—. Iré a buscar algo de comida y a cotillear por el lugar a ver qué encuentro.

Cuando él también se marchó, Cabell se levantó de su silla y volvió a sentarse en el filo de la cama. Lo seguí para sentarme a su lado y noté cómo el silencio entre ambos parecía ser un tercer acompañante en la habitación. De pronto, toda la furia y el resentimiento de mi interior me inundaron. Apreté los puños sobre el regazo y apoyé la cabeza sobre el hombro de mi hermano. Él apoyó la suya sobre la mía.

—Así que de verdad se ha ido —dijo Cabell, tras un rato en silencio.

Cuando cerré los ojos, pude ver a Cabell, el Cabell de hacía siete años, pequeñito y frágil, empapado por la lluvia tras haber buscado a Nash por todo Tintagel. El que me decía lo que yo ya sabía: «Se ha ido».

Cuando habíamos pasado a ser solo nosotros dos.

—Hace siete años que no está —le dije—. Solo que ahora sabemos de verdad que no volverá.

—Eso es lo que siempre has pensado —señaló Cabell.

—Pero no significa que fuera lo que quería que pasara —me oí a mí misma admitir.

Se enderezó y se giró un poco para mirarme.

—Quizás encontremos algún otro de sus diarios que nos diga en qué estaba pensando para venir aquí con el anillo. O los nombres de tus verdaderos padres.

Apreté la mandíbula y odié la forma en la que mis ojos se anegaron de lágrimas.

—No importa. Lo único que importa es que nos tenemos el uno al otro, ¿verdad?

Cabell soltó un suspiro y se quedó un rato en silencio antes de animarse a decir:

—Si pasa de nuevo… Si me transformo…

—No pasará —lo interrumpí, antes de sentarme recta. Lo agarré del antebrazo y lo obligué a mirarme—. No pasará.

—Si pasa —siguió, sin apartar la mirada de sus manos—, no dejes que le haga daño a nadie, y menos a ti. No podría vivir sabiendo que te hecho daño. Haz lo que tengas que hacer para detenerme.

—Pero no va a pasar —insistí.

—Tamsin —dijo él con firmeza. Le devolví su mirada oscura y odié la forma en la que las sombras parecían pintar su expresión atormentada—. Lo que tengas que hacer.

Volví a apoyar la cabeza contra su hombro y le di la bienvenida de vuelta al silencio.

—Pero no va a pasar —repetí, porque nunca le prometía nada a mi hermano que supiera que no iba a poder cumplir.

La noche interminable se alargó en lo que Olwen llamaba «las horas de descanso», en las que la mayoría de los supervivientes avalonianos intentaban dormir, por muy imposible que pareciera aquella tarea.

Comí un poquito del pan y el estofado de cebada que nos ofreció Dilwyn y me fui a la cama temprano. El alivio me inundó al ver que Neve no estaba en la habitación.

No encendí la chimenea, pues pensaba de forma más clara en la oscuridad cuando los únicos rivales de mis pensamientos eran el miedo y los recuerdos. Me tumbé de lado y me quedé mirando la pared hasta que mis ojos se acostumbraron lo suficiente a la oscuridad como para contar cada piedra y mis oídos dejaron de oír los alaridos de los Hijos de la Noche que se reunían en el borde del foso en llamas.

Atrapados. Podía notar la palabra en la boca como si fuesen unas verduras amargas. Cada plan que concebía —escapar, cavar, pelear— se derrumbaba bajo el peso de su propia imposibilidad.

Me giré hacia el otro lado y noté todo el dolor que sentía en la espalda y las piernas.

«¿De verdad quieres marcharte?».

Lo haría sin dudarlo si aquello significaba que saldríamos con vida. Incluso Emrys. Aquel no era nuestro mundo, y no teníamos ningún tipo de responsabilidad por él ni por ninguna persona de allí.

Tras soltar un suspiro, apoyé la mejilla sobre mis manos. Sabía que debía mostrarme agradecida por seguir respirando y por el hecho de que habíamos conseguido llegar hasta aquel lugar. Pero todo se disolvía en la furia burbujeante que tenía bajo la piel.

«Venga ya, Tamsy, que no es para tanto».

En la quietud del momento, cientos de preguntas se alzaron en mi mente como un enjambre venenoso. Solo que la verdad aplastante residía más allá de aquellos muros, desperdigada entre los huesos de Nash.

Era probable que sus restos fueran la última respuesta que fuésemos a encontrar. Nash estaba muerto. Nash estaba muerto, junto a todo lo demás que merecíamos saber y que ya nunca podríamos. Nash estaba muerto y se había llevado con él nuestros pasados a donde no podíamos alcanzarlos, hacia las tierras salvajes y oscuras de la muerte.

Ni siquiera podía enfadarme con él por eso, no cuando estaba tan furiosa conmigo misma. Había sido yo quien nos había llevado hasta aquel lugar. Al perseguir su fantasma, me había asegurado de matarnos a todos.

De algún modo, aunque pareciera imposible, debí haberme quedado dormida. Lo siguiente de lo que fui consciente fue del roce de la puerta sobre la piedra y de la cama que se hundía bajo el peso de Neve.

—No pensabas contarme cómo es que se reclama el anillo, ¿verdad? —susurró en la oscuridad.

—No.

—Porque pensaste que soy una tonta y que para cuando llegara el momento en que lo descubriera ya sería demasiado tarde.

—Nunca he pensado que fueras tonta —respondí, también en un susurro—. Pero lo siento.

No le expliqué el resto. Que las cosas habían cambiado entre nosotras. Que jamás me había imaginado que fueran a convertirse en algo así. Nada importaba ya, y lo único que quería era silencio. La fría extensión de la nada que era lo que solía existir entre nosotras.

El único lugar seguro en el que me podía esconder.

23

Aquella noche soñé con la mujer de la nieve por primera vez en años.

Fue tan claro como el día en que sucedió. Cabell y Nash me habían dejado en la barcaza que nos habían prestado para poder ir a buscar la daga de Arturo en una bóveda que había cerca. Entonces había oído su voz, y la añoranza que contenía parecía haber entrado en sintonía con la mía. Como si hubiese estado buscándola y ella a mí.

Me esperaba en campo abierto, y la nieve que caía del cielo le daba forma a su figura traslúcida mientras levitaba sobre el suelo. Estiró una mano en mi dirección, y yo avancé hacia ella, desesperada por su toque. Por que me quisiera.

La Dama Blanca era hermosa, pero su rostro adquirió una expresión dolida cuando me vio.

Algo se había removido en mi interior mientras me acercaba. Un pensamiento. Un cuento, uno que Nash nos había contado hacía muchos meses. De unas mujeres que morían por su propia mano antes de que pudieran revelar la ubicación de un tesoro. De cómo se suponía que debían protegerlo hasta que mataran a otra que pudiera ocupar su lugar.

Sin embargo, el pensamiento desapareció, y entonces solo estaba ella. Su mano estirada en dirección a mi pecho, justo por encima de mi corazón.

Y el dolor. Un dolor intenso y más cruel del que había experimentado nunca. Como si hubiese aferrado un cuchillo y me lo hubiese clavado allí una y otra vez. Aunque traté de apartarme, mi cuerpo estaba demasiado débil. Ni siquiera podía gritar. Su rostro, antes tan sereno, se tornó monstruoso por la dicha al ver mi sufrimiento.

Entonces el viento rugió, helado e imperioso mientras se movía por el campo. La nieve empezó a agitarse con las palabras de su canción.

«Ella, no. Esa niña, no».

Y la luz parpadeante que era el espíritu obedeció y se desvaneció como la última pincelada de luz en la noche.

El sueño cambió.

Me encontraba en el camino que conducía a las imponentes puertas del torreón y seguía a un caballo blanco que no tenía jinete. Mientras caminaba, la espesa niebla que nos rodeaba se apartó, y el mundo cambió. Un verde brillante con una vida sin fin: aves, peces dentro del brillante foso, haditas que se reunían sobre las murallas. Las ramas del árbol de la Madre estaban llenas de hojas y zarcillos de una niebla que parecían suplicar al árbol.

Los cascos del caballo resonaron sobre la piedra. Cuando llegó a los escalones que daban hacia el torreón, se giró, como para comprobar si aún lo seguía.

Vi mi rostro reflejado en su ojo negro. Un cuerno de marfil en espiral se alzaba desde su frente. Una especie de efervescencia se desplazó bajo mi piel cuando el animal inclinó su cabeza hacia la base de las escaleras del torreón y tocó el suelo con su cuerno. Y, en aquel lugar, una sola rosa blanca surgió de la tierra oscura, en medio de las piedras. Con sus delicados pétalos abriéndose.

Me desperté de un sobresalto, jadeando. Me llevé las manos hacia mi rostro sudado, y el olor fantasma de los pétalos aún permanecía en mi piel. Salí a trompicones de la cama y disfruté de la sensación de frío que me embargó cuando mis pies entraron en contacto con el suelo de piedra. Aquello era real. Aquello era cierto.

Me limpié las manos con mi camiseta, la manta, cualquier cosa con tal de deshacerme de aquel olor. Solo me detuve cuando vi que el otro lado de la cama se encontraba vacío, aunque acomodado de la forma más correcta posible.

Neve ya se había marchado. Y no la culpaba.

El dolor agonizante que me invadió el cráneo hizo que la habitación pareciera dar vueltas entre las sombras. Una luz gris se colaba a través de la ventana que había a mis espaldas.

Era de día.

No me molesté en ponerme los zapatos ni en arreglarme la ropa con la que había dormido. Salí como un rayo de la habitación y corrí escaleras arriba hacia la biblioteca. Si bien estaba segura de que me iba a encontrar a Neve en aquel lugar, sentada a una mesa y cubierta por una montaña de libros, la estancia estaba vacía.

Me detuve en la puerta. Con todos los tapices corridos hacia los lados, unos haces de luz de color acerado se colaban por las ventanas como si fuesen cuchillas. Las mesas y las alfombras parecían desgastadas y lúgubres.

Casi tenía miedo de acercarme al frío cristal para asomarme por la ventana. Varias personas se movían por el patio y flanqueaban los muros de la fortaleza. El corazón me dio un salto al ver que el fuego del foso se había apagado y que las criaturas se habían concentrado bajo los árboles y sufrían la tenue luz al montar unos horripilantes montículos de tierra y esconderse detrás de algunas rocas enormes.

Alguien ahogó un grito a mis espaldas. Me giré y alcé las manos en una posición defensiva. Olwen me devolvió la mirada, e iba cargada con un pequeño caldero, tres velas y una guirnalda de color verde que aferraba contra su pecho. Su cabello azul oscuro parecía flotar a la altura de sus hombros.

—Me has asustado —dijo, con una risa algo temblorosa—. No esperaba a nadie que no fuese Pulga por aquí arriba.

Les eché un vistazo a los objetos que dejó sobre una de las mesas.

—¿Para sus clases?

—Si consigo arrastrarla de donde sea que se esté escondiendo —contestó, arqueando una ceja.

El olor a lavanda y lejía me llegó cuando la sacerdotisa cruzó la habitación en mi dirección.

—Los Hijos de la Noche no se han ido —me informó. De cerca, su agotamiento era evidente: sus ojeras eran oscuras y pronunciadas, y parecía mecerse en sus intentos por permanecer de pie.

—¿Cómo es posible? —le pregunté—. ¿Lo han hecho alguna otra vez?

Olwen negó con la cabeza.

—No tenemos ni idea de lo que puede significar, aunque sospecho que nada bueno.

—¿Tú crees? —dije, mirándola con una sonrisa irónica.

De pronto, la idea de que pasase horas dándole clases a Pulga en lugar de preparándose para el siguiente ataque de las criaturas parecía ridícula.

—¿Qué sentido tiene enseñarle cualquier cosa si ni siquiera podéis garantizar que siga con vida mañana? —pregunté, haciendo un ademán hacia la mesa.

Olwen endureció su expresión.

—¿Sabes, Tamsin? —empezó— Nuestra suma sacerdotisa, que la Diosa la tenga en su gloria, solía decir que, si esperas fracasar, estás invitando al fracaso con los brazos abiertos, porque no toleras el dolor de la esperanza, de la posibilidad de tener éxito. Pero dime, ¿tener razón hace que duela menos cuando sucede lo que esperas?

—No —le aseguré, y el dolor de cabeza me torturó más y más con cada aliento—, pero al menos estás preparada.

En el breve espacio de tiempo en el que estuve fuera de mi habitación, alguien ya se las había arreglado para entrar y salir. Mi ropa vieja —solo el jersey y la camiseta, pues los pantalones habían quedado hechos un amasijo de harapos irreconocible— había sido lavada como me habían prometido y estaba en un montoncito ordenado en la mesa frente a la chimenea.

Y había algo más sobre las prendas. Entrecerré los ojos para ver qué era, mientras intentaba hacerme tronar el cuello. Me incliné para verlo mejor.

Era una avecilla de madera. Una figura tallada con delicadeza, no más grande que mi pulgar, pero no por ello escasa en detalles. Por la cresta de plumas que tenía en la cabeza, supe que...

Era una alondra, como mi apellido.

Sus ojitos de madera me devolvieron la mirada con una especie de inteligencia detrás de ellos, y tenía el pico tallado en una posición semiabierta, como si estuviese inhalando antes de salir volando. La noté cálida en la palma de la mano, y sus bordes se me clavaron entre los dedos cuando los cerré sobre ella y me llevé el puño a la frente.

Tenía que encontrar a Cabell y luego al resto para terminar nuestra conversación. Para convencer a Neve de que abandonara la absurda idea de que aquel mundo podía ser salvado. También tenía que encontrar un mapa de la isla y descubrir dónde nos había dejado el portal de la arpía. Además de idear un plan para escapar de los Hijos de la Noche y luego uno de emergencia para cuando aquel inevitablemente fallara. Debía ver qué provisiones y comida extra conseguía encontrar para guardar en nuestras mochilas y cruzar los dedos para que nadie se percatara de su ausencia.

Solo que ni Cabell ni Emrys estaban en su habitación, ni tampoco en el vestíbulo principal del torreón. Lo único que había eran hombres y mujeres con telares que tejían prendas sencillas o mantas.

El golpeteo del metal contra metal finalmente me condujo hacia el patio, donde el aire aún olía a humo.

Lo primero que vi fue la melena negra de Cabell, y luego el cuero oscuro de su chaqueta. Estaba solo, cruzado de brazos y apoyado contra la valla de la zona de entrenamiento. Observaba con atención mientras Bedivere guiaba a un grupo de hombres y mujeres a través de una serie de ejercicios con sus espadas de madera.

El viejo caballero hacía una demostración con su espada de acero y blandía su hoja con una mano con movimientos precisos y llenos de confianza. Aún llevaba puesto su guante de metal en el lugar en el que había perdido la mano, y usaba aquella muñeca para apoyar la empuñadura de su espada.

Eché un vistazo a los inseguros novatos mientras me acercaba hacia Cabell; todos parecían apabullados ante lo que fuera que Bedivere les estuviera explicando. Sostenían sus armas de práctica como si se hubiesen pasado la vida cargando arpas y flautas en lugar de espadas.

Un poco más allá, Caitriona y otras sacerdotisas también estaban entrenando entre ellas. Observé, con la boca abierta, cómo Arianwen derribó el centro de su blanco con cuatro flechas lanzadas con una puntería perfecta.

Tras ella, Betrys dio una vuelta de campana, rodó sobre el suelo y lanzó una rápida sucesión de cuchillos a sus blancos: unos muñecos de forma humanoide. Su estado ya había sido lamentable antes, pues la paja se salía de debajo de su cobertura de tela, pero la sacerdotisa se las arregló para decapitar a uno de ellos y destripar a otro. La paja llovió sobre el suelo mientras los muñecos se derrumbaban.

Caitriona entrenaba con una brillante espada larga; tenía el rostro colorado y bañado en sudor mientras blandía la pesada espada en unas figuras con forma de ocho perfectas, una y otra vez. Solo se detenía para ajustar la altura y la velocidad de sus ataques. Sus pasos eran ligeros y veloces y dejaban marcas de espirales sobre las piedras polvorientas.

—Imagino que no tienes otro termo de café guardado por ahí, ¿verdad? —Era tanto una súplica como una pregunta.

Cabell me dedicó una mirada pesarosa.

—¿No trajiste ningún paquetito?

—Se echaron a perder con la lluvia y el lodo —me quejé.

—¿Quizá tengan algo de té? —sugirió.

Lo miré, demasiado asqueada como para dignarme a contestar aquello.

—¿Ha pasado algo interesante esta mañana? —le pregunté.

—Vi a Neve ayudando en la cocina hace un rato. Luego me encontré con Lowri, una de las Nueve. Es la que tiene el pelo rubio fresa y es incluso más alta que Caitriona.

Asentí. La había visto por el torreón. Sus hombros y brazos eran muy musculosos.

—Lowri trabaja con el gnomo Angharad en la forja —me contó Cabell, como si me hubiese leído la mente. Luego añadió, con sorna—: Nadie más se me ha acercado, quién sabe por qué.

—Pues la verdad es que hueles como si hubieses dormido junto a un burro mojado —le dije, aunque el comentario no le hizo gracia—. Ya se darán cuenta. —Tenía un nudo en la garganta conforme se lo decía—. Se darán cuenta de quién eres de verdad.

—¿Ah, sí? —preguntó, toqueteando el conjunto de anillos de plata que tenía en el dedo medio de la mano derecha—. ¿Y quién es ese?

—Una persona increíble a la que las cartas le jugaron una mala pasada —contesté, con una mirada que lo retaba a discutírmelo—. Que a veces huele a burro, pero que tiene un corazón de oro.

Cabell esbozó una pequeña sonrisa.

—Gracias, Tams.

—Pero bueno —dije, bajando la voz a un susurro—, necesitamos un plan.

Cabell le dio la espalda al entrenamiento y raspó la suela de su zapato contra el suelo.

—Lo que de verdad necesitamos es lo que siempre necesitamos cuando empezamos un encargo: información. Sobre el torreón en sí, y si existe la remota posibilidad de que podamos hacer viajes más largos fuera de las murallas.

Aunque siempre prefería que los dos trabajáramos solos, él tenía razón. En aquella ocasión era imposible.

—¿Eso era lo que estabas intentando hacer aquí? —pregunté.

—Iba a intentar hablar con Bedivere sobre lo que pasó ayer —me dijo, cruzándose de brazos—. Sobre cómo consiguió traerme de vuelta y evitar la transformación.

Asentí e hice caso omiso del modo en que mi estómago se tensó ante la mención de los hechos del día anterior.

—Es buena idea. De hecho, no nos vendría mal caerle en gracia. Quizá sepa de algún otro modo para salir de aquí.

—¿Y tú? —me preguntó—. ¿Necesitas que te dé unos consejos para hacer amigos?

—Ay, pero qué risa. —Puse los ojos en blanco.

—¡*Cabell*!

Ambos nos giramos hacia la zona de entrenamiento. Bedivere le estaba haciendo unos gestos para que se acercara con una de las espadas de práctica de madera.

—Tengo una espada aquí para ti, chico.

—Oh… No, no —dijo mi hermano, negando con la cabeza y dando un paso hacia atrás—. Estoy bien de espectador, de verdad.

Le di un codazo en el costado y grité hacia atrás:

—¡Ha estado esperando toda la mañana a que se lo pidieras!

El caballero dejó a sus novatos y se acercó a nosotros, y su sonrisa quedó medio oculta por su espesa barba.

Aquel día llevaba una pechera de cuero y olía al aceite que había usado para suavizarla un poco, a eso y a un poco de sudor de caballo.

—Venga, chico. Nos falta uno para practicar duelos, y sospecho que te va a ayudar a despejar un poco la mente de tantas preocupaciones.

Bedivere le lanzó la espada de práctica y mi hermano la atrapó sin dificultad. Se la quedó mirando mientras el caballero se dirigía de vuelta al grupo antes de exclamar:

—¡Todos a sus puestos!

—Quieres información —le recordé a Cabell—. Ha sido idea tuya.

Mi hermano soltó un gruñido, se quitó la chaqueta y la dejó colgada sobre la valla a mi lado. Se bajó las mangas de la túnica para que le cubrieran los tatuajes de los brazos y se las aseguró en las muñecas con las cintas.

—A por ellos, campeón —le dije, dándole una palmadita en la espalda—. Deja en alto el apellido Lark.

—Cuando volvamos a casa, voy a tirar todo tu café instantáneo por el retrete —me dijo, a través de una sonrisa forzada.

Para ser que mi hermano navegaba nuestro mundo con confianza y facilidad, me resultó muy extraño verlo acercarse al resto de novatos como un niño nervioso que intentaba hacer amigos en el parque.

—¡Buen chico! —oí que Bedivere lo felicitaba—. Compañeros, este es mi amigo Cabell.

Sentí una suave presión en el bolsillo de mi chaqueta. Llevé la mano a ella justo a tiempo para atrapar la manita que estaba tratando de escurrirse sin que la notara.

—Vamos mejorando —dije, girándome. Pulga hizo un puchero mientras me devolvía la avecilla tallada—. Lo mejor es intentarlo con objetos planos o lisos hasta que te vuelvas más rápida.

La niña pretendió no haber oído mi consejo mientras se apoyaba contra la valla.

—¿Ese es tu hermano? ¿El que parece un monigote que se ha pasado de copas?

—Yo soy la única que puede llamarlo «monigote» —le aclaré—. Además, no lo hace tan mal...

Ambas volvimos a mirar al grupo. Cabell no había practicado tanto como los otros, y su inseguridad hacía que siempre se quedara rezagado, un paso por detrás del resto de modo que pudiera seguirlos.

—Si tú lo dices... —dijo Pulga, acomodándose su gorrito para que le cubriera mejor las orejas.

Con su carita cubierta de mugre, sus ondas rubias casi blancas y su actitud de malas pulgas, tenía que admitir que sentía cierta familiaridad con aquella niña.

—¿No deberías estar allí practicando? —pregunté, haciendo un ademán hacia las demás sacerdotisas.

—Cait dice que 'toy muy cría —contestó ella, haciendo un mohín. Entonces añadió, en una impresionante imitación de la sacerdotisa mayor—: «Tienes que aprender con los ojos antes de usar las manos», suele decir.

—Ah, pero si eso es una... —me contuve— tontería. Lo mejor siempre es ponernos manos a la obra.

Pulga asintió con fuerza.

—¡Eso digo yo!

—¿Has hablado con Bedivere al respecto? —pregunté, y, aprovechando la oportunidad, añadí—: ¿Qué se cuenta?

—¿El sir Beddy? —Pulga echó un vistazo hacia atrás, mientras se lo pensaba—. El viejo está bien mientras no está dando por saco sobre cómo debemos servir a ese *morido* apestoso en batallas gloriosas y qué sé yo.

Me eché a reír, sorprendida.

—¿Es cierta esa historia? —Al darme cuenta de que quizá no conociera las versiones del mundo mortal de ese relato, especifiqué—: Lo que dicen de que trajeron al rey Arturo justo antes de morir y que lo han mantenido en un sueño encantado.

Todo para que pudiera volver algún día cuando Inglaterra lo necesitara.

La niña asintió y se siguió mordiendo sus ya bien mordidas uñas.

—Tiene una tumba llena de adornos en el bosque y todo. Pero no sé yo si piensa volver, la verdad. A mí me parece que ya se pudrió bien *pudrido*. Me extraña que no se haya convertido como los otros *moridos*, aunque tiene magia que lo protege y lo mantiene vivito a duras penas. O eso dice Olwen.

—¿Y cómo es que Bedivere sigue vivo? —le pregunté.

—Algún encantamiento —dijo Pulga, haciendo un ademán para restarle importancia—. Seguirá vivo mientras el rey lo necesite o algo así.

Conque eso era.

—¿Bedivere siempre ha vivido aquí en el torreón?

La niña se limpió la nariz con su manga.

—No. Vivió en una casucha cerca de la tumba durante cieeentos de años. Y vino hace cosa de dos años.

Por primera vez, Pulga me pareció la niña que de verdad era. Su labio inferior tembló un poco mientras sus dedos se aferraron a la valla.

—¿Fue cuando aparecieron los Hijos de la Noche? —insistí.

—Cuando se levantaron con hambre —contestó ella, sorbiéndose la nariz—. Vinieron por la gente que había en los huertos y en las aldeas que había antes. Y… por la escuela.

Antes solía haber una escuela. Caí en la cuenta de aquella idea, mientras esta se abría paso en medio del horror de esas palabras como si fuese un hilillo de hielo. No había comprendido la totalidad de la cuestión hasta que Pulga lo había dicho.

Pulga era la única niña que quedaba en el torreón.

Quizá podría haber una guardería escondida en alguno de los muchos edificios que tenía el torreón, pero no había visto a ningún bebé ni oído ningún llanto. Tampoco había ningún niño pequeñito correteando por allí. Ninguno en todo el tiempo que llevábamos en ese lugar.

De verdad esperaba equivocarme, porque la idea era demasiado horrible para soportarla. Si bien mi corazón era duro, todavía seguía latiendo. Tenía sentido que nadie se atreviera a darle la bienvenida a otro niño en aquel mundo. No del modo en el que estaban viviendo.

—Y… ¿tú no fuiste ese día? —le pregunté con cuidado.

La niña negó con la cabeza.

—No quería ir. Me daba palo, y los demás niños eran *más mejores* que yo en todo. Así que vine para aquí, para ver los preparativos de la fiesta de la cosecha. Y entonces… —Pulga dejó de hablar y se llevó una mano a su nariz llena de mocos—. Entonces no hubo cosecha. Mi ma y mi pa estaban en el bosque sagrado y ya no queda nada de ellos. Y ya está, fin.

La intensidad de sus palabras hizo mella en mí con tanta fuerza que me pareció que no podría moverme. Por muy horrible que hubiese sido mi infancia, no había sido… así. Los frágiles vestigios de una vida a la que Pulga solo se podía aferrar mientras los últimos restos de su mundo se derrumbaban a su alrededor.

—Pero ese no es el fin fin —le dije, con amabilidad—. Lamento mucho lo de tus padres y tus amigos. Debe ser muy duro echarlos de menos.

—Ya *'toy* mejor —respondió, frunciendo el ceño—. Tengo a mis hermanas y no *'toy* sola. Ninguna está sola.

—Me alegro —le dije, devolviendo la mirada a donde Arianwen estaba encajando otra flecha en su arco—. ¿Y sus familias…?

—*Moridos* todos —confirmó Pulga—. Uno a uno. La oscuridad era tan intensa que podía estrangularte, pero Cait nos ayudó. Los demás siempre bromean con que, como tiene el pelo así plateado, no es humana, sino que la hicieron en la forja, pero yo sé que ella también tuvo una ma y un pa.

Asentí.

—Mari tiene a su tía y a su tío en el torreón. El viejo Aled y Dilwyn —siguió la niña—. Pero los demás solo nos tenemos los unos a los otros y solo duele a veces, cuando no hay ruido y te pones a pensar en eso.

Asentí de nuevo y apreté la mandíbula mientras me devanaba los sesos por algo que decir. Tenía miedo de que mis palabras salieran en un tono amargo y cortante como solían hacer.

—Y tú tienes a tu hermano, ¿verdad? Incluso si se transforma en un monstruico —añadió, alzando la mirada con una expresión solemne que me sorprendió—. Lamento lo de tu pa.

No tenía sentido por qué justo *eso* —de entre todas las cosas que habían sucedido— hizo que los ojos se me llenaran de lágrimas. Necesitaba cambiar de tema.

—¿Cuándo te convocaron como sacerdotisa? —le pregunté.

—Justo antes de que a nuestra suma sacerdotisa la espachurraran unos días después de lo de los huertos y la escuela. Fue justo ahí…

Señaló a la zona al lado de la cocina.

—¿Los Hijos de la Noche llegaron a colarse en la fortaleza? —pregunté, horrorizada.

Pulga asintió.

—Era tan vieja como la tos y murió rápido y de forma muy fea al proteger a Mari y los demás, porque había pocos guardias que supieran pelear. Ya sabes, porque Ávalon era un lugar pacífico y todo ese rollo. Eso afectó mucho a Mari y desde entonces no ha *volvido* a ser la misma. O eso dice Olwen, aunque ella sabe de esas cosas.

Quería decirle algo que la consolara un poco, pero nunca se me habían dado bien ese tipo de cosas. Todo lo que se me ocurría parecía incorrecto.

No les debes nada, me susurró la misma voz de antes, *ni siquiera un poquito de amabilidad.*

—¿Por eso Caitriona y las demás aprendieron a combatir? —pregunté. Y por ello Bedivere las ayudaba, una vez que llegó al torreón a buscar refugio—. ¿No solían entrenar de ese modo antes?

—¡Para nada! —dijo Pulga—. Todas iban revoloteando por ahí en sus vestidos, bendiciendo la tierra de la Diosa, organizando festivales, cantando paparruchadas y haciéndose coronitas de flores. Pero supongo que no es tan raro. Antes estaba la Dama del Lago, claro.

—Pensaba que *Dama del Lago* era solo otro nombre para la Diosa —repuse—. ¿Era otra persona?

—Era el título que se les daba a todas las sacerdotisas a través de las eras, que eran escogidas para defender la isla con espada y magia —dijo

Pulga, distraída—. Cuando todavía era parte de tu mundo y hacía falta. Excalibur era la espada que usaba cada Dama del Lago, hasta que se la dieron a Arturo para que protegiera Ávalon mientras gobernaba. Por eso él la tuvo que devolver cuando lo hicieron un pinchito.

—¿De verdad? —Entendía cómo podía haber malinterpretado el título de la Dama del Lago en los textos que había leído, pero aquella versión de los orígenes de Excalibur sí que era nueva para mí.

—No ha habido ninguna Dama del Lago desde que la isla se convirtió en su propio reino. Según Mari, la última se quedó en el mundo mortal con su galán, un herrero o yo qué sé. A mí me parece una tontería. —Pulga arrugó la nariz—. Cait dice que tenemos que mostrarles a los demás que aún hay esperanza, así que luchamos. Por eso debería estar aprendiendo a luchar, pero no, que soy muy pequeña y no sé qué más. Se piensan que soy tonta. Rhona y Seren están de acuerdo.

No conocía a Rhona ni a Seren, aunque había visto a ambas sacerdotisas pasear juntas entre sus tareas, tomadas del brazo. Rhona era la del cabello oscuro como las alas de un cuervo y Seren, tan rubia como un rayo de sol.

—En realidad, tus hermanas creen que eres demasiado lista para tu propio bien —le dije.

La niña esbozó una sonrisa enorme.

—Lo único que tengo que esperar es a que llegue mi magia. Y ya está. Entonces seré lista del todo.

—Te convocaron, ¿pero aún no puedes usar tu magia? —pregunté, extrañada.

Pulga alzó las cejas al comprender lo que pasaba.

—A veces olvido que eres un poco burra.

—Explícamelo como si fuese una bebé chiquitita —le dije, sonriendo.

—Pues… estaba durmiendo con los demás en el torreón y de pronto noté como si un brillo calentito me entrara en la cabeza. Me susurró una canción que solo yo podía oír y me dijo que cantara, así que canté. El calorcillo me envolvió como si me estuviese dando un baño y me hizo sentir bien, y luego hizo que mis patas me llevaran hasta el salón, hasta la imagen de la Diosa. Y Cait y las demás también oyeron la canción, así que también vinieron. Cuando muere una sacerdotisa, llaman a otra. ¿Entiendes?

Sí que lo hacía. Ávalon había sido un lugar en el que no había enfermedades ni sufrimiento. Pero, incluso si la magia podía hacer que una vida se alargara durante cientos de años, no podía derrotar a la muerte. En algún momento, todos llegaban a su fin.

Pulga se rascó la nariz, pensativa.

—Solo que algo va mal conmigo. Me llamaron muy pronto y desde entonces todo está patas arriba. Olwen cree que es porque 'toy muy cría, que pasará cuando cumpla trece como con las demás. Pero lo único que sé es que el superpozo de la magia no se abre para mí y que no tengo tiempo para esperarlo.

—Y ahora que la suma sacerdotisa no está —quise saber—, ¿quién se convertirá en la nueva?

—*Pos* Cait —contestó Pulga—. Las demás la escogieron porque es Cait.

La niña se giró para observar el lugar en el que Cabell y Bedivere estaban practicando y hacían chocar sus espadas una y otra vez en diferentes posiciones. Cabell casi sonreía. Un poco más allá, Caitriona y Betrys estaban combatiendo y le demostraban algo a Arianwen.

Betrys retrocedió, pero Caitriona, bañada en sudor y llena de energía, alzó una mano y dijo:

—Otra vez.

—No hace falta… —empezó a decir Betrys.

—Lo haré otra vez —repitió Caitriona, volviendo a colocarse en su postura de batalla. Le costaba levantar la espada—. Y lo haré mejor.

—Lo único que conseguirás será acabar en el suelo —dijo Betrys, en su tono calmado de siempre—. Descansa, Cait.

La conversación interrumpió lo que fuese que Bedivere le estuviera diciendo a sus aprendices. El caballero le echó un vistazo al intercambio y evaluó la situación a una velocidad impresionante.

—Caitriona —la llamó, haciendo que la sacerdotisa se girase—. ¿Podrías echarme una mano? Necesito de tus habilidades.

Caitriona vaciló, con la respiración entrecortada. Bedivere estiró una mano hacia ella, y la sacerdotisa finalmente asintió, tras soltar un largo suspiro.

Devolvió su espada larga al estante y se acercó a él. Cabell y los demás siguieron practicando, muy decididos, y Bedivere dio un paso atrás y les dedicó una mirada de evidente orgullo.

—Cuando estéis en batalla, ya sea contra un enemigo o contra cien, es importantísimo que recordéis esto —les estaba diciendo Caitriona desde detrás de nosotras, y su voz fue tan alta y clara como una campana—. Si soltáis vuestras armas, moriréis. Aseguraos de tenerlas siempre en la mano, incluso si eso significa enfrentaros a vuestro propio miedo primero. Ahora, armas listas.

Cabell, quien se encontraba a unos cuantos pasos de la sacerdotisa, asintió y le echó un vistazo a la espada de madera que tenía en la mano.

—Tengo una pregunta *pa'* ti.

Pulga hizo una breve pausa, y la expresión pensativa en su rostro hizo que me muriera de curiosidad por saber lo que estaba pensando. Y no me decepcionó.

—¿Crees que Arturo tendrá el mismo careto que tiene ahora cuando vuelva a la vida? Así, muy paliducho y arrugado como una pasa. Porque es que ya apesta un poco, si te digo la verdad.

—Espero que no —le dije, riendo—. Un rey no muerto ya va a ser algo difícil de explicar en el mundo moderno sin que parezca podrido. ¿Lo has visto?

La niña se encogió de hombros.

—Antes de que nos atacaran las criaturas. Fue un reto y mi ma no estuvo muy contenta que digamos. Aquella fue una laaarga regañina.

Antes de que pudiera contestar, una sonrisita traviesa se extendió por su rostro.

Pulga alzó una moneda, una del mundo moderno que al parecer había llevado conmigo hasta aquella Tierra Alterna en el bolsillo de mi chaqueta. Me quedé boquiabierta, pero se me escapaba la risa. Y a ella también.

—Ya no me queda nada más que enseñarte —le dije.

—¿Quiero saber qué le has estado enseñando? —me llegó la voz de Neve.

Ambas nos giramos y vimos que la hechicera nos estaba mirando, con las cejas alzadas y los brazos cruzados. Llevaba un vestido sencillo y un delantal con un salpicón que bien podría haber sido comida o barro. Era imposible asegurarlo bajo aquella lúgubre luz.

—Ah, ya sabes —le dije—. Solo mis convicciones sobre la naturaleza humana y el mundo tan grande en el que vivimos.

—Quieres decir que disfrutas provocando pesadillas a los niños —dijo Neve, apoyándose las manos en las caderas.

—Algunos consideran que es provocarles pesadillas, otros dicen que es prepararlos para la vida —repuse.

—Ajá, como se te da tan bien ser generosa…

La fulminé con la mirada.

—Oye, que el sarcasmo es lo mío. Tú tienes acceso a la magia antigua y a mí me tocan los comentarios hirientes.

Pulga nos miró a una y luego a la otra, y los engranajes de su cabecita parecieron girar a toda prisa.

—¿Y a vosotras dos qué mosca os ha picado?

—A Neve no le contaron la verdad sobre una cosa y se ha enfadado conmigo —dije, sin apartar la mirada de la hechicera.

—Tamsin —empezó ella, devolviéndome la mirada— no sabe cómo disculparse y necesita que alguien le enseñe a confiar en los demás.

—Y Pulga —dijo Pulga— cree que las dos estáis como una cabra.

—¡*Pulga*!

La niña se puso rígida al oír la voz cortante de Olwen conforme esta se acercaba desde el torreón. Y habría salido corriendo si no la hubiese agarrado de la parte de atrás de su túnica y la hubiese mantenido en su sitio a pesar de lo mucho que se debatía para librarse.

—¡Serás traidora! —gruñó, todavía tratando de soltarse de mi agarre.

—Y tú serás pícara, que te has quedado con mi moneda —le dije.

—Llegas una hora tarde a tus clases —la regañó Olwen, cruzándose de brazos.

—No necesito clases —dijo Pulga—. Al menos no las que tú das.

—¿Ah, no? —repuso Olwen—. ¿No necesitas aprender a invocar tu magia o a llevar a cabo un ritual?

Pulga hizo un mohín.

—A mí me gustaría aprender cómo hacer esas cosas —comentó Neve—. Estoy segura de que es diferente a como yo lo aprendí.

—Claro, Neve. Siempre eres bienvenida —dijo la sacerdotisa con una sonrisa.

—Pero es que voy tan perdida con mis estudios… —empezó a decir Neve, con intención—, sería de mucha ayuda contar con otra sacerdotisa que supiera tanto como tú y que pudiera ayudarme…

—Ah —dijo Olwen, sin perderse la forma en la que Pulga había alzado la cabeza al oír las palabras de Neve—. Todas mis hermanas están ocupadas con sus tareas o entrenando, así que no sé dónde podríamos encontrar a alguien así que pudiera ayudarte…

Pulga carraspeó un poquito.

—Bueno, *pos* tendré que ayudarte yo, qué remedio.

—¿De verdad? —le preguntó Neve—. ¿Harías eso por mí?

La niña le dedicó una mirada extrañada.

—Que no se te suba a la cabeza. Es solo porque eres muy torpe.

—¡Pulga! —la regañó Olwen—. Pídele disculpas a Neve.

—No hace falta. —Neve me dedicó una mirada de soslayo—. Al menos no está mintiendo.

La niña se encogió de hombros.

—¿Nos vamos o qué?

Las observé marcharse hasta que las tres desaparecieron dentro del torreón, pues quería retrasar mi siguiente tarea tanto como fuese posible. La avecilla tallada que tenía en el bolsillo parecía pesar más y más mientras el entrenamiento continuaba a mis espaldas.

Encontré a Emrys en el jardín cercado que había al lado de la enfermería. Estaba de rodillas, plantando algo en la tierra oscura que había allí. Tenía el cabello desordenado y una mancha de tierra en la mejilla. Cuando se inclinó hacia delante, el cuello de su camisa se abrió un poco y pude ver algunos de los músculos que se asomaban por debajo, así como las rugosas cicatrices que lo marcaban. Distraído, apartó con la mano las moscas que daban vueltas por encima de su cabeza.

Sonreí un poco mientras me apoyaba contra la pared de piedra e intentaba ver qué era aquello que lo tenía tan absorto.

Hueletierra, destripaterrones, besaplantas. Había incontables apodos despectivos entre los Saqueadores para denominar a quienes tenían el don de Emrys. A los Verdimantes se los creía más que nada inservibles en nuestra profesión, y se pensaba que la mayoría eran unos raritos que deambulaban por invernaderos canturreándoles a las flores. El modo en que Emrys usaba su poder parecía mucho más deliberado, casi hasta meditativo.

Estaba concentrado en volver a plantar las irreconocibles y marchitas hierbas que había a su alrededor. De tanto en tanto, se detenía, alzaba las raíces blancas y delgadas sobre su palma y asentía para sí mismo. O para las plantas, no estaba segura. Tras ello, le añadía algo a la tierra o sumergía las plantas en un pequeño cubo de agua antes de devolverlas a la tierra.

—Ah, tú debes de ser Tamsin —me llegó una voz por detrás. Era Seren. Llevaba su cabello rubio en una trenza, pero unos cuantos mechones dorados se le pegaban al rostro por el sudor. Sus ojos de color marrón oscuro se quedaron clavados en mí mientras apoyaba su cesta con sábanas sobre la cadera—. Me estaba preguntando cuándo podría conocerte.

Emrys se sobresaltó, y las puntas de sus orejas se tiñeron de un rosa brillante cuando alzó la mirada y me vio observándolo.

—Ah, es que soy como un billete falso —le dije a la sacerdotisa—, si te esperas un poco, acabo apareciendo.

Seren se quedó callada e intentó procesar mis palabras.

Incluso bajo la tenue luz del día, cuando tendrían que haberse retirado, los Hijos de la Noche no dejaban de soltar sus quejidos y alaridos. Me abracé un poco a mí misma para intentar luchar contra el escalofrío que quería recorrerme entera.

—¿Puedo hacerte una pregunta?

—Claro —me aseguró ella.

—Si todas tenéis magia, y al menos unas cuantas armas —empecé—, ¿por qué no intentáis matar a los Hijos de la Noche con fuego cuando están vulnerables como ahora? ¿O al menos por qué no tratáis de hacerlo con el encantamiento que Neve invocó durante nuestra primera noche aquí?

—Aún no hemos conseguido identificar el encantamiento que usó Neve, y en cuanto a las criaturas… —Seren volvió a cambiar la cesta de lugar, con expresión tensa—. En algún momento fueron nuestras familias y amigos. Y, en algún lugar dentro de ellos, lo siguen siendo. Si conseguimos acabar con la oscuridad que atormenta la isla, aún hay esperanza de que podamos recuperar a algunos de ellos.

—¿De verdad lo crees? —le pregunté—. Has visto lo mucho que la magia, o lo que fuera que sea eso, los ha corrompido. ¿En qué crees que se convertirán si cambian?

La expresión de Seren se tornó más dura, y supe que no iba a recibir ninguna respuesta a mi pregunta.

—Como te has perdido el desayuno, quería asegurarme de que supieras que hay pan en la cocina.

Y tras ello, se marchó.

—Tan decidida como siempre a hacer amigos, por lo que veo —comentó Emrys, poniéndose de pie. Se limpió las manos con un trapo y luego se lo colgó al hombro mientras se acercaba al otro lado del muro en el que me encontraba.

Alcé la avecilla tallada, dejando que mi fastidio se notara.

—Has recibido mi mensaje —me dijo, sonriendo.

—¿Se supone que esto es una especie de broma?

—No, para nada —contestó—. El árbol fue un ave hace muchas vidas, así que lo he liberado.

Me lo quedé mirando, tratando de descifrar si estaba hablando en serio. Al final, no quise que supiera que me importaba lo suficiente como para preguntar.

Emrys apoyó una cadera contra el muro y se cruzó de brazos. Su ojo gris era tan pálido como el cielo, y el verde, como los trocitos de hojas que aún tenía pegados a las mangas de su camisa. Parecía que ya no sentía la necesidad de ocultar sus cicatrices. Durante unos segundos, lo único en lo que pude pensar fue en el modo en el que Emrys olía a menta. Debía ser eso lo que había estado volviendo a plantar.

—Mira —empezó, en voz baja—. Anoche encontré algo.

—¿Qué?

—No podía dormir después de…, bueno, de todo lo que pasó con Nash y Cabell, así que decidí dar una vuelta por ahí. Y creo que tienes razón, me parece que hay otra forma de salir del torreón. Al menos una que no nos pondrá en contacto directo con los Hijos de la Noche.

Creo que tienes razón. Las palabras más bonitas en cualquier idioma del mundo, y justo las que había querido escuchar con tanta desesperación.

—Vale… —asentí, despacio—. ¿Qué encontraste?

Emrys negó con la cabeza.

—Será mejor si lo ves por ti misma. Nos vemos en el gran salón cuando los demás se hayan ido a dormir. Ah, y trae a tu amigo legañoso también, podríamos necesitarlo. Porque es una Mano de la Gloria, ¿verdad? Tu pasatiempo no es hacer esculturas decorativas de cera de partes del cuerpo desmembradas.

—Pues no —confirmé—. ¿Y qué es lo que estás haciendo?

—¿Esto? —preguntó, volviendo la mirada sobre el hombro hacia el jardín—. ¿Qué tal si hacemos una apuesta? Si adivinas…

—Si me haces adivinar, me largo —avisé.

—Bueno, pues qué aguafiestas.

—Claro, porque esa soy yo: Tamsin Lark, el alma de la fiesta.

—¿Y por qué no Tamsin la... fiestera? —propuso—. Podría ponerle una nota de diversión a tu vida, si quieres...

—Tú sigue con eso y terminarás de cabeza en la misma tierra que acabas de remover —le advertí.

Emrys se echó a reír.

—Vale, vale. La tierra estaba tan hambrienta como la gente de aquí. Así que estoy añadiendo unas cáscaras de huevo y cenizas para darle un poco de potasio y aumentar el pH de la tierra. A ver si funciona.

Alcé una ceja ante su explicación.

—Emrys Dye... No sabía que eras un cerebrito.

—¿A que no lo parezco? —dijo, con una sonrisita altanera que las manchas de tierra que tenía en las mejillas consiguieron disfrazar un poco.

—¿Entonces no estabas presumiendo en la biblioteca de la cofradía sobre cómo saliste con tres chicas a la vez? —pregunté—. ¿O sobre cómo puedes hacer que te dejen pasar en cualquier bar de Boston solo con un par de palabras? ¿O sobre cómo estrellaste tres de los coches carísimos de tu padre en una carrera callejera? ¿Todo eso lo aluciné?

—No veo cómo ninguna de esas cosas puede ser una contradicción. Un chico puede tener muchos talentos, ¿verdad? —Sonrió un poco más, y cuando se inclinó hacia delante, no me aparté. Por cualquier estúpida, necia o absurda razón, no quería hacerlo—. No me había percatado de que me habías estado prestando atención.

Apoyé una mano en su pecho y lo aparté de un empujón, en un intento desesperado por que no viera mi sonrojo.

—Pero ¿qué sentido tiene arreglar este jardín? Estás perdiendo el tiempo.

—¿Tú crees? —preguntó, ladeando la cabeza para observar las ordenadas filas de hierbas plantadas.

Solté un resoplido exasperado y apreté los puños con fuerza a mis lados.

—¿Por qué les cuesta tanto aceptar la verdad de a lo que se están enfrentando?

—No les estás contando nada que no sepan ya, Tamsin. Lo único que intentan es que esa verdad no los consuma.

—Pero ¿qué hacen para solucionarlo? —quise saber—. De verdad, ¿qué están haciendo para revertir todo esto?

—Quizás es por eso por lo que estamos aquí —dijo él—. Tal vez Neve tenga razón y nos corresponda a nosotros averiguarlo por ellos.

—No hay forma de que esa sea la razón por la que estamos aquí —le dije—. Y tú lo sabes bien. ¿Cómo piensas explicarle todo esto a Madrigal?

—Aún lo estoy pensando, pero estoy seguro de que ya habrá alguna otra baratija o arma que quiera. —Se pasó una mano por el pelo—. O eso espero.

—¿Te contó Madrigal para qué lo quería?

No sabía por qué se lo preguntaba; Emrys nunca había sido sincero conmigo antes.

—No —dijo, con el ceño fruncido y tratando de retorcer el anillo con el sello de su familia que ya no llevaba en el dedo—. ¿Neve tampoco tiene idea?

Lo observé por un segundo, en un intento por descubrir algún atisbo de engaño.

—El contacto que tiene Neve con la Sororidad es limitado.

—Ah, tiene sentido. —Aquello fue lo único que dijo. Era como observar a un zorro ocultarse poco a poco en su madriguera. Su rostro no mostraba ninguna expresión. Y el muro que tenía en mi interior añadió otra capa más de piedra.

—¿Por qué aceptaste este encargo? —le volví a preguntar—. ¿Y por qué no se lo puedes contar a tu padre?

—No hay nada que contar, Tamsin —me aseguró—. Al menos no como lo que parece que estás pensando.

—¿Ah, sí? —solté—. ¿Y ahora me lees la mente?

La mirada que me dedicó hizo que el mundo a nuestro alrededor desapareciera por un instante.

—No, pero te conozco.

Le devolví la mirada durante varios segundos, y, como todo lo que ocurría entre nosotros, aquello también se convirtió en una batalla: nos negábamos a ser el primero en desviar los ojos.

Un grito de sorpresa interrumpió cualquier emoción que me hubiese mantenido aferrada a aquel lugar. Varias personas se dirigieron con prisa por un lateral del jardín y hacia el otro lado del torreón. Emrys y yo intercambiamos una mirada, y entonces él saltó por encima del muro y empezamos a seguir a la gente hacia lo que fuera que nos esperara más adelante.

Una pequeña muchedumbre se había reunido justo en los escalones que conducían hacia el torreón. Estaban cuchicheando, aunque no con preocupación ni temor, sino emocionados. Conforme nos abríamos paso hasta llegar al frente del gentío, me extrañó ver las expresiones fascinadas y reverentes que todos parecían compartir. Unos cuantos se postraron de rodillas e inclinaron la cabeza. Incluso Emrys se detuvo en seco a mi lado, con una expresión llena de asombro.

—Está cantando —susurró.

Me giré hacia los escalones y entonces la vi.

Una única rosa blanca que había surgido de una grieta en el escalón de piedra, con sus delicados y adorables pétalos en flor salpicados por finos hilillos de niebla blanca.

24

Aquella tarde me pareció un sueño producido por veneno de basilisco: oscura y fantasiosa. Mi mente vagaba entre intensos momentos de conciencia y las sombras de mis propios pensamientos. El gran salón era un borrón de movimiento constante y de la luz de las velas a mi alrededor, pero no podía dejar de mirarla.

La rosa.

Las sacerdotisas la habían colocado en las pálidas manos abiertas de la estatua de la Diosa. La flor pálida se quedó allí durante la cena.

—Vale, ya. ¿Qué te pasa? —La voz cortante de Neve interrumpió mis pensamientos—. Pareces más malhumorada que de costumbre, como un sapo enfurruñado.

Cabell se echó a reír, pero, ante la mirada que le dediqué, tomó la sabia decisión de guardarse sus comentarios para él solito.

—¿Como un sapo enfurruñado? —repetí, y comparé mentalmente mis facciones con las del verrugoso monstruito que se me había presentado para buscar el relicario de la hechicera Grinda. Me parecía extraño que aquello hubiese sucedido hacía menos de una semana, pues el recuerdo parecía tan distante que bien podría haber pasado en otra vida.

—Créeme, no quieres cruzarte con uno —dijo Neve, tras beber otro sorbo de vino—. Son *muy* groseros.

Tenía los ojos vidriosos. De hecho, parecía bastante relajada a pesar de las miradas de sospecha que tenía clavadas en ella desde todas las direcciones de aquella estancia. Cuando se volvió a llevar la copa a los labios, puse una mano sobre el recipiente y lo guie con cuidado de vuelta a la mesa.

—¿No puedes estar contenta siquiera esta vez? —preguntó, aferrándose a mi brazo de forma dramática—. No te va a matar. Olwen dice que no había florecido ninguna rosa desde que aparecieron los Hijos de la Noche. Creen que podría ser una señal de que la isla se está curando.

Casi se lo conté entonces, pero ¿qué podría haberle dicho? *¿Soñé que esto pasaría?*

—Incluso sir Bedivere cree que se trata de una señal —comentó Cabell.

—No empieces tú también. —Cuando miré de reojo a Emrys, él estaba ocupado observando la rosa, contemplándola—. ¿Sigue cantando?

—¿Cantando? —Los ojos de Neve se iluminaron—. ¿Qué canción era? ¿Entendiste lo que estaba diciendo?

Emrys se rascó la barba incipiente que le cubría su barbilla angulosa. Mi mirada se dirigió hacia sus labios mientras él hablaba.

—Era más como un canturreo, aunque… está desapareciendo desde que la han cortado.

Emrys me miró y alzó las cejas cuando me pescó observándolo. Sus ojos brillaron con un reconocimiento que me pareció súbitamente peligroso.

Me sonrojé y agradecí las sombras que cubrían el salón antes de beberme de un trago las últimas gotas del poco vino que me había servido. Los avalonianos que tenía cerca conversaban muy animados, y había una sensación palpable de tranquilidad, si bien también algo dudosa, conforme empezaban a comer su caldo aguado de cebada y carne seca.

A todos nos habían dado un trozo pequeño de pan redondo que me recordaba a las galletitas que se hacían por Halloween. El que tenía enfrente tenía un toque de canela y nuez moscada, con la imagen de una estrella en la parte de arriba. Era lo más rico que había comido en días, y, a juzgar por los platos vacíos que me rodeaban, tuve la sensación de que la opinión era unánime. Dilwyn, la cocinera élfica, sonreía llena de felicidad ante los cumplidos que recibía.

Una arpista sentada junto a su instrumento al lado de la estatua de la Diosa comenzó a tocar. Tras unos segundos, los avalonianos se sumaron a ella con su canto, y sus voces fluyeron de forma natural, llenas de emoción.

Nacida del manantial que fluye sin cesar.
Nacida de las estrellas que no dejan de brillar.
Nacida de las montañas, el rocío y la niebla del mar,
bella isla de su corazón, a ti te quiero cantar.

Conforme las flores brotan en el cambio de estación,
conforme la luna marca la hora con precisión,
conforme el Señor de la Muerte se alza con su gélida ambición,
así la Diosa construyó el torreón...

—¿Acaso hay una luna aquí? —le pregunté a Neve por lo bajo mientras seguían cantando—. ¿O un sol, ya que estamos?

—He leído en uno de los libros de la biblioteca que el cielo aquí es un espejo del de nuestro mundo —me contó Neve—. Refleja los cielos sobre la tierra que en algún momento ocupó en nuestro mundo mortal. Aunque creo que no han visto ningún cuerpo celestial desde la aparición de los Hijos de la Noche.

—Seguro que no —dijo Emrys—. Se nota en sus plantas y en la tierra. La luz solar que reciben les llega gracias a la magia, y no hay punto de comparación.

—¡Oh! —Neve casi volcó nuestras copas en su emoción por girarse hacia Emrys—. ¿Has hablado con las demás sobre la idea de convertir parte del patio en un jardín? Puedo ayudarte a buscar setas alrededor del torreón y...

Al oír la palabra *setas*, me giré hacia la estatua.

Las Nueve se habían reunido alrededor de la imagen de la Diosa. Cantaban en voz baja, depositaban ofrendas de hierbas y echaban el agua brillante de los manantiales sagrados en el cáliz con joyas engarzadas que había a los pies de la Diosa. Todas estaban concentradas en sus tareas menos Caitriona, pues ella nos miraba fijamente.

No, a nosotros no.

A Neve.

Al descubrir que la había descubierto, Caitriona se giró de repente, como preparándose para desviar un golpe.

—Sí que pareces fastidiada —comentó Cabell por lo bajo, desde mi otro lado—. ¿Va todo bien?

—¿Cuándo fue la última vez que algo ha ido bien? —pregunté, mirándolo con intención.

No había muchas cosas que no le contara a mi hermano, pero aquello —lo que fuera «aquello»—, parecía como si fuera a traer más problemas que soluciones.

—Estoy cansada, no te preocupes. —Tras echar un vistazo a mi alrededor para asegurarme de que nadie nos estuviera observando, bajé un poco la voz y añadí—: Emrys cree que ha encontrado algo y quiere mostrármelo esta noche.

Neve, quien había estado meciéndose ensimismada en su sitio al son de la balada, se giró al oír aquello.

—Le he dicho a Olwen que la vería en la biblioteca para investigar un poco más. Me temo que podría sospechar si cancelo los planes ahora.

—Y yo le he dicho a Bedivere que lo acompañaría en su guardia nocturna por las murallas —dijo Cabell, disculpándose con la mirada—. ¿Puedes encargarte tú?

Si le decía que no, sabía que me acompañaría. Pero también sabía que necesitábamos la información que pudiese sacarle a Bedivere.

—Claro, no hay problema.

—Reunámonos por la mañana. —Cabell miró a Emrys como un cuervo mira a un gusano—. Y tú, compórtate.

Emrys no le hizo caso y se reclinó en su asiento para hablarme por detrás de Neve, con una voz que fue casi un susurro:

—Parece que solo seremos los dos esta noche.

Alcé mi copa antes de recordar que ya estaba vacía.

—Yupi.

Tras las luces y la canción de la cena, el gran salón lleno de sombras parecía lúgubre en comparación. Las largas mesas estaban vacías, y la única vela encendida era la que estaba en la estatua de la Diosa. La rosa blanca, con sus pétalos cremosos, parecía una baliza desde las palmas de sus manos.

Me acerqué a ella despacio y dejé la mano suspendida sobre sus pétalos, los cuales eran más que perfectos. La llama de la vela parpadeó e hizo que la estatua brillara como si hubiese cobrado vida.

—Es una rosa alba.

Emrys se apartó de las sombras que había cerca de la entrada del salón. Yo pegué un bote tan alto que le di un golpe a la mesita de las ofrendas y conseguí salpicarme con el agua de los manantiales que había en el cuenco.

—¿Tienes por costumbre escabullirte por ahí o es algo que solo haces conmigo? —siseé.

—Solo contigo, Avecilla —dijo él, mientras se acomodaba la tira de su mochila de trabajo sobre el hombro—. Pero, ya que estamos, debo decir que no creía que te gustaran las flores. Y resulta que te has pasado toda la noche mirando esa rosa como si esperaras que se fuera a prender fuego en cualquier instante.

Evadí su comentario al preguntarle:

—¿Dónde está la cosa que quieres que vea?

Se apartó el pelo de los ojos con una sonrisita misteriosa y, sin decir ni una palabra, echó un vistazo a sus espaldas para comprobar que no hubiese ningún movimiento en los escalones de la entrada ni en el patio. Satisfecho, avanzó hacia la estatua y pasó por mi lado.

—¿A dónde...? —empecé a preguntar, antes de seguirlo.

Había un pequeño espacio situado entre el altar y la pared del fondo de la estancia, apenas lo suficientemente ancho como para que él se agachara. Tras presionar ambas manos sobre uno de los paneles de madera de la plataforma de la estatua, lo deslizó hacia la derecha. El panel reveló unas escaleras escondidas que conducían hacia la oscuridad.

—Por los clavos del Señor —murmuré, antes de agacharme para asomarme por la entrada. No se podía ver lo que había más allá. Detrás de mí, Emrys se puso su linterna frontal y la encendió con un *clic*.

—Sabía que te iba a gustar —dijo, con una sonrisa contagiosa.

—Sí que me gustan los pasadizos secretos de vez en cuando —concedí—. Siempre y cuando no estén llenos de maldiciones que quieran decapitarme por el camino.

—Juro por el alma santificada de mi abuela que tu bonito cuello está a salvo —dijo—. Tú primero...

—Los cuellos no son bonitos —repuse, tras hacer una pausa un poco larga—. ¿Y cómo has dado con esto?

—He visto a alguien entrar —me contó—. Y, por supuesto, he tenido que seguir a la misteriosa figura encapuchada para ver si se traía alguna fechoría entre manos.

—¿Una figura encapuchada? Menudo cliché —dije—. ¿No le has visto la cara?

—Tenía la capucha puesta —contestó, agachándose para entrar detrás de mí. El olor a plantas y a pino aún lo envolvía—. Como te he dicho, era un misterio, y a mí no me gustan precisamente los misterios.

Mira tú, pensé, *para ser que tú mismo eres un misterio con patas.*

La puerta se cerró con un crujido a nuestras espaldas y nos atrapó en la oscuridad. Saqué mi propia linterna y le di unos cuantos golpes hasta que las pilas traquetearon y el haz de luz dejó de parpadear. Si bien el espacio era un pelín apretado durante los primeros escalones, cuanto más bajábamos, más se iba ampliando. El ambiente olía a algo viejo y húmedo, pero no supimos de qué se trataba hasta que llegamos a los últimos escalones.

Unas raíces gruesas se extendían sobre el suelo y se aferraban a la piedra como dedos estirados. Envolvían el pasillo y se entremezclaban entre ellas, algunas tan gruesas como mi brazo y otras tan delgadas como un hilo.

Me giré hacia Emrys con los ojos como platos.

—Lo sé —dijo él—. Y esto ni siquiera es lo que quería enseñarte.

—¿De verdad estamos tan bajo tierra que podemos ver las raíces del árbol de la Madre? —pregunté, pisando con cuidado para pasar sobre las raíces.

—Creo que estas son raíces secundarias —me explicó—. Me parecen más jóvenes; lo más probable es que se vieran atraídas por la humedad que hay aquí.

—¿Crees? —lo miré de reojo—. ¿No deberían estarte contando los secretos del universo y así?

—Ya quisiera yo —dijo a media voz, antes de estirar una mano para ayudarme a recuperar el equilibrio tras haberme resbalado con una raíz—. No entiendo el idioma que hablan.

Lo miré, extrañada.

—¿Cómo puede ser, si tienes la Visión Única?

—Porque, al igual que con la rosa, es más como un canturreo… —Tarareó una melodía para imitarla, y las notas profundas me cautivaron por alguna razón y me parecieron conocidas—. Vamos —añadió—. Aún tenemos que caminar un poco.

Seguimos el camino de raíces hasta que estas empezaron a escasear. Retrocedí varios pasos y apunté con mi linterna a un lugar en la pared en la que las raíces eran tan gruesas que parecían formar una masa sólida. Retrocedí un paso más y apoyé una rodilla en el suelo para verlas desde un ángulo diferente.

—Este es otro pasillo —le dije, alumbrando con la linterna el lugar en el que se podía apreciar una rendija en la intersección—. Parece que las raíces vienen de ahí abajo.

Acerqué una mano a las raíces y deslicé los dedos por la áspera corteza de la madera. Esta palpitó y se deslizó hacia delante.

Di un salto hacia atrás y choqué con el pecho de Emrys, sólido y cálido. Él estiró una mano desde su posición y tocó también la pared. Las raíces se enroscaron alrededor de sus dedos y de su muñeca. Emrys ladeó la cabeza, como si estuviera tratando de oír algo. Unos destellos de luz cerúlea recorrieron las raíces.

Emrys perdió el enfoque de su mirada y dejó de sonreír. Una raíz se deslizó por debajo de su manga y comenzó a enredarse en su piel.

Cuando vi que Emrys no se apartaba, decidí hacerlo por él y le di un tirón a su codo.

—¿Qué haces?

Él meneó la cabeza.

—Lo siento, es que… no podemos ir por ahí. No deberíamos.

—Perfecto —le dije—. Tampoco quería ir por ahí de todos modos.

Cualquier resto de vida silvestre que hubiese sobrevivido a la oscuridad de la isla probablemente lo había hecho al absorber su maldad.

Emrys tenía una mirada extraña, como si no hubiese vuelto del todo al presente.

—¿De verdad estás bien? —quise saber.

—Sí, no pasa nada. —Chasqueó la lengua e hizo un ademán con la barbilla hacia el camino principal—. Es por aquí.

Conforme las raíces comenzaban a escasear y nuestras botas encontraron el suelo de piedra, fui tranquilizándome un poco. No obstante, de vez en cuando me volvía e iluminaba con mi linterna el camino a mis espaldas. Solo para asegurarme, al ciento por ciento, de que el sonido que oía fuera el ruido de nuestros pasos y no el de las raíces al deslizarse poco a poco detrás de nosotros como un solícito sirviente.

O como el más paciente de los cazadores.

25

Tras llevar tanto rato caminando por los serpenteantes pasillos, la cámara me dio un susto al aparecer de pronto.

Emrys empujó las pesadas puertas de roble para abrirlas un poco y usó la luz de su linterna frontal para echar un vistazo al interior antes de cederme el paso. Recorrí la estancia cavernosa con la luz de mi linterna. Si bien era amplia, estaba llena de muebles, alfombras y pilas de baúles que alguien había dejado allí y había terminado olvidando, ya fuera a propósito o no.

—¿Me has traído al… almacén del sótano? —pregunté.

—Aquí es donde vino la figura encapuchada anoche —explicó Emrys—. Conseguí esconderme detrás de una de las puertas mientras estaba dentro, aunque no pude ver lo que hacía. Y no quería arriesgarme a entrar solo por si me quedaba encerrado.

—Morir aquí abajo donde nadie puede oírte gritar sí que sería algo tétrico —comenté—. ¿Estaría buscando algo?

—No, eso es lo raro —dijo—. No parecía que estuviera rebuscando nada, y cuando salió tampoco llevaba nada consigo. Lo único que oí fue el ruido de las piedras al moverse.

—Quizás estaba construyendo algo —sugerí, tocando la cubierta polvorienta del baúl que tenía más cerca. Tenía detalles de estrellas plateadas en su tapa de madera, pero el resto parecía estar hecho un desastre. El aire húmedo disimulaba un poco la peste a podrido.

—O quizás haya estado quitando algo del camino —propuso Emrys, rascándose la barbilla—. Creo que podría haber otro pasadizo o alguna puerta escondida por aquí.

Me giré hacia él.

—¿Una puerta hacia el bosque?

Ya entendía por qué me había pedido que llevara a Ignatius.

Sostuve la linterna con los dientes para tener las manos libres y saqué el bultito lila de mi bandolera. La oscuridad empezó a expandirse en mis pensamientos como la tinta en el agua.

Con la Mano de la Gloria en una mano y la linterna en la otra, pregunté:

—¿Estaremos más allá de los muros del torreón?

—Esa es la cuestión —dijo Emrys—. A mí me parece que sí, ¿no crees?

—Pues esperemos que no.

—¿Y eso por qué?

—Porque ¿qué razón tendría alguien para necesitar un acceso secreto al bosque cuando está lleno de Hijos de la Noche? —le dije—. No hay nada allí fuera: ni campos ni agua fresca ni tampoco animales. Nada por lo que alguien tuviese que arriesgar la vida, sobre todo si fuera está oscuro.

—Nunca me decepcionas, Avecilla —dijo Emrys, meneando la cabeza—. Siempre te las ingenias para hacer que las cosas parezcan más aterradoras de lo que ya son.

—Creo que todos estamos de acuerdo en que lo que está sucediendo aquí es producto de algún tipo de maldición —continué, sin hacerle caso—. La cuestión es por qué despertó hace dos años.

—Quizá la lanzaron para que empezara en el aniversario de algo —propuso—. O alguien la desató por accidente.

—¿Por accidente? —Solté un resoplido—. ¿Te parece más probable un accidente o que alguien de dentro haya causado todo esto?

—Crees que alguien que vive en este torreón ha lanzado la maldición. —Emrys se giró para mirarme por completo, y todo el humor se había desvanecido de su expresión.

—No me digas que no lo habías pensado —le dije.

—Mentiría si dijese que no —admitió—. Solo que nos falta un motivo. ¿Porque simpatizan con los druidas? ¿O porque veneran al Señor de la Muerte en secreto? No tenemos ninguna prueba de eso, ¿verdad?

—Sí que hay algo —dije, sorprendiéndome al notar lo fácil que resultaba intercambiar ideas con él—. No lo noté la primera noche, pero…

—Eso suele pasar cuando estás huyendo para que no te maten —acotó él, muy magnánimo.

— … las criaturas parece que cazan en grupo —seguí, tajante—. Y mira cómo se han coordinado alrededor del foso. No me parece que sean tan listas como para funcionar como una manada, la verdad.

—¿Así que crees que alguien las está controlando? —terminó por mí.

Dejé a Ignatius en el suelo y saqué el mechero.

—Aguanta la respiración durante los primeros segundos —le advertí a Emrys—. Salvo que quieras llenarte los pulmones con el olor a cabello quemado.

Hizo lo que le dije, con una expresión entre el horror y la curiosidad, mientras Ignatius empezaba a hacer crujir sus rígidos nudillos y abría su único ojo. Echó un vistazo adormilado a su alrededor antes de entrecerrar su ojo al fijarse en mí.

—Sí, sigo viva, pero solo para incordiarte —le dije—. Venga, es hora de que te ganes tu siguiente baño de grasa.

La luz de la Mano de la Gloria iluminó los alrededores. Tras sostenerla de su candelero, me pregunté cómo me podía haber conformado con el atisbo del mundo oculto de la magia que me había proporcionado.

—Estamos buscando algún pasadizo, Ignatius —le dije.

—¿Le… le pusiste nombre a esa cosa? —Emrys permaneció un paso por detrás de mí y miraba la Mano de la Gloria por encima de mi hombro—. ¿De verdad te entiende?

—Tanto como cualquier otra persona. —Llevé a Ignatius a la pared más cercana y dejé que su luz bañara las piedras mientras recorría aquella distancia poco a poco.

—Siempre me he preguntado cómo te las arreglabas para trabajar sin la Visión Única —dijo él—. Supongo que asumí que Cabell era muy cuidadoso y te decía siempre dónde pisar. Y claro, ahora ya la tienes, aunque la imprudencia casi te haya matado en el intento.

Sí que la tenía. Y me resultaba un poco extraño que la luz de Ignatius no me revelara nada que no estuviese viendo ya. Estaba claro que lo tétrico de nuestra situación estaba pudiendo conmigo, porque empecé a sentir los primeros pinchazos de nostalgia cuando Ignatius me dedicó una mirada recelosa.

—Aunque sí que te ha cambiado el color de los ojos —comentó Emrys, mientras seguía buscando por la pared.

Fruncí el ceño. Llevaba tiempo sin mirarme a un espejo, pero…

—Claro que no.

—Solían ser de un color azul oscuro, como el zafiro —siguió él, al tiempo que pasaba las manos por las piedras.

Dejé de moverme y me mordí el labio inferior mientras me devanaba los sesos para dar con algún comentario en respuesta. Emrys se giró, y nuestras miradas se encontraron bajo la cálida y suave luz.

—Esa cosa da un poco de grima, ¿verdad? —dijo, antes de girarse rápidamente—. Parece como si quisiera estrangularme.

Solté un quejido cuando Ignatius derramó un poco de cera caliente sobre mi mano.

—Ni te imaginas.

Recorrimos las paredes dos veces, pero, si había alguna puerta, esta no estaba cerrada, lo que hacía que la función de Ignatius resultara inútil. O quizá fuera que la figura encapuchada había tenido muchísimo cuidado al ocultarla. Tras un rato, la llamada de algún tesoro se volvió demasiado tentadora como para que dos Saqueadores pudiesen resistirse a ella, por lo que volcamos nuestra atención sobre las posibles reliquias que había depositadas allí.

—Aún no me puedo creer que hayas estado usando una Mano de la Gloria todo este tiempo —dijo Emrys antes de abrir uno de los baúles—. Esas cosas no son nada comunes. A las hechiceras les parece algo tan horripilante que ya no las fabrican. Créeme, mi padre ha pedido una más de una vez.

—Nash me la dio cuando era pequeña —le dije, y algo en mi interior se sacudió ante el recuerdo, ante el hecho de estar hablando del tema y con Emrys, para colmo—. Y antes de que me lo preguntes, no sé a quién se la robó.

Emrys dejó a un lado las mantas putrefactas que había sacado del baúl y frunció el ceño.

—¿Por qué siempre haces eso?

—¿Hacer qué?

—Siempre asumes lo peor —se explicó— y esperas que los demás hagamos lo mismo. Pero lo único que estás haciendo es desquitándote con fantasmas que el resto no podemos ver.

—Vaya, no me imagino por qué haría algo así —dije, sin poder contener las palabras antes de que escaparan de mis labios—. Seguro que no es porque los años de experiencia me hayan enseñado eso una y otra vez.

—Pero ¿es eso o solo es una excusa para mantener a todo el mundo a raya? —me preguntó.

La oscuridad pareció acariciarle el rostro mientras me miraba. Un susurro en mi mente por fin le puso nombre al incómodo calor que estaba sintiendo bajo la piel.

Vergüenza.

—No sabes absolutamente nada —le dije, y odié el modo en el que el calor se estaba reuniendo una vez más en mi interior, aquel picor incontrolable detrás de los ojos——. No sabes nada sobre mí ni sobre mi vida.

Tranquila, me dije. *Relájate.*

Emrys soltó una risa, baja y casi triste, mientras abría una caja de plata deslustrada que no tenía nada dentro.

—A veces me gustaría que eso fuese cierto, Avecilla.

Sabe de qué color son tus ojos, me susurró aquella misma voz.

—Sé que tu vida no ha sido fácil —continuó—, en especial tras la desaparición de Nash, pero al menos...

—No me digas que le vas a buscar el lado positivo al abandono y al maltrato infantil —le solté—. Porque te puedo asegurar que no existe.

Nash había muerto. No quería hablar del tema. Ni de él ni de nada en absoluto. Sin embargo, parecía que la madeja que tenía en mi interior se estaba deshaciendo, y con cada giro me iba saliendo más y más de control.

—Jamás diría algo así —dijo él, mientras dedicaba su atención a otro baúl metálico. En el interior había libros hinchados e imposibles de leer porque se habían mojado—. Solo que al menos tú puedes hacer lo que te dé la gana. Puedes ser quien quieras ser. Crees que mi vida es facilísima, pero no tienes ni idea. De verdad...

Dejó de hablar.

—Ay, pobrecito niño pijo —me burlé—. Es muy difícil que te lo den todo servido en bandeja de plata, ¿a que sí?

Me sentí bien al soltarle aquellas palabras, al dejar salir aquel calor que se estaba expandiendo, toda la furia y el resentimiento que me quemaban como si fuesen bilis.

—Al menos tú no tienes que preocuparte por tu *legado.* —Prácticamente escupió la palabra, como si le resultara amarga en la boca—. No tienes reglas ni límites ni expectativas para las que nunca darías la talla. Y seguro que no...

—¿No qué? —le exigí—. No te calles ahora. Estabas a punto de decirme lo mal que lo pasas dentro de tu mansión.

—¿Ves? ¡A eso me refiero! —exclamó—. Eres la única persona que conozco a la que le importa o se preocupa por el dinero.

Por unos segundos, me quedé tan anonadada que no pude hablar.

—El simple hecho de que tú no tengas que preocuparte por el dinero es un privilegio que los demás no nos podemos permitir.

Yo llevaba la cuenta de cada céntimo que entraba y salía de nuestro hogar. Cada noche, mientras me obligaba a quedarme dormida, me inundaban los pensamientos sobre cómo podría conseguir más y sobre qué pasaría si no lo hacía.

—Tú lo tienes *todo* —le dije, y pude oír la forma en la que casi me había quedado sin voz. Él no tenía un tutor muerto ni un hermano preso de una maldición. Emrys tenía estabilidad, una madre que lo adoraba como si fuese un príncipe, casas desperdigadas por todo el mundo, amigos, coches, ropa nueva y las mejores herramientas y provisiones que un Saqueador podía desear.

No iba a sentir lástima por él porque le tocara vivir a la altura de su apellido o porque su vida ya hubiese estado dispuesta para él desde que estaba en pañales.

Aquello se llamaba «seguridad». Emrys tenía futuro.

Y pasado, pensé, cerrando los ojos con fuerza. Algunos ni siquiera teníamos eso. Lo habría dado todo por saber cualquier cosa sobre mis padres, aunque solo fuera sus nombres.

—Mira —dijo él tras un rato, apartando la vista del tomo dañado por el agua que había estado hojeando—. Es evidente que no hemos empezado con buen pie, y la verdad es que no estamos para esas cosas. ¿Podemos llegar a un acuerdo y comportarnos como profesionales al menos? El anillo no está, Ávalon es un infierno que se pudre cada vez más y estamos rodeados de desconocidos. ¿Tregua?

—Vale —acepté. Podía admitir que teníamos más esperanzas de sobrevivir y de volver a nuestro mundo si trabajábamos juntos. Incluso podía admitir que algunas cosas que Emrys había dicho eran ciertas. Día tras día, podía decidir lo que quería hacer y al único al que le tenía que rendir cuentas era a Cabell.

Trabajamos en silencio, con la precaución de devolver todo lo que encontrábamos a su lugar. Había unas vasijas que parecía que provenían de tierras antiguas, un yelmo coronado con estrellas y un escudo con la forma de un dragón. Alcé el descolorido yelmo y observé con atención las extrañas constelaciones que lo adornaban.

—Quizá deberíamos subir estos al volver —dijo Emrys en voz baja— y dejarlos fuera de la forja. No tienen minas aquí, ni tampoco suficiente materia prima como para hacer más armas o armaduras.

—¿Y cómo lo sabes?

—Lo pregunté por ahí —dijo, encogiéndose de hombros—. Están fundiendo todos los objetos de metal que encuentran para reutilizarlos.

—Tú y Neve habéis encajado la mar de bien aquí, ¿eh?

—Si así llamas al hecho de hacer preguntas conforme se te van ocurriendo, en ese caso, vale, he encajado a la perfección. —Emrys sopló el polvo de algo que tenía en la mano—. Te diría que lo intentases, pero te advierto que puede hacer que las personas piensen que te importan.

Dejé el yelmo en su sitio.

—Ya, y no queremos que eso pase.

—¿Es esto…? —Emrys llevó el pequeño trozo de cobre hacia la luz de Ignatius. Su mirada se dirigió hacia un armario grande, donde había apoyados varios báculos de madera, con sus cimas retorcidas en distintos nudos y espirales—. Creo que es una cuchara de los druidas… ¿es posible?

Me la pasó y luego avanzó por el laberinto de estatuas rotas y cofres para sujetar uno de los báculos de madera.

—Parece ser parte de una cuchara —dije—. Nash las tenía dibujadas en uno de sus diarios. Suelen tener dos mitades…

La carcasa de la cuchara era como una hoja, con una lengüeta plana y corta al final para sujetarla. Habían dibujado cuatro cuadrantes en el metal recubierto. La otra mitad, igual a la que sostenía en la mano, tendría un pequeño agujero para introducir sangre, polvo de huesos o lo que fuese que utilizaran para sus técnicas de adivinación. Los mensajes divinos dependían del lugar en que las sustancias cayeran en cada cuadrante, de forma similar a la técnica de la lectura de las hojas de té.

—Oh, ¿y esto qué es? —oí que decía Emrys.

Me había percatado del enorme objeto que había estado oculto a medias por un tapiz cuando habíamos entrado, pues su descomunal tamaño, incluso al lado del gran armario que se apoyaba algo torcido a su izquierda, hacía que fuese imposible no verlo. Emrys sujetó la ajada y descolorida tela y la retiró de un tirón.

Di un paso hacia atrás y alcé la vista para apreciar la pálida piedra.

El cuerpo de la estatua era de un tamaño inconmensurable, de hombros anchos y músculos pronunciados. Una corona con cuernos de verdad, musgo y hojas de acebo se había preservado de algún modo sobre su cabeza e irradiaba una malevolencia que hacía que no quisiera tocarla. Lo peor de todo era que la cara de la estatua estaba destrozada, y lo que quedaba era algo monstruoso. Tenía una capa tallada sobre los hombros que simulaba ser unas pieles de animales, y esta caía sobre su pecho, donde había un orificio. Me di cuenta de que era un lugar para colocar velas, como en el caso de la estatua de la Diosa.

Aun con todo, no podía dejar de observar su rostro arruinado, donde todas las respuestas a preguntas que aún no se habían pronunciado habían quedado aplastadas. Aquel daño solo podía ser producto de la rabia.

—¿Tamsin? —me llamó Emrys—. ¿Qué pasa?

—¿Quién es? —pregunté—. Se parece a...

La voz de Nash llegó a mi mente como un eco en mis recuerdos, con su rostro iluminado por el fuego de nuestra hoguera. «Va a lomos de un feroz corcel mientras la Cacería Salvaje recorre las Tierras Alternas, en busca de los muertos que deambulan. Y su mundo favorito es el nuestro...».

No conseguí terminar la oración, pero Emrys lo había descubierto por sí mismo.

—Al Señor de la Muerte. Seguramente es la pareja de la estatua de la Diosa que hay en el gran salón. O quizá su reemplazo.

Me obligué a acercarme y traté de imaginar las dos estatuas, una al lado de la otra. Tenía uno de sus brazos estirado, con la palma hacia arriba, como para apoyarlo en el brazo de la Diosa desde abajo.

—El Señor de la Muerte. No sale mucho en Inmortalidades, y menos aún en leyendas, como si su propio nombre fuese una maldición. —Emrys lo rodeó, haciendo un sonidito pensativo—. También se le conocía como el Rey de Acebo, la...

— ... la manifestación de la oscuridad y el invierno en la Rueda del Año —terminé por él—. Obligado a pelear contra el Rey de Roble, señor de la luz y el verano, por la mano de la doncella a la que ambos deseaban. Cada año, durante toda la eternidad, en un ciclo de estaciones.

—Presumida —dijo Emrys, riendo—. Pero la doncella esa sí que debió haber sido un partidazo.

—Esa leyenda es solo una metáfora para el cambio de estaciones —le dije, meneando la cabeza—. Nada de eso explica por qué no destruyeron la estatua entera después del Abandono.

—Supersticiones, seguramente —repuso—. ¿Te arriesgarías a destruir el símbolo de una deidad poderosa? Puede que no lo idolatren, pero aún creen que existe.

Me agaché para pasar por debajo de la mano de la estatua al notar que había algo tallado tras ella. Parecía el fragmento de alguna especie de sello. ¿O una medialuna? No… Ladeé la cabeza. Parecía parte del diseño de un entramado.

—¿Reconoces este símbolo? —le pregunté, sin saber por qué me estaba fallando la memoria.

Emrys se agachó para ver mejor.

—Tal vez. Aunque podría ser una grieta y ya está.

—No… —Negué con la cabeza—. Tiene algo extraño…

¿Qué me pasaba? No podía ser cosa del cansancio o del estrés de los últimos días. Era como si cada vez que intentaba captar aquel símbolo, el recuerdo que habría llenado la parte faltante se desvaneciera en la niebla.

—No puedo creer que vaya a decirlo, pero… —empezó Emrys—. Todo esto hace que comprendas un poco a las hechiceras. Ellas fueron las que estuvieron dispuestas a luchar por lo que creían, incluso si significaba enfrentarse a un hijo de los antiguos dioses que gobernaba a los condenados.

Un escalofrío me recorrió la nuca, y me sacudí un poco para tratar de zafarme de aquella sensación.

—Seguro que temían que el idolatrar al Señor de la Muerte fuera a hacer que sus almas acabaran en Annwn. La Diosa es quien inicia el ciclo de vida, muerte y renacimiento.

—Exacto —dijo Emrys, frotándose la nuca—. Annwn. La Tierra Alterna a la que ningún mortal puede llegar y a la que ninguno se atrevería a ir tampoco, salvo unos pocos valientes. Te apuesto un juego de «verdad o reto» a que no puedes decirme quiénes.

—Arturo y algunos de sus caballeros —contesté, con tono aburrido—. Fuera para rescatar a un prisionero o para robar el caldero del gobernante de Annwn, como lo describe el Libro de Taliesin.

Y también Nash, a quien le había encantado cada versión de la leyenda en la que el magnífico rey Arturo viajaba a la tierra de los muertos y vivía para contarlo.

—Vaya —soltó Emrys, tras unos segundos—. Me he puesto la zancadilla yo solo. Cabell dijo que tu memoria era perfecta... Ibas a dejar que siguiera haciendo apuestas estúpidas toda la vida, ¿verdad?

Me encogí de hombros.

—Quería ver cuánto te podía desplumar.

Emrys meneó la cabeza.

—Eres de lo que no hay, Avecilla.

—¿Podemos...? —Empecé a decir, todavía mirando la cara aplastada de la estatua—. Cubrámoslo. No quiero verlo más.

—No es como que vayas a poder olvidarlo —dijo él, en un tono casi arrepentido. Volvimos a cubrirlo con el tapiz y, como si Emrys me hubiera condenado con sus palabras, la imagen siguió grabada en mi mente como si fuera el negativo de una foto.

—Verdad —le dije, mientras jugueteaba con los desgastados bordes de la tela y deshilachaba un hilillo rojo.

—¿Cómo dices?

—Has dicho que podía escoger reto o verdad —le dije—. Y escojo verdad.

Se quedó quieto a mi lado.

—¿Ahora?

—Ahora —confirmé—. ¿Por qué aceptaste este encargo?

Meneó la cabeza.

—Tú eres el que ha querido apostar —le recordé.

Tras unos segundos, dejó escapar un ruidito de frustración.

—Porque... no sé —dijo, pasándose una mano por el pelo—. Porque en toda mi vida nunca he hecho nada sin ayuda. Nunca he trabajado sin mi padre. Nunca he llegado a hacer nada que dejase en alto el nombre del gran Endymion Dye ni de todos los ancestros que hay alineados en las paredes.

—¿Y eso es lo que quieres hacer? —le pregunté—. ¿O lo que piensas que tienes que hacer?

Frunció el ceño, y me pregunté si alguien se habría tomado la molestia de hacerle aquella pregunta en algún momento.

—En lo que a mí respecta —continué—, el legado es solo una herramienta que usan los padres para controlar a sus hijos.

—No lo entiendes —dijo Emrys, apoyándose contra el armario.

—La verdad es que no —asentí—. Ya hago más que Nash al no embo-
rracharme hasta desmayarme todos los días.

Oí la amargura en mis propias palabras y noté el regusto de la bilis una
vez más. Había vivido siete años sin aquel hombre. Había aceptado que no
iba a volver. Pero, dado que se le había ocurrido morirse…, había hecho que
todo se pusiera patas arriba de nuevo, y allí estaba yo, dándole el control.
Dejando que reabriera las heridas que había conseguido sellar sin mirar
atrás.

Lo odiaba. Odiaba a Nash más de lo que podía articular con palabras.
Mejor que estuviese muerto y que Cabell y yo fuéramos por nuestra cuenta.

Tú solita por tu cuenta, me recordó una voz oscura en un susurro para
mis adentros. *Al final, Cabell también te abandonará.*

Cerré las manos en puños a mis lados y respiré hondo.

—¿Cómo ocurrió eso? —preguntó Emrys—. Les contaste a los demás
la historia de cómo encontró a tu hermano, pero ¿cómo es que llegó a cuidar
de ti?

—*Cuidar* es una palabra que yo no usaría —le dije, obligándome a rebuscar en otra pila de baúles y a revisar los grabados para ver si reconocía
algún símbolo. Volví a sentir como si la madeja que tenía en mi interior se
estuviese desenrollando, más y más rápido, conforme sacaba los recuerdos
que había mantenido bajo siete llaves. Cada uno afilado como un cuchillo.

—Eso no es una respuesta —insistió.

La humillación de aquel hecho aún me dolía, a pesar de todos los años
que habían pasado. No me importaba si aquello me volvía una hipócrita. La
idea de contárselo a Emrys hacía que me entraran náuseas.

—No tienes que contármelo —añadió en voz baja—. De verdad.

—Mira tú qué considerado.

—No es eso. Es solo… —Meneó la cabeza—. Lo siento.

Respiré el aire frío y pasé una mano sobre el maltrecho escudo que tenía enfrente. De pronto, la madeja dejó de girar, y aquel hilillo se soltó. Ya
no quedaba nada que me atara.

No quedaba nada más que la necesidad de que me conociera, de que me
viera.

—Mi familia me abandonó en Boston, y Nash me acogió —me oí a mí
misma decir—. Así que digamos que sé lo que es vivir sin un legado y tampoco lo recomiendo.

Sentía como si las palabras me estuviesen intentando arrancar los pulmones. Dejé que Emrys llenara los vacíos de aquella historia como quisiese. Era lo que siempre hacían, de todos modos.

—Hay algo que siempre me he preguntado —empezó a decir, mientras se sentaba sobre uno de los baúles—. ¿Qué os pasó en aquellos años entre que Nash os dejó y os unisteis a la cofradía? ¿A dónde fuisteis?

Sabía que aquellos seis años, desde que Cabell y yo teníamos diez años hasta que cumplimos los dieciséis y pudimos reclamar la membresía de Nash de forma oficial, siempre habían sido objeto de especulaciones entre los miembros de la cofradía. Y nuestro silencio al respecto no se debía solo a que no mereciesen una respuesta, sino a lo que podría pasar si se enterasen.

—Si te lo cuento —le dije—, no puedes compartirlo con nadie. Y mucho menos con tu padre.

—Ahora tengo más curiosidad —dijo, tras soltar un sonidito pensativo.

—Lo digo en serio —insistí—. Si cuentas lo que te voy a decir, te caeré encima con más fuerza que cualquier maldición que hayas visto.

—Más y más curiosidad.

Meneé la cabeza, antes de respirar hondo.

—El ático de la biblioteca.

—¿El…? —Se detuvo y volvió a empezar—. ¿El ático de la biblioteca de la cofradía?

Dejé el escudo de vuelta en su sitio con cuidado.

—Bibliotecario rompió las reglas y nos dejó entrar, a pesar de que no éramos miembros.

—No sabía que Bibliotecario fuese capaz de romper ninguna regla —dijo, asombrado.

—Nos escondió en el ático, junto con las reliquias menores que no estaban en exhibición, y nos dejaba bajar por la noche a comer y a jugar con los gatos —le conté—. Nos traía Inmortalidades y guías para leer, además de agua y comida hasta que fuimos lo suficientemente mayores como para buscarla nosotros mismos. Aunque aún no se me ocurre de dónde pudo haberla sacado.

—De las taquillas de los miembros. Nicodemus Lot y Astri Cullen tuvieron una guerra durante cuatro años porque ambos estaban seguros de que el otro le estaba robando sus provisiones —dijo Emrys—. Pensé que eran los gatos pasándose de listos, pero… parece que no.

Su expresión se tornó seria, como si estuviese tratando de imaginar a Cabell y a mí en aquel apretujado entretecho.

—¿Por qué no recurristeis a alguno de los miembros de la cofradía?

—¿Qué te hace pensar que no lo hicimos? —dije, con una mueca de asco.

Así habían sido las cosas. Bibliotecario no tenía mente ni corazón humano, pero aun así había sabido que debía proteger y cuidar de un par de niños vulnerables.

—Pero bueno —continué—, la cosa fue mejor cuando aprendimos a hablar griego antiguo y pudimos comunicarnos con él. Bueno, *yo* aprendí. Cabell tenía la Visión Única.

—Me alegro de que hayas contado con Cabell —dijo, después de un rato en silencio—. Tienes suerte.

Siempre me había extrañado que Endymion y Cerys Dye solo tuviesen un hijo, pero, cuando lo único que se necesitaba para continuar con el legado familiar era eso, suponía que no había necesidad de tener más.

—La verdad es que sí —asentí—. No habría sobrevivido de no haber sido por Cabell.

Aunque aquello no era del todo cierto. No habría tenido ninguna razón para sobrevivir sin él, en realidad. Y, si la maldición me lo arrebataba, también se llevaría consigo un trozo de mi corazón.

—Lo siento mucho —dijo—. Lamento lo que os pasó. Y también todo lo que he dicho sobre Nash, sobre tu hermano y sobre ti durante todos estos años…

—No pasa nada —dije, poniéndole fin a aquella conversación tan incómoda—. No es como si hubiese sido culpa tuya.

Entonces nos llegó un ruido desde el pasillo de afuera. Algo que se deslizaba y traqueteaba, algo como…

Son las raíces que se están moviendo, pensé.

El sonido de unos pasos rápidos nos llegó por medio de la rendija que habíamos dejado entre las puertas de la cámara. Apagué la luz de Ignatius con un solo soplido, aparté el humo de un par de manotazos y metí el artefacto en mi bandolera para ocultarlo, pues el olor de sus velas podía delatarnos.

Emrys me sujetó del brazo y tiró de mí en dirección al armario. Ya fuera que le hubiesen sacado las repisas de su interior o que estas se hubiesen derrumbado hacía mucho tiempo, había espacio suficiente para que dos personas se quedaran de pie una al lado de la otra una vez que nos encerró dentro.

Apagué mi linterna y le di un golpecito a su linterna frontal para hacer lo mismo justo antes de que las pesadas puertas de roble de la cámara se abrieran de par en par.

El corazón me latía en los oídos, y contuve el aliento. Tenía las piernas enredadas con las de Emrys, que eran más largas, y el cuerpo apachurrado contra su costado. Notaba la tela de su túnica suave contra mi mejilla, y, durante varios segundos, lo único que pude oír fue el inquieto golpeteo de su corazón, que latía incluso más rápido que el mío.

No me había dado cuenta de que me había rodeado los hombros con un brazo hasta que se movió y se inclinó un poco hacia delante para intentar ver a través de la rendija que había entre las puertas del armario. Ni siquiera me había percatado de que yo misma lo había rodeado a él para no perder el equilibrio. Tenía los dedos extendidos sobre su cintura, y el calor de su piel irradiaba a través de la fina tela y me enviaba un chispazo de calor hacia todo el cuerpo.

El recién llegado entró en la cámara y alzó la vela que sujetaba desde su candelero de hierro. Emrys tenía razón, la capa que llevaba era tan grande que le cubría por completo tanto las facciones como la silueta, por lo que era imposible saber de quién se trataba. Quien fuera se giró hacia los objetos abandonados, hacia el armario, y olisqueó.

Nos quedamos congelados, y mis dedos se hundieron en los tensos músculos que tenían debajo. Emrys contuvo el aliento.

Pero la figura se limitó a girarse hacia la pared opuesta. Alargó una mano pálida para alcanzar un grupo de tres piedras blancas que apenas había notado antes y presionó cada una dos veces. Las piedras que había alrededor parecieron cobrar vida y se apartaron como si se tratara de ratones escurridizos para crear una abertura en la pared. Conforme se movían, crearon una nube de niebla dentro de la cámara.

La figura encapuchada entró por la abertura, y, en la oscuridad del armario, la mirada de Emrys se encontró con la mía.

26

—T*amsin.*

La tentadora oscuridad pronunció mi nombre en un susurro. Se alzó y bajó al ritmo de mi propia respiración. Me quedé en aquella cómoda y aletargada suspensión de agotamiento hasta que noté que la cinta de calor que tenía alrededor de la espalda me daba un suave apretoncito. Abrí los ojos de golpe.

El rostro pálido de Emrys se encontraba en la rendija entre las puertas y, por alguna razón, el hecho de que no me estuviera mirando, de que no estuviese haciendo notar que me había quedado dormida apoyada contra él, lo hacía todo incluso más humillante.

—Creo que hemos esperado tanto que ya vuelve —dijo en voz baja.

No tenía idea de cuánto tiempo había pasado, pues lo único que sabía era que las piedras se estaban moviendo otra vez. La figura encapuchada volvió a salir y se dirigió a la entrada de la cámara. Al parecer ya había terminado con lo que fuese que hubiera más allá de la pared.

Las grandes puertas de roble se cerraron poco a poco, y sus goznes protestaron con un chirrido. La cámara volvió a quedarse sumida en la oscuridad. Hice una cuenta regresiva desde doscientos para mis adentros, para ver si volvía a oír que los pasos se acercaban.

Pero incluso cuando nos quedó claro que nadie iba a regresar, ninguno de los dos se movió.

Volví a cerrar los ojos, tratando de pensar en cualquier cosa menos en la forma en la que mi mejilla estaba apoyada contra su pecho, en que el latido de su corazón era lo único que podía oír y en cómo me estaba acariciando de forma distraída el costado con los dedos, en un intento por tranquilizarse a sí mismo y a mí también.

En aquel lugar oscuro y cálido, nos habíamos convertido en sombras. Respirábamos al unísono y teníamos el cuerpo entrelazado con el del otro de modo que cada punto en el que se tocaban parecía llenar mi piel de chispas. No había nada más allá de aquella sensación. Ni magia ni monstruos, ni siquiera el mundo.

La madera de cedro había hecho que el aire oliera dulce, pero entremezclado también me llegaba el aroma de él. Sus dedos se tensaron alrededor de mi cintura, y, de algún modo imposible, me acerqué un poquito más. No podía recordar la última vez que había estado tan cerca de otra persona. La última vez que había querido estarlo.

Si girara un poco la cara... el pensamiento me llegó como un susurro y me calentó la sangre como si se tratara de un chupito de whisky que me hacía cosquillas en la tripa.

No.

Me aparté tan rápido que unas luces danzaron frente a mis ojos. Salí a trompicones del armario y me tambaleé un poco, inestable al haber pasado tanto tiempo sin moverme. El frío húmedo de la cámara me envolvió, como si estuviese ansioso por encerrarme entre sus garras tenebrosas. Me recorrió un escalofrío y encendí mi linterna.

Tras un segundo, Emrys me siguió y me dio la espalda mientras cerraba las puertas del armario.

—Veamos... —Me aclaré la garganta—. Veamos si podemos abrirlo.

Asintió y tragó en seco.

Al estar de pie frente a las piedras blancas, le eché otro vistazo rápido antes de revisar mi bandolera para ver qué materiales aún conservaba. Repasé mi lista mentalmente: no tenía cristales, tónicos ni cuerdas. Tampoco mi hacha, pero sí que tenía mis guantes de dracoescama, así que me los puse.

—¿Crees que lo que haya allí dentro esté maldito? —me preguntó Emrys, sorprendido.

—Creo que no sabemos con qué nos vamos a encontrar —contesté—. Ni quién creó este pasadizo, y mejor prevenir que curar. ¿Qué has traído tú? ¿Algún cristal?

Emrys abrió su propia bandolera, decorada con sus iniciales en oro, por supuesto. Sacó cuarzo, amatista, labradorita y turmalina, así como su hacha plegable, la cual desplegó con un movimiento de muñeca. Me la pasó y luego sacó una bolsita de terciopelo negro.

Primero extrajo una larga cadena de plata, seguida de un cristal de punta negra, solo que, cuando sujetó la cadena y dejó que la punta colgara en el aire, el color negro de su interior se movió y se agitó como si fuese agua hasta que reveló unas diminutas florecillas blancas dentro.

Se trataba de un péndulo de cristal, el cual se solía usar para responder preguntas o detectar vibraciones de energía causadas por la magia o por la presencia de espíritus malignos. Si bien nunca había logrado hacer funcionar ninguno, con Cabell en mi equipo no me había hecho falta.

El cristal no se movió.

—Ninguna maldición —dijo Emrys, antes de llevarse el cristal al nivel de su vista. El líquido negro en su interior se removió como loco y creó un remolino alrededor de la flor—. Aunque sí mucha magia, como se podría esperar.

—¿Qué clase de cristal es ese? —le pregunté cuando acercó la cadena a la pared. Al ver que una sonrisa se extendía por su rostro, añadí—: Y si me dices que adivine, te daré un puñetazo.

—Es una reliquia familiar —respondió, sonriendo de un modo que hizo que me dieran ganas de darle el puñetazo de verdad.

Solté un resoplido de fastidio y alcé la mano para encender su linterna frontal.

—¿Quieres hacer los honores? —preguntó.

Le pasé mi linterna y me giré hacia las piedras para luego cerrar los ojos e intentar recordar el patrón que había usado la figura encapuchada. Las piedras parecían hielo bajo las puntas de mis dedos, y podría haber jurado que temblaron cada vez que las tocaba.

Las piedras alrededor de las que había tocado se retiraron hacia atrás, mientras traqueteaban y se rozaban una contra la otra al apartarse de nuestro camino. Tras recuperar mi linterna, tragué una bocanada de niebla y me adentré en el pasadizo.

En dirección a unas escaleras. La pared se cerró tras Emrys. Me giré y me aseguré de que las piedras blancas también fuesen visibles desde aquel lado. Lo único que nos quedaba era subir.

—¿Dónde estamos? —susurré—. ¿Seguiremos dentro del torreón?

—Vamos a averiguarlo —dijo él, iluminando las escaleras con su linterna frontal.

Así que subimos. Llevé la cuenta de los rellanos entre cada grupo de escaleras amplias y empinadas. Uno, dos, tres, cuatro, cinco, seis, siete, ocho… y nueve.

—No puede ser el torreón —dije, recordando la imagen de este desde el patio—. Tiene cinco plantas, y la librería está en lo más alto.

—Antes hemos bajado como tres plantas —indicó Emrys—. Quizá la escalera principal solo llega hasta la quinta planta porque eso es todo lo que los avalonianos tienen permitido ver.

—O quizás es que nadie que siga con vida recuerda que hay más plantas o cómo llegar hasta ellas —dije, casi sin aliento por haber subido tantas escaleras—. Salvo nuestro amigo encapuchado.

El último conjunto de escaleras fue más corto, lo que se inclinaba a favor de nuestra teoría de que había una planta escondida y más pequeña sobre la biblioteca. Aquel vertiginoso y serpenteante camino nos condujo a lo que me había imaginado: una puerta cerrada. De hierro negro, con una manija en el interior de una boca de metal de lo que parecía ser el cráneo de un humano en medio de un grito.

La puerta estaba cerrada, pero no había ninguna cerradura, por lo que era imposible forzarla. Sin embargo, un encantamiento de cierre nunca había sido un impedimento para mi tiquismiquis compañero.

Ignatius, quien estaba claro que seguía resentido por el trato tan brusco que le había dado antes, se hizo el remolón y tardó en abrir el ojo una vez que sus mechas estuvieron encendidas.

—Lamento molestarte en mal momento, pero si no estás muy ocupado… —le dije a la maleducada mano, mientras hacía un ademán hacia la manija.

Cuando la luz la iluminó, unas telarañas de niebla mágica dorada aparecieron, como si el brillo le hubiera quitado una capa de sombras para revelar las estructuras óseas del encantamiento de cierre. Solo cuando Emrys estiró un dedo para acariciar una de ellas de forma cuidadosa, completamente asombrado, me di cuenta de que aquello no era algo muy común.

El pestillo se deslizó, y la pesada puerta se abrió hacia fuera.

—Tienes una relación bastante complicada con esa cosa, ¿verdad? —dijo Emrys.

Lo empujé y lo obligué a entrar primero. Una vez que se agachó para cruzar el umbral, se detuvo en seco y bloqueó la puerta.

—¿Qué pasa? —le pregunté, poniéndome de puntillas para poder ver algo más allá de la amplia extensión de su espalda. Cada uno de sus músculos parecía estar en tensión—. ¿Qué ves?

Una vibración extraña me recorrió la mano izquierda hasta el brazo. Era Ignatius. La Mano de la Gloria temblaba, y su ojo opaco estaba abierto de par en par.

Finalmente, Emrys se apartó del camino.

Las paredes que nos rodeaban estaban delineadas por estantes de madera, y en cada uno de ellos había pequeños objetos, blancos como la porcelana. Conforme me adentraba en la estancia y dejaba que la luz de Ignatius llenara el lugar, la angustia se apoderó de mi pecho con su mano fría y húmeda. Las figuras —esculturas, en realidad— eran grotescas. Llenas de agonía.

Y hechas de huesos humanos.

—Cielo santo —susurré, antes de arriesgarme a dar un paso adelante, hacia la estantería más cercana. Emrys me rozó la espalda con los dedos, como si por instinto hubiese intentado sujetarme del hombro para detener mi avance.

—¿Alguna vez habías visto algo así? —me preguntó.

—No —le dije—. Ni en libros, bóvedas, criptas ni nada que se le parezca.

—Es… —empezó a decir, y, por primera vez en la historia, pareció haberse quedado sin palabras. Un escalofrío lo recorrió cuando se frotó los brazos—. ¿De quién son todos estos huesos? ¿Qué clase de mente enferma podría profanarlos así?

—Parece una colección, ¿no crees?

—¿Crees que quien sea que haya hecho esta colección ha matado a tantas personas? —preguntó él, casi sin voz.

Negué con la cabeza.

—Incluso antes de la maldición, no había tantas personas como para que alguien no se percatara de que estaban muriendo o desapareciendo. Creo que alguien ha estado desenterrando tumbas.

Tras dejar a Ignatius en el suelo, llevé mi linterna cerca de la primera escultura de una fila de ellas. El paladar, justo la sección detrás de los dientes, había sido cortado con cuidado para que encajara junto a una pelvis. Y ambos tenían unas marcas diminutas y casi ilegibles.

—¿Son sellos de maldiciones? —preguntó Emrys, inclinándose para observar por detrás de mi hombro. La calidez de su cuerpo acarició mi espalda, y su aliento agitó ligeramente un mechón suelto que me colgaba sobre la mejilla.

—No —dije—. Tienen forma más redondeada y están como entrelazados. Nunca había visto algo así. ¿Crees que pueden ser restos de la época de los druidas?

—Las hechiceras crearon su propio idioma para controlar la magia —dijo él—. Tiene sentido que haya más. O quizá los símbolos sean decorativos y ya.

La escultura al lado de la que habíamos estado observando era una caja torácica balanceada sobre dos fémures y había sido colocada mediante unos cuantos cortes en los huesos que permitían que encajaran sin problemas. Una mano colgaba entre las costillas, y los huesos de sus dedos se habían fusionado para tener nudillos de plata. Todos ellos estaban cubiertos de sellos.

La bilis me subió por la garganta mientras me giraba y veía cuántas esculturas había en aquella habitación. Eran algo horrible y repugnante; apenas conseguía mirarlas sin que me embargara una fría y profunda sensación de temor que había crecido y se había mantenido viva durante miles de generaciones antes de la mía.

Me agaché para recoger a Ignatius, pero me detuve en seco. La luz de sus pequeñas llamas había iluminado la escultura más cercana de una estantería cerca del suelo y hacía que las sombras de sus sellos tallados se reprodujeran sobre la piedra en unos patrones iluminados. Cuando me agaché, los sellos empezaron a cambiar de sitio y a girarse.

—Tamsin —me llegó la voz preocupada de Emrys. Alcé la vista y me di cuenta de que no podía verlo porque se había movido hacia el otro lado de las escaleras que se encontraban en el centro de la habitación. Mientras me dirigía hacia él, pasé frente a una armadura desgastada y un armario con puertas de cristal lleno de viales y hierbas negras marchitas.

La estrecha escalera, poco más que una frágil escalerilla de mano, conducía hacia el aire libre, y cerca de su base había un gran caldero. El primer rayo de luz del amanecer gris de Ávalon cayó sobre él e hizo brillar unos pies de plata con garras al tiempo que sus lados centellearon como si de afiladas cuchillas se tratara.

Emrys tenía la mirada clavada en el caldero, y su rostro estaba muy pálido. Me situé a su lado, preparada para encontrarme con el grotesco contenido que pudiera tener.

En su lugar, vi un montón de plata derretida y reluciente.

Se removía gracias a un viento que no podíamos notar y daba vueltas con un remolino. Un olor metálico se alzaba del caldero, pero, cuando sostuve la mano sobre él, no noté nada de calor, sino tan solo el más puro frío.

Mientras miraba hacia sus profundidades, unos fragmentos de recuerdos llegaron a mi mente sin que los llamara y se quebraron aún más. El rostro pálido de la Dama Blanca en los campos de nieve, que me llamaba para que me fuera con ella a la muerte. Un destello de oscuridad y de piedra y el acero de una pequeña hoja. El unicornio, bajo un árbol muerto, cayendo cuando una flecha se le clavaba en el pecho.

Retrocedí y me obligué a apartar la vista. Emrys tenía una apariencia de lo más enfermiza, y su piel estaba pálida y cubierta de sudor.

—¿Estás bien? —le pregunté—. ¿Emrys?

Le llevó unos segundos apartar la vista del caldero, y, cuando lo hizo, sus ojos estaban llenos del más puro terror. No parecía saber dónde se encontraba al tiempo que se apartaba del caldero hasta que su espalda chocó con la pared.

—¿Emrys? —lo llamé con más urgencia—. ¿Qué pasa? ¿Qué has visto?

Él alzó una mano y tragó en seco con dificultad mientras se doblaba sobre sí mismo.

—Estoy bien, dame… dame un segundo.

Y un cuerno que estaba bien. Volví la vista al caldero, con la mente rebosando de pensamientos. Rebusqué en medio de aquella tormenta por uno en particular: algún pasaje de un libro o alguna historia que mencionara algún caldero en Ávalon.

—¿Qué puede ser esto? —susurré.

El líquido plateado burbujeó cuando me incliné sobre él. Una sensación que no pude describir me recorrió el cuerpo entero, de la cabeza a los pies; un instinto animal que me decía que había algo más allá de aquella superficie que parecía un espejo. Que alguien me estaba mirando desde el otro lado.

Antes de que pudiera detenerme, antes de que pudiera recordarme lo estúpida que era aquella idea, sumergí la punta del candelero de Ignatius en la superficie.

Y no sucedió nada durante varios segundos. Hasta que llegó el tirón.

Algo tiró hacia abajo y se tragó el candelero mientras yo intentaba sacarlo de allí. Unas pequeñas figuras surgieron del líquido y se alzaron de la superficie casi como...

Como dedos que se estiraban.

El ojo de la Mano de la Gloria se abrió de par en par, y sus llamas encendidas chillaron como si estuvieran gritando de terror mientras se agitaban en las puntas de los dedos. Emrys se acercó en aquel instante y me ayudó a liberar tanto mi brazo como a Ignatius.

—Pero ¿qué haces? —consiguió decir.

Un fuerte vendaval nos llegó desde la parte de arriba de la escalera, pasó por nuestro lado y apagó las llamas de Ignatius por completo. Sostuve la parte final del candelero entre ambos. Estaba recubierta por plata sólida.

—Los huesos de los Hijos de la Noche... —empezó a decir Emrys.

Eran iguales.

Me agaché y me moví alrededor del caldero, resiguiendo su forma con los dedos hasta que encontré una ligera elevación en el borde. Parecía como si la hubieran raspado hasta el punto en que resultaba casi imposible determinar lo que era.

Casi.

Solo que yo lo había visto antes.

Empecé a rebuscar en mi bandolera hasta dar con el diario de Nash. Por primera vez en mi vida, quería equivocarme. Mientras pasaba las páginas, las manos me temblaban un poco. Encontré la página de símbolos que Nash había dibujado y catalogado y la sostuve al lado del sello.

Era un patrón como un nudo en espiral, con una burda espada que atravesaba los giros serpenteantes. Con razón que había notado el pellizco del reconocimiento al ver el sello de la mano de la estatua: era una parte de aquel que tenía enfrente.

—Dime que no es lo que creo que es —dijo Emrys, casi sin voz.

—Es el emblema del rey de Annwn —le confirmé.

Parecía preso de las náuseas. Eché un vistazo a la sala —a las horribles esculturas, a los sellos de las maldiciones—, y un escalofrío me recorrió la piel e hizo que se me paralizara el cuerpo.

Ninguno de los dos parecía querer pronunciar el nombre en voz alta: el Señor de la Muerte.

El sonido familiar de las piedras al apartarse nos llegó desde mucho más abajo. Tras intercambiar una última mirada de terror, Emrys y yo nos giramos para buscar algún lugar en el que escondernos. No había sitio detrás de la armadura ni en el armario, y las estanterías estaban demasiado expuestas y presionadas contra la pared. La única opción era arriba.

Avancé primera, tras apagar mi linterna y volver a meter a Ignatius en mi bandolera. La plataforma de arriba estaba cubierta por un tejado y cuatro paredes con unas grandes ventanas desde las que se podía apreciar el patio. Estábamos en la parte más alta del torreón, en lo que yo había pensado que no era más que un elemento de decoración.

La cerradura chirrió al abrirse. Me tumbé sobre mi estómago en un lado de la abertura de las escaleras y me aparté lo suficiente del borde para evitar que me vieran desde abajo. Emrys hizo lo mismo en el otro lado de las escaleras.

No subas, pensé. *No subas las escaleras.*

El ruido de unos pasos suaves nos llegó acompañado del susurro de una tela al rozar con la piedra del suelo. En vista de que parecía que no había cumplido con mi cuota de estupidez por una noche, me acerqué un poquitín hacia la abertura en el suelo para tratar de ver al recién llegado.

Se trataba de la misma figura encapuchada de antes. El cielo cada vez más iluminado reveló el tono azul oscuro de la tela que se mecía a su paso conforme se dirigía al caldero. Al estar más cerca, pude apreciar otros detalles.

La figura alzó una pequeña y curvada daga, presionó su afilada punta contra su palma, y, con un siseo de dolor, se hizo un gran corte. La sangre chorreó desde la mano pálida hasta el interior del expectante pozo de plata.

En el bosque, los aullidos de los Hijos de la Noche se convirtieron en chillidos que me torturaron los oídos y apartaron todos y cada uno de mis pensamientos hasta que estuve desesperada por cubrirme las orejas con las manos.

Los estaban controlando. La idea me martilleó en la cabeza. Y, si podían obligarlos a actuar, ¿quién decía que no se los podía crear también? Y en la propia cámara oscura que teníamos debajo.

La figura encapuchada permaneció algunos segundos más al lado del caldero, escuchando. Al sentirse satisfecho, se alejó hacia la puerta, pero, cuando pasó por el lado de la armadura, aquel desplazamiento fue suficiente para mover la parte de abajo de la capucha y revelar el atisbo de una trenza.

Me llevó algunos segundos darme cuenta de por qué resultaba tan complicado ver el reflejo sobre la superficie de la pechera. Se trataba del mismo color del metal nebuloso.

Plata.

Plata fría y letal.

27

Al saber que otro amanecer nada tentador estaba al caer y que no faltaba mucho para que hubiera gente yendo y viniendo en el gran salón,
Emrys y yo nos esperamos tan solo unos pocos minutos antes de bajar en
silencio hacia la galería de la muerte. Conforme seguía el camino por la
cámara de almacenaje y el túnel, mi corazón no dejaba de martillearme en
el pecho.

El dorso de la mano de Emrys rozó la mía una y otra vez mientras reco-
rríamos el pasillo y pasábamos por encima de las raíces a toda velocidad.
No parecía poder apartarme, así como tampoco parecía poder poner en palabras todo lo que habíamos visto.

Salimos de la entrada secreta justo cuando las primeras mujeres llegaban al gran salón con sus telares. Alzaron las cejas al vernos juntos solo a
los dos, pero me importaba tan poco lo que pudieran pensar que no tenía
ganas ni de explicarlo. Daba igual. Nada importaba, tan solo el poder volver
a nuestro propio mundo.

Emrys y yo intercambiamos una última mirada conforme bajábamos los
escalones que conducían al patio, y una promesa sin palabras se asentó entre
ambos. A pesar de que las criaturas habían dejado de chillar con la llegada
del amanecer, aquel silencio relativo parecía desolador sin el canto de los
pájaros para consolarnos. Me hacía sentir un dolor diferente, una especie de
anhelo por lo ordinario que no había sabido valorar hasta aquel momento.

—Oh, ¡justo iba a buscarte! —La voz entusiasmada de Olwen llegó
como toda una sorpresa tras el infierno oscuro del que habíamos conseguido
salir a rastras. Pareció provenir de la nada, y su vestido gris y su delantal
blanco la hacían camuflarse en aquella mañana carente de color. Su cabello
azul oscuro como la tinta se agitaba a su alrededor, como si estuviera ondeando en el agua.

»Estamos a punto de levantar las piedras para ver si la tierra que hay debajo es apta para cultivar —siguió diciendo—. Solo si no te encuentras demasiado mal como para hacerlo, claro.

Emrys vaciló un segundo, pero luego dibujó una sonrisa en su rostro.

—Por supuesto.

—¿Estás seguro? —Los ojos oscuros de Olwen se entornaron un poco, pensativa—. Pareces un pelín... indispuesto.

—Es que no he dormido muy bien —la tranquilizó.

O nada en absoluto, pensé.

—Las criaturas no pararon anoche, y algo les ha pasado esta mañana —comentó la sacerdotisa, meneando la cabeza.

—¿Han hecho... algo? —pregunté.

—Me temo que no se han marchado —dijo—. Cait ha sugerido que tratáramos de echarlas con fuego y flechas si no se han ido para cuando se haga de noche.

—¿Y eso no lo hacéis ahora porque...? —la animé.

—Porque no tenemos bastantes flechas —contestó ella, con expresión seria.

Un patético «ah» fue lo único que conseguí decir.

—Estoy listo para excavar, figurada y literalmente —interpuso Emrys sin dificultad—. ¿Tenéis alguna pala extra para mí?

—Claro —dijo Olwen, guiándolo en dirección a donde estaban los demás—. Les he pedido que reunieran todas las cenizas que pudieran para...

Su voz desapareció conforme se acercaban al gentío de hombres y mujeres que se estaba formando cerca de la forja. Emrys miró hacia atrás una última vez y moduló un «¿Luego?» sin voz.

Asentí.

Cabell y Neve, me recordé a mí misma, antes de girar hacia el torreón y los muchos escalones que me separaban de las habitaciones. Tenían que enterarse de lo que habíamos descubierto, y quizá Neve tuviese alguna idea del propósito de aquellas esculturas.

El estruendo del metal dirigió mi atención hacia fuera. Me decidí por la zona de entrenamiento, al no saber a dónde ir. Había esperado ver a otro grupo de novatos ansiosos, o al menos a alguna de las Nueve, pero Cabell y Bedivere eran los únicos que se encontraban en aquel lugar. Mi hermano estaba practicando una serie de movimientos de bloqueo y contraataque, aquella vez con una espada ancha y no con una de las espadas de entrenamiento romas.

Me los quedé mirando, casi sin poder creer lo que veían mis ojos. Cabell siempre había sido una criatura nocturna, y en más de una ocasión había llegado a casa tras una noche divirtiéndose por las calles de Boston o tras alguna reunión de la cofradía justo cuando yo despertaba. Su idea de «madrugar» era levantarse al mediodía.

Aun así, llevaba suficiente tiempo en aquel lugar como para estar cubierto por una gran capa de sudor. Tenía el rostro colorado, y sus ojos brillaron de emoción cuando esbozó una sonrisa ante algún comentario que Bedivere le hizo.

—Eso es, chico. Así. ¡Bien hecho! —lo animó el anciano, y le dio unas palmaditas en la espalda al tiempo que Cabell se detenía para recuperar el aliento. El hambre que sentía Cabell por su aprobación era evidente en su rostro, y la forma en la que sonreía en respuesta me resultaba casi doloroso de ver.

Sentí una extraña desconexión al observarlos, como si me estuviese alejando en la niebla, insustancial y casi inexistente. Cuando alzó su espada una vez más, mi hermano echó un vistazo en mi dirección y se quedó quieto. Su rostro se llenó de preocupación.

Presioné dos dedos contra la palma de mi mano. *Luego*. Y enseguida hice un pequeño cuadrado con ambas manos. *Biblioteca*.

Cabell asintió y se giró para retomar su práctica con Bedivere. El anciano caballero alzó una mano para saludarme y le devolví el gesto, aunque me costó esbozar una sonrisa.

Podía intentar confrontar a Caitriona, o al menos seguirla a todos lados, pero aquello solo conseguiría que los demás se pusieran en mi contra del todo.

No, la mejor opción en aquel momento era seguir recabando información y llevar a Cabell y a Neve hasta la sala para que pudieran verla con sus propios ojos. Quizás ello fuese suficiente para convencerlos de que necesitábamos encontrar otra manera para salir de Ávalon.

Mi oportunidad llegó en la forma de una suave exclamación de sorpresa a mis espaldas, en los escalones. El rostro verdoso de Mari se asomó alrededor de una montaña de sábanas apiladas en sus brazos.

—Perdona, no te había visto —me dijo.

—Normal que no veas nada con todo lo que llevas —le dije—. ¿Puedo echarte una mano?

Mari hizo una mueca de un modo que me hizo preguntarme si estaba repitiendo en su cabeza las duras palabras que le había dedicado en la biblioteca el otro día.

—Me porté mal contigo en la biblioteca —añadí, improvisando sobre la marcha—. Me gustaría compensártelo, si me lo permites.

Tras unos segundos más, su expresión se relajó un poco y asintió, aunque no me devolvió la mirada mientras me dejaba quitarle de los brazos la mitad del montón de sábanas que estaban a punto de caerse. Estas seguían frías al haber estado colgadas en un tendedero en lo alto de la muralla sur.

A Mari no le gustaba la cháchara insulsa. En unos pocos minutos, me quedó claro que la táctica que solía usar, con la cual dejaba que la otra persona llenara el silencio al ponerse nerviosa y hablar por los codos, no iba a surtir efecto. Mari parecía apreciar el atisbo de paz que proporcionaba el silencio. Iba a tener que motivarla a hablar yo misma.

—Y bueno… —empecé, devanándome los sesos para que se me ocurriera algo que decir mientras me apresuraba a seguirla. Para ser tan pequeñita, se movía con la velocidad de un gato—. ¿Qué sabes de los unicornios?

El sueño había seguido presente en un rincón de mi mente, rogando que le dedicara siquiera un poco de atención, pero me resultaba un poco vergonzoso que esa pregunta inútil fuese lo único que se me ocurriera en el momento. Por aquella razón era que no me iban las conversaciones triviales.

—¿Te has cruzado con uno? —preguntó Mari, alzando las cejas.

—No —contesté, luchando por hilar una conversación de un modo de lo más molesto. Sabía hacerlo mejor—. Solo me dio la impresión en la biblioteca de que… sabes mucho sobre leyendas. Y me preguntaba si serían reales. O si son algo que la gente se inventó a partir de… no sé, sueños.

—Soñar con unicornios es un presagio increíble de buena suerte —dijo, antes de empezar a girarse, solo para volver a mirarme un instante después, al no poder resistirse a contarme más—. Existieron hace mucho tiempo. Eran una de las criaturas más adoradas por la Diosa, tan amables como feroces.

—¿Hace mucho tiempo? —repetí—. ¿Qué les pasó?

—Nadie lo sabe, solo que, en algún momento, dejaron de aparecérseles a las sacerdotisas y ya no se encontraban cerca para sanar a los enfermos —contestó, retomando su avance—. A los dragones les pasó lo mismo.

Necesité unos segundos para procesarlo.

—Espera... ¿has dicho «dragones»? —pregunté, acelerando el paso.

Tras quitarle las sábanas a los catres del vestíbulo y dejar sábanas limpias, llevamos las sucias hacia los manantiales sagrados. Se lavaban en unos estanques diferentes, más al fondo de la cueva. Y allí encontré mi primera oportunidad de verdad para buscar respuestas.

—¿Hay más salas o túneles como este escondidos bajo el torreón? —le pregunté a Mari cuando subíamos la escalera de vuelta al patio.

—Claro —dijo, con una voz tranquila y melodiosa—. Tantos como venas tiene el cuerpo. Algunos se han derrumbado por el paso del tiempo y otros solo han caído en el olvido, a la espera de que alguien los vuelva a encontrar.

—¿Y no hay ninguna especie de registro de ellos en alguna parte? —le pregunté, siguiéndola por el patio. Era tan ligera como una semillita entre el resto de nosotros. No era de extrañar que el resto de los avalonianos casi ni le prestara atención mientras ella se movía entre ellos con destreza y la cabeza gacha.

—Ah, ya me gustaría —dijo—. Pero esa información murió con la suma sacerdotisa Viviane. Era... —Hizo una pausa para recomponerse—. Era la suma sacerdotisa cuando las hechiceras se alzaron contra los druidas y me enseñó prácticamente todo lo que sé de magia, rituales y sobre la historia de Ávalon.

—Pulga me contó que Caitriona es vuestra nueva suma sacerdotisa —le dije—. ¿Tuvo oportunidad de aprender de la anterior antes de que muriera?

—Sí, aunque no durante mucho tiempo. —Entonces se produjo una curiosa transformación en su actitud. Se enderezó y cuadró los hombros conforme nos dirigíamos escaleras arriba. Incluso su voz parecía más firme—. Cait fue la primera a la que convocaron de nuestras Nueve, pero la escogimos porque es la mejor de todas.

—Nadie es perfecto —conseguí decir.

—Ella sí —repuso Mari, girándose para dedicarme una mirada retadora—. Es el alma más valiente que conozco, y también la más amable.

—Pues con Neve no ha sido muy amable —señalé.

—Eso es porque… está muy familiarizada con las historias antiguas —la defendió, mientras se acomodaba un mechón de su blanco cabello tras la oreja—. La traición entre hermanas no es algo que se olvide o se perdone con facilidad.

—¿Crees que la suma sacerdotisa le podría haber llegado a enseñar algo sobre la magia del Señor de la Muerte? —le pregunté.

—¿Qué te hace pensar eso? —contestó, mirándome con los ojos muy abiertos, como el vivo retrato de la sorpresa.

El estómago se me hizo un nudo y se me retorció con todas las palabras que debí haber dicho en respuesta. Me sentía mal al no contárselo, pues era consciente de todo lo que las sacerdotisas tenían en juego. Lo único que había querido era plantar la idea en su mente y dejar que esta se extendiera lo suficiente como para que ella buscara sus propias respuestas, pero entonces aquello me pareció más que cruel.

La lealtad que las Nueve le tenían a Caitriona era férrea, al igual que la que se tenían entre ellas, quizá tanto que no se podría romper con nada debido a todo lo que habían afrontado juntas. Por primera vez, mientras miraba a Mari, empecé a dudar de lo que habíamos visto.

¿Por qué querría Caitriona hacer algo así, a sabiendas de que estaba poniendo en riesgo a sus hermanas y había matado a cientos de avalonianos, por no decir miles?

Podría estar siguiendo las órdenes de alguien más, pensé. *Y todo esto podría ser cosa suya…*

La cuestión era que aquello solo conseguía hacer que mi mente se llenara aún más de preguntas que estaba demasiado cansada como para procesar.

—¿Qué toca ahora? —pregunté, en su lugar.

—Me temo que, si te lo digo, no vas a querer ayudarme —dijo la sacerdotisa, esbozando una pequeña sonrisa.

Ya conocía a la perfección los retretes, los cuales eran básicamente unas letrinas medievales ubicadas en la parte de atrás del torreón. Eran poco más que un agujero en un banco de madera que se abría hacia el apestoso y estancado foso que había debajo. Y, para mi eterno deleite, tuve la oportunidad de verlos todos mientras vaciábamos los orinales y vertíamos en ellos el agua que se había usado para lavar.

Mari tenía un modo de permanecer siempre en el borde de las cosas: las escaleras, las paredes de las salas, el patio. Cada vez me quedaba más claro que aquella sacerdotisa era el motor invisible que se encontraba en el centro del torreón y asignaba con delicadeza las tareas del día a los demás y se encargaba del trabajo más ingrato e invisible ella misma. La naturaleza gentil de los élficos tenía una disposición para cuidar de los animales, y parecía que aquello se extendía también a los seres humanos.

Horas más tarde, Mari se estaba encaminando hacia su última tarea del día: llevar la cuenta de los almacenes de comida y provisiones y distribuir las cantidades asignadas para aquel día entre quienes estuvieran encargados de la cena, entre los cuales estaba, según descubrí, Olwen, que se había acercado para recogerlas ella misma.

La despensa estaba escondida en la parte trasera del salón en el que todos dormían, en el que aún había algunas personas yendo de aquí para allá y saludando a Olwen mientras enrollaban sus colchonetas y doblaban sus mantas para guardarlas en un extremo de la estancia.

La sacerdotisa sonrió un poco más al verme. El sencillo vestido que llevaba era del tono de una rosa descolorida y abrazaba sus curvas redondeadas. Sus mangas acampanadas estaban recogidas y remangadas para asegurarse de que no la interrumpieran durante su trabajo.

—Solo curioseaba por aquí —dije, en un tono ligero.

Olwen le pasó una cestita a Mari, quien la recibió con una mirada encantada. El escuálido gatito gris que había en el interior la examinó con el mismo interés que ella y clavó sus vívidos ojos azules en la élfica.

—He pensado que te vendría bien un nuevo cazador de ratones para la despensa o simplemente un amiguito que te acompañase en tus tareas del día —dijo Olwen, sonriendo—. No estoy segura de qué le ha pasado a su madre o a sus hermanitos, solo lo vi entrar en la cocina y beber un poco de leche de cabra.

—Ay, pero qué encanto eres —canturreó Mari, sacando al gatito de la cesta—. ¿Le has puesto nombre?

—¿Rabia? —sugerí. Aunque al ver su adorable carita me hizo echar muchísimo de menos a los diablillos felinos de la biblioteca de la cofradía.

—Qué nombre más raro —dijo Mari, mientras se relajaba de forma notoria al abrazar al gatito contra ella. El animalito aceptó los mimos con un suave ronroneo—. Quizá… sí, yo creo que tienes cara de Griflet. ¡Gracias, Olwen!

—No te olvides de comer algo antes de que se haga de noche —le recordó Olwen—. Y tú también. Si no os daré caza y os obligaré a comer trocitos de queso.

—Por mí puedes hacerlo en cualquier momento —le dije.

La despensa estaba iluminada por tres ventanas de cristal, las cuales permitían que se apreciara el desastre que había en el interior. Di una vuelta. Y luego di otra más.

La sala era tan grande como las habitaciones y estaba llena de un olor dulzón por los frutos secos, aunque solo había comida en una de las paredes con estantes. El estómago me dio un vuelco al verlo todo.

—¿Y dónde guardáis el resto de la comida? —le pregunté.

Mari dejó al gatito en el suelo para permitir que este explorara por ahí. Olwen se apresuró a cerrar la puerta a nuestras espaldas y se llevó un dedo a los labios.

—¿No lo saben? —pregunté, sin poder contenerme. Me giré hacia las estanterías una vez más—. Aquí solo hay comida para algunas semanas, no para meses.

—Y ahora entiendes la importancia de los huertos que van a plantar en el patio —dijo Olwen, mirando de reojo a Mari, quien batallaba con un bote casi vacío de bayas secas. Al verlas no pude evitar recordar el pan casi de lujo que nos habían dado la noche anterior.

El temor me invadió como una sombra. No había forma de que aquello fuese a durar hasta que los huertos crecieran lo suficiente como para dar frutos comestibles. Salvo que…

—¿Podéis usar vuestra magia para hacer que los huertos den fruto más rápido? —les pregunté.

—Sí —contestó Olwen—. Pero no hemos querido hacerlo porque la magia de la isla está muy… impredecible.

—¿Creéis que podréis cosechar en cuestión de… dos semanas? —pregunté, tras hacer cálculos en mi cabeza y dar con un aproximado de lo mucho que se necesitaría para alimentar a casi doscientas personas cada día.

¿Qué haces?, me susurró mi mente. *Esto no es problema tuyo…*

Pero sí que lo era, ¿verdad? No pensaba dejar que ninguno de nosotros se muriera de hambre antes de que pudiéramos arreglárnoslas para dar con un camino de vuelta a nuestro mundo.

—Quizá —dijo Olwen—. ¿Por?

—Entonces estáis de suerte —les dije, estirando una mano hacia un cesto de cereal—. Porque si hay algo que se me da bien es hacer que un poquitito de comida dure más de la cuenta.

Y, llegados hasta ese punto, solo nos restaba mentir y mentir hasta que no les quedara ni una pizca de esperanza en su interior.

28

Para sorpresa de nadie, Neve había vuelto a la biblioteca en algún momento del día. Para cuando arrastré mi cuerpo agotado otra vez por las escaleras para hablar con ella, la hechicera estaba sola, y la pila de libros que tenía en la mesa era tan alta que casi no la vi.

Tenía puestos sus cascos, y su música *synth* como de ensueño parecía deambular por los pasillos entre las estanterías, como si sintiera curiosidad por los libros que pudiese encontrar.

Me dejé caer sobre la silla que quedaba justo enfrente de ella en su mesa de trabajo.

Tras soltar un suspiro, Neve le puso pausa a su CD y se quitó los cascos.

—Tengo la sensación de que necesito prepararme cada vez que te pregunto esto —empezó a decir—. ¿Ha pasado algo?

—Emociónate un poco —le dije—. Es peor incluso de lo que te estás imaginando.

—Imagino que has descubierto que el árbol de la Madre va a morir en unos pocos días y va a privar al mundo del último atisbo de magia que posee, y que nos convertirá en un festín para los Hijos de la Noche y para cualquier gusano que pueda vivir en la tierra —dijo la hechicera.

—Vale... —conseguí decir—. Vaya. Pues... No, creo que no es peor que eso.

—¿Vas a contármelo o tengo que adivinar? —preguntó—. Porque que los manantiales sagrados se queden sin agua es mi siguiente opción.

Empecé a contarle la historia tan rápido que casi me quedé sin aliento para cuando terminé de relatarla. Mientras tanto, Neve no me quitó la mirada de encima y frunció el ceño cada vez más.

—¿Y qué te parece? —le pregunté.

—Me parece que tú *crees* que has visto a alguien con cabello platea-do —dijo Neve—. Y que asumes que es Caitriona, del mismo modo en que asumes que tiene algo que ver con los druidas y el Señor de la Muerte.

—¿Te has perdido la parte en la que menciono las estatuas de huesos humanos de verdad? —le dije—. ¿O la marca del rey de Annwn?

—Esas «estatuas» podrían ser usadas para cualquier cosa, incluso para recordar a los muertos. —Neve escogió un libro de la gran pila que había sobre la mesa—. Y el caldero podría haber sido un regalo.

—Es que no has notado lo que he notado yo en aquella sala —expli-qué—. Hay algo que va mal allí. Algo oscuro. Y el caldero...

—Mira, hay varios calderos que aparecen en leyendas, como segura-mente sabrás —me cortó—. Y no todos ellos sirven para propósitos oscu-ros. Uno de ellos puede producir comida sin límite, por ejemplo. De hecho, me pregunto dónde estará ese... ¿Crees que podría generar algo como... gominolas? ¿O macarrones con queso? Estaría dispuesta a sacrifi-car un dedo del pie por un plato de macarrones con queso en este mismo instante. Pero el pulgar no.

—Tiene que ser ella —le insistí—. La estatura, la forma en la que se movía... es ella.

—¿Por qué estás tan segura de que es Caitriona? —me preguntó.

—¿Por qué estás tan segura de que no lo es? —rebatí—. No sé por qué la defiendes cuando te ha tratado tan mal.

—¿Por qué no? —se excusó Neve, distraída, mientras devolvía su aten-ción a su libro—. Aún te defiendo a ti de los demás.

Un segundo después, cuando se percató de lo que había dicho, alzó la mirada.

—Ni se te ocurra retractarte ni tratar de aligerar las cosas —le dije—. Me lo merezco. Y que conste que sí que lamento no haberte contado la ver-dad. Aunque, ahora que sabes cómo se reclama el anillo, ¿puedes culparme por no haberlo hecho?

—No te culpo por haber querido proteger a tu tutor, y desde luego no te culpo por haber tratado de ayudar a tu hermano —dijo, y dejó que su libro se cerrara de un golpe—. Pero sí me molesta que me hayas hecho parecer tonta, porque tú y yo sabemos perfectamente que soy cualquier cosa menos tonta.

—Lo entiendo.

—Y lo que lo hace peor de algún modo es que, a pesar de que tuviste la oportunidad de conocerme, aún pensaste que podría haber sido capaz de matar a Nash para quedarme con el anillo —continuó—. Así que dime: ¿cuál de las dos soy? ¿La tonta debilucha de la que puedes aprovecharte para tus fines? ¿O la cruel y despiadada hechicera?

—Ninguna de las dos —dije, estrujándome las manos bajo la mesa—. Sé que puedo ser...

—¿Difícil? ¿Gruñona? ¿Terca como una mula? —sugirió.

—Todas esas cosas —acepté.

—Y te enorgulleces de serlo —dijo, meneando la cabeza—. ¿Por qué? Sé que piensas que confío muy rápido en los demás, que soy muy compasiva o lo que sea, pero ¿cómo va a ser valentía el hecho de apartar a todo el mundo en el instante en que deciden acercarse un poco más a ti?

—Creo que es un error que intentes ayudar a todo el mundo. Tienes que priorizarte a ti misma, porque nadie más lo va a hacer por ti —me quejé—. Y, si bien no hay nada malo en ser tan amable como eres tú, todos tenemos que volvernos un poco duros con el tiempo, de lo contrario el mundo se las arreglará para seguir dándonos donde más duele.

—Tamsin, tú no eres un poco dura, tú tienes una armadura entera a tu alrededor —repuso Neve—. Y, aunque las armaduras te protegen de algunos golpes, también hacen que nadie pueda conocer a la persona que hay debajo de ella.

—Eso no es así —protesté, con el corazón latiéndome rápido contra las costillas.

—Y, al final, todos dejan de intentarlo, ¿verdad? —continuó—. Creen que no te importan. Se cansan de los comentarios negativos. ¿Y qué ganas con eso? ¿Seguridad? ¿O te deja con nada en absoluto?

Si bien quería apartarme de la mesa y salir hecha un bólido de aquella sala, era como si sus palabras me hubiesen convertido en piedra. No podía respirar más que en pequeñas bocanadas. Un sudor frío me cubría el pecho y la espalda.

—Sé que te costará creerme, pero te entiendo —dijo Neve—. Demostrar que algo o alguien te importa hace que seas vulnerable, porque le da al mundo otra oportunidad para lastimarte. Aun así, llega un momento en que tienes que decidir si sentirte vacía de verdad es mejor que arriesgarte a que te hagan daño.

Estiró un brazo en mi dirección, con la palma hacia arriba. A pesar de todo lo que le había hecho, aún me daba una oportunidad.

Vacilé un segundo, pero hice lo mismo y aferré su antebrazo al tiempo que ella aferraba el mío.

Neve sonrió. Las motitas verdes en sus ojos de color avellana parecían brillantes bajo la luz de las velas.

—Eres una persona muy lista, leal y que se preocupa por los demás —me dijo.

Me aferró con más fuerza, en un gesto juguetón, y una sonrisita se le escapó cuando me vio intentar no removerme en mi sitio, incómoda.

—Eso es. Vas a tolerar este momento sincero y emotivo y vas a sufrirlo a pesar de que te esté matando un poquito por dentro. ¿A que sí?

Hice una mueca.

—Ajá.

—Muy bien —dijo con delicadeza, y, tras un último apretón, me soltó—. Tu castigo será tener que pasar conmigo muchos más de estos momentos tan tiernos y aceptar que eres mi amiga.

—Ten piedad —le supliqué—. ¿No puedo robar otra cosa para ti para que se la lleves al Consejo de la Sororidad y así estar en paz? Quizás una de esas estatuas de hueso tan horribles les guste...

—¡Tamsin! —me regañó, al tiempo que me lanzaba su pluma—. Por supuesto que no.

—¿Por qué no? —me quejé—. Nunca me han atrapado. Bueno, salvo una vez, aunque eso solo fue porque un pajarraco me delató.

—Mira, sé que estás preocupada, pero... —Neve dejó de hablar y pareció sufrir un poco para dar con sus siguientes palabras.

—Quieres que te cuente lo del pajarraco, ¿verdad? —pregunté.

—Sí —dijo, en tono culpable—. Necesito saber qué pasó. Cuéntamelo todo.

—Vale, pues era un loro que se llamaba Coro y vivía en una tienda de antigüedades en Praga —le conté—. Y resultó ser un traidor de la peor calaña.

Neve cerró los ojos antes de suspirar, la mar de contenta.

—Coro el loro. Qué maravilla.

—La propuesta sigue en pie —le dije, antes de cruzarme de brazos y reclinarme en mi silla.

—Y la respuesta sigue siendo «no» —contestó ella—. Aunque agradezco que me ofrezcas tus servicios como Saqueadora… —pese a que se interrumpió a sí misma, era demasiado tarde—. O sea, no es que piense que los Saqueadores seáis ladrones, es solo que…

—Los Saqueadores somos ladrones —la corté—. Solo que nos hemos dado un título diferente para no sentirnos culpables.

Neve meneó la cabeza y devolvió su atención al libro que abrió frente a ella.

—¿Puedo hacerte una pregunta? —le dije.

—No si es sobre abandonar Ávalon antes de encontrar algún modo de ayudarlos —dijo muy tranquila y luego le dio la vuelta a una página.

—¿Por qué quieres que te acepte el Consejo de la Sororidad? —pregunté—. Entiendo que quieras ampliar tu educación, créeme, eso lo entiendo a la perfección, pero se te da muy bien enseñarte a ti misma, y ahora tienes a las Nueve que pueden ayudarte. Según lo que sé del Consejo, me da miedo que intenten arrancarte toda tu creatividad y amabilidad hasta que no te quede nada. Sé que no te molesta hacer las cosas a tu modo, así que ¿por qué te importa tanto su aprobación?

—No es tan sencillo —empezó ella, con los dedos tensándose de forma imperceptible sobre su libro—. En ese mundo, en nuestro mundo, no seré nadie.

—No es cierto —le dije, convencida—. No necesitas sus reglas dracionianas ni sus encantamientos pasados de moda.

—No, no me refiero a eso —insistió—. Es que de verdad no seré nadie.

Me recliné en mi silla y dejé que las palabras se acomodaran en mi mente para tratar de entenderlas. En lugar de explicarse, Neve llevó una mano al interior de su vestido y se sacó la cadena que tenía colgada por encima de la cabeza para revelar lo que había conseguido mantener oculto todo aquel tiempo.

Un colgante.

Lo dejó sobre la mesa, entre las dos, y lo observó como si fuese a echársele encima. Se trataba de una sencilla piedra blanca ovalada rodeada de un marco de plata. Solo que no era blanca, sino iridiscente, con un arcoíris que se escondía en las profundidades de su superficie lisa.

—La piedra se llama Ojo de Diosa —dijo, en un hilo de voz.

Mi memoria me facilitó el resto de la información.

—Una piedra muy poco común que es capaz de amplificar la magia.

Tuve que contener el impulso de agarrarla de la mesa y examinarla más de cerca.

—Era de mi madre —me explicó Neve—. La encontré mientras limpiaba el ático con mi tía… y lo supe, supe con tan solo mirarla a la cara que no tenía que haberla hallado. Así como tampoco tenía que enterarme de lo que era.

—¿No te dijo que eras una hechicera? —le pregunté, sin poder creérmelo.

—No exactamente. Me dejaron en su puerta cuando era bebé, ya sabes, el cliché de toda la vida. —Meneó la cabeza. Si bien sonreía, el dolor quedaba claro en sus ojos—. Mi tía me dijo que no tenía ni idea de quién lo había hecho, ni siquiera de quién era mi madre. Notaba que tenía magia, pero no estaba segura de si iba manifestar mis poderes por completo. Bien podría haber sido una Sagaz, como ella.

—Y entonces cumpliste los trece… —la animé a seguir.

Asintió.

—Es difícil explicar lo que te pasa, solo te despiertas una mañana con la sensación de que te han cargado de electricidad. Si esa magia no se controla o se canaliza en encantamientos, puede salir de ti de sopetón. Provocar un incendio. Hacer explotar cristales. Maldecir a uno de tus enemigos y causarle la viruela.

—Ese último te ha salido como si fuese un ejemplo real. —Solté una risita nerviosa, pero Neve no me imitó.

—Creo que mi tía pensó… No tengo ni idea de qué pensó —siguió diciendo—. Que si no le hacía caso, ¿el poder desaparecería? Aun así, incluso después de haber dejado el colgante a un lado, este me siguió llamando. Lo sentía como si tuviera que ser mío. Podría jurar que lo oía susurrarme a través de las paredes.

Guardé silencio y esperé a que continuara cuando estuviera lista.

—No quería molestar a mi tía, así que me resistí a él durante un año entero mientras trataba de convencerme de que no lo quería o de que no lo necesitaba. Pero un día, cuando mi tía se había ido a trabajar, no pude seguir mintiéndome a mí misma. Subí al ático a buscarlo. Y no solo lo encontré de nuevo, sino que también encontré los libros viejos de mi madre y su varita.

No hizo falta que me lo dijera para comprenderlo. Se trataba de la varita que Caitriona le había quitado la noche en que habíamos llegado al torreón.

—Entonces me di cuenta de que mi tía me había mentido —dijo Neve, casi en un susurro—. No solo sí sabía quién era mi madre, sino que eran amigas. Encontré algunas cartas que mi madre le había enviado, entre ellas una que explicaba que mi padre había muerto, solo que no las firmaba con su nombre, sino solo con la letra «C». Y fue la última de la pila la que me confirmó que eran de ella.

—¿Qué decía? —pregunté, alzando las cejas.

—«Se llama Neve. No dejes que se la lleven». Pero ¿quién? Podría haber sido cualquiera: la familia de mi padre, que ni idea de quiénes son; el Consejo; el estado de Carolina del Sur..., lo único que sabía era que mi tía me había ocultado todo eso. Y que todo era mío —siguió—. Así que, cuando mi tía se marchaba al trabajo, yo también me ponía manos a la obra. Leí todos los libros de mi madre y traté de averiguar más sobre ella, probé los encantamientos que sabía. Gracias al colgante fue todo mucho más fácil.

—¿Crees que eso podría haber afectado al encantamiento de protección que usaste cuando llegamos a la isla?

—Olwen cree que ayudó a amplificarlo —dijo—. Pero... he leído montones de veces que la magia es algo que tiene que controlarse con muchísimo cuidado y canalizarse de forma directa en un encantamiento. La magia es tan rebelde e ilimitada que la práctica de memorizar un número establecido de sellos siempre me ha parecido algo restrictivo. Nunca me pareció correcto hasta que Olwen me explicó que el modo en el que las sacerdotisas lo hacen sí que es más intuitivo y se corresponde con quien convoca la magia.

—¿Cómo que se corresponde? —pregunté, confundida.

—Convocas la magia del modo en que te parece más correcto o natural. La magia responde a tu voluntad y a cómo la imaginas —explicó—. Solo que los encantamientos no siempre resultan del modo en que los imaginas. Creo que es por eso por lo que las hechiceras crearon su propio idioma, de modo que todo fuese más específico. Y predecible también.

—Tiene sentido —concedí. En lo que a mí concernía, prefería la certeza del método de las hechiceras sin dudarlo.

—Olwen tararea para convocarla, otras cantan —continuó Neve—. Mari le reza directamente a la Diosa y Lowri, la sacerdotisa que trabaja en la forja, utiliza la lengua de signos.

—Y tú gritaste —dije, al recordar.

—Exacto —dijo ella—. Sabía el tipo de encantamiento que necesitábamos, y el grito llegó a mí sin más. No lo pensé, solo actué. Creé ese encantamiento.

—Vaya, eso es… —Casi no tenía palabras para definirlo—. Eso hace que sea incluso más impresionante. Pero, si sabes que hay otro modo de practicar la magia, uno que parece que se te da la mar de bien, ¿por qué necesitas al Consejo?

—Es una tontería —dijo, antes de soltar un profundo suspiro—. Sé que lo es, que no debería querer su aprobación, pero lo hago.

Cerró los ojos, como si necesitara reproducir el recuerdo detrás de sus párpados.

—Hace algunas semanas, mi tía llegó pronto del trabajo. Y discutimos. Discutimos como nunca antes lo habíamos hecho —dijo—. Es la persona que más quiero en el mundo y le dije cosas horribles. Que estaba tratando de ponerme trabas, que quería que fuese tan débil como lo era ella… Ella me dijo que todas las mentiras y verdades a medias habían sido para protegerme, pero no quiso decirme de qué. Me rogó que no acudiese al Consejo de la Sororidad. Que lo dejara estar.

—Y no pudiste.

Neve negó con la cabeza y abrió los ojos.

—Me marché ese mismo día e intenté que me pusieran a prueba para ver si me aceptaban y podía entrenar en su escuela de hechicería. Lo que te dije antes era cierto, ni siquiera me dejaron intentarlo. Prácticamente ni me dejaron hablar. Pero lo que no te conté fue que no solo se debió a mi falta de entrenamiento.

—¿A qué te refieres? —quise saber.

Una furia silenciosa apareció en su expresión; el tipo de fuego que podía convertir el hierro en acero.

—Fue porque no tengo ninguna ascendencia reconocida. No tengo ningún documento que demuestre mi ascendencia materna. Ni siquiera pude decirles el nombre de mi madre. Y aún puedo verlas, riéndose en aquella mesa…

Apreté tanto la mandíbula que no pude articular palabra. Lo noté en aquel momento, como si hubiese estado aquel día a su lado. La humillación. La desesperación de encontrarte más sola que la una en tu historia, incapaz de unir los retales de tu pasado. La necesidad de aprobación.

Si bien había muchas partes de la vida de Neve que jamás llegaría a entender de verdad, aquello... Aquello sí que lo entendía.

—Pues que se pudran en lo más hondo del infierno —le dije, hecha una furia—. No las necesitas. Eres demasiado buena para ellas, se te mire por donde se te mire.

—Pero sí que las necesito —dijo Neve—. No es solo que quiera su aprobación o controlar mis poderes por completo. Creo... Algo que dijo mi tía antes de que me fuera me hace pensar que el Consejo quizá tenga la Inmortalidad de mi madre en sus registros.

«Y la respuesta de quién soy en sus páginas».

No hacía falta que lo dijera. Yo había perdido mi pasado, pero ella aún tenía una oportunidad de descubrirlo. Neve aún podía encontrar una respuesta a las preguntas que la carcomían por dentro y estaba dispuesta a hacer lo que fuera, incluso a aventurarse por una Tierra Alterna, para conseguirlo.

Aquello también lo podía entender.

—Puede que sea una tontería —dijo, antes de suspirar—. Ni siquiera sé cómo se llama. ¿Cómo podría empezar a buscar?

—Bueno, pues ahora tienes una amiga a la que se le da bastante bien encontrar cosas —señalé—. Incluso te cobraré la tarifa especial de familia y amigos.

Neve soltó un resoplido, aunque la tristeza que había en sus ojos solo se acentuó cuando pronunció:

—Rueda de la fortuna al revés, cinco de bastos y tres de espadas.

Me llevó unos segundos comprender que estaba hablando de su última lectura de tarot en Maestra Mística. Por mucho que hablara sobre no rendirse, una parte de ella había interiorizado la llamada a tierra que hacían las cartas.

Su pregunta volvió a mi mente: «¿Voy a encontrar lo que estoy buscando?».

Entonces lo entendí. Comprendí de verdad la razón para que creyera en que las cosas tenían que salir bien. No era porque no tuviese dudas o incertidumbres ni porque fuese ingenua, sino que era lo suficientemente fuerte para aferrarse a sus creencias y esperanzas, incluso al enfrentarse a la pérdida y el rechazo.

—¿Qué hay de «Eso es solo lo que opinan las cartas»? —le dije—. Por favor, recordemos que mis habilidades mágicas son nulas. Te habría dado la misma respuesta si me hubieses preguntado si te iban a regalar un poni por tu cumpleaños.

Eso, al menos, la hizo reír un poco.

—Pues me encantan los ponis.

—¡No me digas! —solté—. Pero volviendo al tema, tengo algunos contactos con hechiceras para las que he trabajado. Si bien no puedo prometerte que alguna de ellas esté dispuesta a ayudar, solo nos hace falta una para que busque la Inmortalidad de tu madre en el archivo.

—¿De verdad crees que alguna podría hacerlo? —preguntó, antes de inclinarse hacia delante con una expresión de fingida sorpresa—. Tamsin... ¿estás siendo optimista?

Hice como si me hubiera recorrido un escalofrío.

—Tendrás que venir conmigo. Tendrán menos ganas de matarme por mi insolencia si me acompañas.

—Seguro que nos las podremos arreglar —dijo, intentando contener su sonrisa—. En el hipotético caso de que consigamos volver con vida al portal.

—En el hipotético, sí. —Observé la pila de libros que tenía frente a ella unos segundos y saqué uno de ellos. *El viaje del sanador*.

—¿Qué haces? —me preguntó.

—Quizás ayude tener un nuevo punto de vista —sugerí.

—Pero ya he leído ese montón.

—Entonces iré por más —dije—. O me quedaré aquí admirándote por ser tan lista y estudiosa.

Neve se echó a reír y me deslizó un libro por sobre la mesa.

—Este de aquí habla sobre las criaturas cambiaformas de las Tierras Alternas.

El corazón me dio un vuelco.

—¿Has estado investigando la maldición de Cabell?

—Sí, y Olwen también.

Abrí el tomo con cubierta de cuero y me deleité con el aroma a pergamino viejo.

—Y ¿no habéis encontrado nada útil?

—Aún no. —Neve hojeó el libro que tenía delante—. Aunque se me ha ocurrido que a lo mejor pueda ser otra criatura y que su forma humana sea la maldición.

Me quedé mirándola, y una presión infinita se esparció por mi cráneo. Ante mi silencio, Neve alzó la vista de la página que estaba leyendo.

—¿Nunca habías explorado esa posibilidad?

—No —contesté, con voz ahogada.

—Bueno, supongo que eso es una ventaja de tener un nuevo punto de vista —dijo. Y debí tener una expresión muy escéptica porque se apresuró a añadir—: Es solo una teoría, no tengo pruebas de nada.

Aún estaba meneando la cabeza cuando me dispuse a sostener el libro entre las manos.

—¿Sería tan malo? —preguntó—. Le daría algo de paz, al menos.

—Romper su maldición le daría paz —repuse.

—No puedo explicarte lo que se siente al saber que se supone que debes ser algo que no eres —dijo, mirándome con una expresión más suave—. Te carcome por dentro día a día, incluso si te niegas a reconocerlo, hasta que queda un vacío en tu interior que nada que no sea la verdad es capaz de llenar.

—Es humano —le dije. Tenía un corazón y una mente humanos.

Porque, si no lo era, aquello significaría que su lugar se encontraba lejos de mí, en otro mundo, y que una parte de él siempre querría volver allí, por mucho que no supiera por qué.

29

Los minutos se convirtieron en horas. Con cada página que pasaba, me sumergía más y más en el manuscrito que estaba leyendo. Estaba tan absorta en mi lectura que hizo falta que alguien carraspeara para apartarme de ella. Cuando alcé la vista, me encontré a Emrys de pie bajo el umbral de la biblioteca, con una expresión intensa. Cabell estaba parado detrás de él, claramente confundido.

—¿Qué pasa? —pregunté.

Neve despertó de su propio trance de lectura y parpadeó, perpleja.

—¿Todo bien con la tierra?

—Sí, la tierra bajo las piedras estaba en buen estado, y las semillas ya están de camino a brotar gracias a un poquito de magia de Deri —explicó Emrys, cambiando su peso de un pie a otro—. Pero creo que he hallado algo. Algo más.

Tenía los ojos muy brillantes, casi febriles, y contrastaban mucho con las ojeras tan pronunciadas que se asomaban bajo sus ojos.

—Algo *más* implica que ya me he perdido algo —dijo Cabell—. ¿Alguien quiere contarme qué está pasando? Quería venir desde hacía rato, pero sir Bedivere necesitaba ayuda.

—Hablando de sir Bedivere… —empecé a decir, y la expresión de Cabell se transformó en una de espanto mientras le conté, de forma muy rápida y entre susurros, lo que Emrys y yo habíamos descubierto la noche anterior.

—¿Y qué tiene que ver Bedivere con eso? —preguntó Neve.

Sin embargo, Cabell sí que me había entendido, por supuesto. Recordaba tan bien como yo las historias que Nash nos había contado sobre los viajes que había hecho Arturo a Annwn.

—Se dice que sir Bedivere fue uno de los caballeros que acompañó al rey Arturo a Annwn. Aunque pensaba que el caldero que habían traído de allí tenía algo que ver con comida.

—¡¿Ves?! —exclamó Neve.

—¿Podrías intentar sonsacarle algo de información al respecto? —le pregunté a mi hermano—. Solo… un poquitito.

—Tratar de *sonsacarle información* a un caballero inmortal de la Mesa Redonda —dijo Cabell, pasándose ambas manos por la cara—. Vale, ¿qué podría pasar?

Emrys prácticamente había estado saltando de impaciencia en su sitio mientras ponía al corriente a mi hermano de todo lo que había sucedido, por lo que quedaba bastante claro que habíamos llegado al límite de su paciencia.

—¿Podemos irnos ya? De verdad tenéis que ver esto.

—¿Has conseguido dormir siquiera un poco desde que estamos aquí? —preguntó Neve, ladeando la cabeza para observarlo mejor—. Quizá deberías echarte una siesta primero. Tengo una poción que podría ponerte a dormir en segundos. Sabe un poco a pelo de murciélago, pero ya sabes cómo son las cosas con los hechizos nocturnos creados a base de criaturas nocturnas.

Emrys me dedicó una mirada suplicante, y una parte de mí, una cuya existencia no quería reconocer, se suavizó un poco. A pesar de que había estado evitando sin descanso el recuerdo de nuestro interludio en el armario, en aquel momento volvió a mí a toda prisa.

—Vale —suspiré, antes de cerrar el libro—. Sea lo que fuere, no puede ser peor que lo de anoche.

Quedaba claro por lo vacío que estaba el torreón que era mucho más tarde de lo que había imaginado. Si bien las puertas del salón en el que dormía la gente se encontraban cerradas de forma parcial, aún podía ver lo suficiente hacia el interior como para ver a Olwen, Pulga y Arianwen acurrucadas cerca de las puertas.

Emrys nos condujo hacia la entrada del torreón y esperó a que Betrys y los demás que estaban de guardia nos dieran la espalda antes de cruzar el patio a toda prisa. Le eché un vistazo a lo que se habían pasado el día haciendo: la mitad de las piedras ya no estaban, y habían revelado una extensión de tierra oscura que habían sembrado en filas ordenadas.

Cabell miró de reojo una última vez a los guardias que teníamos en lo alto de las murallas sobre nuestras cabezas.

—No hay moros en la costa.

Emrys nos hizo un gesto para que lo siguiéramos hacia la armería. El pequeño edificio estaba muy bien iluminado, para mi sorpresa, y, si hubiese tenido que adivinar, habría dicho que antes había sido la casa del guarda. En aquel momento, el ambiente estaba perfumado por la grasa animal y el aceite de linaza que se usaba para pulir las herramientas y las armas.

—¿Ahora qué, Dye? —preguntó Cabell a mi lado, arrugando la nariz.

Una maltrecha armadura completa, de un tono rojizo debido al óxido, observaba en silencio la estancia. Emrys nos movió a Neve y a mí para que nos situáramos directamente frente a ella y se quedó mirándonos, a la espera. Un segundo después, lo noté: una fría ráfaga de viento que se alzaba desde el suelo bajo nosotras. Neve dio un salto cuando esta le agitó la falda.

—¿Qué rayos es eso? —preguntó.

—Eso me pregunto yo —dijo Emrys—. ¿Alguien quiere hacer una…?

—Nadie quiere hacer ninguna apuesta —lo interrumpí—. Ni jugar a nada. Estamos agotados.

—Vale, vale —cedió él. Levantó el visor de la oxidada armadura y metió una mano en su oscuro interior. Le dio un fuerte tirón a algo, y el suelo bajo nuestros pies empezó a traquetear.

Cabell se estiró para ayudarnos a Neve y a mí a no perder el equilibrio cuando el suelo sobre el que nos encontrábamos empezó a descender.

—Pero qué demonios… —susurró. Me tensé de pies a cabeza cuando la plataforma se hundió en la oscuridad de un túnel tan antiguo y burdo como el que había bajo el gran salón.

—Madre mía —dijo Neve, mientras trataba de ver algo entre las sombras que teníamos enfrente.

Cuando nos bajamos, la plataforma volvió a alzarse por sí sola.

—¿Deberíamos preocuparnos por eso? —pregunté, casi sin voz.

—Hay otra palanca por aquí para hacer bajar la plataforma —me aseguró Emrys—. He perdido una valiosa hora de mi tiempo buscándola.

Una vez que la plataforma volvió a su lugar y nos privó de cualquier rastro de luz del exterior, me di cuenta de lo que me había olvidado por nuestras prisas.

—Mi bandolera —me lamenté, llevándome una mano a la frente.

—No temáis, damas y caballero —dijo Emrys, antes de colocarse su linterna frontal y encenderla con un toque—. Vengo preparado.

A mi lado, Neve cerró los ojos e inspiró muy suavemente, como cuando alguien se prepara para un beso. Sus labios se estaban moviendo, pero tardé un segundo más en oír la canción: las palabras que no tenían traducción, el canturreo que parecía surgir de las profundidades de su corazón. Su canto armonizó con sus propios ecos, que resonaban en las rocas que nos rodeaban hasta que la voz de Neve se convirtió en poder puro y el poder se convirtió en su voz.

La melodía parecía de otro mundo y llena de promesas, como una revelación. Unos hilillos de luz azul pálida se congregaron en las puntas de sus dedos, y Neve se llevó ambas manos hacia la boca para soplarlos, de modo que las lucecitas titilantes se desperdigaran como molinillos de dientes de león por todo el túnel. Su brillo hizo que me sintiera como si estuviera flotando en uno de los estanques de las cuevas que había debajo.

—Increíble —le dije. Y ni siquiera había necesitado un sello, ni mucho menos su varita, para hacer todo aquello. Había hecho lo que le había parecido natural, y el resultado era simplemente impresionante. Neve sonrió de oreja a oreja y delineó una de las lucecitas con su dedo.

—Bueno, eso también funciona —dijo Emrys, con el poquito de dignidad que pudo juntar, antes de llevar la mano hasta su linterna frontal y apagarla.

—¿A dónde vamos? —le pregunté—. Imagino que no querías mostrarnos solo este ejemplar de túnel frío y con goteras.

—Es más como un camino inmemorial hacia la oscura alba que nunca llega —repuso Emrys, antes de empezar a andar por dicho camino inmemorial—. Aunque sí que es frío y tiene goteras.

A pesar de que la húmeda caminata fue corta, el ambiente apestaba a la podredumbre de la isla de un modo en que el otro túnel no lo había hecho. El aire estaba cargado de humedad, y con cada paso que dábamos levantábamos pestes nauseabundas. Agucé el oído y traté de escuchar algo más allá de nuestros pasos y las gotitas que resbalaban por las paredes.

Al final del camino de lucecitas de Neve, pude distinguir una especie de gruta. Estaba tan concentrada en ella que no me fijé en la antecámara que se abría un poquito más allá.

El miedo me rozó la columna con un dedo frío y tembloroso cuando me giré hacia la derecha. En aquel lugar, una puerta con barrotes de hierro impedía la entrada a una cripta, y, más allá del metal oxidado, distinguí la forma de tres sencillos ataúdes de piedra. Era una grieta sin luz, color ni cualquier tipo de adorno más allá de los nombres tallados en sus tapas.

El que tenía más cerca rezaba «Morgana».

—¿Podemos asumir que esta Morgana es la que conocemos como Morgana le Fay? —preguntó Emrys.

—Lo es —dijo Neve, casi en un susurro—. Olwen me habló de esto. Si bien las hechiceras supervivientes fueron exiliadas, la suma sacerdotisa Viviane no supo qué hacer con los cadáveres de las sacerdotisas que murieron vengándose de los druidas. Decidió no enterrarlas, para evitar que volvieran a nacer, solo que no se atrevió a incinerarlas.

Asentí, mientras sentía que algo pesado se me asentaba en la base de la garganta. Después de todo lo que habían pasado, la suma sacerdotisa aún había querido a sus hermanas a pesar de su traición. Y no las había dejado pudriéndose en el suelo, como había hecho yo con los restos de Nash.

—Alguien se ha pasado por aquí para presentar sus respetos —dijo Cabell. Deslizó una mano entre los barrotes y señaló el ramo de rosas secas que había en la parte superior del ataúd de Morgana.

—No puede ser. —Neve entrecerró los ojos para intentar verlo por sí misma—. Olwen me dijo que ni siquiera sabía dónde se encontraba la cripta.

—Puede que ella no lo sepa —le dije—. Pero alguien sí que lo recuerda.

—Estoy de acuerdo en que todo esto es muy misterioso y perturbador —dijo Emrys—, pero, lo creáis o no, no es lo que quería mostraros. Seguidme.

Más allá de la antecámara, la peste se volvió tan intensa que apenas conseguía respirar sin que me entraran arcadas. Nos detuvimos sobre una amplia plataforma de piedra para observar una extensión del foso del torreón. Recorría la longitud de la gruta, y su barro oscuro se colaba por unas rejillas.

—*Esto* es lo que quería mostraros —señaló Emrys.

Eché un vistazo por encima del hombro y me congelé en mi sitio. Neve dio un paso para acercarse a mi lado, con la respiración entrecortada.

La plataforma en la que nos encontrábamos se extendía por toda la caverna. Y allí, en cada lado de la abertura por la que habíamos entrado, había jaulas.

Eran cuatro, hechas de hierro y de forma burda. Dos de ellas parecían haber quedado destrozadas desde el interior, pues los barrotes se habían retorcido como si estuviesen hechos de ramitas y no de metal. En la tercera jaula descansaba una pila de huesos de plata.

Y el suelo alrededor de la última jaula estaba pintado con sangre seca y oscura.

Era probable que aquella misma sangre se hubiese usado para dibujar unos símbolos cerca de donde estaba Neve. Y sus trazos parecían haber sido pintados de forma frenética o desesperada.

Cabell también se percató de las marcas y tiró de Neve con delicadeza para apartarla de ellas. Respiró hondo mientras asimilaba el escenario que teníamos delante.

—Bueno… —empezó Emrys, antes de apoyarse en una de las jaulas—. ¿Alguien tiene alguna teoría?

—Quizás encerraron a algunos de los Hijos de la Noche aquí cuando empezaron a transformarse para ver si la magia oscura podía ser revertida —sugirió Cabell.

—También lo he pensado, pero mirad. —Se dirigió a la jaula que tenía los huesos, y, con una mueca, recogió uno de ellos: un fémur humano que no estaba bañado en plata del todo, sino que tan solo tenía unas cuantas motitas, como si la transformación se hubiese detenido de algún modo—. ¿Creéis que alguien podría haber estado experimentando con personas para convertirlas en estas criaturas? Quizá le tomó algo de tiempo perfeccionar la maldición que hubiera decidido usar.

—No —dijo Neve, con firmeza. Algo en el modo en el que se negaba a mirarnos a la cara me pareció un pelín sospechoso—. Aquí no hay nadie capaz de llevar a cabo este tipo de magia. Crear esas criaturas requeriría un alma verdaderamente oscura.

Si bien no había muchas áreas de la magia que el Consejo de la Sororidad tuviera prohibidas, la resurrección y la magia de la muerte eran un ejemplo. El peligro de crear fantasmas violentos por accidente —o de forma deliberada— era demasiado real.

—Eso se corresponde a la magia que usas tú —le dije—. Pero ¿y la magia del Señor de la Muerte?

Neve se quedó callada, y, de pronto, una nueva sospecha floreció en mi interior.

—Reconoces los sellos que hay en el suelo, ¿verdad? —le pregunté.

—Neve, si sabes algo… —empezó a decir Cabell.

Finalmente, Neve se giró para mirarnos.

—Lo vi en uno de los libros que se suponía que no debía leer en la enfermería de Olwen. No tenía ningún título, y Olwen lo había escondido detrás de algunos de sus jarrones, y no quise traicionar su confianza, pero…

—Estás hablando con tres Saqueadores —la tranquilizó Emrys—. Aquí nadie te va a juzgar por cotillear un poco.

—Es una marca de los druidas —dijo Neve, y casi parecía presa de las náuseas—. Al igual que las hechiceras, los druidas usaban un lenguaje escrito para controlar la magia que el Señor de la Noche les otorgaba. Está hecha para separar el alma de un cuerpo.

Un escalofrío me recorrió entera.

—¿Estás segura? —le pregunté—. ¿Segura del todo?

—No tengo ni un ápice de dudas —contestó, casi sin voz.

La cabeza me martilleaba, y podía sentir la sangre que me recorría las venas a toda velocidad.

—En ese caso estábamos en lo cierto —dijo Emrys—. Alguien en Ávalon aún usa magia de la muerte. Lo que sea que le haya pasado a la isla fue algo deliberado. Así que la única pregunta es: ¿por qué? ¿Porque simpatizan con los druidas o porque sirven al Señor de la Muerte?

El corazón se me aceleró hasta que mi cuerpo empezó a sentirse vacío de una forma extraña. Una oleada de náuseas me inundó y tuve que apoyarme contra Cabell para evitar doblarme sobre mí misma.

—¿Estás bien? —me preguntó, sujetándome del brazo.

Aunque le hice un ademán para tranquilizarlo, no me soltó.

—¿Y vosotros pensáis que Caitriona está detrás de todo esto? —dijo Neve, meneando la cabeza—. Estáis juntando todas estas supuestas pistas, pero ¿qué razón tendría para hacer algo así? ¿Por qué iba a querer destruir Ávalon?

—Quizás el Señor de la Muerte le haya prometido algo a cambio —sugirió Emrys—. A cambio de terminar lo que los druidas empezaron.

—Caitriona no está detrás de todo esto —insistió Neve—. Es imposible.

—Entiendo por qué no te gusta esta teoría —le dijo Emrys—, y créeme, a mí tampoco. Pero no creo que debamos descartar la idea de que Caitriona podría estar controlando a las criaturas o al menos trabajando con quien sea que lo esté haciendo.

—¿Cómo sabes que alguien los está controlando? —preguntó Cabell, rascándose la barba que empezaba a asomarse por su barbilla.

—Porque están allí fuera sin hacer nada —contestó Emrys—. No cazan, no rebuscan en la tierra, no dan vueltas, solo esperan. Esperan que alguien les dé una orden.

—Es que no es posible —empezó a decir Neve, pero sus palabras se volvieron confusas en mis oídos y luego se alejaron cuando Emrys le contestó, todo ello mientras sentía cómo perdía el agarre de mi conciencia...

Sentí como si tuviese el cuerpo encerrado en un ataúd helado, sin un solo milímetro de espacio para moverme. La cueva a nuestro alrededor se reveló a sí misma, cubierta por una capa de niebla, hasta que un cuerno la atravesó. Los relucientes ojos negros de un unicornio me devolvieron la mirada desde el otro lado del lodo del foso. Durante un instante, solo nos sostuvimos la mirada el uno al otro, y ni siquiera me atreví a respirar por temor a arruinar aquel momento.

Aunque, aun así, sucedió.

El unicornio se encabritó, y la visión cambió detrás de mis párpados, cada detalle más horrible que el anterior. El unicornio se perdió tras la niebla, y, en su lugar, aparecieron unas cabezas grises y sin pelo y luego unas extremidades largas, como de araña. Sus garras se deslizaron por las piedras húmedas.

—*¿Tamsin?* —Me pareció oír que alguien me llamaba desde algún lugar cercano.

Varios Hijos de la Noche se alzaban desde detrás del profundo lodazal del foso, se arrastraban sobre la plataforma y se movían a toda velocidad usando sus extrañas y largas extremidades por el túnel hacia la entrada oculta...

Conteniendo un grito, abrí los ojos de pronto.

—¿Tamsin? —Cabell me había sujetado con fuerza de los hombros y me sacudía.

—¿Qué pasa? —preguntó Emrys.

La bilis se me había subido hasta la garganta y no me dejaba hablar. Negué con la cabeza y me agaché hasta rodearme las rodillas con los brazos.

—Vamos —dijo Neve, y entre ella y Emrys me ayudaron a ponerme de pie una vez más, para luego sujetarme de cada lado—. Volvamos al exterior a por un poco de aire fresco, puedo pedirle a Olwen que...

Negué con la cabeza con violencia, pero, cuando mis ojos se volvieron a cerrar, pude ver la misma escena otra vez. El aliento rancio de los Hijos de la Noche soplaba hacia mi rostro...

Me obligué a abrir los ojos y me encontré con el rostro de Emrys a escasos centímetros.

—Parece que estás a punto de vomitar —me dijo—. Neve tiene razón, deberíamos irnos.

—¿Cuándo os vais a dar cuenta de que siempre tengo...? —murmuró Neve por lo bajo mientras se pasaba uno de mis brazos por encima del cuello. Miró en derredor y buscó algo entre las sombras—. ¿Oís eso?

Detrás de nosotros, donde el foso lleno de lodo lamía la piedra, el agua turbia empezó a borbotear y a agitarse.

La niebla se alzó y pasó por nuestro lado con una fuerza sorprendente. Y, desde las profundidades, cuatro sombras surgieron y escalaron el borde de la plataforma.

30

Todo se volvió difuso a mi alrededor. Tan surrealista como la pesadilla que había tenido despierta hacía tan solo unos momentos.

Pero no. Aquello era... parecía...

—Corred —susurró Emrys—. ¡Ya!

Dimos un par de pasos antes de oír al primero de los Hijos de la Noche soltar un alarido y empezar a arrastrarse en nuestra dirección. Y luego unos pocos más hasta que Cabell se dio cuenta de que yo no era capaz de seguirles el paso, por lo que se detuvo para lanzarme sobre su hombro.

Me dolía el cuerpo mientras me sacudían de aquí para allá, pero tenía la atención puesta en lo que había detrás de nosotros. Los Hijos de la Noche se separaron una vez que cruzamos la antecámara y nos dirigimos de vuelta al túnel. Se valieron de sus garras para subirse por las paredes y arrastrarse por ellas. En lugar de sentirse repelidos por las lucecitas de Neve, sus fauces se cerraban a su alrededor y las devoraban una tras otra. Aquello consiguió que el túnel que dejábamos detrás se sumiera en una oscuridad absoluta y que pareciera que las criaturas se desplazaran sobre una ola sobrenatural de sombras.

El túnel terminó donde se suponía que la plataforma debía descender desde la armería. Cabell se deslizó para detenerse y, a mi izquierda, vi cómo Emrys se lanzaba hacia una palanca de hierro que había en la pared. La plataforma retumbó cuando empezó a descender.

—¡Neve, ahora! —gritó Cabell.

Su grito atravesó el camino un segundo antes de que las luces de su hechizo lo hicieran. Rugieron a través de la piedra y destrozaron a las criaturas hasta que no quedó nada de ellas más que cenizas.

Ni bien la plataforma bajó lo suficiente, Cabell me dejó sobre ella y se giró hacia los demás. La hechicera se tambaleaba sobre sus pies y tenía el rostro gris por el agotamiento que le había provocado el hechizo. Emrys la sujetó del brazo, y entre él y Cabell la levantaron y se subieron ellos también a la plataforma que había empezado a elevarse poco a poco.

—Gracias, gracias, gracias —le dijo mi hermano a Neve.

—¿Cómo… —empezó a decir ella, entre jadeos— han podido… entrar hasta aquí?

—Debe haber alguna especie de agujero en las murallas que rodean el foso —dijo Emrys, mientras se pasaba una mano por el pelo y tiraba de él—. Tenemos que decírselo a los demás. Y rápido.

Solo que cuando la plataforma terminó su ascenso y se asentó en el suelo de la armería, los gritos no cesaron, sino que se convirtieron en un rugido que nos devoró como si de una tormenta se tratase.

Me puse de pie y corrí hacia la ventana que tenía más cerca. Vi a Betrys a través del cristal ondulado, con una espada aferrada entre sus manos y dándole la espalda al edificio en el que nos encontrábamos. Se dirigió corriendo hacia el patio con un feroz grito de guerra.

—Santos dioses de la noche… —Cabell corrió hacia la puerta y la abrió antes de que pudiera detenerlo.

Mi mente por fin comprendió lo que mis ojos estaban viendo.

Los estantes que había a nuestro alrededor estaban vacíos, y el patio se había prendido fuego.

Unas líneas de fuego ardían por las murallas de la fortaleza y entre algunos de los edificios, lo que había conseguido dividir el espacio y atrapar a las criaturas en jaulas ardientes. Algunas se arrojaban hacia delante, sin amedrentarse, y trataban de alcanzar el lugar en el que Caitriona, Arianwen y Rhona defendían la entrada principal hacia el torreón, asestándole golpes y cuchilladas a cualquier Hijo de la Noche que intentara entrar.

Emrys ayudó a una tambaleante Neve a avanzar, y yo la miré, desesperada.

—Necesito… —Alzó una mano, claramente angustiada—. Necesito unos minutos antes de poder lanzar el hechizo de nuevo…

—Quédate en la armería —le dije, antes de dirigirle una mirada significativa a Emrys. Él asintió, con expresión resuelta—. Te ganaremos algo de tiempo.

Corrimos hacia el feroz caos de la batalla, mientras buscábamos alguna antorcha o arma con la que pudiésemos defendernos.

—¡Pulga! —El grito de Caitriona hizo que devolviera mi atención hacia ella. La niña salió disparada del torreón y corrió hacia la muralla más cercana mientras arrastraba tras de sí una espada que era casi tan alta como ella misma. Quería sumarse a la batalla.

El terror me atravesó el pecho cuando Caitriona rompió su formación y corrió detrás de la niña. El resto de avalonianos se habían repartido entre la enfermería, la cocina y los establos y peleaban con desesperación con flechas y báculos.

Una sola palabra me retumbó en la mente mientras buscaba entre el humo, el fuego y la oscuridad. *Cabell.*

Lo encontré cerca de Bedivere, quien bloqueaba la entrada a los establos y defendía a los caballos y las cabras de las voraces criaturas que caían del techo como si fuesen arañas.

Los cadáveres, tanto humanos como de los Hijos de la Noche, estaban por todas partes. La carnicería tan salvaje hizo que me detuviera en seco. Una flecha en llamas pasó zumbando por mi derecha y perforó el cráneo de una criatura que no había visto que se me acercaba.

El cabello rubio como el sol de Seren estaba manchado de sangre oscura cuando la vi lanzar otra flecha.

—¡Id al torreón! —nos gritó.

—¡Tamsin! —Me giré justo cuando Emrys me lanzó su hacha para que la atrapara. Él se agachó y recogió la espada de un hombre muerto.

—¿Podéis conseguirme unos minutos? —logró decir Neve, casi sin aliento una vez más—. Puedo intentar averiguar lo que hice antes, ¡pero necesito algo de tiempo!

Sin mediar palabra, Emrys y yo nos colocamos a su alrededor para protegerla. Me ardían los ojos por el humo y el calor que irradiaba del fuego por todos lados, aunque la peste a sangre y carne chamuscada era peor. Con un grito, blandí el hacha hacia la oscuridad que me rodeaba y golpeé piedra y carne de monstruos una y otra vez hasta que me pareció que mi propio cuerpo también se había prendido fuego.

Un gruñido aterrador se alzó a mi derecha. Me giré de un movimiento, y la hoja de mi hacha cortó la oscuridad, pero lo que encontré no fue la cara gris de los no muertos.

Sino las fauces abiertas de un enorme perro negro.

Solté el hacha justo a tiempo, a unos pocos centímetros de su cabeza. Los dientes del sabueso eran como cuchillos blancos cuando se lanzó por mi tobillo y cerró sus fauces alrededor de mi bota. Me quedé sin aliento cuando mi espalda chocó con el suelo. Por mucho que traté de retorcerme, de aferrarme a las piedras, el sabueso me arrastró hacia un lado, lejos de los otros depredadores que amenazaban con quitarle a su presa.

—¡*Tamsin*!

Emrys corrió para ayudarme, pero alcé una mano para detenerlo. El sabueso me lanzó hacia un espacio sin fuego cerca de los cultivos recién plantados. Los Hijos de la Noche estaban destrozando la tierra con sus garras y arruinaban todo con su sangre contaminada.

—¡No, Cabell! —grité—. ¡Para, por favor!

Emrys saltó hacia delante y trató de apartar las fauces del sabueso de mi tobillo. Cuando aquello no funcionó, recogió una piedra del suelo y la tiró contra uno de sus ojos rojos.

El sabueso soltó un quejido y me liberó antes de retroceder un poco. Emrys enganchó sus brazos alrededor de mi pecho y me levantó. Solté un grito cuando intenté poner algo de peso sobre mi tobillo, y la visión se me tornó negra por el dolor.

El sabueso aulló cuando vio a una nueva presa vulnerable: Neve, con los ojos cerrados. Concentrada. Indefensa.

La voz baja de Cabell volvió a mi mente y ahogó el resto de las voces desesperadas que me rodeaban. «No dejes que le haga daño a nadie».

—¡No! —grité y me lancé hacia delante, pero el sabueso era demasiado rápido, demasiado fuerte. Saltó por encima del fuego, de los cadáveres, con la mirada fija en la hechicera.

Solo que alguien llegó antes que él.

Caitriona se abalanzó desde la muralla y aterrizó medio agazapada delante de Neve. Su armadura brillaba con tonos dorados por el fuego de la batalla. Alzó su espada, con el rostro rígido por la determinación.

«No podría vivir sabiendo que os he hecho daño».

—¡Cait! —gritó Pulga desde la muralla.

—¡Sujétala, Seren! —ordenó Caitriona.

«Haz lo que tengas que hacer para detenerme».

Seren nos gritó algo desde lo alto, aunque no pude oírla por encima del rugido de la sangre en mis oídos.

«Lo que tengas que hacer».

—No lo mates —supliqué—. ¡Por favor, no lo mates!

Caitriona no mostró ninguna señal de haberme oído. Su mirada era intensa y concentrada. Cuando el sabueso saltó hacia ella, tomó aliento.

Y dejó caer su espada a un lado.

El peso entero de la bestia se estrelló contra ella y la estampó contra las piedras que se encontraban al lado de Neve. Su armadura traqueteó mientras la sacerdotisa rodaba por el suelo, aunque el sonido no fue ni la mitad de terrible que el aullido victorioso del sabueso y el grito agonizante de Caitriona.

El sabueso había cerrado sus fauces en torno a su guantelete de acero. Emrys y yo intentamos rodearlo con los brazos para apartarlo de la sacerdotisa, pero su figura temblaba, se sacudía y aullaba y era imposible sujetarlo. El calor irradió de su pelaje cuando su pulso se aceleró con intención asesina.

Caitriona estampó su puño contra el lado del cuello de la criatura, y esta aulló de furia. Unas garras se extendieron de la pata que la estaba apretando contra el suelo y perforaron el metal.

«Lo que tengas que hacer».

Caitriona estiró su mano libre para llegar a la daga que tenía escondida en su bota. A pesar de que Emrys había hecho tajos en la pata que estaba aprisionando a la sacerdotisa contra el suelo, el sabueso se encontraba perdido en su sed de sangre. Quitó la pata de su pecho y vi con horror cómo la mordía entre el cuello y el hombro y perforaba la armadura hasta hundirse en la piel y los músculos que había debajo.

Caitriona gritó.

Una flecha se hundió en el lomo del sabueso, pero ni siquiera el dolor hizo que este soltara su agarre mientras sacudía a la sacerdotisa entre sus fauces como si fuese una muñeca de trapo. La sangre bañó el rostro de Caitriona mientras ella trataba de golpear el morro y los ojos de la bestia.

«Lo que tengas que hacer».

Un brazo fuerte me quitó del medio, y entonces Bedivere apareció y rodeó por el centro de su cuerpo a la bestia que se sacudía y la apartó de la forma lánguida de Caitriona.

El momento pareció fracturarse a mi alrededor.

Seren y Pulga corrieron en nuestra dirección.

Emrys presionó su chaqueta contra el hombro de la sacerdotisa para evitar que se desangrara y llamó a Olwen a gritos.

—¡Contrólalo! ¡Contrólalo! —gritaba Bedivere.

El sabueso empezó a convertirse en algo que se asemejaba a un humano.

Y la luz del hechizo de Neve inundó el patio, incineró a los Hijos de la Noche y lo envolvió todo y a todos con su fulgor.

31

La oscuridad volvió como después de haber apagado una vela con la mano. Empecé a notar movimiento de forma borrosa a mi alrededor.

Pulga lloraba mientras apretaba su carita contra el pecho de Caitriona, y su aliento humedecía la armadura de la sacerdotisa en los lugares en los que aún no estaba cubierta de sangre. Cuando Lowri, con el semblante muy serio, la quitó de en medio, la niña chilló y pataleó para soltarse, pero la sacerdotisa la abrazó con fuerza y dejó que Rhona, Seren y Emrys levantaran el cuerpo inerte de Caitriona.

Olwen ya estaba conduciendo a los heridos hacia el gran salón. Soltó un grito al verlos dirigirse hacia ella y bajó los escalones corriendo para darles alcance. Otros ahogaron gritos, incrédulos, o se pusieron a llorar al ver el estado en el que Caitriona se encontraba.

—Empezad a registrar por el torreón y los pasajes subterráneos —ordenó Betrys a los hombres y mujeres que lo observaban todo, horrorizados, desde las murallas—. Buscaré a Ari y os veré en los manantiales.

La magia que había alimentado las líneas de fuego que se entrecruzaban por el patio cesó con un silbido. A través del humo, vi cómo Bedivere y Arianwen atravesaban con sus espadas el cuerpo de una criatura que aún se movía, y la sacerdotisa lloraba mientras tocaba con delicadeza una de sus grotescas extremidades.

Un suave gemido de terror se alzó a mis espaldas. Cabell estaba tan blanco como la nieve en medio de la oscuridad y luchaba para mantenerse en pie mientras le temblaban las piernas. Su respiración se tornó errática cuando comprendió lo que había sucedido y, a través de la tormenta de muerte que nos rodeaban, sus ojos reconocieron a Neve.

La hechicera retrocedió varios pasos, con una expresión llena de miedo.

—No —volvió a sollozar Cabell. Se tiró de la cara y del pelo y se dejó unas feas marcas rojas sobre la piel, hasta que fue imposible determinar si la sangre de sus manos era suya o de Caitriona. Su ropa le colgaba hecha harapos por culpa de la transformación.

—Tranquilo, chico —le dijo Bedivere, en voz baja, para consolarlo—. Ya está hecho.

—Cab...

Mi hermano alzó la cabeza, y la mirada que me dedicó fue tan acusadora, tan horrible, que me dejó sin aliento.

«Lo que tengas que hacer».

Bedivere apoyó una mano en el hombro de Cabell, pero su toque pareció despertar algo. Se sacudió de encima el agarre del anciano y corrió a través de las temblorosas nubes de humo.

Lo seguí, abriéndome camino entre los restos de la batalla y respirando a bocanadas para conseguir que llegara algo de aire a mis pulmones. Aquellos que seguían con vida se movían a mi alrededor como si fueran sonámbulos que cojeaban en dirección al torreón. Un poco más adelante, vi que Cabell desaparecía con rumbo a los establos, así que me encaminé hacia allí.

Los animales que había dentro estaban como locos. Los caballos pateaban sus casillas, incapaces de ver que la amenaza había llegado a su fin. Unas cabras presas del pánico corrían de un lado para otro en círculos confusos, y sus balidos estaban llenos de la misma desesperación animal que había oído en el patio. El sonido de la respiración agitada de Cabell me guio hasta una casilla vacía en el fondo del establo.

Se había dejado caer hasta hacerse un ovillo contra la pared.

—No... no... no... —repetía sin cesar, como un rezo agónico. Me acerqué despacio por detrás, hasta que pude oler la sangre.

Estaba hundiendo las uñas de forma frenética en el corte que Emrys le había hecho y se arrancaba la piel mientras más y más sangre oscura le bañaba el brazo.

—¡Para! ¡Cabell! —Me dejé caer de rodillas frente a él e intenté apartar su brazo herido de su alcance. Él se zafó con tanta fuerza que terminó lanzándome al suelo—. ¡Que pares!

—Tengo que verlo... tengo que verlo —seguía repitiendo, mientras los dientes le castañeaban. Todavía tenía sangre en la boca y en la barbilla.

Me incorporé como pude y volví a aferrar su muñeca bañada en sangre mientras procuraba colocar mi cuerpo entre sus brazos para bloquear sus arañazos.

—¿Qué es lo que tienes que ver? ¿Qué pasa?

Cuando giré su rostro hacia mí, sus ojos estaban vacíos. Las oleadas de culpabilidad y dolor que habían sacudido su cuerpo se detuvieron, y, de pronto, se quedó muy quieto. Sus ojos perdieron todo su brillo, y supe, sin que él tuviera que decirlo, que había visto apagarse la última luz que quedaba en su interior.

—Tengo que ver si son de plata —susurró, con voz ronca—. Si soy uno de ellos.

El corazón me dio un vuelco. Rodeé sus hombros con un brazo y presioné una mano contra su herida abierta para intentar cerrarla. Para intentar que él no se quebrara en pedazos.

—No eres uno de ellos —le dije—. Te lo juro. No lo eres.

—La he matado. —No era una pregunta.

—No... —Quise rebatírselo, pero en realidad no lo sabía. No sabía lo que iba a suceder a continuación ni lo que tratarían de hacerle a él, y aquello fue lo que más me asustó. No tenía ningún arma para protegerlo ni el entrenamiento necesario para hacerlo. Ni siquiera podía sacarlo a escondidas del torreón sin hacer que corriera más peligro.

Si los avalonianos creían que la oscuridad estaba corrompiendo toda la magia de la isla poco a poco, ¿podrían llegar a ver a Cabell como una criatura similar a los Hijos de la Noche?

¿Y quién podía asegurar que no lo había corrompido también a él?, me dijo la voz oscura que había en el fondo de mi mente. *Pierde el control cada vez más seguido...*

—Tu tobillo —consiguió articular, al ver la sangre y la marca del mordisco—. Te he hecho daño otra vez... Te he...

Lo abracé más fuerte e intenté mantenerlo allí, conmigo. Pero aquello no importaba. Nada importaba.

—Me lo prometiste —me dijo, torturado—. Me lo prometiste, Tamsin.

—Lo solucionaremos —le susurré, aferrándome a él mientras notaba sus temblores—. Romperemos la maldición, Cabell. Te lo prometo. Acabaremos con esto.

—Jovencita.

Alcé la vista y encontré a Bedivere observándonos. Pese a que la batalla le había marcado el rostro con cortes y moretones, su expresión era suave. Hizo un ademán con la cabeza hacia el otro lado del establo. Me resistí y busqué una última vez en el rostro de mi hermano algún indicio de emoción en el vacío de su mirada. Arranqué el dobladillo de mi túnica y usé la tela para vendar la herida de su brazo lo mejor que pude.

Aun así, él no reaccionó, ni siquiera se movió un ápice cuando apreté el vendaje sobre la carne que se le estaba cayendo a pedazos.

—Volveré en un segundo —le aseguré.

Conforme el anciano caballero se dirigía de vuelta a la entrada del establo, rozó a cada uno de los animales con la mano para calmarlos y devolverlos a un estado de tranquilidad. Los caballos nos observaron con sus ojos oscuros.

Bedivere se quedó observando el patio, donde Betrys estaba ayudando a un hombre que tenía una pierna herida a llegar hasta el torreón.

Lo tomé del brazo para llamar su atención.

—No lo ha hecho a propósito. —No me importaba lo desesperada que pudiera sonar—. Cabell nunca habría querido hacerle daño a ella ni a nadie más…

Bedivere cubrió mi mano con la suya, y su piel estaba áspera por los callos y sorprendentemente fría.

—No tienes que convencerme de nada, jovencita. He visto con mis propios ojos cómo ha luchado para evitar transformarse.

En aquel momento entendí por qué las Nueve miraban a Bedivere con tanta confianza y adoración. Su calma imperturbable conseguía domar la tormenta que se desataba en mi interior. No trataba de esconder el problema ni de consolarme con palabras vacías. Su larga vida, y todo lo que esta le había enseñado, lo había convertido en alguien en quien se podía confiar en la isla. Y aquello no era nada común.

—No sé qué hacer —le dije, con voz ahogada.

—Entiendo tu sufrimiento —me dijo, en voz baja—. Te has preocupado por él todos estos años. Me ha contado cómo lo has protegido y cómo has buscado sin descanso alguna solución para sus problemas.

—Es mi hermano —le dije—. Es mi responsabilidad.

—Así es —asintió el caballero—. Pero he estado trabajando con él durante estos últimos días y he visto todo el potencial que tiene. Creo que, con un poco más de tiempo, puedo ayudarlo a encontrar alguna especie de control sobre la magia hasta que llegue el día en que esta terrible maldición llegue a su fin.

Pese a que sabía bien que no debía guardar esperanzas, me resultaba muy difícil no aferrarme a la idea de lo que estaba ofreciendo. *Más tiempo.*

—¿Cómo?

—Lo que desata su transformación es el miedo y el dolor —dijo Bedivere—. Y ambos se pueden controlar. Le enseñaré todo lo que sé sobre eso.

Vacilé un poco y miré de reojo a donde se encontraba Cabell.

—Lo has hecho sola todo este tiempo —continuó—. Si puedo ayudarte a soportar una parte de esta carga, así sea durante unos cuantos días, por favor, concédeme ese honor. Le tengo cariño a ese chico, y creo que es lo que él querría.

Tal vez aquello era lo que me molestaba. Que Bedivere hubiera sido el único en conseguir ayudar a Cabell de verdad y no yo. A pesar de los años que había pasado intentándolo y buscando información.

Le había fallado, pero quizá Bedivere no lo haría.

—¿Y si se transforma de nuevo? —pregunté. La adrenalina se había esfumado de mi cuerpo y ya solo me quedaba el cansancio, que me torturaba desde todos los ángulos posibles—. ¿Y si los demás quieren matarlo por lo que ha hecho?

—Puedo jurarte, jovencita, por mi vida y por la de mi señor, que no dejaré que nadie le haga daño —dijo Bedivere, tras arrodillarse para pronunciar su juramento—. Creo que puedo contener la mayoría de sus transformaciones con la poca magia que poseo. Y eso tranquilizará los miedos que otros puedan tener.

Lo haría, pues los demás, incluso Caitriona, le hacían caso. Lo respetaban. Nunca le harían daño a Cabell siempre y cuando tuviese al caballero de su lado y este defendiera su humanidad. Si podía sacarnos de aquella condenada isla, al menos podría darle una oportunidad para sobrevivir. Al menos podía hacer eso.

—Es su decisión —me obligué a decir.

Bedivere inclinó la cabeza y se llevó una mano al corazón antes de ponerse de pie.

—Hablaré con él, entonces. —Cuando empecé a seguirlo, alzó una mano para detenerme con una mirada apenada—. Creo que será mejor que hablemos a solas.

El estómago se me hizo un nudo, pero asentí. No había nada que me pareciera más incorrecto que aquello: confiarle a alguien más los cuidados de la única persona que me importaba de verdad.

—Su herida...

—Me encargaré de ello —me aseguró—. Los demás necesitarán tu ayuda mientras terminan de recoger el patio y se encargan de los muertos.

Dejé los establos, aturdida, con la sensación de que mi cuerpo iba a colapsar sobre sí mismo antes de que pudiera alcanzar el torreón. El humo gris se movía junto a la niebla y la teñía del mismo tono plateado que los huesos de las criaturas muertas que había a mi alrededor. Escampó un poco y me mostró a Emrys a unos cuantos pasos, con una expresión preocupada. Esperándome.

Me dirigí hacia él, pues necesitaba sentir algo, lo que fuera, más allá del intenso dolor que me estrujaba el pecho y el frío que se iba concentrando sobre mi piel. No obstante, cuando alzó las manos en mi dirección, como para sostenerme, me detuve. Me obligué a hacerlo.

La ceniza caía a nuestro alrededor y sobre las ondas de su cabello. La desesperanza bañaba sus facciones y conseguía oscurecer incluso el brillo de sus ojos. El sudor y la sangre habían hecho que la túnica se le pegara a los músculos de su pecho, y, por la apariencia de alguna de sus heridas más profundas, pude ver que aquella noche le había añadido unas cuantas cicatrices a su colección.

Emrys se encogió de hombros ligeramente y tragó en seco con dificultad. Un peligroso sentimiento se alzó en mi interior, y la claridad con la que lo identifiqué me llenó de terror. Quería consolarlo tanto como quería que él me consolara a mí. Y la idea de encontrarme tan expuesta frente a él hizo que las náuseas que sentía se intensificaran. Yo era Tamsin Lark y él, Emrys Dye, y lo que fuera que aquel momento pudiera haber sido no llegó a materializarse.

—¿Cómo está Cabell? —me preguntó, con cuidado.

—¿Sabes dónde está Caitriona? —pregunté en respuesta.

Emrys dejó escapar un pequeño suspiro y asintió.

Habían reunido a los muertos junto a la forja. Los cadáveres estaban tan destrozados que algunos ni siquiera parecían humanos.

Había doce en total, menos de los que me había temido. Lowri, Betrys y Arianwen trabajaban en silencio junto a algunos de los hombres para tumbarlos uno al lado del otro y limpiarlos en un último acto de ternura. A algunos ya los habían cubierto con un manto blanco.

—Tienen que incinerar los cadáveres —me explicó Emrys en un susurro mientras me guiaba hacia el gran salón—. Para evitar que se transformen.

—Pero se supone que deben volver a la tierra para poder renacer —le dije a media voz—. Eso es lo que dicen las Inmortalidades.

—Lo sé —fue su débil respuesta—. Lo sé.

Los heridos alcanzaban unas cuantas decenas. La mayoría se mantenían despiertos y en pie para atender a los que estaban heridos de gravedad, quienes estaban tendidos sobre las largas mesas. Neve se movía entre ellos con agua y vendajes. Mari le llevó un cesto con hierbas y herramientas a Olwen y se quedó a su lado mientras la otra sanadora atendía a un hombre que había perdido la parte inferior de la pierna.

Pulga estaba sentada cerca de la cabeza de Caitriona, como si quisiera hacer guardia. Seguía llorando y se limpiaba las lágrimas con fiereza con la manga. Acarició el cabello lleno de sangre de la sacerdotisa y su mejilla con vendas. No fue hasta que Caitriona parpadeó con dificultad que estuve segura de que seguía con vida.

La ternura de aquel momento hizo que mis pulmones se congelaran. Si bien parecía imposible que fuese Caitriona quien hubiese llevado toda aquella oscuridad a la isla, no podía deshacerme del enfermizo recelo de que tal vez sus planes se hubieran visto truncados por la transformación de Cabell.

Pero no lo ha matado, pensé. *Cuando habría sido perfectamente capaz de hacerlo.*

Aquello era algo, ¿verdad?

Rhona y Seren se habían colocado a cada lado de la mesa. Rhona sujetaba una de las manos de Caitriona y la acariciaba.

—Vas a parecer incluso más feroz ahora —le estaba diciendo Seren—. Las cicatrices harán que tu mirada fulminante sea más intensa.

—Será increíble —asintió Rhona.

—Como los héroes de antaño —continuó Seren.

—Y los mejores compañeros de sir Bedivere —terminó Rhona.

—¿Voy a… perder… el brazo? —preguntó Caitriona.

—Olwen cree que no —contestó Rhona, antes de guardar silencio.

—Cuéntame… lo demás —le pidió Caitriona.

La sacerdotisa de cabello negro como la noche soltó un suspiro.

—Pero no puede estar segura de que vayas a poder usarlo del todo una vez que sane. Solo el tiempo lo dirá, como suele ocurrir.

Caitriona respiró con dificultad, entre jadeos, mientras asimilaba lo que le habían dicho. Fue Pulga la que alzó la vista al ver que nos acercábamos.

—¡Largo! —me rugió—. No pintáis nada aquí, ¿pa' qué habéis venido?

Me volví el centro de atención de la sala, y la presión de ello me rodeó como una nube de tormenta desde todos lados. Emrys dio un paso para situarse a mi lado, y Neve también se acercó mientras se limpiaba las manos en el delantal manchado de sangre que llevaba puesto. Las lágrimas se habían secado sobre sus mejillas cubiertas de polvo y cenizas.

—Pulga, ya basta —la riñó Seren.

—Esto… —Las palabras me habían abandonado. Me moví para colocarme a un lado de Caitriona, pero Rhona se movió por instinto y me bloqueó el paso.

Caitriona tenía su melena extendida bajo ella, al haberse soltado de la apretada trenza que solía llevar. Todo el lado derecho de su rostro estaba cubierto por alguna especie de tintura y unos vendajes ensangrentados que le envolvían la garganta y parte de su hombro destrozado. Le habían quitado su armadura arruinada para curar los zarpazos no tan profundos que tenía en el torso. Sus ojos siguieron mis movimientos.

—Lo siento mucho —le dije, y la angustia me llenó tanto el pecho que me hizo más difícil articular palabras—. De verdad, lo siento muchísimo.

—¿Cómo… está… tu hermano? —preguntó la sacerdotisa.

—No hagas eso —le dije—. Trátame mal, por favor. Es lo único que puedo soportar en estos momentos.

—No… No ha sido… culpa suya —consiguió decir.

Caitriona dirigió su atención a Pulga. La niña dejó escapar un resoplido y empezó a limpiar con un trapo húmedo la sangre y la suciedad del cabello plateado de la sacerdotisa mientras contenía un puchero.

Neve se acercó y se arrodilló a su lado. Algo de la rigidez en el cuerpo de Caitriona se relajó cuando depositó su mirada sobre Neve, y la mano pálida y llena de pecas que tenía sobre su estómago se cerró en un puño.

—Gracias por haberme salvado la vida —le dijo Neve—. Has sido muy valiente.

Lo que quedaba visible de la piel blanca de Caitriona se sonrojó, y los demás hicimos como que no lo notamos.

Caitriona le dio un apretoncito a la mano de Rhonda para llamar su atención.

—Su... varita —dijo, y las palabras le costaron más de la cuenta conforme iba perdiendo el conocimiento—. Devuélvele... su varita.

—¿De verdad? —preguntó Neve, mirando de una sacerdotisa a la otra—. ¿Estás segura? ¿Qué ha cambiado?

Caitriona cerró los ojos justo antes de susurrar una última palabra:

—*Todo.*

32

No sé por qué no le conté a nadie lo que había sucedido en el túnel. Tuve un montón de oportunidades durante el resto de la noche y mientras comenzaba la mañana gris.

Cuando ayudé a Mari a limpiar la sangre de las mesas y los suelos del gran salón.

Cuando pasé al lado de Emrys, Deri y los demás que estaban intentando volver a plantar la zona del patio que había quedado destrozada durante la batalla por las garras de los monstruos.

Cuando me senté al lado de un Cabell casi catatónico y traté de hacer que comiera algo.

Durante los ritos funerarios para los muertos, mientras veíamos sus cuerpos convertirse en cenizas y sus almas alzarse con las chispas danzantes.

Una parte de mí insistía en que no había sido nada más que una alucinación provocada por el cansancio y el estrés, pero la otra temía que fuese algo peor. Solo que, hasta que consiguiera encontrarle algún sentido yo misma, no iba a ser capaz de explicárselo a nadie más.

A la mañana siguiente, me dirigí a la habitación que Emrys compartía con Cabell y dejé la avecilla tallada sobre la manija de la puerta. Horas después, cuando el ir y venir del torreón se había ralentizado debido a las horas de descanso, me dirigí al gran salón. Emrys ya me esperaba allí, sentado sobre una de las largas mesas. Durante un momento, lo único que hice fue observar sus fuertes manos en acción mientras tallaba.

Se dio cuenta de que lo estaba mirando y contuvo una sonrisa. Crucé los dedos para que la oscuridad escondiera mi sonrojo.

—He recibido tu mensaje —me dijo, antes de apartar su cuchillo y el pequeño trozo de madera que tenía—. ¿Qué pasa?

Tras haber seguido a Mari todo el día mientras llevaba a cabo sus tareas, había ido a la biblioteca para ayudar a Neve con su investigación sobre maldiciones. Si bien tendría que haber valorado la oportunidad de leer libros que ninguna otra persona en el mundo de los mortales siquiera conocía, en su lugar no podía evitar cierto resentimiento por lo poco útiles que me resultaban.

—Tenemos que irnos de aquí —le supliqué—. Tenemos que encontrar un modo de abandonar el torreón y llegar hasta el portal.

—Lo sé —dijo, pasándose una mano por la cara. El agotamiento parecía torturarlo.

—Apenas queda comida para unos diez días —le dije—. ¡Y las criaturas nos pueden volver a atacar en cualquier momento!

—Lo sé, Tamsin —repitió—. Lo sé.

Me senté a su lado sobre la mesa y clavé una mirada llena de amargura en la estatua de la Diosa. No era solo que la situación estuviese fuera de control, sino que yo misma lo estaba. Mis sentimientos parecían estar descontrolándose de nuevo, y cada vez me costaba más mantenerlos bajo llave.

Emrys se pasó una mano por su cabello castaño. Lo tenía más alborotado de lo que lo había visto nunca, despeinado, y se enroscaba un poco en las puntas.

Me gustaba.

Alcé una mano, para quitarle una hojita verde que tenía entre sus ásperos mechones y la sostuve frente a la luz de su linterna frontal.

—Salvia —dijo, casi para sí mismo—. Útil para la tos y los resfriados, aunque también muy buena en un estofado.

No pude evitar echarme a reír.

Emrys ladeó la cabeza, y una pequeña sonrisa tiró de la comisura de sus labios.

—¿Se te está pegando mi encanto, Avecilla?

—No tanto como a ti tus queridas hierbas —contesté.

Pero no me había apartado, y él tampoco, y parecía que ninguno de los dos quería hacer algo más allá de reconocerlo. La calma oscura de la estancia, tan escondida del mundo exterior, hacía que fuese más sencillo olvidar la verdadera razón por la que habíamos acudido a aquel lugar.

—¿Y si intentamos atrapar al encapuchado? —sugerí, en voz baja—. Quien sea. Creo que es la única forma en la que nos creerán, y así podremos averiguar de una vez por todas si de verdad está controlando a los Hijos de la Noche.

Emrys esbozó una sonrisa taimada.

—Ya me conoces y sabes que no puedo resistirme a un buen juego, incluso si es uno tan simple como el escondite.

Y eso fue lo que hicimos. Recorrimos el torreón y sus muros exteriores hasta que nuestros cuerpos se quedaron sin energía y tuvimos que dormir unas pocas horas. A la mañana siguiente, me desperté y encontré una vez más la avecilla tallada en mi puerta, y yo la coloqué en la de Emrys a la siguiente. El mismo mensaje pasaba de uno al otro, y la esperanza que llevaba era tan delicada como una pluma. *¿Nos vemos esta noche? Nos vemos esta noche.*

Nuestras búsquedas me ofrecían una especie de consuelo inesperado. A veces nos contábamos entre susurros cosas que habíamos visto durante el día: él me ponía al corriente sobre cómo iban los cultivos, y yo le contaba algo interesante que había leído mientras investigaba con Neve en la biblioteca. Incluso charlábamos sobre golpes anteriores que habíamos hecho como Saqueadores.

No obstante, la mayor parte del tiempo compartíamos un silencio tranquilo, del tipo que no hacía falta llenar con cháchara insulsa ni con cualquier otra cosa que no fuese el saber que no estábamos solos.

El ritmo de nuestros días me recordó a cuando era pequeña y estaba aprendiendo a nadar. Cuando la luz gris desaparecía cada tarde, tomábamos una última gran bocanada de aire antes de sumergirnos en la oscuridad y lo que fuese que esta trajera consigo. Nos arrastrábamos por las agitadas y desconocidas mareas de las horas de descanso hasta que, al llegar el amanecer, nos tocaba volver a la superficie una vez más.

En nuestra tercera noche de búsqueda, llegué al gran salón un poco antes de lo que tenía previsto, y Emrys no estaba allí.

Solo había unos rastros de virutas de madera dispersos por el suelo bajo su mesa de siempre. El escaso rastro conducía hasta la puerta oculta, la cual se hallaba ligeramente entreabierta, por un descuido.

Se ha ido sin mí.

La idea me dejó una sensación de vacío en mi interior, aunque no sabía por qué me sorprendía, en realidad. Si bien Emrys había pedido una tregua, lo que habíamos formado no era ningún equipo. No lo había sido ni lo sería nunca. Estaba claro que había encontrado algo que no tenía intención de compartir conmigo.

Le di vueltas y vueltas a aquella idea mientras me deslizaba por la entrada y cerraba con firmeza la puerta a mis espaldas.

A pesar de que no tenía mi linterna, ya me conocía el camino que empezaba con los escalones y seguía sobre las raíces lo suficientemente bien como para adentrarme en él. Pese a que mi visión se adaptó poco a poco a la oscuridad, no hizo falta. Unos metros más adelante, el halo de luz solitario de la linterna frontal de Emrys dobló una esquina.

Lo seguí con pasos veloces y ligeros mientras tomaba cada curva. Estuve tentada a llamarlo un par de veces para dejarle saber que no había conseguido engañarme, pero algo me detuvo.

Lo que quería saber más que nada era qué estaba haciendo en aquel lugar él solo. Qué era lo que no quería que viese.

En lugar de continuar por el pasillo que terminaba en la cámara de almacenamiento, Emrys giró hacia el pasillo cubierto de raíces. Antes de avanzar, estiró una mano temblorosa hacia ellas, y, en aquella ocasión, en lugar de estirarse hacia él, las raíces retrocedieron y lo invitaron hacia sus profundidades.

Dio un paso hacia delante, y las raíces empezaron a entretejerse para cerrar el paso a sus espaldas.

Se me escapó un ruidito de frustración cuando empecé a avanzar a toda prisa, y me doblé como pude para abrirme paso entre ellas. Su piel áspera se deslizó contra la mía y me apretujó desde todos lados. Las ramas me rodearon y me impidieron seguir adelante. Emrys se volvió más y más pequeñito en la distancia conforme la pared con vida se cerraba entre nosotros, y, durante un aterrador momento pensé que las raíces me iban a aplastar por completo.

—¡Emrys! —grité.

Una raíz se deslizó alrededor de mi garganta y apretó…, antes de soltarme. Las plantas crujieron y se enredaron sobre ellas mismas mientras se apartaban para revelar a un muy alterado Emrys. Salí disparada hacia delante e impacté contra su cuerpo. Él me atrapó con una exclamación de sorpresa.

—¿Qué haces aquí? —me preguntó.

—¿Que qué hago aquí? —repetí, apartándolo de un empujón—. ¿Qué haces tú aquí? Pensaba que…

No conseguí pronunciar las palabras, pero estas se quedaron en mi garganta, asfixiándome. *Pensaba que estábamos en esto juntos.*

Emrys meneó la cabeza, y, por primera vez, me percaté de que parecía aturdido, como aquella primera noche, cuando me había llevado hasta aquel lugar del pasadizo.

—Es que… he oído algo y…

—Tú siempre oyendo cosas, ¿no? —le dije—. El árbol de la Madre debe estar parloteando contigo sin parar todos los días.

—No —dijo, volviendo a sujetarme del brazo para calmarme—. No es eso. He oído la voz de un hombre.

Apreté los labios con fuerza y ladeé la cabeza para volver a estudiar las profundas ojeras que tenía.

—¿Has dormido algo desde que hemos llegado aquí?

Emrys no contestó, sino que me instó a seguir andando. Estiró una mano, y las raíces que se habían enroscado frente a nosotros bajaron hasta el suelo y se apartaron mientras traqueteaban sobre las piedras.

El haz de luz de su linterna frontal recorrió el túnel. El suelo y las paredes estaban marcados con quemaduras y tenían agujeros donde faltaban algunas piedras, como si una horrible batalla se hubiese llevado a cabo en ese lugar. Un poco más adelante, el pasillo terminaba de forma abrupta con una gran masa de madera áspera.

—¿Es eso…? —empecé a preguntar.

—¿ … parte del árbol de la Madre? —terminó Emrys por mí, antes de dar un paso hacia delante—. Eso creo.

Tras intercambiar una mirada rápida, nos acercamos hacia el bulto. Desde las sombras, los bordes levantados de la corteza que tenía en el centro empezaron a tomar forma. Dos manos que empujaban hacia afuera, como si estuviesen desesperadas por escapar. Luego un torso retorcido y lo que podría haber sido una cabeza.

—He visto unas cuantas cosas horribles durante toda mi vida —dije—. Y esto parece que viene de una de sus pesadillas.

Emrys avanzó otro paso más.

Y la criatura abrió los ojos.

Unos trocitos de corteza cayeron al suelo cuando la criatura —el ser, el monstruo, lo que fuera— intentó girarse hacia donde nos encontrábamos y abrir la boca.

Me aferré al brazo de Emrys y tiré de él hacia atrás, pero no se movió. Ni siquiera parecía estar respirando.

Los labios de la criatura se apartaron con un horripilante crujido, y unos bichos brillantes surgieron de su savia pegajosa. Me acerqué a Emrys mientras veía con horror cómo los insectos se dispersaban a nuestro alrededor.

—*¿Quién... está... ahí...?* —pronunció la criatura con voz ronca—. *¿Quién... busca... los conocimientos... de las eras...?*

Ninguno de los dos contestó.

—*Alguien... que busca... lo que debe permanecer... olvidado* —continuó—. *Y alguien... cuyo corazón... el primero ha robado...*

Me sonrojé y di un paso para apartarme de Emrys.

—No tenemos tiempo para tus acertijos estúpidos —le dije.

—¿Quién eres? —quiso saber Emrys.

—*Soy... uno de los tres... de los tres que duermen..., pero no sueñan...* —continuó la criatura, con sus aterradores ojos humanos clavados en mí—. *Uno que ha muerto, pero que aún podría vivir... uno que vive, pero que ansía morir... y uno que quedó atrás, a la espera...*

—¿Uno que quedó atrás? —repetí—. ¿Estás hablando de una hechicera? ¿O de un druida?

—*Cuando los caminos se tornen de hielo..., cuando el mundo se sacuda y llore sangre..., cuando la oscuridad devore el sol...* —articuló con dificultad y volviendo a cerrar los ojos—, *los mundos cantarán por lo que está por venir, las cadenas de la muerte se romperán... y un nuevo poder nacerá de la sangre...*

Bajo aquella luz tenue, Emrys se puso rígido.

—¿Qué demonios se supone que significa eso?

—Cuando la oscuridad devore el sol... —El recuerdo llegó a mí de repente, con una sacudida repentina de comprensión—. ¿Como lo que ocurrió en Tintagel?

Y las noticias de carreteras que se estaban congelando en Inglaterra incluso antes de que hubiera salido de casa.

—¿Qué quieres decir con que las cadenas de la muerte se romperán? —le pregunté.

—*Ella lo hizo...* —resolló la criatura—. *Pensó... que podía... controlar la muerte..., pero se terminó convirtiendo en su esclava...*

—¿Quién? —insistí.

—*Es el destino...* —siguió, y sus jadeos apenas llegaban a ser susurros—, *pero ¿qué es el destino sino... una apuesta perdida... contra el tiempo?*

La criatura se quedó en silencio. Y sin moverse.

Emrys se lanzó hacia ella y trató de despertarla con su toque.

—¿Quién eres? ¿Qué eres?

Las raíces se movieron por el suelo a nuestra espalda, entre crujidos y chasquidos de protesta. Me giré de pronto y encontré una figura entre las sombras que alzó su vela para iluminarse el rostro.

Bedivere.

—Ya que estamos con preguntas —dijo—, ¿quizá podríais explicarme qué estáis haciendo vosotros aquí?

33

Me llevó más de algunos segundos que mi corazón volviera a latir con normalidad, aunque, incluso así, no se me ocurrió ninguna mentira aparente.

—Hemos oído una voz y la hemos seguido —dijo Emrys, sin mayor problema.

Genial. Eso tenía sentido. Y, en teoría, era cierto.

El caballero se cruzó de brazos.

—Y supongo que no tiene nada que ver con vuestras incursiones nocturnas por el torreón mientras todos los demás están dormidos, ¿verdad? No me insultéis con falsedades, tu propio hermano me lo ha contado.

Tu propio hermano me lo ha contado. Las palabras se me clavaron como un cuchillo en las costillas. Apreté las manos en puños a mis lados. Cabell no tendría ningún motivo para contarle aquello. Para traicionar nuestra confianza.

—¿Estáis buscando algún modo de salir del torreón, como me ha dicho? —preguntó Bedivere. Podría haberse tratado de las sombras del túnel, pero me pareció ver algo desagradable en su expresión, como si le diéramos asco. Como si nuestra cobardía le diera asco.

La incredulidad me atravesó por completo.

Cabell sí que se lo había contado. No me había dado cuenta de que eran lo bastante cercanos como para que hiciera algo así.

—¿Hola? —llamó una voz desde el túnel—. ¿Hay alguien ahí?

—Soy Bedivere, señorita Olwen —respondió el caballero.

La sacerdotisa apareció unos segundos después, mientras avanzaba con cuidado entre el laberinto de raíces. Pasó la vista entre nosotros y evaluó la situación con rapidez, como solía hacer.

—He visto que la puerta estaba abierta… ¿qué ha pasado?

—Me he encontrado con nuestros invitados merodeando por donde no les incumbe, y estaban a punto de ofrecerme una explicación —contestó Bedivere.

Olwen soltó un largo suspiro.

—Ya me encargo yo, entonces. Muchas gracias, sir Bedivere.

—Pero, señorita... —empezó a protestar el caballero.

—Descuida —lo interrumpió Olwen, alzando una mano—. No tienen malas intenciones, y estoy segura de que te necesitan en tus guardias.

El anciano caballero vaciló un poco, pero al final terminó asintiendo y marchándose por donde Olwen había llegado. La sacerdotisa esperó a que el ruido de sus pasos desapareciera antes de volver a hablar.

—Y ahora —dijo, apoyándose ambas manos en las caderas—. Por el amor de todas las sacerdotisas, ¿se puede saber qué hacéis aquí?

Al final, terminamos contándoselo todo.

No había sido mi intención, y me parecía que lo mismo sucedía con Emrys. Sin embargo, cuanto más tiempo Olwen nos dedicaba aquella mirada traicionada, más desesperados nos sentíamos por encontrar el detalle perfecto para borrarla de su rostro.

—Entonces —empezó a decir—, ¿debo creer que vosotros dos sospechabais que alguien, probablemente Caitriona, creó a los Hijos de la Noche y a ninguno se le ocurrió contárselo a nadie?

—Se lo contamos a Neve y a Cabell —repuse, en voz baja.

Olwen meneó la cabeza y sacó una antorcha de la pared que tenía al lado.

—Venid conmigo, par de mentecatos.

Nos condujo de vuelta por el túnel. Las raíces que cubrían el suelo se apartaban de su camino ante sus chasquidos de desaprobación, como si fuesen cachorritos regañados.

—Ese de ahí con el que estabais hablando —dijo, señalando hacia el enredo de raíces de atrás— era Merlín.

—¿Merlín? —repetí, preguntándome por qué me asombraba tanto—. Pero creía que... ¿No era un druida? ¿Por qué no lo mataron con los demás durante el Abandono?

—Ah, pues claro que lo intentaron —contestó la sacerdotisa, acelerando un poco el paso—. En algún momento fue el más poderoso de ellos, siempre con sus profecías urgentes y su sabiduría que compartía de forma tan generosa. Luchó contra Morgana y, antes de que ella consiguiera matarlo, unió su cuerpo al del árbol de la Madre para asegurar su supervivencia, pues sabía que así jamás le haría daño.

—Parecía algo… —Emrys buscó la palabra apropiada.

—La magia se ha vuelto un tanto salvaje desde que se unió al árbol —explicó Olwen—. Y la mayoría de lo que dice son balbuceos sin sentido. No os preocupéis por eso.

—Pero ha dicho que eran tres —le insistí—. Tres los que dormían. Creo que se estaba refiriendo a sí mismo y al rey Arturo, que está suspendido entre la vida y la muerte, pero ¿quién es el tercero?

—Si hubiese una tercera persona durmiendo bajo un hechizo en la isla, ya lo sabríamos —repuso Olwen—. Como os he dicho, la parte racional de su mente desapareció hace siglos, por lo que convierte sus sueños inquietos en tonterías. Las *cadenas de la muerte* son un tema muy recurrente en sus delirios, y la historia cambia cada vez que la cuenta.

Respiré hondo antes de mirar a Emrys. Parecía convencido con la explicación de Olwen, aunque yo no lo estaba.

—Nos ha hablado de una mujer que intentó controlar la muerte, pero que se terminó convirtiendo en su esclava —le dije—. ¿Podría ser esa la persona detrás de la maldición de Ávalon? ¿Cómo estás tan segura de que no se trata de Caitriona?

—Ay, seréis zopencos —nos regañó Olwen, meneando la cabeza—. Seguidme.

En lugar de conducirnos de vuelta al gran salón, Olwen nos guio por el camino que ya conocíamos bien en dirección a la cámara de objetos abandonados. Murmuró algo para sí misma mientras meneaba la cabeza y abría las grandes puertas.

Cuando llegamos a la puerta secreta que llevaba hasta la sala de los huesos, la sacerdotisa se giró para enfrentarnos con una mirada severa.

—Que quede claro que jamás os mostraría esto si no fuera porque quiero probar la inocencia de mi hermana —nos dijo—. Y, si me entero de que lo vais contando por ahí, os daré té de cicuta a ambos.

Cuando se giró para presionar las piedras blancas, Emrys se inclinó hacia mí.

—La cicuta es…

— … una planta venenosa —terminé por él—. Lo sé. He entendido la amenaza.

Las piedras retrocedieron y nos permitieron pasar hacia las escaleras. Subimos en silencio hasta que, al alcanzar los últimos escalones, lo oímos.

Una canción.

Entonada por una voz ronca y agonizante, una que suplicaba casi tanto como cantaba. Se me erizó la piel de los brazos ante las palabras que se entrecortaban por los sollozos que convertían el lenguaje de la Diosa en un lamento, en lugar de en un rezo.

A mi lado, vi que a Emrys le costaba tragar en seco. La crudeza de los sentimientos de Caitriona resultaba insoportable. Olwen se quedó en el escalón que teníamos debajo y bloqueó cualquier instinto que tuviese por apartarme.

Escucha, decían sus ojos. *Sé testigo de esto.*

Tras unos segundos más, la sacerdotisa cedió, y la seguimos escalera abajo y de vuelta a la cámara que había fuera.

—Como suma sacerdotisa, Caitriona viene cada noche que puede para entonar el Rezo de la Luz de la Luna, el cual le da las gracias a la Diosa por sus bendiciones y le pide que nos siga protegiendo cada día —nos explicó Olwen—. Lo que habéis encontrado es el santuario interno del torreón, algo secreto para todos salvo para las Nueve, y ahora parece que también para vosotros dos y para Neve.

—Seguirá siendo un secreto —prometió Emrys.

—Sé que Cait puede parecer tan rígida como su espada, que cuando te habla, te golpea directo en el corazón en lugar de usar palabras bonitas para suavizar el daño —siguió Olwen—. Pero os suplico que entendáis su posición. Mi hermana carga con todo el peso de la responsabilidad de nuestro modo de vida, y todo se está saliendo de control, por mucho que luche para salvarlo. Se culpa a sí misma por cada una de las muertes.

La culpabilidad me dejó un regusto amargo en la lengua. Me pregunté si sería de ese modo cada noche que la sacerdotisa acudía al santuario, si aquel era el único lugar en el que se permitía mostrar su dolor. Había pensado que se negaban a creer lo que les estaba sucediendo, que era una señal de debilidad, pero la fuerza que habrían necesitado solo para superar cada día sin romperse en mil pedazos era algo inconmensurable.

—¿Y qué hay de las estatuas? —preguntó Emrys—. Y del caldero y las jaulas.

Las piedras se abrieron a nuestras espaldas, y de ellas surgió Caitriona, quien se retiró su capucha con la mano que no tenía lastimada. Se detuvo al vernos, y su cuerpo entero pareció tensarse como si estuviese preparándose para una batalla.

—Parece que tenemos unos ratoncitos curiosos que se han colado en los túneles —le contó Olwen.

—Erais vosotros aquella noche, ¿verdad? —preguntó Caitriona, con voz ronca—. Sabía que había olido a humo. Tenemos secretos que no tendríais que saber vosotros. ¡No teníais derecho a venir aquí!

—Teníamos todo el derecho del mundo cuando asumimos que nos estabais mintiendo. Y teníamos razón, por cierto —le dije.

—¿Estáis cuestionando nuestro honor? —preguntó Caitriona.

—Nadie duda de tu honor ni de tu honestidad, pero lo han visto todo —dijo Olwen—. Absolutamente todo. E incluso tú debes reconocer que todo esto puede parecerle muy siniestro a alguien que no ha sido iniciado.

Caitriona soltó un suspiro sibilante, en un gesto de resignación.

—¿Aún lo tienes en la enfermería?

—Sí —contestó Olwen—. Todavía me falta terminarlo.

—¿Qué te falta terminar? —preguntó Emrys, alternando la mirada de una sacerdotisa a la otra.

—Venid con nosotras y os lo explicaré. —Caitriona empezó a dirigirse hacia las grandes puertas de roble.

Resultó que no éramos los únicos que queríamos hablar con Olwen. Neve ya se encontraba en la enfermería y recorría la pequeña estancia de un lado para otro. Un libro muy grande, *Los rituales del reino*, estaba al lado de la pequeña repisa de botellitas y viales y sobre la mesa de trabajo de Olwen. Las velas parpadeaban a su paso y seguían los cambios del aire en movimiento.

Al oír la puerta crujir, Neve se abalanzó hacia ella.

—Olwen, ¿por qué no...? A ver, ¿qué está pasando?

—Buenas noches para ti también, Neve —dijo Olwen, cortante—. Qué coincidencia que estés tú también por aquí.

Neve nos dedicó una mirada a Emrys y a mí, pero se reservó su sorpresa para Caitriona, quien cerró la puerta con firmeza a sus espaldas.

—Sal de ahí, Pulga —dijo Caitríona.

Neve dio un respingo cuando la niña se arrastró de debajo de las estanterías.

—¿Cuánto tiempo llevas ahí? —preguntó la hechicera, cubriéndose el pecho con una mano.

—Lo suficiente para oírte murmurar y llenarte de valor como si fueses una gallina asustada —contestó Pulga, antes de fulminar con la mirada a la sacerdotisa mayor—. ¡No me has visto, Cait!

—No, la verdad es que no —admitió Caitríona—. Pero Betrys me dijo que una de sus piedras de rezo había desaparecido, y, por casualidad, eso coincidió con que te hubieras esfumado de tu clase con ella.

La niña hizo un puchero y se cruzó de brazos.

—Yo no he sido.

—¿Tenemos que hacer lo mismo cada noche, Pulga? —le preguntó Caitríona, y algo de su cansancio se dejó ver en su rostro estoico.

—Solo porque me obligas y me obligas —se quejó la niña.

—Enséñame lo que tienes en los bolsillos y demuéstrame que tienes palabra de honor —dijo Caitríona.

La niña agachó la cabeza, arrepentida.

—La devolveré.

—Gracias —le dijo Caitríona—. Ahora mismo, por favor. Y discúlpate con Betrys. No es el modo correcto de tratar a nadie, y mucho menos a tu hermana.

—Pero… —protestó Pulga.

—Ahora mismo, Pulga —ordenó la sacerdotisa, abriendo la puerta para que la niña pasara.

Pulga me dedicó una última mirada al pasar por mi lado, con una sonrisa engreída, aunque hizo lo que le ordenaron. Cuando la niña salió, Caitríona cerró la puerta y se apoyó contra ella con los hombros caídos.

—Sé por qué he venido yo —dijo Neve, mirándonos a todos de uno en uno—. Pero ¿y vosotros?

—Nos iban a dar una explicación que nos deben hace tiempo —dije, apoyándome contra el borde de la mesa como si fuese un asiento.

—¿Por fin os han visto husmeando por ahí? —preguntó Neve.

—Ese es el lado negativo de la velada, sí —repuso Emrys.

—¿Por dónde os gustaría que empezara? —preguntó Olwen—. ¿Quizá con las estatuas de huesos, como las habéis llamado vosotros?

—Por mí está bien —dije.

Olwen se agachó y levantó la cortina de tela andrajosa que cubría las baldas inferiores de una estantería. De allí sacó una cesta y la colocó en la mesa a mi lado. Dentro, envuelta en algunas sábanas, yacía una de las estatuas.

La base era un cráneo invertido y tenía un arreglo de huesos largos y delgados que lo rodeaban como los pétalos de un espantoso ramo de flores. Neve ahogó un grito al verlo, pero me fue imposible determinar si lo que sentía era sorpresa o entusiasmo. Se inclinó hacia delante para observar las marcas que había en ella.

—¿Me permites? —pidió Caitriona, en voz baja.

Neve retrocedió, lo que dejó que Caitriona levantara la estatua y la colocara sobre un pedestal de madera cubierto de rastros de cera. Olwen le dio una velita, y la otra sacerdotisa la ubicó en el interior de la estatua. La llama de la vela se avivó cuando pasó una mano por encima.

Caitriona recorrió el borde del pedestal con los dedos, y un hilillo de niebla apareció a su alrededor y giró en círculos en la parte de arriba. La llama dentro del hueso se agitó con violencia y arrojó unas sombras titilantes y unos sellos brillantes sobre las paredes.

—Nuestros recuerdos permanecen en nuestra mente, sí, pero también en nuestra sangre y nuestros huesos —explicó Olwen—. Cuando un druida mayor moría, se hacía un receptáculo como este de sus huesos, de modo que sus recuerdos pudiesen preservarse y consultarse con el paso del tiempo. Una vez que se le otorga una forma y se talla, se coloca dentro del caldero que visteis para infundirlo de más recuerdos y magia. Este de aquí es el receptáculo de nuestra suma sacerdotisa Viviane.

—Lo hizo el último descendiente de los druidas que aprendió el oficio —añadió Caitriona—. Y, por la gracia de la Gran Madre, nos enseñó cómo usarlos unos pocos días antes de que lo mataran.

Me giré para intentar identificar los sellos que se desplazaban a nuestro alrededor.

—Esos símbolos... son diferentes a los sellos que usan las hechiceras. ¿Qué significan?

—Por desgracia, no tengo ni la menor idea. Es el lenguaje de la magia que usaban los druidas —dijo Olwen—. Lo trajeron junto con el caldero cuando abandonaron el mundo mortal.

—Entonces, ¿los huesos de las estatuas son de los druidas? —pregunté.

—Sí —contestó Caitriona—. Los hemos conservado porque poseen recuerdos importantes tanto de la isla como de vuestro mundo.

—Y el de Viviane es el único receptáculo de una sacerdotisa —aclaró Emrys.

—Exacto —asintió Olwen, dedicándole al objeto una mirada dulce—. No es tan elaborado como los demás receptáculos, porque tenía miedo de que preservar más de sus huesos pudiera hacer que sus restos humanos se transformaran en uno de los Hijos de la Noche.

Neve se inclinó sobre el receptáculo, y su sombra interrumpió las luces titilantes.

—¿Cómo funciona un receptáculo?

Olwen le respondió con otra pregunta:

—¿Qué te gustaría preguntarle a Viviane sobre su vida?

—No sé... ¿Cómo se convirtió en suma sacerdotisa? —propuso Neve.

—Cerrad los ojos —dijo Olwen—. Todos.

Cuando lo hicimos, una profunda melodía emergió de ella y se convirtió en un idioma que nunca había oído antes. Parecía un tono bajo y gutural que surgía de las profundidades de la tierra antigua y no de la garganta de la sacerdotisa. Me recorrió un escalofrío cuando una imagen empezó a dibujarse en mi mente.

Una jovencita, tan blanca como la luz de la luna, se levantó de su cama como si estuviese en un trance y entonó otro cántico. Su imagen parpadeó con un brillo lechoso conforme pasaba por al lado de sus padres dormidos y avanzaba hacia una puerta que la esperaba. Fuera aguardaba un bosque esmeralda, los árboles se inclinaban ante ella y...

Abrí los ojos con la respiración entrecortada. Emrys y Neve se quedaron sumidos en el recuerdo durante algunos segundos más antes de volver al presente conmigo.

—Llamamos «resonancia» al acto de ser testigo de un recuerdo —explicó Olwen—. Y, si bien muchos de nuestros rituales están registrados en papel, a veces consultamos el pasado a través de los recuerdos.

—Imagino que ya le habéis pedido al receptáculo que os muestre recuerdos sobre una posible maldición arrojada sobre la tierra —comentó Neve.

—He examinado todos sus recuerdos sobre los tiempos del Abandono —dijo Olwen—. También he estudiado sus recuerdos sobre Morgana, y nada. Fue ella quien encabezó la rebelión contra los druidas, y pensé que podría haber compartido algo sobre la magia de los druidas con Viviane.

—Pero todo lo que sabía Morgana murió con ella —resopló Caitriona—. De verdad les dio la espalda a la Diosa y a sus hermanas.

—Es una heroína por haber impedido que los druidas se apoderaran de Ávalon —repuso Neve—. Debería ser recordada por eso.

—Esperad —las interrumpió Olwen, alzando las manos entre ambas—. Dejadme terminar.

Caitriona y Neve miraron a lugares opuestos de la enfermería, como un reflejo la una de la otra.

—Después de haber acabado casi con Merlín, a Morgana la mató otro druida durante la batalla final —nos contó Olwen—. Murió en brazos de Viviane. Y nuestra suma sacerdotisa nunca consiguió superar aquel trágico día, pues ella y Morgana eran pareja.

Asentí. Conocía magia oscura que había nacido de situaciones menos horribles.

—La cuestión es que a nuestro receptáculo le faltan varios años de recuerdos, entre ellos la batalla entre los druidas y las hechiceras —continuó la sacerdotisa—. El último recuerdo que tenemos de antes de la batalla es una discusión que tuvo con Morgana.

Olwen detuvo los giros del pedestal con la mano y apagó la vela que había dentro con un soplido. Tras retirarla y dejarla a un lado, colocó el receptáculo bocabajo con cuidado. El cráneo tenía un agujero en la base que se había llenado a medias con la cera de la vela.

—¿Cuándo pasó esto? —preguntó Neve.

—No lo sabemos —dijo Olwen—. Solo sé que lleva así desde que intentamos las resonancias por primera vez.

—De modo que es imposible saber si sufrió un accidente en manos de la persona que lo creó y ahora está muerta o si alguien lo rompió a propósito para que no se pudiera acudir a aquellos recuerdos —dije.

Los demás me miraron con distintos grados de espanto.

—No me vais a decir que soy la única a la que se le ha ocurrido esa idea —dije—. Merlín ha mencionado a una mujer que trató de controlar la muerte, lo que parece una «adivina, adivinanza» para decirnos que alguien intentó aprender el lenguaje de la muerte de los druidas. Puede que Caitriona no haya sido quien esté controlando a las criaturas, pero...

El cuerpo entero de la sacerdotisa pareció vibrar por la indignación.

—¿Pensabas que era *yo* quien los estaba controlando?

—No solo yo —le confirmé.

—Lo siento —se disculpó Emrys.

—Yo no lo pensaba —ofreció Neve.

Caitriona la miró de reojo durante un segundo, e, igual de rápido, apartó la mirada de ella. Meneó la cabeza y se obligó a sí misma a respirar hondo.

—De nuevo, os repito que Merlín es poco más que una lengua parlante —dijo Olwen—. Puede que se esté refiriendo a Morgana, pues al final sí que murió en sus intentos por derrotar a los druidas.

—El último recuerdo de aquellos tiempos tan oscuros es uno de la suma sacerdotisa diciéndole a Morgana que no existe magia más poderosa que la de la muerte —dijo Caitriona, antes de girarse hacia Neve—. Y, aunque penséis que era una cobarde, Viviane creía de verdad que enfrentarse a los druidas era una batalla perdida.

—Pero, entonces, ¿cómo ganaron? —preguntó Emrys, dando una vuelta para observar el receptáculo de cerca una vez más—. ¿Cómo fue que las futuras hechiceras pudieron derrotar a los druidas por completo?

—No estamos seguras —explicó Olwen—. Cuando llegó el momento, las hechiceras los superaban en número por montones, y los druidas no pudieron recurrir a su magia de muerte con la suficiente rapidez como para repeler sus ataques. Fue eso o simplemente toda la fuerza de la ira de esas mujeres.

—Sin duda una fuerza impresionante —dijo Emrys, y, ante la mirada que le dediqué, añadió—: ¿Qué? Lo digo en serio.

—Tengo otra pregunta —dijo Neve—. Como habéis oído, Tamsin y Emrys creen que a los Hijos de la Noche los controla alguien vivo, que reside aquí en la isla. No es posible que Merlín haya creado a las criaturas… ¿verdad?

—No —contestó Caitriona—. La influencia del árbol de la Madre es demasiado poderosa como para que un simple hombre la supere.

—Pero hemos visto un símbolo druídico… —empecé a decir.

—Si os referís a las jaulas que hay en el pasadizo subterráneo, os aseguro que también tenemos una explicación para eso —me cortó Olwen—. Una bastante menos siniestra de lo que parece que estáis pensando.

—¿A ver? —la animé.

—Capturamos a los primeros Hijos de la Noche y los mantuvimos lejos de todos para evitar que se desatara un pánico innecesario —dijo Caitriona—. La suma sacerdotisa Viviane intentó transformarlos de vuelta en las personas que alguna vez habían sido y usó hasta el último resquicio de sus conocimientos.

—Pero ¿por qué intentó separar el alma de los cuerpos? —Emrys se cruzó de brazos.

—Cuando Viviane comprendió que nuestra magia no era capaz de devolverlos a sus formas originales —explicó Caitriona, con actitud defensiva—, empezó a utilizar lo que sabía de la magia de la muerte de los druidas para liberar sus almas de sus confines monstruosos y devolvérselas a la Diosa.

Puede que eso fuera lo que os contó, pensé, *pero no tiene por qué ser cierto.*

—¿Y estáis seguras de que la pieza que falta no está entre sus restos? —preguntó Neve.

—Así es —dijo Caitriona—. Cuando… cuando ella… —Se obligó a sí misma a respirar hondo antes de mirarnos—. Cuando la mataron, nos vimos obligadas a incinerar su cadáver para evitar que se convirtiera en uno de los Hijos de la Noche.

La tristeza en la expresión de Olwen era apabullante; el dolor ocasionado por la muerte de la suma sacerdotisa les habría cortado como una puñalada dentada directa al corazón, y seguro que había sido aún peor el tener que incinerarla en lugar de enterrarla para que pudiera reencontrarse con la Diosa y empezar una nueva vida.

A los ojos de las Nueve, el ser entero de la suma sacerdotisa Viviane había sido destruido, y la isla nunca iba a volver a ver su alma.

—Sé que Olwen nos ha explicado que la sangre puede contener recuerdos —le dije a Caitriona—, y lo que te vi haciendo en la sala de los huesos tiene sentido ahora, pero, si nadie puede fabricar un receptáculo, ¿por qué te cortas la mano y viertes tu sangre en una olla enorme y espeluznante todas las noches?

Cuando respondió, la sacerdotisa parecía menos segura de sí misma.

—Porque creo que otro fabricante llegará, alguien que nacerá con aquellos conocimientos sagrados susurrados en su mente. El caldero mantendrá mis conocimientos hasta el día en que mi propio receptáculo sea preparado, y todo por lo que hemos tenido que pasar no caerá en el olvido.

—Ya, pero esto es lo que aún no entiendo —dije, antes de pasarme la lengua por los labios resecos mientras ordenaba mis ideas—: Estabais muy seguras de que las hechiceras eran quienes estaban detrás de la maldición, pero ¿nunca se os ocurrió que quizá los druidas podían ser los culpables al desangrarte sobre una mezcla turbulenta del mismo color exacto que los huesos de los Hijos de la Noche?

—No hay plata en el caldero —dijo Caitriona, enderezándose ante mi comentario.

—¿Te olvidas de la parte en la que Emrys y yo lo vimos con nuestros propios ojos? —le recordé.

Olwen frunció el ceño.

—No, Tamsin. Cait tiene razón. El contenido del caldero, si es que hay alguno, es invisible. Incluso nuestra sangre desaparece en la oscuridad.

La sospecha resonó en mi mente y me recorrió la columna de principio a fin. La mesa sobre la que me encontraba crujió cuando me giré para mirar a Emrys.

—No estaba vacío —confirmó él, dando un paso para situarse a mi lado. Sus palabras y su cercanía me otorgaron una estabilidad que no había esperado—. El líquido que había dentro era plata, como si alguien hubiese fundido montones de ella.

Caitriona y Olwen intercambiaron una mirada, y algo silencioso pasó entre ambas sacerdotisas.

—Seguro que estabais exhaustos —dijo Neve—. Y ya estabais confundidos y asustados por los receptáculos...

—No fue ninguna alucinación compartida —le dije—. Sé lo que vi. De hecho, tengo pruebas.

Abrí mi bandolera y saqué a Ignatius de su envoltorio de seda. Desaté la tela que envolvía el candelero y lo sostuve en alto para que los demás lo vieran.

Solo que el hierro estaba tan negro como siempre.

—No... —Las palabras desaparecieron a la vez que mis certezas—. No lo entiendo... Metí el candelero en el caldero y salió bañado en plata. —Miré a los demás, sintiendo una extraña desesperación por hacer que me creyeran—. De verdad era de plata.

Emrys me sujetó de la muñeca para que lo mirara. La certeza que vi en sus ojos me dio algo a lo que aferrarme.

—Sé lo que vimos —aseguró.

—Sois más que bienvenidos a acompañarme mañana para que pueda convenceros de que no es así —dijo Caitriona.

—En ese caso, yo también iré —se sumó Neve—. Ni Tamsin ni Emrys mentirían sobre algo tan importante.

—Como gustes —asintió Caitriona, inclinando la cabeza.

—Y eso es lo que estamos haciendo nosotros aquí —dije, girándome para enfrentar a Neve—. ¿Qué hacías tú esperando a Olwen?

—Quería preguntarle algo —dijo ella, recogiendo el libro que había dejado sobre la mesa—. ¿Por qué no habéis intentado un ritual de purificación en la isla?

Caitriona abrió la boca para responder, pero entonces oímos un sonido de pasos en el exterior. Olwen se apresuró a envolver el receptáculo y devolverlo a su cesta, y, cuando estuvo fuera de la vista, Caitriona abrió la puerta.

Bedivere se encontraba a unos pasos, rascándose su barba gris. Por primera vez desde que lo había conocido, parecía inseguro.

—Sir Bedivere —lo saludó Caitriona—. ¿Qué sucede?

—Ah, lo siento, la preocupación me ha podido —dijo—. Solo me preguntaba si nuestros entrometidos invitados necesitaban que los acompañara de vuelta a sus habitaciones para ponerles fin a sus excursiones nocturnas.

—Eres muy amable, pero lo tenemos bajo control —le aseguró Caitriona, con una pequeña sonrisa.

—Pasa —lo animó Olwen—. Esta conversación también te involucra, y nos vendría bien tu sabiduría.

Cuando el caballero entró a la enfermería, apreté la mesa con más fuerza, solo un poquito más. Emrys se acercó un poco más a mí, y su cálida y tranquilizadora mano se movió desde mi hombro y resiguió todo el borde de mi columna.

—Neve nos estaba preguntando por qué no habíamos intentado hacer un ritual de purificación —añadió Olwen.

El caballero estaba paseando lentamente por la estancia mientras la sacerdotisa hablaba y se detuvo de improviso al oír lo del ritual. Aunque no podía ver su rostro, sentí la intensidad de su mirada quemándome la espalda.

—Sí —dijo Caitriona, mirando a la otra sacerdotisa—. Y qué casualidad más grande que el libro que describe dicho ritual haya vuelto a la biblioteca, donde cualquier persona podría haber dado con él.

—¿Verdad que sí? —repuso Olwen, sin afectarse—. La Diosa actúa de formas maravillosas.

—Y Olwen confabula de la misma forma —añadió Caitriona por lo bajo.

—¿Qué es lo que hace el ritual? —preguntó Emrys.

Neve abrió el pesado libro por una página que estaba marcada con una cinta para leer:

—«Cuando la magia oscura contamina la tierra y la esperanza se esconde en las sombras…». Suena como un lugar que todos conocemos bien, ¿verdad?

—Me suena, sí —le dije.

—«La isla tiene que ser devuelta a la normalidad a través de la invocación de la Doncella, joven y en la flor de su vida, para que despierte el gran poder que dormita entre la niebla» —siguió leyendo—. «Solo su despertar le pondrá fin a todos los males y maldiciones que aquejan a la tierra y a aquellos que caminan sobre ella, pues no existe poder más grande que el renacimiento».

El pulso empezó a latirme como loco por las venas.

—¿Eso significa lo que creo que significa? —conseguí articular.

—Sí. —Neve me devolvió la mirada, con la determinación clara en sus ojos—. Este ritual no se limitaría a sanar la tierra, sino que acabaría con todas las maldiciones que hay en ella.

34

odas las maldiciones.

No solo la que habían lanzado sobre la tierra y los Hijos de la Noche, sino todas las maldiciones.

Incluso la de Cabell.

Neve debió haber visto aquel razonamiento muy claro en mi rostro, pues asintió y alimentó más mi esperanza. Bedivere rodeó la mesa para acercarse a nosotros con una expresión inescrutable.

—Parece estar diciendo que la isla tiene que ser purificada a través de una especie de renacimiento —dijo Neve—. «Este ritual invoca a la Diosa de vuelta a la isla para que le otorgue un nuevo ciclo de vida».

Tanto ella como Emrys se volvieron borrosos en los bordes de mi visión cuando alterné la vista entre Olwen y Caitriona. Una sensación de desesperación abrasadora se alzó en mi interior una vez más, pero no luché contra ella. Ya no me importaba.

—¿Por qué no lo habéis hecho, entonces?

Olwen permaneció callada, algo para nada usual en ella, y mantuvo el rostro girado hacia la ventana de la enfermería.

—Neve no os ha contado lo que se requiere para el ritual —dijo Caitriona.

La atención de la sala volvió a posarse sobre la hechicera, y esta le echó un vistazo a Caitriona antes de ponerse a leer en voz alta.

—«Juntad las manos con vuestras hermanas y volved a encontrar la pureza de corazón y vuestro poder completo. Aguardad la bendición completa de la luna para presentar los tres regalos que se os han confiado y uníos a ella de nuevo mediante la sangre y la niebla».

Alzó la vista al terminar de leer, con el ceño fruncido como si estuviera pensando.

—¿Qué le pasa a esta persona que no puede escribir instrucciones claras? —preguntó Emrys.

—Viviane transcribió los mensajes que la Diosa le comunicaba en sueños —explicó Olwen.

—Pero cuando vas cosa por cosa, todo parece factible —dijo Neve, antes de girarse hacia Caitriona—. El cántico está aquí en el libro, y seguro que sabéis a lo que se refiere con sus «tres regalos». ¿Cuál es el problema?

—Que no tenemos el poder completo —contestó Caitriona—. Necesitamos nueve hermanas para intentar llevar a cabo el ritual.

Neve perdió todo su color cuando entendió lo que yo aún no.

—Y, si bien a Pulga la convocó la Diosa, aún no puede usar su magia. Es por eso que vuestra suma sacerdotisa vivió tantos años, ¿verdad? Es por eso que la magia de su voto no le permitió continuar hacia su siguiente vida.

—No tendremos nuestro poder completo hasta que eso pase, ya sea en días o en años —dijo Caitriona—. Pulga se siente de lo más culpable, pero no es culpa suya. Además, nos falta uno de los tres regalos.

Neve ladeó la cabeza de forma interrogativa.

—Tenemos la varita y el cáliz, pero no el athame, nuestra daga ceremonial, pues se perdió hace muchísimos años y, por mucho que lo hemos buscado, no hemos conseguido encontrarlo.

Bedivere inspiró hondo en aquel momento, aunque no dijo nada. Se puso a juguetear con un par de tijeras que colgaban de un gancho en la pared, y mi mirada se quedó fija en él durante un momento. Si se hubiese tratado de cualquier otra persona que no fuera el valiente caballero, habría dicho que aquel arrebato de emoción que había pasado por su rostro era culpabilidad.

—¿No se podría fabricar un nuevo athame en la forja? —preguntó Neve.

Tanto Olwen como Caitriona parecieron horrorizadas ante la idea.

—Podríamos intentarlo, ¿no? —se sumó Emrys—. ¿Qué podéis perder a estas alturas?

—Por favor… —pedí en un susurro, y el dolor de la esperanza, la certeza de ya saber la respuesta, casi me arrebató las palabras.

—No funcionará —dijo Caitriona—. No hemos tenido éxito con ningún otro ritual desde que perdimos a una de las nuestras. Ni para bendecir la tierra, ni para despejar los cielos ni liberar a las almas atrapadas dentro de las criaturas. Somos ocho, no nueve. Hasta que Pulga pueda utilizar su poder, no estaremos completas.

Neve soltó un ruidito de frustración mientras meneaba la cabeza.

—Pues podríais esperar años a que eso pasase o podríais, no sé, taparos la nariz y pedirle ayuda a la hechicera que tenéis justo enfrente —dijo ella.

Me oí a mí misma contener la respiración, aunque no fui la única. Caitriona se dejó caer sobre el borde de la mesa, con una expresión tensa y llena de emociones.

—Antes de que solo hubiera nueve sacerdotisas en Ávalon, había muchas —siguió Neve—. Y yo soy descendiente de una de ellas.

Bedivere volvió a alzar la cabeza para mirar a las sacerdotisas. Olwen se mordió el labio, como si se estuviese obligando a guardar silencio, y miró a Caitriona. Las palabras que nos había dicho la noche en la que habíamos llegado volvieron a mi mente: «Si hay algo de lo que estoy convencida es de que la Diosa os ha guiado hasta aquí. A todos vosotros».

La larga y plateada trenza de Caitriona se iluminó con la luz del fuego cuando se giró para devolverle la mirada a su hermana.

—Tú y las demás os habéis puesto en mi contra más de una vez y... —respiró hondo con dificultad— y no es fácil plantarme yo sola ante todas vosotras y que me hagáis sentir como que soy difícil y que me resentís... que me odiáis por eso. Solo sé lo que nuestra suma sacerdotisa me enseñó y... si no puedo hacer lo que me pidió, entonces le he fallado.

—No, querida hermana. —Olwen se postró de rodillas frente a Caitriona y le sujetó ambas manos—. Ni lo pienses. Eres nuestra hermana. Incluso cuando ya no quede nada de este mundo, nuestro amor por ti aún perdurará, porque no existe poder capaz de acabar con él.

—Os he decepcionado a todas —dijo Caitriona, desolada.

—Nunca —interpuso Bedivere con solemnidad y llevándose una mano al pecho—. Nada podría estar más lejos de la realidad que eso.

—Es como dijo la suma sacerdotisa —le dijo Olwen a su hermana—: «Solo las raíces más profundas podrán sobrevivir a los vientos más fuertes», y has sido tú quien nos ha dado fuerza durante estos últimos años. Lo único que queríamos era que tuvieras en cuenta nuestro punto de vista, que quizás haya llegado el momento de que abramos las puertas, y las de la isla también, a una nueva estación, a nuevas formas. Y que la Diosa nos encontrará allí también.

—Pero solo se puede hacer como está escrito —insistió Caitriona—. Y los rituales requieren que las sacerdotisas tengan el corazón y sus intenciones puras, porque le estamos pidiendo a la Diosa que use su magia más poderosa por nosotras. Aunque no pongo en duda el poder de Neve, la suma sacerdotisa dijo que la magia que ponen en práctica las hechiceras les contamina el alma.

—¿Cómo se te ocurre…? —empecé, aunque Neve me puso una mano sobre el hombro y me dio un apretoncito para cortarme. El dolor había desaparecido de su rostro y solo quedaba una determinación absoluta.

—Solo la Diosa puede juzgarme —dijo Neve—. No una suma sacerdotisa que nunca me conoció. Ni siquiera Caitriona de las Nueve.

—Cait —lo intentó Olwen una vez más—. Conozco la guerra que se libra en tu corazón. Y que lo único que quieres es respetar a nuestros ancestros y honrar a la Diosa. Pero, si no hacemos lo que tenemos que hacer para sobrevivir, no solo dejarán de existir las viejas costumbres, sino que desaparecerán de los recuerdos para siempre. Si Neve quiere ayudarnos, no puede pasar nada malo por intentarlo.

—Puede pasar si fracasamos —repuso Caitriona—. Porque entonces nos quedaremos sin esperanzas por completo.

—No es así, mi señorita Cait —dijo Bedivere—. Entonces habremos luchado con todas nuestras fuerzas, y en ello solo hay honor.

Durante un largo rato, lo único que oímos fue el crepitar del fuego en la hoguera y los aullidos de las criaturas en el bosque muerto.

Emrys parecía perdido en sus propios pensamientos. Al final, se sentó en la mesa a mi lado y apoyó una de sus manos junto a mi cadera. El peso de su hombro contra el mío se sentía como un antídoto contra las palabras de Caitriona. Sin pensarlo, su meñique empezó a acariciar mi pierna, y aquel roce tan ligero hizo que mi piel hirviera bajo la tela. Algo en mi interior cambió al darme cuenta de que no era la única que echaba en falta el consuelo de una caricia. La necesidad de sentirme atada a algo. A alguien.

—Vale —dijo Caitriona, tras un rato, inclinando la cabeza—. Lo haremos y veremos si la Diosa reconoce a Neve como una de las suyas. Y, si al final no da resultado, que nos perdone por haber hecho el intento.

Olwen sonrió de oreja a oreja e intercambió una mirada de alivio con Neve.

Caitriona tuvo dificultades para levantarse de la mesa y aceptó el brazo que Olwen le ofrecía para ayudarla.

—Hablaré con Lowri y las demás, entonces. Buscaremos algo apropiado para forjar el nuevo athame.

—Primero tenéis que explicárselo a Pulga —me oí decir.

Todos se giraron para mirarme, sorprendidos.

—Se sentirá mal si piensa que no la necesitáis —dije, antes de tragar en seco.

Si piensa que no sirve para nada.

Caitriona se quedó unos segundos en la entrada y me dedicó una larga mirada con algo que podría haber sido aprobación.

—Sí. Hablaré con ella.

Olwen nos echó a todos los demás una vez que la sacerdotisa se marchó.

—Hasta entonces, nada de escabulliros por ahí. Descansad. Por la mañana intentaremos emprender un nuevo camino.

Seguí a los demás conforme nos dirigíamos de vuelta al torreón y pensé en todo lo que habíamos descubierto. Bedivere pasó un brazo por encima de los hombros de Caitriona y le dijo algo que no entendí del todo sobre descansar. Un poco más allá, Deri seguía con sus tareas de arreglar y podar el árbol de la Madre. Emrys se detuvo para hablar con él y señaló algo que no conseguí ver.

—¿Os habéis reunido sin mí?

Di un brinco al oír la voz de Cabell en medio de la oscuridad. Me giré para buscarlo entre las sombras y lo encontré apoyado contra la endeble valla de la zona de entrenamiento.

—Ahí estás —dije—. He ido a buscarte hace un rato, ¿dónde estabas?

Cabell cruzó los brazos cuando me acerqué hacia él, y vi una frialdad en su expresión que esperaba que se debiera a que la tenue luz de la noche me estaba jugando una mala pasada.

—¿Crees que alguien quiere verme dando vueltas por ahí después de lo que pasó?

Sabía que la dureza de sus palabras no iba dirigida hacia mí, pero aun así me sorprendió. Las palabras que me había dicho en el establo se retorcieron en mi pecho como un cuchillo. «Lo prometiste».

—Todos saben que no es culpa tuya, sino de la maldición —le aseguré.

—Ya —respondió él, con la mirada gacha—. Seguro que sí.

Subí de un salto a la valla para colocarme junto a él y me giré para mirar al torreón.

—¿Estabas con Bedivere? ¿Le has preguntado si las historias sobre el viaje de Arturo a Annwn son ciertas?

—Ah, ¿todavía estamos trabajando juntos en esto? —preguntó—. ¿Te importaría contarme primero de qué habéis hablado en vuestra reunión de medianoche?

—Claro —repuse, recordando la sorpresa que me había llevado antes—. Cuando me digas por qué le has contado a Bedivere que estaba investigando los túneles.

—Porque me sentía culpable por tener que seguirle mintiendo cuando me estaba ayudando —dijo, cortante—. Y contestando a las preguntas que tú quieres saber. Si te hubieras molestado en contarme lo que estaba pasando, podría habértelo advertido.

Solté un suave suspiro.

Tenía derecho a estar enfadado. Tendría que haberlo buscado para asegurarme de que estuviese enterado de que todas las piezas de aquella historia por fin estaban encajando. A mí también me habría sentado mal que no lo hubiera hecho.

—Lo siento —le dije—. Lo de hoy ha pasado todo muy rápido y no lo he pensado. Tu hermana también puede ser muy tonta a veces, ya lo sabes.

—Es cosa de familia, lo sé. —Algo de la tensión de su postura pareció relajarse un poco—. ¿Qué ha pasado, entonces?

Mantuvo la vista clavada en sus botas mientras le contaba todo y solo asintió de vez en cuando, como si hubiese sospechado algunas cosas él mismo. Me pregunté aquello último, aunque me preocupaba más su completa falta de reacción al oír lo del ritual.

—¿Qué te parece? —le pregunté—. Si Neve consigue ayudarlas, podría ser la solución para todo. Podría arreglarte de una vez por todas, podría hacer que todo resultara bien.

—Arreglarme, ya. —Apretó los labios en una línea tensa.

Abrí la boca para explicarle lo que había querido decir, pero me arrepentí cuando vi el modo en que tenía los hombros caídos. De verdad era una idiota; era demasiado pronto tras haber perdido el rastro del anillo y soportar otra transformación como para intentar subirle los ánimos. Había un número limitado de veces en que podías llenarte de esperanza.

—¿De verdad crees que una hechicera podría llevar a cabo el ritual? —preguntó—. Su magia es lo más traicionero que existe.

Durante un segundo, me quedé sin palabras.

—Estamos hablando de Neve. Neve, a quien le encantan los dibujitos de gatos y los hongos y aprender cosas, y quien ha creado un hechizo de pura luz. ¿Por qué dirías algo así?

Cabell soltó un fuerte resoplido por la nariz.

—Tienes razón, Neve es diferente. Es solo que no puedo dejar de pensar en que… las hechiceras son las responsables de todo esto. Nada de esto habría pasado si no hubiesen matado a los druidas.

Incluida la muerte de Nash, añadió mi mente.

Me mordí el labio hasta que noté el sabor de la sangre.

—Cab… ¿quieres volver a casa? Podemos abandonar todo esto. Por ti, lo haría sin pensármelo dos veces.

No respondió. El cuero de la vieja chaqueta de Nash crujió un poco cuando sus brazos se tensaron sobre su pecho y sus puños se cerraron sobre el material.

—¿Te acuerdas de esa noche en el Bosque Negro cuando Nash hizo toda una representación con sombras para contarnos la batalla final del rey Arturo? —preguntó después de un rato.

No pude evitar soltar una carcajada.

—Madre mía, sus efectos de sonido para la batalla eran lo más cutre de la vida. Y su voz de Arturo moribundo era de pena, también.

—Ajá —asintió él.

Era una historia poco común de la batalla de Camlann; a Nash nunca le habían gustado los finales, y menos aún si sus héroes morían. Tras la partida de Arturo para combatir en el continente, su sobrino, Mordred, había usurpado el trono, lo que había obligado a Arturo a volver. La batalla había herido de muerte a Arturo y había acabado con casi todos los caballeros que le quedaban. El único que quedó para acompañar al rey moribundo de vuelta a Ávalon fue Bedivere.

Me froté los brazos para tratar de entrar en calor. Las criaturas, por suerte, hacían menos ruido, dado que el breve amanecer estaba cerca.

—¿Qué te ha hecho pensar en eso?

—El estar cerca de Bedivere, supongo. Me pregunto cuánto de aquella historia será cierta y cuánta fuerza le habrá hecho falta para quedarse aquí todos estos años. —Cabell tragó en seco—. ¿Crees que Nash se habrá arrepentido de buscar el anillo?

—Nash nunca se arrepentía de nada —le recordé.

—Eso no es cierto —dijo él—. Siempre se lamentó por haberte dejado aquella mañana. Cuando oíste la llamada de la Dama Blanca. Nunca lo había visto pasar tanto miedo.

La cicatriz que tenía sobre el corazón me dolió. Quemaba con su propio frío, como en respuesta.

—He estado pensando mucho en Nash —admití—. No es que quiera, pero noto su presencia.

—¿Ah, sí?

—Principalmente en las historias que solía contarnos —seguí—. Es muy raro, ¿no? Es como si todas hubiesen saltado a la vida ahora que estamos aquí.

Cabell se quedó pensando en ello, y, cuando vio que estaba tiritando, se quitó la chaqueta de Nash y la puso sobre mis hombros.

—Gracias —le dije—. ¿Seguro que no la necesitas?

—Me gusta el frío —dijo—. Me ayuda a pensar con claridad.

Me arrebujé un poco en la chaqueta y deseé haber llevado conmigo mi chaqueta de franela antes de ir al encuentro de Emrys.

—¿Crees que Olwen podría tener razón y que hayamos estado destinados a venir aquí? —preguntó Cabell a media voz—. Que Nash nos haya contado todas esas historias por algún motivo.

—Creo que nos las contaba en parte para explicarnos sobre las reliquias que estábamos buscando —repuse—. Pero en su mayoría para entretenerse a sí mismo.

Cabell clavó la mirada en sus anillos de plata.

—Supongo que… ¿puede ser? —admití—. Quizás haya algo más detrás de todo esto. Como en esas historias que tienen tantas versiones, tal vez nosotros podamos escoger la versión que queremos que sea verdad.

—Y la versión de nosotros mismos —añadió él.

—Sí, también —asentí—. ¿Qué es lo que quieres creer sobre ti mismo, Cab?

No me respondió.

—A veces me da envidia tu memoria —dijo, entonces—. Porque es un lugar en el que nada puede morir.

—Tu historia aún no ha llegado a su fin, Cab —le prometí.

—Quizá —aceptó él—. Aunque, pase lo que pase, al menos siempre me tendrás allí.

35

La danza de las llamas era tan escalofriante como hipnótica.

En los tiempos de vacas flacas entre encargos remunerados, Nash nos hacía acampar al raso. Mucho después de mi hora de dormir, me quedaba tumbada, despierta, y observaba las llamas de la hoguera crepitar y retorcerse. Intentaba contar las chispas cuando saltaban hacia la oscuridad, antes de que desaparecieran como estrellas por la mañana. Y, cuando las llamas terminaban por convertirse en cenizas calientes, entonces dormía.

Aquella noche, para cuando por fin me dirigí a nuestra habitación, Neve ya estaba dormida como un tronco, despatarrada sobre el colchón. Tras un rato, me rendí en intentar imitarla y salí de la cama. Me puse a recorrer la habitación de un lado a otro, como si pudiese deshacerme de los pensamientos de ese modo.

Cuando ello no funcionó, me acomodé en la silla frente a la hoguera y me vi a mí misma volver a mi propio ritual al acomodar las piedras de salamandra para encender un pequeño fuego. Crucé las piernas, apoyé el codo en la rodilla y la barbilla sobre mi palma. Las llamas se alzaban de las piedras frías, de un color dorado brillante.

Dejé que los pensamientos se pasearan por mi mente sin intentar detenerme en ninguno. Viejos recuerdos de bóvedas y bosques primordiales. Cabell y yo en la biblioteca. Mi daga cortando a Septimus antes de que las criaturas lo hicieran pedazos. Los Hijos de la Noche que se alzaban de la niebla. Las botellas relucientes de la enfermería de Olwen. El sabueso abalanzándose sobre Caitriona. La rosa blanca. Los huesos amarillentos de Nash...

Fue aquella última imagen la que se quedó en mi imaginación después de que las otras se hubieran marchado. La imagen de una muerte silenciosa y anónima tras una vida escandalosa e infame.

Por primera vez desde su desaparición, pensar en Nash no me produjo rabia, sino que solo trajo consigo un dolor en el centro de mi ser. Arrepentimiento.

«Deja que los muertos descansen, Tamsy», me había dicho una vez. «Solo los recuerdos nos causan dolor, y ellos los dejan ir cuando se van».

Los recuerdos de Nash me habían llegado en forma de canciones, de historias al lado de hogueras y sobre el tintineo de botellas, solo que en aquel momento se habían quedado en silencio y así iban a permanecer. A diferencia de las hechiceras y las sacerdotisas que querían cristalizar sus recuerdos y se negaban a que sus vidas pasaran al olvido, Nash le habría dado la bienvenida a librarse de esa carga. Siempre había sido así de egoísta.

Deja que los muertos descansen.

Y, con él, cualquier recuerdo sobre mis padres.

Sentí los párpados pesados. No me resistí al tirón insistente del agotamiento.

El aire se convirtió en un agua oscura que me rodeaba conforme mi mente se hundía más y más en la inconsciencia. Unos hilillos de burbujas conducían a una luz que se retiraba hacia la superficie hasta que, al final, llegué a un suave lecho de tierra. Unos cascarones plateados se alzaron cuando la tierra se disolvió debajo de mí, como perlas siniestras.

Solo que no eran cascarones, sino huesos.

Traté de gritar, pero el agua me llenó la boca y los pulmones. Los huesos estaban por todos lados, temblando y traqueteando mientras empezaban a juntarse para adquirir una forma, por lo que no fui capaz de apartarlos. Sus piezas encajaban unas con otras en formas monstruosas que se arrastraron hacia delante y me rozaron las piernas.

Toqué hielo con los dedos bajo la tierra e intenté sujetarlo y sacarlo de allí.

Una espada. Cuando la sostuve, la hoja brilló con un fuego azul, el fuego que arde en el corazón de las estrellas. Agitó el agua hasta que esta se convirtió en una barrera de luz contra el mundo de las tinieblas.

Me desperté del sueño casi sin respiración y con los pulmones ardiendo.

Tras llevarme las manos a la cabeza, cerré los ojos con fuerza e intenté detener la visión de la habitación dando vueltas a mi alrededor antes de que me hiciera vomitar.

Alguien llamó a la puerta con suavidad. Alcé la vista, insegura, y preparándome por si el sueño aún me tenía entre sus garras.

Neve suspiró suavemente a mi lado, todavía dormida. Miré a mi alrededor y me acostumbré a la vista familiar de la habitación mientras volvía en mí. Era real. Todo ello era real.

Otro *toc toc toc*, tan suave como el primero.

Me forcé a mí misma a levantarme con las piernas inestables y fui a abrir la puerta.

Bedivere se encontraba en la oscuridad, sosteniendo una lámpara. Iba vestido con su armadura completa —mucho más de lo que solía usar cuando estaba de guardia— y tenía su espada envainada.

—¿Qué pasa? —susurré, antes de salir al pasillo y cerrar la puerta a mis espaldas—. ¿Le ha pasado algo a Cabell?

El caballero hizo un ademán con la barbilla hacia las escaleras y lo seguí, sorprendida al ver lo silenciosos que eran sus movimientos a pesar de la armadura de metal que envolvía su cuerpo.

—Lamento haberte despertado —me dijo, en voz baja—. No acudiría a verte si no fuera porque me encuentro en un gran apuro. Debo pedirte que hagas algo por mí.

—No me gusta cómo suena eso de «gran apuro» —le dije, también en un susurro.

Dejó escapar un resoplido que en cualquier otra circunstancia podría haber sido una risa.

—Me gustaría creer que el ritual podría salvar a la isla.

—¿Qué quieres decir? —pregunté, sintiendo cómo se me aceleraba el pulso—. ¿Cómo sabes que no lo hará?

—La suma sacerdotisa Viviane vino a visitarme cuando aún no vivía en el torreón y velaba por mi rey —dijo—. En aquel entonces, me contó lo importante que era que los rituales se llevaran a cabo tal cual habían sido escritos. Son órdenes de nuestra Diosa y deben obedecerse, de lo contrario estamos condenados al fracaso.

Tenía las manos entumecidas por el frío. Por el miedo.

—Entonces... ¿qué hacemos? ¿Dices que no tiene sentido intentarlo?

—No —contestó—. Deben intentarlo, solo que con el athame correcto.

—Pero se perdió... —dejé de hablar cuando vi su expresión culpable—. ¿Sabes dónde está?

El anciano caballero cerró los ojos.

—Aunque me apena mucho decirlo, fui yo quien se lo llevó. No sabía lo importante que era, sino solo que la suma sacerdotisa lo llevaba siempre con ella, y pensé que era una de sus posesiones más preciadas, por lo que debía ser enterrada con ella.

Fui comprendiéndolo todo.

—Pero Caitriona dijo que incineraron sus restos.

—Algunos, sí. —La expresión de Bedivere parecía atormentada—. Les he mentido y, con ello, he faltado a mi honor. No podía soportar la idea de que su gentil alma no fuese a renacer, así que saqué sus huesos del fuego mientras los demás dormían y los enterré en el lugar en el que se lleva a todas las sumas sacerdotisas para que se reúnan con la Diosa.

El athame no está perdido. Las palabras encendieron una llama en mi pecho. *El ritual va a funcionar.*

—Vas a ir a buscarlo, ¿verdad? —le pregunté.

—Debo hacerlo —asintió él—. Si se lo cuento a las sacerdotisas, intentarán ir por él ellas mismas, y es mi error, así que debo ser yo quien lo enmiende. Por ello, vengo a pedirte que, si no regreso, les cuentes a las demás lo que ha sucedido. Que le recuerdes a Cabell su propia fortaleza.

La cabeza me daba vueltas. Aquello no podía pasar. Bedivere era necesario en el torreón de muchísimos modos y para muchísimas personas. Por sus habilidades de lucha, su sabiduría, sus esfuerzos con Cabell. Mi hermano ya estaba en el borde de un abismo, y, si la única persona que podía ayudarlo a recuperar su estabilidad no conseguía regresar...

No volvería a ser el mismo.

Y yo nunca me lo perdonaría.

Me invadió una certeza llena de calma. Todos tenían un papel que desempeñar en aquel lugar. Las Nueve Sacerdotisas y Neve tenían que llevar a cabo el ritual. Emrys necesitaba ayudarlas a cultivar toda la comida que fuese posible. Bedivere era un guerrero experimentado que podía mantenerlos a todos con vida. Cabell necesitaba la oportunidad de aprender a controlar su maldición. Los avalonianos necesitaban mantener el torreón a salvo y a ellos con vida.

Nadie era lo suficientemente prescindible como para asumir el riesgo.

Nadie excepto yo: una de las pocas personas en aquel lugar que tenía experiencia abriendo tumbas y buscando en su interior.

La Diosa os ha guiado hasta aquí. A todos vosotros.

No creía en el destino, pues parecía una excusa para echarle la culpa de tus problemas a algo más grande que tú. Sin embargo, no podía negar la forma en la que todos parecían haber encajado en sus respectivos lugares para servir a una causa más importante, como si los hubiesen conducido hasta la isla de la mano.

Y aquello… aquello era mi destino.

—¿Podrías hacerme ese favor? —me preguntó Bedivere.

—No —le dije—. Porque iré en tu lugar.

—No puedo dejarte ir. —Su sorpresa era innegable—. Tengo que ir yo. No hay otra alternativa.

Estaba dispuesta a usar su propia culpabilidad a mi favor.

—¿Cómo te sentirías si se produjese otro ataque mientras no estás y no pudieses ayudarlos? ¿Dónde está el honor allí?

El caballero seguía negando con la cabeza.

—Debes conocer algún modo de salir del torreón sin tener que enfrentarte a las criaturas —le dije—. Y debes creer que podrás alcanzar el sitio donde está enterrada Viviane antes de que se ponga el sol. Eso significa que yo puedo hacer lo mismo.

Y más rápido, ya que yo no estaría viajando con una armadura completa ni con una carga emocional tan pesada. Aquel era el problema del honor: te envenenaba en contra de la razón.

Aun con todo, Bedivere no quería ceder.

—No podría…

—Si se despiertan y se enteran de que te has ido, enviarán a gente a buscarte —le dije—. Nadie se dará cuenta de que no estoy.

Cerró los ojos y apretó la mano que le quedaba en un puño.

Los caballeros de Camelot seguían un código de caballería muy estricto; Bedivere jamás depositaría su carga sobre los hombros de otra persona sin tener una buena razón para ello. Aquello se repetía una y otra vez en las historias que Nash nos había contado sobre la vida en la corte de Arturo. Sobre expediciones y desafíos aceptados.

—Te lo suplico —susurré, con la garganta ardiendo en un esfuerzo por contener las ganas de llorar—. Deja que acepte este desafío por ti. No abandones a Cabell, por favor. Puedo hacerlo. De verdad.

—No lo dudo, pero… —empezó a rebatir.

—Pero tienes que quedarte con vida para proteger a tu rey hasta que el mundo mortal lo necesite una vez más —le recordé, haciendo uso de la última carta que me quedaba.

Las palabras lo golpearon como un puño de hielo y lo hicieron retroceder.

—Se lo prometiste —le dije, marcándome un tanto—. Del mismo modo que prometiste ayudar a las personas de este torreón. —Y otro más—. Por favor, sir Bedivere. Deja que vaya.

En el silencio que siguió a mis palabras, mi corazón latió al ritmo de una sola frase. *No querrá. No querrá. No querrá.*

Pero entonces el caballero inclinó la cabeza, y un aluvión de gratitud y decisión se desató en mi interior.

—Aunque no puedo soportarlo, debo hacerlo, por lo que aceptaré las consecuencias que acarree —dijo Bedivere, y clavó sus ojos claros en mí—. Si de verdad quieres hacerlo, ve a prepararte. Se acerca el amanecer, y no puedes perder ni un segundo.

36

Parecía que al listo de Emrys se le había pasado un pasadizo secreto. Mientras me vestía en silencio y reunía las provisiones que me quedaban en mi bandolera, Bedivere fue a la armería para buscarme una pechera de cuero y una daga que él consideraba que sería capaz de usar sin cortarme un pulgar por accidente.

Tras evitar a Deri, que dormía hecho un ovillo a los pies del árbol de la Madre, y las miradas de aquellos que hacían guardia en las murallas, me encontré con Bedivere en la cocina. El ambiente empezaba a aclarar, y los Hijos de la Noche iban quedándose en silencio, un hecho que no le había pasado inadvertido al caballero.

—Tenemos que apresurarnos —dijo, sosteniendo la puerta abierta para que pasara—. Dilwyn es una élfica, por lo que está en su naturaleza darse prisa para ser la primera en ponerse a trabajar.

Apenas había dado un paso para entrar cuando me lanzó un buen trozo de pan y su odre para beber agua.

Al no llevar su pesada armadura, el anciano caballero se movió con una agilidad sorprendente hacia una alacena situada en la pared de atrás mientras sostenía su lámpara para iluminar uno de los paneles. Tras recibir la caricia de su suave luz, las marcas invisibles se iluminaron. Bedivere hizo el ademán de reseguirlas con el guante de metal que ocupaba el lugar de su mano faltante, pero se corrigió a sí mismo y usó la otra.

—*Se acerca la noche* —dijo.

La alacena se hizo a un lado ante sus palabras y arañó el desgastado suelo de piedra a su paso. El agujero escondido que había debajo solo era lo suficientemente ancho para que bajáramos por la escalera uno a la vez.

Fui primero y bajé con cuidado la empinada escalera. Bedivere me siguió tras asegurarse de que la alacena volviera a colocarse en su lugar.

Con ayuda de la lámpara del caballero, el túnel reveló su delicada belleza. A diferencia de los otros, aquel era una maravilla de techos arqueados y columnas de piedra, y las paredes estaban pintadas con criaturas y vida salvaje que me resultaba tanto familiar como desconocida.

—¿Dónde estamos? —le pregunté, siguiéndolo. Unos cuantos duendecillos dormían en los nichos que había en los capiteles de las columnas, y su brillo se encendía y se apagaba al ritmo de sus respiraciones.

—En algún momento este fue el pasillo de las hadas, y lo usaban las criaturas que les temían a los humanos pero que querían comerciar con el torreón —explicó Bedivere—. Conduce hasta el bosque sagrado.

Sentí un pinchazo de gusto al comprobar que mi teoría era correcta. Había al menos una forma de salir del torreón y pasar por debajo de donde las criaturas estaban reunidas alrededor del foso.

—¿Por qué no habéis sellado este? —pregunté.

—Porque tiene protecciones de magia antigua que aún no nos han fallado. —Bedivere se giró y alzó su lámpara un poco más—. Pero lo más importante es que esto es la última esperanza de Ávalon. Si destruyen el torreón, este es el camino que seguiremos hasta las barcazas y hacia el mundo mortal que se encuentra más allá.

Apartó las espesas telarañas que había por delante y chasqueó la lengua con desagrado cuando estas se le pegaron como una segunda piel de filigrana.

—¿Lo echas de menos? —le pregunté.

Bedivere volvió la vista hacia atrás.

—El mundo mortal, quiero decir.

Se quedó en silencio durante un rato, y el ruido de sus pasos fue lo único que oímos.

—Casi no puedo recordarlo lo suficiente como para echarlo de menos.

—¿Y al rey Arturo? —pregunté, sin poder contenerme—. ¿Cómo era él?

El caballero dejó escapar un ruido desde el fondo de su garganta.

—El hombre más honesto que haya existido, aunque jactancioso. Siempre quería más de lo que le correspondía a riesgo de perder lo que ya tenía.

Parpadeé, sorprendida.

Bedivere ralentizó el paso cuando se percató de lo que había dicho.

—Era un buen rey, bondadoso y muy hábil, y merece que se lo recuerde más allá de su muerte.

No era exactamente el tipo de alabanzas que me habría esperado de alguien que había aceptado velar por un hombre durante mil años, pero quizás unos cuantos siglos de aislamiento y monotonía podían hacer que incluso la leche más dulce se tornara amarga.

—Has estado atrapado velando por el sueño de este hombre durante más de mil años, puedes quejarte un poquito —le dije. Entonces, al ver que tenía una oportunidad, añadí—: Imagino que no podrías darme unas cuantas pistas para encontrar lo que sea que quede de Camelot y…

—Tenemos que guardar silencio —dijo, ligeramente cortante—. No estamos tan bajo tierra como para que las criaturas no puedan oírnos.

Por una vez en la historia, hice lo que me pidieron.

Caminamos lo que pareció una breve eternidad. Y, en lugar de ver una luz creciente, el final del túnel se manifestó como otra escalera. En aquella ocasión, el caballero fue el primero en subir para retirar una pesada cadena de hierro que bloqueaba la puerta escondida.

—Espera aquí un momento —me indicó, antes de levantar la trampilla y salir. El pulso me latía contra las sienes cuando el miedo finalmente empezó a hacer mella en mí.

Un segundo después, Bedivere se asomó por la abertura y me hizo un ademán para que lo siguiera. Subí con rapidez, pero intentando que lo que llevaba en la bandolera no traqueteara demasiado, y salí a una pequeña fisura entre varias rocas enormes. La niebla estaba suspendida en una cortina lúgubre que cubría los árboles muertos que había un poco más allá de la entrada al túnel.

—Debo preguntártelo una vez más: ¿estás segura de que quieres hacerlo? —dijo Bedivere en voz baja.

Tragué en seco y asentí. La niebla estaba completamente quieta. Tenía vía libre, por el momento.

—¿A dónde tengo que ir? —pregunté.

—Buena chica —dijo él, dándome un ligero apretón en el hombro—. Desde aquí, corre en línea recta por en medio del bosque hasta que llegues a un sendero hecho por ciervos entre dos robles. Sigue ese camino durante una legua hasta que llegues al río, y luego hacia el este hasta que des con el lago. El túmulo funerario está emplazado en el centro, y su entrada está escondida en el lado norte. Marqué su tumba con una piedra blanca.

Asentí. El frío del ambiente me envolvió y me apretó tanto el pecho que me resultó difícil respirar hondo para calmarme.

—Avanza rauda como una flecha —siguió—. No te detengas por nada, ni siquiera para descansar. Cerraré el túnel cuando te marches y volveré dentro de tres horas. No tendrás mucho tiempo más que eso antes de que la oscuridad regrese.

Tampoco es que tuviera cómo controlar el paso del tiempo. Iba a tener que mantenerme al tanto del cielo y confiar en mis propios instintos.

—Te veré en tres horas —le dije, aferrando mi bandolera y el odre contra mi pecho.

Salí disparada entre los afilados montículos de rocas a toda carrera y llené mis pulmones cada vez más de la peste dulzona a manzanas podridas que emergía del suelo del bosque.

Las ramas desnudas tenían pegadas perlitas de hielo, como si fuesen collares de diamantes olvidados. En lo alto, el cielo gris parecía colgar más bajo de lo habitual, como si quisiera saludar a la niebla fantasmal. Tenía la sofocante sensación de que me estaban atrapando en su interior. Un zumbido llenaba el aire, casi como el sonido de las cigarras en el verano.

«Entre dos robles» no era de gran ayuda cuando todos los árboles tenían la misma apariencia putrefacta. Todos los troncos del bosque estaban retorcidos en unas espirales llenas de angustia, como si hubiesen intentado arrancarse a sí mismos del suelo.

Al final, fue el tamaño de los robles lo que me permitió identificarlos. Los dos gigantes estaban inclinados el uno hacia el otro, y las pesadas ramas inferiores llegaban al suelo como una cortina y soportaban sus grandes troncos mientras las ramas de más arriba se entretejían sobre el camino. Aquella imagen, como la de dos amantes cayendo uno contra el otro, hizo que me detuviera un segundo más del que habría debido.

Tras sacudirme para salir de mi ensimismamiento, trepé por encima de un agujero entre sus troncos entrelazados y seguí corriendo.

En los tiempos anteriores al de la maldición, los ciervos habían marcado un camino de tal profundidad en la tierra que aún resultaba visible bajo la piel húmeda de las hojas podridas y el musgo negro. Y, sin él, me habría perdido en cuestión de segundos. Los árboles, todos desnudos y sin vida, tenían la misma apariencia demacrada conforme los veía al pasar a toda velocidad por su lado y desaparecer entre la niebla.

El corazón me latía a toda prisa, e hice una mueca cuando algo —unos huesecillos o quizás unas ramas— se quebró bajo mis pies. Volví la vista hacia atrás para revisar si había llamado la atención de algo sin querer, pero me resultaba imposible ver más allá de unos pocos metros. Cada sombra que se asomaba en la niebla se convertía en una amenaza potencial, y el crujido de los árboles era una señal de que algo me estaba vigilando desde las alturas. Notaba la electricidad en el cuerpo al ser consciente de todo lo que me rodeaba mientras volvía a correr.

La niebla se agitaba a mi alrededor y hacía que me adentrara más y más en la isla, más allá de las putrefactas heridas que en algún momento habían sido charcos brillantes, alrededor de los hogares que habían quedado vacíos y entre los campos de cultivo que habían muerto sin llegar nunca a dar fruto.

El zumbido aumentó de volumen. El río. Tendría que haber llegado al río para entonces...

En un instante mis pies estaban golpeando el suelo lleno de musgo y, al siguiente, el suelo desapareció y caí hacia delante.

Mi cuerpo reaccionó más rápido que mi mente. Eché el cuerpo hacia atrás y caí sobre el coxis y la parte trasera del tobillo. El dolor me recorrió la pierna izquierda, pero, de algún modo, conseguí contener la palabrota que quiso escapar de mis labios.

Al menos mis instintos y mi noción del tiempo no me habían fallado aún. Sí que había llegado al río.

La orilla descendía de forma abrupta hacia un lecho lodoso. Unas redes, huesos de peces y hojas formaban grandes pilas donde debía haber estado el agua. Por varios lugares, otros restos surgían del follaje podrido. Escudos. Harapos. Una muñeca de madera.

Retrocedí para alejarme del borde y traté de girar el tobillo. Hice una mueca; me lo había torcido. Di las gracias a cada dios de la suerte por no habérmelo roto, pero aquello no iba a ser precisamente de ayuda a mi velocidad ya bastante mediocre de por sí.

Solo había dado un par de pasos cuando algo se movió en el borde de mi visión. Algo que se deslizaba.

Con un miedo creciente, me giré de vuelta hacia el lecho del río.

Unas hojas secas empezaron a deslizarse en mi dirección, sacudiéndose cual cucarachas sobresaltadas, como si algo se estuviera moviendo bajo ellas. Más hojas se cayeron de lo que fuera aquello cuando rodó y avanzó hacia delante como un gusano. Me mordí la lengua con fuerza para impedirme soltar cualquier sonido cuando una cabeza gris y sin nada de pelo se alzó del mantillo y soltó un aliento tembloroso. Otro se movió a su lado. Y luego otro más.

¿Qué demonios?, pensé.

Caí en cuenta de dos cosas conforme retrocedía muy despacio. La primera era que los Hijos de la Noche emitían aquel zumbido al dormir, como una horrible parodia de un ronroneo; la segunda, que habían convertido la extensión del río en su nido. Se habían arrebujado bajo la tierra para evitar la luz.

La cual iba perdiendo con cada segundo que desperdiciaba en aquel lugar.

Me presioné un puño contra la boca para contener la respiración y usé la otra mano para apretar la bandolera contra el pecho.

Despacio, tan despacio que resultaba agonizante, cojeé por al lado del río hasta que este se curvó alrededor de un bosquecillo de árboles jóvenes, a los cuales se les había negado la oportunidad de crecer. El corazón me retumbaba en cada parte de mi cuerpo, y mis rodillas amenazaban con convertirse en gelatina. No sabía si estaba al borde de vomitar o de mearme encima por el miedo, o quizás ambas cosas.

No pasa nada, me dije a mí misma, una y otra vez. *No ha pasado nada. Lo haces por Cabell.*

La niebla pareció apiadarse de mí y se aclaró lo suficiente como para que pudiera ver el camino que tenía enfrente. Al final, conseguí atisbar la cima redondeada del túmulo funerario y pude volver a notar mi cuerpo.

A diferencia del río, el pequeño lago, no más ancho que un kilómetro, había conservado algo de agua. Sus orillas se habían solidificado un poco con musgo y una baba viscosa que hacían que tuviera la apariencia de una ciénaga.

El túmulo funerario —la tumba— era enorme y ocupaba por completo la pequeña isla que había en medio del agua. Tras la interminable procesión de gris, ver aquel verde brillante que cubría la cima del túmulo me dejó sin aliento. Seguro que tenía algún tipo de magia protectora antigua en él. Y, por alguna razón que parecía imposible, había resistido.

Avancé por el borde del lago hasta que la niebla reveló un pequeño bote de remos atascado en la orilla. Una vez que lo liberé del agarre del lodo, lo moví hacia el agua más limpia y traté de hundirlo un poco para comprobar si tenía fugas.

—Hundirte sería el menor de tus problemas —murmuré, antes de subirme e ir por los remos. Tanto estos como la larga parte delantera del bote estaban tallados en forma de dragón.

Tras haberme apartado de la orilla de un empujón, remé hacia delante tratando de no hacer ningún ruido. Las manos me temblaban tanto que casi no podía sujetar los remos, y oía mi respiración forzosa. Tanto el pecho como la espalda se me cubrieron de una nueva capa de sudor.

El silencio del lago era peor de lo que había sido el ronroneo de los Hijos de la Noche, pues poseía el terrible potencial de lo desconocido.

El bote chocó con la isla y dejó escapar un miserable crujido cuando bajé a tierra firme.

—Esta es la parte que sabes hacer —me dije a mí misma en un susurro—. Esto es lo fácil.

Metí la mano en mi bandolera hasta el fondo, en busca de cristales. Dependiendo de las protecciones, quizá podría necesitar un poco de ayuda mágica para conseguir entrar.

Conforme rodeaba el túmulo funerario para llegar al lado norte, la hierba se tornó de un color amarillento y luego de un marrón seco. Aun con todo, aquella tumba tenía alguna especie de belleza primordial que contrastaba mucho con las tumbas de piedra sencilla que había bajo el torreón. Me pregunté si Viviane habría preferido que la enterraran junto a Morgana. Al menos de aquella forma no se habrían quedado separadas también en la muerte como lo habían estado en vida.

Las flores que en algún momento habían brotado alrededor de la entrada de piedra yacían esparcidas por doquier como pañuelos descartados. Aparté unas cuantas hojas secas hacia un lado de la pared y descubrí la huella de una mano hecha con barro.

Se me erizó el cuerpo entero. Me agaché y cerré los ojos por un instante para pedirles ayuda a los dioses de la suerte. Tras encender la linterna, la apunté en dirección a la tumba.

Solo que no había ninguna piedra blanca.

La tierra había sido abierta en dos y revuelta de arriba abajo, y unos huesos y cadáveres en descomposición habían quedado expuestos al aire húmedo.

Detrás de mí, el agua borboteó. El líquido viscoso que había en su superficie se agitó un poco y movió unas hierbas largas y oscuras.

Entonces, unos ojos blancos y sin párpados se asomaron en la superficie.

Un rostro.

Un cuerpo.

Me caí hacia atrás, contra la entrada de la tumba, mientras aquello se alzaba y flotaba sobre el lago. Una burda criatura de huesos de plata y lodo y carne podrida. No se parecía en nada a un Hijo de la Noche.

Una renacida. Tenía que serlo. Un espíritu intranquilo que luchaba para adueñarse de un cuerpo sin importar lo que tuviese que hacer.

La criatura alzó la mano en mi dirección de una forma que me recordó tanto a la Dama Blanca en la nieve hacía tantos años que me cortó la respiración. La niebla se arremolinó bajo sus pies. Unos montones de musgo negro chorreaban de su brazo, pero un brillo metálico en el final de este me llamó la atención. Tenía un anillo en el dedo con el que me señalaba, con una gran piedra lisa y de color marrón apagado.

El Anillo Disipador.

Una especie de encantamiento extraño y frío se extendió por todo mi cuerpo y mi mente. Todo lo demás se desvaneció en la oscuridad, y mi propia mano se alzó, ansiosa por llegar hasta él.

Algo de metal cortó el aire entre nosotras y me quemó la piel del brazo. Solté un grito ahogado, y la linterna se me cayó cuando me llevé la otra mano hacia la horrible herida. La renacida chilló con aire victorioso y alzó los brazos hacia el cielo, como si estuviera rezando.

Una mano tenía el anillo, pero la otra no era una mano en absoluto, sino un cuchillo impecable que se había fundido con su muñeca: el athame.

El terror y la adrenalina se alzaron en mi interior cuando la criatura avanzó en mi dirección, con sus pies flotando sobre el suelo. El barro goteaba de su rostro sin expresión y revelaba zonas de huesos plateados. La sangre caliente resbaló por entre mis dedos y hacia el suelo cuando me eché hacia atrás. El pensamiento me llegó de pronto, como si alguien más me lo hubiese susurrado.

Tengo una daga. Tengo un arma.

Tuve que usar ambas manos para alzar mi daga, y los bordes de mi visión se tornaron borrosos por el esfuerzo, aunque no lo suficiente como para no ver lo que había más allá de la carne desgarrada de mi propio antebrazo.

Hueso, brillante y plateado bajo la tenue luz.

Solté un grito, y la criatura se abalanzó sobre mí, me tiró la daga al suelo de un golpe y me arrastró hacia el agua oscura.

PARTE III

HUESO Y HOJA

37

Las frías profundidades me apuñalaron el cuerpo.

Me atraganté e inhalé agua helada hacia mis pulmones hasta que empecé a ahogarme. La criatura afianzó su agarre y siguió estrangulándome conforme nos hundíamos. Montones de burbujas blancas y sangre oscura se alzaron a nuestro alrededor. En la superficie, la luz gris se fue apagando hasta que desapareció por completo detrás del cuerpo de la criatura.

Esto ha pasado antes, me susurró una voz en mi mente. *Despierta, Tamsin.*

Choqué con el cieno del fondo del lago, y algo afilado se clavó en mi espalda. Empujé a la criatura y volví la cabeza. Había huesos blancos en el barro. Un halo de ellos me rodeaba.

Esto ha pasado antes.

El lodo se despegó de su rostro y reveló un cráneo tan plateado como el hueso de mi brazo. Su mandíbula se desencajó como la de una serpiente, y pude ver unos dientes rotos que brillaban en medio de la penumbra.

Esto ha pasado antes.

La rosa blanca. Los monstruos en la niebla. La espada en llamas.

El sueño.

Un poder cada vez más fuerte susurró en la oscuridad. *Despierta.*

Tanteé en el suelo con los dedos hasta que di con un acero helado. A través de la nube de sangre oscura, a través de la niebla borrosa que se apoderaba de mi visión, aferré la empuñadura y la blandí.

La hoja de la espada se encendió con una luz cegadora, y sus llamas azules calentaron el agua hasta hacerla enfurecer. La criatura chilló cuando la corté por el frente. Aunque el lodo y una piel rancia se separaron de su cuerpo, no tenía sangre que perder.

Desesperada por inspirar algo de aire, me impulsé desde el fondo del lago y nadé con todas mis fuerzas hacia la superficie. El athame me hizo un corte en el tobillo a través de la bota.

El athame. Necesitaba esa hoja. Por Cabell. Por todos los habitantes de la isla.

Me abrí paso en medio del dolor y de la pesadez que invadía mi cuerpo y llevé la espada hacia abajo. En el último segundo, la criatura se echó hacia atrás, y la espada ardiente solo consiguió cortar el agua.

Me lancé hacia delante e intenté por última vez llegar hasta el athame, pero la criatura retrocedió hacia el fondo del lago, chillando de furia, y con su cabello de algas ondeando tras ella como si fuese una maraña de serpientes acuáticas.

Nadé otra vez, y la luz grisácea de la superficie volvió a aparecer para llamarme hacia ella. Con una última patada, salí a la superficie y escupí aquella agua contaminada.

No obstante, una vez que llegué hasta allí, mi cuerpo se quedó sin fuerzas. La sangre manaba de mi brazo y me arrebataba las últimas ascuas de energía que me quedaban bajo la piel. El agua me cubrió la boca, los ojos, y volví a hundirme. Ya no podía notar el acero de la espada en mis dedos entumecidos. Su fuego se había extinguido.

Presa del frío agarre de la muerte, un último murmullo de conciencia me susurró: *No te rindas.*

La espesa ciénaga se agitó a mis espaldas y alzó un torrente de lodo. Un brazo increíblemente caliente me rodeó la cintura y tiró de mí hacia arriba.

El aire frío hizo que intentara respirar, desesperada, hasta que comencé a atragantarme, pues era incapaz de expulsar toda el agua que tenía en los pulmones. Eché la cabeza hacia atrás en un intento por darle un cabezazo al monstruo. Mi mano se cerró por instinto en torno a la empuñadura de la espada una vez más, y el fuego azul volvió e hizo arder el lodo negro que cubría la superficie del agua. No me di cuenta de que el pulso me latía como loco en los oídos hasta que oí una voz amortiguada junto a mi oreja.

—¡*Tamsin*! ¡*Tamsin, para*!

Giré el cuello, y el estómago se me hizo un nudo mientras los puntos negros iban desapareciendo de mi visión.

Emrys.

—No… aquí… —conseguí decir, entre toses. *No deberías estar aquí.*

—¡Resiste un poco más! —me dijo, con el rostro pálido por el miedo.

Afianzó su agarre en mi cintura antes de continuar nadando para llevarnos hacia la orilla y no hacia la isla. Los músculos de su cuerpo trabajaron con fuerza, y su corazón latía desbocado. Irradiaba tanto calor que casi consiguió derretir el hielo que se había cristalizado en torno a mis huesos.

La tira de mi bandolera se me retorció alrededor del cuello mientras Emrys nos arrastraba hacia la orilla lodosa. El brazo me ardió de dolor cuando el aire contaminado tocó la carne herida. El hueso de plata emitía un brillo siniestro bajo aquella luz tenue, y era una verdad de la que no iba a poder escapar.

Lo va a ver, pensé, aturdida, e intenté ocultarlo bajo mi cuerpo. Pero fue demasiado tarde. Emrys soltó una palabrota cuando vio toda la sangre que fluía de la herida y formaba ríos en el barro. Desesperado, aferró la herida con una mano mientras que con la otra me apartaba el pelo empapado de la cara.

—¿Tamsin? —dijo, con voz ronca—. ¿Me oyes? *¡Tamsin!*

Me abrazó contra su pecho y empezó a frotarme la espalda y a darme golpecitos en ella hasta que conseguí escupir el resto del agua que había tragado.

—¿Qué es esto? —preguntó, tratando de retirar mis dedos de la empuñadura de la espada. Su calor chilló y chisporroteó mientras convertía el lodo de la orilla en una arcilla dura.

Pero lo único que pude ver fue lo que estaba saliendo a rastras del bosque a espaldas de Emrys.

Los Hijos de la Noche treparon por encima de los montículos de piedra y a través de los árboles y se quedaron en las sombras que les ofrecía el bosque, a escasos centímetros de la luz que tanto odiaban. El liquen y el musgo muerto llovieron de forma silenciosa sobre el manto del bosque conforme las criaturas escalaban las ramas con una gracilidad que daba escalofríos. Otros se habían posado sobre raíces nudosas que se clavaban en la tierra y hacían ruiditos entusiasmados mientras resoplaban y olisqueaban.

No, pensé. No podía ser… Olwen había dicho que…

Solo que lo único que había dicho Olwen era que no eran tan activos durante el día, que odiaban la luz. No que todos durmieran. No que ninguno de ellos fuera a intentar atacarnos.

Emrys se giró despacio, muy muy despacio, hacia la peste amarga de la muerte. El aliento y los jadeos de los Hijos de la Noche se convirtieron en la niebla, y la niebla, en su aliento.

Me depositó con cuidado sobre el suelo con una última mirada desolada antes de incorporarse para ponerse de cuclillas.

La espada pasó de mi mano a la de Emrys, y solté un gemido cuando las llamas se apagaron y se convirtieron en un humo que siseaba. Emrys bajó la vista hacia ella, extrañado, y se puso de pie para enfrentarse solo a las criaturas.

Una de ellas avanzó para situarse frente a las otras, y su saliva salió disparada cuando soltó un gruñido. Una de sus largas y huesudas extremidades se estiró en medio de la niebla, cubierta con escamas y un sudor nauseabundo.

La criatura ladeó la cabeza, sin pelo, en un ángulo antinatural. Sus ojos eran grandes y no tenían párpados, y la delgada y pálida piel que los rodeaba se arrugó un poco. No obstante, más allá de sus facciones hundidas y exageradas, había algo que me resultaba terriblemente conocido en la forma en la que sus labios se tensaban en una sonrisa taimada.

Conocía ese rostro. Conocía esos ojos y su brillo despiadado.

Era Septimus.

O lo que quedaba de Septimus.

Clavé las uñas en la espadaña y en la hierba muerta e intenté impulsarme hacia arriba para levantarme.

Emrys blandió la espada en unos arcos salvajes para mantener a los Hijos de la Noche a una distancia prudencial, pero, sin la amenaza del fuego, las criaturas no parecían amedrentarse y trepaban unas sobre las otras con sus huesos traqueteantes y sus gruñidos en sus ansias por llegar a él.

Un chillido irrumpió en medio del lago. El monstruo —la renacida— se alzó desde el agua y flotó hacia la orilla. El musgo, varias ramitas y hierba muerta se elevaron hacia sus brazos extendidos y la mitad de su caja torácica que quedaba expuesta. Una niebla pestilente se reunió alrededor de sus pies a medida que la criatura iba recuperando su forma completa.

Una presión me inundó el pecho y los oídos. Más Hijos de la Noche aparecieron desde la oscuridad de los espinosos matorrales que la rodeaban.

—¿Qué carajos es eso? —farfulló Emrys—. ¿Es...? ¿Es la suma sacerdotisa?

La cabeza de la criatura se giró bruscamente al oír aquellas palabras, y, cuando chilló, el sonido rasgó el aire. Me tapé los oídos, y Emrys se tambaleó hasta apoyar su peso sobre una rodilla.

La renacida volvió a soltar su chillido y subió la colina rocosa que se encontraba en la otra orilla para luego desaparecer en medio del bosque a tal velocidad que les arrancó la corteza a varios árboles muertos y arrugados. Las criaturas que nos rodeaban retrocedieron para adentrarse en la oscuridad del bosque. Ladraban y gruñían conforme rodeaban la forma circular del lago a toda prisa para perseguir a la renacida.

O para acudir a su lado.

Para acudir a su lado.

Los está controlando. Las palabras llegaron a mi mente e intentaron plantarse en ella. *La suma sacerdotisa Viviane los está controlando.*

Emrys soltó la espada y cayó de rodillas a mi lado.

—No sé qué demonios ha pasado, pero está oscureciendo… ¿puedes…?

Me aferró del hombro, y su voz desapareció bajo el lento latido de mi corazón. El cuerpo entero me latía de dolor.

Lo va a ver. Oculté mi brazo herido bajo mi cuerpo. *Lo va a saber.*

Mi visión se tornó negra, y no pude vencer a la sensación. Mientras mi cuerpo se iba sumiendo en el agotamiento, un último atisbo de pensamiento fue lo único que quedó para seguirme hacia la oscuridad.

Va a saber que soy una de ellos.

38

Había algo en aquella luz acuosa que me hacía imposible saber si seguía despierta o si estaba soñando. La luz cambiaba y crecía contra unas paredes de piedra; atrapada, por un momento, como el humo dentro de una botella.

Habría sido fácil, muy fácil, dejarme llevar de vuelta hacia la tranquilidad de la nada. No notar cómo me latía el brazo por el dolor ni cómo parecía que el cráneo se me iba a partir como una ostra en cualquier momento.

En su lugar, obligué a mis ojos a enfocarse a través de la niebla satinada que me envolvía. Me pasé la lengua, seca y pesada, sobre la arenilla que tenía entre los dientes. El viento aullaba como si estuviese buscando a sus hermanos perdidos.

Mi mente, como siempre en modo de supervivencia, hizo un inventario de aquello que me rodeaba. Suelo de tierra, una manta de lana sobre la que me encontraba, el burdo arco de un techo bajo. Una sombra en la entrada que intentaba encender un fuego en un montón de ramitas.

El olor de unas plantas dulces y terrosas que resultaba tan ajeno a aquel lugar infernal.

Mis recuerdos volvieron poco a poco, como si supieran que no eran bienvenidos. Los ojos se me llenaron de lágrimas cuando posé la vista sobre mi brazo.

Un ungüento espeso y reluciente, salpicado con pétalos secos y algunas hierbas, rezumaba por debajo y por los lados de las hojas largas que había usado para vendar la herida.

Emrys le dio la espalda al fuego y dejó que el humo escapara por la entrada abierta. Al ver que me despertaba, se acercó a mi lado.

—¿Cómo estás? —Su voz estaba ronca, y llevó una toalla fría contra mi mejilla para limpiarla con suavidad. El estómago se me hizo un nudo al ver su expresión preocupada.

Pero no es preocupación, me dijo una voz oscura en mi mente. *Es lástima*.

—Ya te debo… otro favor… —conseguí articular.

—¿No te has dado cuenta ya de que dejé de llevar la cuenta? —dijo, a media voz—. Nunca lo hice por los favores, Avecilla.

Se inclinó más cerca, y sus bonitos ojos siguieron evaluando cómo me encontraba mientras llevaba la toalla hacia mi frente.

—¿Entonces…?

—Quería que… Supongo que quería que… —Tragó con dificultad—. Que cambiaras la opinión que tenías de mí. No por nada que hubiese hecho, sino porque por fin pudieras… ver quién soy. Conocerme.

El corazón me dio un vuelco al tiempo que me quedaba sin respiración.

—Perdona, no sé lo que digo —dijo él, llevándose una mano a la frente.

Miré en derredor, desesperada por hallar algo en lo que concentrarme que no fuese él y sus facciones demasiado atractivas.

—¿Dónde…?

—En una de las torres de vigía, cerca del lago —me explicó—. El fuego que hay arriba aún arde, y he encendido otro en la puerta. He tenido que usar tanto tus protecciones como las mías para rodear el lugar, espero que no haya problema. Aunque no creo que sea suficiente para detener a las criaturas una vez que se haga de noche.

Me recorrió un escalofrío.

—¿Y no quieres hacer una apuesta? —susurré.

—No sobre esto. —Sus ojos de distinto color tenían una expresión suave, y me pregunté si tendría tanto miedo como yo en aquel momento.

Vete, quise decirle. *Vuelve al torreón*.

Sin embargo, la parte más débil y más horrible de mí no podía. La odiaba. La odiaba mucho. Emrys merecía estar a salvo. Seguir con vida. Y, aun con todo, aquel tira y afloja siempre estaba allí. El miedo a acercarme a él contra el miedo a quedarme sola.

—No deberías… haber venido —le dije, permitiéndome cerrar los ojos—. ¿Por qué…?

—No podía dormir, así que me he ido a los manantiales. He visto que ibas con Bedivere a la cocina, pero luego solo lo he visto volver a él —me contó—. Temía que te hubiera pasado algo, así que lo he enfrentado y le he obligado a que me dijera dónde estabas. Puede que le haya dado un puñetazo también.

Lo miré, incrédula.

Él me mostró sus nudillos lastimados.

—También es probable que me haya hecho un esguince en la mano y que el poco orgullo que me quedaba se haya destrozado en el proceso, aunque no se me ocurriría darte un sermón...

—Muy listo de tu parte.

—Para ser alguien tan lista, irte tú sola a intentar hacer esto ha sido de lo más estúpido —me dijo—. De verdad. Y me has ofendido, Avecilla. Pensaba que las excursiones clandestinas las hacíamos juntos.

Pese a que lo dijo a la ligera, en su tono casual de siempre, su mirada era seria. Estaba enfadado. Quizás algo más que eso.

—No... No me arrepiento —conseguí decirle.

—Ya lo sé, insensata. —Emrys empezó a tornarse borroso y a duplicarse como las alas de una mariposa—. ¿Quieres un poco de agua?

—Puedo... —*Sola.*

No necesitaba ayuda. De verdad que no...

Emrys sacó el odre de entre mis cosas y dudó un momento a mi lado. Intenté alzar la mano, pero parecía como si la sangre se me hubiese convertido en plomo. Tras un segundo, deslizó uno de sus brazos fuertes bajo los míos y me enderezó con delicadeza mientras me llevaba el odre hasta los labios.

Escupí el primer sorbo, pues necesitaba quitarme el horrible sabor que tenía en la boca, y luego, al estar demasiado agotada como para andarme con miramientos, bebí con ganas. Su aroma, a hierbas y a piel cálida, me envolvió por completo.

Emrys me había quitado la chaqueta y había colgado tanto la mía como la suya cerca del fuego para que se secaran. Cuando me volvió a tumbar sobre su manta, esa que tenía su aroma impregnado, el frío volvió a atacar.

Un sonido extraño, que llevaba semanas sin oír, se filtró por la entrada. Me giré hacia allí, sin poder creer lo que veían mis ojos cuando las primeras gotas de lluvia empezaron a salpicar contra el suelo. Tras unos segundos, la lluvia empezó a caer con más fuerza y a golpear contra las hojas muertas que había en las ramas cercanas y contra la piedra de las paredes de la torre de vigía.

Y, por una vez, casi dejé de oír a los Hijos de la Noche.

Si bien el fuego en la parte alta de la torre siseó con violencia, se mantendría encendido siempre y cuando las piedras de salamandra siguieran en contacto unas con otras. Nuestras protecciones también ofrecían una capa más de seguridad. Durante un momento, casi pude creer que estábamos a salvo.

—Intenta descansar —dijo Emrys en voz baja, mientras me apartaba un mechón de pelo tras la oreja. Pareció darse cuenta de lo que había hecho un segundo más tarde de la cuenta, porque se sonrojó.

Sin embargo, aquel roce me había gustado. Me había gustado lo que había dicho sin palabras. En lo que podría haberse convertido.

Su cabello tenía un tono más rojizo bajo la luz tenue, y las sombras de la hoguera lo hacían parecer mayor, como si no tuviese diecisiete años, sino cien.

—Has perdido mucha sangre. He tenido que hacer uso de mi bastante escaso entrenamiento en primeros auxilios para coserte la herida.

La tranquila paz del momento se quebró en mil pedazos.

Lo ha visto.

La voz de Olwen cantó al son de la lluvia. «Tres magias a las que temer...».

—Emrys —susurré, con toda la urgencia que fui capaz de reunir. Las sombras ya volvían a por mí—. Cuando muera, tenéis que incinerarme. Soy una de ellos.

Emrys me apretó la mano con fuerza y acercó su rostro al mío. Traté de concentrarme en él. En sus ojos, uno gris como una nube de tormenta y otro verde como la tierra.

—Claro que no.

Tres magias a las que temer... maldiciones que provienen de la ira de los dioses, venenos que convierten la tierra en cenizas y aquella que deja el corazón oscuro y plata en los huesos.

—El corazón oscuro —dije, y mis pensamientos se fracturaron, mi lengua se sintió pesada—. Plata en los huesos.

—No hay nada oscuro en ti —respondió él con vehemencia—. Absolutamente nada.

—Maté a Septimus... —Quizás aquello había dejado una marca en mi alma. Algo que se había adentrado en mis propios huesos.

—Las criaturas lo mataron —rebatió Emrys.

Volví a notar los párpados pesados e intenté aferrarme a sus palabras. Creerle.

Pero allí, en la oscuridad, lo único que pude ver fueron los huesos de Nash que volvían a la tierra. Tendidos de la misma forma en la que yo me encontraba, en una torre idéntica. Perdidos y olvidados.

Solos.

Su imagen desapareció como el atardecer antes de la noche.

—No te vayas —supliqué—. Por favor, no te vayas.

—El ave eres tú —susurró Emrys—. Tú eres la que siempre se aleja volando.

Mentiroso, pensé. Emrys Dye era un mentiroso, y sus palabras eran tan suaves como el vientre de una serpiente. Me dejaría si le convenía. Si supiera lo que había visto.

Me dejaría como todos los demás.

No se lo digas, pensé. *Irá y es demasiado peligroso. La renacida lo matará...*

Pero si Emrys, tan listo como era, quería el anillo, descubriría un modo de obtenerlo. Lo descubriría, y yo quería saber.

Necesitaba saber.

Porque sabes quién soy.

—Tiene el Anillo Disipador —le dije en un susurro, mientras me sumía en la oscuridad parpadeante—. La suma sacerdotisa... lo tiene...

Porque sabes quién...

Cuando volví a abrir los ojos, él seguía ahí.

Emrys estaba sentado a mi lado, con un brazo envolviéndose las rodillas y su rostro perfecto con una expresión suave mientras me miraba a través de las pestañas. Sus dedos aún envolvían los míos y me dieron un apretoncito como para decirme «descansa». Como para prometerme «seguimos aquí, los dos».

Los ojos se me cerraron.

El día se marchó, pero él no lo hizo.

39

La lluvia se convirtió en nieve.

Me desperté a tiempo para ver la silenciosa transformación, como en un sueño. La cortina de lluvia se ralentizó, y en su lugar llegaron unos montoncitos blancos que caían por el aire nocturno como una lluvia de estrellas. Emrys estaba inclinado contra la entrada, observando, y tenía los brazos marcados por cicatrices cruzados sobre el pecho.

Cicatrices.

Se había quitado su grueso jersey de lana y solo llevaba una sencilla camiseta. Una que, como la que llevaba yo, no estaba en su mejor momento. Los músculos de sus brazos y su espalda se veían tensos bajo la tela, como si se estuviese preparando para que algo emergiera desde los árboles.

Cerca de sus pies, la hoguera moría poco a poco. La pila de madera seca que había reunido ya se había reducido a unas pocas ramitas. El frío se colaba dentro de la torre de vigía como un invitado no bienvenido, y, del mismo modo que los aullidos hambrientos de los Hijos de la Noche que nos rodeaban, jamás nos libraríamos de él.

Tirité, y mis dientes castañearon con violencia. Aprovechándome de aquel atisbo de conciencia que parecía querer escaparse de mi agarre una vez más, intenté hacerme un ovillo. Un inesperado pero reconfortante peso se movió sobre mí. Tenía envueltas nuestras chaquetas y su jersey a mi alrededor.

Emrys se estiró para atrapar algo de la nieve en su palma, y el intento de una sonrisa que portaba su rostro desapareció con algún pensamiento desconocido.

Algo en mí se suavizó al verlo: algo que no tenía nombre, pero que era nuevo y extraño y que me mareaba conforme la sensación se extendía. El brazo me latió de dolor al moverlo, y unas agujas diminutas me pincharon cuando quise cerrar los dedos mientras recordaba la sensación de mi mano en la suya, más grande.

Tendría que haberme horrorizado ante la idea de él teniendo que cuidar de mí una vez más cuando siempre había luchado tanto por hacerlo yo misma.

Sin embargo, todos mis pensamientos se convirtieron en cenizas al viento cuando Emrys observó la leña restante y luego miró de vuelta al bosque. Cuando sopesó el riesgo. El coste de intentarlo.

El pánico me revoloteó en el pecho.

—No lo hagas —dije con voz ronca.

La expresión de Emrys cambió a aquella ligereza que le salía tan natural y que parecía llevarlo por la vida en una nube de oro. Su postura se relajó cuando se arrodilló a mi lado para acomodar los abrigos.

—Me encanta que pienses que soy tan valiente como para abandonar la torre ahora mismo —dijo, con la voz un poco áspera.

—Va... valiente n... no es exactamente la palabra que tenía en mente —dije, tiritando con fuerza por el frío.

Emrys se llevó una mano al corazón.

—Ah, siempre con una puntería tan certera y letal.

Había algo que lo hacía parecer luminoso y difuso, como una criatura que hubiese escapado de un sueño. Su cabello despeinado y sus ojos brillantes solo conseguían aumentar el efecto. Mis pensamientos se tornaron cálidos y se llenaron de algo que no quise examinar de cerca.

—¿T... tengo fiebre o algo así? —le pregunté. Aquella era la única explicación que se me ocurría para inclinarme hacia su toque cuando apoyó la palma con delicadeza contra mi frente. Lo único que podía explicar por qué me sentía tan bien al notar que me apartaba el pelo que se me pegaba a la cara.

—Para nada, es que tengo ese efecto en la gente —dijo, guiñándome un ojo—. Bueno, en todos menos en ti.

—E... eso es gracias a N... Nash. Soy inmune... al encanto —conseguí decir.

Con cuidado para evitar mi herida, me frotó la parte superior de los brazos bajo el montón de abrigos para intentar que entrase en calor. Su sonrisa volvió a desaparecer, y, como si no fuera más que una patética zopenca, quise que volviera de inmediato.

—Sí que tienes un poco de fiebre —me dijo—. Pero las hierbas están funcionando. ¿Crees que podrías comer algo? Tengo algo de pan que no se ha dado un chapuzón con nosotros.

Negué con la cabeza. Lo que menos quería en aquel momento era comer.

—¿C... Cómo es que no t... te estás congelando? —le pregunté.

—Si se lo preguntases a mi querida madre, te diría que es porque nací con un fuego gentil en el corazón —dijo, y en sus ojos vi un atisbo de dolor—. Pero creo que es que algo va mal conmigo.

Parecía que el calor de sus manos irradiaba a través de nuestras chaquetas. Apreté la mandíbula por la fuerza de mis temblores, que me recorrían entera. Emrys me miró con preocupación.

—¿Tanto frío tienes? —me preguntó en un susurro.

Asentí. Sentía como si los pulmones se me hubiesen congelado y la plata que cubría mis huesos se negara a dejar ir el frío.

Emrys cerró los ojos y alzó la vista hacia la parte de arriba de la torre, donde una escalera de caracol conducía hacia el tejado plano.

—Voy a sugerir esto de un modo que carece por completo de cualquier otra cosa que no sea preocupación por tu bienestar, y siendo completamente consciente de que, en este momento, es menos probable que puedas darme un puñetazo...

Clavé la mirada en él, exasperada.

—Ya, me merezco esa mirada. Pero... ¿quieres que te ayude a entrar en calor? —Las palabras salieron a trompicones mientras volvía a alzar la vista hacia el techo y tragaba en seco—. Para que te sientas mejor, digo. No por ninguna otra razón. Ya he dicho eso, ¿verdad? Lo que quiero decir es que solo será raro si nosotros hacemos que sea raro. Y no tiene que ser raro. En absoluto.

Solo la idea fue suficiente para hacer que toda la sangre se dirigiera a mis mejillas.

Será lo mismo que cuando Cabell y yo éramos niños, me dije a mí misma. En aquellos días en los que habíamos tenido que dormir en la calle bajo el frío, nos habíamos arrebujado el uno contra el otro bajo las mantas para mantenernos con vida. Y entre Emrys y yo no había nada más como para que fuese algo distinto a aquello.

No lo había. Y me estaba muriendo de frío.

Para evitar que viese la forma en que el sonrojo me estaba subiendo del cuello a las orejas —y para hacer que se callara—, me giré sobre mi lado no herido y le di la espalda. Me aparté e hice algo de espacio para que pudiera situarse bajo la manta improvisada. No era justo que yo me las quedara todas, de todos modos.

El hecho de que vacilara hizo que mi estúpido corazón diera un salto. Me quedé mirando las piedras que tenía enfrente, con el cuerpo tenso y la respiración contenida. La luz de la hoguera parecía ocultarse como el sol tras el horizonte.

Oí el suave susurro de la tela. Conforme inhalé una última bocanada de aire como si fuera a sumergirme en el agua, las chaquetas se levantaron, y Emrys se deslizó detrás de mí y acomodó su cuerpo contra el mío.

El calor me envolvió como un día de verano y se extendió poco a poco hacia todos mis sentidos, de modo que mi cuerpo dejó de parecerme una piedra y volvió a la normalidad. Emrys se acercó un poco más, hasta que mi cabeza encajó bajo su barbilla, y yo dejé escapar un suspiro tembloroso cuando uno de sus increíblemente cálidos brazos me envolvió la cintura.

—¿Puedo? —preguntó, en un hilo de voz.

Asentí y cerré los ojos al notar su corazón latir con fuerza contra mi espalda. Su aliento me agitaba el cabello e hizo que me entrara un escalofrío de pies a cabeza. Me sonrojé cuando el calor empezó a concentrarse en mi vientre una vez más.

—¿Aún tienes frío? —La voz de Emrys retumbó en su pecho.

Afianzó su agarre en mi cintura hasta que apoyé mi brazo contra el suyo. Cada pensamiento, cada nervio de mi cuerpo, se redujo a la zona en la que mi brazo desnudo tocaba el de él. Sus piernas largas se enredaron con las mías como si aquel fuese su lugar desde siempre. Me pregunté, mientras su mano se extendía sobre mi estómago, si Emrys podría sentir el calor que se extendía como la miel en el centro de mi ser.

Respiré hondo, incapaz de oír nada más que el sonido de nuestros corazones compitiendo el uno contra el otro para llegar a una meta desconocida. Casi me embriagó el modo en el que contuvo la respiración cuando empecé a reseguir una vena en el dorso de su mano hasta la altura de su muñeca. Habría renunciado a cualquier otro poder que no fuera aquel.

Sería algo muy arriesgado hacerlo de nuevo. Sería una locura dejar que mi dedo se deslizara más allá a través del suave vello y que lo recorriera como si fuese un mapa hacia un lugar desconocido. Dejé de mover la mano cuando la piel suave se tornó rugosa. Con cicatrices.

—Te mentí —dijo Emrys, tras apoyar la mejilla contra mi cabello.

Un susurro. Un secreto.

Abrí los ojos.

—No me hice estas cicatrices en un encargo. —Apenas podía oírlo por encima del estruendo de su corazón. Susurraba las palabras como si las estuviese raspando desde su alma—. Me las hizo mi padre.

Me llevó un momento entender lo que me estaba diciendo. Con la precaución de acercarme el brazo herido contra el pecho, rodé sobre mí misma y me aparté de su pecho para poder mirarlo a la cara.

—¿Cómo dices? —le pregunté a media voz.

Los tendones de su cuello se tensaron cuando echó la cabeza hacia atrás y cerró los ojos. Las cicatrices que tenía en aquella zona hicieron que me volviera a quedar sin aliento.

—Tiene unas creencias… Supongo que siempre ha estado obsesionado con algunas ideas extrañas, pero este último año ha sido… mucho peor. Son… son un castigo, por negarme a hacer lo que quería que hiciera.

Mi imaginación llenó con rapidez los espacios en blanco de lo que le había sucedido. No me atreví a hacer ninguna de las preguntas que volaban a toda velocidad por mi mente. No sabía qué decir. ¿Qué podía decir ante algo así?

Nash me había advertido sobre Endymion Dye hacía muchos años, y, como con el resto de sus historias, había asumido que estaba exagerando. El hombre siempre había sido muy estricto y riguroso, pero jamás me habría imaginado, entre todas las cosas horribles que pensaba sobre él, que podría ocasionarle aquellas heridas tan crueles y duraderas a su propio hijo.

Sin decir nada, atraje a Emrys hacia mí una vez más: envolví su cintura con mi brazo y presioné mi rostro contra el espacio cálido entre su hombro y su cuello. Acaricié su espalda, y con cada borde levantado de sus cicatrices me acerqué más al filo de las lágrimas, al imaginar lo que había pasado.

Emrys contuvo un escalofrío, y el brazo con el que me rodeaba afianzó su agarre.

—Esa es la verdadera razón por la que acepté este golpe. No tengo nada a mi nombre. Él lo controla todo y a todos en mi vida. Necesitaba el dinero para que mi madre y yo pudiéramos alejarnos de sus garras. Para salir de su vida.

Al quitarle su apariencia encantadora, aquel atractivo brillo de opulencia que en algún momento había llevado con orgullo como el anillo con el emblema de su familia, lo que quedaba era aquel joven real, cuya vida no había sido mejor que un oscuro secreto. Uno que había estado solo en aquella jaula de oro llena de dolor, sangre y terror silencioso.

Respiré su aroma, y con los labios y la nariz acaricié su piel para tratar de consolarlo como no podía hacer con mis torpes palabras. Con los dedos, trazó círculos perezosos sobre mi espalda y dejó unos rastros de fuego a su paso.

—Quería que lo supieras —susurró—. Quería decírtelo antes, para que lo entendieras, pero me daba vergüenza…

—No —lo interrumpí con vehemencia—. No tienes de qué avergonzarte.

—Claro que sí —dijo con dificultad—. Porque fui demasiado cobarde como para irme antes de que las cosas llegaran hasta este punto. Tenía miedo de abandonar todo lo que había conocido desde que era niño y lo que se suponía que debía ser. Y también tenía miedo de otras cosas, como de si iba a volver a verte algún día… y no estaba listo para eso.

Pese a que mi mano se quedó quieta sobre su espalda, mi corazón latió a toda prisa.

—No quiero hacerte sentir incómoda. Sé cómo te sientes. —Tragó en seco—. No tienes que hacer ni decir nada, y no te estoy contando esto porque quiera que me tengas lástima. Cielos, eso es lo que menos quiero. Sobre todo ahora que sé la vida tan difícil que has tenido. Pero si estamos en este infierno congelado y todo está patas arriba y no tenemos ninguna certeza, al menos puedo ser lo bastante valiente como para decírtelo. Puedo decirte que para mí siempre has sido como la primavera. Como la esperanza. Puedo decirte que te admiro y te respeto y que quiero seguir cerca de ti tanto tiempo como sea posible. Tanto tiempo como quieras que lo esté.

La sorpresa de sus palabras explotó dentro de mi piel como estrellas, algo tan inevitable como inesperado. Mis labios formaron su nombre contra su clavícula. *Emrys.*

—Y bueno… —dijo, con una risa nerviosa—. Eso es todo. Ya te lo he dicho.

Quizá, por él, yo también podía ser lo bastante valiente como para decirlo.

Mi garganta trabajó con dificultad para aclarar el nudo que tenía en ella, y, cuando hablé, mi voz sonó más ronca de lo que la había oído nunca.

—Yo también te mentí.

¿Por dónde empezar? ¿Por dónde empezar cuando yo misma no tenía ningún principio? Su mano subió por mi espalda hasta el lugar en el que mi cuello acumulaba toda aquella tensión. Años de control.

—Bueno, no te mentí, pero tampoco te dije la verdad exactamente —susurré, cerrando los ojos—. Me preguntaste cómo Nash acabó cuidando de mí y... —Cabell era el único que conocía aquella historia tan humillante—. Fue un malentendido.

—¿A qué te refieres? —preguntó.

—Nash estaba... jugando a las cartas y pensó que el *Tamsin* que estaba en juego era un barco —conseguí explicarle—. Imagina la sorpresa y el espanto que sintió cuando resultó ser una niñita con la que no podía hacer nada. Otra boca más que alimentar.

—¿Cómo? —soltó Emrys, en voz baja—. ¿Tus padres te...?

—Me entregaron —terminé por él con dificultad. Atraje mi brazo herido hacia mí y casi aprecié el nuevo pinchazo de dolor—. No les importó quién era Nash ni lo que podría hacer conmigo. Puede que supieran lo que yo era..., lo que hay bajo mi piel. Quizá Nash lo descubrió y... y por eso se fue.

—No —dijo Emrys, convencido—. No puede ser. No hay nada malo en ti. Ni siquiera sabemos lo que significa.

—¿Ah, no? —susurré—. Cabell tenía razón sobre por qué quería encontrar a Nash. Siempre la ha tenido, es solo que no quería creerlo.

—¿A qué te refieres?

La grieta diminuta que tenía en el corazón y que había luchado tanto por evitar que me lo partiera por completo finalmente se terminó de resquebrajar, y lo único que quedó fue que la pena y la vergüenza fluyeran en una ola capaz de ahogarme. Por primera vez en años, empecé a llorar.

—Quería romper su maldición —le dije—. Si pierdo a Cabell, de verdad me quedaré sola..., pero también quería encontrar pruebas de que Nash no había querido abandonarnos. Quería saber que él no me había descartado también, incluso tras años de saber que nadie me quería en su vida. No quería que fuese cierto.

Los músculos de su brazo se flexionaron contra mi espalda, y deslizó la mano por mi cabello para hacerme alzar la cabeza. Cuando abrí los ojos, los últimos rastros de la hoguera se extinguieron, y lo único que quedó fuimos nosotros dos, entrelazados en la cálida oscuridad.

—Eso no es cierto —me juró Emrys—. De verdad que no. Dios, ni te imaginas lo que yo te quiero en mi vida.

Una nueva calidez se extendió por mi interior al oír sus palabras, pero todo mi ser se preparó para el momento en que se retractara. Para que le quitara importancia y soltara una broma. Sin embargo, Emrys se mantuvo firme tras las palabras que había dejado entre nosotros, y, en aquel momento, ellas se encontraban allí, flotando, como una promesa y una expectativa y una vulnerabilidad que dolía.

Emrys se había convertido en mi amigo en las últimas semanas, incluso en mi compañero en aquellas largas horas de la noche. Y aun así…

¿Qué era aquello?

Lo observé mientras él me observaba a mí, y su otra mano se alzó entre ambos para secarme con delicadeza las lágrimas que había derramado. Para acariciarme la mejilla. Su rostro permaneció muy serio en aquel momento, apuesto y cubierto de sombras, y, de algún modo, solo por un instante, solo mío.

Cuando todo aquello acabara, él desaparecería, y todo lo que estábamos viviendo se convertiría en un recuerdo. Su apariencia y su tacto quedarían grabados en mi memoria durante toda mi vida. Giré la cabeza para presionar mis labios contra su áspera palma y así poder recordar aquel gesto también.

Emrys contuvo la respiración. Sus ojos brillaban con un anhelo que resonaba por todo mi ser.

—Tengo que ir a buscar a la suma sacerdotisa —le dije en un susurro—. Tengo que quitarle el athame y el Anillo Disipador como sea.

Él se inclinó hacia mí de modo que nuestros rostros quedaron perfectamente alineados y nuestro aliento se volvió uno solo.

—Aunque —seguí— creo que deberías besarme primero.

—¿Quieres adivinar lo mucho que quiero hacer eso? —preguntó, y sus labios rozaron los míos con suavidad.

Acorté el último suspiro de distancia que nos separaba y capturé sus labios con los míos.

Por un instante, sentí como si estuviera de vuelta en Tintagel, de pie en el borde en el que la tierra escarpada se encontraba con el frío y embravecido mar. El agua que se estrellaba contra la tierra antigua una y otra vez e intentaba hacer que se rindiera. El amplio poder de aquella colisión, de aquellas dos mitades que trataban de resistirse a la otra al tiempo que la consumían.

Fue el sentimiento que tuve la primera vez que disfruté de la Visión Única, lo desconocido en contacto con lo que ya conocía. Los rayos de luz que se colaban en medio de las frondosas copas de los árboles en un bosque. Un sueño y un despertar.

La tensión de su cuerpo se tornó suave y maleable contra el mío, y ya no pude pensar en otra cosa que no fuese él, la sensación de su piel y sus labios y su cabello áspero mientras lo besaba y él me besaba a mí.

Nuestras manos que tocaban, curiosas. Nuestros labios lentos y reconfortantes. Desesperados pero alentadores.

Solos los dos, hasta que el sueño nos reclamó a ambos.

40

A la mañana siguiente, fui la primera en despertar y encontrarme con la luz gris que se asomaba por la entrada. Si bien el cuerpo me dolía, tenía la cabeza sorprendentemente despejada. Me sentía descansada y como si estuviera navegando sobre una agradable ola cálida.

Seguía apretujada contra la calidez de Emrys, y nuestras piernas estaban enredadas. Me llevó hasta el último ápice de mi fuerza de voluntad el apartarme del suave subir y bajar de su pecho, del centro de todo su calor, y sentarme.

Noté el aire frío e intenso contra la nariz, y el cambio fue peor aún ante la ausencia de Emrys. Una capa delgada de nieve grisácea había empezado a colarse en nuestro pequeño santuario a través de la entrada y había enterrado todo rastro de nuestra hoguera.

La comprensión, incluso más fría aún, se asentó en mí. Era probable que la nieve también hubiese enterrado todo rastro de la renacida.

Tras haber apoyado una mano contra el suelo de tierra, me incliné hacia Emrys para dedicarle una última mirada a escondidas. Mi corazón se estrujó con ternura al ver lo joven que parecía al dormir, y me llevé una mano a los labios al recordar…, para luego hacer un mohín al percatarme de lo empalagosos que se habían vuelto mis pensamientos.

Me estiré hacia el odre y bebí, tras lo cual usé un poquito de agua para lavarme la cara y las manos antes de comer un cachito del pan que Emrys me había ofrecido la noche anterior. Se había puesto duro, pero me moría de hambre.

Cuando finalmente me armé de valor, deslicé un dedo con suavidad por encima de la mejilla de Emrys. Esta se sentía áspera por la barba que había empezado a asomarse, distinta a como la recordaba de la noche anterior.

Me sonrojé. Él soltó un gruñido y giró la cara hacia la manta que teníamos debajo antes de estirar uno de sus brazos como si me estuviese buscando. Coloqué la mitad restante del pan en su palma, y él se echó a reír.

—Vale, vale —dijo, frotándose la cara con su otra mano mientras se enderezaba. Se sonrojó un poco y acomodó las mantas sobre su regazo—. Solo deja que me… recomponga un poco.

Se giró para darme la espalda y bebió un largo sorbo de agua. En el silencio que siguió a aquello, empecé a sentir una vergüenza de lo más fastidiosa. Me estiré hacia las botas que Emrys me había quitado, agradecida al notar que prácticamente se habían secado y que la herida que tenía en el tobillo solo dolía un poco mientras me las ponía.

—Buenos días —dijo Emrys, en un tono suave.

—Buenos días para ti también.

Cuando me giré para mirarlo, Emrys capturó mi rostro con una de sus manos y se inclinó hacia delante para rozar sus labios con los míos. Me quedé allí, relajándome un poquito y limitándome a notar la nueva textura de su barba incipiente. Cuando se apartó, con una sonrisita en su cara estúpida y apuesta, me percaté de por qué no se había movido aún, de por qué se aferraba a las chaquetas sobre su regazo como si la vida le fuera en ello, y me eché a reír.

—Ah —se quejó él, entre risas—. Gajes de ser hombre, aunque, a decir verdad, es culpa tuya.

—Vamos —le dije, meneando la cabeza—. Tenemos que irnos ya.

—Deja que le eche un vistazo a tu brazo primero y luego nos iremos volando, Avecilla.

Su toque fue muy diestro cuando me quitó las hojas secas del brazo y me volvió a untar el ungüento, pero la situación había adquirido un nuevo nivel de intimidad. Sus dedos me acariciaron y repasaron la delgada línea de puntos que me había cosido en la piel mientras me examinaba. La herida tenía un color rojo intenso, aunque ya no me latía de dolor salvo cuando la tocaba.

Con toda la delicadeza del mundo, sus dedos me rozaron hasta llegar a mi hombro, sobre mi camiseta a la altura de la clavícula, y luego tiraron un poco hacia abajo en el cuello estirado de la tela para revelar el borde de la horrible marca de muerte que tenía sobre el corazón. Frunció un poco el ceño mientras la miraba, y me obligué a quedarme quieta. A no dar un respingo y apartarme de un salto mientras reseguía su forma de estrella.

—¿Qué te pasó? —me preguntó en un susurro.

No pude contárselo. Eso no.

Llevé mi brazo herido entre ambos. Emrys devolvió su atención hacia este de inmediato.

—¿Cómo consigues que las hojas para el vendaje sigan tan verdes? —le pregunté, observando la forma en que sus pestañas oscuras se curvaban—. ¿Cómo conseguiste hacer todo esto?

—Veo tu intento de escaquearte y lo subo con uno igual. —Me regaló una sonrisa taimada antes de robarme un último y rápido beso.

Con cuidado, me ayudó a levantarme del duro suelo. El mundo giró a mi alrededor por unos instantes, pero él se mantuvo firme y me pasó su jersey por la cabeza.

—Pero tú lo necesitas —protesté.

—Tú lo necesitas más que yo —respondió él, para luego ayudarme a ponerme la chaqueta.

Volvimos a guardar nuestras escasas pertenencias, aunque nos detuvimos en la entrada, antes de retirar las protecciones. El viento helado me rozaba las mejillas mientras observaba el bosque desolado.

—¿Cómo quieres que procedamos con esto? —preguntó.

—¿Podríamos…? ¿Podríamos no contárselo a los demás aún, hasta que consigamos descifrar de qué se trata todo esto? —contesté, sintiendo cómo el calor me volvía a subir por el cuello y me ponía el rostro colorado—. La gente lo complica todo y…

Dejé de hablar al notar que la sonrisita que había esbozado se tornaba en una de oreja a oreja.

—Me refería a lo de la suma sacerdotisa —dijo, inclinándose hacia mí—, pero me alegra saber que yo también provoco cierto efecto en ti.

Fue mi turno para quejarme. Lo aparté de un empujón, muerta de vergüenza.

—Tenemos que ver si queda alguna especie de rastro —le dije—. Parecía dirigirse hacia el norte, aunque quién sabe dónde estará ahora. —Al recordar la extraña gracilidad con la que la criatura, la renacida, había flotado tanto sobre la tierra como sobre el agua, se me ocurrió una nueva idea—. Quizá tengamos más suerte siguiendo las huellas de los Hijos de la Noche. La renacida los llamó, ¿verdad?

—Eso fue lo que me pareció —asintió Emrys—. ¿Crees que fue ella quien los creó? La suma sacerdotisa sí que tenía conocimientos sobre la magia de la muerte de los druidas.

Lo único que hacía falta para crear a un renacido eran asuntos pendientes y la presencia de magia en el cuerpo. A diferencia de las criaturas, su forma podía cambiar y reconstruirse, por lo que matarlos era complicado.

Aunque no imposible.

—Quizá. —Pero entonces las palabras de Neve me volvieron a la mente. *Sigo sin ver que tenga ninguna razón para hacer esto*—. ¿No dijo Merlín que había otros dos como él en la isla? Ella podría ser la tercera, aquella que… espera, ¿verdad?

—También dijo que una intentó controlar la muerte, pero que terminó convirtiéndose en su esclava —comentó él—. Podría significar que intentó hacer más de lo que podía y la maldición terminó siendo un accidente.

—O que al final decidió servir al Señor de la Muerte y entregarle la isla —propuse.

—¿Hemos decidido creer al druida charlatán e inestable atrapado en el árbol? —preguntó, con una expresión incómoda.

—Sí. No. No sé. —Tras aferrarme a la tira de mi bandolera, di un paso fuera de la torre y dejé que mis botas se hundieran en la nieve. Al ver aquel paisaje moteado por la descomposición, no pude evitar recordar la imagen de los huesos de Nash—. Creo que la pregunta más importante es cómo consiguió la suma sacerdotisa, dígase la renacida, adueñarse del Anillo Disipador. ¿Fue ella la que mató a Nash?

—Por desgracia, no sé si conseguiremos resolver ese misterio —dijo Emrys—. Aunque… ¿tal vez Nash se lo trajo? ¿O ella lo encontró tras convertirse en renacida, al sentirse atraída por su magia? Sí que parece que tenía un montón de secretos… Espera, no olvides esto. —Me tendió la espada del lago—. Parece que su truco de magia solo funciona contigo.

Se me cortó la respiración mientras la miraba. La empuñadura tenía incrustaciones de marfil que ni siquiera la ciénaga en la que se había convertido el lago había podido manchar. Y la forma en la que la hoja se había encendido en llamas…

—Mejor quédatela tú —le dije, antes de empezar a desatar nuestras protecciones mágicas.

Emrys sabía cómo blandir una espada. Lo correcto era que él la llevara, que la usara. Aquella cosa había salido en mis sueños, y no quería verla si no hacía falta. No quería pensar en lo que podría significar nada de eso.

Caminamos en direcciones opuestas en torno a la torre de vigía y recogimos las tablas de arcilla marcadas con sellos en pilas ordenadas. Cuando nos encontramos en el centro, en la parte trasera de la torre, Emrys guardó ambas guirnaldas en su mochila. Y no por primera vez deseé que estas tuvieran el poder de proteger a las personas del mismo modo que protegían lugares.

—Oye, Tamsin —me llamó, al tiempo que entrelazaba sus dedos con los míos—. A mí también me parece bien que esto solo sea cosa de los dos por el momento.

Asentí, y juntos nos dirigimos hacia el norte.

La nieve suelta fue tanto una ayuda como un estorbo, pues silenciaba nuestros pasos, pero también nos volvía más lentos. La isla no podría haber tenido una extensión mayor de unos cuantos kilómetros de largo y de ancho, aunque nunca nos pareció más grande que cuando avanzábamos por la nieve con dificultad.

De alguna forma imposible, el bosque había adquirido una apariencia incluso más siniestra. Al estar medio enterrados en la nieve, no podíamos distinguir entre los árboles caídos y las criaturas que se escondían bajo ellos. Unos témpanos de hielo, negros por el musgo terroso y la putrefacción, colgaban de los entramados de ramas esqueléticas como si fuesen colmillos con púas.

De vez en cuando, unos montones de nieve caían desde lo alto y nos sobresaltaban al tiempo que nos congelaban el cabello o se colaban por el cuello de nuestras chaquetas. Tenía los dedos de las manos y de los pies tiesos por el frío tras solo una hora de caminar, y estaba tan concentrada en lo que había en el suelo frente a cada uno de mis pasos que casi no vi las huellas en el borde de la ribera desolada que acompañaban al sendero que se dirigía hacia el norte.

Unas huellas que daban la impresión de que alguien había cruzado campo a través por la otra orilla y no se había adentrado en los árboles, sino en un laberinto de matorrales cubiertos de nieve.

Unas huellas que no se parecían en nada a las de los Hijos de la Noche, quienes arañaban el suelo con las garras de las manos y los pies. Una delgada línea atravesaba la nieve, demasiado impecable como para tratarse de cualquier criatura salvaje. Me recordaba a la forma en la que la renacida había flotado sobre el suelo, como si el calor del poder de su magia hubiese marcado la tierra por la que pasaba.

Le di un tirón al brazo de Emrys y señalé. Él entornó los ojos y miró hacia donde le indicaba. Parecía que iba a decir algo, pero lo que fuera aquello quedó interrumpido por un chorro caliente de babas ensangrentadas que le cayó sobre la mejilla.

Emrys se echó hacia atrás, asqueado, y se limpió la cara. Mientras, alcé la vista.

Los Hijos de la Noche se aferraban a las ramas más altas de los árboles viejos, bajo la sombra de una gruesa capa de nieve. Una cortina de esta cayó a nuestro alrededor cuando una de las criaturas se sacudió y soltó un resoplido antes de volver a acomodarse y apoyar todo su cuerpo contra el tronco del árbol. Una de sus piernas se resbaló y le dio una patada a la criatura que había en la rama de abajo.

Una corriente de adrenalina me recorrió entera cuando la segunda criatura rugió y le dio un zarpazo irritado a la primera. El agarre que tenía en el brazo de Emrys se tensó. Los dos nos quedamos quietos y sin atrevernos a respirar.

El viento agitó los árboles. Cuando este pasó, el sonido rasposo de sus ronroneos se alzó para reemplazarlo. A nuestro alrededor, los montículos de nieve empezaron a moverse un poco.

Emrys dio un paso atrás, con cuidado de pisar sobre sus propias huellas. Hice lo mismo y traté de hacer el menor ruido posible sobre la nieve crujiente. Cuando volvió a mirarme, la pregunta estaba clara en su rostro: *¿Corremos?*

Negué con la cabeza. *Aún no.*

Le eché un vistazo al río, y mi mente dio vueltas con las posibilidades. La nieve había ocultado las hojas y los restos, pero no tenía ni un ápice de dudas de que los Hijos de la Noche dormían bajo ella. Tras guiarnos con cuidado lejos de los árboles y en dirección a la ribera, me incliné hacia delante para observar el río de un lado hacia el otro y entonces vi nuestra oportunidad. A casi un kilómetro o así, un angosto puente de piedra conectaba el bosque que teníamos al lado con los extraños y redondeados setos que había más allá.

Intercambiamos otra mirada.

¿Listo? Dije sin voz.

Él asintió.

Las criaturas de los árboles siseaban y se escupían entre ellas mientras se daban zarpazos para despertarse hasta que se convirtieron en un amasijo violento de piel gris y garras. Los Hijos de la Noche que caían hacia el suelo volvían a trepar a los árboles de inmediato para sumarse de nuevo a la riña y chillaban con emoción desatada conforme la pelea se extendía más y más y se volvía salvaje.

Varias extremidades arrancadas y algo de sangre salpicaban la blanca extensión de nieve. El pulso me latía al son de una canción tétrica. Emrys y yo nos mantuvimos agazapados cerca de la ribera mientras avanzábamos a toda prisa por al lado de la marea belicosa de Hijos de la Noche. No me atreví a mirarlos, ni siquiera a respirar, hasta que el escándalo quedó atrás y conseguí tocar la cubierta congelada del puente de piedra.

Entonces corrimos, más de lo que habíamos hecho antes, y peleamos contra la nieve que nos llegaba hasta las rodillas hasta que tanto mis piernas como mis tobillos se quejaron por todos los golpes que habían recibido al chocar con piedras ocultas bajo la nieve. Seguimos el caminito de huellas recientes hacia donde conducía el muro de setos. Cuando estuvo a nuestro alcance, nos adentramos en él a toda velocidad y apoyamos la espalda contra las hojas secas y las ramas retorcidas. Agucé el oído para intentar captar cualquier indicio de que nos habían olido y habían seguido nuestro rastro.

Pero no pasó nada.

Solté un largo suspiro mientras los pulmones me ardían. Emrys se apoyó una mano en el pecho y soltó una risa nerviosa. El agarre que tenía en la espada hacía que sus nudillos se tornaran blancos.

Tan blancos como el enorme hueso desteñido por el sol contra el que se había apoyado.

Al ver mi expresión, miró hacia atrás y retrocedió de un salto.

—¿Qué demonios es eso?

—No sé —le dije—. Pero al menos está muerto. —Entonces, dado que aquello tenía otro significado en aquella Tierra Alterna, añadí—: Muerto de verdad.

Los huesos nos rodeaban por todos lados y se arqueaban sobre los matorrales para unirse en alguna otra articulación huesuda casi como…

Una descomunal caja torácica con todo y esternón.

—¿Deberíamos…? —dijo, usando la espada para señalar hacia las huellas.

Los setos conducían a una especie de laberinto, aunque no hacía falta avanzar mucho para encontrar su centro y lo que se escondía en él.

Había estado en lo cierto. Una criatura gigantesca se había hecho un ovillo en aquel lugar y había muerto. Y su cadáver había dado paso a los matorrales. Detrás de nosotros, los delicados huesos de sus alas aún se encontraban en su sitio, apoyados contra las plantas nudosas. El cráneo, casi tan grande como la cabaña de piedra que tenía al lado, estaba lleno de unos dientes afilados.

Un dragón, pensé, casi sin aliento. Mari no me había estado vacilando.

Emrys y yo nos agazapamos cuando nos acercamos a la última esquina. Una cabaña, con su tejado de paja cubierto de nieve, parecía como si hubiese salido de un cuento de hadas.

El rastro de huellas guiaba hacia una puerta cerrada a cal y canto. Al tener su única ventana cubierta con una tela, nos resultaba imposible saber quién se hallaba en su interior, si era que había alguien.

Intercambié una mirada con Emrys y me encogí de hombros. Él hizo lo mismo, pero me deslizó la espada por la nieve con una mirada significativa.

Vacilé un poco y le hice un gesto para indicarle que deberíamos intentar acercarnos a la cabaña desde el lateral; sin embargo, él se limitó a señalar la espada y a sacar el hacha plegable de su mochila.

Envolví la empuñadura con los dedos, y unas llamas azules cobraron vida en torno a la hoja. Emrys se la quedó mirando, maravillado, y meneó la cabeza.

Antes de que ninguno de los dos pudiera perder el valor, cargamos hacia la puerta. Emrys se preparó para echarla abajo de una patada, y yo me acomodé en la mejor posición de batalla que pude, pero ninguno de los dos tuvo la oportunidad de actuar, pues la puerta se abrió de golpe y me pusieron un cuchillo en la garganta.

No; un cuchillo, no. Una varita.

41

N eve y yo soltamos un grito y dejamos caer nuestras armas. Las llamas de la espada se extinguieron sobre la nieve, y la varita rodó hasta los pies de Emrys cuando ambas nos lanzamos la una a los brazos de la otra.

—Pero ¿qué haces aquí? —le exigí, con la voz tensa por la sorpresa.

Caitriona se asomó con una espada un paso por detrás de ella, y Olwen retorcía un cúmulo de magia entre sus manos justo detrás de la otra sacerdotisa. Ambas se relajaron al vernos, aunque solo un poco.

Neve retrocedió un paso, sin soltar el agarre que tenía en la parte superior de mis brazos, y me dedicó una mirada de completa incredulidad.

—Hemos venido a buscaros. A los dos.

—¿Por qué? —pregunté, alarmada—. ¿Qué ha pasado?

Olwen se llevó una mano a la cara, en un gesto de preocupación o diversión; no me quedó claro.

—Voy a preparar algo de té, ¿vale? —dijo, por lo bajo.

—Lo que ha pasado es que habéis dejado la protección del torreón, par de mentecatos —explicó Caitriona, con una voz más ronca de lo usual—. Ahora pasad, rápido.

Me llevó un momento comprenderlo.

—Habéis venido a buscarnos.

—¡Claro! —soltó Neve, exasperada—. ¿Qué más querías que hiciéramos cuando no volvisteis tras el anochecer?

Pues nada. Las palabras resonaron en mi mente, y me limité a quedarme mirando a la hechicera mientras ella meneaba la cabeza. Mi vida no valía tanto como para sacrificar las de ellas. Ni Emrys ni las demás tendrían que haberme seguido. Traté de decirles eso mismo, pero algo estaba sucediéndome en el pecho, en la garganta, y las ganas de llorar de pronto me sobrepasaron.

Emrys se agachó para recoger la espada y me apoyó una mano con suavidad en el hombro para guiarme dentro de la cabaña de modo que pudieran cerrar la puerta y trancarla con firmeza.

El interior de la cabaña era sorprendentemente acogedor. Tenía una cama en una esquina, una mesa frente a la hoguera y un par de butacas cerca de una estantería repleta de lo que parecía ser alguna especie de libros de registros de algún tipo.

—¿Dónde estamos? —preguntó Emrys, antes de dejarse caer sobre una de las butacas.

—Es el hogar del cuidador de los vergeles —contestó Caitriona, al tiempo que volvía a envainar su espada. Un segundo después se corrigió—: Bueno, era.

—Como si eso fuera lo más importante —solté por lo bajo—. ¿Lo que hay afuera de verdad es un dragón?

—Era Caron, la última de su especie —nos contó Olwen—. Era muy cercana al cuidador de los vergeles hace muchísimos años.

Neve me condujo a la otra butaca y apoyó ambas manos en mis hombros para hacer que me sentara sin mucha delicadeza. Le hice un mohín mientras me evaluaba con la mirada, y ella me lo devolvió por partida doble.

No deberías estar aquí, pensé con desesperación. *Ninguna de vosotras tendría que haber salido del torreón.* El objetivo principal de mi misión había sido mantenerlos a todos a salvo, y resultaba que los había puesto en más peligro del que ya estaban. Aquello era lo que menos quería.

La expresión de Neve se tornó seria, como si pudiera leer el flujo de pensamientos que iban pasando por mi mente.

—¿De verdad pensabas que no íbamos a venir a buscaros?

—No tendríais que haberos arriesgado así —dije, sin mirarla.

—Pues lástima —me contestó—. No te corresponde a ti decidirlo. Lamento comunicarte que, a pesar de tus muchos esfuerzos, la gente se preocupa por ti, Tamsin. Yo incluida. —Se giró hacia donde Olwen estaba calentando un pequeño cazo haciendo uso de su magia y añadió—: Ya me encargo yo de eso, Olwen. Será mejor que le eches un vistazo a este par.

—Tamsin primero —dijo Emrys—. Y no me juzgues demasiado, Olwen. He hecho lo que he podido.

Me quité la chaqueta y alcé el brazo para que lo evaluara la sanadora. Ella se lavó las manos y se acercó para luego entrecerrar los ojos mientras se arrodillaba y observaba la línea de puntos y el ungüento. Lo olisqueó un poco.

—¿Equinácea y milenrama? —preguntó, con un gesto de aprobación.

—Y un pelín de aceite de orégano —asintió Emrys.

—Tienes que practicar un poco los puntos —le informó Olwen, tras echarle un vistazo tanto a mi brazo como a mi tobillo. Luego me dio una palmadita en la mano—. Limpiaré las heridas como debe ser y te pondré algo que debería ayudar a sanarlas. ¿Cómo te has hecho una herida tan profunda? ¿Ha sido una de las criaturas?

—Eh… no exactamente —contesté a media voz.

Tras ella, Caitriona dejó de caminar de un lado para otro y permitió que Neve pasara por su lado con una taza humeante de algo que olía de maravilla. Unas manzanas secas y algunas hierbas flotaban en su superficie.

—Bedivere nos contó lo del athame, pero la tormenta nos sorprendió cuando llegamos al lago y perdimos vuestro rastro —dijo Caitriona—. ¿Lo encontrasteis?

Si bien su rostro cubierto de vendas me dificultaba la tarea de leer su expresión, el atisbo de esperanza en su voz fue suficiente para que el estómago se me hiciera un nudo. No había pensado en aquella parte, en tener que contarles en lo que su querida suma sacerdotisa se había convertido y que les había arrojado aquella maldición.

Tras beber el primer sorbo del tónico, experimenté lo que Neve había sentido la primera noche que habíamos pasado en la isla. Un brillo cálido y dorado pareció recorrerme de pies a cabeza, y alivió el dolor que sentía en todo el cuerpo y la tensión de mi estómago en un instante. Aquel efecto restaurativo tenía que ser cosa de las famosas manzanas de Ávalon, las cuales sanaban y recomponían el cuerpo a la vez. Aquella bebida me proporcionó el último empujón de valentía que necesitaba.

—Lo encontré —les dije. Olwen alzó la vista desde donde estaba vendando mi tobillo y contuvo la respiración. Su alivio fue tan terrible como la esperanza de Caitriona—. Solo que no os va a gustar ni un poquito saber dónde está.

Cuando terminé de contárselo, Olwen estaba al borde de las lágrimas y Caitriona se había dejado caer sobre una de las sillas que había cerca de la mesa y había apoyado la cabeza en las manos. Prácticamente podía ver sus pensamientos trabajar a toda velocidad y evaluar la historia que les había contado para sopesar si podía ser cierta.

—¿Cómo puede ser posible? —preguntó Olwen, secándose con la mano las lágrimas que se habían deslizado por sus mejillas—. Una renacida, de tan pocos huesos… ¿quién podría haberle lanzado una maldición así?

—Solo ha podido ser ella misma —fue la lúgubre respuesta de la otra sacerdotisa. Se enderezó en su silla, y su expresión mostraba lo apenada que se sentía.

—No, no puede ser —repuso Olwen.

—¿Quién si no? —preguntó Caitriona, sin esperanzas—. Nuestra suma sacerdotisa era la única en todo Ávalon que estamos seguras que podía convocar la magia de la muerte. Me he negado a creer en esa posibilidad durante años, pero al saber esto…

—¿Podría tratarse de un error? —preguntó Neve con suavidad—. Podría haberse equivocado con uno de los hechizos de los druidas.

—O quizá ya no servía a la Diosa —insistió Caitriona, haciéndose un ovillo en la silla—. Y aceptó la magia de la muerte, que era más poderosa.

—No —la contradijo Olwen—. No. Puedo creer muchas cosas, pero esa no.

—Olwen —dijo Caitriona—. Tú sabes cómo hablaba de lo mucho que deseaba que Morgana volviera a la vida, de cómo quería compartir tan solo un día más con ella. A lo mejor convocó la magia para devolverla a la vida, y eso ocasionó nuestra ruina.

La otra sacerdotisa meneó la cabeza.

—No. Viviane no provocaría ese tipo de desequilibrio.

—¿Os contó vuestra suma sacerdotisa cómo se hace un renacido? —pregunté.

—No mucho —dijo Olwen, apartándose sus gruesos y oscuros rizos por encima del hombro—. Aunque yo he visto algunas cosas en sus recuerdos.

—Lo único que se necesita para convocar a un renacido es la presencia de una magia poderosa en el cuerpo y el deseo de seguir con vida —expliqué—. En ocasiones los renacidos ni siquiera son criaturas malvadas, sino que solo están decididos a llevar a cabo alguna tarea y no piensan dejar que nadie los detenga.

Emrys asintió.

—Si no fue algo deliberado, quizá su deseo de seguir con vida podría haber sido para proteger Ávalon.

—Salvo que en realidad haya servido al Señor de la Muerte y haya sabido que convertirse en renacida la haría casi imparable —acoté.

Olwen se llevó las manos al rostro y le costó contenerse ante semejante idea. Tras ella, Neve echó la cabeza hacia atrás en un gesto exasperado.

—Tienes una mente muy retorcida —me dijo Caitriona.

—A ver —dije, para intentarlo de nuevo—, a mí tampoco me encanta esa idea, pero sí que parecía que estaba controlando a los Hijos de la Noche en el lago. Creo que debemos valorar la posibilidad de que haya permitido la transformación para poder continuar su trabajo en secreto o para ser casi invencible.

—Bendita sea la Madre —soltó Olwen, llevándose una mano al pecho.

—¿Y si fue el Anillo Disipador? —propuso Emrys, de pronto—. Me he estado preguntando todo el día cómo es que dio con él. ¿Y si Mari tiene razón y el anillo puede corromper al portador? ¿Podría haberla motivado a hacer todo esto?

—El único anillo que solía llevar era uno de piedra lunar —repuso Olwen, meneando la cabeza—. Aunque… ¿podría haberlo mantenido escondido? No negaré que tenía secretos ni que le gustaba coleccionar los de los demás.

—O quizás el anillo no tuvo nada que ver con esto —dijo Neve—. Y la renacida se lo encontró en algún lugar del bosque.

Mis propias teorías aún no eran lo suficientemente consistentes como para compartirlas, y, al fin y al cabo, no importaban. El athame y el anillo estaban cerca, y era cuestión de descubrir dónde se ocultaba la renacida y arrebatárselos.

Lo que, como demostraban mis heridas, era algo más fácil de decir que de hacer.

—Un renacido es un parásito. Tiene que alimentarse de magia para mantener su forma física —dije—. ¿Hay algún lugar al norte de aquí que aún esté protegido por una magia antigua y poderosa? Existe algo así como la alta magia, ¿no? Un hechizo que le pides a la Diosa más poderosa que lance por ti a través de un ritual.

Olwen y Caitriona intercambiaron una mirada.

—Sí —contestó Caitriona, con cuidado—. ¿Por?

—Porque esa es la magia que querrá, y lo más probable es que se dirija hacia allí —contesté.

—Así que, para destruir a un renacido, ¿lo primero que tienes que hacer es privarlo de su magia? —confirmó Neve, y la intriga y el horror fueron evidentes en su expresión.

—Exacto. Tendríamos que retirar el antiguo hechizo. —Me giré hacia las sacerdotisas—. ¿Está muy lejos de aquí ese sitio?

Caitriona se levantó de su silla.

—Eso no es de tu incumbencia, ya que tú y los demás volveréis al torreón.

—¿Cómo? —pregunté—. ¡No!

Caitriona empezó a colocarse las variadas piezas de acero y cuero que conformaban su armadura y se negó a devolvernos la mirada a ninguno por pura necedad. Neve se sentó en el brazo de mi butaca con un suspiro antes de mirarme, preocupada.

—No vas a irte de aquí sin nosotros —le dijo Olwen.

—¿Y quién va a detenerme? —preguntó Caitriona con toda la arrogancia que le otorgaba su experiencia.

—Nadie, mi valiente y maravillosa cabeza dura —contestó Olwen—. Solo que yo también sé dónde está y me limitaré a llevarlos yo misma.

La trenza de Caitriona salió disparada cuando la sacerdotisa se giró con brusquedad hacia su hermana y la fulminó con la mirada. Olwen ni se inmutó.

—No me voy a romper, Cait —le dijo Olwen con suavidad—. Y también fue mi suma sacerdotisa, tanto como lo fue para ti. No tendrías que hacerle frente a esto sola.

—Fue mi error —respondió Caitriona, cortante—. Tendría que haber...

—¿Impedido que sir Bedivere hiciera algo que mantuvo en secreto hasta ayer? —ofreció Neve—. ¿Cómo? Dinos, y te dejaremos ir sola.

Caitriona sujetó su guantelete con fuerza y apretó la mandíbula.

—Todos los que estamos aquí entendemos los riesgos —le dije—. Y, entre todos, podemos idear alguna forma para detener a la renacida y conseguir el athame y el anillo.

—¿Aún quieres el Anillo Disipador? —preguntó Olwen, sorprendida—. ¿Sabiendo lo que sabes sobre él?

—Si el ritual de purificación no funciona como pensamos, puede que sea la última esperanza de mi hermano —le dije.

Caitriona respiró con fuerza, y sus fosas nasales se expandieron con el movimiento.

—Venid si queréis, entonces. Pero solo cuando Olwen termine lo que está haciendo y se recomponga a sí misma con agua.

—No hace falta, lo prometo —le aseguró Olwen—. No me siento débil, ni siquiera cansada. Y no es como si fuese a poner una bañera de nieve a derretirse.

—Claro que lo harás —le ordenó Caitriona, con delicadeza—. No voy a permitir que tú ni nadie salgáis heridos.

Volvió a encargarse de su armadura e hizo una mueca de dolor cuando movió su hombro herido. Se llevó el brazo a la boca, claramente adolorida, e intentó usar sus dientes para asegurarse el guantelete.

—Espera —le dijo Neve, acercándose a ella—. Deja que te ayude.

—No, no hace falta… —contestó Caitriona, dando un respingo.

Su frase se quedó a medias cuando Neve le giró la muñeca con cuidado y empezó a atar las tiras de cuero como si tuviese toda la experiencia del mundo con armaduras.

Al tener la cabeza inclinada sobre lo que hacía, Neve estaba demasiado concentrada como para darse cuenta del modo en que la sacerdotisa se había quedado completamente quieta o la forma en que su expresión se había suaviza-do. Por un momento, me pareció que ni siquiera respiraba, como si Neve fuese una pluma a punto de salir volando ante el menor movimiento del viento.

Olwen me pinchó los puntos del brazo con el dedo y devolvió mi aten-ción con brusquedad hacia donde ella se arrodillaba en frente de mí.

—¡*Ay!*

—Oh, cielos —dijo ella, con una mirada llena de intención—. Mil dis-culpas por mis formas tan bruscas.

Alcé las cejas, y ella me devolvió el gesto.

Emrys se inclinó sobre mi hombro, atento a la forma en la que Olwen untaba un poco de aceite en la herida —de orégano, supuse, por el olor tan fuerte—, y luego un ungüento ceroso que calentó entre sus dedos antes de aplicarlo con suaves masajes sobre mi piel.

—Es una herida muy profunda —dijo Olwen, con un ligero temblor en la voz—. Debió haber sido muy doloroso cuando… cuando la renacida te lastimó. —Inspiró hondo y alzó la mirada—. Viviane nunca habría hecho algo así si… si siguiera siendo ella misma. Lo lamento muchísimo.

—Lo sé, y no tienes que disculparte. —Me di cuenta de que Emrys me estaba mirando, y él me dedicó una pequeña sonrisa para tranquilizarme. Sabía que no podía seguir guardándome el resto de la información que había descubierto en la ciénaga—. Hay algo más que deberíais saber. Sobre mí.

Las demás me escucharon con distintos grados de horror mientras les contaba lo que había sucedido. Olwen pareció estar a punto de interrumpirme con algún comentario o pregunta, pero consiguió contenerse… hasta que no pudo más.

—¿Tu hueso era de plata? ¿No fue solo una visión? —preguntó, echándole un vistazo a los puntos.

—Tan brillante como una moneda pulida —contesté, tensa—. Será que estoy podrida hasta lo más hondo.

Emrys me apoyó una mano en el hombro, aunque Neve se le adelantó.

—No significa lo que está claro que crees —dijo, muy seria, mientras se nos acercaba—. Así que deja de compadecerte de ti misma.

Separé los labios, indignada.

—Claro que era eso lo que estabas haciendo, y es comprensible, pero no significa que todo tu pesimismo tenga que ser cierto —continuó la hechicera—. Y yo aquí pensando que haber encontrado una espada de fuego mística te habría alegrado un poco.

Solté un suspiro.

—Bueno…, resulta que también debo contaros algo sobre eso.

Olwen asintió mientras les contaba sobre los sueños y absorbió la información con la misma impasibilidad que había comenzado a esperar en ella. Caitriona se quedó en la parte de atrás del grupo, con una expresión extraña que no fui capaz de descifrar.

—¿Por qué no nos habías dicho nada sobre esto? —preguntó Emrys, claramente preocupado.

—No sé, es que… no sabía lo que significaba ni si significaba algo, vaya. —Miré a Olwen—. No crees que tenga algo que ver con la plata, ¿verdad?

—Creo que tiene una explicación mucho más sencilla —dijo Olwen, tras intercambiar otra mirada de entendimiento con Caitriona—. La Diosa usa la niebla para comunicarse con nosotras de distintos modos. Sueños, canciones o incluso visiones. Quizás ella, con toda su magnífica sabiduría, necesita que la oigas y te está hablando del único modo en que cree que la vas a escuchar.

—¿A través de visiones de unicornios? —pregunté, incómoda—. Pues tiene que esforzarse un poquito con sus habilidades de comunicación.

—Quizás es así como ha decidido aparecerse ante ti —dijo Olwen.

—Si os soy sincera, una parte de mí tenía miedo de que estuviera haciendo que estas cosas aparecieran desde mis sueños —continué, en un hilo de voz.

Olwen echó un vistazo a la puerta, en la que Emrys había apoyado la espada que yo había sacado del lago.

—Una idea fascinante. Los objetos pueden surgir de la niebla en algunos casos muy poco comunes, pero creo que esa espada lleva existiendo mucho tiempo más del que llevas tú en Ávalon.

—¿La reconoces? —le preguntó Neve.

—Me recuerda a una historia que Mari nos contó una vez, aunque no puedo recordarla del todo —respondió Olwen.

—Pregúntaselo cuando vuelvas al torreón —dijo Caitriona—. Un tesoro así le encantará.

—Sí que tengo una sospecha sobre la plata, si quieres oírla —me ofreció Olwen, mientras sacaba una venda enrollada de su bolso.

La mano de Emrys seguía apoyada en mi hombro, cálida y reconfortante, y tuve que apretar la mía bajo mi pierna para impedirme llevarla hasta la de él.

—Soy toda oídos.

—Pues… —empezó, con los ojos brillantes por una emoción que yo habría apreciado un poco más en otras circunstancias—. Creo que los huesos se tornan de plata cuando te encuentras con una gran cantidad de magia de la muerte. ¿Estás segura de que nunca te has topado con una maldición o un encantamiento? ¿Quizás algún objeto que hayas tocado?

El fantasma de la mujer en el campo de nieve apareció en mi mente. El fuego helado de su toque cuando intentó arrastrarme hacia la muerte con ella. La marca que tenía sobre el corazón me quemó con el recuerdo.

Neve me tocó el hombro, adivinando mis pensamientos. Dada la mirada que me dedicó Emrys, pude asumir que él también lo había entendido.

Respiré hondo y asentí.

—Sí, eso debe ser.

Olwen me aseguró el vendaje.

—¿Así está bien?

—Gracias —le dije, tras asentir de nuevo—. Ahora viene la parte complicada: ¿estáis dispuestas a hacer lo que haga falta para acabar con la renacida, incluso al saber que aún conserva una pequeña parte de vuestra suma sacerdotisa?

—No tenemos otra opción que acabar con su magia —dijo Caitriona, con practicidad—. Tenemos que recuperar el athame para llevar a cabo el ritual de purificación.

Olwen asintió.

—Si el ritual puede devolver a la isla y a los Hijos de la Noche a la normalidad, quizá consigamos sacar algo bueno de todo este dolor.

—Bueno, debería ser bastante sencillo disipar la magia de la que la renacida se está alimentando, ¿verdad? —dije.

Caitriona y Olwen intercambiaron una larga mirada de horror.

—¿Verdad? —repetí.

—¿Sería posible… solo atrapar y situar a la renacida en otro lugar antes de matarla? —preguntó Caitriona, casi en un tono de súplica.

—¿Esta es vuestra forma de decirnos que no podéis eliminar la alta magia vinculada a su nueva fuente de poder? —pregunté.

—Tanto Cait como yo podemos hacerlo —dijo Olwen—. Solo una sacerdotisa de Ávalon puede cruzar las protecciones del lugar.

—Entonces, ¿cuál es el problema? —preguntó Emrys.

—Que el lugar en cuestión —empezó Olwen, con un hilo de voz— es la tumba donde descansa el rey Arturo.

42

Las palabras parecieron llevarse todo el aire de la cabaña.

Caitriona empezó a caminar de un lado para otro de nuevo, mientras se apretaba su brazo derecho herido contra el pecho para estabilizarse el hombro. Su expresión tenía un mohín concentrado, como si estuviese tratando con desesperación de desenredar el nudo que Olwen nos había presentado.

—Uno de los deberes de las Nueve es proteger al rey durmiente —explicó Caitriona, en voz baja y casi para sí misma, en lugar de dirigirse a nosotros—. Lo heredamos de nuestras antiguas hermanas. Si disipamos la magia que protege la tumba, Arturo morirá al instante, y esta vez de forma definitiva.

Emrys maldijo por lo bajo.

Parecía que yo era la única dispuesta a hacer la pregunta más obvia.

—¿Y eso importa?

—¿A qué te refieres? —preguntó Olwen.

—¿Importa si termina muriendo? —pregunté—. La única razón por la que se lo conserva con vida es para que vuelva al rescate del mundo mortal en tiempos de extrema necesidad, y el señor ni siquiera se ha molestado en despertarse para ayudar a Ávalon. A lo mejor no queremos su ayuda.

Caitriona nos estaba dando la espalda y tenía el cuerpo rígido por la guerra que sin ninguna duda se estaba librando en su interior.

—No lo entiendes. No podrías.

—Es una de las pocas tareas que hemos sido capaces de cumplir desde que la isla se sumió en la oscuridad —nos explicó Olwen, con una mirada suplicante—. Hicimos un juramento.

Caitriona solo tenía razón en parte. Puede que no comprendiera el sentido de mantener a Arturo con vida a pesar de todo a lo que le estábamos haciendo frente, pero sí que reconocía que el rey era importante para todas ellas, del mismo modo que había sido importante para Nash y para todos aquellos que ansiaban que las leyendas fuesen ciertas. La tarea de las Nueve de protegerlo era una de las pocas cosas puras que no se había corrompido por la putrefacción que se extendía por esas tierras baldías.

—Vale —dije, al tiempo que miraba a Emrys y a Neve para asegurarme de que los tres estuviéramos de acuerdo—. En ese caso intentaremos alejar a la renacida de la tumba. Si no podemos hacerlo, entonces sí tendremos que disipar la magia de la que se está alimentando, incluso si eso significa perder a Arturo. ¿Podemos llegar a ese acuerdo, al menos?

—¿Cait? —Olwen la miró, expectante.

Cuando Caitriona nos devolvió la mirada, estaba tan pálida como la nieve que había en el exterior.

—Estamos perdiendo la luz del día —le recordé.

—En ese caso… —empezó Caitriona—, mejor nos damos prisa hacia el norte para que el plan funcione.

—¿Estás segura? —le preguntó Olwen.

—El pasado no puede valer más que el futuro —repuso Caitriona, con voz ronca—. Y tampoco la vida de un hombre en comparación con la de toda una isla.

—Prepararé nuestras cosas —dijo Olwen, al tiempo que se levantaba del suelo, más tranquila.

Caitriona asintió y recogió su espada del lugar en el que descansaba sobre la mesa. Si bien no pronunció ninguna otra palabra, sabía lo mucho que le costaría destruir un fragmento de algo a lo que había jurado proteger y servir.

Y si ella podía escapar del agarre de todo aquello en lo que había creído su vida entera, quizás habría esperanzas para mí también.

El camino hacia el norte fue una batalla cuesta arriba contra la nieve que nos congelaba los huesos durante casi una hora. Los árboles muertos que habíamos usado para cubrirnos iban escaseando conforme subíamos, hasta que los únicos que quedaron para juzgar nuestro lento avance fueron unos montículos de piedras escarpadas.

Para cuando llegamos a lo que parecía ser la cima de la elevación, tenía las botas empapadas y el rostro y todos los dedos entumecidos. Caitriona ralentizó el paso y se tumbó sobre su estómago para arrastrarse el resto del camino. Nos deslizamos a su alrededor y formamos una línea en el borde rocoso.

Al otro lado de la colina, la tierra se hundía unos cuantos metros antes de nivelarse en un suelo plano. Con sorpresa, me percaté de que nos encontrábamos en el punto más al norte de la isla y que más allá… no había nada. En ese lugar, el final de aquella Tierra Alterna llegaba de forma abrupta, con un acantilado que desaparecía en un vacío de tinieblas.

Entre nosotros y la oscuridad había una magnífica estructura de piedra gris que me pareció similar a una catedral al aire libre.

—¿Me estáis vacilando? —susurré—. Todas las sumas sacerdotisas tienen que ser enterradas en la misma montañita de tierra y ¿a este señor le toca un templo entero para él solo?

Neve me hizo callar de un codazo deliberado.

—¿Veis algo? —preguntó Olwen, apenas en un hilo de voz.

En ese momento, Emrys alcanzó su mochila y sacó un par de binoculares.

—En las rocas —dijo Caitriona.

Dirigí la mirada hacia el oeste de la tumba, donde unas piedras oscuras se alzaban como estacas desde el suelo muerto y formaban una especie de barrera natural para el acantilado. Una humilde cabaña se erigía en medio de ellas, y su techo de paja se hundía sobre su única habitación. Debía haber sido el hogar de Bedivere antes de que se refugiara en el torreón.

Solo que aquello no era lo que Caitriona había visto.

Estaban despatarrados sobre el suelo, amontonados bajo las sombras de las piedras y los árboles. El color de los Hijos de la Noche los había hecho casi indistinguibles de las rocas y la hierba muerta hasta que se alzaron ante el sonido estridente de un llamado sin palabras. Lo reconocí de inmediato.

Era la renacida.

Las criaturas se giraron hacia la tumba en anticipación, ladrando y aullando, y una saliva espumosa les caía de sus fauces abiertas. Temblaban y siseaban mientras se arrastraban hacia lo que quedaba de luz del día.

Era la única prueba que necesitaba para saber que la renacida los estaba controlando. Su propio instinto los mantenía en las sombras, y solo su señora podía obligarlos a hacer aquello que más odiaban.

—Tanto el «plan A» como el «plan B» se han vuelto bastante más complicados —susurró Emrys.

Me pasó los binoculares. Conté cerca de una docena de Hijos de la Noche, todos moteados por el barro y las hojas secas. Orienté la mirada hacia el lugar al que se dirigían sobre el suelo desnivelado, hacia un anillo de hierba verde que rodeaba la tumba y marcaba con claridad el borde de la magia protectora. Uno a uno, se arrastraron hacia aquella línea viva y la rodearon de un lado hacia otro hasta que, al final, apareció.

La renacida no surgió de las rocas, sino de la tumba, con su cuerpo formado a base de tierra y hojas muertas. El grito ahogado de Olwen desapareció bajo los aullidos ansiosos de los Hijos de la Noche cuando estos vieron lo que la criatura arrastraba desde su tobillo.

—¿Eso es...? —dijo Emrys en un susurro.

Neve se cubrió la boca con las manos para contener su horror.

No pudimos hacer nada más que mirar cuando lanzó el cuerpo durmiente de Arturo Pendragon hacia los Hijos de la Noche como si este no fuese más que un simple trozo de carne medio podrida.

43

Antes de que ninguno de nosotros pudiéramos movernos o pronunciar palabra en medio de aquel horror, los Hijos de la Noche habían devorado todo salvo los huesos y habían desperdigado los últimos restos de Arturo Pendragon sobre la nieve con unos hilillos de carne ensangrentada.

Emrys me aferró de la muñeca para intentar llamar mi atención hacia algo, pero nunca supe hacia qué. El tiempo se enrolló en sí mismo como si se encontrara en una rueca y se ajustó más y más hasta que, al final, el hilo se rompió y se desató en unos giros frenéticos.

—Parece que toca el «plan B» —dije, casi sin voz. Ya no tenía ningún sentido hacer que la renacida se alejara. Teníamos que disipar la magia protectora de la tumba.

Caitriona se alzó con un grito de furia y batalló un poco para desenvainar su espada debido a su hombro herido. La furiosa canción que se expandía desde su interior convirtió los hilillos de niebla que había más abajo en unos chorros de fuego. La sacerdotisa cargó colina abajo, con su espada lista, y nos dejó a nosotros, así como a los restos de nuestro plan, detrás.

El resto solo tuvimos un segundo para decidir qué hacer.

—*Bendita sea la Madre* —se quejó Olwen, antes de apartarse de la nieve y salir corriendo para formar un gran círculo en torno a la tumba.

Neve se giró hacia Emrys y hacia mí.

—Por favor, tened cuidado. No estoy segura de si puedo invocar la luz más de una vez… —nos dijo, en voz baja y urgente.

—Lo tendremos —le prometió Emrys—. Buena suerte.

Asentí, y un puño invisible se cerró en torno a mi garganta al ver que Neve se alzaba, como la personificación de la gracilidad y el poder, para luego seguir a Olwen. Llevaba su larga varita aferrada en su puño, lista para proteger a la sacerdotisa en cualquier modo que pudiera. Solo que ninguna iba a conseguir hacer lo que debía si no atraíamos la atención de la renacida y de las criaturas lejos de ellas.

Emrys me dio un apretón en la muñeca una última vez y recogió la espada antes de seguir a Caitriona colina abajo. Cerré la mano en torno a la fría empuñadura del hacha plegable de Emrys.

—Venga —me dije, al levantarme del suelo—. ¡Ya!

El terror me hizo sentir extrañamente ligera mientras corría y me deslizaba a medias por la pendiente congelada. La escena se reveló ante mí como una de las pinturas de pesadillas de alguno de los antiguos maestros. La intensidad del fuego, la sangre, el cabello plateado de Caitriona, la chaqueta de Emrys mientras alzaba su espada…, todos los colores se intensificaban contra el lienzo en blanco que era la nieve.

La renacida permanecía en los límites de la magia protectora, y su rostro formado por tierra y piel, carente de emoción, observó a los Hijos de la Noche que tenía ante ella con sus ojos brillantes. Estos formaban una línea dispersa entre ella y nosotros, y su único instinto era proteger a su madre.

Las criaturas que había al frente se lanzaron contra la magia en llamas de Caitriona y chillaron al quedar reducidas a montones humeantes de carne carbonizada.

La suma sacerdotisa rugió como una nube de tormenta y desató la sed de sangre de las demás criaturas, las cuales usaron sus cuerpos chamuscados para saltar por encima de las llamas. Se apiñaron en torno a donde Caitriona se encontraba sola. Ella deslizó el pie de vuelta a una postura defensiva antes de alzar su espada con dificultad y el rostro lleno de agonía. Su armadura brillaba ante la tormenta de fuego que había desatado.

Emrys se situó a su derecha, y yo me coloqué al lado de él, con la adrenalina y el terror haciendo que la sangre me latiera desbocada. Los monstruos usaron manos y pies para galopar a nuestro alrededor, mientras sus largas extremidades arácnidas se enredaban entre ellas y hacían traquetear sus afilados colmillos por la emoción.

—¡No te alejes! —me gritó Emrys, girándose para que nos pusiéramos espalda contra espalda. Lo que fuera que dijo después desapareció en un coro de ladridos y chillidos cuando las criaturas se lanzaron hacia nosotros con las fauces abiertas.

Me entraron náuseas ante su aliento putrefacto, pero me mantuve firme en mi lugar. Blandí el hacha con violencia y golpeé a cualquier cosa que intentase darme un zarpazo o agarrarme. El pecho me ardía, y pasaron varios segundos hasta que me percaté de que estaba gritando y de que el sonido surgía de alguna parte primordial de mi interior.

Conforme abría un camino con maestría y su hoja cortaba cráneos suaves, extremidades y garras, Caitriona gritó hacia donde nos encontrábamos:

—¡Venid conmigo!

Pese a que tratamos de seguirla, las criaturas se abalanzaron entre ella y nosotros y la atacaron por la espalda. Las garras atravesaron la parte trasera de su armadura de metal.

—¡Cait! —chillé.

La joven sacerdotisa dio un par de pasos tambaleantes antes de lanzarse al suelo. Cuando rodó hacia los límites de la magia protectora con un grito de dolor, las criaturas que se habían aferrado a ella salieron por los aires gracias a un tremendo pulso de magia y luz. Gritaron de agonía y se quedaron quietas antes de desplomarse sobre el suelo.

—¡Tamsin, cambio! —exclamó Emrys, y me giré hacia él. En aquella milésima de segundo, él ya me había lanzado la espada, por lo que no me quedó más remedio que arrojar el hacha hacia él. Él la atrapó por la empuñadura y dio un sablazo hacia arriba, pero la pesada espada se estrelló contra el suelo, y tuve que alejar a uno de los Hijos de la Noche con mis propias manos para separarlo del arma.

La criatura me dio un zarpazo y me hizo un corte en el brazo que ya tenía herido. El dolor me atravesó cuando el monstruo me aferró la nuca con los colmillos, y sentí que me ahogaba del suplicio y del miedo mientras caía de rodillas.

—¡Tamsin! —gritó Emrys.

Agarré la empuñadura de la espada, y el fuego se extendió por la hoja con un siseo furioso. Solté un grito mientras me giraba y clavé la espada en la cabeza de la criatura, la cual solo entonces me liberó de su agarre.

Unas gotas de sangre caliente me cayeron por el pecho al tiempo que Emrys luchaba para volver a mi lado, pero mantuve la mirada al frente, en el lugar donde Caitriona se estaba enfrentando a la suma sacerdotisa.

La renacida salió disparada hacia delante, con el athame alzado en dirección a la garganta descubierta de la sacerdotisa. Tras desviar el golpe con su espada, Caitriona se giró y le dio un tajo a la renacida en el pecho. El movimiento hizo que su herida se volviera a abrir, y la sangre se extendió por la parte delantera de su armadura. Unos trozos de hierba, madera y lodo cayeron de la renacida, aunque no tardaron en elevarse de nuevo cuando esta empezó a rehacerse.

—¡Cait! —la llamé entre jadeos cuando finalmente conseguimos llegar a los bordes de la magia protectora. Tenía que lograr que la renacida cruzara la barrera, de lo contrario no tendríamos cómo ayudarla.

Los ojos oscuros de Caitriona se abrieron de par en par, mientras el sudor le goteaba por el rostro. Se giró y clavó la mirada más allá de donde nos encontrábamos, solo que no pudimos oír lo que nos gritó por encima de los incesantes aullidos de los monstruos. Seguí su mirada y descubrí que, en la cima de la colina, más Hijos de la Noche se habían concentrado.

Alzó su mano izquierda, con la otra inmóvil sobre su lado y con dificultad para aferrarse a su espada. Sus labios formaron las palabras de una canción que no pude oír. La niebla se elevó en la colina, espesa y en movimiento, pero, antes de que pudiera encenderse en llamas, la renacida volvió a atacarla al lanzársele al cuello y hacer que se estrellara contra el suelo.

Caitriona enganchó sus piernas alrededor de la renacida y se giró, lo que hizo que la criatura saliera volando hacia el borde de la barrera, y tanto su cabeza como sus brazos la cruzaron. Me abalancé hacia ella con mi espada y la blandí en un arco descendente, pero la renacida fue más rápida y la espada en llamas siseó cuando solo consiguió cortarle una de las manos.

Pisé la mano con fuerza para mantenerla bajo mi agarre. Y la frustración me consumió entera al darme cuenta de que era la mano que tenía el anillo, en lugar del athame.

El chillido que soltó la renacida me atravesó el cerebro como un cuchillo, y yo también grité. Todos lo hicimos, e incluso los Hijos de la Noche se alejaron del sonido. La renacida se irguió hasta alcanzar su aterradora altura máxima y se giró hacia mí con una mirada ardiente.

Una voz como la medianoche me inundó los pensamientos y ofuscó incluso los agudos chillidos de los monstruos.

Te conozco.

Contuve un grito y volví a caer de rodillas. Mis dedos soltaron la espada.

Te vi nacer en mis sueños.

—P... para —alcancé a decir. Me llevé las manos hacia la cabeza para intentar que las palabras de la renacida salieran de ella—. ¡Para ya!

Él no sabe lo que eres...

El aire entre nosotras se llenó de una luz brillante y temblorosa y luego se apagó como si nada hubiera pasado.

Oí la voz de Olwen como si esta hubiera atravesado mundos.

—¡Neve, ahora!

—Espera... —intenté decir—. ¿Qué significa eso?

Pero la ola de luz abrasadora ya se había desatado.

Al notar que la magia había desaparecido, los Hijos de la Noche salieron disparados en dirección a Caitriona mientras ella sufría para levantarse del suelo. La magia de Neve los echó atrás y los incineró en el acto.

La renacida se irguió ante nosotros, dándole la espalda al poder que se desvanecía mientras dejaba que la consumiera desde los bordes. Una pizca de humanidad apareció en su rostro.

—*Caitriona.* —La voz que surgió de la criatura era tan dulce como el primer día de la primavera y contenía una ternura infinita—. *Mi Cait.*

La renacida se dirigió hacia ella y extendió el athame, al tiempo que su cuerpo crujía y se deshacía conforme la luz lo atravesaba. La joven sacerdotisa se tropezó hacia delante, con las lágrimas inundando su rostro mientras estiraba una mano.

—¿Por qué? —suplicó—. ¿Por qué hiciste todo esto?

Con su último aliento, la renacida susurró:

—*El poder... No pude detener... lo que ya había comenzado...*

Su cuerpo se desintegró y quedó reducido a tierra y huesos. Al tiempo que la luz de Neve se desvanecía y el ambiente se enfriaba, el athame cayó al suelo, entre destellos de calor y poder.

Caitriona se echó a llorar en el súbito silencio, y sus sollozos quedaron contenidos en su garganta mientras se desplomaba sobre el suelo.

Sentí el cuerpo vacío cuando me agaché con cuidado a su lado, y, tras dudarlo un poco, envolví los hombros de la sacerdotisa con un brazo.

En lugar de apartarme, Caitriona se acurrucó contra mí y sollozó contra mi hombro. Si bien tenía la garganta en carne viva, tampoco habría sabido qué decir si hubiese sido capaz de hablar.

Neve y Olwen corrieron hacia nosotras y, juntas, envolvieron sus brazos alrededor de nuestro pequeño grupo, vivas y temblando, pero enteras. Me aferré a ellas y dejé que el insistente aire frío secara el sudor de mi piel y enfriara la sangre en mis venas. Sin embargo, había un calor en mi interior que se alzaba y se alzaba hasta que pensé que podría estallar.

Me aparté de su agarre y eché un vistazo por encima del hombro para buscar la mirada de Emrys.

Y lo único que encontré fueron las cenizas y la niebla que se retorcían en el aire.

Desenredé mis brazos de las demás mientras sentía que el miedo me golpeaba el pecho como si fuese una estaca.

—¿Emrys? ¡Emrys!

No hubo respuesta.

Corrí hacia la colina y empecé a buscar entre los restos de los Hijos de la Noche que no se habían reducido a polvo.

—¡*Emrys!* —Si le había pasado algo mientras no había estado mirando...

Oí a las demás llamarlo a gritos, y sus voces resonaron en medio del silencio, cada vez más altas y con más y más miedo.

Neve se me acercó, meneando la cabeza.

—No lo entiendo... El hechizo no puede haberle hecho nada. ¿Quizás alguna de las criaturas se lo ha llevado?

La idea me impactó como si me hubiera dado un puñetazo en el estómago. Me doblé sobre mí misma, intentando no vomitar.

—Espera —dijo Neve, sujetándome del brazo y haciendo que me incorporara de nuevo—. Mira.

Tras ella, Olwen se puso pálida. Noté un nudo en la garganta cuando ella y Caitriona se nos acercaron.

Un rastro de huellas se dirigía hacia la colina y más allá, se apartaba de la tumba y de nosotras y conducía..., lo sabía de sobra, hacia el portal de vuelta a nuestro mundo.

Lo sabía.

El Anillo Disipador había desaparecido, y, con él, Emrys Dye.

Y aquel sol que había sentido en mi interior, aquel que había brillado tan fuerte, se volvió a esconder detrás de un oscuro horizonte.

44

Nos estábamos quedando sin luz para cuando emprendimos el regreso al torreón. En un principio, Caitriona había sugerido que nos resguardáramos en una de las torres de vigía hasta que llegara el amanecer, pero aquello fue antes de que nos encontráramos con el primero de los Hijos de la Noche entre los árboles.

Yacían desperdigados en donde habían caído de las ramas. Si bien sus cuerpos estaban enteros, no se movían, como si les hubiese arrebatado la chispa de la vida.

Y quizás así había sido.

Pese a que mis compañeras se detuvieron y se agacharon detrás de un tronco hueco, yo seguí avanzando.

—Tamsin, espera... —Neve trató de sujetarme, pero me aparté de su agarre.

No tenía miedo ni curiosidad.

No podía sentir nada en absoluto.

Me movía como si estuviese en el fondo del lago, cada paso me demandaba más esfuerzo que el anterior. Cada centímetro que avanzaba luchaba por hacerlo en pie.

Caitriona había fabricado una especie de vaina para la espada de modo que pudiese llevarla en la espalda en lugar de empuñarla con la mano como si fuese una antorcha. Entre Neve y las sacerdotisas y su forma de controlar la niebla, fueron capaces de crear suficiente luz para iluminar el camino.

Me dirigí hacia el monstruo que tenía más cerca y me lo quedé mirando. Sin vida ni aquel aterrador instinto que la había motivado, la criatura casi daba lástima. La lengua se le salió por un lado de la boca y sus extremidades se extendieron a sus lados cuando la hice rodar sobre la espalda con un pie.

Sus cuencas vacías me devolvieron la mirada. Los escarabajos carroñeros ya le habían devorado los ojos.

Olwen se agachó al lado de la criatura y frunció el ceño mientras tocaba la marchita piel gris de su pecho.

Le dedicó una mirada a Caitriona y negó con la cabeza.

—La suma sacerdotisa… La renacida era quien los mantenía con vida, entonces —dijo Caitriona, y pareció terriblemente agotada. Las vendas que le cubrían el rostro estaban llenas de sudor y mugre—. Y la maldición, o el poder que los hubiera controlado, ha muerto con ella.

Neve respiró con dificultad al tiempo que tocaba una de las criaturas con un solo dedo.

—¿Qué pasa? —le preguntó Olwen.

—Las maldiciones pueden sobrevivir a quien las lanza —explicó la hechicera—. Aunque no creo que eso haya sucedido aquí. Es como si hubiésemos separado la cabeza del cuerpo.

—¿Aún hay esperanza de que el ritual los devuelva a la normalidad? —preguntó Caitriona, con voz ronca.

—Creo que la única esperanza que tenemos… —Olwen tragó en seco antes de continuar— es que el ritual libere cualquier trocito de sus almas que pueda seguir atrapada en estos cuerpos.

Torcí el gesto al ver la devastación en sus rostros. Si habían sido tan estúpidas como para creer que el ritual les iba a devolver absolutamente todo, entonces se merecían aquella decepción.

—Nunca ha habido ninguna esperanza para estas criaturas —dije con amargura mientras continuaba avanzando a través del bosque marchito y pasaba por encima de los cadáveres que había sobre la nieve derretida. El aire que inhalaba era doloroso y helado—. Es solo que no podíais aceptarlo.

Al tener la mirada fija en los cadáveres, casi me estrellé contra Neve cuando ella se plantó frente a mí. Su rostro estaba lleno de preocupación. Cuando me moví para pasar por su lado, ella imitó mi movimiento.

—Aparta —le dije, con frialdad.

Pero ella no se movió.

—¡Que te apartes! —repetí, con un pitido cada vez más intenso en los oídos.

Neve dio un paso hacia delante y, antes de que pudiera apartarme, me aferró de los hombros. A pesar de que traté de quitármela de encima, la hechicera

era sorprendentemente fuerte y me mantuvo en mi sitio. Me obligó a estarme quieta. Me obligó a sentirlo… todo.

Nunca me había sentido tan vulnerable como en aquel momento, privada de las mentiras y pantomimas que había usado durante toda la vida. La verdad humillante estaba allí para que todas la vieran. Bajo aquellas capas de cinismo y frialdad no había un centro de fortaleza, sino miedo. Era la niña pequeña que incluso yo misma había intentado dejar atrás.

Me dejé caer sobre Neve y escondí la cara en su hombro.

—Lo siento —me dijo, en un hilo de voz, mientras me envolvía entre sus brazos—. Pero, por favor, no te encierres en ti misma.

Sentía como si cada parte de mí fuese a partirse en dos. Por un instante, me invadió el aroma a pino, y me di cuenta de que no me había llegado a quitar su jersey. Me aparté y me lo quité de un tirón antes de dejarlo caer sobre una de las criaturas. Prefería tener frío antes de dejar que aquello me tocara la piel.

—Soy tan idiota —dije, con voz ahogada—. He dejado que volviera a pasar.

Sola.

Descartada por algo que era más importante. Y sí que era más importante salvar a su madre y apartarse de su padre; todo ello había superado cualquier confianza que hubiese empezado a formarse entre nosotros.

Si es que en algún momento fue sincero contigo, me susurró aquella voz tan familiar en mi mente. *El muy listo de Emrys Dye, un embustero de los que no hay.*

Pensar en ello fue suficiente para torturarme, pues yo sí le había contado mi verdad. Le había contado cosas que ni siquiera Cabell sabía sobre mí.

—Él es el único que debería estar avergonzado —dijo Caitriona, y la furia se coló en sus palabras—. Nos ha engañado a todos.

Olwen me acarició el brazo, y sus dedos rozaron el corte que había vuelto a vendar de forma un tanto apresurada.

—No tienes que pensar en él si no quieres, pero no dejes que tu corazón se cierre por su culpa. No era digno.

—¿A qué te refieres? —le pregunté.

—Debería haberlo mencionado antes, pero no quería hacerlo sentir mal. —Su sonrisa estaba llena de tristeza—. Sí que reconozco la espada que llevas y también conozco su historia. Mari me la contó hace muchos años.

—¿Entonces… qué pasa? —insistí.

—Creo que esa espada se llama Dyrnwyn o Guarda Blanca. La forjaron en Ávalon y en algún momento fue la espada de un rey, Rhydderch Hael —nos contó Olwen—. Se decía que las llamas de la espada solo se encenderían si la empuñaba alguien digno y de buena cuna.

Me la quedé mirando.

—¿Estás segura? —le preguntó Caitriona.

—Oye, gracias por lo que me toca —le dije con voz seca, aunque no pude evitar echarme a reír al ver su expresión cuando se percató de lo que implicaban sus palabras.

—¡No, no me refería a eso! —se excusó—. Claro que eres digna.

—La verdad es que no —le dije—, pero no me has ofendido. ¿Deberíamos poner a prueba esa teoría?

Sostuve la espada con la empuñadura hacia ellas, y las tres retrocedieron un paso.

—Venga ya —les dije.

—No quiero que un trozo de metal me juzgue —dijo Neve, alzando las manos.

—Yo estoy satisfecha con lo que creo que valgo —dijo Olwen, sin inmutarse.

Caitriona se quedó mirando la espada durante varios segundos más que las otras, aunque al final terminó rechazando la oferta.

—Tamsin, ¿estás segura de que no quieres que lo sigamos? La nieve nos permitirá rastrearlo con facilidad.

Neve me sujetó la mano mientras me observaba y esperaba a que tomara una decisión.

Podía seguir a Emrys. Quizás incluso podía arrebatarle el anillo antes de que se lo entregara a Madrigal. El portal tal vez siguiera abierto.

Pero tenía que pensar en el ritual. Tenía que pensar en Cabell y en Neve y en Bedivere, además de en las sacerdotisas que se habían convertido en mis amigas incluso cuando yo había tratado de apartarlas de mí. En los supervivientes del torreón, que seguían librando una batalla perdida. Y en Ávalon, en el lugar tan hermoso y lleno de vida que podía ser una vez más.

—No —les dije—. Ya se ha ido.

—¿Cómo pretende volver a vuestro mundo sin ninguna sacerdotisa que le abra un portal? —preguntó Olwen.

Neve y yo intercambiamos una mirada.

—Pues... —empecé a decir.

Olwen abrió mucho los ojos cuando le contamos lo de la Arpía de la Niebla, la ofrenda y sus instrucciones de que el portal solo se podía utilizar una vez para ir a Ávalon y una vez para volver al mundo mortal.

—Creo que podremos abrir el portal original hacia el mundo mortal para vosotros, incluso si el ritual no resulta como esperamos —dijo la sacerdotisa.

—No fallará —le dije. *No puede fallar.*

—¿Estás enfadada con nosotras por no haberte contado lo del portal? —preguntó Neve, mirando a Caitriona.

Su cabello plateado relucía gracias a la nieve que caía de los árboles.

—No, porque incluso ahora, con el camino despejado para que volváis a casa, habéis decidido quedaros con nosotras.

Neve sonrió.

Caitriona se aclaró la garganta y nos dio la espalda.

—Pero sí que deberíamos seguir avanzando. No quiero que los demás se preocupen más de lo que ya lo estarán.

Alcé la cabeza y retomé la marcha, mientras dejaba que el caos en mi interior se apaciguara y que una nueva calma se apoderara de mí. Neve me sonrió cuando dirigí la mirada hacia ella, y ni una pizca de su cálida sonrisa denotaba lástima ni recelo. La silenciosa quietud de la isla me otorgó el regalo de la súbita claridad. El comprender que el dolor que había temido durante tanto tiempo era justo aquello que me indicaba que había podido sobrevivir a esa pérdida.

Nos mantuvimos juntas mientras la oscuridad que nos rodeaba se volvía cada vez más espesa al darle la bienvenida a la larga noche.

Nos detuvimos una vez para descansar y dejamos que Olwen nos revisara los vendajes para descartar cualquier señal de infección, aunque solo fue durante unos pocos minutos.

Al tener el athame de vuelta en su poder, las sacerdotisas ansiaban llevar a cabo el ritual de purificación, y yo me moría de ganas de volver con Cabell. Después de lo que había sucedido con Bedivere... no podía imaginar lo que estaría sintiendo.

Finalmente, pudimos ver el torreón con sus piedras más altas iluminadas por los fuegos que aún ardían en el foso. La expresión de Caitriona se relajó un poco al verlo, y apresuró el paso.

Pero cuando llegamos a los límites del bosque, empecé a detenerme.

—¿Qué pasa? —preguntó Neve.

—¿Dónde están? —pregunté, mirando alrededor. Antes de partir, los Hijos de la Noche habían formado un círculo alrededor del perímetro del torreón, con el que ya tendríamos que habernos cruzado.

—Seguro que la renacida los ha llamado —dijo Neve, cuando por fin le dimos alcance a Caitriona en el sendero. Se había detenido en el borde del bosque y estaba admirando la imagen del torreón desde aquella distancia tan cercana, sus piedras antiguas centelleando gracias a las llamas. Unas largas tiras rojas ondeaban en el muro que teníamos más cerca y reflejaban la luz como si de seda se tratara. La niebla aún perduraba en el sendero de casi un kilómetro que cruzaba el foso. Me sorprendió ver que ya habían bajado el puente levadizo.

El árbol de la Madre parecía más oscuro desde aquella distancia. Sus ramas más altas estaban cubiertas de blanco, lo que ocultaba el poco verde que le quedaba.

Los pasos de Olwen crujían a mis espaldas, pero, cuando se situó a mi lado, se congeló a medio paso. Su respiración se volvió entrecortada, y las nubecillas blancas de su aliento se entremezclaron con la niebla. Entonces me di cuenta de que lo que olíamos no era solo el humo del fuego, sino que había algo más amargo en él. Quizá ropa quemada.

Y algo peor.

—Parece que han empezado las celebraciones sin nosotras —dijo Neve, mientras entornaba los ojos—. Aunque no me imagino por qué han usado los estandartes rojos.

Y entonces lo entendí.

Caitriona soltó un grito ahogado y salió disparada por la colina que conducía hacia el puente levadizo. Olwen le pisaba los talones mientras corría dando tumbos entre la nieve y las rocas que había en su camino.

No pude moverme. La oscuridad se enroscó a mi alrededor y me presionó los hombros con sus manos heladas para atraparme en aquel lugar.

—Eso de ahí no son estandartes, Neve —conseguí articular—. Es sangre.

45

El silencio de los muertos tenía su propio poder, increíble y aterrador. Como un panel de cristal oscuro, se lo tragaba todo, y nada, ni siquiera la luz, conseguía salir de allí.

El patio se había convertido en un campo de batalla, la arena para una resistencia final y desesperada. Un lugar al que solo las moscas y el viento putrefacto se atrevían a entrar.

La parte inferior del árbol de la Madre estaba chamuscada, y sus hojas restantes habían quedado aplastadas sobre la nieve ensangrentada. Deri era poco más que una pila de leña a su lado, aún aferrado al enorme tronco. Los cadáveres de los duendecillos lo rodeaban en un halo de muerte.

Pese a que cada célula de mi interior se tensó, desesperada por darme la vuelta y salir corriendo, me obligué a quedarme quieta en los límites de la masacre. Me obligué a verlo.

A verlo todo.

Betrys, quien había caído justo frente a las puertas: la primera línea de defensa entre los monstruos y los inocentes que había dentro. Aun muerta, seguía aferrada a su espada con firmeza. Arianwen yacía cerca de ella, y su cadáver cubría el de Lowri. Seren y Rhona se encontraban tendidas sobre los escalones blancos del torreón, con las manos extendidas la una hacia la otra en medio de toda la masacre que las rodeaba. Unos ríos de sangre habían fluido sobre aquellas piedras y se habían secado en unos riachuelos de color oxidado.

Aquella peste a muerte, a descomposición, era lo único que parecía real. Olwen se movía, tropezando entre los cadáveres, entre gritos y sollozos mientras buscaba con desesperación alguna señal de vida.

Caitriona corrió hacia el torreón y trepó sobre los restos de todo aquello que había conocido y amado. Las puertas hacia el gran salón, que en algún momento habían sido enormes e imponentes, se habían reducido a astillas y habían quedado arrancadas de sus bisagras. Y, cuando sus gritos llenos de angustia llegaron hasta el patio, supe que nadie en el interior había sobrevivido.

Neve dijo algo a mis espaldas, con la voz ronca y temblorosa, pero yo estaba siendo egoísta. Solo podía pensar en una cosa. En un nombre.

Cabell.

Mi hermano… no…, no podía ser.

Nada de aquello era posible. Nada era real.

Salí corriendo y empecé a buscar entre los muertos, los giraba para revelar la agonía de sus muertes, sus rostros destrozados, mutilados y devorados. Me di cuenta de que estaba gritando cuando me fue imposible respirar, y lo llamaba y le suplicaba piedad a cualquier dios que pudiera existir.

No se podía escapar de los muertos, pues los ecos de su absoluto terror en aquellos últimos momentos flotaban a nuestro alrededor entre la niebla. Los animales yacían destrozados en los establos. Hombres y mujeres colgaban de las murallas, con sus cuerpos rotos y la piel abierta en canal. Aled y Dilwyn yacían en el jardín de Olwen; Angharad y muchos otros, en los campos del patio, donde unas pocas plantas habían surgido de la tierra para ser bautizadas con toda aquella matanza.

¿Dónde estaba Cabell? ¿Dónde?

Corrí hacia el calabozo, hacia los manantiales, hacia el túnel bajo la armería, hasta que, al final, vi que la puerta hacia la cocina había sido arrancada de sus goznes, y el recuerdo de la voz de Bedivere irrumpió en medio del pánico creciente en mi mente. «La última esperanza de Ávalon».

Pasé a trompicones sobre los cadáveres de criaturas y avalonianos por igual para llegar al interior. El estante había sido separado de la pared, bloqueado por el cadáver de un hombre, y lo empujé con todas mis fuerzas para conseguir abrir el túnel y bajar por la escalera cubierta de sangre.

Y, después de todo lo que ya había visto, lo que yacía allí abajo, en el túnel de las hadas, fue lo que hizo que la bilis me subiera por la garganta.

La sangre me cubría la parte superior de las botas, negra y espesa en la oscuridad. Saqué la linterna de mi bolso, con las manos temblando tanto que casi se me cayó mientras buscaba entre los cadáveres que me rodeaban. Entre lo que quedaba de ellos.

Todo aquel que se hubiese atrevido a dirigirse a aquel túnel había quedado atrapado, pues la puerta que conducía hacia el bosque había permanecido cerrada. A cal y canto. Y, al no tener ninguna vía de escape, los habían hecho pedazos.

El haz de mi linterna iluminó la masacre, y contuve el aliento para no tener que inhalar la peste sobrecogedora de la muerte. Algunas partes de la conocida armadura de Bedivere se encontraban desperdigadas entre los muertos. El frío me recorrió entera cuando mi linterna iluminó un trozo de cuero viejo y marrón.

Vi cómo mi mano se dirigía hacia el suelo cubierto de sangre, cómo mis dedos se hundían en un charco oscuro y viscoso para recogerlo. El trozo de cuero era del tamaño de mi mano, y aún podía distinguirlo como el cuello de una chaqueta. Me vi a mí misma darle la vuelta, y el bordado infantil, otrora amarillo aunque en aquel momento escarlata, rezaba «LAR». Bajo él, como el sello de una maldición escondida, pude ver los restos tatuados de un trozo de piel pálida.

Me incliné hacia un lado y vomité todo lo que tenía en el estómago. Los jadeos y las arcadas me apresaron hasta que perdí la sensibilidad de las manos y tanto el trozo de tela como la linterna se me cayeron.

La oscuridad me tragó entera, y no supe hacia dónde ir, hacia dónde se encontraba la salida. Una agonía que nunca antes había sentido me partió en dos, y lo único que pude hacer fue aferrarme a la pared que tenía a mis espaldas para intentar no ahogarme entre los restos de los muertos.

De Cabell.

Rompí a llorar, y el sonido resonó por los muros de piedra del túnel mientras mi cuerpo se sacudía por los sollozos. Todo… todo para que sucediera algo así. Para que la persona que más quería en el mundo tuviera que sufrir de aquel modo; el dolor y el miedo en la oscuridad, la certeza de saber que no podría escapar, de ser reducido a nada más que a un recuerdo y todo para… para…

No podía hallar la salida, y tampoco tenía ningún lugar al que ir, por lo que me quedé allí, mientras las lágrimas escapaban de mi cuerpo y rezaba y suplicaba que simplemente pudiera morir de dolor, hasta que, al final, Neve llegó y me condujo al exterior.

46

M e quedé sola sobre las murallas, con la mirada perdida en el bosque a oscuras. El tiempo estaba jugando con mi mente, y, en aquel lugar en el que la noche casi era eterna, parecía importar incluso menos. Una parte de mí tenía la esperanza de que, si me limitaba a quedarme allí y dejaba que el viento frío hiciera lo que quisiera conmigo, acabara convirtiéndome en piedra. Así no tendría que desenredar el caos en llamas que eran mis pensamientos ni lidiar con el dolor incesante en mi pecho.

Los ojos me ardieron por el frío, pero las lágrimas no llegaron. El pozo que había en mi interior se había secado de un modo que resultaba aterrador. Y, cuando se volvió a llenar, lo hizo con un veneno que me resultó de lo más conocido. Uno que merecía con cada pizca de mi ser.

Todo esto es culpa tuya.

Tú lo trajiste hasta aquí porque creíste saber lo que era mejor para él.

Y todo ha sido en vano.

Te lo merecías.

Y él ha muerto odiándote.

Mi hermano, el sensible, inteligente, talentoso y encantador. El mejor no solo de los Lark, sino de todos los mundos. Ávalon no le había dado nada más que dolor y muerte. Nunca tendría que haberle pedido que me acompañara.

Y nunca tendría que haber intentado buscar a Nash.

El peso de su pérdida me volvió a golpear y me arrebató todo el aire de los pulmones. Cabell había estado tan cerca del final de su pesadilla... Tan cerca de librarse de la oscuridad que había intentado acabar con cada atisbo de esperanza en su interior, de la oscuridad que había querido devorarlo.

No podía cerrar los ojos sin imaginarlo. Lo rápida y salvaje que había sido la muerte al reclamarlos a todos, tan solo a unas pocas horas de que la isla encontrara su salvación.

Una furia enfermiza se alzó en mi interior y me llevó el sabor de la bilis de vuelta a la boca. No había ninguna Diosa ni ningún otro dios por ahí. No existía el destino. Lo único que existía de verdad eran las crueles incertidumbres de la vida.

La niebla de la isla se paseaba entre los árboles y extendía sus largos y curiosos dedos hacia el torreón. Los últimos restos de la magia de las Nueve habían mermado, y los fuegos que antes habían ardido en los fosos ya se habían extinguido. Clavé la vista en aquel lugar, y mi mirada pasó sobre los huesos, la madera carbonizada, las espadas y los escudos que habían caído y se habían deformado debido al calor.

¿Qué se suponía que tenía que hacer? Prácticamente no quedaba ningún resto de mi hermano que pudiese enterrar. El camino hacia la barcaza, hacia el mundo mortal, ya estaba despejado, y no había nada que me impidiese marcharme, a mí ni a nadie, pero ¿qué me esperaba allí? Una vida patética llena de recuerdos dolorosos de haber sido abandonada y de haberme sentido como una inútil. Un trabajo que había heredado, una cofradía que nunca me había querido, ningún amigo en el que apoyarme, ningún lugar al que ir salvo a un hogar que tendría que haber sido compartido, lleno de cosas que mi hermano nunca iba a necesitar de nuevo.

Y, al final de todo ello, ¿qué quedaba?

Unos suaves sollozos llenaban el crepúsculo, y una tenue luz se alzó en el patio. Con los músculos rígidos, me aparté del borde de la muralla y miré hacia abajo.

Olwen estaba tendiendo los cadáveres uno al lado del otro y acomodaba con ternura incluso los que tenían una apariencia grotesca. Estaba intentando limpiar sus rostros, brazos y piernas, pero, cuando llegó hasta Betrys, empezó a temblar y se cubrió la cara con su delantal ensangrentado para amortiguar su llanto.

Esto.

La palabra me atravesó como si de una canción se tratara, con tanta claridad como si alguien me hubiera susurrado al oído.

Lo que tenía frente a mis ojos: aquello era lo que quedaba.

Ellas.

Recorrí la muralla y me detuve para enganchar los brazos bajo el cadáver de un hombre que se había derrumbado sobre su arco destrozado. Lo llevé escaleras abajo, con dificultad debido a su peso, y lo tumbé al lado de los demás. Olwen alzó la mirada, pero yo ya me había dirigido de vuelta hacia las escaleras, donde más muertos esperaban.

Trabajamos en silencio, y me di cuenta de que el hecho de moverme, de concentrarme en lo que hacía, calmaba mis pensamientos. En algún momento, Neve se sumó a nuestros esfuerzos y empezó a lavar y a preparar a los muertos mientras Olwen y yo se los llevábamos. Neve, quien antes se había sentido tan intrigada por la muerte, había perdido el último atisbo de brillo en sus ojos cuando la dura realidad la había sobrepasado.

Entonces llegó Caitriona, cargando con el frágil cadáver de Mari desde el interior del torreón. La colocó junto a sus hermanas y mantuvo el rostro rígido en un intento por contener sus emociones.

A la última a la que sacó del torreón fue a Pulga, pero, cuando se acercaba hacia nosotras, se detuvo. Su agarre en la niña se volvió más fuerte, y su rostro se tensó bajo las vendas que lo cubrían.

—Cait —la llamó Olwen con suavidad, extendiendo los brazos hacia ella.

—No —dijo la otra sacerdotisa con voz ahogada, mientras acunaba a Pulga.

—Ya no está con nosotros, cariño —dijo Olwen—. No hay nada que podamos hacer ya.

—No. —Caitriona cerró los ojos, suplicante.

Neve se levantó y se acercó hasta Caitriona antes de apoyar una mano con suavidad en su espalda y guiarla hacia delante. Me limpié el sudor y la suciedad de la cara con la manga de mi chaqueta, incapaz de mirar cómo colocaban a la niñita junto a las demás sacerdotisas.

Pulga parecía casi en paz, y, de algún modo, aquello era peor, pues sabía perfectamente que sus últimos momentos no habían sido para nada pacíficos.

Me agaché a su lado, toqué su mano y la observé como había hecho con las demás. No quería olvidar nada de ella: su figura tan menudita, las venas delgadas y azules de sus párpados, los mechones rubios casi blancos que se le escapaban de su gorro de lana.

Tomé su mano izquierda y la limpié con otro trapo. Olwen sostuvo la derecha y colocó un pequeño ramo de hierbas y flores secas en ella, como había hecho con las demás. Caitriona se quedó atrás, mientras las lágrimas fluían por su rostro. Neve permaneció cerca de la sacerdotisa y me dedicó una mirada desamparada mientras rodeaba el codo de Caitriona con la mano.

Con mucho cuidado, muchísimo, coloqué la mano de Pulga sobre su estómago, pero, cuando empecé a retirarme, mis dedos rozaron algo que la niña tenía metido en la cinturilla de sus pantalones. Tras fruncir el ceño, levanté la tela rígida por la sangre.

—¿Qué es eso? —preguntó Neve, inclinándose sobre mi hombro.

Las otras me rodearon cuando alcé la piedra plana y del tamaño de la palma de la mano en dirección a la voluta de niebla brillante que tenía más cerca.

No, no era una piedra, sino un hueso. Y aquellas marcas...

Olwen se levantó, se adentró en su taller y volvió a salir algunos segundos después con la cesta que contenía el receptáculo de la suma sacerdotisa Viviane. Puso la escultura bocabajo, llevé el trozo de hueso hasta aquel lugar y, tras girarlo un poco, encajó a la perfección.

—¿Dónde encontró eso? —susurró Caitriona.

—O a quién se lo robó —dije, con la voz rasposa.

—Cada noche la cacheábamos para ver si había robado algún objeto —dijo Olwen, mientras apoyaba sus manos sobre las de Pulga, más pequeñas—. Lo debió haber encontrado mientras no estábamos.

—¿Se puede reparar el receptáculo? —pregunté—. Si alguien lo ha roto a propósito, quiero saber qué recuerdos estaba intentando ocultar.

Olwen negó con la cabeza.

—No queda nadie con vida que pueda repararlo y volverlo a formar con magia.

Una idea se deslizó por mi mente, en voz baja y retorciéndose por la anticipación.

—Quizá no en este mundo, pero ¿y si hubiese alguien en el mundo mortal que pudiese hacerlo?

El Cortahuesos llevaba años fabricando llaves para pomos esqueleto y podía conseguir de todo, incluso veneno de basilisco. Si no era capaz de reparar el receptáculo, a lo mejor podría encontrar a alguien que sí.

Metí el hueso en la cesta y la cubrí con la tela. Tendría que acompañarnos en nuestro viaje.

Caitriona acarició la fría mejilla de Pulga.

—¿Qué deberíamos hacer? —preguntó Neve, tras unos segundos—. ¿Enterrarlos?

Caitriona negó con la cabeza.

—No podemos. Tenemos que incinerarlos, como hicimos con los demás.

—Pero la maldición… —empezó a decir Olwen.

—No sabemos si la maldición aún perdura en la tierra —dijo Caitriona—. Será mejor que liberemos sus almas hacia la muerte eterna que arriesgarnos a que se conviertan en las criaturas que acabaron con ellos.

—Tamsin y yo podemos encargarnos —les propuso Neve.

—No —repuso Caitriona—. Honrar a los muertos es uno de los deberes más sagrados de una sacerdotisa de Ávalon. Debe ser nuestro último acto como tales.

—Sigues siendo una sacerdotisa de Ávalon —le dije.

—Soy la sacerdotisa de la nada —dijo ella, poniéndose de pie—. Y eso es lo único que seré para siempre.

Situamos los cadáveres en el patio, donde podrían haber crecido cultivos si hubiésemos tenido más tiempo. Caitriona cantó para invocar el fuego, y sus palabras surgieron ásperas de su garganta. No obstante, cuando Olwen le dio la mano y empezó a tararear una suave melodía, Caitriona se apartó.

Las chispas se concentraron alrededor de los muertos y se convirtieron en pequeños fuegos gracias a los restos que habíamos usado como leña.

—No pienso rezarle a una diosa que ha permitido que pasase algo así —dijo Caitriona.

Pareció que Olwen tenía la intención de convencerla, pero, al final, se limitó a agachar la cabeza y a entonar el rezo por sí sola.

—*A ti, Madre, te enviamos a los seres que más queremos…*

Su cántico se desvaneció bajo el crepitar del fuego cuando este se extendió y empezó a alzarse más y más sobre los trozos de muebles rotos, el heno y los cuerpos, y los encerró, durante un instante, en una luz absoluta.

Las cuatro permanecimos en aquel lugar y observamos cómo el humo se tornaba plateado contra la oscuridad y se mezclaba con la niebla que se cernía sobre todo. Por el rabillo del ojo, vi a Caitriona dar un paso hacia delante, como si fuese a subirse a la pira.

—Tendríamos… —empezó a decir con voz ronca—. Tendríamos que haber muerto todas juntas. Este dolor…, no puedo soportar la idea de que no volveré a verlas nunca más.

El aire tembló por el calor. Al otro lado del mar de llamas y humo había una pálida criatura que nos observaba. Su cuerno relució cuando inclinó la cabeza en una reverencia. Me aparté las cenizas y la suciedad de los ojos, al no poder creerlo, y volví a alzar la vista, pero lo único que había frente a mí era el fuego.

Olwen entrelazó su brazo con el de Caitriona, aunque no estaba segura de si lo hizo para consolarla o para asegurarse de que no saltara a la pira. Neve me miró, y su corazón destrozado quedó al descubierto en su expresión.

Ellas.

No había sido capaz de salvar a Cabell ni a ninguno de los demás. Pero podía ayudarlas a ellas. Podía cuidarlas.

—Elegidme a mí.

Las palabras salieron roncas, desde una parte muy recóndita en mi interior que me había esforzado mucho por esconder. De la niña a la que habían regalado. La niña a la que habían dejado atrás, una y otra vez.

—Elegidme —repetí, con la voz ronca por la desesperación mientras las demás se giraban hacia mí—. Elegidme, porque yo os elijo a vosotras.

—Tamsin… —susurró Neve.

—No puedo ser para vosotras quienes fueron ellas, lo sé muy bien. Y nunca he sido muy buena persona —continué, mientras sentía cómo el calor soplaba más allá de donde me encontraba—. Pero me estoy esforzando y sé que, pase lo que pase, puedo soportarlo…, puedo sobrevivirlo, si las cuatro nos quedamos juntas. Así que elegidme, por favor, solo…

Retrocedí y me llevé las manos a la cara, solo que alguien se acercó para apartarlas: Caitriona. Noté sus manos ásperas y llenas de callos cuando aferró las mías.

—Te elegí en el momento en que descubrí que te habías marchado en busca del athame —me dijo—. El hecho de que te arriesgaras por nosotros fue un acto de valentía y esperanza. Durante el resto de mi vida, mientras esta dure, seré tu amiga. Que lo que prometemos aquí, nadie logre quebrarlo.

Olwen y Neve se situaron a ambos lados de nosotras, y los brazos de Olwen me parecieron cálidos y suaves cuando nos rodeó con ellos. Neve envolvió sus manos alrededor de las nuestras. Y, entonces, algo en mí se apaciguó y alivió la tensión que sentía en el pecho. Mis pulmones, mi corazón, mi cuerpo entero pareció llenarse de una emoción más grande, como si hubiésemos sellado aquella promesa con magia.

—Si permanecemos juntas, podremos sobrevivir a esto —dijo Olwen, con voz entrecortada—. Solo tenemos que decidir qué hacer.

—¿Queréis volver al mundo mortal con nosotras? —les preguntó Neve, mirándolas—. Podríais abrir el portal, lo cruzaremos con vosotras.

—Sí —respondió Caitriona, y la sencillez con la que lo dijo me sorprendió—. Creo… creo que no tenemos otra opción.

—¿Y qué hay del ritual? —pregunté.

—¿A qué te refieres? —preguntó Olwen.

Supe que la sorpresa debió ser clara en mi rostro, pues la confusión estaba clara en los de ellas.

—Después de todo lo que ha sucedido… ¿no deberíamos intentarlo al menos?

—Pero las Nueve no estamos completas. Nunca lo estaremos —dijo Caitriona.

Aferré mis manos a las suyas para evitar que las apartara.

—Mira, es muy sencillo. No estoy del todo segura de que las instrucciones digan lo que vosotras creéis que dicen. En ningún lugar dice que sí o sí debáis tener un número específico de sacerdotisas para llevar a cabo la ceremonia.

—*Juntad las manos con vuestras hermanas y volved a encontrar la pureza de corazón y vuestro poder completo* —recitó Neve, y su expresión se tornó pensativa—. Vosotras dos lo sabréis mejor que nosotras, pero entiendo a qué se refiere Tamsin. Puede querer decir que aquellas que lleven a cabo el ritual deben tener un propósito en común.

—*Volved a encontrar la pureza de corazón y vuestro poder completo* —recité—. A mí me parece puro palabrerío poético y ya está, la verdad.

Caitriona seguía meneando la cabeza, con expresión atormentada.

—Al menos podría devolver la tierra a la normalidad —interpuso Olwen—. Y purificar las nieblas.

—La Diosa nos ha abandonado —dijo Caitriona—. Ha abandonado Ávalon.

—No creo que eso sea cierto —repuso Olwen—. De lo contrario, ¿cómo es que Neve está aquí? ¿Y Tamsin? Llegaron hasta nosotras por una razón, y tengo que creer que es esta.

La incomodidad de Caitriona se veía con claridad en su rostro, aunque noté que la idea la convencía un poquito.

—Por favor... —suplicó Olwen—. Sus muertes no pueden haber sido en vano.

Y al final, bajo la luz reluciente de la pira, Caitriona se giró hacia el torreón y nos condujo en dirección al gran salón en una procesión silenciosa.

47

Mientras Olwen y Caitriona preparaban el altar del gran salón y lo limpiaban con incienso y aceites, Neve y yo nos dirigimos hacia la planta de arriba para ponernos ropa limpia y recoger nuestras cosas. El cielo estaba empezando a iluminarse con las luces del amanecer, y lo único en lo que pude pensar fue en que era del mismo color que el humo que se alzaba de la pira funeraria. El olor de los cadáveres al arder me revolvió el estómago, pero ya no tenía nada dentro que pudiera sacar.

Neve cerró la puerta detrás de nosotras una última vez y me observó mientras me dirigía hacia la habitación que Cabell y Emrys habían compartido.

Me detuve al sentir que las palabras se acumulaban en mi interior. La historia que por fin quería ser contada.

—Tenías razón —le dije—. Sí que tengo una marca de muerte.

—Tamsin... —empezó a decir ella, con suavidad.

—Nash y Cabell me habían dejado atrás en nuestro campamento. Habían ido a otra bóveda de alguna hechicera en busca de la daga de Arturo, y yo no les servía de nada. —Tragué el nudo que tenía en la garganta—. Y entonces la oí... Oí una voz en el viento. Pensé que me estaba llamando, pero era una Dama Blanca.

Una mujer asesinada por su amante que había sido abandonada para proteger el tesoro de él hasta que pudiera matar a otra que ocupara su lugar.

—Solo era una niña tonta, y estaba muy enfadada y resentida por que me hubieran dejado atrás —susurré—. Aunque sabía lo que hacía, aunque Nash nos había contado montones de historias de fantasmas, lo único en lo que pude pensar entonces fue «me quiere». Sé que sonará absurdo, pero... una parte de mí incluso se preguntaba si no sería ella mi madre, que había venido por fin a buscarme.

Nos habíamos quedado en el campo abierto y cubierto de nieve, e incluso mientras extendía una mano para tocar la piel sobre mi corazón y congelarla, me había preguntado si lo que veía en sus ojos sería una mirada de amor.

Neve me envolvió con sus brazos desde atrás y apoyó la mejilla sobre mi hombro. Y, en lugar de apartarme, me apoyé contra ella.

Cuando me soltó, esperó a que me girara para decirme en voz baja:

—Volveré a la biblioteca un ratito. Quiero echarle un último vistazo.

—Iré en un segundo —le contesté, tras asentir.

Esperé hasta que dejé de oír sus pasos sobre la escalera antes de enfrentarme a la puerta una vez más y abrirla.

La habitación de al lado era un espejo de la nuestra. El aire frío se había asentado con mayor profundidad debido a que estaba vacía. Más allá de la mochila de Cabell que se encontraba a los pies de la cama, no había ninguna otra señal de que alguien hubiese dormido allí.

Una nueva amargura me invadió. Emrys no podría haber sabido que íbamos a hallar el anillo, pero el hecho de que no hubiese dejado ningún rastro de sí mismo en la habitación… me hizo sospechar.

No me importa, pensé, mientras recogía la mochila de Cabell y la abrazaba contra mi pecho. *De verdad que no.*

Me llevé una mano al bolsillo de mi chaqueta y cerré el puño en torno a la lisa pieza de madera. La apreté con fuerza para evitar que los sentimientos pudieran conmigo, hasta que sus bordes me cortaron la piel.

Entonces, con un profundo suspiro, dejé la pequeña avecilla tallada sobre la almohada y abandoné la habitación.

No encontré a Neve paseando entre las estanterías de roble de la biblioteca, sino en la parte trasera, contemplando los tapices que cubrían las ventanas. En uno, un hombre envuelto en ramas alzaba su espada para enfrentarse al caballero del otro tapiz, cubierto de acebo.

Neve echó un vistazo hacia atrás cuando me acerqué a ella.

—¿Has oído esta historia? —le pregunté, tocando la figura tejida de la que sobresalían hojas de roble—. La del Rey de Acebo y el Rey de Roble.

—No —me dijo—, pero me hago una idea. Representan el cambio de las estaciones, ¿verdad?

—Exacto —asentí—. Son la personificación del invierno y el verano o la parte oscura de la Rueda del Año y la parte luminosa. Combaten el uno contra el otro, una y otra vez, y su poder aumenta o disminuye acorde a las estaciones que van y vienen. Algunas versiones dicen que el Rey de Acebo es el Señor de la Muerte y que luchan por una mujer a la que ambos quieren o por la propia Diosa.

Pese a que resultaba sorprendente verlo representado en aquel lugar, dado el tamaño de la biblioteca y la variedad de manuscritos que albergaba, había imaginado que los avalonianos habían coleccionado historias de todo el mundo.

—¿Deberíamos ir bajando? —preguntó Neve, mientras se esforzaba por cargar con su riñonera. Si bien el encantamiento aumentaba su capacidad, no aligeraba su carga precisamente.

—Sí —le dije, y cuando un fuerte impulso me invadió, le toqué el brazo—. Gracias por ser mi amiga, incluso cuando no lo merecía.

—No me lo has puesto nada fácil, la verdad —dijo ella—. Pero lo bueno siempre cuesta.

Oímos unos pasos desde las escaleras. A pesar de que me incliné un poco hacia atrás, pensando que vería a Olwen o a Caitriona, no había nadie.

Fruncí el ceño y me acerqué a las escaleras, aunque no vi a nadie en ellas. Neve y yo intercambiamos una mirada y continuamos bajando los escalones y buscando por el pasillo oscuro de la planta inferior. Resultó que algo sí se había movido por allí.

—Oh —solté en un susurro, antes de agacharme—. Ven aquí, picarón.

Un gatito gris y tembloroso, con el pelaje tieso por la sangre, salió disparado de las sombras y prácticamente se lanzó a mis brazos. Sus garritas se hundieron en la parte delantera de mi chaqueta mientras intentaba subirse hasta mi cuello.

—Es el gato de Mari —le expliqué a Neve. Su cola me dio un golpecito en la cara y me hizo pensar en mi hogar.

Neve estiró una mano para acariciar la suave cabecita del animal.

—¿Dónde te habías escondido, pequeño Griflet?

¿Y qué cosas has visto?, me pregunté.

—¿Te gustaría vivir en una biblioteca? —le pregunté al gatito mientras Neve y yo nos dirigíamos hacia el gran salón—. Con un montón de amiguitos monos y traviesos.

Olwen nos dio alcance en las escaleras.

—Justo iba a buscaros.

Me aparté el pelo hacia atrás para que pudiera ver al gatito, y la expresión de Olwen se convirtió en una mezcla de emociones, ninguna lo suficientemente fuerte como para resistir más de un segundo.

—Ay, bendita sea la Madre.

Con cuidado, extrajo las garritas del gato de mi chaqueta y lo acunó en la curva de su brazo. El gatito ronroneó, contento.

—¿Estáis listas? —preguntó Neve.

—Sí —dijo Olwen, mientras rascaba las orejitas despeinadas de Griflet—. Tenemos que llevar a cabo el ritual justo al amanecer, así que no podemos perder ni un segundo.

El gran salón aún apestaba a sangre y todavía era posible ver algunas manchas oscuras sobre el suelo, incluso después de que hubiéramos intentado limpiarlas. La estatua de la Diosa se alzaba sobre el altar, y su cuerpo de piedra blanca estaba salpicado de sangre. En el centro de su pecho, una vela seguía ardiendo.

Caitriona nos daba la espalda y tenía la mirada fija en los objetos que tenía frente a ella: el athame, la varita, el cáliz, un cuenco lleno con lo que parecía ser tierra y una garrafa de brillante agua de manantial. Ante un suave maullido de Griflet, la sacerdotisa se giró con una expresión de sorpresa.

—¿Cómo es posible? —dijo, con voz ronca.

—Tamsin y Neve lo han encontrado escondido en la planta de arriba —le explicó Olwen. Lo alzó para acariciar su suave cabecita con su mejilla y luego lo depositó en la cesta que contenía el receptáculo de Viviane. Griflet se acomodó sobre la suave manta que lo cubría.

Neve y yo dejamos nuestras mochilas a un lado de la cesta y aceptamos las delgadas coronas de plantas y ramitas retorcidas que Olwen nos colocó sobre la cabeza.

—No tengo magia —dije, a sabiendas.

—Confía en mí —fue lo único que dijo Olwen.

Caitriona nos hizo un ademán para que rodeáramos el altar. Cuando me quedé un paso por detrás, Olwen me dio un suave empujoncito para que ocupara mi lugar entre ella y Caitriona. Me congelé, y el pulso me latía muy rápido mientras contemplaba la reluciente y negra parte superior del altar.

Las manchitas doradas y plateadas que tenía la piedra pulida parecían estrellas en un cielo nocturno.

La hoja del athame relució. El cáliz era plateado y de forma sencilla, pero con el borde adornado con brillantes zafiros y esmeraldas. Sin embargo, lo que capturó mi atención fue la varita. Era más larga que mi brazo, más larga incluso que la que tenía Neve, y parecía más bien una rama recta coronada con una punta de plata.

Si bien Olwen llevaba una túnica ceremonial, Caitriona no. Se agachó para recoger el grueso tomo que había dejado cerca de sus pies.

Respiré con dificultad mientras ella pasaba las páginas y revelaba atisbos de color y luces relucientes. Neve se removió en su sitio y se aclaró la garganta en medio del silencio. Por el rabillo del ojo la vi decidirse: dejó su varita cerca de nuestras mochilas y liberó sus manos para permitir que la magia acudiera a ella de forma natural.

—*Salve, Madre de Todo, corazón del mundo.* —Caitriona perdió la voz, pero la recuperó un segundo después cuando retomó su cántico. Su tono era grave y con una furia que no conseguía disimular—. *La tierra de tu cuerpo.*

—*La tierra de tu cuerpo* —repitió Olwen, pasándose la lengua por sus labios resecos mientras Caitriona soltaba un puñado de tierra dentro del cáliz.

—*El agua de tu sangre.*

Olwen repitió sus palabras de nuevo mientras vertía el agua en el receptáculo.

—*El aliento de tu hija.*

Olwen se inclinó hacia delante y respiró dentro del cáliz.

Una niebla misteriosa se alzó y cubrió los escalones, como si el cántico la hubiese invocado. Se extendió por el gran salón como si fuesen raíces en un suelo fértil que tanteaban su camino hasta nosotras.

Caitriona usó la vela de la estatua para encender otra.

—*El fuego de tu alma.*

—*El fuego de tu alma* —dijo Olwen, y entonces, juntas, exclamaron—: *Invocamos tu poder.*

Caitriona cerró el libro y recogió el athame para luego cortarse la palma de la mano mientras seguía cantando y vertía su sangre en el cáliz.

—*Permite que aquello que muera conozca tu luz y vuelva a nacer.*

Olwen tomó el athame después y se cortó la palma con rapidez y sin problemas, antes de añadir su sangre a la boca abierta del cáliz. A nuestros pies, la niebla se concentró.

—*Permite que aquello que muera conozca tu luz y vuelva a nacer.*

Neve fue la siguiente, y también repitió las palabras.

—*Permite que aquello que muera conozca tu luz y vuelva a nacer.*

Y entonces llegó mi turno. Pude notar sus miradas sobre mí mientras llevaba la punta de la hoja a mi mano. El brazo me dio un pinchazo al recordar, y la imagen de la suma sacerdotisa apareció detrás de mis párpados hasta que me obligué a abrir los ojos. Tras respirar una última vez, me corté la palma. La hoja era lo suficientemente afilada como para que la piel solo me doliera durante un segundo.

—*Permite que aquello que muera conozca tu luz y vuelva a nacer.*

Añadí mi sangre al cáliz. El roce húmedo de la niebla me subió por las piernas y las caderas. Un cosquilleo en el centro de mi pecho se extendió y chisporroteó como los petardos que Nash solía comprarnos a Cabell y a mí al inicio del año.

—*Libra tu corazón de la oscuridad, tú que nos has traído a este mundo. Te invocamos, Madre, para que vuelvas a nacer.* —Al terminar, Caitriona recogió la varita y cerró los ojos. Conforme alzaba el instrumento, la niebla la siguió como si se tratara de una telaraña atrapada en su punta de plata, brillante gracias a la luz de la vela de la estatua. Caitriona la mantuvo en lo alto, quieta y en silencio.

Hasta que el brazo le empezó a temblar.

Hasta que Olwen cerró los ojos, destrozada.

No sabía qué se suponía que tendría que haber sucedido, pero era de lo más obvio que no había pasado nada. El ritual no había dado resultado.

Caitriona dejó la varita sobre el altar, y me dio la impresión de que lo único que quería hacer era romperla en mil pedazos contra la piedra.

—Os lo dije —soltó, con amargura—. La Diosa no nos prestará su poder. Su corazón ha abandonado Ávalon, si es que en algún momento tuvo uno.

Se alejó de nosotras y se dirigió al lugar en el que habíamos dejado las mochilas para nuestro viaje. Se quedó allí, con una mirada expectante que apenas conseguía disimular lo cerca que estaba de ponerse a llorar. Empecé a avanzar hacia ella, y la sangre goteó de mi palma sobre el suelo y el altar.

—Esperad.

La voz de Neve me detuvo y me hizo retroceder. La hechicera estaba contemplando el cáliz, fascinada por lo que veía.

El líquido oscuro se agitaba en el interior de la copa. Unos hilillos de niebla se alzaban desde su centro, cada vez más grandes conforme se enroscaban en el aire de dos en dos entre nosotras. Caitriona se acercó despacio al altar, claramente insegura, incluso cuando el líquido se elevó desde el cáliz con un silbido furioso que perturbó la niebla.

—¿Qué está pasando? —exclamé.

La niebla se convirtió en un huracán de viento y presión que giró cada vez más rápido hasta que empezó a tirarnos del cabello y la ropa. Por instinto, me estiré para tomar de la mano a Neve. Ella sujetó la de Olwen, y Olwen la de Caitriona hasta que, al final, Caitriona se estiró para sujetar mi mano libre y juntas formamos un círculo alrededor del altar.

El suelo tembló e hizo traquetear los candelabros y las mesas. Me aferré a las demás mientras intentaba contrarrestar el violento tirón del viento que nos rodeaba. La columna de niebla oscura ascendió más allá de nuestras cabezas y se expandió por el gran salón al tiempo que arrancaba estandartes de las paredes y volcaba sillas.

Podíamos oír una voz en el viento fuera del torreón, desesperada por entrar. Cerré los ojos, tratando de concentrarme en ella y de descifrar lo que estaba diciendo.

Era una canción. La voz era suave, baja y agradable, como la canción de cuna de una madre. Se volvió cada vez más fuerte y adorable, en contraste con la tormenta que azotaba a nuestro alrededor. Era la voz de los cálidos rayos de sol, del agua fresca de un manantial cristalino, del rocío de los pétalos y del aliento de los árboles. Estaba fuera de mí, pero también dentro, y me urgía a cantar.

Canta.

Las demás le dieron voz a la canción fantasma: con dificultad al inicio debido a la letra que no conocían y a sus intentos por capturar la perfección resonante de su melodía. Resultaba intoxicante y habría sido incapaz de resistirme si hubiese tenido las fuerzas en mí para luchar contra ella. Las palabras desconocidas, imposibles de traducir, me dejaban una sensación como la de la miel en la lengua.

El viento y la niebla se hincharon con nuestra canción, y el mundo tembló con ellos. Nunca en mi vida había experimentado un poder semejante, el de la magia pura y verdadera. Me atravesó el cuerpo como un rayo y me electrificó los sentidos hasta que me convertí en una con ella.

Aquello era lo que se sentía al quedarse atrapada en la palma de un dios. Convocar su magia, desatarla sobre el mundo, y, con ello, volver a nacer también.

El ritual estaba funcionando. Empecé a gritar las palabras, desesperada por que se alzaran sobre los vientos impetuosos y la presión tormentosa que se concentraba a nuestro alrededor. Las lágrimas se me deslizaban por las mejillas, y la magnitud de todo lo que estaba sintiendo me superó. La alegría, el dolor, la liberación.

Me obligué a abrir los ojos, a tratar de capturarlo todo para que viviera en mis recuerdos hasta mi último aliento. Unas centelleantes cintas blancas se deslizaron en medio de la niebla salvaje de oscuridad creciente. El poder hizo que los talones se nos despegaran del suelo hasta que solo conseguí mantenerme de puntillas antes de flotar del todo.

En medio del viento que rugía, emergieron unos rostros, brillantes e iridiscentes. Conforme seguía mirando, las facciones empezaron a aclararse, y tuve que pelear contra la necesidad de protegerme los ojos contra los azotes de la niebla. Lowri. Arianwen. Rhona. Seren. Mari. Betrys.

Pulga.

Sentí como si el corazón me fuese a explotar al ver a los espectros. Apreté las manos de Neve y de Caitriona para hacer que ellas también las vieran, mientras sentía un nudo en la garganta. Pero los ojos fantasmales estaban fijos en mí; sus labios se movían, aunque no podía oír ningún sonido por encima del canto en mis oídos y del viento que amenazaba con arrastrarnos a todas. Estaban cantando con nosotras. Unían su poder con el nuestro.

No. Tan rápido como había llegado, la euforia desapareció. Sus rostros no estaban llenos de amor, sino de terror. Todas gritaban. Gritaban la misma palabra.

Me obligué a dejar de cantar y volví a tirar de Neve y de Caitriona, pero fue demasiado tarde.

Con una serie de truenos retumbantes, la isla entró en erupción bajo nosotras.

48

E l aire se llenó de una luz extraña.

Sus rayos, plateados y escurridizos, atravesaron la capa de niebla y polvo y cayeron sobre mí como dedos fríos. Clavé la mirada en la tierra y en la sangre que se había secado sobre mi chaqueta, sin comprender. El pitido en mis oídos fue intenso y doloroso cuando traté de incorporarme, y me di cuenta de que no era capaz de hacerlo.

Tenía el brazo atrapado bajo un montón de restos de piedra. Con un gruñido de dolor, conseguí sacarlo, tras apartar un gran bloque. El pedazo de mármol blanco rodó hasta detenerse a mi lado.

Me giré y encontré un pálido rostro que me miraba. Su expresión serena contrastaba con las salpicaduras de sangre que lo cubrían. Una pequeña vela estaba encendida no mucho más allá, y su llama se agitó con dificultad hasta que una suave brisa la apagó.

A medida que el viento concentraba y empujaba la niebla y el polvo, me percaté del lugar del que provenía la luz.

La luna.

Sobre mi cabeza, la veía llena y encantadora, coronada por unas estrellas que brillaban cual joyas sobre el negro terciopelo que era el cielo nocturno. Me la quedé mirando, con la mente tan adolorida como el cuerpo, hasta que lo recordé.

El ritual.

Me encontraba en el gran salón, solo que ningún techo ni ramas del árbol colgaban a lo alto. Lo único que había era cielo. El árbol de la Madre y las plantas superiores del torreón no estaban, como si los hubiese arrancado de raíz alguna mano enorme y terrorífica.

El miedo me invadió, con su regusto a bilis y sangre. Hice caso omiso del pinchazo de dolor en la espalda y el cuello cuando traté de girarme para buscar a Neve, Olwen y Caitriona.

—¿Hola? —conseguí decir. El aire terroso me cubría la boca y la garganta y me complicaba la tarea de hablar—. ¿Hay alguien ahí?

El mundo dio vueltas cuando logré apoyarme sobre manos y rodillas al lado de la estatua destrozada de la Diosa.

Las paredes del gran salón parecían una boca con dientes rotos que traqueteaban cuando algunos trozos de piedra se desprendían sobre las montañas de restos. Una parte de una de las largas mesas aún seguía erguida, mientras que la otra se había hundido bajo el peso del enorme arco de piedra que se había partido del techo. Me moví a gatas por encima de las piedras y los escombros, respirando con dificultad, e intenté llamar a las demás.

Habían caído como pétalos sobre donde habían estado. Si bien un trozo del techo se había desplomado sobre el altar, la piedra se había llevado la peor parte del impacto y había protegido a mis amigas de morir aplastadas por los escombros.

Aún desorientada, me agaché y avancé dando tumbos hasta que llegué hasta Olwen. La giré para tenderla sobre su espalda y apreté una oreja contra su pecho para comprobar si respiraba. La sacerdotisa soltó un gruñido y se removió con dificultad. Su piel y su cabello azul oscuro estaban cubiertos por una gruesa capa de polvo y hollín.

—¿Tam… sin? —susurró.

—No pasa nada —le dije, tras pelear con el nudo que tenía en la garganta—. No te muevas. Voy a ver cómo están Neve y Cait, ¿vale?

Neve no había despertado aún, pero Caitriona ya se había empezado a incorporar. Una nube de polvo explotó desde su cabello cuando sacudió la cabeza. Parpadeó con rapidez mientras intentaba fijar la vista en mí. Se llevó una mano al corte que tenía en el labio y empezó a decir algo, aunque otra voz nos llegó primero.

—¡ … que no le harías daño!

Me giré de golpe hacia el lugar del que la había oído venir, cerca de lo que antes había sido la entrada del salón. El corazón me dio un vuelco contra mis adoloridas costillas.

No podía ser.

—Te dije que no moriría, y no lo ha hecho —contestó otra voz, aquella más grave.

Sus siluetas aparecieron contra la niebla, con sus rostros ocultos. Me volví a levantar, con las piernas temblorosas, y avancé con dificultad entre el laberinto de piedra destruida. Unas manchas negras salpicaron mi visión por la rapidez del movimiento, pero seguí avanzando, desesperada por comprobar que no estaba soñando. Que no había muerto.

La niebla se despejó un poco, y se me escapó un grito. La confusión se mezcló con una alegría pura y devastadora al ver a Cabell de pie frente a mí.

Vivo.

Iba vestido con unas prendas que no me resultaban conocidas y, más allá de una venda en su antebrazo, parecía limpio y entero. Se había atado su cabello oscuro en una coleta a la altura de la nuca. Sus ojos se abrieron un poquito al verme.

—¿Cómo es posible? —Me acerqué a él, tambaleándome.

Sin embargo, Cabell retrocedió un paso, y su expresión se endureció. Me detuve frente a él, y la euforia que había sentido se convirtió en inquietud.

La segunda silueta se situó a su lado y me observó con una mirada carente de emoción. Se había afeitado y, aunque no podía creerlo, vi que tenía las manos de carne y hueso cuando cruzó los brazos sobre el pecho.

No sabía cómo, pero era Bedivere.

Ambos estaban con vida.

—¿Qué está pasando? —pregunté, girándome hacia mi hermano y sintiendo que me entraban náuseas.

Cabell se limitó a mirar a Bedivere, a la espera.

—Estabas… —Mi mente no conseguía procesar lo que estaba sucediendo—. Estabas muerto. ¿Ha sido el ritual? ¿Te ha devuelto a la vida?

Cabell apretó un poco la mandíbula, aún sin mirarme.

—¡Mírame! —le exigí, casi sin voz—. Pensaba que habías muerto. ¿Por qué…? ¿Por qué fingiste tu muerte? A no ser que…

El estómago se me revolvió con tanta fuerza que casi tuve que doblarme sobre mí misma.

—¿Tuviste algo que ver con el ataque? —Las palabras salieron casi en un susurro suplicante. Supe que me había oído por el modo en que dio un respingo—. ¿Cómo es que sigues con vida? ¡¿Cómo?!

Bedivere parecía terriblemente aburrido con mi espanto. El viento agitó su abrigo y silbó cuando pasó entre nosotros.

—Sir Bedivere… —empecé a decir.

—No soy Bedivere —me interrumpió el hombre, con una voz tan fría como el más crudo de los vientos de invierno—. Él tuvo el honor de ser el primero en morir por mi mano. Yo me quedé con el cuerpo del rey, como tiene que ser.

—Eres… —conseguí articular—. ¿Eres… Arturo?

Me devolvió una amplia sonrisa.

—No exactamente. Necesitaba obtener una forma, y su cuerpo me vino bastante bien.

La respuesta resonó en mi interior y me dejó un regusto a humo en la lengua.

Retrocedí un paso.

Él dio un paso hacia delante, y me odié a mí misma por dejarme caer. El hielo parecía irradiar de él y convertir el aire que me rodeaba en agujas congeladas. La corona con cuernos, la misma que había visto en la estatua que había bajo el torreón, se materializó de la niebla y las sombras para posarse sobre su cabeza, como si siempre hubiese estado en aquel lugar, escondida y en secreto.

—Di mi nombre —dijo, con una voz tan lisa y fría como una espada.

La voz de Merlín resonó en mi interior. *Soy uno de los tres… Uno que ha muerto, pero que aún podría vivir… uno que vive, pero que ansía morir… y uno que quedó atrás, a la espera…*

El rey Arturo. Merlín. Y…

Uno que quedó atrás, a la espera.

Fue Cabell quien contestó:

—Señor de la Muerte.

Este sonrió, encantado.

—¿Y cómo es que he conseguido llegar hasta aquí si todos los caminos entre mundos estaban sellados?

La respuesta se materializó en mi mente.

—Los druidas.

—No —dijo él—. ¿Quieres que juguemos a algo, criatura? Te daré otro trocito de la historia por cada pregunta que respondas correctamente, pero te negaré el resto si cometes otro error. ¿Quieres intentarlo una vez más?

El corazón me latió desbocado en mi interior.

—Las sacerdotisas —me oí decir—. Morgana y las demás te trajeron hasta Ávalon.

—Eso es —exclamó, y sus palabras apestaban a condescendencia—. En el mundo mortal, les había proporcionado a los druidas el conocimiento sobre cómo acudir a la magia de Annwn, el poder superior de la muerte. Pensé que las mujeres por fin estaban listas para renunciar a su patética Diosa y buscar aquel mismo conocimiento. Pensé que querían servirme.

—Jamás harían algo así —rebatí con violencia.

El Señor de la Muerte ladeó la cabeza, entretenido.

—Es cierto. Así que me hicieron una propuesta: si retiraba el acceso que tenían los druidas a la magia de Annwn, ellas me darían lo único que de verdad ansiaba. Algo que nadie más podía darme.

De modo que aquella había sido la forma en la que Morgana y las demás habían conseguido acabar con los druidas: no al usar la magia de la muerte ellas mismas, sino al hacer que el Señor de la Muerte los privara de ella.

—¿Les diste la espalda a tus propios discípulos devotos? —Aquello iba más allá de los simples caprichos cambiantes de los dioses—. ¿Qué podías querer con tanta desesperación?

—Soy yo quien hace las preguntas, ¿recuerdas? —El Señor de la Muerte clavó su mirada en mí, sin ninguna pizca de vida en ella—. Cuando llegó el momento de recibir mi pago, aquellas víboras traicioneras intentaron destruirme. Dime, criatura, ¿qué sucede cuando quemas la carne temporal de un dios y partes en pedazos su propia esencia? ¿Crees que muere?

—No. —El terror fluyó en mi interior cuando lo comprendí—. Has estado aquí todo este tiempo. Nunca has abandonado la isla.

Una semilla infernal, a la espera de florecer.

—Me ha llevado siglos volver a formar mi alma desperdigada. *Siglos* de una debilidad espantosa, incapaz de existir como nada más que un espectro que lo observaba todo desde las sombras del bosque. —Las palabras del Señor de la Muerte estaban teñidas con una rabia que apenas podía contener mientras tocaba su corona—. Con el paso del tiempo, recuperé mi fuerza, y mi magia volvió a mí. Cambié la isla a mi antojo y creé a los Hijos de la Noche para que les dieran caza a aquellas que me habían traicionado. Ya te imaginarás el fastidio que fue descubrir que las traidoras habían muerto o abandonado la isla hacia otro mundo.

El pulso me latió como loco en las venas. Miré a Cabell e intenté respirar una bocanada de aire que se negaba a entrar en mis pulmones. Su mirada apasionada era insoportable.

—Sí que llegamos hasta aquí con un propósito, Tamsin —me dijo Cabell con fervor, como si estuviera desesperado por que le creyera—. El ritual solo funcionaría si se llevaba a cabo con una hechicera. Como hermanas reunidas por un propósito. La suma sacerdotisa Viviane lo sabía, aunque no creía que el ritual pudiese llevarse a cabo nunca.

Algo en mi interior vaciló antes de preguntar:

—¿Por qué no?

—Porque las Nueve estaban equivocadas —respondió Cabell—. Todas lo estaban. Nunca hubo ningún hechizo protector que impidiera que las hechiceras entraran a Ávalon.

—Pero ¿qué estás diciendo? —pregunté, tratando de llegar a él una vez más—. Lo que dices no tiene pies ni cabeza…

—Las hechiceras impidieron la entrada a nuestro mundo desde Ávalon, no al revés —explicó Cabell—. No querían que el Señor de la Muerte fuera a por ellas. Así que él tuvo que hacerle eso a la isla. No podía invocar a la Cacería Salvaje en Ávalon y cruzar los mundos de aquel modo, pues hay protecciones que se lo impiden. Él había previsto que una hechicera llegaría a Ávalon un día y sabía que el ritual era su único modo para burlar los encantamientos de las hechiceras. Y ahora por fin podrá castigarlas de verdad.

—Pobre criatura —me dijo el Señor de la Muerte, antes de chasquear la lengua en un gesto de falsa simpatía—. Para ser tan lista, aún no consigues comprenderlo. No puedes ver cómo me has ayudado.

—No —dije, en un susurro—. No te he…

Pero lo sabía. Sabía cómo.

—Sí —me interrumpió el Señor de la Muerte, como la personificación del desdén y la arrogancia—. El athame. La suma sacerdotisa sospechaba de mis intenciones y de lo que tenía planeado, así que escondió el athame en un lugar en el que no podía entrar, de modo que el ritual nunca pudiese llevarse a cabo.

La forma en la que el athame se había convertido en una extensión de su cuerpo, como si, incluso tras su muerte, Viviane supiese que necesitaba mantenerlo cerca de ella para protegerlo. Aquella era la voluntad, el deseo, que le había dado forma a la renacida.

—No podía cruzar las protecciones del túmulo funerario ni enviar a una de las Nueve sin levantar sospechas. No tenía cómo seguir con mi plan, hasta que al joven Cabell se le ocurrió la maravillosa idea de enviarte a ti —continuó el Señor de la Muerte—. No tuve problema con devolverle el favor con uno de mi parte y asegurar tu supervivencia para que pudieras ver cómo se llevaba a cabo el ritual y tuvieras la misma oportunidad de reunirte con tu hermano y servirme.

Me giré para enfrentar a mi hermano y sentí como si estuviese de vuelta en aquel lago. Como si me estuviese ahogando en el agua congelada. La oscuridad me cubrió entera y me arrebató el último haz de luz.

—Cabell… mírame. *Mírame.*

Pero él se negó.

—Toda esa gente que ha muerto… ¿te limitaste a quedarte allí y a dejar que pasara? —le pregunté, con la voz entrecortada—. Por favor… no sé qué te ha podido decir, pero…

—Me ha mostrado quién soy —me cortó Cabell—. Después de todos estos años, por fin sé quién soy. Él puede ayudarte a descubrir tu propio camino, Tamsin. Lo único que tienes que hacer ahora es venir con nosotros.

Me quedé mirando su mano extendida, mientras las náuseas me retorcían por dentro. Por todos aquellos que habían muerto. Por el papel que mi hermano me había obligado a desempeñar en todo aquello.

—No.

La expresión de Cabell se endureció cuando devolvió su mano a su lado. Sus ojos negros me atravesaron el alma.

—Durante años, me decía a mí mismo que algo iba mal conmigo. Que era un problema que necesitaba solución. ¿Sabes cómo me hacía sentir que tanto Nash como tú me trataseis de ese modo? Me hicisteis sentir como si fuese un monstruo. Que siempre teníais que traerme de vuelta del borde del abismo porque ambos teníais demasiado miedo como para dejar que controlara mi poder. Me hizo sentir como si yo mismo tuviese que tener miedo.

—Eso no es cierto —repuse.

—Nunca ha sido una maldición —dijo él, con voz cansada—. Todo este tiempo ha sido un don, uno que se supone que debo usar. Mi señor me ha ayudado a verlo. Y también puede ayudarte, Tamsin. Por favor, ven con nosotros.

Clavé la vista en el rostro del rey ancestral, en sus ojos, pero no quedaba nada humano en ellos. El Señor de la Muerte le había arrebatado la humanidad a Arturo.

—¿Qué le has hecho a mi hermano? —exigí saber.

Cabell torció el gesto, y su expresión pasó del dolor al enfado ante el rechazo.

—No le he hecho nada a tu hermano —contestó el Señor de la Muerte—. Nada que no sea revelarle la verdad.

Una daga voló por al lado de mi cabeza con un grito de furia, pero no hacia Cabell, sino hacia el hombre que nos había hecho creer que era Bedivere.

El Señor de la Muerte se inclinó hacia la izquierda y dejó que la daga impactara con la pared resquebrajada que tenía detrás. Chasqueó la lengua en un gesto de lástima fingida y observó a Caitriona, a quien Neve y Olwen apenas conseguían retener.

—¿Cómo pudiste? —rugió Caitriona—. ¿Por qué los dejaste morir? Íbamos a llevar a cabo el ritual, así que ¿por qué? ¡¿Por qué?!

—Cuando la pequeña Fayne, o Pulga, como vosotras la llamabais… —Pronunció su nombre con tanto asco que todo mi ser se encendió de furia—. Cuando la niña encontró el fragmento del receptáculo que había robado, hizo que otros pudieran descubrir lo que había planeado antes de que decidiera que había llegado el momento.

—¡Pero no tenían que morir! —sollozó Caitriona, con la expresión desolada por la furia y el dolor—. ¡No tenías que matarlos!

—Criatura, no fue nada personal —dijo el Señor de la Muerte con un tono paternal que hizo que un escalofrío me recorriera la nuca—. Esta isla solo ha sido un portal para recuperar lo que la dama Morgana y sus hermanas me prometieron. No todos pueden venir conmigo al mundo mortal, no cuando me resultaban tan valiosos muertos. Pero te elegí a ti para que me acompañaras. Mi favorita entre todos, mi caballera perfecta y resoluta con un corazón tan fiero y leal.

Cabell dio un respingo ante sus palabras, con la mirada fija en el hombre, desesperado.

—Dime, Caitriona —siguió el Señor de la Muerte con su voz aterciopelada—. ¿Aún puede latir por mí? ¿O también debo quedarme con tu alma?

Su mano acarició el bolsillo de su abrigo, donde escondía un pequeño bultito. Un brillo plateado relució en respuesta. Olwen sollozó en voz baja al darse cuenta. El Señor de la Muerte llevaba consigo las almas de todos sus seres queridos.

Caitriona se volvió a lanzar hacia el hombre con otro grito que murió ahogado en su garganta cuando él alzó una mano. Neve me dedicó una mirada aterrada, sin saber qué hacer. Yo negué con la cabeza, decidida. No sabíamos de lo que era capaz.

—Lástima —dijo el Señor de la Noche—. Te había guardado un lugar como mi mano derecha, y de verdad me molesta ver que he desperdiciado todo mi trabajo contigo.

—Te mataré —prometió Caitriona.

—Estoy seguro de que lo intentarás —le contestó él, inclinando la cabeza en un gesto de burla.

Un sonido conocido, como el de las ratas al escabullirse, llenó el ambiente. Los Hijos de la Noche, vivos de nuevo, treparon las paredes detrás de él y se quedaron allí, observándonos. A la espera.

—Adiós, doncellas de Ávalon —se despidió el Señor de la Muerte en tono burlón mientras su largo abrigo se agitaba detrás de él—. Habéis tomado vuestra decisión, y yo he esperado una era para poder vengarme de quienes me encerraron.

Cuando se giró, mi hermano hizo lo mismo y lo siguió como el fiel sabueso en el que se había convertido. El corazón se me rompió en mil pedazos. Aquello tenía que ser un encantamiento. También podía salvarlo de aquello.

—Por favor, Cabell —supliqué—. No lo hagas. No dejes que te aleje de nosotras. De mí.

Tantos años atrás, nuestro tutor, un cuentacuentos, se había adentrado en una tormenta y había desaparecido. Y de ese modo él mismo se había convertido en una historia. Nosotros éramos los únicos que quedábamos. Nosotros dos, solos en el mundo, salvo por el otro.

El hilo de nuestro pasado compartido se tensó cuando Cabell volvió la mirada hacia mí y siguió tensándose con cada segundo que pasaba. Todo lo que habíamos visto y hecho y vivido juntos se estiró entre ambos, y lo único que teníamos que hacer era aferrarnos a ello. Lo único que tenía que hacer era dar un paso en mi dirección, y yo pelearía con cada fibra de mi ser por liberarlo del monstruo al que había decidido seguir.

No lo hagas.

No lo hagas.

No lo hagas.

—Te quiero, Cabell —insistí—. Por favor, no lo hagas.

Aquella vez no se volvió. Y fue el viento el que me llevó sus palabras.

—No te mueras.

Entonces el hilo que nos unía se rompió.

No lo vi alejarse. Fue como si mis piernas hubieran dejado de sostenerme y me dejé caer, en cuclillas, temblando. Neve me aferró de los hombros mientras Caitriona pasaba corriendo por nuestro lado y trataba de alcanzarlos antes de que se desvanecieran en la oscuridad sin fin de la noche.

Los Hijos de la Noche saltaron y le impidieron el paso con sus dientes que daban chasquidos y sus caras putrefactas. Con dificultad debido a su hombro herido, Caitriona alzó una espada torcida y le abrió el cráneo a una criatura con un grito feroz. Las demás huyeron tras su señor y escalaron las paredes derruidas del torreón.

Transcurrieron unos segundos más hasta que me percaté de que sus aullidos habían dado paso a un chillido diferente. Uno que no tenía lugar en Ávalon.

Sirenas de emergencia.

Salí corriendo y trepé a una sección destrozada de las murallas del patio. Tenía las uñas rotas y tanto las manos como las rodillas en carne viva, pero no sentí el dolor. Apenas fui consciente de cómo las demás escalaban detrás de mí.

Juntas, contemplamos la curva de una empinada colina cubierta de árboles muertos y niebla. Las criaturas surgían del suelo del bosque y se concentraban, de vuelta a la vida, en una manada que seguía a Arturo —al Señor de la Muerte— y a Cabell mientras ellos se dirigían hacia el pueblo distante que se encontraba cubierto por un lodazal negro. Un río de agua surgió de la tierra que teníamos debajo y se tornó escarlata al mezclarse con la tierra y la sangre.

—Bendita sea la Madre —musitó Olwen.

Como en respuesta, las nubes se abrieron y soltaron la luz de la luna sobre el mundo que tenían debajo. Los bosques arruinados, las torres de vigía y los hogares que en algún momento habían albergado a los avalonianos salpicaron la tierra como tacos de botas entre la hierba. Las estructuras de Ávalon habían aplastado o medio enterrado las calles modernas y los edificios que se habían encontrado en su camino.

Debido al caos, me llevó varios segundos reconocer dónde estábamos. Había estado en aquel lugar numerosas veces con Nash... y con Cabell.

Se trataba de Glastonbury Tor, el sitio que siempre se había rumoreado que era la ubicación de Ávalon en nuestro mundo antes de que se separara hacia el suyo. La colina y su torre solitaria se habían alzado sobre el paisaje como un centinela benevolente durante siglos y habían vigilado los prados de la zona y el pueblo aledaño de Glastonbury.

Pero en aquel momento servía como el lugar perfecto para presenciar la absoluta y total devastación que se estaba llevando a cabo debajo.

El brillo del fuego relució de los restos del pueblo, y el humo se alzó para cubrir las estrellas. Varias ambulancias y patrullas de policía, con sus luces azules parpadeando, se concentraban en una calle que conducía hacia el norte. No podían acercarse más al pueblo debido a la inundación que se había producido. El zumbido de las aspas de un helicóptero pareció acercarse desde todas las direcciones a la vez.

—Tenemos que irnos —les dije a las demás—. Neve, ¿puedes abrir una Vena? No importa a dónde. Tenemos que recuperar nuestras cosas e irnos ahora mismo

—¿Qué pasa? —preguntó Caitriona—. ¿Dónde estamos?

Neve parecía a punto de vomitar por el shock mientras abrazaba su varita contra su pecho. Un corte que tenía en la mejilla aún sangraba, y la sangre se mezcló con sus lágrimas.

—El ritual no ha devuelto a Ávalon a la normalidad al purificarlo —dije, y las palabras me dolieron en el alma—. Lo ha devuelto al mundo mortal.

49

Las llevé al único lugar que podía. A casa.

De hecho, no había pensado en cómo me iba a sentir al volver a aquel lugar. Ni siquiera caí en la cuenta de todo el tiempo que había pasado desde que había estado allí por última vez hasta que vi las decoraciones de Navidad que adornaban con alegría nuestra silenciosa calle y noté la fría promesa de la nieve en ciernes.

Solo habíamos tenido unos instantes para recuperar nuestras pertenencias —incluido Griflet, que se había echado una siesta durante la colisión de los mundos— antes de que unos reflectores empezaran a barrer el patio en llamas del torreón. No había habido tiempo para pensar.

Sin embargo, en aquel momento tenía demasiado.

Olwen y Caitriona habían divisado nuestro mundo por primera vez con el más puro horror. Los coches, la arquitectura, la gente que se juntaba y se nos quedaba observando por el terrible estado en el que nos encontrábamos, todo ello había sido demasiado, demasiado ruidoso y brillante tras el duro y gris mundo que había sido Ávalon, incluso para mí.

—¿Estás segura de esto? —me susurró Neve mientras yo forzaba la cerradura de la pequeña ventana de la cocina. Las hierbas del macetero me ofrecieron un saludo marchito, muchísimo más cálido que la mirada aturdida de una de nuestras vecinas mientras nos espiaba desde una acera cercana. Cubierta de sangre y de mugre, la saludé con la mano y le ofrecí mi mejor sonrisa inocente.

—¡Se me ha perdido la llave! —exclamé en su dirección al tiempo que la cerradura de la ventana finalmente cedía. Me impulsé hacia arriba y me apretujé como pude para entrar por la angosta abertura antes de pasar con cuidado por la encimera y el fregadero de la cocina. Una vez dentro, me congelé en mi sitio debido al aroma familiar a limón y hierbas secas que me llevó al borde de las lágrimas. Los electrodomésticos y muebles de la cocina parecían muy extraños: demasiado nítidos y perfectos. Salvo por una fina capa de polvo que cubría la mesa del comedor y las estanterías, el lugar estaba limpio y ordenado. No había ningún barro oscuro que fregar de las piedras ni sábanas que lavar. No había historias que oír de pasada ni secretos escondidos en las sombras. Tampoco había ningún monstruo.

Me quedé observándolo todo y traté de aceptar los brillantes colores nada naturales de los libros que había en la estantería y el patrón zigzagueante de nuestra moqueta. A pesar de estar lleno de cosas que yo misma había escogido, el lugar parecía... vacío de un modo que dolía.

Nunca había sido un hogar en realidad, sino tan solo el sueño de serlo algún día.

Al bajarme de la encimera, tiré al suelo de linóleo unas cuantas cartas y macetas, pero no me molesté en recoger nada. En su lugar, me limité a observar la extensión de lo que había sido nuestro hogar. El lugar que nos habíamos forjado en un mundo que había hecho su mejor esfuerzo por deshacerse de nosotros.

Un pinchazo de dolor me atravesó el pecho. Aquello no era cierto, no en realidad. Aquel era el lugar que *yo* había querido para nosotros, en la ciudad en la que nos había mantenido a ambos por mis propias razones egoístas. Había convencido a Cabell de que debíamos quedarnos en Boston, del mismo modo en el que lo había convencido de que necesitábamos encontrar un modo de romper su maldición, en lugar de ayudarlo a aprender a vivir con ella.

«Me hizo sentir como si yo mismo tuviese que tener miedo».

Abrí la puerta principal y apenas registré cómo las demás entraban y echaban un vistazo alrededor. Caitriona y Olwen se sentaron en las sillas de la pequeña mesa de la cocina, en las dos que había, pues aquello había sido lo único que habíamos necesitado. Ambas tenían la vista perdida en el más allá, como si estuviesen esperando recibir instrucciones. Les serví a todas un vaso de agua, pero ninguna lo bebió.

Neve se sentó en el sofá y se hizo a un lado para que pudiera sentarme junto a ella. Nos apoyamos la una sobre la otra mientras observábamos a Griflet explorar el lugar.

El sonido de la tele de un vecino nos llegó a través de la delgada pared que conectaba nuestras casas:

— ... *nos acaban de llegar noticias de Glastonbury, donde, de la noche a la* *mañana, las autoridades informan que un sismo de gran magnitud ha desenterra-* *do unas ruinas desconocidas de un asentamiento y un bosque antiguos. Tenemos* *imágenes en vivo...*

—Por los clavos del Señor —dije, con voz ahogada—. ¿Podrán ver todo lo que había en el torreón? ¿Los libros? ¿Los manantiales?

—Todo lo que aún poseyera magia quedará escondido para todos aque- llos que no tengan la Visión Única —explicó Olwen—. Pero todo lo que haya sido hecho a mano, no.

Se aferró a la cesta que aún contenía el receptáculo de Viviane y que tenía sobre el regazo, y sus piernas no dejaban de sacudirse por la adrenalina que todavía quedaba en su cuerpo. Pese a que el receptáculo se había hecho pedazos debido al estallido de magia del ritual, ella lo había llevado consigo de todos modos.

—Lo siento tanto —dijo Neve, atormentada. Algo se rompió en su inte- rior, y sus palabras escaparon de ella junto a sus lágrimas—. Si no os hubie- se presionado con lo del ritual, esto... esto no habría pasado. De verdad, lo siento muchísimo...

—No —le dije—. Nada de lo que ha pasado es culpa tuya. Yo soy la que fue a buscar el athame.

—Y soy yo quien insistió con lo de ritual —añadió Olwen, apenas con- teniendo las lágrimas—. Nunca cuestioné la identidad de Bedivere ni me di cuenta de que aún poseía la mano que según él había perdido... ¿Qué clase de sanadora soy?

—¿Por qué tendríamos que haber cuestionado algo así? —dijo Caitrio- na—. Solo la suma sacerdotisa conocía la apariencia del verdadero Bedivere y del rey Arturo en vida, y el Señor de la Muerte se aseguró de que muriera antes de llegar al torreón.

Se puso de pie y comenzó a caminar de un lado para otro antes de bus- car la mirada de cada una.

—Escuchadme bien. No vamos a jugar a esto. No vamos a cargar con la culpa de lo que ese monstruo ha hecho. Lo único que haremos es arreglar lo que él ha destruido.

—¿A qué te refieres? —le pregunté, frunciendo el ceño.

—Hemos liberado al Señor de la Muerte en este mundo, a él y a los Hijos de la Noche —explicó—. Así que pararemos lo que sea que tenga planeado para las hechiceras, para todo este reino. Y nos aseguraremos de recuperar a Cabell.

Cerré los ojos antes de soltar un suspiro inseguro.

—No sé si podremos.

El hermano que yo conocía no se habría quedado de pie a un lado mientras dejaba que los supervivientes de Ávalon murieran sin piedad.

—Podría estar bajo el embrujo del Señor de la Muerte —dijo Neve, mientras se secaba las lágrimas con su manga desgarrada—. Del mismo modo en que lo están las criaturas.

Quería creerlo, pero la forma en que me había mirado... «Me hicisteis sentir como si fuese un monstruo».

—El cuerpo que se encontraba en la tumba del rey Arturo —siguió Neve, en voz baja—. Debía haber sido el verdadero Bedivere.

—Creo que sí —le dije—. Y la historia completa probablemente esté en la pieza del receptáculo que falta. La que Pulga encontró.

—Pero no tenemos ningún modo de hacer una resonancia. No con el receptáculo hecho pedazos —dijo Caitriona, pasándose una mano por su melena enredada.

Al Cortahuesos le encantaban los retos, aunque no estaba segura de si podría con el que teníamos entre manos.

—Empezaremos buscando a la persona que creo que puede arreglarlo y luego iremos a advertir al Consejo de la Sororidad.

—Estoy segura de que ya lo saben —dijo Neve—. La erupción de magia es prueba suficiente, pero incluso las hechiceras ven las noticias.

—¿Estamos todas de acuerdo? —pregunté, y una extraña sensación vibró en mi pecho ante aquella palabra. *Todas.* Ante la idea de enfrentarnos a aquello las cuatro juntas.

—¿Y hasta entonces? —preguntó Caitriona, al tiempo que volvía a su sitio en la mesa. Olwen se inclinó hacia delante y apoyó la cabeza sobre sus brazos cruzados.

—Hasta entonces descansaremos —le dije.

En el silencio agotado que siguió a mis palabras, la voz del presentador de las noticias se coló por la pared una vez más.

—*Ahora nos dirigimos a la sede del gobierno británico para unas declaraciones en directo sobre los eventos que se han desatado en Glastonbury esta mañana...*

Neve sacó su viejo y maltratado reproductor de CD de su riñonera. Tras pasarme uno de los auriculares, presionó el otro contra su oreja y subió el volumen de su música de ensueño más y más hasta que la voz del presentador desapareció y solo quedaron las delicadas y cósmicas ondas de sonido, las gotas de rocío con forma de perla sobre las que la mujer cantaba.

Y, durante un momento, incluso los recuerdos me soltaron y cedieron.

Tras cargar mi teléfono, rebusqué en mi habitación en busca de efectivo y luego me dirigí hacia el nicho en el que estaban nuestros escritorios.

Ralenticé el paso mientras me acercaba a ellos y abrí los ojos con sorpresa al ver los cajones de acrílico en los que Cabell solía organizar sus cristales. Gracias a la Visión Única, pude ver lo que no había conseguido ver antes: que muchos de ellos pulsaban por la magia que habían absorbido, como una llama atrapada en la piedra.

No quise ver más después de eso. Ni los cristales ni el quitamanchas que se había secado sobre la moqueta para cubrir mi sangre, el último resto de la pelea que había tenido con mi hermano y a la que solo había sobrevivido por los pelos.

Tras rebuscar en el desastre que era el cajón de mi escritorio, encontré suficiente dinero como para pedir una pizza para las cuatro. Mientras esperaba que mi teléfono se encendiera, oí cómo Caitriona maldecía y farfullaba algo debido al grifo de la ducha que se encontraba al otro lado de la pared.

Neve y Olwen ya se habían duchado y puesto algo de mi ropa y la de Cabell. Mientras ellas conversaban en voz baja en el sofá, volví a la cocina para limpiar un poco el desastre que había dejado.

Saqué la escoba y el recogedor y barrí trozos de maceta, tierra, los marchitos restos de Florence y lo que parecía un caminito de hormigas muertas. Junto a la puerta había apiladas casi tres meses de cartas, pero la pila de cartas que había recogido en mi última noche en aquel lugar también se había caído al suelo cuando me había colado por la ventana, junto a mi bolso y a mi baraja de cartas del tarot.

Griflet jugueteó con los cordones de mis botas mientras lo recogía todo. Cuando empecé a incorporarme, me di cuenta de que me había dejado una carta del tarot, escondida a medias debajo de la nevera. Contuve la respiración al darle la vuelta.

La carta de la luna.

Aquella sensación volvió a mí, me revolvió el estómago e hizo que me mareara un poco. Pasé un pulgar por la carta, por la luna, las torres y las colinas azules. El lobo y el sabueso.

Al tocar la carta, una imagen diferente llegó a mi mente, sumida en la oscuridad. Una luna diferente, apenas un cachito delgado de ella, que el negro creciente de una noche sin estrellas no dudaba en devorar. Bajo ella, una manada de perros negros corría en medio de un campo de niebla y aullaba hacia la figura entre las sombras que los esperaba un poco más adelante.

«Di mi nombre».

La respuesta vino en el susurro de una voz femenina que no conocía, una canción que se desvaneció en el silencio.

«Señor de la Muerte».

—¿Tamsin?

Di un respingo al oír mi nombre y salí de aquella horrible ensoñación.

—¿Tamsin? —me volvió a llamar Neve, asomándose por el marco de la puerta—. Creo que alguien está llamando…

Otro *toc toc toc*.

—Ah, debe ser la comida —dije, sacudiéndome un poco para salir de mi aturdimiento—. Qué rápidos.

Me levanté, me sacudí las manos en mis tejanos que ya estaban asquerosos y me pregunté si Neve podría oír los latidos desbocados de mi corazón cuando pasé por su lado.

Tras sacar los billetes de mi bolsillo, abrí la puerta.

—Perdona…

Los billetes se me cayeron de la mano y aletearon hasta el suelo.

El hombre que estaba parado en la puerta iba vestido con un traje arrugado. Toqueteaba nervioso el borde de su sombrero, pero yo no podía apartar la mirada de su rostro.

—¿Qué…? —susurré, incapaz de respirar—. ¿Cómo…?

Parecía más joven de lo que lo recordaba. Las líneas de su frente habían desaparecido y ya no tenía las cicatrices que antes habían adornado su rostro. Su piel tenía un brillo sano, en lugar del tono rojizo que adquiría por pasar demasiado tiempo al sol o por encerrarse en una habitación oscura con una botella de ron. Y sus ojos… eran de un tono azul plateado y brillaban llenos de emoción y diversión.

Neve y Olwen se quedaron detrás de mí, en un ademán protector, mientras observaban al desconocido.

Solo que no era un desconocido. Sino Nash. Con vida.

Nash.

—Tamsy —dijo él, con la voz ronca por la emoción—. Por los dioses, cuánto has crecido.

Si mi aturdimiento no hubiese sido tan evidente, si hubiese sido capaz de moverme siquiera un centímetro, le habría cerrado la puerta en las narices.

—¿Qué haces aquí? —pregunté, a media voz—. Tú estás muerto.

—Sí, mira, hablando de eso… ¿puedo pasar? —preguntó, antes de echarle un vistazo a la calle que tenía detrás—. Tengo que hablar contigo, es importante.

—El momento para hablar conmigo fue hace siete años —le contesté, mordaz—. Antes de que nos abandonaras.

Cerró los ojos al tiempo que respiraba hondo.

—Estaba tratando de encontrar el Anillo Disipador.

—Ya —lo interrumpí, mientras apretaba la puerta con fuerza—. Para romper la maldición de Cabell.

Cuando Nash volvió a abrir los ojos, el brillo de su pálida mirada había desaparecido, y sus ojos mostraban una expresión más seria de lo que jamás había visto en él.

—No, Tamsin —me corrigió—. Para acabar con la tuya.

AGRADECIMIENTOS

Después de que esta historia estuviera cociéndose a fuego lento en mi cerebro durante años y me dejara sazonarla poco a poco con una historia familiar extraña, *folklore* oscuro y pequeñas ideas raras que brotaron como champiñones, estoy muy agradecida de que este libro por fin esté en papel y en el mundo.

Primero de todo, me gustaría dar las gracias a los lectores que me han acompañado en este viaje editorial a través de los años y se han aventurado con valentía en un mundo nuevo tras otro. Si este es el primer libro mío que lees, ¡hola! No tengo palabras para expresar lo mucho que te aprecio y que, estando cara a cara con la elección de *tantos* libros extraordinarios, escogieras leer este.

Me parece apropiado empezar agradeciendo a Melanie Nolan, que apostó por mí y por esta historia y me volvió a dar la bienvenida al rincón de Random House Children's Books. Ha sido como volver a casa, y de verdad no puedo creer lo afortunada que soy por estar en la lista de Knopf Books for Young Readers.

Katherine Harrison, tu guía editorial ha cambiado completamente este libro. Tus críticas me han asombrado con su profundidad y su consideración, y supe desde el principio que mis personajes y yo estábamos en las mejores manos posibles. También estoy en deuda con Gianna Lakenauth por su apoyo invaluable a lo largo del camino de la publicación, además del tiempo y energía que ha gastado leyendo distintos borradores y ofreciendo su importante (¡y acertada!) perspectiva. Mil gracias a mis editores del Reino Unido, Rachel Boden y Harriet Wilson, que me dieron apuntes fabulosos y me ayudaron a llevar este libro al mundo.

Hay muchísimas personas increíbles en RHCB a las que me gustaría agradecer. También me gustaría darle las gracias a Barbara Marcus, Judith

Haut, John Adamo, Dominique Cimina, Adrienne Waintraub, Elizabeth Ward, Kelly McGauley, Becky Green, Joe English y Emily Bruce por su entusiasmo y su liderazgo incomparable. ¡Sois el equipo de ensueño de un autor!

De la misma forma, me gustaría darle las gracias a Jasmine Walls por su voluntad por escarbar profundo en este mundo y los personajes y por ofrecer notas de autenticidad.

Soy muy afortunada por tener amigas en mi vida como Anna Jarzab, Valia Lind, Susan Dennard e Isabel Ibañez, que fueron suficientemente amables no solo para leer esta historia en diversas etapas de su vida, sino también para recogerme cada vez que me caía y brindarme todo su apoyo cuando me sentía triste o insegura sobre ella. Marissa Grossman, tus comentarios me ayudaron a devolver esta historia a lo que tenía que ser antes de que me adentrara en el camino equivocado. Merci! Mil gracias a Leigh Bardugo, Jennifer Lynn Barnes, J. Elle, Stephanie Garber y Elizabeth Lim por leer y ofrecerme palabras tan amables sobre el libro. ¡Sois unas reinas!

Por descontado tengo que agradecer a mi maravillosa agente, Merrilee Heifetz, por ser un apoyo inquebrantable a lo largo de los años y ser siempre la muy necesaria voz de la razón. Rebecca Eskildsen, de verdad no sé cómo lo haces: gracias por siempre estar atenta a todo y ayudarme a mí, que siempre me hago líos, a mantener la cabeza sentada. Alessandra Birch, gracias por darlo todo por mí, incluso cuando algunos de esos planes al final se descarrilaron por mi ojo canalla. Cecilia de la Campa, no tengo palabras para decir lo buena que eres.

Gracias a mi incomparable agente cinematográfica, Dana Spector en CAA, por esforzarse tanto en encontrar los mejores hogares de Hollywood para mis libros. ¡Es una delicia trabajar contigo!

Por último, pero no menos importante, me gustaría dar las gracias a mi familia y a mis amigos por todo el amor y apoyo que continúan mandándome, especialmente mientras sufría los altibajos de diversas operaciones oculares y sus recuperaciones subsecuentes. El mejor momento del año fue el nacimiento de mi adorable sobrino, alias el otro PD, Pequeño Dan. ¡Bienvenido al mundo! Te queremos más de lo que las palabras pueden expresar.

Bromeé sobre que debería dedicar la secuela a mi ojo derecho, que nunca me falló durante 2022, pero… va a ser que no era broma. Muchas gracias también, ojo derecho, por permitirme seguir trabajando en este libro y en su secuela, lo que me mantuvo cuerda. Este libro, sin embargo, se lo dedico a mi hermana, Stephanie, que es verdaderamente graciosa, intrépida y generosa. Fue una alegría escribir un libro tan centrado en la hermandad y poder reflexionar sobre la forma en la que nuestra relación ha crecido con los años. Gracias por siempre hacer un esfuerzo para cuidar de mí. ¡Por muchas más aventuras de hermanas en nuestro futuro!